MAXIME CHATTAM

Der Kuss der Schwarzen Witwe

Buch

Eine Stadt ist in Aufruhr. Portland wird von einer Spinnenplage heimgesucht, und dabei handelt es sich keinesfalls um harmlose Krabbeltiere. Schon mehrere Menschen sind durch den Biss der »Schwarzen Witwe« in den Wäldern von Oregon umgekommen. Aber irgendjemand scheint Spinnengift auch ganz gezielt zur Ermordung von Menschen einzusetzen: Ein Mann wird mit angstverzerrtem Gesicht tot aufgefunden – vergiftet. Mehrere Frauen werden nachts aus ihren Wohnungen entführt, während ihre Ehemänner mit Kugelfischgift betäubt werden. Eine der Frauen findet die Polizei nackt, in einen überdimensionalen Spinnenkokon eingewoben, auf einer Waldlichtung. Die Frau ist scheinbar unversehrt – bis auf einen Schnitt am Hals, in dem die Ermittler Spermaspuren finden. Ihr Körper jedoch ist völlig leer: Alle inneren Organe wurden entfernt, offenbar ohne ihren Körper zu öffnen. Ein Szenario wie aus einem Horrorfilm, das Privatdetektiv Joshua Brolin und seiner Kollegin Annabel O'Donnel von der New Yorker Polizei Rätsel aufgibt. Bei ihren Ermittlungen stoßen die beiden auf zahlreiche Spinnenfreunde, ein geheimes Armee-Projekt zur Züchtung von Spinnenfäden und eine zwielichtige Biotechnologie-Firma. Je näher sie der Lösung des Falls jedoch kommen, desto enger zieht sich das Netz des Täters um sie zusammen, und sie geraten selbst in tödliche Gefahr ...

Autor

Maxime Chattam wurde 1976 in Montigny-lès-Cormeilles geboren. Für sein erstes Romanprojekt durchlief er ein einjähriges Training in Kriminologie und eignete sich Kenntnisse in Gerichtsmedizin und forensischer Psychologie an. »Das Pentagramm« war auf Anhieb ein solcher Erfolg in Frankreich, dass Maxime Chattam sich mittlerweile ausschließlich dem Schreiben widmen kann. Er lebt in Poissy.

Von Maxime Chattam außerdem bei Goldmann lieferbar:

Das Pentagramm. Roman (46105)
In Blut geschrieben. Roman (46055)

Maxime Chattam

Der Kuss der Schwarzen Witwe

Roman

Aus dem Französischen
von Eliane Hagedorn
und Bettina Runge
(Kollektiv Druck-Reif)

GOLDMANN

Die Originalausgabe erschien 2004
unter dem Titel »Maléfices«
bei Éditions Michel Lafon.

1. Auflage
Deutsche Erstausgabe März 2007

Umschlaggestaltung: Design Team München
Umschlagcollage: gettyimages/Nagasawa
Redaktion: Ilse Wagner
KC · Herstellung: Str.
Satz: deutsch-türkischer fotosatz, Berlin
Druck und Bindung: GGP Media GmbH, Pößneck
Printed in Germany
ISBN: 978-3-442-46048-9

www.goldmann-verlag.de

Wenn diese Geschichte auch zum großen Teil auf wahren Begebenheiten beruht, sind doch die beschriebenen Personen und Situationen reine Fiktion, und sollte eines Tages die Realität mit der Fiktion übereinstimmen, kann dafür keinesfalls der Autor verantwortlich gemacht werden …

Für diejenigen, die die beiden vorhergehenden Romane nicht gelesen haben: Keine Angst, diese Geschichte ist als solche gut verständlich. Sie ist der letzte Akt eines menschlichen Dramas, lassen Sie sich darauf ein.

Für die anderen: Ich freue mich, Sie hier wieder begrüßen zu dürfen, und hoffe, dass dieser Roman Ihre Wünsche befriedigt – und Ihre Ängste.

Viel Spaß beim Lesen. Nach etwa fünfhundertvierzig Seiten erwarte ich Sie zu einem letzten Wort.

Maxime Chattam
Edgecombe, Januar 2003

Kann wohl des großen Meergotts Ozean
Dies Blut von meiner Hand rein waschen? Nein;
Weit ehr kann diese meine Hand mit Purpur
Die unermeßlichen Gewässer färben
Und Grün in Rot verwandeln.

Shakespeare, *Macbeth*, 2. Aufzug, 2. Szene

Prolog

Portland Juni 2001

Sydney Folstom, Leiterin des Rechtsmedizinischen Instituts von Portland, griff nach dem Skalpell und überprüfte die Schärfe der Klinge. Der spitze Stahl blitzte gefährlich in der Sonne auf, die durch das Glasdach schien. Umsichtig trennte sie einen Trieb an der Basis ab und steckte ihn in ein Töpfchen mit Humus. Sie trat einen Schritt zurück. Dieses Gewächshaus, das neben ihrem Büro lag, war eine Oase der Erholung, die Ruhe der Pflanzen im Herzen des Totenreichs.

»Wachse, Kleine, mach mir Freude«, sagte sie und strich mit einer mütterlichen Geste über den Steckling. Unter der durchsichtigen Kuppel des kleinen Raumes entfalteten sich die verschiedensten Pflanzen, eroberten den Raum, die grünen Blätter kletterten an Glaswänden und Holzgittern empor, rankten über den Boden und über die Tür. Sydney Folstom wischte sich über die Stirn. Es war erst Anfang Juni, und trotzdem war die Hitze erdrückend.

Sie hasste diese sommerlichen Temperaturen.

Von nun an würden die Leichen einige Monate lang in einem fortgeschrittenen Zustand der Verwesung ankommen. Sie wären aufgedunsen, und der »grüne Fleck« am Unterleib, der sich normalerweise auf die rechte Leistengegend beschränkte, hätte sich bereits auf dem ganzen Bauch ausgebreitet. Sie würden schleimig sein, und in ihrem Inneren würde es von Maden wimmeln. Nein, sie mochte den Sommer wirklich nicht.

Sydney Folstom schnitt eine Grimasse, schlüpfte in ihren

grünen Kittel und verschwand durch die kleine Tür. Die Arbeit wartete.

Im Untergeschoss des Rechtsmedizinischen Instituts wusch sich Dr. Folstom die Hände und zwang sich zur Konzentration. Der Spiegel warf ihr das Bild einer Frau zurück, die sich selbst für groß und elegant hielt, die auf andere aber nur streng wirkte, wie ein kaltes Bild mit stechendem Blick. In ihr dunkelblondes Haar mischten sich graue Strähnen, die sie jeden Morgen etwas mehr hasste. Sie erinnerten sie daran, dass sie bereits Mitte vierzig war und noch dazu einsam.

Sie atmete zweimal schnell und tief durch wie ein Jogger und stieß die Schwingtür auf. Und abrupt erstarrte ihr Gesicht zu einer höflichen Maske.

Sie wurde von einem relativ jungen Mann in einem eleganten beigefarbenen Anzug erwartet. Sein Haar war perfekt frisiert und mit Gel fixiert, Bewegungen und Gesten waren genau einstudiert – alles an ihm verriet den Politiker.

»Mr. Cotland?«, fragte sie mit einem überraschten Unterton. »Der Bezirksstaatsanwalt schickt seinen Stellvertreter, und die Polizei dieser Stadt hält es nicht einmal für nötig, der Autopsie beizuwohnen?«

Bentley runzelte die Stirn, ohne auch nur ein Lächeln anzudeuten.

»Officer Lloyd Meats ermittelt am Fundort der Leiche. Wenn wir irgendwelche Auskünfte brauchen, können wir ihn jederzeit telefonisch erreichen«, erklärte er und zog sein Handy aus der Tasche.

Der will sich ja nur vor der Autopsie drücken!, dachte Sydney Folstom.

Die Luft war mit unangenehmen Partikeln geladen, es roch nach Tod, kaltem Fleisch und Antiseptika.

In der Mitte des fensterlosen Raums waren die Operationslampen auf die Leiche eines Mannes gerichtet.

»Also, wer ist denn dieser Herr, dessen Autopsie nicht warten kann?«

Cotland trat zu der Leiche. Er war seit eineinhalb Jahren Stellvertreter des Bezirksstaatsanwalts und hatte inzwischen genug Tote gesehen, um sich nicht mehr über den rosigen Teint zu wundern. Er wusste, dass die sprichwörtliche Leichenblässe nicht zwangsläufig zum Zeitpunkt des Todes eintrat, dass es oft Stunden dauerte, bis die Haut wächsern wurde.

»Er heißt Jeremiah Fischer, er wurde vor fünf Stunden in seinem Bett gefunden, die Putzfrau hat ihn entdeckt.«

»Officer Meats hat mich heute Morgen angerufen und gebeten, die Autopsie sofort nach Eintreffen der Leiche vorzunehmen. Warum diese Eile?«

Cotland hob die Hand, um zu zeigen, dass er gleich zu diesem Punkt kommen würde.

»Fischer ist verheiratet, aber von seiner Frau haben wir keine Spur gefunden. Sie war weder zu Hause noch an ihrem Arbeitsplatz. Wir haben auch die Familie kontaktiert – vergeblich. Die Putzfrau hat ausgesagt, bei einem Telefonat am Vortag habe sie sich ganz normal verhalten. Dem Rechtsmediziner, der den Toten abgeholt hat, ist ein Stich in der rechten Armbeuge aufgefallen. Wir möchten die Todesursache möglichst schnell wissen, um die Fahndung nach der Frau des armen Teufels einleiten zu können.«

»Gut, ich kann die Autopsie gleich vornehmen und feststellen, ob er Verletzungen hat. Aber ob es sich wirklich, so wie es den Anschein hat, um eine Vergiftung handelt, können wir erst nach der toxikologischen Untersuchung heute Nachmittag sagen.«

Cotland zuckte mit den Schultern.

»Je früher, desto besser. Aber ich würde sowieso jede Wette eingehen, dass Mrs. Fischer zum jetzigen Zeitpunkt bereits außer Landes ist.«

Sydney Folstom streifte Latexhandschuhe über und begann mit dem ersten Teil der Untersuchung, das heißt mit der Feststellung des Gewichts und der makroskopischen Begutachtung des Körpers auf Ekchymosen oder durch das Kopfhaar verdeckte Verletzungen. Sie entfernte die Plastikbeutel an Händen und Füßen und betrachtete diese aufmerksam. Auf der Suche nach Hautpartikeln oder geronnenem Blut nahm sie Proben von dem Schmutz unter den Nägeln – allerdings ohne Resultat.

»Keine Hinweise auf ein Kampfgeschehen«, murmelte sie.

Jeremiah Fischer lag auf dem kalten Edelstahl, den Mund leicht geöffnet, eines der Augen halb geschlossen, nachdem die Rechtsmedizinerin die Augäpfel auf der Suche nach Petechien, d.h. Hinweisen auf Strangulation, untersucht hatte.

Mit einer Präzision und Geschwindigkeit, die auf tägliche Praxis verwies, setzte Dr. Folstom am linken Arm zu einem zehn Zentimeter tiefen Schnitt durch Fett und Muskeln an, der keine besondere Blutung auslöste. Sie klappte die Wundränder auseinander und begutachtete das Innere.

»Auch keine inneren Prellungen.«

Sie ging um den Obduktionstisch herum und öffnete unter Bentley Cotlands angewidertem Blick den anderen Arm auf die gleiche Weise. Einen Toten zu betrachten war eine Sache, seiner Zerstückelung, die in ihm noch immer Ekel auslöste, beizuwohnen eine andere.

In genau dem Moment, da das Skalpell die Haut zerschnitt, begann die Hand des Toten zu zittern. Die Finger öffneten sich, zogen sich dann wieder zusammen und verkrampften sich. Cotland hatte den unangenehmen Eindruck, dass Jeremiah Fischer die Faust ballte, um den Schmerz besser ertragen zu können.

»Ist das normal?«

Sydney Folstom hob den Blick zu dem stellvertretenden Bezirksstaatsanwalt.

»Was?«

»Na, die Bewegung der Hand.«

Sie trat einen Schritt zurück, konnte aber nichts Anormales erkennen.

»Er hat die Finger bewegt«, erklärte Cotland mit belegter Stimme.

»Sind Sie sicher?«

»Eigentlich schon. Das hat mir einen verdammten Schreck eingejagt!«

»Ich habe wohl versehentlich an den Arm gestoßen.«

»Es sah aber wirklich aus, als würde er sich bewegen; wie ein Reflex *post mortem*, ein letzter elektrischer Impuls.«

Dr. Folstom sah dem jungen Mann fest in die Augen.

»Sehr unwahrscheinlich. Die Leichenstarre hat bereits eingesetzt. Dieser Mensch ist seit sieben oder acht Stunden tot.«

Cotland öffnete den Mund, besann sich dann aber anders. Er setzte sich und zog einen Kaugummi aus der Tasche. Kaum hatte er ihn im Mund, spuckte er ihn wieder in das Papier und seufzte tief, um sich zu entspannen.

Sydney Folstom zog einen tiefen Schnitt vom Kinn bis zum Schambein. Sie gehörte zu den wenigen Rechtsmedizinern, die nicht den Y-Schnitt praktizierten, sondern den geraden vorzogen, der von Anfang an den Zugang zur Kehle ermöglicht. Nachdem sie den Kopfwender zur Seite geschoben hatte, tastete sie das Innere des Halses mit den Fingerspitzen ab. Auch hier keine Blutergüsse. Mit mehreren kurzen Schnitten löste sie die Haut ab, um das Brustbein und die Bauchhöhle freizulegen. Sydney Folstom legte das durch die Operation beschmutzte Skalpell beiseite und griff nach einem neuen. Vorsichtig hob sie die Gedärme an, um an die Blase zu gelangen und mit Hilfe einer Spritze eine Urinprobe zu entnehmen. Dann begann sie, nach der sogenannten Virchow'schen Methode die Organe und ihre anatomischen Verbindungen *in situ* vorzusezieren.

Die Klinge, die im kalten Licht aufblitzte, erstarrte plötzlich in der Bewegung.

Sofort vermutete Cotland ein Problem und hob den Kopf.

»Was … Was ist los?«, fragte er beunruhigt.

Als er den Anflug eines Zweifels auf dem Gesicht der Rechtsmedizinerin wahrnahm, schrillten in seinem Kopf alle Alarmglocken.

»Das ist … eigenartig. Die Haut hat reagiert.«

Cotland war bleich geworden und erhob sich mühsam.

»Eigenartig«, wiederholte Sydney Folstom. »Das habe ich noch nie gesehen, da, auf den Oberschenkeln, eine Art Gänsehaut.«

»Gänsehaut, als würde er frieren?«

»Nein, das ist unmöglich, aber …«

Dr. Folstom legte das Skalpell auf den Rollwagen und beugte sich über den Körper. Auch sie wurde bleich.

Die Schulter der Leiche begann plötzlich zu zucken. Ein Zittern, durch das sich eine der Zangen in seinen Eingeweiden löste.

Dann war der Körper wieder reglos.

Cotland schwankte und legte die Hand vor den Mund.

»Heilige Jungfrau Maria, der lebt doch nicht etwa noch?«

»Reden Sie keinen Unsinn!«

»Und wie erklären Sie sich das?«, schrie Cotland. »Er hat sich bewegt, er hat eine Gänsehaut bekommen, verdammt noch mal!«

Sydney Folstom zwang sich, ruhig zu bleiben, und griff nach einer Taschenlampe.

»Mr. Cotland, Sie sollten wissen, dass meine ›Patienten‹, ehe sie hierherkommen, untersucht werden: Atem und Puls stehen still, die Pupillen reagieren nicht mehr auf Reize. Das habe ich vor weniger als einer halben Stunde selbst noch einmal überprüft. Jeder Irrtum ist ausgeschlossen, glauben Sie mir.«

Sie zog das eine Lid der Leiche hoch und richtete den Strahl der Lampe auf das Auge.

»Sehen Sie …«

Die Worte erstarben ihr auf den Lippen.

Innerhalb einer Sekunde gaben ihre Knie nach, die Hände in den Handschuhen wurden feucht.

Sie sah nur noch einen riesigen Abgrund vor sich.

Ein schwarzes Loch, das sie zu verschlingen schien.

Ihr gesamtes Wissen wurde infrage gestellt, und mit ihm alle Gewissheiten dieser Welt, alles aufgesogen von einer Pupille.

Jeremiah Fischer bebte am ganzen Körper.

Sydney Folstom erstarrte. Sie war unfähig, sich zu bewegen, sie *wollte* sich nicht mehr bewegen. Das Grauen breitete sich in ihr aus wie ein Lauffeuer.

Sie wusste, wenn sie den Blick senkte, würde der Anblick sie wahnsinnig machen.

Für immer wahnsinnig.

Ein Jahr später

1

Der Mount Hood liegt fünfzig Kilometer östlich von Portland, Oregon. Seine massige Form gleicht einem Muskelberg, einem zusammengekauerten Titan, enthauptet von der Zeit. Die ihn umgebenden Berge sind eher niedrig und erinnern an sanfte Wellen nach einer Flut. Seine Felswände fallen steil ab, und zu seinen Füßen wölben sich kilometerweit baumbestandene Hügel. Nichts als Wälder bis zum Horizont, dessen glatte Linie nur durch den leichten Dunst getrübt wird, der die Wipfel umschwebt. Das ist die wilde Landschaft des Mount Hood National Forest, ein riesiges Pflanzenreich mit gefährlichen Schluchten und Wildbächen von unglaublicher Heftigkeit.

Inmitten dieser smaragdgrünen Natur funkelte, einem Schmuckstück gleich, in der Junisonne ein Auto.

In dem Jeep piepte das Funkgerät. *»Adrien? ... Adrien? ... Hier Jim von der Zentrale.«*

Adrien Arque legte die kleine Axt auf den Beifahrersitz und griff nach dem Mikrofon.

»Hier Adrien, was gibt's?«

Das Knistern des Funkgeräts drang durch die geöffnete Tür und stieg in den blauen Nachmittagshimmel – einziges Anzeichen störender menschlicher Gegenwart inmitten des Vogelgezwitschers und Windrauschens in den Baumkronen.

»Die Jungs von der EPA haben angerufen. Sie haben noch immer nichts von ihrem Mann, einem gewissen Fleitcher Sal-*

* Die mit * gekennzeichneten Begriffe werden auf S. 541 erläutert.

hindro, gehört. Könntest du nicht mal nachsehen? Er hat sich heute Morgen auf den Weg zu der großen Lichtung hinter der Schutzhütte Eagle Creek gemacht. Die Lichtung Eagle Creek sieben.«

Arque stellte den Fuß in die geöffnete Tür des Jeeps und stützte die Ellenbogen aufs Dach. Er nickte.

»Okay, ich fahre mal rüber. Was hatte dieser Salhindro denn da zu suchen?«

»Keine Ahnung. Er hat sich heute Morgen auf den Weg gemacht und hatte seither keinen Funkkontakt mit der Zentrale. Seine Kollegen in Portland wollen sicher sein, dass er keine Panne hat. Schau mal nach, was du tun kannst, danke.«

Arque nahm seinen Hut ab und warf ihn zusammen mit den Moosproben und Zweigen, die er gesammelt hatte, auf den Rücksitz.

Als der Motor ansprang, flatterten ein paar Vögel auf, dann rollte der Jeep über den von Gestrüpp überwucherten Weg.

Adrien Arque arbeitete seit drei Jahren in diesem Gebiet und kannte hier jede Straße und jeden Pfad, wusste, wo die großen Schlaglöcher und die tiefen Reifenspuren waren, und da nicht viel Verkehr herrschte, erlaubte er sich ein flottes Tempo. In ihrem Amt nannten sie die Gegend R6ISM. *Region 6 Inventory and Monitoring Survey*, eine wilde Welt von etwa neunzig mal sechzig Kilometern Größe, deren westlicher Teil sein Zuständigkeitsbereich war. Seine Arbeit bestand vor allem darin, die Flora und Fauna sowie die Entwicklung des Waldes zu überwachen, Bränden vorzubeugen und manchmal auch Rettungsaktionen durchzuführen. Doch nur selten entfernten sich unerfahrene Wanderer von den gekennzeichneten Wegen, und wenn, dann meist nicht weit genug, um sich zu verlaufen. Dieser Dschungel war zu groß, als dass jemand, der sich nicht auskannte, den Wunsch gehabt hätte, ihn zu erkunden. Es war bekannt, dass es tödliche Folgen haben konnte, sich hier zu verirren.

Arque bog nach Norden ab und gab Gas, um Schwung für den Hügel zu nehmen.

Er umklammerte fest das Lenkrad, während der Wagen über die unebene Straße holperte und die tief hängenden Zweige gegen die Windschutzscheibe schlugen. Zwei Kilometer lang führte der Weg an einem Wildbach vorbei, dann an der leer stehenden Schutzhütte von Eagle Creek – früher hatte das, was jetzt nur noch ein Bretterhaufen war, den Trappern als Unterschlupf gedient –, dann erreichte er die Lichtung, wo er den Wagen abstellte.

Er stieg aus, atmete im wohltuenden Schatten der Douglastannen tief durch und ging über den Parkplatz – es handelte sich um eine gerade Fläche, auf der etwa fünfzehn Autos hätten stehen können. Hinter hohen Farnen fand er den roten Pick-up. Der Schlüssel steckte im Zündschloss, die Fenster waren geöffnet, und auf dem Beifahrersitz lag eine Regionalkarte. Der Fahrer konnte nicht weit sein. Adrien ließ seinen Blick über die Lichtung gleiten.

Sie war sehr groß, sichelförmig und leicht ansteigend. Inmitten des hohen Grases mit den lila und gelben Blumen wuchsen vereinzelte Bäume, hier und da ragten die zerklüfteten Wurzelballen umgestürzter Stämme wie unheilvolle Festungen in die Höhe.

Arque trat aus dem Schutz der Vegetation in die Hitze. Der rätselhafte Schrei eines Falken hieß ihn willkommen. Der Vogel zog seine Kreise genau über seinem Kopf.

Der Forstmeister zog seine RayBan-Sonnenbrille aus der Hemdtasche.

Dieser Fleitcher Salhindro muss ganz in der Nähe sein, vielleicht im hinteren Teil der Lichtung, oder er hält, an irgendeinen Baumstamm gelehnt, im kühlen Schatten ein Schläfchen …

»Hallo! Hallo! Salhindro! Fleitcher Salhindro!«

Die einzige Antwort war ein langer schriller Schrei des Falken.

Arque ging einige Schritte weiter auf eine Mulde zu.

Drei Monate zuvor waren hier noch Spaziergänger anzutreffen gewesen, die anhielten, um ein Picknick zu machen oder die Landschaft zu bewundern. Und dann hatte es diese Serie von Unfällen gegeben. Vier Verletzte, eine Frau schwebte sogar in Lebensgefahr. Innerhalb von knapp drei Monaten. Immer auf die gleiche Art, eine …

Der Falke stieß erneut einen durchdringenden Schrei aus.

Was hat er denn?

Adrien hob die Hand zum Schutz gegen die Sonne über die Augen und beobachtete den Vogel.

Weniger als dreißig Meter über dem Boden zog er enge Kreise. Adrien bemerkte, dass sich der Durchmesser nicht veränderte. Gewöhnlich fliegen solche Raubvögel in immer enger werdenden Kreisen und stürzen sich dann auf ihr Opfer. Doch hier schien es, als habe er ein Festmahl entdeckt, ohne den Angriff zu wagen.

Na, hast du irgendetwas gesehen, das dich stört, mein Freund?

Neugierig ging Adrien zu der keine zehn Meter entfernten Stelle, über der der Vogel kreiste.

Das kräftig grüne Gras reichte ihm bis zur Taille. Der Wind strich darüber und brachte die Halme zum Flüstern.

Die Luft war drückend und schwer.

Plötzlich stieg dem Forstmeister ein Geruch in die Nase und durchdrang die Fasern seiner Kleidung.

Ein beißender oder säuerlicher Geruch verdorbenen Fleisches.

Adrien entdeckte einen in der Sonne glänzenden schwarzen Lederstiefel, ein angezogenes Bein und dann den Körper am Boden.

Sein Blick wanderte zum Gesicht des Mannes, der Fleitcher Salhindro sein musste.

Trotz der Junihitze schlugen Adriens Zähne aufeinander.

2

Die untergehende Sonne hinterlässt am Himmel über dem Wald eine Spur, die in allen Goldnuancen zu flirren und zu glühen scheint.

An den Hang geschmiegt, wohnt ein hölzernes Pfahlhaus dem Schauspiel bei. Von weitem wirkt es wie eine kleine, im Ozean verlorene Brigantine. Die lang gestreckte Veranda aus Zedernholz erinnert an das Oberdeck eines Piratenschiffes, der zentrale Pfeiler, der sechs Meter in die Höhe ragt, an den Mast. Die verglaste Längsseite liegt im Schimmer der letzten purpurnen Lichtstrahlen, eine Tür ist geöffnet. Musik dringt heraus.

Klavierklänge erheben sich zunächst harmonisch, dann zögerlich in die Luft. Der Interpret beherrscht das Spiel nicht perfekt. Er arbeitet daran. Doch mehr als technisches Können interessieren ihn die Gefühle, die in dieser Musik verborgen sind. Ein wenig erinnert sie an Beethovens *Mondscheinsonate*.

Ein Mann sitzt an dem lackierten Bösendorfer, seine langen Finger gleiten rhythmisch über die Tasten. Er spielt nur für sich, improvisiert einen anmutigen Monolog in einer unbekannten Sprache.

Plötzlich unterbrach Joshua Brolin sein Spiel, klappte den Deckel zu und ging barfuß über den weichen Teppich des Salons. Sein Mangel an Technik frustrierte ihn, hinderte ihn daran, wirklich das zum Ausdruck zu bringen, was er empfand. Er schenkte sich einen Schluck Baileys ein und trat hinaus auf die Veranda. Das angenehm warme Zedernholz strahlte noch den Hauch eines schönen Nachmittags ab.

Langsam breitete die Dämmerung ihre Schatten aus, von der Sonne war am Horizont nur noch ein schwacher rötlicher Schimmer zu sehen.

»Eine neue Nacht«, murmelte Brolin.

Der Wind spielte mit seinem braunen Haar, die langen Strähnen verdeckten bisweilen das Gesicht. Sein Alter war schwer zu schätzen, der straffen Haut nach musste er Mitte dreißig sein – was den Tatsachen entsprach –, doch seine Augen hätten die eines Fünfzigjährigen sein können.

Das schwarze Seidenhemd flatterte wie eine Piratenfahne im Wind.

Irgendwo in der Dämmerung lag seine Vergangenheit. Portland, die Stadt, in der er Detective gewesen war, jene ruhige Stadt am Ufer des Willamette River mit seinem geheimnisvollen Nebel, aus dem fast drei Jahre zuvor das Unvorstellbare aufgestiegen war.* Er nahm einen Schluck und betrachtete den Wald, jene Zufluchtsstätte, in die er sich zurückgezogen hatte. Hier hatte er die Einsamkeit gefunden, frei von den Lügen der Zivilisation, jener Alchemie vorfabrizierten Glücks und virtueller Kommunikation. Es war ihm kein Bedürfnis, andere Menschen um sich zu haben, das Zwitschern der Vögel und das Rauschen des Windes in den Bäumen reichten ihm.

Saphirs fröhlicher Auftritt riss ihn aus seinen Gedanken. Der Hund setzte sich vor ihn und sah ihn an. Er war eine Kreuzung zwischen Schäferhund und Labrador, ein herrenloser Mischling, den er vor fünf Monaten in einem New Yorker Lagerhaus gefunden hatte.

Brolin leerte sein Glas und ging, gefolgt von Saphir, ins Haus.

Bereits vor mehreren Monaten hatte er gefühlt, wie sehr die Nacht die Abgründe vertiefte und die Unruhe und Bitterkeit des Tages in Angst und wahren Schmerz verwandelte. Gewusst hatte er das eigentlich schon immer, doch jetzt begann er sich davor zu fürchten. Er schlief weniger und arbeitete dafür immer mehr. Innerhalb kürzester Zeit hatte er sich einen guten Ruf als Privatdetektiv erworben, sich auf die Suche nach vermissten Personen spezialisiert und war auf diesem Gebiet eine Kapazität.

Seine Hand glitt über die dunkle Holzvertäfelung. Er begann, nervös zu werden, und nahm keinerlei Notiz mehr von dem Klavier – statt in der Nacht spielte er jetzt fast nur noch in der Dämmerung und am frühen Morgen –, auch nicht von den Büchern, die sich in den Regalen im Wohnzimmer und im Mezzanin, dem Zwischengeschoss, angesammelt hatten.

Schließlich ging er in sein Arbeitszimmer. Es war ganz mit Holz verkleidet, und an einem der langen Dachbalken hing, wie in allen Zimmern des Hauses, ein riesiger indianischer Traumfänger. Das war kein Aberglaube, sondern hatte, wie er betonte, symbolischen Charakter.

In der nächtlichen Frische, die mit dem Mondlicht einherging, knarrte das Haus in allen Fugen.

Brolin griff nach einer Akte, die auf seinem Schreibtisch lag – sein letzter Fall: eine Siebzehnjährige, die mit ihrem Freund durchgebrannt war und die Flucht als Entführung getarnt hatte. Nicht wirklich das, wofür er sich geschworen hatte, alles zu geben. Er warf die Blätter auf den Boden, der Fall war für ihn erledigt.

Als sein Blick auf der Suche nach etwas Interessantem umherwanderte, wurde ihm bewusst, wie dunkel es war, und er schaltete die Schreibtischlampe ein.

Laptop, Fax, Regale voller Akten, hier gab es keine verborgenen Schätze und keine Ablenkung. Brolin zögerte; seit einigen Wochen wuchs in seiner nächtlichen Unruhe der Wunsch, zum Telefon zu greifen und die magische Nummer zu wählen.

Vielleicht lag es daran, dass er sehr wenig sprach, da er kaum Menschen sah, nur einige Cops, seine ehemaligen Kollegen, Lloyd Meats, natürlich Salhindro und einige andere, aber sie alle erinnerten ihn an eine Vergangenheit, an die er lieber nicht rühren wollte.

Doch vor allem fehlte sie ihm.

Nicht physisch oder emotional, nein, nur ihre Gegenwart und ihre Verletztheit, die der seinen so ähnlich war.

Annabel. Seine Freundin.

Sie hatten sich im letzten Januar bei einem *besonderen* Fall in New York kennen gelernt.* Das Schweigen verband sie. Diese Fähigkeit, die Gegenwart des anderen nicht als störend zu empfinden, sich ohne Worte zu verstehen; an ihrer Seite hatte Brolin das Gefühl gehabt, ihre Schatten könnten sich berühren, ohne einander zu bedrängen.

Seit fast fünf Monaten hatten sie sich nicht gesehen.

Zu Anfang hatte er nur eine unbestimmte Sehnsucht empfunden, doch jetzt war es der Wunsch, bei ihr zu sein.

Gleich darauf hielt er den Telefonhörer in der Hand und wählte, wie so oft in letzter Zeit, ihre Nummer – doch bisher hatte er gleich wieder aufgelegt. Diesmal hörte er das erste Klingelzeichen.

Beim dritten, als er gerade wieder auflegen wollte, wurde abgehoben. Annabels sanfte Stimme klang aus dem Hörer, und Brolin hatte sofort das lange Haar der jungen Frau vor Augen und vermeinte den zarten Duft, der sie bisweilen umgab, wahrzunehmen.

»Annabel O'Donnel.«

Brolin lehnte sich in seinem Stuhl zurück und lächelte.

»Hallo?«

»Guten Abend«, sagte er nur.

Nach einer kurzen Pause fragte Annabel:

»Joshua?«

»Störe ich?«

»Welche Überraschung ... Ich ... Es ist schon lange her.«

»Das habe ich mir auch gesagt. Wie geht es dir?«

Er hörte ein leichtes Rascheln und stellte sich vor, dass sie es sich bequem machte, dann fuhr sie ungezwungen fort: »Gut. Brooklyn bleibt Brooklyn, der Alltag hat sich nicht verändert.«

Kurzes Schweigen.

»Bist du ...«, begannen sie gleichzeitig.

Sie lachten herzlich, was die Atmosphäre entspannte.

»Bist du in Portland?«, fuhr sie fort.

»Ja, bei mir zu Hause, nicht in der Stadt. Annabel, seit einigen Tagen denke ich daran, nach New York zu kommen. Vielleicht könnten wir etwas Zeit gemeinsam verbringen.«

»Natürlich.«

Sie hatte spontan geantwortet.

Die seltsame Art ihrer Beziehung faszinierte beide gleichermaßen. Sie hatten nie ein Liebesverhältnis gehabt, sie waren zwei einsame gestrandete Wesen, zwei in der Unendlichkeit verlorene Stimmen, die einander verstanden. Brolin vermochte nicht auszudrücken, was sie ihm bedeutete, sie war weder eine kleine Schwester noch eine Geliebte, sie war einfach nur sie selbst.

»Ich habe keinen akuten Fall, und ich könnte sicher ein Flugticket für morgen oder übermorgen bekommen ...«

Sie stimmte zu.

»Wunderbar, ich kann auch noch Urlaub nehmen«, antwortete sie. »Erinnerst du dich an Coney Island, an unseren nächtlichen Spaziergang am Strand? Jetzt, wo das Wetter schön ist, könnten wir das wiederholen. In jeder Tasche eine Flasche Bier, wie beim letzten Mal ...«

»Mit Vergnügen.«

Erneutes Schweigen.

»Josh ... Ich freue mich, deine Stimme zu hören. Ich hatte oft den Wunsch, dich anzurufen.«

Im gedämpften Schein seiner Schreibtischlampe nickte er. Ihm ging es genauso. Und er wusste auch, warum sie es nicht getan hatte. Für beide war eine Brieffreundschaft oder eine telefonische Beziehung undenkbar. Was sie verband, war die Gegenwart des anderen, die Übereinstimmung dessen, was ihnen fehlte. Er stellte sich vor, wie sie viertausendfünfhundert Kilometer entfernt auf ihrem Sofa lag und durch die Fensterfront die Skyline von Manhattan bewunderte.

»Ich rufe dich morgen vom Flughafen aus an«, erklärte er und legte auf.

Das Gespräch hatte nur zwei Minuten gedauert. Bevor die Worte ausgesprochen waren, hatte er nicht eine Sekunde daran gedacht, ein paar Tage in New York zu verbringen. Das war spontan aus seinem Inneren gekommen.

Belustigt schüttelte er den Kopf, dann erhob er sich, zog sein Hemd aus und ging ins Schlafzimmer. Er zündete eine Kerze an und legte sich in Jeans aufs Bett, ohne die Flamme aus den Augen zu lassen.

Diese Nacht würde ausnahmsweise nicht lang sein.

Kaum war er eingeschlummert, weckte ihn ein Motorengeräusch. Ein Wagen hatte vor seinem Haus geparkt. Er erhob sich und zog ein sauberes Hemd an. Es klopfte an der Tür.

Mitten in der Nacht.

Larry Salhindro stand auf der Schwelle, das Gesicht bleich, die Augen gerötet.

Statt der Polizeiuniform trug er eine Joggingjacke, Shorts und Turnschuhe. In den sieben Jahren, die sie sich jetzt kannten, hatte Brolin ihn noch nie in einem solchen Aufzug gesehen.

»Josh … mein Bruder … Fleitcher … Er ist tot.«

Brolin sah ihm kurz in die Augen, dann trat er zur Seite und bat ihn herein.

Ein Becher mit dampfendem Tee stand vor Larry Salhindro, der den Kopf in die Hände gestützt hatte. Brolins Freund und ehemaliger Kollege war um die fünfzig, grauhaarig und wohlbeleibt.

»Sie haben ihn gestern Nachmittag gefunden, es sah so aus, als wäre er vor Angst gestorben.«

Er hatte den Satz in seine Hände gemurmelt wie eine unzählige Male wiederholte Litanei. Brolin, der ihm in einem Sessel gegenübersaß, musterte ihn. Die dicken Finger seines Freundes zitterten. Salhindro hatte weder Frau noch Kinder, er lebte allein, und Brolin wusste, dass sein Bruder seine ganze Familie war.

»Ein Unfall?«, fragte er.

Salhindro atmete tief durch.

»Das steht noch nicht fest. Die Autopsie wird es zeigen. Josh, ich habe ihn gesehen, er war wie ... erstarrt vor Entsetzen. Man hätte meinen können, er wäre vor Angst gestorben!«

Seine Augen wurden feucht, und er biss die Zähne zusammen.

»Selbst der Arzt war erschüttert«, brachte er schließlich hervor. »Heute wird die Autopsie vorgenommen.«

Salhindro griff ungeschickt nach der Teetasse.

»Ich ... Ich glaube, ich kann nicht hingehen.«

Brolin beugte sich zu seinem Freund vor.

Sie hatten unendlich viele Stunden zusammen verbracht und wie Teenager versucht, die Welt zu verbessern; Salhindro, der alte Dinosaurier bei der Polizei von Portland, hatte über Brolin gewacht, als dieser zu ihnen kam, erst väterlich, dann als Freund. Larry Salhindro, für den Mutter Justiz die einzige Frau war, hatte Brolin oft zu sonntäglichen Grillvergnügen eingeladen, die damit geendet hatten, dass beide, eine Flasche Bier in der Hand, unter dem Sternenhimmel im Gras ausgestreckt lagen und auf die menschliche Dummheit schimpften.

Als Brolin ihn jetzt so niedergeschlagen vor sich sah, krampfte sich sein Herz schmerzhaft zusammen. Sofort waren die Reisepläne vergessen.

»Du bleibst einige Tage hier«, erklärte er, »nur du und ich in dieser gottverlassenen Gegend.«

Larry holte Luft, um zu protestieren, doch als sich ihre

Blicke kreuzten, hielt er inne. Die Miene des Privatdetektivs war ebenso bestimmt wie sein Tonfall.

»Du bleibst so lange hier, wie du willst. Wir kaufen etwas ein und werden uns mit einer gut gefüllten Kühlbox auf der Veranda niederlassen und stundenlang reden.«

So ruhig wie möglich fügte Brolin hinzu: »Und ich nehme an der Autopsie deines Bruders teil, ich werde darauf achten, dass alles genau untersucht wird.«

Salhindro nickte wenig überzeugt. Er spürte eine Hand auf seinem Arm.

Über ihnen drehte sich sanft der Traumfänger.

3

Der Motor des Ford Mustang brummte ausdauernd, er schien darauf zu warten, dass man ihn antrieb. Brolin und Salhindro fuhren über die Interstate 84, die am Columbia River entlangführte, der bisweilen majestätisch und doch fügsam am Grunde der Schlucht aufblitzte.

In weniger als einer halben Stunde hatten sie den Osten von Portland erreicht.

Salhindro hatte bis zur Stadtgrenze geschwiegen. Jetzt rutschte er auf seinem Sitz hin und her und warf seinem Freund, der am Steuer saß, einen Seitenblick zu.

»Das Leben ist ein ätzender Mist, stimmt doch, oder?«

Er hatte das in einem unbeteiligten Ton gesagt, eine Feststellung ohne besondere Bitterkeit.

»Verdammt noch mal, Josh, ich weiß nicht, was ich Dolly und den Kindern sagen soll … In ihrem Alter können sie das noch nicht verstehen.«

Salhindro seufzte tief. Nach einer Weile sah er Brolin an.

»Tut mir leid. So was dürfte ich gerade dir nicht sagen …«

Er erinnerte sich noch genau daran, wie Brolin drei Jahre zuvor das Polizeirevier verlassen hatte, um den Eltern der Frau, die er liebte, mitzuteilen, dass ihre Tochter ums Leben gekommen war – und zwar bei Ermittlungen, die er geleitet hatte.

»Weißt du«, fuhr Salhindro fort, »wenn der Tod nicht diese dramatische Seite hätte und nicht so verdammt schmerzhaft wäre, dann hätte ich vielleicht doch gerne Kinder gehabt … In einem anderen Leben.«

»Es ist nicht zu spät.«

Diese Bemerkung, die erste, die Brolin seit Beginn der Fahrt von sich gab, machte seinen Freund sprachlos.

»Rede keinen Blödsinn, verdammt noch mal. Ich bin über fünfzig!«

»Wie heißen die Kinder deines Bruders?«

»Christopher und Martha.«

»Sie werden dich brauchen, Larry.«

Salhindro öffnete den Mund, doch er brachte keinen Ton heraus. Manchmal hasste er Brolins Art, ihn aus der Fassung zu bringen.

Brolin drückte auf den Zigarrenanzünder und zog eine Winston aus der Hemdtasche. Sein Blick war starr auf die Straße gerichtet.

»Und du?«, fragte Salhindro. »Wenn du wenigstens aufhören würdest zu rauchen. Mach dir die Zukunft nicht kaputt, ich möchte eines Tages einen kleinen Joshua junior auf dem Schoß haben. Wann hörst du auf?«

»Sobald du auf deine Donuts verzichtest«, antwortete Brolin mit einem Seitenblick auf den eindrucksvollen Bauch seines Freundes.

Sie lachten beide, und für einen Augenblick vergaß Salhindro den Kummer, der ihm das Herz so schwer machte.

In der Eingangshalle des Rechtsmedizinischen Instituts ging Salhindro zu Dolly, der Frau seines Bruders, und schloss sie schweigend in die Arme. Brolin nutzte die Gelegenheit, um ein paar Schritte zur Seite zu treten und zu telefonieren.

Als sich Annabels Mailbox einschaltete, empfand er eine unerklärliche Erleichterung. Er sagte seinen Besuch wegen eines unvorhergesehenen Zwischenfalls ab und stammelte eine Entschuldigung.

Einige Minuten später betrat er den gefliesten Raum im Untergeschoss, in dessen Mitte ein von Operationslampen beleuchteter Edelstahltisch stand. Brolin kannte den Arzt, der die Autopsie vornehmen würde, nicht. Außer ihm wartete noch ein kleiner Mann asiatischer Herkunft mit einem dünnen Schnurrbart und schütterem Haar. Er stellte sich als Tran Seeyog, Angestellter der Umweltschutzbehörde EPA, vor, für die auch Fleitcher Salhindro gearbeitet hatte.

»Ich wusste gar nicht, dass die EPA ihre Leute zu Autopsien schickt …«, wunderte sich Brolin.

Tran Seeyog lächelte verbindlich, ohne weiter auf die Bemerkung einzugehen, und verschränkte die Arme vor der Brust.

In diesem Augenblick betrat der Rechtsmediziner den Raum. Wenn Brolin den Namen, den man ihm im Erdgeschoss gesagt hatte, richtig verstanden hatte, hieß er Karstian.

»Sie sind sicher Joshua Brolin«, stellte der fest. »Doktor Folstom hat mir den Grund Ihrer Anwesenheit erklärt.«

Dann zuckte er mit den Schultern, um zu zeigen, dass ihm das im Grunde gleichgültig war. Brolin kannte Sydney Folstom, die Leiterin der Rechtsmedizin, seit mehreren Jahren und glaubte zu wissen, dass sie ihn trotz ihrer kühlen, oft arroganten Art gerne mochte. Wie erwartet, hatte sie nichts gegen seine Anwesenheit bei der Autopsie einzuwenden gehabt. Sie hatten einander schon oft einen Gefallen getan.

Karstian deutete auf den Asiaten.

»Und Sie sind Mr. Seeyog, nicht wahr?«

Der Angesprochene nickte.

»Na wunderbar, dann sind wir ja vollständig und können anfangen.«

Brolin trat näher.

»Es wundert mich, dass Doktor Folstom die Autopsie nicht persönlich vornimmt«, bemerkte er. »Ich hatte keine Gelegenheit, sie selbst zu fragen.«

Karstian, der das Tablett mit den Instrumenten vor sich stellte, schüttelte den Kopf.

»Sie praktiziert kaum noch.«

Die Antwort stellte Brolin nicht zufrieden. Sie kannte Larry Salhindro, und unter den gegebenen Umständen wäre sie ihm diese Aufmerksamkeit schuldig gewesen.

»Das wusste ich nicht. Vollauf mit Papierkram beschäftigt, was?«

»Vermutlich«, meinte Karstian. »Also, fangen wir an.«

Er machte dem Assistenten ein Zeichen, die Leiche zu bringen.

Als die Rollbahre hereingeschoben wurde, zuckte Tran Seeyog zurück. Der weiße Sack aus Polyvinylchlorid schimmerte im grellen Scheinwerferlicht und gab bei jeder Bewegung ein quietschendes Geräusch von sich, das an einen Kinderschwimmring erinnerte.

Karstian sah den Vertreter der EPA an.

»Alles in Ordnung, Mr. Seeyog?«

»Ja, natürlich«, antwortete der Gefragte etwas zu schnell. »Es ist nur ... Das kommt alles etwas plötzlich, ich habe nicht damit gerechnet.«

Der Rechtsmediziner zog eine Augenbraue hoch, seufzte leicht und wandte sich der Leiche zu.

»Ich dachte, Leichensäcke wären schwarz, damit man das Blut nicht sieht«, bemerkte Seeyog.

Karstian schüttelte den Kopf.

»Heute nicht mehr. Sie sind weiß, damit man im Inneren Haare oder Hautpartikel erkennt.«

Tran Seeyog nickte zustimmend, so als wäre diese Information von höchster Wichtigkeit. Kaum hatte der Arzt die Hand an den Reißverschluss gelegt, rief Seeyog: »Ich war vorhin im Nachbarzimmer, unglaublich, wie kalt es dort ist. Ist das normal?«

Entnervt antwortete Karstian unter Brolins belustigtem Blick: »Sie waren in dem Raum, in dem gewöhnlich die Leichen aufbewahrt werden, dort herrscht eine Temperatur von vier Grad Celsius, so gefriert der Körper nicht, und es ist doch kalt genug, um die Entwicklung von Bakterien zu verhindern. Jetzt wäre ich Ihnen dankbar, wenn Sie mich meine Arbeit tun ließen.«

Als sich Seeyog bewusst wurde, dass die beiden anderen sein Unbehagen von Anfang an bemerkt hatten, verfinsterte sich seine Miene, und er lehnte sich an die Wand.

Mit einer schnellen Bewegung zog Karstian den Reißverschluss auf.

Eine verkrampfte Hand ragte hervor, so als versuchte der Tote, sich an etwas festzuklammern.

Als der Rechtsmediziner die Seiten des Sacks zurückschlug, um die Leiche ganz zu enthüllen, presste Seeyog entsetzt die Hand vor den Mund. Selbst Brolin, der an den Anblick von Toten gewöhnt war, musste schlucken.

Dieser hier schien zu schreien.

Die weißen Zähne schimmerten im Schein der Operationslampen. Der Mund war so weit aufgerissen und verkrampft, dass die Lippen wie zwei dünne helle Striche wirkten. An den Schläfen zeichneten sich unter der Haut dicke Venen ab, die an Würmer erinnerten. Die eigenartige Position des Arms – über dem Brustkorb in der Luft erstarrt – war, das wusste Brolin, auf die Leichenstarre zurückzuführen. Die letzte Funkverbindung mit Fleitcher Salhindro hatte am Vortag gegen 10:30 Uhr stattgefunden, die Leiche war gegen siebzehn Uhr entdeckt worden. Er war also zum Zeitpunkt der Auffindung höchstens fünf oder sechs Stunden tot gewesen, das heißt, die Leichenstarre war noch nicht abgeschlossen, obgleich der Prozess womöglich durch die Hitze beschleunigt worden war. Danach war die Leiche in einem Kühlraum aufbewahrt worden, was den Übergang vom aziden in den basischen Zustand enorm verlangsamt oder gestoppt hatte. Brolin wusste, dass man sich auf all diese Berechnungen nicht verlassen konnte; doch die Position des Arms war wirklich auffallend und legte nahe, dass der Tod nicht ohne Komplikationen eingetreten war.

Hör auf damit, du weißt, die Leichenstarre kann oft täuschen …

Doch nach fünfzehnjähriger Ermittlungstätigkeit und Suche nach dem entscheidenden Detail konnte er nicht anders.

Erst in diesem Augenblick wurde Brolin bewusst, dass es sich um Fleitcher Salhindro handelte, jenen Mann, dem er schon begegnet war, ein Genießer und Frauenheld, der Bruder seines Freundes. Sofort vertrieb er sämtliche Erinnerungen aus seinem Gedächtnis, das war nicht der geeignete Zeitpunkt.

Dr. Karstian untersuchte Fleitchers Körper jetzt eingehender.

Der Mann war bekleidet mit Lederstiefeln, einer Tuchhose und einem kurzärmligen Polohemd, ansonsten trug er nur eine Uhr und einen Ehering. Nach der Voruntersuchung hoben der Rechtsmediziner und der Assistent den Toten auf den Seziertisch. Sie überprüften ein letztes Mal den Leichensack, ehe der Assistent ihn wegbrachte.

»… die Haltung ausgenommen, weist der Tote keine besonderen Merkmale auf …«

Karstian diktierte seine Feststellungen.

Als er näher trat, bemerkte Brolin einen schleimigen Schimmer auf der Hornhaut. Während seiner Zeit als Detective hatte er oft genug Autopsien beigewohnt und wusste, dass diese Trübung im Allgemeinen erst fünf oder sechs Stunden nach dem Tod eintrat.

Aber Fleitcher hat draußen gelegen, die Nachmittagshitze hat das Austrocknen vielleicht beschleunigt. Hatte er die Augen geöffnet?

Er wandte sich an Tran Seeyog und murmelte: »Wissen Sie, wo er gefunden wurde?«

Froh, endlich Gelegenheit zu haben, das lastende Schweigen zu brechen, nickte dieser und erwiderte: »Am Rande einer Lichtung im Mount Hood Forest.«

Dieser Wald war etwa sechstausend Quadratkilometer groß.

»Und wo genau?«

»Auf einer nicht verzeichneten Lichtung, abseits der Straßen in einer wilden Zone. Die Forstmeister bezeichnen sie als Eagle Creek 7.«

»Was machte Fleitcher Salhindro dort?«

Diesmal musterte Tran Seeyog ihn misstrauisch.

»Sie sind von der Polizei, was?«

»Nicht ganz, ich bin Privatdetektiv und arbeite für die Familie.«

Die Verknappung ersparte ihm umständliche Erklärungen. Er hielt es trotzdem für nützlich hinzuzufügen: »Ich bin da, um herauszufinden, was Mr. Salhindro zugestoßen ist.«

Seeyog verzog das Gesicht zu einer Grimasse, um zu signalisieren, dass er verstanden hatte, und als hätte er damit gerechnet. Seine Reaktion war eigenartig.

Seine Anwesenheit *hier ist eigenartig! Die EPA schickt nie jemanden zu einer Autopsie, sie haben da nichts zu suchen …*

Brolin beugte sich zu ihm, doch der Rechtsmediziner unterbrach sie.

»In der Umgebung des Kopfwenders ist eine anormale Schwellung.«

Brolin ging um den Seziertisch herum, um das Opfer von der anderen Seite in Augenschein zu nehmen.

»Sieht aus wie eine Reaktion auf einen Insektenstich«, bemerkte Karstian.

Tatsächlich war am Halsansatz eine rote Beule sichtbar, eine leicht nässende Erhebung vom Durchmesser eines Golfballs, doch kaum einen Zentimeter hoch.

»Könnte es sich nicht um einen Schlangenbiss handeln?«

Der Rechtsmediziner untersuchte das Ödem noch aufmerksamer.

»Das wäre das Logischste, doch es sieht nicht so aus, ich sehe keinen Abdruck der Giftzähne.«

»Was ist es dann?«, fragte der Privatdetektiv.

»Keine Ahnung. Für einen Insektenstich ist es zu groß, und doch sieht es danach aus. Ich werde eine Gewebeprobe entnehmen und diese analysieren lassen.«

Ehe er den Einschnitt vornahm, machte er ein Polaroidfoto. Der Blitz knisterte in der Luft. Aus der Wunde trat eine durchsichtige Flüssigkeit aus.

»Wirklich eigenartig«, bemerkte Karstian, der sich bemühte, möglichst viel davon in einem Reagenzglas aufzufangen. »Warten Sie mal …«

Er legte das Skalpell beiseite und griff nach einer großen Leuchtlupe, die er über den Hals hielt.

Brolin sah ihn fragend an. Nach kurzem Zögern machte Karstian ihm ein Zeichen, näher zu treten.

»Sehen Sie hier, oberhalb dieser Beule. Man erkennt deutlich zwei Einstiche.«

»Ja. Wissen Sie, was das ist?«

»Für die Giftzähne einer Schlange sind sie zu klein. Nein, es sieht, wie gesagt, wirklich nach einem Insektenstich aus, aber bei der Größe ist das unmöglich!«

»Warum?«

»Weil die Reaktion unverhältnismäßig ist. Ein Insekt, das so viel Gift verspritzen kann, müsste die Größe eines Neugeborenen haben.«

»Könnte die Reaktion nicht auf eine Allergie zurückzuführen sein?«, fragte Brolin.

Karstian atmete tief durch, er schien wenig überzeugt.

»Vielleicht, aber das erklärt noch nicht den Abstand zwischen den beiden Einstichen! Oder es waren zwei Insekten, die gleichzeitig gestochen haben … Nach der pathologischen Untersuchung heute Nachmittag werden wir mehr über die Verletzungen wissen.«

Nun machte er sich daran, den Toten zu entkleiden. In weniger als zwei Stunden war die Autopsie abgeschlossen, da der Rechtsmediziner nichts Besonderes hatte feststellen können. Als er das Herz entnahm, flossen dreißig Kubikzentimeter rotes Blut aus dem Vorhof und der linken Herzkammer. Er schien fast enttäuscht, kein Blutgerinnsel, keine Verengung oder sonstige Anomalie zu finden. Der Tod war nicht auf Herzversagen zurückzuführen.

Handschuhe und Kittel des Rechtsmediziners waren bräunlich-feucht. Er deutete auf die verschiedenen Entnahmen – Blut aus der Oberschenkelschlagader, Urin, Organproben – und hüstelte, ehe er erklärte: »Im Moment ist die Autopsie ohne Ergebnis, ich habe nichts festgestellt, was den Tod erklären könnte. Ich denke, die toxikologische Analyse wird aussagekräftiger sein. Hoffen wir es zumindest.«

Brolin deutete auf das Gesicht von Fleitcher Salhindro, dieses Entsetzen, das der Tod darauf verewigt hatte, und fragte: »Verwundert Sie dieser Ausdruck nicht? Ist das kein Anhaltspunkt?«

Karstian verzog nachdenklich das Gesicht.

»Ja, das ist … außergewöhnlich. Aber ich verfüge über keine konkreten Fakten, die das erklären könnten. Und um ehrlich zu sein, ich denke nicht, dass wir den Grund herausfinden werden. Ich sehe täglich Tote in eigenartigen, ja unwahrscheinlichen Körperhaltungen – und doch … Wir können nicht alles erklären. Warum hatte die Frau, die letzte Woche von ihrem Schwager umgebracht wurde, ein Lächeln auf den Lippen – obwohl er ihr die Kehle durchgeschnitten hat? Alles, was ich sagen kann, ist die Todesursache, im besten Fall auch die Umstände, doch was den Rest angeht, so bin ich Rechtsmediziner und kein Hellseher. Solche Geheimnisse sind Teil des Lebens, erklären kann sie nur der da oben. Der Tod ist überraschend, Mr. Brolin, wenn man täglich mit ihm zu tun hat, ist er allgegenwärtig und doch sehr diskret, eine Eigenart, die wir nicht immer erklären können.«

Karstians Eifer bei diesem Thema berührte Brolin, und er hatte fast Lust, ihm vorzuschlagen, die Diskussion später bei einem Drink fortzusetzen. Doch der Privatdetektiv entschied sich anders und brachte stattdessen Salhindros erstarrte Hand zur Sprache. Dann wies er auf die Beule am Halsansatz.

»Und das? Könnte es da nicht einen Zusammenhang geben?«, fragte er.

»Das ist gut möglich. Heute Nachmittag bekomme ich die Krankengeschichte dieses Mannes, daraus werde ich auch etwas über eine mögliche Allergie erfahren.« Er beugte sich über die Schwellung. »Um das Ödem herum scheint die Haut fast abgestorben. Ich kenne mich mit giftigen Tieren nicht gut aus, aber vielleicht handelt es sich doch um eine Schlange. Ich möchte allerdings vor voreiligen Schlussfolgerungen warnen.«

»Ein Biss am Hals?«

»Alles ist möglich. Vielleicht hatte er sich ins Gras gelegt.«

Tran Seeyog hielt sich etwas abseits und beobachtete die beiden Männer. Seine Augen wanderten interessiert vom einen zum anderen.

»Meinen endgültigen Bericht verfasse ich heute Nachmittag, wenn ich die Ergebnisse der anderen Untersuchungen habe.«

Brolin insistierte nicht weiter, sondern verabschiedete sich. Auf dem Weg ins Erdgeschoss wandte er sich an Seeyog, der langsam wieder Farbe bekam.

»Darf ich Sie fragen, was die EPA hier bei einer Autopsie zu suchen hat?«

»Ebenso wie Sie möchten wir die Ursache für Mr. Salhindros Tod erfahren … Er ist unter ungewöhnlichen Umständen gestorben, und es ist unsere Aufgabe, uns dafür zu interessieren, aus Achtung ihm, seiner Arbeit und auch seiner Familie gegenüber.«

Die Gegenwart des charismatischen Privatdetektivs verunsicherte ihn ganz offensichtlich. Ihm wurde selbst bewusst, wie gekünstelt seine Erklärung klang.

Als sie in die Eingangshalle traten, entdeckte er Fleitcher Salhindros Witwe und seinen Bruder. Er legte Brolin die Hand auf den Arm.

»Bitte entschuldigen Sie mich, ich möchte der Familie im Namen unserer Behörde das Beileid aussprechen.«

Zum ersten Mal an diesem Morgen sah Tran Seeyog dem Privatdetektiv direkt in die Augen. Doch sogleich senkte er den Blick wieder, ließ seinen Arm los, deutete ein gezwungenes Lächeln an und ging zu den Salhindros.

4

Dolly Salhindro saß auf der bequemen Bank einer Teestube und rührte, den Blick auf das triste Ballett der Autos auf der Straße gerichtet, unablässig in ihrem kalten Kaffee. Etwas weiter entfernt unterhielten Larry Salhindro und Brolin sich leise. Sie hatten die letzten Stunden in einem Restaurant verbracht, ohne dass einer von ihnen sein Essen angerührt hätte. Brolin hatte knapp erklärt, die Todesursache stehe noch nicht fest. Das Ödem am Hals hatte er, da noch keine weiteren Erkenntnisse vorlagen, lieber nicht erwähnt.

Jetzt warteten sie auf den endgültigen Autopsiebericht.

»Ich glaube, es ist besser, ich lasse sie nicht mit den beiden

Kindern allein«, erklärte Larry und nahm eine Hand voll Zuckertütchen aus der Schale.

Die Hände in den Taschen seiner verblichenen Jeans, nickte Brolin.

»Du weißt ja, dass meine Tür dir immer offen steht«, sagte er.

Larry Salhindro legte ihm freundschaftlich die Hand auf die Schulter. Neben ihnen saß eine Frau mit einem Puppengesicht, deren Blick sie flüchtig streifte, um dann länger auf Brolin zu verweilen. Im Laufe ihrer Freundschaft hatte Salhindro bemerkt, dass dieser über eine eigenartige Gabe verfügte, die sich, seit er die Polizei verlassen hatte und zurückgezogen lebte, noch verstärkt hatte. Er konnte unsichtbar bleiben wie ein Phantom. Sei es unter vielen Menschen oder bei einer persönlicheren Unterhaltung – manchmal schien es, als könnten die anderen ihn nicht mehr wahrnehmen, als würden sie durch ihn hindurchblicken. Manchmal kreuzte sein Blick den eines Mannes oder einer Frau, und sein Wesen schien den anderen zu durchdringen. Seine zunächst ätherisch leichte Präsenz wurde intensiver, ja beinahe elektrisierend. Dann ging von ihm eine ursprüngliche, fast erschreckende Anziehungskraft aus.

Diese verwunderliche Szene hatte Larry wieder und wieder erlebt.

Die Frau mit dem Puppengesicht bemerkte, dass Salhindro sie beobachtete, und wandte sich ab, nicht ohne dem Privatdetektiv errötend einen letzten Blick zuzuwerfen.

»Du solltest ausgehen, Josh, ich meine, wieder eine Freundin finden.«

Brolin schwieg überrascht.

»Ich weiß, das ist nicht der richtige Augenblick«, beharrte der beleibte Cop, »aber ich glaube, es ist wirklich an der Zeit, dass du dich wieder in den Griff bekommst.«

»Larry, ich habe keine Lust dazu, es geht mir gut so.«

»So siehst du aus! Du verkriechst dich im Reich der Schatten. Sieh dich doch mal an! Du bist wie ein Phantom! Tagsüber fast durchsichtig, und auch nachts lebst du kaum. Die wenigen Menschen, die dich bemerken, sind entweder fasziniert oder erschrocken, und für die anderen existierst du nicht einmal!«

Brolin strich sich nervös über die Wange. Ungebändigte Haarsträhnen fielen, als führten sie ein Eigenleben, auf seine Hand.

Die Lippen zusammengekniffen, musterte Larry Salhindro seinen ehemaligen Kollegen. Seine Züge waren fein, klar und rassig, sein Blick war nicht auf etwas Bestimmtes gerichtet, sondern schien alles wahrzunehmen.

»Ich denke, du hast Angst. Kannst du mir sagen, warum du nie mit einer Frau zusammen bist? Zum Beispiel diese Annabel in New York. Wenn wir über sie gesprochen haben, habe ich wohl gemerkt, dass sie dir gefällt. Warum hast du sie nie wiedergesehen?«

Nach den Ermittlungen im Fall der Caliban-Sekte hatten die Zeitungen ein Porträt von Brolin und Annabel erstellt und hinter der Zusammenarbeit sogar eine Romanze vermutet.

»Larry«, sagte Brolin ruhig, »lass es gut sein, ja?«

Salhindro seufzte.

»Du änderst dich nie«, brummte er verstimmt.

Die beiden Männer lehnten an der Bar und betrachteten die halbleere Teestube. Nach langem Schweigen gestand Brolin: »Ich habe sie gestern Abend angerufen. Annabel. Ich habe sogar daran gedacht, sie zu besuchen.«

Larry sah ihn überrascht an. Doch er hatte keine Zeit nachzuhaken, da Brolins Handy klingelte.

»Brolin? Hier ist Sydney Folstom.«

Er hob verwundert den Kopf, denn er hatte Dr. Karstian erwartet. Das verhieß nichts Gutes, es sei denn, sie hätte sich der Sache ganz plötzlich angenommen.

»Ich habe gerade Karstians Autopsiebericht im Fall Fleitcher Salhindro gelesen. Er ist mit dem Mann von der EPA in seinem Büro.«

»Was steht in dem Bericht?«

»Bei der mikroskopischen Untersuchung der am Hals entnommenen Gewebeproben hat man Venenthrombosen und eine intravaskuläre Koagulation festgestellt. Bei der toxikologischen Untersuchung wurde eine exogene Substanz im Blut gefunden. Wir haben eine Chromatographie vorgenommen, um die genaue Zusammensetzung festzustellen. Es handelt sich um ein Gift.«

»Gift? Schlangengift?«

»Nein. So unglaublich es auch klingen mag, es handelt sich um Spinnengift, eigentlich nichts Anormales – außer dass Menge und Konzentration ausgereicht hätten, um einen Elefanten umzubringen.«

Brolin sah Larry an. Dieser formulierte ein stummes »Was?«.

»Wie meinen Sie das?«, beharrte Brolin. Er spürte, wie sich seine Nackenhaare aufrichteten.

»Was ich damit sagen will, ist, dass die ganze Sache unmöglich ist, es sei denn, er wäre von einer Spinne gebissen worden, die mindestens so groß ist wie ein Wagenrad.«

»Und das Ödem am Hals?«

»Wir werden einen Insektenforscher kommen lassen, aber es ist wahrscheinlich, dass dort die Bissstelle ist.«

Brolin erinnerte sich an die Größe der Schwellung und den Abstand zwischen den beiden kleinen Löchern in der Haut. Mandibeln von fünf bis sechs Zentimeter Breite.

Unmöglich.

»Brolin? Sind Sie noch da?«

»Ja.«

»Kein Wort darüber. Ich will nicht, dass die Presse davon erfährt, das würde nur auf uns zurückfallen – eine Riesenspinne, das würde den Schreiberlingen gefallen.«

»Ich nehme an, Seeyog, der Typ von der EPA, weiß Bescheid?«

»Jetzt ja. In diesem Zusammenhang halte ich es übrigens für besser, dass Sie herkommen. Er hat uns gerade den wahren Grund für seine Anwesenheit hier erklärt. Das dürfte Sie interessieren.«

Nach einer Pause fügte Dr. Folstom mit außergewöhnlich aufgeregter Stimme hinzu: »Was er uns erzählt hat, ist ... erschreckend.«

5

Als Brolin und Larry Salhindro das Büro der Leiterin des Rechtsmedizinischen Instituts betraten, trafen sie dort auch Dr. Karstian und Tran Seeyog an.

Die Jalousien waren geschlossen, und das Sonnenlicht fiel nur in feinen goldenen Streifen, in denen Staubspiralen tanzten, ins Zimmer. Trotz der Klimaanlage war Seeyogs kahler Schädel von einem feuchten Film überzogen, und seine Augen glichen zwei Eyelinerstrichen. Die Situation überfordert ihn, dachte Brolin. Und das war kein gutes Zeichen.

Sie begrüßten sich mit einem Kopfnicken, und Salhindro nahm in einem Sessel neben den beiden Männern Platz. Brolin zog es vor, mit verschränkten Armen abseits stehen zu bleiben.

»Nun gut«, begann Sydney Folstom, an Seeyog gewandt. »Wenn Sie diese ganze Geschichte noch einmal wiederholen würden. Ich denke, die Herren hier sollten sie ebenfalls hören.«

Seeyog räusperte sich und versuchte, eine bequemere Position in seinem Sessel einzunehmen.

»Nun, also ... ich denke, Sie alle kennen den Wald vom Mount Hood, diesen riesigen Nationalpark – Paradies der

Freunde der Natur, des Wanderns und Raftings. Der Park ist derart weitläufig und so wild, dass ein Großteil nicht gepflegt, nicht einmal zugänglich ist. Die meisten Wanderer entfernen sich nicht von den Wegen ...«

»Was hat das mit meinem Bruder zu tun?«, unterbrach ihn Salhindro leicht gereizt.

»Darauf komme ich gleich zu sprechen. Trotzdem gibt es gewisse Stellen, die von Insidern, wenn man so sagen darf, aufgesucht werden, Orte, die auf keiner der Karten verzeichnet sind, zum Beispiel eine große, wunderschöne Lichtung mit einem Wasserfall in der Nähe. Die Forstmeister nennen sie Eagle Creek 7. Sie liegt knapp fünfhundert Meter von einem der Wanderwege entfernt, weshalb dort gelegentlich gepicknickt wird.

Vor drei Monaten kam es hier zu einem Zwischenfall. Ein Paar wollte Fotos machen, und die Frau wurde von einer Spinne gebissen. Von einer Schwarzen Witwe.«

»Gibt es denn in dieser Gegend überhaupt Schwarze Witwen?«, fragte Brolin.

»Selten, doch möglich, allerdings kaum um diese Jahreszeit. Mitte März ist etwas zu früh. Wie auch immer, diese Frau wurde auf der Lichtung von der Spinne gebissen. Bis ihr Mann Hilfe herbeiholen konnte, war ihr Nervensystem bereits stark geschädigt. Sie wurde so schnell wie möglich ins Krankenhaus gebracht und hat überlebt, allerdings mit Folgeschäden. Das Gift einer Schwarzen Witwe, müssen Sie wissen, ist fünfzehnmal so toxisch wie das einer Klapperschlange!«

»Was hat die EPA damit zu tun?«, erkundigte sich Salhindro, dessen Aggressivität allmählich in Neugier überging.

»Die EPA wurde Anfang Mai, also vor etwas mehr als einem Monat, von den Forstmeistern hinzugezogen, nachdem auf besagter Lichtung zum dritten Mal ein Tourist von einer Schwarzen Witwe gebissen worden war. Sie wollten die Angelegenheit geklärt wissen. Und das umso mehr, als im Laufe des Mai eine vierte Person gebissen wurde. Es grenzt an ein Wunder, dass es bis jetzt keinen Toten gegeben hat. Aber vier Angriffe einer Schwarzen Witwe innerhalb so kurzer Zeit, vor allem an einem derart wenig frequentierten Ort – man könnte meinen, dort habe sich eine ganze Spinnenkolonie angesiedelt. Zunächst haben wir versucht, das Problem an den U. S. Fish and Wildlife Service und an das Center for Disease Control and Prevention weiterzuleiten, doch beide lehnten ab mit dem Hinweis, das gehöre nicht in ihren Zuständigkeitsbereich. Inzwischen meiden Wanderer die Lichtung.«

Seeyog sah Salhindro verlegen an.

»Ihr Bruder wurde dorthin geschickt, um sich vor Ort umzusehen. Er war regelmäßig dort, und letzte Woche hat er von einem seiner Besuche eine Schwarze Witwe mitgebracht. Er ist auf die Lichtung zurückgekehrt und hat versucht, weitere Spinnen zu finden, um zu prüfen, ob der Ort von Spinnen verseucht ist, als er ... als er gebissen wurde.«

Salhindro schluckte geräuschvoll und hob die Hand an den Mund.

Brolin hatte ihm im Wagen alles erzählt. Von der enormen Giftmenge, von der Größe der Schwellung und vom Abstand der Löcher, die möglicherweise durch die Mandibeln, das heißt die Beißwerkzeuge, entstanden waren.

Tran Seeyog drehte sich zu Brolin und hob hilflos die Hände.

»Glauben Sie mir, ich weiß nicht genau, wie Mr. Salhindro zu Tode gekommen ist. Die EPA verfügt über keine weiteren Informationen. Genauso wie Sie würden wir gerne verstehen, was passiert ist. Die Erklärung mit der ... *Riesenspinne* befriedigt niemanden.«

»Keiner hat hier von einer Riesenspinne gesprochen«, griff Dr. Folstom ein. »Es gibt Dutzende von anderen möglichen Gründen.«

»Zum Beispiel?«, fragte Seeyog.

»Ich bin nicht hier, um Mutmaßungen anzustellen, aber ich möchte Sie bitten, nicht von einer Riesenspinne zu sprechen.«

»Gibt es außer dem Ödem am Hals keine weitere Bissspur?«, fragte Brolin Dr. Karstian.

»Nein, keine. Ich weiß, worauf Sie hinauswollen. Vergessen Sie's. Fleitcher Salhindro wurde nicht gleichzeitig von mehreren Spinnen gebissen.«

Brolin sah seinen Freund an, der völlig aufgelöst war, und legte ihm die Hand auf die Schulter.

»Larry, du solltest vielleicht besser heimgehen, meinst du nicht?«

Der Angesprochene schüttelte den Kopf.

Brolins ernste Stimme ließ sich über das gedämpfte Summen der Klimaanlage hinweg vernehmen.

»Hat die EPA die in der Lichtung gefundene Schwarze Witwe analysieren lassen?«

»Ja«, gab Seeyog zurück, »aber leider ohne besonderes Ergebnis. Es handelt sich um eine Art, die in unserem Land vorkommt. Allerdings können wir uns die örtlich begrenzte starke Vermehrung nicht erklären.«

»Und was ist mit der Giftmenge in Fleitcher Salhindros Körper?«, beharrte Brolin. »Haben Sie eine Erklärung dafür? Und für diese große Bissspur an seinem Hals?« Er beugte sich zu dem kleinen Mann hinab, um ihm zuzuflüstern: »Und für diesen Ausdruck des Entsetzens in seinem Gesicht?«

Seeyog wischte sich die Stirn mit dem Ärmel seines Anzugs ab. Brolin warf ihm einen kurzen prüfenden Blick zu. Er hatte ihn ein wenig unter Druck gesetzt, gerade genug, um ihn gefügiger zu machen. Seeyog gehörte nicht zu den Menschen mit starker Persönlichkeit und festem Charakter, das verriet jede seiner Gesten.

»Mr. Seeyog«, fuhr Brolin mit ruhiger Stimme fort, »wie

wäre es, wenn Sie uns jetzt zu dieser Lichtung führen und die Forstmeister bitten würden, uns dort zu treffen?«

»Ich? Jetzt?«

Statt zu antworten, schob ihm Brolin ein Stück Papier in die Jackentasche.

»Meine Telefonnummer. Bitte nehmen Sie zur Kenntnis, dass ich jetzt in dieser Angelegenheit ermittele.«

»Aber … das ist doch ein Un… Ich meine, das gehört nicht zum Aufgabenbereich der Polizei oder eines Privatdetektivs, die …«

Brolin beugte sich noch tiefer zu ihm hinab. Seine Hand umschloss seine Schulter, und seine Lippen berührten fast Seeyogs Ohr, als er ihm zuraunte: »Sagen Sie das seiner Familie …«

Als sich die drei Männer entfernten, schenkte sich Sydney Folstom ein großes Glas Wasser ein.

Sie war schweißgebadet.

All diese Menschen in ihrem Büro, diese feindselige Atmosphäre … Sie war müde. Und vielleicht auch verbraucht.

In der Ferne fiel eine Tür zu, und Sydney Folstom schlug eine Akte auf, die schon zu lange auf ihrem Schreibtisch herumlag.

Irgendwann musste sie ja bearbeitet werden.

6

Brolin hatte seinen Freund schließlich überreden können, zu seiner Schwägerin Dolly zu fahren, und ihm versprochen, alles Menschenmögliche zu tun, um den Mord an seinem Bruder aufzuklären.

Der Mustang glitt über die Straße – einziges Zeichen der Zivilisation in dieser wilden Hügellandschaft. In einigem Abstand hinter ihm fuhr der Wagen von Tran Seeyog.

Bald hatten sie Sandy erreicht, die letzte städtische Bastion, bevor die unendlichen Weiten des Waldes begannen. Im Osten tauchte die weiße Masse des Mount Hood auf – dieser mächtige Vulkan, der die Gegend beherrschte wie ein auf seinem Thron schlummerndes Ungeheuer.

Sandy war das Hauptquartier der Forstmeister des Mount Hood National Forest. Dort trafen Brolin und Seeyog sich mit Adrien Arque – dem Mann, der den leblosen Körper von Fleitcher Salhindro entdeckt hatte. Arque erklärte sich bereit, sie zu der Lichtung Eagle Creek 7 zu führen, und bald fuhren die drei Männer in seinem Jeep Richtung Norden.

Unterwegs fragte Arque nach Salhindros Todesursache. Er konnte den Ausdruck des Grauens auf dessen Gesicht einfach nicht vergessen und hatte die ganze Nacht kein Auge zugetan. Als Brolin erwiderte, dass man noch immer nichts Genaueres wüsste, konnte Arque es kaum glauben. Um sich abzulenken, begann er mit einer ausführlichen Beschreibung der Region: »Wissen Sie, es gibt quasi keine Straße, dort, wohin wir fahren, nur einen Waldweg, kaum breit genug für einen Jeep!«

Brolin, der auf dem Beifahrersitz saß, fragte: »Kommen viele Spaziergänger hierher?«

»Unterschiedlich. Weiter südlich, ja, da gibt es viele, in diesem Teil aber nicht. Nur ein paar vereinzelte Wanderer. Diese Ecke hier ist sehr unwegsam mit ihren tiefen Schluchten, gewaltigen Wasserfällen und einer sehr dichten Vegetation. Es gibt auch Höhlen, die allerdings nirgendwo verzeichnet sind.«

»Ist es wirklich so einsam?«

»Ich wiederhole: Diese Gegend wird wenig besucht. Vielleicht gibt es sogar Tier- und Pflanzenarten, die noch unbekannt sind! Übrigens hat die Legende von Bigfoot hier ihren Ursprung – Sie wissen schon, von diesem amerikanischen Yeti. Kein Witz.«

Seeyog, der bis dahin in die Betrachtung der Umgebung versunken gewesen war, beugte sich vor und sagte: »Das ist ein Ammenmärchen, völlig aus der Luft gegriffen ...«

Arque zuckte mit den Schultern.

»Mag sein, aber die Vermutung, dass es hier noch unbekannte Arten geben könnte, ist nicht von der Hand zu weisen. Wissen Sie, der Wald vom Mount Hood, für den wir verantwortlich sind, ist nur ein winziger Teil von einem gewaltigen Ganzen – von einem Streifen dichter Vegetation, der Oregon von Norden bis Süden durchquert und sich sogar bis nach Kalifornien fortsetzt. Weiter nördlich erstreckt er sich dann durch den Staat Washington hindurch bis nach Kanada, insgesamt ist er fast viertausend Kilometer lang. An der schmalsten Stelle misst er dreißig Kilometer, was schon nicht wenig ist, an der breitesten aber bis zu fünfhundert. Das ist einer der größten Wälder der Erde. Hier findet man auch die höchsten Bäume des Planeten – manche erreichen an die hundertzehn Meter – und auch die ältesten. Man trifft nicht selten Mammutbäume an, die älter sind als zweitausend Jahre! Sie standen bereits zu Zeiten Jesu da, können Sie sich das vorstellen?«

»Nur schwer«, murmelte Brolin und starrte auf die Kette wuchtiger Hügel.

»Sie sind wohl nicht von hier?«, wollte Arque wissen.

»Doch. Allerdings bin ich seit meiner Kindheit nicht mehr hier gewesen.«

»Sie werden sehen, das ist ein Ort, den man nicht mehr vergisst.«

Arque hatte nicht Unrecht, der sichtbare Reichtum des Waldes war eindrucksvoll. Zu der Vielfalt an Bäumen, die zu beiden Seiten der Straße hohe Mauern bildeten, kamen die gewaltigen Wasserfälle, die in wilden Kaskaden aus solchen Höhen hinabstürzten, dass sie für Menschen unerreichbar schienen. Der Jeep fuhr an Schluchten vorbei – schwarze Einschnitte, an deren Grund kristallklare eisige Wasser tosten.

Der Wagen holperte über einen unebenen Weg, der sich, bedeckt mit Farnen und abgebrochenen Ästen, mal einen Hügel hinauf-, mal hinunterwand. Nach etwas mehr als einer Stunde hatten sie die Lichtung Eagle Creek 7 erreicht. Was ihnen als Piste gedient hatte, mündete in eine relativ spärlich bewachsene Stelle, die Arque Parkplatz nannte und wo sie aussteigen konnten.

Jenseits davon erstreckte sich Eagle Creek 7.

Brolin trat aus dem angenehm kühlen Schatten der Bäume auf die große sichelförmige, mit hohen Gräsern bewachsene Lichtung. Obwohl der Nachmittag schon dem Ende zuging, blieb die Hitze drückend und lag über dem Boden wie eine schwere, erstickende Decke.

Er wandte sich an Adrien Arque und Tran Seeyog, die, sichtlich unbehaglich, am Waldrand stehen geblieben waren.

»Wo wurde Fleitcher Salhindros Leiche gefunden?«, fragte er.

»Etwas weiter oben, dort hinten. Kommen Sie, ich zeige Ihnen die Stelle.«

Sie stiegen über einen umgefallenen, halb vermoderten Stamm und gingen die leicht ansteigende Lichtung hinauf.

»Sie sollten das Gras möglichst nicht berühren«, meinte Arque. »Man kann nie wissen.«

»Glauben Sie, es gibt hier so viele Schwarze Witwen?«

Arque zuckte mit den Schultern.

»Wer weiß? Im Sommer kommen hier im Monat höchstens fünf bis zehn Personen her, und vier wurden im Laufe des letzten Vierteljahrs von einem dieser verdammten Viecher gebissen! In Anbetracht der Größe der Lichtung ergibt das eine aussagekräftige Statistik. Hier muss es von Spinnen wimmeln. Und vielleicht sind wir, seitdem wir unterwegs sind, schon auf Dutzende getreten …«

Arque lief ein Schauer über den Rücken.

Vor einer Stelle, an der das Gras platt gedrückt und abgeknickt war, blieben sie stehen.

»Ich glaube, es war hier.«

Brolin kniete sich hin und strich vorsichtig mit der Spitze des Zeigefingers über den Boden.

»Haben Sie das Umfeld untersucht?«, fragte er den Forstmeister.

»Nein. Ich habe meinen Kollegen Bescheid gegeben und um Verstärkung gebeten. Ich wusste, dass eine Ambulanz nicht bis hierher kommen würde. Deshalb haben wir den Toten mit einem Jeep nach Sandy gebracht.«

Brolin richtete sich auf, drehte sich langsam um die eigene Achse und inspizierte die nähere Umgebung. Zweimal hielt er an und beugte sich vor. Er runzelte die Stirn, stellte sich auf Zehenspitzen und bog einige Gräser auseinander.

»Hier muss etwas stattgefunden haben.«

Knappe drei Meter von ihnen entfernt vertrockneten mehrere abgebrochene Blumen in der Sonne. Brolin nahm eine und kratzte am Stiel.

»Sehen Sie«, sagte er und hielt ihn Arque hin. »Die Blumen wurden nicht ausgerissen, sondern geknickt. Das Gleiche gilt für die Gräser.«

»Das war vielleicht Fleitcher Salhindro, als er nach diesen Spinnen suchte.«

»Das würde mich wundern. Sehen Sie sich unsere Spur an. Wir haben nichts abgebrochen, sondern nur zur Seite gebogen. Das sieht mir ganz aus wie Spuren von einem Kampf.«

Sicherheitshalber untersuchte Brolin den Boden. Da es mehrere Tage nicht geregnet hatte, war er völlig ausgetrocknet und wies nicht die geringsten Abdrücke auf.

»Sie glauben, er hat sich gewehrt? Ich wollte sagen, es ist ... Man spricht von Mord, ist es das?«

Brolin gab keine Antwort, sondern inspizierte weiter den

Boden von Eagle Creek 7, die Augen zusammengekniffen, da die Sonne selbst um diese Stunde noch blendete.

»Haben Sie gefunden, was Sie gesucht haben?«, fragte der junge Forstmeister.

Eagle Creek 7 erstreckte sich etwa fünfhundert Meter vor ihnen und bog sich nach rechts wie zu einer Sichel, deren äußeres Ende von Bäumen verdeckt war. In der Mitte dieser Biegung erhob sich, einem vergessenen Totem gleich, ein Baumstumpf, dessen abgebrochenes spitzes Ende zum blauen Himmel deutete. Von dort aus müsste man den ganzen unteren und den restlichen Teil der Lichtung überblicken können.

»Ich würde mich da oben gerne mal umsehen.«

»Äh … Ich glaube, es ist keine so gute Idee, die halbe Lichtung zu durchqueren. Wenn sie wirklich voller Schwarzer Witwen ist, würde ich Ihnen abraten …«

»Ich riskiere es.«

Brolin machte sich auf den Weg. Arque sah sich nach Tran Seeyog um. Der Beamte der EPA hatte sich nicht von der Stelle gerührt und stand noch immer am Waldrand. Er machte ihm ein Zeichen mit dem Kopf. Der Asiat aber war ganz offensichtlich nicht bereit zu kommen.

»Was soll's …«

Arque folgte dem Privatdetektiv.

Als sie sich dem Baumstumpf näherten, meinte Brolin: »Sie haben vorhin von einem nahe gelegenen Wasserfall gesprochen; ich habe bisher aber noch nichts davon gehört.«

»Er liegt etwa drei- oder vierhundert Meter von hier entfernt, doch die Vegetation ist so dicht, dass alle Geräusche gedämpft sind. Ich schwöre Ihnen, dieses Fleckchen hier ist eine Welt für sich.«

Das wollte Brolin ihm gerne glauben. Sein Blick huschte immer wieder zum schwarzen Saum des Waldes, wo er alle dreißig Sekunden eine verdächtige Bewegung wahrzunehmen glaubte.

»Arbeiten Sie allein, wenn Sie hierherkommen?«

Arque lächelte.

»Ja, ganz allein. Und manchmal habe ich tatsächlich ... Schiss, falls es das ist, was Sie wissen wollten. Auch wenn man Forstmeister ist, macht einem der Wald manchmal Angst. Um Ihnen die ganze Wahrheit zu sagen, ich glaube, selbst die alten Hasen unter meinen Kollegen haben ein mulmiges Gefühl, wenn sie hierherkommen. Diesem Wald wohnt etwas Ursprüngliches inne. Es ist, als wäre die Natur hier feindselig, als hütete sie ein Geheimnis. Geheimnisse.«

Der Schrei eines Falken ließ die beiden Männer aufschrecken.

Arque musste sogleich an den Raubvogel denken und an die Rolle, die er bei der Entdeckung der Leiche gespielt hatte. Er kreiste über den Tannen und lauerte seiner Beute auf.

Am Fuß des Baumstumpfes angelangt, zog Arque ein Taschentuch hervor und trocknete sich die Stirn, während Brolin einmal um den Baum herumlief. Der gewaltige, von Würmern zerfressene Stamm lag am Boden. Er war etwa drei Meter über der Basis abgebrochen, vermutlich durch einen Blitzschlag. Ein eindrucksvoller Anblick. Er schien implodiert zu sein. Der Privatdetektiv fand eine natürliche Aufstiegshilfe in Form eines riesigen Baumpilzes, mit deren Hilfe es ihm gelang, auf den Stumpf zu klettern.

Aus dieser Höhe änderte sich die Perspektive total. Der Waldrand schien von hier eher noch bedrohlicher. Dafür konnte Brolin, wie er vermutet hatte, die ganze Lichtung überblicken. Der obere Teil war von gelben und lilafarbenen Tupfern durchsetzt – Lupinen, die dort zu Tausenden wucherten. Eagle Creek 7 dehnte seine Sichel bis zur Flanke eines etwa eintausend Meter hohen Berges aus. Mehrere gewaltige Felsen schienen im Begriff zu sein, den Hang hinabzustürzen. Die Koniferen, die bis zum Gipfel hinaufwuchsen, sahen aus wie ein Fell, über das der Wind strich. Und ...

Brolins Blick wanderte hinab zum nördlichen Rand der Lichtung, zu einer rechteckigen Form, einem geometrischen Block. So unglaublich es erscheinen mochte, am Saum des Waldes verbargen sich Gebäude.

»Mr. Arque, was sind das für Häuser? Kennen Sie sie?«

Der Forstmeister sah in die Richtung, in die Brolins Zeigefinger deutete.

»Ich kann von hier unten nichts sehen. Doch das müssten die staatlichen Gebäude sein.«

»Was?«

»Ach, nichts Besonderes. Außerdem stehen die längst leer. Sie gehörten früher dem Militär, wurden aber vor vier, fünf Jahren geschlossen. Ich glaube, sie haben sogar die Straße gesperrt, die dorthin führte.«

»Wissen Sie, was dort gemacht wurde?«

»Nein. Der Komplex ist nicht sehr groß. Einer meiner Kollegen meint, es sei ein Trainingslager gewesen, topsecret. Für die Elite. Aber eigentlich wissen wir gar nichts.«

Brolin betrachtete den Betonklotz, der aus seiner grünen Umgebung herausragte. Die Präsenz des Militärs hier war letzten Endes nichts Außergewöhnliches. Denn hier war ein idealer Platz für geheime Aktionen.

Plötzlich wurde ihm bewusst, dass er ganz automatisch auf einer geraden, sitzartigen Fläche auf dem Baumstumpf Platz genommen hatte, die im rechten Winkel sogar mit einer Art Rückenlehne ausgestattet war, so dass man hier eine Stunde oder zwei äußerst bequem sitzen konnte.

»Ist etwas nicht in Ordnung?«, fragte Arque.

Brolin erhob sich und inspizierte den improvisierten Sitz. Auf der Seite entdeckte er Kerben, die von einer Messerklinge stammen mussten. Jemand hatte sich hier einen Beobachtungsposten eingerichtet. Brolin stellte fest, dass die Holzfasern auf der Sitzfläche glatt waren. Dieser Jemand war oft hier gewesen. Sehr oft.

»Kommen Sie regelmäßig hierher?«, erkundigte sich Brolin.

»So drei-, viermal im Jahr. Warum?«

»Lebt ein Einsiedler in der Gegend? Ein Holzfäller oder sonst wer?«

»Niemand. Ich sagte doch schon, dieser Ort wird sehr wenig frequentiert.«

Brolin strich mit dem Daumen über die glatte Holzfläche.

Als Erstes die Spuren von etwas, das stark nach einer Auseinandersetzung aussah, und dann dies hier. Dieser Baumstumpf war ideal als Hochsitz. Wenn jemand einen Überblick über die ganze Lichtung haben wollte, dann war dies der richtige Ort.

Was zunächst nur ein Zweifel gewesen war, wurde zur Gewissheit.

Fleitcher Salhindro war keines natürlichen Todes gestorben.

Als die sommerliche Brise, die um den Gipfel des Berges gespielt hatte, jetzt die Hänge herabstrich, begannen die hohen Gräser zu zittern.

Dieser Ort war Zeuge von etwas Außergewöhnlichem gewesen.

Von etwas Außergewöhnlichem und Schrecklichem.

7

Das heiße Wasser ergoss sich über Brolins Körper, rann über seine Muskeln und floss auf den Lattenrost der Dusche. Dampfschwaden hingen im Raum.

Er dachte an den Tod von Fleitcher Salhindro.

Er versuchte, Ordnung in die bislang bekannten Fakten zu bringen, so als wollte er das endgültige Motiv eines großen Puzzles erraten, von dem er bislang nur wenige Teile in den Händen hielt.

Welchen Zusammenhang konnte es geben zwischen Dutzenden Schwarzer Witwen auf einer Lichtung und dem Giftmord an einem Mann? Denn je mehr er darüber nachgrübelte, desto deutlicher nahm er das Gespenst der Ermordnung von Fleitcher Salhindro hinter allem wahr. Er konnte nicht an die Existenz einer »Riesenspinne« glauben, das war vollkommen absurd. Zudem gab es diese Kampfspuren neben dem Fundort der Leiche. Brolin suchte darüber hinaus eine Verbindung zu diesem Beobachtungsposten auf dem Baumstumpf. Niemand wohnte in dieser Gegend, und trotzdem kam jemand oft hierher. Mit welchem Ziel?

Und wenn das eine überhaupt nichts mit dem anderen zu tun hätte? Du ziehst voreilige Schlüsse ... Du hast zunächst mal so gut wie gar nichts, behalt das Wenige erst einmal im Kopf, ohne künstliche Bezüge herzustellen. Sie bringen dich nur aus dem Konzept ...

Er drehte den Wasserhahn zu, trocknete sich notdürftig ab und durchquerte, das Duschhandtuch um die Hüften geschlungen, das Wohnzimmer zur Veranda hinüber, von der aus sich ein großartiger Blick auf die Waldlandschaft und den Sonnenuntergang bot. Brolin drehte sich eine Zigarette aus diesem Tabak mit Apfelaroma, den er seit seinem mehrmonatigen Ägyptenaufenthalt so schätzte. Er zündete sie an und sog genussvoll den Rauch ein. Pfefferminztee, dazu eine Wasserpfeife mit Apfeltabak und von einem fernen Minarett der Ruf des Muezzin, all das tauchte in seiner Erinnerung wieder auf.

Die laue Abendbrise trocknete seine Haut und sein Haar.

Etwas stieß gegen die Eingangstür.

Ein dumpfes Geräusch, das nur von einem Menschen oder einem Tier stammen konnte.

Brolin vergewisserte sich, dass Saphir neben ihm lag, und trat auf Zehenspitzen ins Wohnzimmer. Er lebte mitten im Wald und glaubte dennoch nicht, es könne sich um ein Tier gehandelt haben. Er überlegte einen Augenblick, ob er zur Waffe greifen sollte, besann sich aber anders. Wenn er nicht aufpasste, würde ihn die Einsamkeit noch verrückt machen.

Er legte die Hand auf die Klinke und wollte die Eingangstür vorsichtig aufziehen. Der Druck von der anderen Seite machte ihn stutzig, und er ließ die Klinke los.

Die Tür flog auf, und ein Körper fiel auf die Schwelle.

Die Person, die dem Privatdetektiv zu Füßen lag, musste sich wohl im Sitzen mit dem Rücken an die Tür gelehnt haben und war dann nach hinten gesunken.

Es war eine Frau.

Sie hatte feine Züge, die Haut hatte einen natürlich dunklen Teint und wirkte so zart, wie sie sich wohl auch anfühlen musste, die Lippen waren voll, und die großen Augen schauten zu Brolin auf. Mehrere lange Zöpfe waren wie Tentakel um ihren Kopf ausgebreitet – Zeugen ihres afrikanischen Ursprungs.

»Annabel?«

Saphir drückte seine feuchte Schnauze in das Gesicht der jungen Frau und schnüffelte geräuschvoll.

»Guten Abend«, stammelte sie und musterte Brolin, der in sein Duschtuch gehüllt war.

Er streckte ihr die Hand entgegen und half ihr beim Aufstehen. Als sie wieder auf den Füßen stand, klopfte sie ihr langes buntes Kleid ab und zog das trägerlose, schulterfreie Oberteil zurecht. In diesem Aufzug wirkte sie ein wenig wie eine Zigeunerin. Brolin nahm ihren athletischen Körperbau wahr, und das Bild von Annabel O'Donnel, Detective in Brooklyn, tauchte in seiner Erinnerung auf.

»Was … Was machst du denn hier?«, fragte er, als glaubte er nicht an das, was er sah.

Nie hätte er sich Annabel in seinen vier Wänden vorstellen können. Sie war für ihn die Seele von New York, die Städterin schlechthin.

»Ich, hm … Ich habe auf das gehört, was dein Freund mir gesagt hat. Dass du mich brauchst.«

»Mein Freund?«

Jetzt fiel es Brolin wie Schuppen von den Augen.

»Larry? Er hat dich angerufen? Was hat er … Woher hat er überhaupt deine Nummer?«

»Er ist Cop. Und selbst wenn du ihm meinen Familiennamen nicht gesagt hast, so hat er ihn doch aus der Presse erfahren, als …«

Sie musterten sich. Mit einem Anflug von Lächeln um die Lippen.

»Ich habe das nächstbeste Flugzeug genommen. Und ein Taxi hat mich vor einer Viertelstunde hier abgesetzt.«

Sie blickte zu den Bäumen auf, die das Haus umgaben, und fügte hinzu: »Ich habe geklingelt – keine Antwort. Mein Handy steckt in meiner Tasche, der Akku ist leer. Ich muss zugeben, dass ich schon anfing, mir Gedanken zu machen, ob ich die Nacht im Freien verbringen müsste.«

»Ich war unter der Dusche«, sagte er mit einem Blick auf das um die Taille gebundene Tuch.

Sie nagte an der Unterlippe, fest davon überzeugt, dass ihr dunkler Teint nicht über ihre geröteten Wangen würde hinwegtäuschen können. Sie löste mühsam den Blick von dem nackten Oberkörper Brolins. *Was ist denn jetzt in dich gefahren? Siehst du etwa zum ersten Mal einen gut gebauten Mann? Außerdem ist es Joshua, dein Freund!*

Er trat zur Seite, um sie vorbeizulassen.

»Komm rein.«

Sie nahm ihre kleine Reisetasche und betrat das Refugium des Privatdetektivs.

»Larry sagte, du wärst so erschöpft, dass er um dich besorgt sei. Er meinte, ich müsse kommen, ›um dir einen Tritt in den Hintern zu verpassen‹, so hat er sich ausgedrückt …«

»Wann hat er dich angerufen?«

»Heute Nachmittag.«

Brolin schloss kurz die Augen. *Larry, das wirst du mir büßen.* Larry musste nach dem zweiten Besuch im Leichenschauhaus, nachdem er, Brolin, ihm gestanden hatte, dass er Annabel am Vortag angerufen hatte, zum Handy gegriffen haben.

»Hätte ich besser nicht kommen sollen?«, fragte sie mit einem ängstlichen Ausdruck in den Augen.

»Ich bin nur überrascht. Die Situation ist ziemlich verworren, Larry hat soeben seinen Bruder verloren, und ich …«

»Er hat es mir gesagt. Hör zu, ich will mich nicht aufdrängen. Wenn meine Anwesenheit ein Problem für dich ist, nehme ich morgen früh das erste Flugzeug, und wenn du mir ein Taxi rufst, kann ich auch sofort verschwinden …«

Brolin griff nach ihrer Reisetasche.

»Unsinn. Du bist hier willkommen. Ich zeige dir das Gästezimmer.«

Bei ihrem Vorschlag, gleich wieder abzureisen, konnte er die Gefühle der jungen Frau nachempfinden, diesen Anflug von Kummer bei der Vorstellung, dass er sie hier nicht haben wollte. Er hatte fühlen können, wie sich ihr Herz zusammenkrampfte, und den Geschmack der Traurigkeit, die sie erfüllt hatte, in der eigenen Kehle verspürt.

All das erinnerte ihn daran, wie sehr sie ihm in den letzten fünf Monaten gefehlt hatte.

☆

Georges Lyfield kratzte sich an der Nase.

»Das darf nicht wahr sein«, murmelte er. »Wo steckt diese verdammte Fernbedienung schon wieder?«

Der Sechzigjährige legte die Zeitung beiseite und erhob sich von dem bequemen Sofa, um das Gerät in einem der Regale zu suchen.

»Darling, hast du zufällig die Fernbedienung gesehen?«

»Nein«, war Normas Stimme aus der Küche zu hören. »Möchtest du Käse zu deiner Suppe?«

Georges fluchte leise vor sich hin. Er hatte es satt, stundenlang nach diesem verfluchten Ding zu suchen. *Sie verkaufen einem das als Fortschritt! Mit diesen modernen Fernsehern kann man ohne Fernbedienung nichts mehr anfangen.*

Entnervt gab er das Vorhaben auf, die Abendnachrichten zu sehen, und ging zur Treppe.

»Ich gehe duschen.«

Im Schlafzimmer zog er sich aus, legte seine Kleidungsstücke sorgfältig zusammen und schlüpfte in den Morgenmantel, den er im letzten Winter in Las Vegas gekauft hatte. Er bemerkte den kleinen chitinhaltigen Körper nicht, der unter dem Bett hervorgekrochen kam. Das Tier glitt auf seinen acht Beinen über den Boden. Die *Loxosceles Reclusa,* bekannt für ihr gefährliches Gift, hielt in der Mitte des Raumes inne, ein brauner Fleck auf dem weißen Teppichboden.

Georges legte seine Hose über den Stuhl und ging auf den Schrank zu. Er trat wenige Zentimeter von der Spinne entfernt auf, die reglos verharrte und dann ihre beiden Vorderbeine vorstreckte.

Der Mann suchte in einem Fach nach sauberer Unterwäsche. Sein Fuß bewegte sich um zehn Zentimeter nach hinten und hätte fast die Spinne berührt.

Eines der Beine des Tiers berührte die Haut des Fußes.

Während er noch nach der Wäsche tastete, hob Georges den Fuß, kratzte sich am Knöchel und setzte die Ferse vor den winzigen Augen der *Loxosceles* wieder auf den Boden.

»Na, da ist es ja.«

Er nahm das Gesuchte und trat ins Badezimmer.

Nach der Dusche fühlte sich Georges Lyfield entspannt und fing an zu pfeifen, während er sich im Morgenmantel vor dem Spiegel kämmte. Die Tür zum Schlafzimmer stand offen. Die Spinne war verschwunden.

Während er noch ein altes Lied von Jerry Lee Lewis vor sich hin pfiff, machte sich Georges auf die Suche nach seinen Pantoffeln.

Das kann nicht wahr sein! Das ist eine Verschwörung ...

Nach der Fernbedienung nun die Pantoffeln.

Auf der Schwelle zum Schlafzimmer rief er: »Darling? Hast du vielleicht meine Pantoffeln gesehen?«

Norma war noch immer in der Küche beschäftigt.

»Schau unter dem Bett nach!«, rief sie über das Klappern der Töpfe hinweg.

Georges verzog wenig überzeugt den Mund. Er kniete sich hin und sah unter dem Bett nach. Die Pantoffeln waren tatsächlich da.

»Ach, natürlich ...«

Er streckte den Arm aus, um nach ihnen zu greifen. Seine Fingerspitzen berührten den Filzrand.

»Norma, warum, zum Teufel, musst du sie immer werfen? Kannst du sie nicht einfach vors Bett stellen?«

Sein Zeigefinger berührte etwas Weiches, das in dem Pantoffel steckte.

»Was ist ...«

Im Erdgeschoss hatte Norma die Suppenschalen in die Mikrowelle gestellt; sie musste sie nur noch aufwärmen. Und sie hatte sich an die Zubereitung eines echten Chili con carne gemacht – für die ganze Familie, die am Sonntag zum Mittagessen kommen würde. Man musste die Bohnen lange im Voraus einweichen, mit einer Prise Bikarbonat, damit sie nicht so schwer im Magen lagen.

Als ihr Mann im ersten Stock aufschrie, ließ sie den Topf fallen, und die roten Bohnen verteilten sich über den gefliesten Boden.

In der Kinderstation des Meridian Park Hospital trat Dr. Vordinsky in den Fahrstuhl. Sein Arbeitstag war beendet. Endlich konnte er nach Hause fahren und seine verdiente Ruhe genießen. Mark Donner war schon in der Kabine und drückte auf den Knopf zum Erdgeschoss. Er schien in Eile.

»Hallo, Mark. Gibt's ein Problem?«

»In der Notaufnahme wurde ein älterer Mann eingeliefert: Herzinfarkt.«

Vordinsky senkte kurz den Kopf, um sein Mitgefühl kundzutun.

»Er soll von einer Spinne gebissen worden sein«, fuhr Dr. Donner fort. »Ich glaube nicht, dass das Gift der Auslöser war, sondern eher der Schreck. Vielleicht leidet er an einer Spinnenphobie – die weltweit am meisten verbreitete Phobie, wie ich gehört habe.«

»Eine Spinne?«

»Ja. Verdammte Drecksviecher.«

Mark Donner musterte seinen Kollegen, dessen Miene sich plötzlich verfinsterte.

»Stimmt was nicht?«

Vordinsky blickte zu ihm auf.

»Ich glaube … Du tätest gut daran, eine toxikologische Untersuchung zu veranlassen. Es wurden diese Woche schon zwei Personen mit hochgiftigen Spinnenbissen eingeliefert. Und …«

»Und was?«

Vordinski fiel wieder ein, was eine der Krankenschwestern am Nachmittag erzählt hatte.

»Drei ähnliche Fälle wurden aus dem Emanuel Hospital und zwei aus dem Good Samaritan Hospital gemeldet. Das alles innerhalb von nur einer Woche.«

Jetzt war auch Mark Donner blass geworden. Alle diese Krankenhäuser lagen im Zentrum der Stadt.

»Kannst du mir einen Gefallen tun«, fragte er, »und beim Gesundheitsamt anrufen? Ich glaube, hier geht etwas nicht mit rechten Dingen zu.«

Der Aufzug gab ein »Pling« von sich, bevor sich die Türen zur Notaufnahme öffneten.

8

Annabel schlug die Augen auf. Es war nach neun Uhr. Die Sonne stand schon relativ hoch, und die Hitze begann sich auszubreiten. Sie schlüpfte in ein langes T-Shirt und zögerte, ob sie noch etwas anziehen sollte, bevor sie hinunterging. Es war ihr peinlich, so leicht bekleidet vor Brolin zu erscheinen. *Sei nicht albern, ihr habt letzten Winter eine Nacht miteinander verbracht.* Sie hatten ganz züchtig aneinandergeschmiegt in der tröstlichen Wärme des anderen geschlafen. Trotzdem, sie war bei ihm zu Hause und …

Sie ärgerte sich über sich selbst und trat auf das Mezzanin, von dem aus man in das Wohnzimmer blickte.

Brolin saß in einem beigefarbenen Leinenanzug auf der Veranda, genoss die ersten Sonnenstrahlen und trank Eistee.

»Guten Morgen.«

Sie begrüßte ihn und fasste dabei ihre Zöpfe im Nacken zusammen.

»Gut geschlafen?«

»Ja, ich habe zwar eine Stunde gebraucht, um mich an die Schreie der Tiere zu gewöhnen, doch dafür bin ich erst vor fünf Minuten aufgewacht.«

»Das ist die Magie dieses Hauses. Das Trippeln des Eichhörnchens auf dem Dach ersetzt den Sekundenzeiger der Uhr, es gibt kein schöneres Wiegenlied als den Schrei der Eulen, und die Geräusche der Menschen dringen nicht bis hierher. Nichts als das Rauschen des Windes in den Bäumen.«

»Das klingt hübsch. Hast du es vorbereitet?«, fragte sie lächelnd.

»Das hat meine Mutter immer gesagt.«

»Bist du hier aufgewachsen?«, fragte Annabel verwundert.

»Nein. In einem kleinen Haus zwischen Wiesen und Wäldern im Süden von Portland. Meine Mutter lebt noch immer dort. Sie verbringt ihre Tage damit, auf ihrer Veranda zu malen.«

Die junge Frau sah ihn belustigt an. Kaum zu glauben, dass ein Junge, der auf dem Land aufgewachsen und von einer Malerin großgezogen worden war, Profiler für das FBI hatte werden können, bevor er dann bei der Polizei und schließlich als Privatdetektiv arbeitete. *Und vor allem, dass er eine so eigenwillige Persönlichkeit hatte entwickeln können*, dachte sie. Sein Lebensweg war außergewöhnlich.

»Im Kühlschrank sind frisch gepresster Orangensaft und Eistee. Bedien dich einfach.«

Er führte sein Glas zum Mund und hielt inne.

»Larry dürfte bald hier sein«, sagte er. »Er hat vorhin angerufen. Er will mir etwas erzählen, was seiner Meinung nach mit dem Tod seines Bruders zu tun haben könnte. Etwas, was er gehört hat.«

Annabel nagte an der Oberlippe.

»Bist du sicher, dass ich nicht störe?«, fragte sie nach einem kurzen Zögern.

»Wir haben schon gestern Abend darüber gesprochen. Ich habe ein schlechtes Gefühl bei dieser Giftgeschichte. Da gibt es Dinge, die ich nicht verstehe, und ich will Larry nicht im Stich lassen. Ich werde eine kurze Untersuchung durchführen, das ist eine Sache von einem Tag oder zweien. Dann können wir eine Woche an den Stränden von Astoria verbringen.«

Sie hatten ihr Wiedersehen am gestrigen Abend auf der Veranda, in Liegestühlen liegend, gefeiert, zwischen ihnen nur eine Kerze, über ihnen der funkelnde Sternenhimmel. Brolin hatte ihr ausführlich seine augenblickliche Situation erläutert, und dann hatten sie einander erzählt, wie es ihnen im letzten halben Jahr ergangen war.

»Ich gehe duschen«, sagte sie.

Sie fühlte die Berührung einer Hand auf ihrem Arm. Ein zarter, aber fester Griff.

»Annabel, bitte glaub nicht, du seist hier unerwünscht. Du sollst dich sicher, behaglich und wie zu Hause fühlen. Und das auch in Larrys Gegenwart. Wenn er dir alles erzählt hat, dann deshalb, weil es kein Problem für ihn ist.«

Sie sah ihm in die Augen und nickte wortlos, bevor sie nach oben ging.

Als Larry Salhindro ins Wohnzimmer trat, wirkte er noch völlig verstört. Brolin erkannte sofort, dass sein Freund schlechte Nachrichten mitbrachte. Er trug seine Polizeiuniform, hatte sich also nicht mal einen freien Tag genommen.

»Jetzt setz dich erst mal«, sagte Brolin.

In ein langes safrangelbes Kleid gehüllt, kam Annabel die Treppe herab. Ihre braune Haut war noch feucht von der Dusche.

Salhindro begrüßte sie mit einem sanften Lächeln, doch seine Augen verrieten, wie schwer es ihm fiel, sich Kummer und Sorge nicht anmerken zu lassen.

»Joshua hat mir erzählt, was für ein wertvoller Mensch Sie sind, er hat aber vergessen, Schönheit und Anmut zu erwähnen.«

Annabel senkte verlegen den Kopf.

»Tut mir leid, dass wir uns unter Umständen wie diesen kennen lernen«, fügte er hinzu.

Sie deutete auf die Veranda.

»Ich lasse Sie jetzt allein und ...«

»Nein, bleiben Sie«, fiel ihr Salhindro ins Wort. »Ich habe nichts vor Ihnen zu verbergen, und eigentlich sind Sie ja durch mein Zutun hier, also bleiben Sie bitte. Und außerdem ... Ich glaube, das könnte interessant für Sie sein, ich meine, für Ihre Arbeit als Cop ...«

Er ließ sich auf einem der kleinen Sofas nieder und zog einen gefalteten Zettel aus der Tasche.

»Heute Morgen in der Zentrale habe ich mich wie gewöhnlich nach den Vorfällen der letzten Nacht erkundigt.«

Lieutenant Larry Salhindro war für die Koordinierung zwischen den verschiedenen Abteilungen verantwortlich – vor allem zwischen den uniformierten Streifenpolizisten und den Detectives der Kripo, bei der er Brolin kennen gelernt hatte. Eine Arbeit, die man ihm wegen gesundheitlicher Probleme – vor allem wegen seines Übergewichts – zugewiesen hatte, um ihm das ermüdende Streifegehen zu ersparen.

»Es gab das Übliche: zwei Überfälle und eine Menge kleiner Delikte. Dafür musste die Funkstreife nachts zweimal ausrücken, weil es zu Bissen giftiger Tiere gekommen war. In einem der Fälle durften sich zwei unserer Cops in einem Schlafzimmer auf Spinnensuche machen, denn es handelte sich um eine Spinne.«

»Und haben die Männer sie gefunden?«

»Sie haben sie zertreten. Das hätte ich an ihrer Stelle auch getan. Die Umstände haben mich jedoch stutzig gemacht. Ich habe mehrere Anrufe getätigt und erfahren, dass innerhalb einer Woche neun Fälle gemeldet worden waren. Neun Einlieferungen nach Spinnenbissen. Und zwei Todesfälle. Ein älterer Mann letzte Nacht und … ein Säugling.«

Annabel schlug die Hand vor den Mund.

»Ich habe noch keine Bestätigung, doch es scheint sich um zwei Spinnentypen zu handeln. Alles passierte in Vierteln, die weit auseinanderliegen.«

»Hast du das Gesundheitsamt benachrichtigt?«, fragte Brolin.

»Von denen habe ich diese Informationen. Ein Krankenhausarzt hat sie heute Nacht verständigt. Sie wollen die Sache vorerst geheim halten, bis sicher ist, dass es sich nicht um eine Invasion handelt.«

»Eine Invasion?«

»So hat sich der Mann am Telefon ausgedrückt.«

Brolin schüttelte den Kopf.

»Das ist absurd. Es hat noch nie eine Invasion giftiger Spinnen gegeben, und schon gar nicht in Portland. Kümmert sich die Polizei um die Sache?«

»Ich habe Captain Chamberlin einen kurzen Bericht vorgelegt, und Lloyd Meats wird sich der Sache annehmen.«

Beide waren alte Bekannte von Brolin. Die Erwähnung der Namen löste eine Flut von Erinnerungen bei ihm aus.

»Ist das alles?«, fragte er.

»Bei den beiden Toten handelt es sich dem Arzt zufolge um besonders anfällige Individuen, daran ist nichts Verdächtiges. Vor allem ist das Gift der Spinne, die den alten Mann gebissen hat, nicht tödlich – oder nur selten –, und in diesem Fall war es wohl nicht die direkte Todesursache. Vielmehr ist der Mann in der folgenden Nacht an einem Infarkt gestorben. Er soll herzkrank gewesen sein und zudem an einer Spinnenphobie gelitten haben. Alles sei eine Folge seines Gesundheitszustandes gewesen, hat man mir erklärt.«

»Neun Bisse innerhalb einer Woche? Und dann das, was deinem Bruder zugestoßen ist?«

Salhindros Züge verfinsterten sich.

»Eben wegen der Sache mit meinem Bruder hat der Captain Lloyd Meats beauftragt, sich zu vergewissern, ob an der Sache nicht etwas faul ist. Sonst hätte unsere gute alte Polizei niemals die Nase da hineingesteckt. Lloyd übernimmt die Ermittlungen bezüglich Fleitchers Tod.«

»Hast du dir die Liste der Opfer beschaffen können?«

Larry Salhindro wedelte mit dem Blatt.

»Ich habe die verfügbaren Daten zusammengetragen: Name, Vorname, Adresse, Geburtsdatum, Beruf …«

Brolin wollte das Blatt an sich nehmen. Larry schaute ihn verlegen an.

»Danke, Josh ... Ich wollte sagen, danke, dass du das für mich tust und ...«

»Komm, lass schon. Gib mir diese Liste.«

Larry überließ sie ihm und tauschte einen verwirrten Blick mit Annabel.

»Hat Meats die Absicht, all diese Leute aufzusuchen und zu befragen?«, erkundigte sich der Privatdetektiv, den Blick auf das Blatt geheftet.

»Ich weiß es nicht.«

Brolin las konzentriert, sprang plötzlich auf und eilte in sein Büro, Annabel und Salhindro hinterdrein. Er kramte in einem Regal zwischen Atlanten und Karten, fand das Gesuchte, breitete es aus und heftete es dann an eine Holztafel. Es war ein detaillierter Plan von Portland und seinen Außenbezirken. Mit Hilfe von Salhindros Liste platzierte er kleine Nadeln mit roten Köpfen an verschiedene Stellen.

»Das sind alle Haushalte, die von diesen Spinnenbissen betroffen sind.«

Sie studierten die Anordnung der Nadeln, als könnte sie den Schlüssel zu einem geheimnisvollen Pentagramm liefern. Ohne Ergebnis. Brolin fuhr laut mit seiner Analyse fort: »Einer war Zimmermann, dieser hier Buchhalter, eine Sozialarbeiterin und einer pensionierter Arzt ...«

Jedes Mal deutete Brolin auf die entsprechende Nadel.

»Mr. und Mrs. Lernitz, Mr. und Mrs. Caufield, Mr. ... Moment mal ... Larry, ist dir was aufgefallen? Es sind nur Paare.«

»Ja, das habe ich vorhin bei der Zusammenstellung der Liste auch schon bemerkt. Nichts Anormales, ich meine, es handelt sich um Erwachsene, und na ja, außer dir und mir leben die meisten schließlich in einer Ehe, oder?«

Ein winziges Zucken spielte um die Mundwinkel des Privatdetektivs.

»Trotzdem ...«

»Josh, ich kann nicht im Namen all dieser Menschen reden,

doch mein Bruder hatte keine Feinde, kein Vermögen und auch keinen begehrten Posten … Verstehst du? Wenn es sich tatsächlich um einen Mord und nicht um einen Unfall handelt – warum dann er?«

»Es war keine gezielte Tat; ich fürchte, dein Bruder war einfach nur zur falschen Zeit am falschen Ort.«

Annabel beugte sich vor.

»Wie kannst du da so sicher sein?«

»In der Lichtung gibt es einen Beobachtungsposten. Er wird häufig aufgesucht, obwohl niemand in der Gegend wohnt. Ich denke, Fleitchers Mörder ist derjenige, der sich dort öfter aufhält. Niemand konnte voraussehen, dass Fleitcher dorthin kommen würde. Wenn jemand vorgehabt hätte, ihn und keinen anderen zu töten, hätte er den Mord unmöglich genau an diesem Ort planen können. Nichts deutete darauf hin, dass die EPA jemanden in die Lichtung schicken würde oder dass es gerade Fleitcher sein würde. Nein, ich glaube, Fleitcher hat sich rein zufällig an einen Ort begeben, an dem jemand ihn nicht haben wollte.«

»Warum? Was gibt's so Besonderes in dieser Lichtung?«

»Dasselbe, was man auch immer häufiger in der Stadt antrifft … Spinnen.«

»Wozu das Ganze?«, wunderte sich Annabel. »Wem könnte es Spaß machen, mit diesen Tieren herumzuspielen? Man muss schon besonders heimtückisch sein, um so etwas auszuhecken. Kannst du dir das vorstellen? Überall in der Stadt gefährliche Spinnen auszusetzen in der Hoffnung, möglichst viele Menschen zu töten? Wer sollte so etwas tun – eine neue Art von Terrorismus? Und wozu?«

Brolin hob die Hände.

»Ich habe nicht die geringste Ahnung, doch genau an diesem Punkt müssen wir ansetzen.«

9

Lloyd Meats – Detective bei der Kriminalpolizei und Stellvertreter von Captain Chamberlin – räumte die Ordner beiseite, die sich zu kleinen bunten Türmen stapelten. Er strich über seinen grau melierten Bart, den er zur großen Verzweiflung seiner Frau wieder hatte wachsen lassen, aber dessen Entfernung er jetzt plante.

Als ob diese paar Stoppeln das Barometer für Gefühle wären, dachte er ironisch.

Eigentlich sah er für seine fünfzig Jahre noch ganz gut aus.

Doch obwohl er aus dem Urlaub kam, waren die Schatten unter seinen Augen dunkler als sonst. Seit die Kinder aus dem Haus waren, hatte er ein neues Leben mit seiner Ehefrau Carla entdeckt. Sie reisten – Mexiko, die Antillen –, amüsierten sich und scherzten, und sogar ihr Liebesleben, das durch den Alltag abhandengekommen war, war neu belebt worden.

Zum ersten Mal seit Jahren war sein Privatleben anstrengender als seine Arbeit.

Im Moment jedoch war er mit zwei Raubüberfällen beschäftigt. Bei einem handelte es sich um einen bewaffneten Überfall auf einen kleinen Supermarkt im Norden der Stadt, der eine schlechte Wendung zu nehmen schien. Keine Fingerabdrücke, die Videoüberwachung ergab nichts, und der Inhaber befand sich im Schockzustand: Eine Kugel hatte ihn oberhalb des Ohrs gestreift, und es hätte nicht viel gefehlt, und die Sache wäre tödlich ausgegangen. Wenn der Überfallene überhaupt etwas herausbrachte, wiederholte er ständig, sein Angreifer sei vermummt gewesen und er habe nichts Besonderes bemerkt. Ein beschissener Fall.

Bei dem anderen Überfall ging es um ein Paar, das auf der Straße von zwei Männern angegriffen worden war. Zuerst hatten sie ihnen das Geld abgenommen, dann versucht, die

Frau zu vergewaltigen. Der Mann hatte eingegriffen und einen Messerstich abbekommen, bevor die Täter die Flucht ergriffen hatten. Er lag mit einem verletzten Lungenflügel im Krankenhaus. Es war der dritte ähnliche Fall innerhalb von zwei Monaten.

Und eben hatte sich ein weiterer Fall zu den beiden anderen gesellt. Eine ganz neue Sache, die gerade am Morgen hereingekommen war.

Ein Mann behauptete, seine Frau sei entführt worden, während er neben ihr schlief. Die Streife hatte kein Anzeichen gewaltsamen Eindringens festgestellt, und der einzige Grund, warum die Geschichte nicht ad acta gelegt werden konnte, war die Tatsache, dass die Frau absolut nichts mitgenommen hatte, weder Kleidung noch Handtasche, Führerschein oder Ausweis – nichts. Der Mann hatte vor knapp drei Stunden angerufen, jetzt waren die Polizeibeamten damit beschäftigt, die Nachbarn zu befragen.

Normalerweise mussten mindestens vierundzwanzig Stunden vergangen sein, ehe man eine Vermisstenanzeige aufgeben konnte.

Meats nahm die Akte und legte sie beiseite. Die Panik eines Mannes, der ohne seine Frau aufwachte, gehörte nicht hierher. Manchmal waren die Streifenbeamten übereifrig und allzu schnell bereit, allen möglichen Anfragen nachzugehen. Wenn die so weitermachten, müssten sie sich bald um alle möglichen verschwundenen Haustiere kümmern.

Captain Chamberlin steckte den Kopf durch die Tür. Meats lächelte dem hochgewachsenen, agilen Mann mit den grauen Haaren und dem dunklen Schnauzbart zu. Die Cops hatten ihm in Anlehnung an den launischen Boss von Peter Parker in dem Comic *Spiderman* den Spitznamen Jameson gegeben. Stimmt, er sieht ihm wirklich ähnlich, dachte Meats.

»Was belustigt dich so, Lloyd? Mein Anblick?«

Der Detective nickte.

»Umso besser!«

Der Captain schob seinen durchtrainierten Körper geräuschlos durch die Tür und postierte sich vor Lloyd Meats.

»Lloyd, lass den Überfall auf den Supermarkt sausen, ich übertrage ihn Franck Balenger. Das gilt auch für die Messerstecher.«

Meats lehnte sich in seinem Sessel zurück und wartete, was sein Vorgesetzter ihm sagen würde.

»Ich weiß, dass dir das nicht gefallen wird, aber ich möchte, dass du dich ganz auf die Sache mit den Spinnen konzentrierst.«

Meats seufzte.

»Das geht uns nichts an, dieses Problem ist Sache des Gesundheitsamts«, protestierte er.

Chamberlin hob den Zeigefinger.

»Komm mit«, erklärte er und steuerte auf sein eigenes Büro zu.

Der Captain deutete auf seinen Anrufbeantworter.

»Die Nachricht ist von heute Morgen, gegen sieben Uhr. Die Beamtin der Telefonzentrale sagt, jemand habe den Chef der Kripo sprechen wollen. Die Person wollte mir unbedingt eine Nachricht hinterlassen.«

Er drückte die *Play*-Taste.

Eine hohe Fistelstimme erklang. Sie schien ängstlich und zu zart, um die eines Erwachsenen zu sein.

»Ich … Ich rufe Sie an, um Ihnen von den Spinnen zu erzählen … Von denen, die die Menschen töten … Das ist erst der Anfang … Es wird andere geben … Viele andere … Es sind nur junge, aber ich weiß, wo sich ihre Mutter aufhält …«

»Ist das ein Scherz? Klingt wie eine Kinderstimme …«

Chamberlin bedeutete ihm zuzuhören.

»… Sie wohnt im Wald, im Osten … Sie brauchen nur in den Mount Hood Forest zu fahren … Wenn Sie von Norden kommen über den Weg 433, umfahren Sie die Big Cedar Springs, dann haben Sie zu Ihrer Linken einen Wildbach, sie müssen den Weg verlassen und einen Kilometer lang dem Wasserlauf folgen … Sie gelangen zu einem Wasserfall … Dort war die Spinnenmutter heute Nacht … Alle Tiere sind geflohen, wenn Sie hingehen, werden Sie ganz allein dort sein … Und das ist erst der Anfang …«

Es folgte ein zögerlicher Atemzug, dann ein Piepsen, das das Ende der Nachricht anzeigte.

Meats zuckte mit den Schultern.

»Du willst doch wohl nicht wegen eines albernen Telefonanrufs Ermittlungen einleiten! Das war ein Kind, ein Jugendlicher, der sich wichtig machen will, nichts weiter … Das hört man doch, klingt, als würde er einen vorbereiteten Text ablesen.«

»Die Nummer, die in der Telefonzentrale angezeigt wurde, entspricht einer Telefonzelle am Busbahnhof.«

»Und was ändert das?«

»Nichts, du hast ganz recht, die Tatsache, dass sich ein Jugendlicher um sieben Uhr morgens am Busbahnhof befindet, ist nicht weiter verwunderlich. Aber woher weiß er von den Spinnen? Die Presse ist noch nicht darüber informiert.«

Meats hockte sich auf die Schreibtischkante und überlegte.

»Vielleicht kennt er zufällig die Familien mehrerer Bissopfer«, schlug er schließlich vor.

Doch sein Einwand war schon weniger energisch.

Captain Chamberlin baute sich vor ihm auf.

»Lloyd, bitte überprüf diesen Teil des Waldes, das dauert nicht länger als einen Tag, und dann können wir beruhigt sein.«

Meats seufzte tief und gab nach.

»Larry Salhindro hat mir gesagt, dass Brolin bei ihm ist. Ruf dort an, vielleicht wollen sie dich ja begleiten.«

Meats nickte. Das war er Larry eigentlich schuldig. Das

würde ihm beweisen, dass seine Kollegen ihn nicht fallen ließen. Was Brolin anging … Er traf ihn manchmal, vor allem, wenn dieser Informationen für seine Untersuchungen als Privatdetektiv brauchte. Freundschaft wie früher verband sie heute nicht mehr. Seit er nicht mehr bei der Polizei war, hatte sich Joshua verändert.

Hättest du das nicht auch, wenn dir so etwas zugestoßen wäre?

Ja, er würde sie anrufen. Auch wenn er heute kein Polizeibeamter mehr war, war Brolin früher doch ein Cop gewesen, und zwar ein verdammt guter. Er würde wissen, wie er sich zu verhalten hatte, er könnte ihnen zur Hand gehen und war sicher diskret.

Meats hörte sich die Nachricht auf dem Anrufbeantworter noch einmal an und schrieb die Anweisungen auf.

»Dort war die Spinnenmutter heute Nacht … Alle Tiere sind geflohen, wenn Sie hingehen, werden Sie ganz allein dort sein … Und das ist erst der Anfang …«

10

Lloyd Meats rief Larry Salhindro an, um ihn von der Nachricht auf dem Anrufbeantworter in Kenntnis zu setzen. Sie verabredeten sich in Latourell, einem kleinen Dorf nördlich von Brolins Haus, an der Straße, die an den prächtigen Schluchten des Columbia River entlangführte.

Meats und Brolin hatten sich seit einigen Monaten nicht mehr gesehen. Ihr Händedruck war lang. Meats fühlte sich unbehaglich. Worüber sollte er reden mit diesem Mann, mit dem er früher viel zusammengearbeitet und dem er bei der Arbeit an dem Fall des »Phantoms von Portland« sogar das Leben gerettet hatte? Brolin schien bewegt, ihn wiederzusehen, und doch ging keine Wärme von ihm aus, alles lag in seinen Augen.

Noch verwirrter war Meats, als er Annabels schlanke Gestalt aus dem Mustang steigen sah. Sie war hübsch mit ihren langen Zöpfen, die den afrikanischen Einschlag noch betonten – aber vor allem wurde er stutzig, als er bemerkte, dass sie bewaffnet war.

»Die Vorgesetzten der Cops von Los Angeles und New York sind vielleicht die Einzigen, die es befürworten, dass man zu jeder Zeit, das heißt auch außerhalb des Dienstes, seine Waffe trägt«, erklärte sie, nachdem sie sich vorgestellt hatten.

»Solange Sie in Ihrem Zuständigkeitsbereich sind, verstehe ich das ja, aber hier in Oregon …«

Angesichts der drei Augenpaare, die ihn eindringlich fixierten, bog Meats den Kopf in den Nacken.

»Okay, okay«, lenkte er ein. »Ich habe nichts gesagt. Sie sind ohnehin als Freund hier, und solange Sie Ihre Waffe nicht ziehen, habe ich nichts einzuwenden.«

Er deutete auf die Cafeteria, vor der sie sich getroffen hatten.

»Ich hole uns ein paar Sandwiches. Ihr fahrt mir nach bis zu einem Rastplatz, wo wir die Autos abstellen. Dann haben wir einige Kilometer Fußmarsch vor uns, ich hoffe, ihr habt vernünftige Schuhe an.«

Die beiden Fahrzeuge glitten wie winzige Insekten durch eine braune Rinne, die sich durch den Mount Hood Forest zog. Dichter Wald bedeckte die Hügelketten. Bisweilen überragte ein Berg seine Nachbarn und reckte seinen felsigen Gipfel, seit Jahrtausenden vom Wind umtost und wie zu einer grauen Klinge geschliffen, in den Himmel. Dann tauchten in der Ferne die zerklüfteten Kegel alter Vulkane auf, deren Ränder die meiste Zeit des Jahres weiß überzuckert waren.

Mehrere Kilometer folgte Lloyd Meats der gewundenen Straße, bis er schließlich einen großen freien Platz erreichte, auf dem er den Wagen parkte. Gleich darauf traf auch Brolins Mustang ein.

Obwohl es erst zehn Uhr morgens war, breitete sich schon drückende Hitze aus.

Annabel streckte sich und setzte ihre Sonnenbrille auf. Lloyd Meats griff nach einem kleinen Rucksack und deutete auf einen schmalen Pfad, der zwischen den Bäumen verschwand.

»Wir müssen dem Weg mindestens fünf Kilometer weit folgen«, erklärte er. »Ich habe Wasser dabei, wenn ihr Durst habt, meldet euch.«

Er beschirmte die Augen mit der Hand und ließ den Blick über die wilde Landschaft wandern, dann schüttelte er den Kopf.

»Das ist absurd …«, murmelte er.

Salhindro, der ihn gehört hatte, trat zu ihm.

»Was meinst du damit?«

»Überleg doch mal, warum wir diese Strapazen auf uns nehmen. Was hat ein Jugendlicher mit dieser Spinnengeschichte zu tun? Für mich ist das alles ein unglaublicher Quatsch. Der Ort, den der Junge angegeben hat, ist mit dem Auto nicht zu erreichen, wir haben also einen zwei- bis dreistündigen Fußmarsch vor uns, und was werden wir dort schon finden? Einen Zettel mit der Aufschrift ›Reingefallen‹?«

»Aber das kann doch alles kein Zufall sein.«

Die beiden Männer wandten sich zu Annabel um. Sie musterte sie über den Rand ihrer schmalen dunklen Brille hinweg.

»Ja, für einen Zufall ist das etwas übertrieben«, beharrte sie. »Zum einen weiß der Junge von den Spinnen, selbst wenn es dafür Erklärungen geben könnte – beispielsweise, dass sein Vater einer der Ärzte ist, die die Bisse behandelt haben –, zum anderen schickt er uns in den Mount Hood Forest. Sicher, er ist riesig, aber immerhin wurde Larrys Bruder hier getötet. Woher sollte er das wissen?«

»Das war mehr als zehn Kilometer von hier entfernt«, hielt ihr Meats in ruhigem Tonfall entgegen.

Aber er musste zugeben, dass die Sache irgendwie seltsam war. Er wusste, dass die junge Frau recht hatte. Als Reaktion auf einen Auftrag, der ihm nicht passte – ein Tag in der Natur –, hatte er sich allen positiven Überlegungen gegenüber verschlossen. Er musste sich professionell verhalten.

Er sah zu Brolin hinüber, der etwas abseits stand, den Blick in die Ferne gerichtet. *Er denkt nach. Er ist in Gedanken schon dort, wohin wir jetzt gehen wollen. Er antizipiert, er versucht sich vorzustellen, was uns erwartet, was geschehen sein könnte.* Meats wusste, wie der Exdetective funktionierte. Im Laufe ihrer Zusammenarbeit hatte er ihn verstehen gelernt. Und dieses Raubtierhafte, das er heute an seinem Freund wahrnahm, machte ihm fast Angst.

Weil er sich in einen Verbrecher hineinversetzen konnte, war Brolin den anderen Cops immer eine Nasenlänge voraus gewesen; aber er hatte nicht nur ein Gespür für den Täter, nein, er hatte selbst etwas von einem Psychopathen. Er konnte einen Täter verstehen, weil er selbst eine solche Veranlagung hatte. Und Meats ahnte, dass dieser Raubtierinstinkt, der früher unterdrückt und beherrscht gewesen war, jetzt Bestandteil von Brolins Persönlichkeit geworden war.

Glaubst du nicht, dass das etwas übertrieben ist?

Brolin, der sich beobachtet fühlte, drehte sich zu Meats um; sein Blick war sanft und ohne die geringste Feindseligkeit. *Wie kann ich nur so etwas denken?*, warf sich Meats vor. Und doch lag ein faszinierender Glanz in diesen Augen. *Dieser Mann kann gefährlich sein … Er ist wahrscheinlich nicht so, wie du ihn beschrieben hast, aber er könnte töten.* Das Bild des Raubtiers schien absolut passend.

Die Frau, die er geliebt hatte, war vor seinen Augen unsäglich grausam ermordet worden. Brolin lebte mit diesem Blut im Herzen, und obwohl er den Schuldigen hätte töten können, hatte er es nicht getan. Und auch mit dieser Entscheidung musste er leben.

»Wollen wir warten, bis es dunkel ist?«, fragte Larry mit dem ihm eigenen Zynismus.

Eine Viertelstunde später folgten sie dem schattigen Weg, der sich über den Hang schlängelte.

Der Pfad, der um den Berg herumführte, stieg leicht an. Die Flora bestand aus Douglasfichten und einem Dschungel von verschlungenen Farnen. Fast eine halbe Stunde lang liefen die vier Wanderer an einem kleinen See mit eigenartig dunkler Wasseroberfläche entlang. Annabel bemerkte, dass sich nicht einmal der blaue Himmel darin spiegelte, und musste unwillkürlich an Stephen Kings Romane denken, in denen die Natur die schlimmsten Gefahren birgt.

Vogelzwitschern, bisweilen unterbrochen von Schreien der Raubvögel, die durch die Luft segelten, begleitete sie. Mehrmals mussten sie schmale Bäche überqueren, zunächst über eine kleine Brücke aus Rundstämmen, dann über glitschige Steine. Einmal rutschte Salhindro aus und fluchte wie ein Droschkenkutscher, als er bis aufs Hemd durchnässt dastand. Annabel und Brolin tauschten einen verschwörerischen Blick, doch keiner von beiden hatte Lust zu lachen, nicht über Larry, nicht jetzt.

Nach zwei Stunden gelangten sie schließlich an einen tosenden Wildbach. Meats machte ihnen ein Zeichen, dass sie hier den Weg verlassen müssten. Sie nutzten die Gelegenheit, um auf Felsblöcken sitzend ihre Sandwiches zu essen. Durch die Baumkronen hindurch erblickten sie in etwa zwei Kilometer Entfernung einen Berghang.

Schnell setzten sie ihren Marsch fort, denn es war fast dreizehn Uhr, und die drückende Sommerhitze machte die Luft schwer.

Je mehr sie sich dem Ziel näherten, desto schweigsamer wurden sie, vor allem Lloyd Meats, der vorher das Gespräch in Gang gehalten hatte. Was erwartete sie dort im Unbekannten? Annabel stellte sich das Schlimmste vor, nur eine Leiche schloss sie aus. Niemand würde einen Toten eine so lange Strecke tragen können. Eine weitere Nachricht etwa?

Jeder hing seinen Vermutungen nach.

Sie verließen den Pfad, um dem Wildbach zu folgen. Sie teilten sich in zwei Gruppen, Salhindro und Meats gingen am linken Ufer, Annabel und Brolin am rechten. So erklommen sie den Hang, den Blick mal nach unten, mal nach oben gerichtet, um den Boden, die Bäume, die Felsen nach möglichen Spuren abzusuchen.

Das Bett des Wildbachs wurde tiefer, und bald trennte sie ein Abgrund, aus dem das wütende Tosen des Wassers zu ihnen heraufdrang. Die brodelnde Gischt spritzte bis zu den Tannen hinauf und überzog Stämme und Nadeln mit dem feuchten Schleier ihres Zorns. Nach wenigen Minuten waren die vier Ermittler nass, aber erfrischt.

Annabel beschleunigte den Schritt, um Brolin einzuholen.

»Hast du eine Vorstellung, was wir dort finden werden?«, rief sie ihm durch das Rauschen des Wassers zu.

Ohne sie anzusehen, setzte er seinen Weg fort. Er zuckte mit den Schultern.

»Abwarten. Ich will keine vorschnellen Vermutungen äußern. Aber der Typ, der sich auf der Lichtung, wo Fleitcher Salhindro gefunden wurde, einen Beobachtungsposten gebaut hat, scheint die Gegend gut zu kennen. Der Zustand seines improvisierten Sitzes beweist, dass er sich regelmäßig dort aufgehalten hat, und von Spaziergängern wird der Ort nicht oft besucht. Ich muss einfach einen Zusammenhang zwischen diesen Fakten und dem Anruf vermuten. Was auch immer wir am Ende des Wasserlaufes finden, die Angaben sind jedenfalls exakt ...«

»Glaubst du, es könnte ein und dieselbe Person sein?«

»Keine Ahnung. Auf alle Fälle scheinen beide diesen riesigen Wald bestens zu kennen.«

Annabel schwieg und dachte über die Worte des Privatdetektivs nach.

Sie begriff plötzlich, warum Brolin die Umgebung von Anfang an so aufmerksam beobachtete – nervös konnte man sein Verhalten nicht nennen, sie hatte ihn auch noch nie aufgeregt oder nervös erlebt –, er wirkte … eher besorgt. Er war sicher der Einzige von ihnen, der die Situation möglicherweise für gefährlich hielt.

Wenn es wirklich eine Verbindung zwischen Fleitcher Salhindros Tod, den Spinnenbissen in der Stadt und dem Jugendlichen, der sie hierhergeschickt hatte, gab, war es nicht ausgeschlossen, dass es sich um eine Falle handelte.

Du spinnst, Annabel. Hör schon auf mit dieser albernen Paranoia, keine Hypothesen, nur Fakten.

Kalter Schweiß rann ihr den Rücken hinab.

Die Vögel.

Seit einigen Minuten gab es kein Vogelzwitschern mehr.

Sie bemerkte es erst jetzt. *O nein …*

Was könnte die Tiere zum Verstummen bringen? Warum schweigen sie? Oder was hat sie alle in die Flucht geschlagen? Natürlich. *Ein Raubtier.*

Sie trocknete ihr von der Gischt feuchtes Gesicht. Das Tosen des Wassers tauchte plötzlich wieder in ihrer Wahrnehmung auf.

Bravo! Wie blöd du bist … Natürlich hörst du die Vögel bei diesem Lärm nicht mehr. Wie albern!

Sie war nicht bei der Sache, nicht so, wie sie es sein müsste, sie ließ sich zu sehr von ihren Eindrücken und Empfindungen lenken.

Den Rest des Weges über bemühte sich Annabel, ihre Emotionen zu unterdrücken und wieder Detective zu werden, sich auf die Analyse und nicht auf ihre Gefühle zu konzentrieren.

Sie hatten einen Kilometer zurückgelegt – das jedenfalls

vermutete Lloyd Meats –, als der Bach in ein etwa zehn Meter breites Wasserbecken mündete. Sie waren noch ein gutes Stück vom Gipfel entfernt, hatten jedoch der Beschreibung zufolge ihr Ziel bald erreicht. Ein sechs Meter hoher Wasserfall stürzte zwischen zwei Felsen hervor und überzog die Ufer mit einem dicken weißen Schaum. Einige Zweige hingen in das Becken hinein.

Meats machte Brolin aufgeregte Handzeichen.

»Ich glaube, es muss da oben sein«, brüllte er über den Wasserfall hinweg. »Wir müssen die Umgebung absuchen.«

Brolin streckte den Arm aus, den Daumen gen Himmel gerichtet. Er drehte sich um und sah, dass Annabel am Ufer stand, ihre Füße berührten fast das Wasser. Ihr Gesichtsausdruck sagte ihm, dass etwas nicht stimmte.

Den Mund leicht geöffnet, wirkte sie wie gelähmt.

Sie starrte auf etwas oder jemanden in der Nähe des Wasserfalls.

Als er realisierte, wie entsetzt die junge Frau war, griff er nach seiner Waffe.

11

Brolin zog seine Glock und ging langsam auf Annabel zu.

Sie blinzelte und rang nach Luft.

Brolin entspannte sich ein wenig. Vorsichtig, die Waffe in der Hand, näherte er sich ihr.

Er ging um den Baum herum, der ihm die Sicht versperrte, und folgte ihrem Blick zu dem Felsvorsprung, von dem sich der Wasserfall hinabstürzte.

Und dann entdeckte er es.

Etwas Weißes, Faseriges, das vier Meter über dem Boden an zwei Zweigen hing.

Brolin trat zu Annabel und legte die Hand auf ihren Arm,

um ihr zu zeigen, dass er da war, und um sie zu beruhigen. So laut wie möglich pfiff er Meats und Salhindro.

»Ich glaube, wir haben es«, rief er.

Er senkte die Waffe, ohne sie jedoch wegzustecken, und kniff die Augen zusammen, um die weiße Form in dem Baum besser erkennen zu können.

Sie war groß, ein Meter fünfzig oder mehr. Und sie …

Er schluckte.

Es war ein zusammengekauerter menschlicher Körper. Ein Mann oder eine Frau in … Unbewusst presste er die Hand auf den Mund.

In einem Kokon.

Wie ein Spinnengewebe.

☆

In gebührender Entfernung von den vier Personen hob sich ein Farnblatt. Die Gestalt, die sich regte, war nicht ganz so leise, wie sie hätte sein sollen, doch sie wusste, dass man sie von dort unten nicht hören konnte. Der Wasserfall war zu laut.

Sie triumphierte.

Selbst während der Vorbereitung hätte sie nie geglaubt, solche Freude zu empfinden. Es war göttlich. Dabei war es erst der Anfang … Nur der Anfang.

Die Gestalt zog einen Gegenstand unter den langen Blättern hervor. Die Sonne drang zwar normalerweise nicht bis ins Unterholz vor, dennoch war Vorsicht geboten. Ein kleiner Sonnenstrahl, der sich spiegelte, konnte sie verraten.

Ein breites Lächeln auf den Lippen, begann sie, die Szene zu fotografieren.

Möglichst viele Großaufnahmen der vier Gesichter. Ein wiederholtes mechanisches Klicken, dann waren sie alle auf Zelluloid gebannt.

Ihre Köpfe, ihre Körper.

Und bald würde sie auch ihre Namen wissen.

☆

Nicht zum ersten Mal an diesem Tag fasste Annabel ihre Zöpfe im Nacken zu einem Pferdeschwanz zusammen. Sie war nervös.

»Ich sehe mir den Körper an, nur für alle Fälle«, sagte sie.

Das war stets das Erste, was zu tun war, wenn man an den Tatort kam. Doch wie Brolin wusste sie, dass es in diesem Fall nichts mehr helfen würde. Das Opfer hing, ganz in seinen klebrigen Kokon eingeschlossen, zusammengesunken zwischen den Zweigen.

»Wir müssen den Sektor absperren«, fügte sie hinzu.

Zweiter Grundsatz.

Der Privatdetektiv beugte sich zu ihr hinab.

»Du kennst die Vorgehensweise genauso gut wie ich, markiere den Tatort, ich sehe mich unterdessen um.«

Er wollte sich entfernen, doch sie hielt ihn am Ärmel zurück.

»Josh, nimm den Weg, auf dem wir gekommen sind, wir müssen einen und nur einen einzigen Weg benutzen, damit der Rest des Sektors intakt bleibt.«

Er lächelte ihr flüchtig zu und ging.

Annabel untersuchte den Boden bis zu dem Baum, in dem die Leiche hing. Sie war darauf bedacht, den Fuß dahin zu setzen, wo sie keine Spuren zerstören und somit am wenigsten Schaden anrichten würde. Sich vor jedem Schritt vergewissernd, dass sie nicht auf irgendeinen Abdruck trat, erreichte sie den Baum.

Die Zweige knarrten unter der Last des transparenten Kokons. Annabel hob den Kopf, sie glaubte, den Körper einer Frau zu erkennen, eine nackte Brust war an einer Seite sichtbar.

Mein Gott … Was hat sich hier abgespielt?

Sie suchte nach einem Ast, den sie zum Klettern benutzen

konnte. Doch es gab ein Problem. *Ich könnte die Spuren des Mörders verwischen.* Noch einmal untersuchte sie den Baum, fand jedoch keinen anderen Zugang. Zwar deutete alles darauf hin, dass die Frau dort oben tot war. *Aber du musst hinauf, es könnte eine Chance geben, dass sie noch atmet – und auch wenn sie noch so gering ist, du darfst sie nicht versäumen.* Sie fluchte und griff nach dem Saum ihres Kleides. Ehe sie am Morgen aufgebrochen war, hatte sie die Sandalen gegen leichte, für den Weg geeignete Turnschuhe getauscht und sich wegen der Hitze für ein Kleid entschieden. Nicht eine Minute hatte sie sich vorgestellt, auf einen Baum klettern zu müssen, um eine Leiche zu untersuchen. Nachdem sie das Kleid auf Schenkelhöhe zusammengeknotet hatte, klammerte sie sich an einem Astloch fest und zog sich auf die unteren Zweige hoch. Sie achtete darauf, die Hände an möglichst unbequeme Stellen zu legen, und erschwerte sich so den Aufstieg, doch sie hoffte, auf diese Art eventuelle Spuren zu retten, die der Mörder bei dieser makabren Inszenierung hinterlassen hatte.

Einige Meter entfernt spie der Wasserfall seine brodelnden Fluten aus, und vermutlich hatte die Feuchtigkeit sowieso jegliche Finger- oder Handabdrücke verwischt, das war Annabel wohl klar. Die Sache ließ sich schlecht an.

Sie befand sich jetzt zwei Meter über dem Boden und blickte nach oben.

Es handelte sich in der Tat um eine nackte Frau, eingehüllt in einen Sarkophag aus makelloser Seide. Die gewobene Hülle war nicht sehr dick, und so konnte Annabel feststellen, dass der Kopf des Opfers geschoren war. Sie runzelte die Stirn. Die Zweige über ihr knackten.

Annabel überprüfte ihre Position und versuchte, sich dem Opfer ein wenig mehr zu nähern.

Sie befand sich jetzt etwa drei Meter über dem Boden. Die Muskeln ihrer langen, dunklen Beine waren deutlich sichtbar.

Der Kokon zeichnete die Formen der reglosen Silhouette exakt nach, und je mehr sich Annabel näherte, desto fester war sie davon überzeugt, dass es sich um ein Spinnennetz handelte, das wie eine lange, geordnete Spirale um den Körper gewoben war.

Das Tosen des Wasserfalls in ihrem Rücken, der alle anderen Geräusche übertönte, vermittelte ihr das Gefühl, allein in diesem Wald zu sein. Brolin hätte in unmittelbarer Nähe sein können, ohne dass sie es bemerkt hätte. Außer dem Rauschen des Wassers und dem Knacken der Äste über ihrem Kopf nahm sie nichts wahr.

Obgleich sie sich streckte, konnte sie das Gesicht in dem Kokon nicht erkennen.

Sie schob sich zwischen zwei Äste und kletterte ein wenig höher.

Die Tote in dem luftigen Leichentuch rührte sich nicht, ihr Gesicht war immer noch nicht zu erkennen, da es von ihr abgewandt war.

Als Annabel den Fuß auf einen Auswuchs setzen wollte, berührte ihr Knie die Schulter unter der Hülle, und sie zog das Bein sofort zurück.

Die Hand der Frau jedoch glitt von der Hüfte, und es entstand eine kleine Ausbuchtung an dem Kokon, so als würde sich ein Tier unter einem Teppich verstecken.

Annabel schluckte. *Das kommt doch nur von den Vibrationen, die deine Bewegung ausgelöst hat. Diese Frau ist tot, alles andere ist unmöglich.*

Annabel klammerte sich an allem, was sie fand, fest und beugte sich über den Körper, wobei sie die faserige Textur berührte. Ein Duft von Gewürzen, den die Frau verströmte, stieg ihr in die Nase.

Trotz ihrer prekären Position reckte Annabel den Hals, so weit sie konnte, vor und erblickte das Gesicht …

Den grauen, frisch rasierten Schädel …

Das rosa und rot marmorierte Hämatom an der Schläfe …

Die tiefen Falten …

Was sie aber dann sah, traf Annabel wie ein Schlag in die Magengrube.

Das Gesicht der Frau war grässlich verzerrt. Sie schrie.

Ein Gesicht des Grauens.

Sie musste im Sterben vor Entsetzen geschrien haben.

Joshua Brolin stand am Rand des großen Beckens. Er deutete mit dem Zeigefinger erst auf sich selbst, dann auf das umliegende Gebiet, um seinen Kollegen zu bedeuten, dass er sich in dem Sektor umsehen wollte. Auf der anderen Seite nickte Meats und gab ihm zu verstehen, dass er herüberkommen würde. Bald darauf verschwand er in Begleitung von Larry Salhindro hinter einem Felsen.

Brolin wandte sich um und trat einige Schritte zurück, um sich einen Überblick zu verschaffen.

Derjenige, der die Leiche hier abgelegt hatte, hatte sicher denselben Weg genommen wie sie. Zu beiden Seiten des Wasserfalls erhob sich eine fünf bis sechs Meter hohe Steinmauer, die den Zugang erschwerte; es war also wenig wahrscheinlich, dass der Mörder mit der Leiche auf dem Arm von dort gekommen war. Nein. Nein, er war von Osten den Hang heraufgekommen. Brolin entfernte sich etwa hundert Meter von dem Kokon und ging dann auf den Wildbach zu. Alle Sinne angespannt, hielt er nach dem geringsten verdächtigen Zeichen Ausschau.

Die Entdeckung der Leiche hatte seine Besorgnis nicht gemindert. Unter anderen Umständen hätte er gedacht, dass die Absicht des Mörders gewesen war, sie nur zu der Leiche zu führen, um ihnen klarzumachen, dass das Spiel begonnen und er einen Vorsprung hatte. Solche Menschen wollten die Polizisten in die Irre führen, sie aber nicht töten, zumindest nicht unmittelbar, sie wollten zunächst ihren Gegenspieler kennen lernen. Doch in diesem Fall war die Lage anders. Nach allem, was Lloyd Meats ihnen berichtet hatte, war die Nachricht auf dem Anrufbeantworter sehr präzise gewesen. Der Anrufer wusste von den Spinnen in der Stadt und hatte gesagt, dies sei erst der Anfang. Dann hatte er sie in diesen Wald gelockt. Wenn er selbst die Tote hierhergebracht hatte, war er vermutlich auch derjenige, der die gefährlichen Spinnen in der ganzen Stadt ausgesetzt hatte. Und gerade das machte Brolin Sorgen. Dieses Vorgehen glich dem *Modus Operandi* eines Bombenlegers. Er musste den Ort erkunden, sich heimlich Zugang verschaffen, seine Bomben – oder in diesem Fall seine Spinnen – platzieren und wieder gehen. Er erlebte die Explosion – oder den Biss – nicht unmittelbar mit, nicht das war sein Kick. Er suchte keine direkte Konfrontation mit den Opfern. Brolin wusste, dass viele Bombenleger eine machiavellistische Persönlichkeit hatten, manche informierten die Sicherheitskräfte vorher, andere warteten, bis die erste Bombe explodierte und Polizei und Ärzte am Tatort waren, um dann eine zweite zu zünden.

Und diese Situation war damit vergleichbar. Die Leiche war ein ähnlicher Köder wie ein Telefonanruf, und sobald die Ordnungskräfte am Tatort eingetroffen waren, wartete die wahre Gefahr.

Brolin durchsuchte mit den Blicken die Büsche und die Farne, in deren Gewirr nicht viel zu erkennen war. Nach hundert Metern bog der Pfad im rechten Winkel ab und führte auf die Felswand zu, von der der Wasserfall herabstürzte. Als er ein relativ großes Gebiet ohne Ergebnis inspiziert hatte, kam ihm Lloyd Meats entgegen. Schweiß stand auf seiner Stirn, denn um hierherzugelangen, hatte er zu dem weiter unten gelegenen Pfad zurückkehren müssen.

»Handys haben hier kein Netz, darum hat sich Larry aufgemacht, um Verstärkung zu holen, doch es wird fünf Stunden dauern, bis die hier sind. Und da man den Weg nur zu Fuß gehen kann, werden wir auch nicht alles nötige Material bekommen.« Sein Gesicht verfinsterte sich noch mehr. »Es stimmt, nicht wahr, es handelt sich um eine Leiche?«

Brolin nickte.

»Sehen wir sie uns also an.«

Annabel war, nachdem sie sich vergewissert hatte, dass es außer den ihren keine Spuren gab, mehrmals zum Fuß des kleinen Felsens gegangen, um Stöcke zu holen, mit denen sie einen Weg zwischen dem Wasserbecken und dem Baum, in dem der Kokon hing, markierte.

»Orientiert euch an den Stöcken«, rief sie den beiden Männern entgegen. »Der restliche Teil des Sektors muss so bleiben, wie der Mörder ihn verlassen hat.«

Das Wort »Mörder« bestätigte Lloyd Meats Befürchtungen.

»Sind Sie raufgeklettert?«, fragte er die junge Frau.

Sie nickte.

»Ich weiß nicht, wie es passiert ist, aber auf alle Fälle ist es … kein Selbstmord. Ich habe nichts angerührt, um die Arbeit der Spurensicherung nicht zu beeinträchtigen, aber ich musste einfach raufklettern und mich vergewissern.«

»Daran haben Sie gut getan. Die Männer von der Spurensicherung werden erst am späten Nachmittag eintreffen.«

Annabel sah sich noch einmal um. Auch wenn sie es nicht zugeben würde, war sie sehr schockiert. Aber ihr Berufsinstinkt war stärker, sie musste sich betätigen, »professionell« sein, um nicht dauernd an das Opfer zu denken.

»Sollen wir nicht schon mit der Arbeit beginnen?«, fragte sie. »In Anbetracht der Größe des abzusuchenden Gebiets könnten wir in einer Reihe gehen, zu dritt ist das ideal.«

Sie bemerkte den belustigten – wenn man das angesichts des Todes so formulieren konnte – Ausdruck in Lloyd Meats' Blick.

»Oh, Entschuldigung«, sagte sie verlegen. »Die Gewohnheit. Tut mir leid, hier sind Sie der Poli…«

»Nein, nein, im Gegenteil. Ich gehöre zur alten Schule, mache eine Skizze vom Fundort und überlasse der Spurensicherung die Arbeit. Aber Sie haben recht, es ist an der Zeit zu handeln. Wie geht man also bei Ihrer Methode vor?«

Sie antwortete mit einem Lächeln, das wegen des entstellten Gesichts, das sie soeben gesehen hatte, etwas gezwungen ausfiel.

»Wir gehen alle drei nebeneinander, jeder auf einem ein Meter breiten Streifen, und teilen so das ganze Gebiet in Planquadrate auf. Ich denke, ein Radius von etwa fünfzig Metern reicht aus. Wenn wir irgendetwas finden, markieren wir die Stelle mit einem Stock, um den Männern von der Spurensicherung die Arbeit zu erleichtern.«

»Das scheint eine gute Idee zu sein.«

Meats wandte sich zu Brolin um, der durch ein angedeutetes Nicken seine Zustimmung ausdrückte.

»Dann also los«, sagte Meats und griff nach einem trockenen Ast.

Und so begann die Suche nach Spuren – ein Fußabdruck etwa, eine Zigarettenkippe, eine leere Chipstüte. Drei Stunden lang durchforschten sie in gebückter Haltung das Farndickicht, bis ihre Rücken schmerzten.

Die auf der anderen Seite des Wasserlochs verborgene Gestalt bemerkten sie nicht.

Die steckte, als sie alles erledigt hatte, ihren Fotoapparat in den Rucksack und öffnete den Mund. Eine kleine spitze Zunge fuhr über ihre Lippen und hinterließ dort einen dünnen Speichelfilm.

Dann verschwand sie zwischen den Bäumen.

12

Als Larry am späten Nachmittag mit zwei Personen von der Spurensicherung zurückkam, war er schweißgebadet. Bei solchen Gewaltmärschen behinderte ihn sein Übergewicht ganz besonders.

Obgleich Craig Nova, der ältere der beiden Spurensicherer, inzwischen auch seine letzten Haare verloren hatte, erkannte Brolin ihn sofort wieder. Sein Gesicht war gerötet von der Anstrengung, er trug zwei Metallkoffer. Ihm folgte eine junge Assistentin, eine Frau von nicht einmal dreißig Jahren, die ebenfalls einen Koffer und eine große Schultertasche schleppte.

Lloyd Meats ging ihnen entgegen und erklärte ihnen kurz die Lage. Während Craig Nova zuhörte, warf er immer wieder Blicke in Brolins und Annabel O'Donnels Richtung. Er schien nicht sonderlich erstaunt über ihre Anwesenheit, offensichtlich hatte Larry ihn informiert, dachte Brolin.

Craig Novas Assistentin hieß Emma. Sie half ihm, in einen weißen Overall zu schlüpfen, der keine Fasern hinterließ, und zog ebenfalls einen an.

Nova trat zu Annabel.

»Detective Meats hat mir gesagt, was Sie unternommen haben. Das ist gute Arbeit, alle Achtung. Vielleicht brauche ich Sie, da Sie schon auf den Baum geklettert sind, nachher noch.«

»Sagen Sie mir, was ich tun soll.«

»Sie wissen besser als ich, wohin Sie Ihre Hände gelegt haben. Wenn ich Ihnen also das Prozedere erkläre, können Sie vielleicht versuchen, Fingerabdrücke zu entdecken … Und die Temperatur messen. Für die Entomologie.«

»Die Insekten?«

»Ja, hier in der Mitte des Waldes werden wir jede Menge finden, und ich brauche so viele Informationen wie möglich.«

»Ich helfe Ihnen gerne.«

Er schien zufrieden und ging nun seine Koffer öffnen.

Während der Wartezeit hatte Brolin ausreichend Gelegenheit gehabt, die Örtlichkeiten zu überprüfen und erste Schlussfolgerungen zu ziehen. Entweder es gab mehrere Mörder, oder der Typ musste sehr sportlich sein, um die Leiche in den Baum zu befördern. Aus Erfahrung wusste Brolin, dass ein Toter schwerer wirkte als ein Lebender. Brolin hoffte, dass die Autopsie darüber Aufschluss geben würde, denn es war von großer Bedeutung, zu wissen, ob das Opfer bereits tot war, als es an den Fundort gebracht wurde. Wenn man nicht über eine außergewöhnliche Kondition verfügte, war es sehr anstrengend, einen solchen Weg mit einer Leiche auf dem Rücken zurückzulegen. Und einen anderen Zugang gab es nicht. Außerdem hatte Annabel ihm versichert, der Kokon, der die Leiche umhüllte, sei fein wie Spinnweben. Es schien unmöglich, ein solches Material im Freien zu handhaben, wo Wind wehte und wo sich Zweige und Blätter in dem Gewebe verfangen konnten. Das ließ vermuten, dass man das Opfer »mumifiziert« und erst dann hierhertransportiert hatte.

Es müssen mehrere sein, sagte sich Brolin.

Dafür gibt es keinen Beweis, der Typ kann auch sehr durchtrainiert sein, ein Bodybuildingfan oder einfach ein guter Sportler. Oder er hatte ein geniales System gefunden, um den Kokon hierherzuschaffen …

Brolin wusste, dass die »Illusionisten« dieser Welt sich als unglaublich intelligent erweisen konnten. Es gab viele perverse Erfindungen, vom Vergewaltigungsset – zurzeit sehr in Mode – bis hin zum Verriegelungsmechanismus, den nur der Fahrer bedienen kann.

Brolin hatte versucht, sich die psychologische Verfassung dessen oder derer vorzustellen, die die Leiche hierhergebracht hatten, den Stolz darauf, welchen Eindruck ihre Inszenierung auf die Cops machen würde. Ihre Nervosität, die Erregung, vielleicht auch ein wenig Angst. Und dann kam Brolin die Idee mit den Baumstämmen.

»Craig, ich möchte Sie um etwas bitten.«

Der Angesprochene blickte auf.

»Joshua Brolin … Wie soll ich Sie jetzt anreden? Ich nehme an, Detective ist nicht mehr angebracht.«

Die beiden Männer sahen sich an. Craig Nova stellte fest, dass sich der ehemalige Polizist sehr verändert hatte. Früher war er ernst und ganz auf seine Arbeit konzentriert gewesen. Und heute … heute war er: besessen! Genau das war das Wort, das Craig Nova gesucht hatte, seit er ihn wiedergesehen hatte. Besessen.

»Sagen Sie mir, was ich für Sie tun kann.«

»Ich möchte, dass Sie den unteren Teil der Baumstämme mit einem Dacty-Light, Ihrer Universal-Lichtquelle, oder was immer Sie mitgebracht haben, auf eventuelle Urinspuren überprüfen. Im Urin kann man doch auch die DNA nachweisen, nicht wahr?«

»Normalerweise schon.«

Lloyd Meats trat zu ihnen.

»Du glaubst, er hat an die Bäume gepinkelt?«, fragte er.

»Das werden wir ja sehen. Der Typ ist mehrere Stunden lang gelaufen und stand vermutlich unter emotionalem Druck … Die meisten Menschen haben das Bedürfnis zu urinieren, wenn sie gestresst sind. Schick zehn Männer in den Wald und sag ihnen, sie sollen pinkeln, und du wirst sehen, dass sich neun dafür einen Baumstamm aussuchen. Der Versuch kostet nur ein wenig Zeit.«

Meats stimmte zu.

»Gute Analyse.«

Nach kurzem Zögern fügte er hinzu: »Du fehlst bei der Polizei, Josh.«

In der folgenden Stunde untersuchten Craig Nova und

Emma genauestens das Gelände. Dann schüttelte Nova enttäuscht den Kopf und winkte Annabel zu dem Baum mit dem Kokon. Hinter ihnen ging Emma, ausgerüstet mit einem Apparat, der an einen kleinen Kärcher oder Staubsauger erinnerte, von einem Baum zum anderen, glitt mit einer Art Sonde über die Stämme und tauchte sie in einen intensiven blauen Lichtschein.

Craig Nova zog eine wenig optimistische Grimasse.

»Seit zwei Wochen ist es sehr trocken«, erklärte er, »darum haben wir kein Glück mit Fußabdrücken, wir haben nichts, aber auch gar nichts gefunden. Sind Sie fit genug, um noch einmal auf den Baum zu steigen?«

»Sagen Sie mir, was ich tun soll.«

Craig Nova griff nach einem Fläschchen mit weißem Pulver, einem Pinsel, der an einen Schminkpinsel erinnerte, und einem Etui, das klein genug war, um es in die Tasche zu schieben.

»Lassen Sie den Pinsel bis zum letzten Moment in der Hülle. Wenn Sie die Haare berühren, bleiben Fettspuren zurück, das muss vermieden werden. Der Plan ist, dass Sie hinaufsteigen, so wie vorhin, und dabei die gleichen Stellen für die Hände benutzen. Alles, was zum Klettern geeignet ist, bestäuben Sie mit dem Pulver. Ich sage Ihnen gleich, das wird nicht einfach sein. Aber in dieser Höhe können wir kein Polylight mehr verwenden.«

»Das schaffe ich schon.«

»Daran habe ich keine Zweifel. Ach ja, das müssen Sie auch mitnehmen.«

Er zog einen Fotoapparat aus einer Hülle und legte Annabel den Riemen um den Hals.

»Wenn Sie einen Fingerabdruck finden, müssen Sie ihn erst fotografieren. Zögern Sie nicht, mich zu fragen, und bitte nennen Sie mich einfach Craig. Ich bleibe unten und weise Sie an. Fangen wir an?«

Sie nickte.

»Und denken Sie daran: Versuchen Sie, Ihre Hände auf dieselben Stellen zu legen wie vorhin.«

Die Gelenkigkeit der jungen Frau überraschte Craig Nova. Schon war sie über die unteren Zweige geklettert, saß rittlings auf einem dicken Ast und schickte sich an, mit dem Pinsel das Pulver aufzutragen. Craig nagte an seiner Lippe.

»Sehr gut«, lobte er sie. »Tauchen Sie die Haare kurz in das Pulver, und streichen Sie mit dem Pinsel über den Zweig. Aber ganz leicht, wie eine Liebkosung.«

Annabel hatte bei diesem Vorgang schon oft zugeschaut. Sie stellte fest, dass zu viel Pulver am Pinsel hing, und schüttelte ihn leicht.

»Wenn es zu viel ist, drehen Sie den Stiel zwischen den Handflächen, so als wollten Sie mit einem Stock Feuer machen.«

Sie strich mit ausholenden Gesten vorsichtig den Puder auf die Rinde, auf der sich weiße Partikel absetzten.

»Ich glaube, hier ist nichts«, erklärte Annabel.

Plötzlich zeichnete sich vor ihr eine kleine längliche Form ab.

»Doch, ich habe einen, ich habe einen!«

Der Puder hob kaum das Profil hervor, es handelte sich um zwei Fingerglieder.

»Sehr gut, dann machen Sie ein Foto. Ist die Oberfläche in etwa eben?«

»Ja, keine Unebenheiten.«

»Bitte sehen Sie sich jetzt den Abdruck genau an, können Sie die Richtung erkennen?«

Annabel bejahte.

»In diesem Fall müssen Sie ganz vorsichtig von oben nach unten etwas Puder hinzufügen, langsam und ohne Druck, um die Rillen nicht zu verwischen. Fertig? Sehr gut. Pusten Sie jetzt ein wenig, um den Überschuss zu entfernen, nur keine Angst. Und dann machen Sie ein schönes Foto von dem, was Sie sehen, besser noch zwei.«

Craig Nova notierte die Nummern der Fotos und ihre Position auf dem Baum in seinem Büchlein.

»So, jetzt kommt der schwierigste Teil. In dem Etui, das ich Ihnen gegeben habe, finden Sie kleine durchsichtige Rechtecke von der Größe eines Personalausweises. Nehmen Sie eines und ziehen Sie die selbstklebende transparente Folie ab. Sie müssen sie auf den Fingerabdruck applizieren, und zwar ganz schnell von oben nach unten, ohne dass sich Falten bilden. Dann drücken Sie sie leicht an, aber nicht glatt streichen!«

Annabel hielt sich strikt an die Anweisungen. Dann entfernte sie, wie er ihr gesagt hatte, die Klebefolie, auf der das Puderrelief zu sehen war, und fixierte sie auf einer kleinen Pappe. Der Abdruck zeichnete sich deutlich vor dem schwarzen Untergrund ab. Plötzlich entdeckte sie neben dem ersten einen weiteren Abdruck und wiederholte die Prozedur. Diesmal wurde eine ganze Handfläche sichtbar. Plötzlich verzog sie das Gesicht. Sie beugte sich weit nach unten.

»Achten Sie darauf, das Pulver nicht einzuatmen. Es ist sehr fein und nicht gut für die Gesundheit.«

Annabel betrachtete die Form der Geisterhand, die plötzlich vor ihren Augen auftauchte. Eine linke Hand. Ohne den Abdruck zu berühren, hielt sie ihre eigene darüber. Dieselbe Größe. Sie prüfte die wichtigsten Handlinien und verglich sie mit den eigenen.

»Ich bin ein Idiot. Der Abdruck, den ich fixiert habe, ist mein eigner.«

Ihre Stimme verriet große Enttäuschung.

»Das macht nichts. Sie wissen als Polizistin, dass die meisten Abdrücke, die man an einem Tatort findet, von den anwesenden Cops stammen. Also machen Sie weiter, gehen Sie mit den oberen Ästen auf dieselbe Art vor. Niemand hängt eine Leiche in einen Baum, ohne die geringste Spur zu hinterlassen. Und selbst wenn der Mörder Handschuhe trug, gibt es zumindest Umrisse oder Spuren von seinen Schuhen.«

Annabel packte ihr Material ein und kletterte höher, näher zu der Leiche.

Brolin beobachtete die Vorgänge aus einiger Entfernung. Er war beeindruckt von dem Gegensatz zwischen diesem Verbrechensschauplatz, der, mitten im Wald gelegen, ruhig, ja fast erholsam war, und dem, was normalerweise der Auffindung einer Leiche folgte: ein Gewimmel von Polizisten, Blaulichter, das Knistern von Funksprechanlagen und die Sicherheitsabsperrung, um Neugierige und Presse fernzuhalten. Dieser »Mangel« ließ die Situation unrealistischer wirken.

Die dramatische Seite des Todes erwies sich letztlich als menschliches Kriterium, im Grunde war alles eine Frage des Dekors. Brolin lehnte sich an eine Tanne und seufzte. Erneut überkam ihn ein Anfall von Ekel vor den menschlichen Emotionen. Diese Wogen von Hass stellten sich häufig ein seit dem Tod von … Es war ihm kaum mehr möglich, ihren Namen auszusprechen. In den ersten Monaten hatte er diese Gefühle gefürchtet, doch mit der Zeit war er sozusagen undurchlässig für das Leben geworden. Und so empfand er die Gefühle wie die Erinnerung an einen Toten, um den man getrauert hat. Aus diesen inneren Kämpfen war er als Besiegter hervorgegangen, der sich die erlittene Niederlage nicht eingestehen wollte.

Durch das Blattwerk beobachtete er Annabel, die immer neue Äste mit Pulver bestäubte und, da sie nichts fand, den Kopf schüttelte. Sie maß auch in verschiedener Höhe die Temperatur und untersuchte erfolglos die Seide des Kokons auf Larven für Craig Nova. Brolin sah, wie sie höher kletterte, um einen Teil der Spinnweben zu lösen, die sich in den oberen Zweigen verfangen hatten.

Und plötzlich wurde allen klar, dass der Mörder nicht von

unten gekommen sein konnte, sondern die Leiche von der Felsspitze aus heruntergelassen hatte. Meats und Salhindro machten sich im Laufschritt auf, um den Felsvorsprung zu umrunden, und tauchten kurz darauf auf der Kuppe auf. Es gab einen einfachen Zugang, man musste sich nur die Zeit für den Umweg nehmen. Letztlich hatte Brolin sich getäuscht – der Mörder war von Westen, also von hinten gekommen. Natürlich gab es auf dem Felsen keine Fußabdrücke, das war ja die Absicht gewesen.

Aus sechs Meter Höhe winkte ihnen Larry aufgeregt zu. Er rief, er habe die typischen Spuren eines Seils entdeckt, das an einem Baumstamm befestigt gewesen war. Nein, es waren zwei Seile übereinander gewesen.

Mit dem ersten Seil hatte der Mörder die Leiche hinuntergelassen. Und mit dem zweiten? *Hatte er sich selbst hinuntergelassen, um das erste Seil von der Toten zu entfernen!*, schloss Brolin.

Warum hatte er sich diese Mühe gemacht? Nach dem, was Annabel ihm erzählt hatte, war die Leiche in keinem schlechten Zustand, sie roch zwar stark, aber nicht nach Verwesung – also war sie auch noch nicht lange hier. Das bedeutete, dass die Erde trocken gewesen war, als der Täter hergekommen war, denn seit zwei Wochen war kein Tropfen Regen gefallen. Er hätte nach Belieben überall herumlaufen können, ohne Fußspuren zu hinterlassen. Warum hatte er sich also diese Mühe gemacht?

Brolin lief durch die Farnstauden und suchte nach dem Horizont, der durch die Baumkronen schimmerte. Er dachte nach.

Der Seidenkokon. Denk nach, ordne jedes Detail dem Ganzen zu. Die Spinnen. Das entsetzte Gesicht der Frau. Annabel hat gesagt, sie müsse im Tod geschrien haben. Dieser Kerl gibt sich große Mühe, seine Verbrechen zu stilisieren. Alles musste zu seinem Plan passen. Ja, genau. Er verbringt nicht Stunden da-

mit, diese Frau in einem Spinnennetz zu mumifizieren, um sie schließlich an einem Ort auszusetzen, wo es auch jeder andere hätte tun können, das wäre zu simpel. Er ist es sich schuldig, seinen Plan bis zum Ende durchzuführen, und dazu gehört auch die Inszenierung am Fundort.

Brolin riss ein Farnblatt ab, zerrieb es zwischen den Fingern und sog den Duft ein.

Du musst im Auge behalten, wie der Typ strukturiert ist: Seine Handlungen sind geplant. Er folgt einem völlig kohärenten Schema. Ist er überzeugt von dem, was er tut? Vermutlich. In diesem Stadium handelt es sich nicht mehr um eine Inszenierung, nein, er glaubt daran. Was uns überflüssig erscheint, wie etwa die zwei Seile, um sich der Leiche zu entledigen, ist in seinen Augen bedeutsam und keinesfalls unnötige Energieverschwendung. Und wenn er nicht allein ist? Dann bleibt doch das Bestreben nach Übereinstimmung, die zu mehreren noch schwerer zu erreichen ist. Sie sind außergewöhnlich entschlossen.

Craig Novas Assistentin Emma trat zu ihm.

»An den Baumstämmen gibt es keine Hinweise auf Urin. Ich habe alles in diesem Sektor genau untersucht. Tut mir leid.«

Zumindest hatten sie es versucht. Brolin hörte, wie Meats die Genehmigung gab, die Leiche herunterzuholen. Sie durften nicht länger warten, der Tag ging zur Neige, und sie hatten noch einen langen Rückweg vor sich.

Craig Nova kletterte in den Baum, während Annabel sich etwas abseits hielt. Er schnitt einige große Zweige ab, und mit Meats Hilfe ließen sie den Kokon hinab. Die beiden Männer, die einerseits das Gleichgewicht halten und andererseits gelenkig genug sein mussten, um die empfindliche Last nicht zu beschädigen, kamen ins Schwitzen. Brolin bemerkte die Anzeichen ihrer Verwunderung. Am Boden wurde die Tote in ein weißes Tuch gehüllt und in einen Leichensack geschoben. Dann legte man das traurige Paket auf eine Klappbahre. Brolin ging zu Meats und machte eine fragende Kopfbewegung.

Alles an Meats, selbst sein ausweichender Blick, war angespannt. Er war sichtlich verunsichert.

»Es ist … ihr Gewicht.« Seine Augen blieben schließlich an dem Leichensack hängen. »Als hätte sie keine Konsistenz. Ich meine, sie ist sehr leicht, und wenn man sie trägt, bildet die Haut eigenartige Dellen.«

»Lloyd, ich will bei der Autopsie dabei sein. Lass mich bei dem Fall mitmachen. An dieser Geschichte ist was faul. Derjenige, der das getan hat, ist anders als die anderen Irren. Ich kann euch vielleicht helfen.«

Meats wirkte abwesend.

»Ich leite die Untersuchung«, erklärte er mit tonloser Stimme. »Ich sehe, was ich tun kann.«

Er sprach wie eine programmierte Maschine, ohne jegliches Gefühl.

Brolin legte ihm die Hand auf die Schulter.

»Was hast du?«

»Josh«, murmelte Meats. »Ich verstehe das nicht, diese junge Frau, sie … Ich glaube, man hat sie ihrer Innereien beraubt, sie entleert.«

Als sie sich auf den Weg machten, ging die Sonne hinter dem gegenüberliegenden Berg unter, der Wald funkelte nicht mehr wie ein Smaragd im Licht der goldenen Strahlen. Die Schatten wurden länger und verzerrten die Perspektive, sie reichten jetzt schon bis zu der kleinen Gruppe. Brolin bemerkte, dass er versuchte, nicht auf die Schatten zu treten. Er stellte sich vor, wie ein feines Stimmchen ihm zuflüsterte: *»Nicht im Schatten … Im Schatten gibt es etwas Grauenvolles …«*, wie von einem nordischen Troll, der im Unterholz verborgen war.

Doch es waren vor allem Meats' letzte Worte, die ihn schaudern ließen.

»Ich glaube, man hat sie ihrer Innereien beraubt, sie entleert.«

13

Saphir begrüßte Annabel und Brolin mit kräftigem Schwanzwedeln und schnupperte aufgeregt an ihren Beinen. Jeder ging duschen, dann trafen sie sich im Wohnzimmer wieder. Die Geräusche des Waldes drangen durch die geöffnete Verandatür herein.

Annabel war überrascht, Brolin in Hose, schwarzem T-Shirt und Turnschuhen vorzufinden. Sie selbst trug nur ein langes Hemd zum Schlafen. Er steckte eine Taschenlampe in einen Rucksack, der vor ihm auf dem Sofa stand.

»Was machst du?«

»Ich bereite meine Nacht vor.«

»Schläfst du nicht hier?«

Ihr wurde klar, dass sie nicht mehr zum Team gehörte. Er war wieder der Einzelgänger mit der unfassbaren Seele.

»Nein, Annabel. Ich fürchte, die Situation ist weit dramatischer, als wir denken. Es handelt sich nicht mehr um einen Zufall, sondern um Morde. Ich werde Larry bei dieser Geschichte nicht im Stich lassen.«

Das war seine Art, sich von ihr zu verabschieden. Annabel trat näher und legte ihm die Hand auf den Arm.

»Es geht nicht nur um Larry, das kannst du mir nicht weismachen. Ich sehe doch, dass deine Neugier geweckt ist. Du willst wissen, was dieser Killer für ein Mensch ist. Was glaubst du denn? Ich habe mich vorhin Auge in Auge mit dieser Frau befunden, war unmittelbar mit diesem Grauen konfrontiert. Auch ich will es wissen, deshalb sind wir beide doch Cops geworden.«

Und mit ruhiger, fast tröstlicher Stimme fügte sie hinzu: »Jeder, der diese Frau gesehen hat, will den Schuldigen fassen. Dir liegt ebenso daran, ihn zu begreifen, wie ihn zu ergreifen. Doch vergiss nicht, dass die Polizei dasselbe Ziel hat wie du.« Sie beobachtete ihn schweigend, bevor sie weitersprach. »Schließ mich nicht einfach so aus. Ich habe nichts bei diesen Ermittlungen zu suchen, das stimmt, doch das gibt dir noch lange nicht das Recht, mich einfach zu ignorieren und alle Schotten dicht zu machen.«

Er blickte ihr in die Augen. Im schwachen Schimmer der einzigen Lampe, die am anderen Ende des Raumes brannte, sah er die bange Frage im Blick der jungen Frau. Die Angst, er könne sie übergehen.

»Entschuldige«, flüsterte er. »Entschuldige ...«

Er streckte die Hand nach ihr aus, sein Daumen strich über ihre Wange. Sie bekam eine Gänsehaut.

»Ich habe gesehen, wozu dieser Kerl fähig ist«, murmelte er. »Ich weiß, dass ich mit etwas Zeit seine Denkweise verstehen, ihn einkreisen, ihn schnappen werde ... bevor er noch weitere Menschen tötet. Ich will den Jäger jagen ...«

»Und das wirst du auch tun«, erwiderte sie im gleichen ruhigen Tonfall. »Aber werde nicht wie er ... Du hättest dich selbst vor wenigen Augenblicken sehen müssen – kalt und gefühllos, entschlossen, so wie der Kerl in den Momenten sein muss, wenn er aufbricht, um seiner Beute nachzustellen. Und genauso ... einsam.«

Der Wohnraum hatte sich in ein Sanktuarium verwandelt, jedes Wort streifte nur flüchtig die Lippen, als haftete allem Gesagten etwas Frevelhaftes an.

»Was hast du zu so später Stunde vor?«, fragte Annabel und deutete auf den Rucksack.

Er schwieg eine Weile, dann nickte er kaum merklich.

»Da gibt es etwas auf dieser Lichtung, wo Larrys Bruder umgebracht wurde. Der Mörder hat sich einen Beobachtungsposten eingerichtet, den er oft aufgesucht haben muss. Und die vielen Schwarzen Witwen an diesem Ort dienen nur dem Zweck, eventuelle Spaziergänger zu verscheuchen. Nicht dort sucht er seine Opfer, er geht anders vor. Wie in der

Stadt zum Beispiel, wo er möglichst viel Terror verbreiten will. Ich glaube, die Lichtung Eagle Creek 7 ist für ihn vor allem von symbolischem Wert. Bleibt uns nur herauszufinden, warum.«

Annabel deutete auf den Rucksack mit der Taschenlampe darin.

»Willst du die Nacht dort verbringen?«

»Da sich der Mörder oft dort aufhielt, kehrt er möglicherweise zurück. Vielleicht wird er das tun, solange die Polizei den Ort nicht bevölkert. Deshalb muss ich äußerst diskret vorgehen.«

Annabel wich zurück und ließ sich aufs Sofa fallen.

»Das ist die Art Versteckspiel, die mehrere Tage dauern kann. Ich weiß nicht, ob …«

»Ich will dort bleiben, solange ich nichts Neues von Lloyd oder Larry höre. Das alles nimmt ungeahnte Ausmaße an. Ich glaube, wir müssen unsere Urlaubspläne aufschieben … Verstehst du? Ich … werde wohl für mehrere Tage nicht verfügbar sein. Und …«

»Kann ich dir helfen?«, unterbrach sie ihn.

»Annabel, du hast nichts mit dieser Angelegenheit zu tun, ich will nicht, dass du dich da ver…«

»Was ich heute Nachmittag gesehen habe, gibt mir das Recht, mich in diese Sache einbezogen zu fühlen. Nicht offiziell, nicht mehr als du. Aber ich kann dir helfen. Wenn der Mörder auf diese Lichtung zurückkehrt, was glaubst du, wird er tun? Er wird zunächst die Umgebung inspizieren, nehme ich an, und wenn er deinen Wagen in der Nähe entdeckt, wird er fliehen oder dich suchen … Ich setze dich dort ab und bringe dir morgen Proviant, falls du dort bleiben willst. Und wenn Larry anruft, könnte ich dich auf dem Laufenden halten. Das nenne ich *unsere* Zusammenarbeit.«

Annabel kam jedem Protest zuvor, erhob sich und eilte die Stufen zum Mezzanin hinauf.

»Ich ziehe mich um«, sagte sie, knöpfte ihr Hemd auf und öffnete die Tür mit einem leichten Fußtritt.

☆

Im Osten von Wäldern gesäumt, im Norden vom Columbia River und im Westen von einem riesigen, auf einem Hügel gelegenen Park, so funkelte Portland in der Nacht wie eine Ölplattform, verloren in einem Meer aus Schatten.

Es ging auf Mitternacht zu, und die Hitze ließ nur langsam nach. Die Straßenlaternen wurden von Insektenschwärmen umtanzt, die magisch vom Licht angezogen wurden. Der Asphalt kühlte nach und nach ab, das Laub und die Blütenblätter entspannten sich. Die Stadtbewohner waren erregt, sie schwitzten in ihren Betten, beobachteten einander stumpfsinnig durch die geöffneten Fenster ihrer Autos oder führten ihre hechelnden Hunde aus, bevor sie nach Hause zurückkehrten, ihre Fernseher einschalteten oder sich schlafen legten.

Lloyd Meats vergewisserte sich, dass die Tote im Leichenschauhaus registriert wurde, und fuhr zum Polizeipräsidium, wo er von Captain Chamberlin erwartet wurde.

Die beiden Männer sprachen wenig, die Ermittlungen hatten Vorrang, zunächst unter vollständigem Ausschluss der Medien. Sobald die ersten Ergebnisse vorlägen, würde sich Chamberlin um die Pressemeldungen kümmern. Sie kamen auf Larry Salhindro zu sprechen. Es gab vermutlich eine Verbindung zwischen dem Tod seines Bruders und dieser Leiche im Wald, aber musste man Salhindro deshalb von der Untersuchung fernhalten? Sie kannten ihn zu gut, um diesen Fehler zu begehen. Besser, man spielte mit offenen Karten, hielt ihn auf dem Laufenden und überließ ihm weiter die Koordination der verschiedenen Abteilungen.

»Und Joshua?«

Chamberlin stand am Fenster und blickte hinaus. Das Büro

und die Gestalt von Lloyd Meats spiegelten sich schwach darin.

»Hat er darum gebeten, an den Ermittlungen teilzunehmen?«

Chamberlin sah, dass Lloyd Meats nickte.

»Und warum?«

»Wegen Larry, nehme ich an. Er will seinen alten Freund nicht im Stich lassen. Und ich glaube, was wir heute entdeckt haben, beschäftigt ihn sehr. Dieser … Wahnsinn oder Irrwitz, wie man's nimmt, sich gegenüber seinen Opfern wie eine Spinne aufzuführen. Ich denke, Joshua ist darauf erpicht herauszufinden, welche Persönlichkeit sich hinter diesen Verbrechen verbirgt.«

Chamberlin holte durch die Nase Luft und gab bei jedem Atemzug ein leichtes Pfeifgeräusch von sich.

»Was hältst du davon, Lloyd? Brolin gehört nicht mehr zur Kripo. Er selbst hat den Entschluss gefasst, uns zu verlassen.«

»Du weißt genau, was ich darüber denke, aber darum geht es nicht. Wir hatten das Umfeld des Leichenfundorts noch nicht untersucht, da hatte er schon eine Idee, was zu tun war. Jeder hier weiß es: Sobald es darum geht, die Spur eines gestörten Verbrechers zu verfolgen, ist keiner so gut wie er. Natürlich würde Brolin uns nützlich sein.«

Der Captain legte den Kopf zurück, und seine Halswirbel knackten trocken.

»Wenn er noch immer will, dann lass ihn mitmachen, allerdings inoffiziell. Sollte die Presse davon Wind bekommen, dann geben wir vor, er sei als Experte für Verhaltensforschung an dem Fall beteiligt.«

Brolin hatte an der berühmten FBI-Akademie in Quantico eine Ausbildung als Profiler absolviert, bevor er zur Kriminalpolizei von Portland gekommen war. So viele Gründe, die Chamberlin geltend machen konnte, um seine Mitarbeit in dem Ermittlerteam zu rechtfertigen.

»Er darf dich überallhin begleiten, wo er seine Kenntnisse einbringen kann«, fügte Chamberlin hinzu. »Autopsie, Labor, und Verhöre, wenn wir einen Verdächtigen haben. Aber er darf nicht eingreifen. Und diese Frau, von der du mir erzählt hast, wer ist das noch mal?«

»Detective Annabel O'Donnel vom New York Police Department. Mit ihr hat Brolin letzten Winter die Ermittlungen über die Caliban-Sekte geleitet.«

Chamberlin erinnerte sich. Wie jeder hatte er den Fall in der Presse und im Fernsehen verfolgt. Er entsann sich der wichtigen Rolle, die O'Donnel dabei gespielt hatte.

»Was macht sie hier? Sag bloß nicht, dass sie auch Privatdetektiv geworden ist.«

»Nein, soweit ich informiert bin, ist sie zufällig bei Joshua zu Besuch. Sie hat uns heute sehr geholfen; sie leistet gute Arbeit …«

»Sie soll bloß diskret vorgehen, ihre Dienstmarke ist in unserem Staat nicht gültig. Außerdem lege ich keinen Wert darauf, dass diese Untersuchung zum Jahrmarkt wird. Ich sage nichts, solange sie nicht in Erscheinung tritt, verstanden?«

»Verstanden.«

»Na gut, und jetzt ruh dich aus, uns steht morgen ein langer Tag bevor.«

Als Chamberlin allein in seinem Büro war, drückte er die Stirn an die Fensterscheibe und seufzte. In was waren sie da hineingeraten?

Lloyd Meats machte einen Abstecher zur Vermissten-Dienststelle. Während des langen Fußmarsches mit der Trage hatte Annabel mit ihm geredet. Sie hatte ja eine Weile auf dem Baum ganz in der Nähe des Opfers verbracht. Als Polizistin waren ihr gewisse Einzelheiten aufgefallen, die die Identifizierung erleichtern könnten. Zunächst trug die Tote einen

Ehering an der linken Hand. Ihr Mann hatte sicher eine Vermisstenanzeige aufgegeben, die Polizei musste also irgendwo über eine Akte mit ihrem Namen verfügen. Außerdem hatte die Frau eine Tätowierung an der rechten Schulter. Meats bat den diensthabenden Beamten, alle Vermisstenmeldungen durchzugehen. Er hatte einen Augenblick an den Fall gedacht, der auf seinem Schreibtisch gelandet war – diese Geschichte von dem Ehemann, der behauptete, seine Frau sei verschwunden, doch sie hatte keine Tätowierung. Also Fehlanzeige.

Woraufhin Meats auf den Lift zusteuerte.

Er fühlte sich schmutzig. Trotz der Unmengen von Deodorant stank sein Hemd nach Schweiß. Er träumte von einer erholsamen Nacht mit seiner Frau. Bei dieser Hitze schlief sie nackt, und er stellte sich vor, wie er nach einer erfrischenden Dusche zu ihr ins Bett schlüpfen würde.

Als sich die Tür im Untergeschoss öffnete, war Lloyd Meats Meilen weg von dieser Leiche in dem Kokon, in den die Tote gehüllt gewesen war, entleert, das Innere von etwas Schrecklichem aufgesogen. Meats hatte auch nicht die geringste Ahnung, dass im gleichen Augenblick, in dem er den Zündschlüssel umdrehte, zwei weitere Personen nach dem Biss einer besonders gefährlichen Spinne ins Krankenhaus eingeliefert wurden.

Es war noch nicht zu Hause angelangt, als eines der beiden Opfer, ein siebzehnjähriges junges Mädchen, in den Armen einer Krankenschwester starb.

14

Gnadenlos von den Wellen der Morgendämmerung gepeitscht, geriet die Nacht in Schräglage. Das Leuchten breitete sich über dem Himmel aus und ertränkte einen Stern nach dem anderen. Nur der Mond blieb zu rund, um den siderischen Strömungen eine Angriffsfläche zu bieten.

Mit schmerzendem Rücken lehnte Brolin an einem dicken Ast. Er spürte allmählich die Folgen der durchwachten Nacht, fühlte sich weniger präsent. Alles, was er sah, drang nur mit leichter Verzögerung in sein Gehirn vor. Er zog eine Wasserflasche aus seinem Rucksack und befeuchtete sich das Gesicht. Das tat gut, die Sonne hatte die Luft noch nicht erhitzt.

Auf seinem Beobachtungsposten in fünf Meter Höhe überblickte Brolin die ganze Lichtung Eagle Creek 7. Sollte jemand sie betreten, könnte er ihn nicht übersehen.

Er hatte nicht lange suchen müssen, um einen geeigneten Platz zu finden – einen Baum am Waldrand mit einem knotigen Ast, dick genug für einen »bequemen« Sitzplatz.

Die Stunden des Wachens waren bisher ergebnislos geblieben. Nichts hatte er gesehen. Und genau das irritierte ihn, als die Sonne feuerrot am Horizont erschien. Er hatte nichts gesehen. Nicht einmal Tiere. Die Lichtung war groß, und er hatte mit einem Rudel Rehe oder wenigstens einem Wapiti gerechnet. *Selbst die Tiere meiden den Ort, sie wittern die lauernde Gefahr* ... Brolin schnalzte mit der Zunge. Wie idiotisch er sich aufführte ... Wie in einem Horrorfilm, in dem die Wälder von einem Monster heimgesucht werden. Und warum nicht gleich von einer genetisch mutierten Riesenspinne, wenn wir schon dabei sind?

Dreimal stieg er von seinem Hochsitz herunter, um sich die Beine zu vertreten und zu pinkeln. Er rauchte keine einzige Zigarette, Lokalität und Situation waren dazu nicht geeignet. Gegen Mittag aß er Kekse, die er mitgenommen hatte, und fand sich damit ab, wenn es sein musste, weitere vierundzwanzig Stunden hierzubleiben. Annabel würde ihm abends neuen Proviant vorbeibringen. Sollte bei den Ermittlungen etwas Neues herausgekommen sein, würde Larry sie bestimmt anrufen. Und am Abend würde sie ihm, Brolin, davon berichten.

Sie hatte sich nicht überzeugen lassen. Ausgeschlossen, nach New York zurückzukehren, auch nach seinem Vorschlag, sie, sobald dieser Fall abgeschlossen wäre, für eine Woche in Brooklyn zu besuchen. Sie wollte bleiben, vielleicht teilnehmen. War es wirklich nur wegen dieses grauenerfüllten Gesichts, mit dem sie auf dem Baum konfrontiert gewesen war? Zum Teil, gewiss. Die Seele des Cops.

In seinem tiefsten Innern aber wusste Brolin, dass es etwas anderes gab, etwas, das er selbst gespürt hatte. Diese »Symbiose«, wenn sie zusammenarbeiteten, die sich schon bei den Ermittlungen im Fall der Caliban-Sekte ergeben hatte. Diese positive Spannung, die sich zwischen ihnen beiden aufbaute, das Adrenalin der Herausforderung, des Risikos, des Rätselhaften. Dieser perfekte Austausch.

Das ist alles ein bisschen übertrieben. Wir verstehen uns einfach gut, wir führen die Ermittlungen auf unterschiedliche Weise, und unsere Methoden ergänzen sich, deshalb funktioniert es, wir motivieren uns gegenseitig. Es ist auch nicht ...

Es war auf jeden Fall sehr effizient, keine Frage. Dieses geheime Einverständnis gefiel ihm. Mit welchem Recht könnte er sie wegschicken, wenn sie bleiben wollte? Und sein eigenes Herz hatte einen kleinen Sprung gemacht, als sie beschlossen hatte, nicht abzureisen. Schließlich könnte er von ihren eventuellen Schlussfolgerungen profitieren, sie spornten sich gegenseitig an, und das konnte nur von Vorteil sein.

Brolin nahm eine Bewegung am Rand seines Blickfeldes wahr.

Etwa zweihundert Meter weiter südlich regte sich etwas im Unterholz.

Eine menschliche Gestalt durchquerte langsam die Lichtung. Im hohen Gras tauchte Annabel auf. Sie beschattete die Augen mit der Hand und suchte die Umgebung ab.

Brolin kletterte von seinem Sitz herunter, lief am Waldesrand entlang und hatte sie erreicht, ehe sie kehrtmachen konnte.

»Hier bin ich«, sagte er aus knapp zwanzig Meter Entfernung.

Seine Stimme war sanft und verriet seine Müdigkeit.

Annabel trug eine Caprihose, ein T-Shirt und Turnschuhe und hatte ihre Zöpfe zusammengebunden. Eine Stofftasche lag vor ihr am Boden.

»Willst du wandern?«, fragte Brolin.

»Ich löse dich ab.«

Ehe er antworten konnte, legte sie den Zeigefinger auf seine Lippen.

»Meats hat angerufen, sie haben das gestern gefundene Opfer identifiziert. Eine gewisse Carol Peyton. Du wirst sehen, ich habe alles auf einem Stück Papier notiert, das auf dem Beifahrersitz liegt. Sie sind bei dem Ehemann und erwarten dich. Wenn du zehn Stunden hier verbracht hast, dann doch, weil du glaubst, es sei wichtig, also übernehme ich deinen Part. Ich habe das Nötige mitgebracht, Proviant, eine Decke, alles, um einen Nachmittag und gegebenenfalls die Nacht hier zu verbringen.«

»Annabel, ich lasse dich nicht allein zurück.«

»Du verschwendest deine Zeit, Meats und Larry erwarten dich.«

»Nein, du …«

Die junge Frau schnalzte mit der Zunge und schüttelte energisch den Kopf. Sie war nicht von ihrem Entschluss abzubringen.

Brolin verschränkte die Arme vor der Brust und ließ den Blick kurz über die Lichtung schweifen.

»Zeig mir bitte, wo du warst«, bat Annabel.

Nach einem kurzen finsteren Schweigen deutete Brolin mit dem Kinn in die Richtung.

»Du bist noch dickköpfiger als ich … Komm mit.«

Nach wenigen Schritten meinte Annabel belustigt: »Siehst du, es ist gar nicht so schwer, mir zu vertrauen.«

☆

Michael und Carol Peyton wohnten Ecke Northeast/17th Street unweit des großen Einkaufszentrums in einem kleinen Häuschen, das allen anderen Häusern des Viertels in jeder Hinsicht ähnelte. Brolin parkte nicht weit entfernt, lief die Straße hinauf und entdeckte den Transporter der Spurensicherung.

Lloyd Meats ließ ihn herein und führte ihn ins Wohnzimmer, wo Michael Peyton mit einer Polizeibeamtin saß. Peyton war knapp dreißig Jahre alt, wirkte sportlich und hatte auffallend gerötete Augen. Er bekam den Mund nicht mehr zu, stand ganz offensichtlich unter Schock.

In einem Plastikrahmen auf einem kleinen runden Tischchen stand das Foto einer blonden jungen Frau mit sanften Zügen. Meats griff danach und zeigte es Brolin.

»Das ist sie«, sagte er mit gedämpfter Stimme. »Carol Peyton, achtundzwanzig Jahre alt. Ihr Mann hat sie vor drei Tagen als vermisst gemeldet. Dank der Tätowierung konnten wir sie heute Morgen identifizieren.«

»Wie ist das passiert – sie wurde doch nicht mitten am Tag entführt.«

Meats strich über seinen grauen Bart.

»Nein, der Ehemann, Michael, erzählt, dass sie zusammen zu Bett gegangen sind, sich sogar an dem Abend geliebt haben. Als er morgens aufwachte, war sie nicht mehr da. Er kann sich an nichts erinnern, kein Geräusch, rein gar nichts. Sie war nur einfach nicht mehr im Haus. Sie hat nichts mitgenommen, keine Papiere, keine Kleidung, nichts.«

»Spuren eines Einbruchs?«

Meats blickte ratlos drein und schüttelte den Kopf.

»Die Tür war abgeschlossen, und kein einziges Fenster war in dieser Nacht geöffnet.«

»Vielleicht kannte sie ihren Mörder«, meinte Brolin. »Aus uns unbekanntem Grund hat sie ihm vielleicht geöffnet und war bereit, ihm mitten in der Nacht zu folgen, ohne ihren Mann aufzuwecken.«

»Das haben wir auch zuerst geglaubt, doch Mr. Peyton sagt, er habe an jenem Morgen etwas Sonderbares bemerkt. Einige Gegenstände wären leicht verrückt gewesen.«

»Gegenstände?«

»Ja, als hätte sich Carol gewehrt, und ihr Entführer hätte, bevor er ging, wieder alles an seinen vermeintlichen Platz gestellt. Das war im Schlafzimmer.«

»Und der Ehemann hat nichts gehört?«

»Absolut nichts. Wir wollen sein Blut untersuchen lassen. Er sagt, er sei an diesem Tag nicht zur Arbeit gegangen, zum einen wegen des Verschwindens seiner Frau, aber auch weil er sich nicht gut gefühlt habe – Kopfschmerzen, Atembeschwerden ... Er nimmt keine Medikamente und keine Drogen.«

Im Rücken der beiden Männer erleuchtete das Blitzlicht einer Kamera die Küche. Einer der Techniker machte Bilder vom ganzen Haus für die Akte.

Brolin beugte sich vor, um einen kurzen Blick auf Michael Peyton zu werfen. Der lauschte der Frau, die mit leiser Stimme zu ihm sprach. Er glich mehr einem verlorenen Kind als einem potentiellen Mörder. Trotzdem meinte Brolin: »Bei der Autopsie muss der genaue Todeszeitpunkt festgestellt und dann überprüft werden, ob der Ehemann ein hieb- und stichfestes Alibi hat.«

»Josh, was mir Kopfzerbrechen bereitet, ist weniger der Ehemann.«

Brolin bemerkte, dass Lloyd Meats wirklich besorgt aussah.

»Bevor ich mich mit diesem Fall befasst habe«, fuhr der

Detective fort, »wurde mir eine Vermisstenakte vorgelegt. Ich fand die Suche etwas verfrüht und hab die Sache beiseitegelegt. Die Polizisten vor Ort hatte der Fall stutzig gemacht, und sie hatten darauf bestanden, die Suche einzuleiten, ohne die übliche Vierundzwanzigstundenfrist einzuhalten. Ich habe nicht auf sie gehört und mache mir jetzt Vorwürfe.«

»Wie ist sie verschwunden?«

»Ein Mann behauptet, seine Frau sei, während er schlief, entführt worden. Das war Mittwoch, gestern Morgen.«

Die Ähnlichkeit war zu frappierend, um nicht Besorgnis erregend zu sein. Gab es irgendwo eine weitere Leiche?

Craig Nova erschien im Treppenhaus. Als er Brolin bemerkte, begrüßte er ihn mit einem Lächeln, das seine Freude ausdrückte, ihn zu sehen.

»Na, sind wir wieder bei der Polizei?«, rief er.

»Nicht ganz.«

Craig Nova schien diese Antwort nicht zu überraschen, er insistierte aber nicht und wandte sich Meats zu.

»Detective«, sagte er, »wir nehmen uns jetzt das Schlafzimmer vor. Wenn Sie mitkommen wollen …«

Meats machte Brolin ein Zeichen, ihn zu begleiten.

»Wir glauben, dass es da oben passiert ist«, erklärte er auf halber Treppe. »Michael Peyton hat uns erzählt, dass der Bettvorleger am Morgen nicht an seinem Platz lag. Er hat die Ohrringe seiner Frau am Boden gefunden, sie waren in der Nacht unter das Bett gerollt, und der Bücherstapel war völlig durcheinander. Allem Anschein nach ist Peyton einer von der pedantischen Sorte. Er hat die geringste Veränderung bemerkt.«

Der ganze erste Stock war mit Parkett ausgelegt. Sie gingen den Flur entlang bis zur Tür eines geräumigen Schlafzimmers mit einem Baldachinbett.

»Es ist drei Tage her, dass sie verschwunden ist, und Peyton war seither fast nie hier, und auch sonst hat niemand den

Raum betreten. Craig hat vorhin die elektrische Zahnbürste untersucht. Wenn wir auf einen hübschen Fingerabdruck stoßen, wissen wir also sehr bald, ob es sich um einen von den Eheleuten Peyton handelt oder nicht.«

Die junge Assistentin von Craig Nova, Emma, stand am Fenster. Sie hatte den von Michael Peyton erwähnten Bücherstapel mit Pulver bestreut.

»Ich habe hier nichts gefunden«, verkündete sie, »bis auf die Abdrücke von Mr. Peyton selbst, wie es scheint.«

Nova stellte einen seiner Metallkoffer ab.

»Unser Mann wird Handschuhe getragen haben. Emma, zieh die Vorhänge zu, ich möchte etwas ausprobieren.«

Er nahm ein weißes Fläschchen mit einem Zerstäuber aus seinem Koffer.

»Meine Herren, ich habe vorhin etwas im Zimmer herumgeschnüffelt. Wie ich erfahren habe, war dieser Bettvorleger nicht genau an seinem Platz. Danken wir Mr. Peyton, dass er so klug war, ihn nicht wieder zurechtzuziehen, denn so wie er jetzt liegt, scheint er zu nichts nutze zu sein, außer dass er den Boden bedeckt. Ich habe schon einen Blick darunter geworfen, ohne Ergebnis. Wenigstens heute, was nicht heißt, dass es vor drei Tagen nichts zu sehen gab.«

Craig Nova hob den Bettvorleger hoch. Das Parkett darunter war makellos, er sprühte eine Flüssigkeit auf den Boden. Alle kannten die Verwendung von Luminol, einem chemischen Produkt, das auf das im Blut enthaltene Eisen reagiert. Die wundersame Wirkung von Luminol besteht darin, dass es Blutflecken sichtbar macht, auch wenn diese entfernt wurden, was auch bei alten Spuren bestens funktioniert. Mehr noch, je älter das Blut, desto stärker die Leuchtkraft.

Im Halbdunkel des Raumes zeichnete sich der schwache Schimmer blaugrüner Flecken ab.

»Genau das habe ich mir gedacht«, murmelte Craig Nova. »Schade nur, dass Mr. Peyton unlängst den Mülleimer geleert hat. Sicher hätten wir blutbefleckte Textilien oder Papierreste gefunden. Der Entführer von Carol Peyton hat sich die Mühe gemacht, die Flecken wegzuwischen. Das Parkett muss feucht gewesen sein, er hat den Bettvorleger daraufgelegt, um es zu trocknen oder einfach nur, weil er nicht wusste, wo genau er gelegen hatte. Emma, die Vorhänge bitte. Danke.«

Er stützte sich am Boden ab, und seine Augen inspizierten die im Nachmittagslicht fast unsichtbaren Flecken.

»Sie sind zahlreich, relativ klein und etwas länglich, sagen wir birnenförmig. Also mittleres Tempo, sie rühren nicht von einer Schusswaffe her, eher von einem schneidenden oder stumpfen Gegenstand, der das Opfer mit großer Geschwindigkeit getroffen hat. Alle Flecken gehen vom selben Punkt aus und erstrecken sich in eine einzige Richtung. Die Basis – der Aufschlagpunkt des Tropfens auf dem Boden – ist hier, und das Ende deutet auf die dem Bett gegenüberliegende Seite. Es ist also anzunehmen, dass sich das Opfer ganz in der Nähe des Bettes befand, als es getroffen wurde.«

Er wandte sich um und suchte etwas in seinem Metallkoffer.

»Meats, Sie dürften nach all den Jahren wissen, wie der Fallwinkel eines Blutstropfens errechnet wird, oder?«

»Ich hasse Mathematik.«

»Der Aufschlagwinkel entspricht dem Sinusbogen der Breite des Tropfens, geteilt durch seine Länge«, referierte Nova.

Er nahm verschiedene Messungen vor und machte seine Berechnungen. Etwas abseits führte Emma den Tubus des Polylight auf der Suche nach Fingerabdrücken über alle möglichen Oberflächen. Immer wieder hielt sie inne, trug, je nach Untergrund, verschiedenfarbige Pulver auf und untersuchte die Stelle relativ lustlos. Die vielen gefundenen Fingerabdrücke schienen alle vom Ehepaar Peyton zu stammen.

Mit Hilfe kleiner Nadeln, die er in das Parkett bohrte, zog Craig Nova in einem sehr präzisen Winkel verschiedene Fäden. Er wiederholte den Vorgang ausgehend von sechs Blutflecken. All diese Fäden trafen unweigerlich an ein und derselben Nadel zusammen, die er in die Stofftapete oberhalb des Bettes gesteckt hatte.

»Ich weiß, das mag etwas altmodisch erscheinen, gewöhnlich wird das mit winzigen tragbaren Lasergeräten gemacht«, rechtfertigte er sich, »was natürlich eindrucksvoller ist, doch ich habe das entsprechende Material nicht dabei. Also gehe ich auf herkömmliche Art vor. So wissen wir jedenfalls, wo sich das Opfer befand, als es getroffen wurde. Hier auf dem Bett, und in Anbetracht der Höhe hat die Frau gesessen. Der Schlag muss sehr heftig gewesen sein, wahrscheinlich hat er sie am Kopf getroffen, das wird die Autopsie ergeben. Ich denke, es war ein stumpfer Gegenstand. Wie auch immer, das Opfer bricht nach diesem Schlag am Boden zusammen. Hier ist gut zu erkennen, dass es weitere Tropfen gab. Sie sind größer, deutlicher, ohne Krone, sie sind aus geringerer Höhe gefallen. Sie führen uns bis zu diesem Tisch, auf dem die Bücher von Mr. Peyton gestapelt waren.«

Craig Nova zog die Vorhänge zu und sprühte Luminol auf den Boden, dann auf den Tisch. Erneut erschienen leuchtende Kreise.

»Das Gegenteil hätte mich gewundert …«, fuhr er fort. »Unser Opfer kriecht also auf allen vieren – es war sicher eine Kopfverletzung, jedenfalls blutet die Frau nicht zu sehr. Sie klammert sich am Tisch fest, zieht sich hoch und da … zack, ein weiterer Hieb auf den Kopf, man erkennt noch Spritzer mittlerer Geschwindigkeit am Rand der Platte. Sie muss gegen eines der Tischbeine gefallen sein, oder der Angreifer hat sie gestoßen, deshalb ist der Bücherstapel umgekippt.«

»Und der Ehemann hat seelenruhig daneben geschlafen?«, schaltete sich jetzt Brolin ein. »Entweder ist das Ganze eine Inszenierung von ihm, oder aber er ist betäubt worden. Ich kann mir kaum vorstellen, dass seine Frau geweckt, direkt neben ihm niedergeschlagen und entführt wurde, ohne dass er etwas gehört hat. Jemand, der einen so gewaltigen Schlag auf den Schädel versetzt bekommt und noch die Kraft findet, zwei Meter zu kriechen, der leidet, der schreit. Wir müssen fragen, ob Michael Peyton am Vortag von jemandem etwas Besonderes zu trinken oder zu essen bekommen hat.«

Meats nickte und kritzelte etwas in sein Notizheft.

»Natürlich«, fuhr Craig Nova fort, »genau dieses Szenario scheint auch mir das wahrscheinlichste, was allerdings andere Möglichkeiten nicht ausschließt.«

Meats betrachtete das Bett.

»Das alles, ohne irgendwelche offenkundigen Spuren. Bravo, Craig.«

»Bedank dich lieber bei dem Typen, der das gemacht hat. Statt mit einem feuchten Tuch die Flecke wegzuwischen, hat er einfach etwas daraufgelegt, damit das Blut aufgesogen wird. So gehen übrigens viele Verbrecher vor. Sie glauben, wenn sie das Blut verteilen, ist es anschließend schwerer, es verschwinden zu lassen. Auf jeden Fall kommt mir das sehr gelegen, denn hätte unser Mörder den Boden gewischt, hätte ich nichts als einen lumineszierenden Fleck à la Jackson Pollock gehabt, aus dem ich keine Schlüsse hätte ziehen können.«

Craig Nova diskutierte mit den anderen alle denkbaren Möglichkeiten, und sie einigten sich schließlich auf das vom Experten ausgearbeitete Szenario.

Emma hatte inzwischen den ganzen Raum mit dem Polylight nach Abdrücken abgesucht und wollte sich schon das Badezimmer vornehmen, als ihr einfiel, dass sie sich die Unterseite der Möbel für den Schluss aufgehoben hatte. *Die Unterseite, Emma*, sagte Craig Nova oft, *sie wird immer vergessen. Die Unterseite eines Telefons, eines Tellers, die Unterseite eines Autos, das Innere eines Lampenschirms …* Sie streifte sich ein neues Paar Handschuhe über und kroch zunächst halb unter das Bett, nachdem sie Lloyd Meats und Craig Nova gebeten hatte, zur Seite zu treten. Der dritte Mann, Brolin, stand in der Tür und verschaffte sich einen Gesamteindruck vom Zimmer. Manchmal machte er ihr ein wenig Angst. Er war verführerisch mit seinen langen kastanienbraunen Haaren und gleichzeitig irgendwie beunruhigend.

Nichts an der Bettunterseite. Sie ging zum Schrank hinüber.

Es lag wohl an seinen Augen. *Ja, man könnte meinen, er sei nicht zu fassen,* dachte sie. Wie ein Tier, das sich nicht zähmen lässt. *Aber er ist ein Mensch …* Diesen Schimmer dürfte es in seinen Augen nicht geben …

Ihre Finger trafen auf einen Gegenstand. Sie zog sogleich die Hand zurück und kramte in ihrem Koffer nach einem Leuchtstift.

»Was ist?«, fragte Craig Nova.

»Ich weiß nicht, etwas Schweres unter dem Schrank, ganz hinten.«

Sie kauerte sich nieder und richtete den Lichtstrahl unter den Schrank.

»Es ist eine Taschenlampe«, verkündete sie.

Nova kniete neben ihr nieder.

»Zieh sie ganz vorsichtig hervor, greif sie am Ende und lass sie nicht rollen, wegen der Abdrücke …«

»Alter Nörgler, ich weiß, wie man vorgeht.«

Da er sich vorstellen konnte, dass Brolin der vertrauliche Ton nicht entgangen war, trat Meats näher und flüsterte ihm ins Ohr: »Es ist seine Nichte.«

Emma zog eine dreißig Zentimeter lange Taschenlampe hervor.

»Das Polylight, Emma.«

Sie schaltete das Gerät an und stellte die gewünschte Wellenlänge ein. Ein blauer Lichtstrahl wanderte über den gesamten Griff der Lampe.

»Keine Abdrücke?«, fragte Meats.

»Nein, und in gewisser Weise ist das eine gute Nachricht. Ich glaube nicht, dass Mr. Peyton Handschuhe benutzt oder alle Gegenstände, deren er sich bedient, abwischt, bevor er sie unter seine Möbel rollen lässt. Was also den Schluss zulässt, dass es sich höchstwahrscheinlich um die Lampe des Angreifers handelt.«

Jetzt streifte auch Craig Nova Latexhandschuhe über und griff seinerseits nach der Taschenlampe. Sie war schwer. Plötzlich kam ihm eine Idee. Er sprühte Luminol darauf und zog zum dritten Mal die Vorhänge zu.

Ein vages Blaugrün schimmerte in mehrere Richtungen am Ende des Griffs. Blut.

»Ich wette mein Monatsgehalt darauf, dass er damit zugeschlagen hat«, rief er triumphierend.

Emma hielt ihm eine geöffnete Plastiktüte hin, damit er die Lampe darin verstauen konnte.

»Vergisst du nicht gerade etwas?«

Emma runzelte die Stirn und riss dann die Augen weit auf.

Craig Nova wandte sich an Meats und Brolin.

»So was nenne ich ›Objekt mit mehreren Schubladen‹. Man kann es auf verschiedenen Ebenen untersuchen, was sogar die Verbrecher oft nicht bedenken.«

Alle verstanden, was Nova damit sagen wollte, als sie Emma das äußerste Ende der Taschenlampe aufschrauben sahen und drei große Batterien zum Vorschein kamen. Der Lichtstrahl des Polylight ließ bald den Abdruck einer Handinnenfläche auf der ersten Batterie erkennen.

Ein breites Lächeln erschien auf Craig Novas Gesicht. Er deutete auf etwas an der anderen Seite der Batterie, das nach einem Fingerglied aussah.

»Nein, Verbrecher denken nicht immer an alles. Meine Herren, ich glaube, wir haben hier einen prächtigen Daumenabdruck.«

15

Annabel hatte, um es sich auf ihrem Hochsitz, bestehend aus drei dickeren Ästen, von denen ihr einer als Rückenlehne diente, bequem zu machen, ihre Decke mehrfach gefaltet. Bei der Hitze und der relativ angenehmen Stellung drohte sie immer wieder einzuschlafen. Um gegen den Schlaf anzukämpfen, inspizierte sie eingehend ihre Umgebung: die dichte Vegetation jenseits der Baumwipfel, den Berg, der die Lichtung beherrschte, den hohen Baumstumpf, von dem Brolin gesprochen hatte und der dem Mörder allem Anschein nach häufig als Beobachtungsposten diente.

Und dabei entdeckte sie schließlich das »Asyl der Vergessenen«.

So wenigstens hatte sie es getauft. Das graue Gebäude, das am äußersten Ende von Eagle Creek 7 zwischen den Bäumen hindurchschimmerte. Und dahinter die Spitze eines Turms. Die junge Frau fragte sich, was es mit diesem Gebäude, so verloren in den unermesslichen Weiten des Waldes, auf sich haben konnte. Brolin hatte ihr unter anderem einen Atlas von Oregon zurückgelassen; sie schlug die entsprechende Seite auf, stellte aber fest, dass das Gebäude nicht verzeichnet war.

Um was mochte es sich handeln? Angeregt durch die wilde, geheimnisvolle Atmosphäre, begann ihre Fantasie zu arbeiten, und sie malte sich die schlimmsten Szenarien aus. Eine Irrenanstalt, die, abseits der Zivilisation, der Verwahrung der wirrsten Geister des Landes dienen sollte. Ein Ort, so abgelegen, dass niemand deren ständiges Heulen und ihr Lachen, Ausdruck puren Wahnsinns, hören konnte. Diese Mauern waren wie die Wände eines Phantomschiffs, bevölkert von Gespenstern mit rollenden Augen, oder eine Quarantäne-Insel, die dem Zweck diente, die Welt vor einer ansteckenden Geisteskrankheit zu bewahren. Schließlich ersann Annabel einen einsamen Bergfried voller Männer und Frauen, eingepfercht im Vergessen, die dort langsam dahinsiechten. So wurde, ihr zum Zeitvertreib, das »Asyl der Vergessenen« geboren.

Mit solchen Überlegungen beschäftigt, begann sie sich nach einer Weile äußerst unwohl zu fühlen. Sie empfand diese archaische Welt des Waldes, mit der sie ganz allein konfrontiert war, als feindselig. Sie entsann sich einer Episode aus dem Film *Akte X – Die unheimlichen Fälle des FBI*, in der Menschen, als sie Bäume fällen wollten, von vorsintflutlichen Insekten attackiert wurden. Abgeschieden in einem riesigen Wald, fielen ihnen die Holzfäller einer nach dem anderen zum Opfer.

Das war nun wirklich nicht der Moment, an solche Dinge zu denken!

Annabel trank einen Schluck Wasser und griff zu Brolins Fernglas, um noch einmal die ganze Lichtung in Augenschein zu nehmen. Und wieder verweilte ihr Blick auf dem Gebäude. *Was kann das nur sein?* Wenn es auf keiner Karte verzeichnet war, lag der Verdacht nahe, dass es dem Militär gehörte. Doch das Gelände war für dessen Zwecke äußerst ungeeignet. *Leicht abschüssig, unzugänglich, weit von allem entfernt, obwohl vielleicht gerade das der eigentliche Grund war …* Die Anlage schien total verlassen. Annabel konnte nur wenig erkennen: ein halb eingefallenes Dach, die Ecke eines schwarzen Fensters und Pflanzen, die die Hälfte des sichtbaren Mauerwerks überwucherten.

War es etwa das, was der Mörder beobachtete? Der Baumstumpf war der ideale Platz, um die gesamte Lichtung zu überblicken – einschließlich dieses Gebäudeteils. Plötzlich bekam diese Anlage eine ganz andere Bedeutung. Selbst für einen psychopathischen Mörder machte es keinen Sinn, Stunde um Stunde hier zu verbringen und eine entlegene Lichtung zu überwachen, dagegen aber konnte die Existenz einer von Menschenhand errichteten Anlage vielleicht eine Erklärung sein. Es galt also herauszufinden, was es mit dem

Gebäude auf sich hatte, um eine mögliche Verbindung herstellen zu können.

Wenn du deshalb deinen Posten verlässt, begehst du eine große Dummheit, das weißt du. Von ein paar Mauerresten und leeren Räumen wirst du nichts über den Mörder dieser Frau in Erfahrung bringen.

Aber dennoch – was wusste sie, solange sie sich dort nicht umgesehen hatte?

Annabel schüttelte den Kopf.

»Ich bin verrückt«, murmelte sie. »Ich darf so was nicht tun …«

Doch was würde sie riskieren? Sicher nicht viel. Die Wahrscheinlichkeit, dort jemandem zu begegnen, war gering, selbst wenn derjenige, der Fleitcher Salhindro und Carol Peyton angegriffen hatte, oft hierherkam.

Aber sie würde die Lichtung unbeobachtet lassen, das war das Problem. *Ja, aber für maximal eine Stunde, und dieser Kerl würde sicher nicht mitten am Nachmittag hier aufkreuzen …*

Die Entscheidung war bereits gefallen.

Sie wühlte in ihrem Rucksack, um die Taschenlampe und ihre Beretta herauszunehmen, und ließ den Rest im Baum zurück. Sie klemmte das Halfter in den elastischen Bund ihrer Caprihose und behielt die Taschenlampe in der Hand, bevor sie hinunterkletterte und sich auf den Weg zum »Asyl« machte.

Am Ende ist es tatsächlich eine ehemalige psychiatrische Anstalt …

Es war schwül, der Himmel war weißgrau, das schöne Sommerwetter war am Morgen einer drückenden, feuchten Hitze gewichen. Annabel fürchtete, dass am Abend ein Gewitter aufziehen würde. Das wäre die Krönung des Ganzen.

Grillengezirpe begleitete ihren Weg.

Wenn wenigstens ein leichter Wind gehen würde, dachte sie und trocknete sich die Stirn.

Plötzlich verstummten die Grillen.

In der Sekunde, die folgte, erschauerten die Zweige der weiter entfernten Bäume und rauschten inmitten der Stille von Eagle Creek 7. Doch der Windhauch drang nicht bis zu Annabel vor.

Dann setzte das Zirpen wieder ein.

Schweißgebadet erreichte sie das andere Ende der Lichtung, das T-Shirt klebte ihr am Körper. Mit Hilfe eines Stockes bog sie Farnwedel und Dornenzweige zur Seite. Als sie in das Unterholz vordrang, linderte der Schatten des Laubdachs die Hitze ein wenig, was der jungen Frau guttat, trotz der vielen Schrammen an den Waden. *Bravo! Eine gute Wahl, die Caprihose, aber du wolltest ja Bewegungsfreiheit und Bequemlichkeit …* Es dauerte nicht mehr lange, und sie stieß an einen Zaun, der oben mit Stacheldraht versehen war.

Eindringlinge sind hier wohl unerwünscht.

Selbst ohne den Stacheldraht wäre der fünf Meter hohe Zaun nicht leicht zu überwinden.

Auf der anderen Seite erhob sich ein lang gestrecktes, dreistöckiges Gebäude, von einem Turm überragt, zwischen den Bäumen. Hier und da ein Schuppen oder ein verrottender Fertigbau. Die ganze Anlage war dem Verfall überlassen worden und wurde von Pflanzen überwuchert. Während sie am Zaun entlangging, stieß sie auf ein daran befestigtes Schild. BETRETEN VERBOTEN, MILITÄRGEBIET, LEBENSGEFAHR.

Wenigstens das war ihr jetzt klar.

Alle fünfzig Meter das gleiche Schild. Annabel wollte schon umkehren, als sie in einigem Abstand eine Verformung des Zauns bemerkte. Sie trat näher und sah, dass er aufgerissen war und sich Tierhaare in dem Draht verfangen hatten. Ein Tier musste ihn durchbrochen haben. *Ein großes Loch, hoffentlich war es kein Bär …* Sie schob die Ränder auseinander und zwängte sich auf die andere Seite.

Hohes Gras auf dem ganzen Areal, hier und da vereinzelte

Kiefern. Auf dem Weg zum Haupthaus kam Annabel an zwei völlig eingefallenen Fertigbauten vorbei. Das Hauptgebäude war knapp hundert Meter lang und etwa fünfzehn Meter hoch, den »Turm« in der Mitte nicht mitgerechnet. Die Fenster waren zugenagelt, bis auf einige hohe aus dunklem Spiegelglas, die das ganze Gebäude wie eine finstere Kathedrale wirken ließen. Die wenigen Türen waren ebenfalls durch Bretter versperrt. Schließlich entdeckte Annabel eine Tür, die so viel Freiraum ließ, dass sich eine schlanke Person hindurchzwängen konnte, und sie ließ sich mit einem Hüftschwung ins dunkle Gebäudeinnere rollen.

Im ersten Stock wich eine Gestalt mit langen Haaren ein Stück zurück. Der Unbekannte musste die junge Frau schon eine Weile durch einen Fensterspalt beobachtet haben. An den Fingernägeln kauend, überlegte er, wie er vorgehen sollte. Er spuckte einen Schnipsel zu Boden. Plötzlich wusste er, was zu tun war. Auf leisen Sohlen, aber entschlossen, schlich er zum oberen Treppenabsatz.

Sollte die junge Frau sich nähern, wäre sie von hier aus nicht zu übersehen.

16

Während Craig Nova den Daumenabdruck via AFIS, das Fingerabdruck-Identifizierungssystem des FBI, untersuchen ließ, machte sich Lloyd Meats in Begleitung von Brolin und Emma Nova auf den Weg zu Keith Morgan. Dieser hatte am Mittwoch, dem zwölften Juni, bis Mitternacht ferngesehen und war dann seiner Frau Lindsey ins Bett gefolgt. Als er am nächsten Morgen ohne sie aufwachte, war ihm sofort klar gewesen, dass etwas nicht stimmte. Erstens war sein eigener Zustand merkwürdig, denn er hatte größte Schwierigkeiten mit dem Aufstehen gehabt, obwohl der Wecker seit zwanzig Minuten schrillte. Er hatte höllische Kopfschmerzen. Zudem war seine Frau Lindsey nicht da, und als er ihre Handtasche mit allen Papieren und Kreditkarten entdeckte, begann er sich ernsthaft Sorgen zu machen. Und das umso mehr, als der Wagen seiner Frau und sein eigener wie üblich vor der Tür standen.

Er startete zunächst einen Rundruf bei Freunden und Bekannten, erfolglos. Dann kontaktierte er die Polizei. Auf die Frage, ob er sich vorstellen könnte, dass sie ihn Hals über Kopf verlassen hätte, antwortete er spontan, sie hätten erst vor drei Monaten geheiratet, und Lindsey spräche nur noch von ihrer Hochzeitsreise nach Paris im kommenden Juli. Außerdem fehle nichts von ihren Sachen.

Die Polizisten hatten die Angelegenheit durchaus ernst genommen und darauf bestanden, dass sich die Kripo des Falles annahm, doch Meats hatte ihn nicht für so wichtig gehalten.

Jetzt, während Emma ihm Blut abnahm, wiederholte Keith Morgan die ganze Geschichte vor den beiden Männern. Er bestätigte, dass am Morgen des Verschwindens seiner Frau nichts auf einen Einbruch hingedeutet habe – alle Fenster und Türen seien geschlossen gewesen, selbst die der Küche –, und er habe nichts gehört. Den ganzen folgenden Tag über hätte er unter Kopfschmerzen und Atemnot gelitten. Genauso wie Michael Peyton, der Ehemann von Carol, die man ermordet im Wald gefunden hatte.

Er händigte Meats ein Foto von Lindsey aus, einer jungen, überschlanken Frau mit hübschen grünen Augen. Brolin verglich Lindsey und Carol. Zwei attraktive junge Frauen, noch keine dreißig, verheiratet, berufstätig. Zwei ideale Opfer, um die Gesellschaft dort zu treffen, wo es wehtat. Die Symbolik könnte langfristig interessant sein, dachte Brolin bei sich und hoffte, dass es kein »langfristig« geben würde.

Allmählich roch es bei dieser Geschichte nach einem Serienkiller. Die gut ausgeklügelte Inszenierung beim Mord an Fleitcher Salhindro und Carol Peyton und die vielen gefährlichen Spinnen, die in der Stadt ausgesetzt worden waren ... Der Täter legte jeweils eine Sorgfalt und Entschlossenheit an den Tag, die vermuten ließen, dass er nicht so bald wieder aufhören würde. Das war nur der Anfang, das hatte er in der an Captain Chamberlin adressierten Botschaft deutlich zum Ausdruck gebracht.

Wenn ein Verbrechen ohne greifbares Motiv eine ungewöhnliche Form annahm, hatte man es häufig mit einem Serienmörder zu tun. Hatte denn heutzutage das Leben keinen Wert mehr? In jedem Staat dieses Landes wütete ein so genannter »Serien«-Killer, dasselbe galt für Europa, Russland, Südamerika ... Dabei gab es jene berüchtigten Traumata, die den Serienmörder »produzieren«, seit jeher. Hatte man durch die Abschaffung der sozialen und moralischen Zwänge auch den Traumata Tür und Tor geöffnet und ihnen die Möglichkeit gegeben, sich ohne den moralisierenden Zwang der alten Gesellschaften zu vermehren? Brolin wusste es nicht. Man lebte im Zeitalter der kleinen individuellen Freiheiten, von denen jeder profitieren durfte, und vielleicht war gerade das der Grund dafür, dass sich manch einer das Recht herausnahm, über Leben und Tod anderer Menschen zu entscheiden. Was wusste man denn schon?

Als sie das Haus der Morgans ohne neue Erkenntnisse verließen, steckte Lloyd Meats sein Notizheft ein und zündete sich eine Zigarette an.

»Ich werde veranlassen, dass alle Vermisstenmeldungen des letzten Vierteljahrs in Portland und Umgebung unter die Lupe genommen werden. Zwar gehen die ungewöhnlichsten Fälle ja über meinen Schreibtisch, doch ich könnte den einen oder anderen übersehen haben, was ja bei der Akte Morgan auch beinahe der Fall gewesen wäre. Wir haben Glück gehabt, sonst wäre uns die Parallele nicht aufgefallen.«

»Bis wir ihre Leiche gefunden hätten«, bemerkte Brolin zynisch.

»Ein wenig Optimismus, bitte schön. Also, die Autopsie von Carol Peyton wird heute Abend vorgenommen, ich habe die Sache beschleunigen lassen. Wir treffen uns dort um zwanzig Uhr. Gönn dir ein wenig Ruhe, Josh, du siehst schlecht aus.«

Der Angesprochene nickte stumm. Er könnte drei Stunden schlafen, dann zur Autopsie erscheinen und anschließend Annabel für die Nacht ablösen.

Als er in sein Auto stieg, musste er an sie denken. Er sah sie noch vor sich, am Mittag im Wald, ihren athletischen Körper, ihre großen schwarzen Augen, die ihn belustigt fixierten. Ja, sie war glücklich, in seiner Nähe zu sein, mit ihm zu arbeiten, selbst unter diesen Umständen. Plötzlich sehnte er sich danach, sie zu Hause vorzufinden, in den Arm zu nehmen, ihren zarten Moschusduft einzuatmen, ihre im Nacken zusammengefassten Zöpfe zu spüren und so einzuschlafen.

Die Müdigkeit drückte auf seinen Schädel. Er strich die widerspenstigen Haarsträhnen zurück und fuhr los.

Das Wichtigste war im Moment, dass sie auf der Lichtung war und aufpasste, ob der Mörder zurückkam. *Oder ist es nicht wichtiger, dass ihr nichts zugestoßen, dass sie in Sicherheit ist?*

Plötzlich wurde ihm klar, dass er nicht wirklich an seine Hypothese glaubte. Die Chance war sehr gering, dass der Mörder auf die Lichtung zurückkehrte. Sehr gering.

Annabel war dort im Wald nicht in Gefahr.

17

Annabel befand sich in der Eingangshalle des Hauptgebäudes.

Wie die Hörner eines Riesenbüffels mit gesenktem Kopf

schraubten sich zu beiden Seiten Treppen in die oberen Stockwerke. Die junge Frau schaltete die Taschenlampe ein, und ihr Strahl schnitt eine helle Schneise in diese Finsternis. Inmitten des Lichtpfeils tanzten Staubpartikel in der Luft, bevor sie unter die rußige Decke hinauftrieben. Das leer stehende »Asyl« hatte sich mit der Zeit in ein graues Nest der Bitternis verwandelt. Das Einzige, was hier noch an Leben erinnerte, war ein Kratzer auf dem schimmelnden Linoleum, das Loch von einem Nagel, der im Gips der Mauer verschwunden war. Annabel musste an den Vergleich mit einem Phantomschiff denken, den sie auf ihrem Hochsitz angestellt hatte. Genau das war es. Ein rostender Rumpf, verloren im Nebel des Vergessens. Das Wasser, das in das Wrack eingedrungen war, wurde hier durch staubige Luft ersetzt, so dicht, dass die Reichweite des Lichtstrahls begrenzt war.

Die langen Korridore ohne Atem, die Folge von Räumen ohne Herzschlag – alles war vollkommen leer. Hier und da ein Stahlschrank mit verbeulter Tür oder ein Stuhl mit drei Beinen, die den Gebäudekomplex wie eine Freak-Show der Leblosigkeit wirken ließen.

Annabel durchsuchte schnell die Räume, die an die große Halle grenzten, und kehrte dann zum Ausgangspunkt zurück. Das Erdgeschoss beherbergte nichts als die Überreste eines Verwaltungssystems mit einer Reihe gleicher Büros, in denen es nichts mehr zu sehen gab. Sie wollte erkunden, was sich in den oberen Stockwerken verbarg.

Nachdem sie sich überzeugt hatte, dass die Stufen stabil waren, stieg sie vorsichtig hinauf und ließ den Lichtkegel ihrer Taschenlampe über das sie umgebende Graublau wandern.

Selbst die Geräusche waren gedämpft. Das Vogelgezwitscher drang nicht bis hierher, und je weiter sie sich vorwärtsbewegte, desto mehr überkam sie das sonderbare Gefühl, weit weg von der Welt in die kühlen Tiefen eines Abgrunds zu steigen.

Die Gestalt, die sie vom Flur des ersten Stocks aus beobachtet hatte, trat rasch zurück, bevor der Strahl sie erfassen konnte – wie eine Kreatur des Schattens, die das Licht scheut.

Annabel betrachtete die großen roten auf die Mauern gemalten Pfeile. Darunter waren Zahlen vermerkt, die mit den Jahren verblichen waren.

Hinter der ersten Tür befand sich ein großes Zimmer mit gekachelten Labortischen und Regalen, die eine ganze Wand einnahmen. Durch eine zweite Tür trat Annabel in einen sehr langen fensterlosen Raum, in dem sich nichts anderes mehr befand als Metallplatten mit Löchern.

Was wurde hier gemacht? Was gab es so Geheimnisvolles in dieser Anlage, dass sie nicht auf den Karten vermerkt war?

Sie setzte ihren Rundgang fort, inspizierte die leeren Zellen dieser einstigen Anlage, die fast einem Bienenstock glich, ohne irgendeine Erklärung zu finden. Von Zeit zu Zeit drang das Tageslicht durch die Holzlatten der wenigen Fensteröffnungen und zeichnete leuchtende Lamellen in die Luft. Aber diese Seite des ersten Stocks war quasi fensterlos. Annabel beglückwünschte sich, die Taschenlampe mitgenommen zu haben.

Sie verließ einen Raum, der einem ehemaligen Labor ähnelte, um wieder auf den Flur zu treten. Dabei stolperte sie über einen vergessenen Feuerlöscher, ließ die Taschenlampe fallen, konnte sich eben noch mit einer Hand an der gegenüberliegenden Wand abstützen, stieß aber heftig mit dem Kopf dagegen.

Die Lampe rollte über den Boden und warf eine leuchtende Welle auf Decke und Wände. An die Mauer gelehnt, atmete Annabel tief durch.

Wie wär's, wenn du endlich mit diesem Blödsinn aufhören würdest? Du kannst doch nicht den ganzen Tag Indiana Jones spielen! Hier gibt es nichts mehr. Du wolltest wissen, was los ist, du weißt es jetzt, also kehr endlich zu deinem verdammten Baum zurück.

Das war leicht gesagt, jetzt, da ihre Neugier geweckt war.

Annabel kniete sich auf den Boden, um nach der Taschenlampe zu greifen, und hob den Blick.

Ihre Finger erstarrten.

Ihre Nackenhaare richteten sich auf.

Ganz hinten im Korridor, am äußersten Rand der Zone, in die noch schwaches Licht drang, war ein weißer Turnschuh zu sehen. Nur die Spitze, der Rest verbarg sich hinter der Ecke.

Bloß keine Panik, bitte, das ist sicher ein Schuh, den irgendwer hier verloren hat. Ein Landstreicher oder ... Hier? Mitten im Wald?

Während ihr diese Gedanken durch den Kopf gingen, glitt der Turnschuh nach hinten.

Unendlich langsam, und war schließlich verschwunden.

Diesmal griff Annabels rechte Hand nach dem Halfter in ihrem Rücken und die Linke nach ihrer Taschenlampe. Sie zog ihre Beretta und rief: »Polizei! Ich weiß, wo Sie sind! Keine Bewegung!«

Stille, dann das Hallen von hastig sich entfernenden Schritten. Annabel rannte los.

Sie erreichte die Ecke des Gangs und sprang auf die andere Seite, um dem Fliehenden, falls er bewaffnet war, die Sache nicht zu erleichtern. Sie sah einen Schatten, der Reißaus nahm.

Sofort setzte Annabel zum Sprint an und lief, so schnell sie ihre Füße trugen. Der Schatten wurde plötzlich kleiner.

Eine Treppe.

Annabel behielt das Tempo bei, denn sie hatte ein Geländer gesehen, das einen Meter vor den Stufen einsetzte. Der Schatten hatte den Treppenabsatz noch nicht ganz erreicht, als die junge Frau stolperte. Sie spannte die Muskeln an, ehe sie mit dem Bauch auf das Geländer prallte. Ihr Oberkörper kippte nach vorn, doch sie hielt ihre Waffe weiter umklammert. Dann erledigten ihre Lendenwirbel die Arbeit, und sie richtete sich mit einem Ruck wieder auf. Das Ganze hatte nur einen kurzen Augenblick gedauert. Der Schatten befand sich jetzt auf dem Treppenabsatz direkt unter ihr.

»Keine Bewegung!«, brüllte Annabel, ihre Beretta auf den Fliehenden gerichtet.

Der hob den Kopf, sah ihre drohende Gebärde und blieb abrupt stehen. Der Mann war kaum zwanzig Jahre alt, hatte langes Haar, ein Ziegenbärtchen und mehrere Piercings an Nasenflügel, Augenbraue, Lippe und trug ein Marilyn-Manson-T-Shirt.

»Okay, okay!«, keuchte er außer Atem und hob schnell die Hände.

»An die Wand und umdrehen!«

Der Junge gehorchte, während Annabel, die Waffe noch immer auf ihn gerichtet, zu ihm hinunterging.

»Was machen Sie hier?«, fragte sie und holte tief Luft.

Die Nase an der staubigen Wand platt gedrückt, zuckte der Junge mit den Schultern.

»Die Frage könnte ich an Sie zurückgeben ... Das hier ist Militärgelände, die Cops haben hier nichts zu suchen ... Ich habe Sie rumschnüffeln sehen, Sie sind hier wie ich – unerlaubt zu Besuch ...«

Das Adrenalin von der Blitzaktion verteilte sich rasch im ganzen Körper, und Annabel fühlte sich plötzlich nicht mehr so sicher. Wenn er ihre Dienstmarke sehen wollte, na, dann gute Nacht. Ein Detective aus New York dürfte sich hier gar nicht blicken lassen.

»Haben Sie einen Ausweis bei sich?«, fragte sie, weiter um einen autoritären Tonfall bemüht.

»In der Gesäßtasche meiner Hose.«

Die Waffe zwischen die Schulterblätter des Jungen gerichtet, tastete Annabel ihn ab und zog eine Brieftasche hervor.

Sein Name war Frederick McIntyre, sein Alter knapp zwanzig.

»Was hast du hier zu suchen?«, beharrte Annabel.

Er seufzte.

»Ich laufe hier herum ... Ich suche Sachen.«

»Was für Sachen?«

»Egal, was die Armee so zurückgelassen hat. Manchmal findet man Dokumente, nichts Wichtiges, aber man weiß ja nie, vielleicht, eines Tages ... Und Sie, was machen Sie hier?«

»Ich stelle Ermittlungen an.«

Er stieß ein trockenes Lachen aus.

»Hier? Und worüber? Über den Mord an einem Eichhörnchen? Jetzt mal ehrlich, Sie sind bestimmt nicht offiziell hier. Hören Sie auf mit dem Blödsinn ...«

Annabel steckte die Waffe zurück in das Halfter. Dieser Typ war zu jung, und sein Aussehen beruhigte sie. Sie hatte gelernt, sich mehr vor denen zu fürchten, die unauffällig sein wollten, als vor den Angebern. Sie notierte seine Daten auf einem Blatt Papier und gab ihm seine Brieftasche zurück.

»Kommst du oft hierher, Frederick?«

Er sah sie an, schon weniger kleinlaut.

»Wieso, wollen Sie mich bei der Armee verpfeifen?«

»Hör zu, die Armee ist mir egal, und was du hier tust, genauso, doch du kannst mir vielleicht helfen, wenn du dich hier auskennst. Also, kommst du oft hierher?«

»Ab und zu. Wie gesagt, es gibt hier sicher ein paar interessante Dinge zu entdecken, deshalb stöbere ich ein bisschen herum, da ist nichts Verbotenes dabei.«

»Weißt du, was das Ganze hier ist?«

»Eine Armeebasis. Mein Alter sagt immer, hier wären Versuche mit Waffen gemacht worden, und das dürfte auch stimmen, denn es gibt auf der anderen Seite 'ne ganze Menge Schießstände. In einem Graben habe ich Tausende Plastikhülsen gefunden.«

Annabel nickte. An einem so weit von der Zivilisation entfernten Ort konnte man den ganzen Tag schießen, ohne irgendjemanden zu stören oder ungewollte Aufmerksamkeit zu erregen.

»Und was hast du im ersten Stock gemacht?«

»Hab mich umgesehen, so wie Sie. Ich hab Sie vorhin kommen hören. Fast hätte ich mich aus dem Staub gemacht wie ein Karnickel, doch dann hab ich mich gefragt, was eine wie Sie hier zu suchen hat.«

Er gewann immer mehr an Selbstbewusstsein und schielte in Annabels Ausschnitt.

»Also, mal ganz im Ernst, was tun Sie hier?«

»Ich suche jemanden. Hast du schon mal einen Mann oder eine Frau in der näheren Umgebung gesehen?«

»Wohl kaum möglich. Das ist hier viel zu abgelegen. Es soll auf den Wegen etwas weiter oben ein paar Wanderer geben, aber mir sind noch nie welche begegnet. Ich nehme immer die alte Straße der Militärbasis. Die ist nicht ganz einfach zu finden, doch wenn man mal drauf ist, führt sie einen bis zum Eingangstor. Vorausgesetzt, man hat ein Motorrad, denn der Belag ist kaputt und von Pflanzen überwuchert.«

Er strich über sein Ziegenbärtchen.

»Aber ich bin nicht der Erste, der hierherkommt«, fügte er hinzu.

»Wie meinst du das?«

»In den Zaun wurde eine Öffnung geschnitten, mit 'ner Kneifzange, nehme ich an. Gute Arbeit.«

»Hast du eine Ahnung, wer das getan haben könnte?«

»Irgendwelche Kids aus der Gegend. Okay, es sind nicht viele, aber manch einer weiß von dieser Basis, und es muss supercool sein, mal am Abend mit 'ner Freundin hierherzukommen ...«

Annabel nickte.

»Also gut, Frederick, jetzt fahr mal schön zurück nach Hause. Vielleicht wird dich einer meiner Kollegen kontaktieren, falls er irgendwelche Informationen braucht. Ich habe deine Adresse in … Stevenson.«

Sie hatte eine vage Vorstellung von der Lage des Ortes. Es war eine der wenigen nahe gelegenen Städte auf der anderen Seite des Columbia River, im Staat Washington, zehn bis zwölf Kilometer Luftlinie von hier entfernt.

»Wollen Sie mir denn nicht sagen, warum Sie hier sind? Ganz ehrlich, das ist …«

»Frederick, unser Gespräch ist beendet. Verschwinde, bevor ich's mir anders überlege und dir eine Strafe wegen widerrechtlichen Betretens eines Militärareals aufbrumme. Und setz nie mehr den Fuß hierher, das ist gefährlich.«

Frederick McIntyre kratzte sich am Kopf und machte sich schweren Schrittes davon.

In der Ferne, am grauen Himmel, dumpfes Donnergrollen.

Annabel verzog das Gesicht. Wenn Brolin nicht bald aufkreuzte, würde sie pitschnass werden. Sie wischte sich mit dem Saum ihres T-Shirts den Schweiß von der Stirn und machte sich auf den Weg. Sie musste zurück zu der Lichtung. Ihr kleiner Abstecher zur Militärbasis hatte ihr außer der Begegnung mit einem Jungen, der den Nervenkitzel suchte, nicht viel gebracht. Aber trotzdem, jetzt hatte sie den Ort inspiziert und konnte sich fortan voll und ganz auf Eagle Creek 7 konzentrieren.

Im Handumdrehen hatte sie den Ausgang gefunden.

Die Luft war feucht und drückend, und wieder ertönte kräftiger Donner.

Das Gewitter kam näher.

18

Der schmale Raum war vom Boden bis zur Decke gekachelt und diente als Aufbewahrungsort für chirurgische Utensilien; hier wurde auch wiederverwendbares Material sterilisiert. Klingen in allen Größen funkelten auf den Tabletts, fingen das Licht ein und waren so hauchdünn und vollkommen, dass man meinte, sie müssten bei der geringsten Bewegung in der Luft zu pfeifen beginnen. Die Spitzen der an Wänden, auf Tischen und hinter Glasplatten aufgereihten Skalpelle wirkten wie metallene Zähne. Der Ort flößte Angst ein.

In einer Ecke führte eine düstere Wendeltreppe in die Tiefen der Leichenhalle. Musik stieg aus den Eingeweiden des Gebäudes auf, eine alte Weise, fast wie ein Grabgesang, untermalt vom Knistern eines alten Grammophons.

Unten klemmte sich Dr. Hugues seine kleine Brille auf die Nase, ein Lächeln umspielte seine Lippen. Er liebte dieses Stück. Aus dem Schalltrichter des Grammophons erklang ein melancholischer Geigenlauf, dann nahm das Orchester das Motiv auf.

Hugues stand in dem Ruf, ein komischer Kauz zu sein. Weil er ernste Musik auf einem Grammophon hörte, weil er mit Vorliebe nachts arbeitete und weil er nicht auf den Mund gefallen war. Und doch gehörte er mit seinen fünfundfünfzig Jahren, seinem weißen zurückgekämmten Haar und seiner messerscharfen Zunge zu den kompetentesten Rechtsmedizinern des Staates. Sein Abscheu vor Heuchelei und der sogenannten *political correctness* der führenden Kreise hatte zwanzig Jahre zuvor seinen Aufstieg zum Leiter des Rechtsmedizinischen Instituts vereitelt. Zu Konflikten mit der jetzigen Leiterin kam es häufig, fast wöchentlich. Beide schätzten einander sehr, doch Hugues musste einfach immer provozieren. Da Sydney Folstom seit einem Jahr keine Obduktionen mehr durchführte, hatte er darauf gedrängt, diese ganz besondere zu übernehmen – die der jungen Frau, die, in einen Kokon gehüllt, tot aufgefunden worden war. Ein befremdlicher, höchst interessanter Fall.

Detective Lloyd Meats stieß eine der Schwingtüren auf und trat ein, gefolgt von einem äußerst charismatischen Mann. Ein Mann mit Basiliskenblick, dachte Hugues. Er war noch nie solchen Augen bei einem so jungen Typen begegnet. Einen so kraftvollen Blick traf man, wenn überhaupt, bei älteren und reiferen Menschen an. Braunes glattes Haar umrahmte sein Gesicht wie ein Schutzwall, und Hugues musste an die Dornenhecken denken, die das Schloss von *Dornröschen* schützend umgaben.

Dieser Mann musste Joshua Brolin sein.

Hugues hatte, wie jeder hier, viel von ihm gehört. Von seinen Ermittlungen im Fall des »Phantoms von Portland«, vom grausamen Tod seiner Freundin und schließlich seiner Glanzleistung bei der Festnahme der Sekte in New York.

»Guten Abend, Doktor Hugues«, grüßte Lloyd Meats mit einem Seitenblick zum Grammophon.

»Guten Abend, meine Herren.«

Hugues legte sein Skalpell auf den grünen Stoff. Brolin strich seine Haarsträhnen aus dem Gesicht und nickte dem Rechtsmediziner zu.

»Ich bin überrascht, Sie hier zu sehen, Mr. Brolin«, sagte Hugues.

»Das hat alles seine Richtigkeit«, fiel ihm Meats ins Wort, »er unterstützt uns bei den Ermittlungen.«

Hugues kniff die Lippen zusammen und riss die Augen weit auf.

»Ach so. Wissen Sie, ich hatte damals, als Sie noch Detective hier waren, nicht die Ehre, mit Ihnen zusammenzuarbeiten, das können wir ja jetzt nachholen. Wir erwarten niemanden mehr? Dann lasse ich jetzt die Leiche herbeischaffen.«

Die Platte auf dem Grammophon stoppte automatisch und gab ein letztes gedehntes Knistern von sich.

Bald darauf wurde eine Rollbahre mit ihrer sonderbaren Fracht hereingefahren.

Der Doktor und sein Assistent hoben den Kokon problemlos hoch und legten ihn auf den Seziertisch.

»Also, wir haben hier eine Frauenleiche, kaukasischer Typus«, begann Hugues. »Sie ist zusammengekauert, in einer Art … Kokon aus Spinnenseide. Allem Anschein nach ist sie gänzlich rasiert, Haare, Brauen, kein Schamhaar mehr, ich sehe auch nichts in den Achselhöhlen … die Seide lässt keine genaueren Angaben zu, und ihr Schädel ist vollkommen glatt, der muss erst vor kurzem geschoren worden sein; er ist deutlich bleicher, verglichen mit dem Rest des Körpers, und das trotz der extremen Blässe der Toten.«

»Das stimmt«, sagte Meats. »Der Ehemann hat bestätigt, dass seine Frau langes Haar hatte.«

Der Rechtsmediziner zog einen Kittel an und löschte dann alle Lichter im Raum bis auf die Operationslampen.

»Dem Bericht zufolge, der mir vorliegt, wurden keine Larven auf dem … Kokon oder in dessen Nähe gefunden, nicht wahr?«

Meats nickte und sagte: »Und er hing in einem Baum, was die Dinge nicht erleichtert.«

Hugues schien diese Meinung nicht zu teilen. Aufmerksam untersuchte er die Seide, in die die sterblichen Überreste von Carol Peyton gewickelt waren. Seine Brauen zogen sich zusammen.

»Stimmt was nicht?«

»Nun … Das sieht wirklich nach Spinnenseide aus …«

»Ja und? Das heißt, wir haben es mit einem Verrückten zu tun, der sich für *Spiderman* in der üblen Version hält.«

»Nein, nein, Detective Meats, ich wollte nur sagen, dass es theoretisch wie praktisch unmöglich ist. Soweit ich weiß, ist es noch niemandem gelungen, Spinnenseide zu produzieren, weder der Industrie noch dem Militär. Aus Gründen, die mir unbekannt sind, vermag der Mensch diese Tiere nicht zu züchten. Ich bin zwar kein Spezialist auf diesem Gebiet, aber ich habe unlängst einen Artikel zu dem Thema gelesen.«

Meats hob ratlos die Hände.

»Wie also hat unser Mann das angestellt?«

»Das herauszufinden ist Ihre Sache. Ich gebe Ihnen nachher den Namen eines Spezialisten der Entomologie. Er hat, als er noch Hochschuldozent war, in Brasilien und Guayana die Arachniden, die Spinnen, erforscht. Er kann Ihnen vielleicht helfen.«

»Wir lassen ihm eine Probe des Kokons zukommen und bitten um seine Meinung.«

Hugues machte sich an diverse Messungen und notierte die Daten auf verschiedenen Blättern. Beim Wiegen der Leiche schüttelte er finster den Kopf.

»Also, da haben wir wirklich ein Problem: zweiunddreißig Kilo bei einem Meter siebzig.«

Er schob eine behandschuhte Hand unter den Kopf von Carol Peyton und hob ihn an.

»Auch zu leicht.«

Hugues bat seine Assistentin, eine gewisse Audrey Gildersen, ein tragbares Röntgengerät herzuholen; es sei dringend. Dann tastete er die Bauchdecke der Leiche durch das milchig weiße Gewebe hindurch ab.

»Sehen Sie … Meine Finger sinken ein, da fehlt etwas. Die Autopsie wird es uns bestätigen, doch ich könnte schon jetzt wetten, dass diese junge Frau keine Innereien mehr hat.«

Meats schaute zu Brolin hinüber, und die beiden Männer tauschten einen besorgten Blick, während sich Dr. Hugues vergewisserte, dass das Mikrofon über dem Seziertisch eingeschaltet war. Nachdem alle Basisinformationen notiert waren, griff er nach einem Skalpell und öffnete vorsichtig den

Kokon vom Kopf bis zu den Schenkeln. Mit einem leicht surrenden Geräusch durchtrennte die Klinge das Gewebe. Dann lag Carol Peyton im grellen Scheinwerferlicht.

Sie schrie.

Der Mund war so weit aufgerissen, dass ihre Lippen nur noch zwei hauchdünne Striche waren. Ihre Zähne glänzten im Schein der Lampen und schienen dabei fast feucht. Während sie so nackt auf dem kalten Edelstahl lag, konnte man sehen, wie weiß sie war. Ihre Haut war fast transparent, fand Brolin. Man hatte sie ausbluten lassen wie Wild nach der Jagd. Ihr Oberkörper dagegen war eher wächsern, ging ins Gelbliche über, und einige Zonen, namentlich der Bauch, waren runzlig wie eine Hand, die zu lange im Wasser gewesen war.

Er erinnerte sich, dass er auf dem Foto bei den Peytons ihr sanftes Gesicht, ihr langes blondes Haar gesehen hatte.

Audrey Gildersen, eine große, üppige Frau, betrat den Raum und schob das Röntgengerät vor sich her. Innerhalb kurzer Zeit hatte sie Gesicht, Nacken und Oberkörper aufgenommen und verschwand mit dem knappen Kommentar »Ihr bekommt die Bilder gleich«. Jetzt machte sich Hugues auf die Suche nach Fasern, Tier- und Menschenhaaren und säuberte sogar die Fingernägel. Er war irritiert, überhaupt nichts zu finden. Es war, als wäre der Körper gewaschen worden, bevor man ihn in seinen Kokon gewickelt hatte.

Brolin trat einen Schritt näher, um den Zustand des Schädels besser begutachten zu können. Man hatte ihn sehr sorgfältig rasiert. Eine Schläfe war geschwollen und an mehreren Stellen gerötet. Da war Blut geflossen. Das Blut auf dem Parkett des Schlafzimmers.

Es ist dunkel, kein Geräusch im Haus. Draußen sind alle Lichter erloschen. Es ist ein ruhiges Wohnviertel, niemand ist so spät noch unterwegs. Plötzlich wacht Carol auf. Etwas hat sie aus dem Schlaf gerissen.

Warum sie und nicht ihr Ehemann? Brolin schloss kurz die

Augen, um diesen Gedanken zu vertreiben, vorübergehend zumindest.

Carol muss noch schlaftrunken sein, ihre Lider flattern, sie richtet sich auf, setzt sich auf die Bettkante. Plötzlich steht er da – bedrohlich, direkt vor ihr –, er war von Anfang an da, hat sie beim Aufwachen beobachtet; vielleicht hat er sie absichtlich geweckt. Sie hat nicht die Zeit zu schreien. Die Lampe, die er in der Hand hält, saust mit unglaublicher Wucht herab und trifft Carols Schläfe. Der Aufprall macht die junge Frau benommen. Der zweite Schlag ist genauso schnell, aber noch brutaler, der Griff der Lampe prallt erneut auf die Schläfe, Blutstropfen spritzen auf den Boden. Carol bricht zusammen. Sie stöhnt. Ist traumatisiert durch den Aufprall, aber nicht bewusstlos. Wahrscheinlich stößt sie undeutliche Klagelaute aus, ähnlich dem qualvollen Röcheln eines verendenden Tiers. Sie kriecht am Boden, spürt den Angreifer über sich, wie er ihr Schritt für Schritt folgt. Sie dreht den Kopf, vermag nicht zu sprechen, auch nicht wirklich zu schreien, jeder Atemzug wird zum gequälten Stöhnen. Sie robbt voran, weg vom Bett, klammert sich an einem Tischbein fest. Der Schatten ist über ihr, mit erhobener Hand. Die Waffe schwebt einige Sekunden in der Luft, die letzte Drohung. Die Zeit steht still. Schließlich sieht Carol den Gegenstand auf sich niedersausen, direkt auf ihren Kopf zu. Schmerz erfasst sie, der so heftig ist, dass sie wegsackt …

Und was war danach geschehen? Hatte der Mörder sie in sein Schlupfloch geschleppt, um sie zu rasieren und endgültig umzubringen?

Was hat er getan, dass sich ihr Gesicht im Augenblick des Todes zu einer solchen Fratze des Grauens verzerrt hat?, fragte sich Brolin. Wie ist er vorgegangen?

Hugues griff nach einem Woods-Light-UV-Gerät und schaltete, bevor er es in Gang setzte, die Operationslampen aus. Ein mechanisches Klicken, und der ganze Raum war in Dunkel getaucht.

Die Woods-Light-Lampe ging wie eine Neonröhre mit einem Knistern an. Der schwache Lichtkegel wanderte auf der Suche nach spezifischen Flüssigkeiten über die Leiche. Auf Höhe des Halsansatzes trat ein kleiner weißlicher Fleck zutage, der leicht ins Violette überging. Hugues spitzte die Lippen und stieß einen Laut wie von einer platzenden Luftblase aus. Er hatte etwas gefunden.

»Detective Meats, würden Sie mir, da meine Assistentin nicht hier ist, zur Hand gehen? Sehen Sie die Kamera, die hinter Ihnen auf dem Tisch liegt? Daneben ist ein Etui mit mehreren Filtern. Machen Sie das kleine Lämpchen an, damit Sie besser sehen können. Nehmen Sie den Filter mit dem Etikett *Wratten 2E* und setzen Sie ihn vors Objektiv, er absorbiert das UV-Licht und einen Teil des blauen Lichts. Perfekt. Jetzt machen Sie eine oder zwei Aufnahmen von den fluoreszierenden Stellen. Danke.«

Meats tat wie geheißen, und der Rechtsmediziner schaltete die Woods Light aus und die Operationslampen wieder an.

Der Halsansatz war rot, anormal geschwollen und nässte an einer Stelle von drei oder vier Zentimetern Länge. Ohne sich dazu zu äußern, tastete Dr. Hugues den Bauch der Toten ab. Die Haut gab nach.

»Ihre Haut ist ölig, wie mit Salbe behandelt, und die gelbliche Färbung des Bauches legt den Verdacht nahe, dass man ihr eine Substanz injiziert hat; eine Analyse folgt«, kommentierte Hugues. »Was mir allerdings wirklich Kopfzerbrechen bereitet, ist das Fehlen jeglichen Einschnitts …«

Gildersen kam mit den Röntgenbildern und einem braunen Umschlag zurück. Sie reichte Hugues die Bilder und Meats den Umschlag.

»Hier die Kopien für Ihre Abteilung.«

Sie wandte sich an den Rechtsmediziner.

»Ich glaube, ihr Nasenbein ist gebrochen, aber das ist kaum sichtbar«, sagte sie.

Der Rechtsmediziner hob das Röntgenbild des Gesichts hoch und betrachtete es genau.

»Nicht nur gebrochen, da fehlt sogar ein Stückchen«, meinte er, selbst überrascht. »Das Siebbein.«

»Das wurde ihr vielleicht vor dem Tod zugefügt«, meldete sich Brolin zu Wort, der bis dahin im Hintergrund geblieben war.

»Das ist eher unwahrscheinlich ... Danke, Audrey.«

Sie verabschiedete sich und ließ sie im Halbdunkel des Autopsieraums zurück, dessen einzige Lichtquelle auf den weißen Leichnam gerichtet war.

»Sobald ich den Schädel geöffnet habe, wissen wir mehr«, meinte Hugues, legte die Röntgenbilder beiseite und wandte sich wieder der sterblichen Hülle von Carol Peyton zu.

Er befasste sich erneut mit ihrem Bauch, hob ihr rechtes Bein, dann ihr linkes an, drehte die Tote anschließend um und untersuchte ihren Rücken.

»Meine Herren, diese Person wurde gänzlich entleert, das heißt, ihr Torso enthält keine oder so gut wie keine Organe mehr, das lassen schon das geringe Gewicht und die eingefallene Bauchdecke vermuten. Außerdem enthält der Körper kein oder kaum noch Blut.«

Er überzeugte sich noch einmal und erklärte dann: »Keine Leichenflecken, sie ist weiß wie eine Wand.«

Meats strich über seinen Vollbart, was bei ihm immer ein Zeichen von Nervosität war.

»Und wie hat man sie entleert?«, hörte er sich fragen.

Hugues hob ratlos die Hände und seufzte.

»Wenn ich das wüsste. Ihr Kopf ist so leicht, dass man ihr wohl auch das Hirn entfernt haben muss.«

»Und das, was ist das?«, fragte Brolin und deutete auf die Schwellung am Halsansatz an der weichen Stelle. »Ist das kein Schnitt?«

Hugues nahm sein Skalpell und beugte sich vor.

»Das weiß ich noch nicht, doch ich kann mir nicht vorstellen, wie unser Mann alle Organe von hier aus entfernt haben soll. Es sieht aus wie eine Art Reaktion, wie eine Reaktion auf einen Insektenstich.«

»Müsste ein sehr großes Insekt sein«, bemerkte Meats. »Sagen Sie, erinnert Sie das nicht an etwas? Das ist wie bei den Spinnen. Es heißt doch, dass sie ihre Mandibeln in ihr Opfer stoßen, um ihnen ein Gift zu injizieren, das ihr Inneres verflüssigt, und später alles durch dieselbe Öffnung aufzusaugen. Oh, verdammt ...«

Hugues klappte die Wundränder auseinander.

Der arbeitete auf die herkömmliche Art, dachte Brolin. Er trug keine Schnittschutzhandschuhe unter den Latexhandschuhen. Er gehörte zu jenen Rechtmedizinern, die es vorzogen, Risiken einzugehen, weil man mit zu dicken Handschuhen nicht die Einzelheiten erspüren konnte, vor allem wenn man, auf der Suche nach winzigen Indizien, fast blind in einem klebrigen Haufen Fleisch herumtasten musste.

»Detective, Sie müssen den Schuldigen auf der Stelle ausfindig machen, denn er ist schwer gestört, glauben Sie mir.«

Aus dem Mund eines Mannes wie Hugues wogen diese Worte besonders schwer.

»Man hat in ihrer Kehle gewütet«, erklärte er. »Bis hin zur Luftröhre. Ein kleiner Schnitt, dessen Elastizität man genutzt hat, es sind Hämatome zu sehen und vor allem ... Sperma. Das hat die Woods Light vorhin sichtbar gemacht.«

»Wie bitte?«, schrie Meats. »Sperma? Wollen Sie damit sagen, sie hat das ... äh, geschluckt?«

Hugues griff nach einem Tablett mit einer Reihe von Röhrchen und Versuchsstäbchen.

»Nein, man hat ihr den Hals geöffnet, ein Schnitt von wenigen Zentimetern, und sie in der Kehle vergewaltigt. Diese Schwellung, die einer Bisswunde durch ein Rieseninsekt ähnelt, ist auch die Öffnung. Dieser Kranke hat in die Wunde und zum Teil in die Luftröhre ejakuliert. Bis jetzt habe ich keine Anzeichen einer Erstickung festgestellt, bestätigen kann ich das allerdings erst später anhand der Analysen. Hoffen wir, dass sie wenigstens nicht mehr lebte, als er ihr das angetan hat.«

Brolin verschränkte die Arme vor der Brust. Diese Art von Praktik war zum Glück nicht verbreitet, konnte aber zum Verständnis des Täters dienlich sein. Unter den von Brolin studierten Fällen hatte es einige wenige Fälle gegeben, bei denen die Mörder ihre Opfer durch die ihnen mit dem Messer beigebrachten Wunden vergewaltigt hatten, sogar als diese noch lebten. Und jedes Mal hatte die Analyse dieser Vorgehensweise zu interessanten Erkenntnissen geführt, was das Verhältnis des Täters zu anderen betraf – zu Frauen, zur Mutter – oder was seine Kindheit anging. Und das Schlimmste war, dass es sich nicht immer um Psychopathen handelte, sondern zum Teil auch um Menschen, die sich bestens unter Kontrolle hatten und sich bewusst waren, was sie da taten, ja, die genau das suchten, diesen Lustgewinn.

»Riechen Sie es?«, fragte Hugues an Meats gewandt.

Der Detective sah ihn verständnislos an.

»Was?«

»Beugen Sie sich über die Leiche.«

Widerwillig trat Lloyd Meats noch näher an den Seziertisch und schnüffelte dicht über dem Leichnam. Er kniff die Augen zusammen.

»Es riecht irgendwie … säuerlich. Wie nach … Gewürzen. Meinten Sie das?«

»Ja, genau das meine ich auch.«

Hugues griff zu einem weiteren Skalpell und bat Meats mit einem Handzeichen zurückzutreten. Er würde jetzt den Körper öffnen.

»Schalten Sie nicht die Belüftung ein?«, erkundigte sich Meats besorgt.

»Ich? Nie! Dabei könnten Fasern oder Haare angesaugt werden. Auch die Gerüche sind immer äußerst aufschlussreich.«

Er benötigte zwei verschiedene Skalpelle, um den Schnitt in der Bauchdecke auszuführen und die Rippen zu durchtrennen, damit er das Brustbein freilegen konnte. Der säuerliche Geruch stieg den Männern in die Nase.

Der Rechtsmediziner zog die Hautränder auseinander und legte so noch mehr vom Inneren Carol Peytons frei.

Am Grund dieses geöffneten Torsos war das Rückgrat mit kleinen Blutlachen erstaunlich heller Färbung zu sehen. Winzige Organfetzen schwammen darin – aber in Anbetracht dessen, was sich eigentlich dort hätte befinden müssen, nichts.

Sie war leer.

Bis auf einen Rest von der Luftröhre, wie ein winziges Stück eines alten Fahrradschlauchs. Die Muskeln des Kopfwenders waren intakt, an ihre Brust hatte man nicht gerührt. Die Entleerung des Körpers war nicht über die feine Öffnung erfolgt, die der überproportional großen Bissstelle einer Spinne ähnelte und der Vergewaltigung gedient hatte. Die Organe konnten nicht über diesen Schnitt entfernt worden sein, es sei denn, sie wären vorher zu einem Brei zerquetscht worden. Doch das war unmöglich, da es auf Höhe des Abdomens keine Öffnung gab.

Ungläubig vergewisserte sich Dr. Hugues noch einmal, ob nicht doch etwas zu finden wäre.

Zum ersten Mal seit vielen Jahren fühlte er sich in Gegenwart eines Leichnams unbehaglich.

Er hatte den Eindruck, die Organe dieser Frau seien verflüssigt und dann herausgesaugt worden.

So wie es Spinnen bei ihrer Beute machen.

Ohne das Summen der Ventilation wäre die Stille noch bedrückender gewesen, wenn das Skalpell mit dem Fleisch in Berührung kam. Das Entnahmeröhrchen glitt mit einem leisen Schaben über den Grund des Brustkorbs.

Die Autopsie war fast abgeschlossen, und Dr. Hugues schien betroffen. Was die Vorgehensweise des Mörders anging, so war er mit seinem Latein am Ende; seine Fantasie auf diesem Gebiet war nicht sehr rege. Man musste die Ergebnisse der toxikologischen Untersuchung abwarten.

Wie Officer Meats schon am Vortag vermutet hatte, war Carol Peyton ihrer Innereien beraubt und entleert worden. All ihre Organe, fast all ihr Blut, selbst das Gehirn waren entfernt worden. Ohne den geringsten Schnitt.

Carol Peyton war nur noch eine leere Hülle.

Und das machte Brolin zu schaffen. Ritualmorde oder solche, die nach einem so komplizierten *Modus Operandi* wie diesem begangen wurden, waren nie ein Zufall und noch weniger ein isolierter Akt. Die Tat besaß Methode und eine gewisse Logik, alles war durchdacht bis hin zu der Tatsache, dass der Mörder zwei Seile benutzt hatte, um die Leiche von dem Felsen in die Baumkrone hinabzulassen. Die Seide, das entleerte Opfer, das Fehlen jeder menschlichen Spur. Alles hatte mit Spinnen zu tun.

Nur nicht das Sperma in der Kehle.

Das war das einzige Detail, das nicht zum Rest passte. Gab es eine Schwachstelle in dieser Abartigkeit? Oder war es am Ende eine groteske Inszenierung, um Wahnsinn nur vorzutäuschen? Brolin wusste es nicht, er verfügte noch nicht über genügend Details.

Morgen würde er sich über Spinnenseide informieren. *Nach der Nacht im Wald? Nach nur drei Stunden Ruhe, um den Schlaf für ganze drei Tage aufzuholen?* Er würde schon durchhalten, er würde einen Weg finden …

Aus den Augenwinkeln sah er Lloyd Meats zusammenzucken, als die Tür aufflog und ein hochgewachsener, uniformierter Polizist eintrat.

»Detective!«

Dr. Hugues musterte den Eindringling misstrauisch.

»Zwei Wagen erwarten Sie hinter dem Gebäude«, rief der Polizeibeamte Meats zu. »Es geht um den bei den Peytons gefundenen Daumenabdruck. Er konnte eindeutig identifiziert werden: Mark Suberton, ein kleiner Gangster aus den nördlichen Vierteln. Wir haben einen Durchsuchungsbefehl, und wir warten nur noch auf Sie, um zu starten.«

19

Trostlose Reihen brauner Mietskasernen, eine heruntergekommener als die andere. Die meisten Lampen funktionierten nicht mehr, nachdem sie von Jugendlichen aus der Gegend zertrümmert worden waren. Überall auf den Gehwegen Müll. Etwa alle hundert Meter ein Stück Brachland, verschmäht von den Baulöwen, die wenig geneigt waren, in solch eine Stadtwüste zu investieren mit ihren ausgebrannten Autowracks, den Tonnen mit Chemikalien, »zwischengelagert« von Gott weiß wem, und allen möglichen gefährlichen Abfällen wie gebrauchten Junkiespritzen und dergleichen. Kinder spielten dort täglich bis zum Einbruch der Dämmerung.

Hinter der Windschutzscheibe des Wagens betrachtete Lloyd Meats dieses geballte Elend. Mit dieser Facette der Existenz, dieser Armut war er selbst nie konfrontiert gewesen, es sei denn in seiner Eigenschaft als Detective. Er nahm sie mit wohlwollender Neutralität zur Kenntnis und konzentrierte sich seit jeher auf Leid und Probleme, die sich ihm direkter zeigten.

Das Leben in diesen vergessenen Vierteln, diesem Niemandsland der Zivilisation, die soziale Ungerechtigkeit – all diese Themen hatten ihn nur in Gedanken beschäftigt. Zum Handeln hatte ihm der Mut gefehlt.

Weil all diejenigen, die etwas ändern könnten, so sind, wird sich nichts ändern. Jeder ist zu sehr beansprucht von Bergen persönlicher Sorgen, und dann, in den kurzen Ruhepausen, überdauern nur Bruchstücke des individuellen Glücks. Das ist menschlich, wenn auch bedauerlich.

Und mit grausamer Scharfsicht reihte sich auch Meats in diese Gruppe ein.

Er beobachtete Brolin aus den Augenwinkeln. Er schien unempfänglich für diese Elendslandschaft, sein Blick durchdrang sie nicht, er glitt darüber hinweg, ohne die geringste Regung zu verraten. Was ging in diesem Moment in seinem Kopf vor?, fragte sich Meats. Hatte er die Tristesse dieses Viertels schon lange zynisch durchschaut? Oder war sie für ihn Teil einer Resignation angesichts dessen, was aus der Welt geworden war?

Meats stieß einen Seufzer aus.

War es die Müdigkeit, die ihn unter diesen Umständen so gelassen werden ließ? Sie waren vielleicht kurz davor, den Mörder von Carol Peyton zu fassen, und er war weder nervös noch aufgeregt. Trotzdem beschleunigte sich sein Herzschlag, als der Fahrer erklärte, dass sie am Ziel waren.

Mark Suberton war nur wegen kleinerer Delikte aktenkundig, wurde aber als potentiell gefährlich erachtet, da er der Hauptverdächtige in diesem Mordfall war. Eigentlich sollte Lloyd Meats auf die Ankunft einer Einheit der SWAT, des Interventionsteams der Polizei, warten, doch er wollte keine Zeit verlieren. Außerdem war es schon Abend, und sie konnten sich den Überraschungseffekt zunutze machen. Er wusste, dass die meisten Festnahmen, selbst die schwerer Verbrecher, still und leise vor sich gingen.

Sie parkten in der Nähe des Hauses, in dem Suberton wohnte. Es war deutlich kühler geworden, ein unerwartetes Tief fegte über Oregon hinweg. Der Wind war ganz plötzlich aufgekommen und vertrieb die stickige Luft, die seit mehreren Wochen auf dem Bundesstaat lastete. Die Atmosphäre war wie geladen, Gewitter drohten. Die meisten Bewohner waren zu Hause, hatten alle Fenster weit aufgerissen, um frische Luft hereinzulassen.

Brolin folgte Meats. Er nahm noch immer den abstoßenden Geruch des Todes in seinem T-Shirt wahr. Aus Erfahrung wusste er, dass sich dieser Geruch bei Autopsien in der Kleidung und selbst in den Haaren der Anwesenden so sehr festsetzte, dass Personen, denen sie begegneten, ein merkliches Unbehagen verspürten, ohne erklären zu können, warum. Und das hatte bewirkt, dass Brolin, wie auch viele andere Cops, an die Existenz eines unsichtbaren Totenreiches glaubte. Eine Welt der Emanationen, der Schatten und Luftströme am Rand unserer Wahrnehmung, seit Urzeiten tief in uns verankert. Eine okkulte Sprache, die den Menschen in den geheimen Winkeln seines Unterbewusstseins daran erinnert, dass er sterblich und die Zeit kein abstrakter, von ihm selbst geschaffener Begriff ist, sondern die konkrete Verkörperung dessen, was das Leben ist: vergänglich.

Als sie die Straße überquerten, drangen Zeichen eben dieses Lebens aus Dutzenden von Fenstern – Stimmen, Schreie, Weinen, Lachen und, fast wichtiger noch, die kathodischen Emotionen, von den Fernsehgeräten ausgestrahlt; all das wirkte auf Brolin ein. Hinter jedem Lichtrechteck eine anonyme Odyssee, eine Suche ohne Hoffnung. *Das Leben ist ein Aufblitzen des Bewusstseins in der Ewigkeit. Eine reale Einsamkeit in der Vorstellung der anderen*, dachte er bitter.

Meats riss ihn aus seinen Gedanken und deutete auf einen Treppenaufgang.

»Es ist eine Wohnung im Erdgeschoss. Du bleibst im Hintergrund und lässt uns agieren, okay?«

Brolin nickte. Nachdem sie die Tür von Suberton ausfindig gemacht hatten, postierten sich zwei Polizisten unter seinen Fenstern mit den heruntergelassenen Jalousien, während zwei andere Meats begleiteten. Die Wände des Flurs waren mit obszönen Zeichnungen und Graffiti bedeckt, und es stank bestialisch nach Hunden und Urin.

Meats klopfte an die Tür aus billigem Pressspan.

»Suberton, Polizei, öffnen Sie!«, rief er.

Er wiederholte seinen Befehl noch lauter und trommelte heftig gegen die Tür. Beim dritten Mal schauten die Nachbarn aus ihren Wohnungstüren, um zu sehen, was los war. Brolin, der etwas abseits stand, forderte sie mit Bestimmtheit auf, sich wieder zurückzuziehen, und sah sie dabei finster an, zu finster.

Meats steckte seine Waffe zurück in das Halfter und fluchte. Sie hatten kein Brecheisen mitgenommen, und er würde sich anders behelfen müssen. Zum Glück schien die Tür nicht sehr stabil zu sein, wie so ziemlich alles in diesem Gebäude. Er stützte sich auf einen der beiden Polizisten und trat mit Wucht auf der Höhe des Schlosses gegen die Tür. Das Holz krachte, und die Klinke hing nach unten. Nach zwei weiteren Versuchen gab die Tür nach. Die beiden Cops stürmten ins Innere und schrien: »POLIZEI.« Ihnen folgte Meats, der die Waffe erneut gezogen hatte und ein wenig hinkte.

Er tastete nach dem Schalter, um Licht zu machen. Kurz darauf blitzte eine Reihe von alten Neonlampen auf, die dann in einem blassen Weiß, fast Blau erstrahlten.

Sie befanden sich zunächst in einem kleinen Flur, der in einen größeren Raum führte, in dem unglaubliche Mengen von Gerümpel angehäuft waren. Überall Stapel von Kartons zwischen den Möbeln, die enge Schluchten bildeten. Hier lebte niemand, diese Wohnung diente nur als Lager. Trotzdem gab es eine Küche mit der üblichen Ausstattung, auch wenn es nicht leicht war, zu ihr zu gelangen. Die beiden uniformierten Polizisten suchten die drei Zimmer ab und bahnten sich, nicht ohne Mühe, im Zickzack einen Weg durch die Berge von Ramsch.

Brolin trat nun ebenfalls ein, und auch ihm war augenblicklich klar, dass Suberton nicht hier war. Er hätte sich leicht verstecken können, doch es roch so muffig, und die Staubschichten waren so dick, dass hier seit mehreren Monaten niemand mehr gelebt haben konnte. Meats rief die beiden draußen postierten Cops herein und befahl ihnen, mit den zwei Kollegen die Räumlichkeiten zu durchsuchen. Brolin trat, nachdem er sich kurz umgesehen hatte, zu ihm.

»Was ist denn das für eine Rumpelkammer? In manche Ecken kann man nur gelangen, wenn man zwischen die Kartons und unter die Möbel kriecht!«

»Ich weiß. Suberton hat das erste Mal wegen Einbruchs gesessen. Und ich glaube, er hat später munter weitergemacht. Nicht nur einmal, wie man sieht.«

»Was mich wundert, Lloyd, ist nicht so sehr die Menge der Gegenstände als vielmehr ihre Anordnung. Wer macht so was? Dieser Kerl hat sich in seiner Wohnung ein Labyrinth geschaffen!«

Brolin schüttelte ungläubig den Kopf.

»Gibt es ein psychologisches Gutachten über Suberton?«, wollte er wissen.

»Nein, er war im Gefängnis, nicht in der Geschlossenen – es bestand keine Notwendigkeit, ihn in die Psychiatrie oder in therapeutische Behandlung zu schicken.«

Das war eine einfache Feststellung. Brolin aber maß dem Wohnbereich von Kriminellen oder Verdächtigen größte Bedeutung bei. Oft spiegelt er etwas von ihrer Persönlichkeit wider. Manche Serienmörder, die sich dem Anschein nach im Griff haben und in einem scheinbar normalen Umfeld leben, richten sich einen Dachboden oder einen Keller ein, in dem das Chaos Ausdruck ihrer Abnormität ist. Und oft treten, selbst in dieser kleinen Ordnung, die sie sich schaffen, Risse zutage, man muss sie nur erkennen.

Dies hier war ein kleines Universum, das nach einer völlig

atypischen Wahrnehmung gestaltet war – ein komplexes Ganzes mit komplizierten Wegen von A nach B. Ein Bett war nicht zu sehen. Der Bewohner hatte den Wunsch, sich zu schützen und vor den anderen zu verstecken. Die Neonleuchten waren zur Hälfte durch irgendwelche Objekte verdeckt, so dass manche Bereiche im Dunkeln blieben.

»Nun? Was meinst du? Haben wir einen Treffer gelandet?«, fragte Meats.

Brolin ließ den Blick erneut über das Durcheinander schweifen.

»Möglich«, meinte er schließlich. »Vielleicht ist Mark Suberton wirklich der Mörder von Carol Peyton. Ein Mensch ohne psychische Struktur. Und das ist sicher der Grund, weshalb er tötet. Um sich wiederzufinden, sich neu zu schaffen, anders.«

Meats strich über seinen Bart.

»Sich neu schaffen? Als was?«

»Genau da müssen wir ansetzen. Ich glaube, die Spinnen spielen eine wesentliche Rolle dabei. Jetzt ist es an uns herauszufinden, welche.«

Hinter ihnen fluchte ein Beamter und rief nach Meats.

»Ich habe etwas, Officer.«

Er hielt ein Kabel in der Hand, das von der Eingangstür ausging und mit einer kleinen Telefondose am Boden verbunden war.

»Was ist das?«, wollte Meats wissen.

»Ich habe so was schon in Privathaushalten gesehen. Eine Art Alarmanlage. Sie ist an Fenstern oder Türen befestigt, und sobald diese geöffnet werden, verbindet sich das Gehäuse mit dem Telefonnetz und ruft eine programmierte Nummer an. Die Polizei oder sonst wen. Ich habe es gerade ausgeschaltet, die Verbindung war schon hergestellt.«

Ein anderer Polizist trat interessiert dazu.

»Heißt das, der Einbrecher hatte Angst, dass bei ihm eingebrochen wird?« Er lachte.

Brolin schüttelte den Kopf.

»Nein, das heißt, er weiß jetzt, dass wir hier sind.«

20

Zuerst verschwand der Mond.

Dann verschwammen die Konturen. Die Schatten wurden dichter, bis die Wolken schließlich ihre undurchlässige Decke über die Nacht ausbreiteten.

Der Wind brachte erst nur Frische in den Wald und fegte dann plötzlich zwischen Bäumen und Felsen umher, tanzte mit den noch von der Sonne warmen Blättern. Die dicken Tropfen fielen zunächst nur vereinzelt und spritzten beim Aufprall vom trockenen Boden hoch. Nun begann der Regen, seine flüssige Melodie zu spielen, erst *adagio*, dann *presto*. Aus der Wohltat der himmlischen Wasser war eine Sintflut geworden.

Der Donner grollte über den Bergen, während Blitze, leuchtenden Pfeilen gleich, die Wolken durchzuckten und sie wie riesige zerrissene schwarze Wattebäusche wirken ließen.

Annabel kauerte in ihrem Baum, den Schlafsack als Schutz über sich an den Ästen befestigt. Doch ihr Dach und sie selbst waren schnell durchnässt. Das Gewitter kam immer näher, die Blitze spalteten den Horizont, der Donner grollte immer näher, und es wurde gefährlich, auf dem Beobachtungsposten zu bleiben.

Bei diesem Wetter wird sich ohnehin niemand auf die Lichtung begeben! Annabel entschied sich schnell, nahm ihr Taschenmesser und ritzte einen Pfeil in die Baumrinde. Er wies nach Nordosten zur Militärbasis hinüber. Sollte Brolin in ihrer Abwesenheit eintreffen, würde er das Zeichen entdecken und sofort Bescheid wissen, davon war sie überzeugt.

Sie setzte ihren Rucksack auf und kletterte vorsichtig vom Baum hinunter. Unter dem Blätterdach und ohne den Mond war es stockfinster.

Der weiße Lichtkegel schlug eine Bresche ins Dunkel.

Die Schatten ringsumher gewannen an Macht und woben ein Netz beweglicher Schwärze, die beängstigend war. Der Blitz, der jetzt folgte, war des dichten Laubes wegen nur einen kurzen Augenblick als feiner Lichtstrahl zwischen den Blättern zu erkennen. Annabel machte sich auf den Weg.

Der Donner begleitete sie. Dumpf und drohend.

Während der ersten Minuten hatte die Erde an Wasser geschluckt, was sie nur schlucken konnte, jetzt aber spie sie den überflüssigen Regen wieder aus. Was anfangs erfrischend gewesen war, wurde nun unangenehm für die junge Frau. Die Kleider klebten ihr am Körper wie eine zweite Haut, und sie watete stellenweise knöcheltief durch Schlamm. Sie trocknete ihre Uhr und sah, dass es erst Mitternacht war.

Dabei war es ihr vorgekommen, als hätte sie eine Ewigkeit in diesem Baum verbracht und den Sonnenuntergang und dann das nahende Gewitter beobachtet.

Wieder erhellte ein Blitz das Innere des Waldes – ein Bild wie auf einem Fotonegativ.

Annabel blieb stehen und richtete den Strahl ihrer Lampe in die Tiefen des Waldes.

All das Geheimnisvolle, diese Bewegung in den Schatten, dieses vage *Gefühl*, von fremden Wesen umgeben zu sein. Dieser Wald schien ihr ein unerforschtes riesiges Meer zu sein. Wer konnte wissen, ob er nicht tausende unbekannter Arten beherbergte, grässliche Insekten oder menschenähnliche Ungeheuer, Relikte aus alten Zeiten?

Ein unheimlicher Luftzug streifte sie, ähnlich dem in einem großen Kamin.

Hör auf zu fantasieren! Was willst du – dir selbst Angst einjagen? Ist es das? Es ist schon so unheimlich genug, du brauchst nichts hinzuzufügen. Sie nickte, ja, sie fantasierte. Es wurde Zeit, dass sie in der Militärbasis Unterschlupf fand.

Den Strahl der Taschenlampe nach vorn gerichtet, drehte sie sich um.

Er fiel auf eine hohe Gestalt, die dicht vor ihr stand.

Zwei riesige Augen starrten sie an.

Gelbe Augen. Weit, sehr weit aufgerissen.

Annabel schrie auf.

Die Gestalt zuckte zusammen und schwenkte ihre langen, gebogenen Waffen herum.

Ein erschrockener Hirsch machte einen Satz nach hinten und jagte durchs Unterholz davon.

Annabel hielt eine Hand vors Gesicht und wartete, bis sich ihr Atem und ihr rasendes Herz beruhigt hatten.

Wenige Minuten später erreichte sie, triefend vor Nässe, das Loch im Zaun. Die Temperatur war um mehrere Grad gefallen, und Annabel begann zu frieren. Sie steuerte auf das Hauptgebäude zu, das sie am Nachmittag schon aufgesucht hatte.

In der Eingangshalle fand sie trockene Holzlatten, ideal, um ein Feuer zu machen. Zunächst war ihr die Idee leichtsinnig und verrückt erschienen, doch dann war sie zu der Überzeugung gekommen, dass niemand sie sehen würde. Selbst der Mörder, wie gestört er auch war, würde sich bei so einem Wetter nicht hinauswagen. Und sie musste sich jetzt aufwärmen und ihre Kleider trocknen.

Annabel trug eine Menge Latten in eine Ecke der Halle, gleich neben einem Fenster, damit der Rauch abziehen konnte. Auf einem Flur fand sie eine alte Zeitung und zündete damit das Holz an. Eine Viertelstunde später saß sie in Unterwäsche am Feuer, die Hände über den Flammen, ihre restliche Kleidung hatte sie in der Nähe zum Trocknen ausgebreitet. Der bernsteinfarbene Schimmer wärmte bald auch ihre Seele. Draußen dröhnte noch immer der Donner, und der Regen schien gar nicht mehr aufhören zu wollen.

Annabel löste ihre Zöpfe, damit ihr Haar schneller trocknen konnte, aber auch, um sich zu beschäftigen. Die pechschwarzen Strähnen schimmerten im Licht der Flammen, formten sich, da sie zu lange geflochten gewesen waren, zu verschlungenen Arabesken und wirkten dadurch noch fülliger.

Eine Ecke des Schlafsacks, die nicht allzu nass geworden war, trocknete sie über den Flammen und deckte sich damit zu. Immer wieder legte sie Holz nach, begann zu trällern, um sich zu zerstreuen, bevor sie sich schließlich Gedankenspielen hingab. Sie malte sich Situationen mit Joshua aus, stellte sich vor, wie sie einen gemeinsamen Alltag bewältigen würden. Brady, ihr Ehemann, drängte sich vor diese Bilder. Ihr abwesender Mann. Es versetzte ihr einen kleinen Stich ins Herz. Brady ... Er, der eines Tages wie durch Zauberhand verschwunden war, an einem ganz gewöhnlichen Tag, ohne Vorankündigung, ohne etwas mitzunehmen, und den niemand jemals wieder gesehen hatte. Brady, der Fotograf, Brady, ihre Liebe ... Vor mehr als anderthalb Jahren hatte er sich scheinbar in Luft aufgelöst, ohne die geringste Spur zu hinterlassen.

Jetzt musste sie sich ein neues Leben aufbauen und akzeptieren, dass er nicht zurückkommen würde.

Annabel träumte viel, und langsam versank sie in Schlaf ...

Ein raues Räuspern, fast ein Knurren, das nicht von einem Menschen stammen konnte.

Annabel schlug die Augen auf. Es war Tag. Mit kurzer Verzögerung erreichte das Knurren ihr Bewusstsein. Gleichzeitig nahm sie die Kälte wahr. Ihr erster Reflex war, sich wieder unter dem Schlafsack zusammenzurollen, die Knie ans Kinn gezogen, eingehüllt in den dünnen Wärmefilm.

Die Kreatur knurrte erneut.

Das Geräusch kam von draußen.

Diesmal hob Annabel den Kopf.

Die Luft war frisch, sehr viel kühler als in den letzten Tagen, das Licht gedämpfter, milchig weiß. Die junge Frau griff nach ihrem T-Shirt und ihrer Caprihose. Sie zog sich geräuschlos an, schlüpfte in ihre Turnschuhe und trat durch die schmale Türöffnung hinaus.

Dichter Nebel hing zwischen dem Gemäuer. Die nächsten Bäume waren nichts als vage dunkle, fast gespenstische Silhouetten.

»Das darf nicht wahr sein«, murmelte sie. »Das hat mir gerade noch gefehlt!«

Ihre Uhr zeigte 7:11 an. Sie streckte sich.

Eine Bewegung zu ihrer Rechten ließ sie herumfahren.

Die Gestalt lief friedlich auf ihren vier Beinen umher. Bei dem Nebel konnte Annabel nicht genau erkennen, worum es sich handelte, ein Wildschwein vielleicht, dachte sie, wusste aber nicht, ob es in dieser Gegend überhaupt welche gab. Bei dem Gedanken, dass sie Hunger hatte und gern ein Stück Speck gegessen hätte, musste sie lachen.

Ihre fröhliche Stimmung verflog, als ihr bewusst wurde, dass sie nichts von Brolin gehört hatte. Warum war er heute Nacht nicht gekommen? Hatte er den Baum leer vorgefunden, den geschnitzten Pfeil aber nicht entdeckt? Es war nicht seine Art, sie so einfach zu vergessen, es musste einen guten Grund geben.

Er vertraut dir, also vergiss die Nacht. Wenn er Wichtigeres zu tun hatte, wird er sich gesagt haben, dass du deinen Job schon gut machst.

Indem du in der Militärbasis schläfst? Außer Sichtweite der Lichtung? Bravo!

Auf alle Fälle ist niemand gekommen, nicht bei diesem Gewitter ...

Annabel drehte sich um und kehrte zu ihrer Feuerstelle zurück.

Pack deine Sachen ein, du musst deinen Posten im Baum wieder einnehmen. Für den Fall, dass sich der Nebel lichtet oder dass Brolin kommt.

Den Rucksack über der Schulter, fuhr sie mit einem Stock durch die Asche, um sich zu vergewissern, dass auch die letzte Glut erloschen war. Plötzlich verspürte sie ein dringendes Bedürfnis und kam sich mit einem Mal lächerlich vor. *Was ist in dich gefahren? Du bist kein kleines Mädchen mehr! Pipi in der Natur zu machen dürfte doch wohl kein Problem sein!*

Sie fand sich richtig versnobt, und einen Augenblick lang hasste sie sich dafür, so kompliziert zu sein.

Sie entfernte sich ein Stück vom Hauptgebäude und hockte sich ins Gras.

Denk jetzt bloß nicht an diese Spinnengeschichten, das ist wirklich nicht der richtige Augenblick … Doch sie konnte nicht anders. Sie sah sie mit ihren pelzigen Beinen, ihrem prallen Körper und ihren Mandibeln auf ihre Füße zukrabbeln.

Annabel sprang auf und zog ihre Hose hoch. Da, etwas weiter entfernt, sah sie das Wildschwein, oder was immer es war. Es schnupperte am Boden, wühlte von Zeit zu Zeit mit der Schnauze in dem alten Laub und scharrte in der Erde.

Plötzlich hob es den Kopf.

Und nahm Reißaus.

Annabel runzelte die Stirn. Sie hatte sich doch kaum bewegt und …

Du bist im Gegenwind, es kann dich also nicht gewittert haben.

Sie war doch ganz leise gewesen, nein, sie war sicher, es hatte sie weder gesehen noch gewittert.

Ihre Anspannung nahm zu, und sie suchte ihre Umgebung noch einmal mit den Blicken ab. Die Sichtweite betrug nur wenige Meter, alles war milchig weiß, und sie konnte nur vage einige Schatten ausmachen.

Das Knacken eines Astes.

Dann Rascheln und das Geräusch von Schritten.

Unmittelbar darauf tauchte etwas auf. Eine Gestalt, die direkt auf Annabel zukam.

Ein Mann.

Eine Sekunde lang beruhigte Annabel der Gedanke, es könnte Brolin sein, doch dann erkannte sie, dass er nicht seine Statur hatte. Ihre Nackenhaare richteten sich auf, sie bekam am ganzen Körper eine Gänsehaut und rang nach Luft. Panik stieg in ihr auf wie eine sich brechende Meereswelle. Sie wusste nicht, warum, doch alles in ihr war sich sicher, dass Gefahr im Verzug war. Die Intuition eines Cops. Es war noch zu früh, als dass ein Wanderer hier, so tief im Wald, unterwegs sein könnte, und kein Forstmeister durfte hier eindringen: Schließlich gehörte das Gelände immer noch dem Militär.

Er steuerte auf sie zu.

Entschlossenen und festen Schrittes.

Die Worte von Brolin kamen ihr in den Sinn: »Ich glaube, derjenige, der sich diesen Beobachtungsposten mitten in der Lichtung eingerichtet hat, ist der Mörder von Fleitcher. Er kam oft hierher, wahrscheinlich zu ungewöhnlichen Tageszeiten, um ungestört zu sein, ohne Zeugen. Um hier zu lauern, sich mit der Umgebung vertraut zu machen …« So in etwa hatte Brolin die Gründe für den Aufenthalt auf Eagle Creek 7 beschrieben. Und nun war *er* da. Etwa fünfzehn Meter von ihr entfernt.

Annabel schossen alle Möglichkeiten durch den Kopf, und sie kam jedes Mal auf die verrückteste und doch wahrscheinlichste Hypothese zurück: Derjenige, der da auf sie zukam, war der Mörder. *Keine Panik, wie willst du das wissen, es kann auch ein Frühaufsteher unter den Wanderern sein …* In einer vom Militär aufgegebenen Basis … Annabel schloss die Augen für einen kurzen Moment, um ihren Kopf zu leeren. Sie öffnete sie wieder, allerdings kaum ruhiger.

Er war jetzt ganz nah.

Doch bei genauem Hinsehen steuerte er nicht direkt auf sie zu. Er schien sie nicht bemerkt zu haben. *Nicht bewegen.*

Keine zehn Meter.

Er trug einen olivgrünen Parka mit hochgeschlagenem Kragen und eine seltsame Kopfbedeckung. Eine ... Eine Schirmmütze, die er ins Gesicht gezogen hatte.

Sechs Meter.

Er hatte Handschuhe an und ein Plastikköfferchen bei sich, von der Größe eines Schuhkartons.

Vier Meter.

Annabels Herz schlug so heftig, dass ihr Blut in den Schläfen pochte. Sie hatte das Gefühl, dass ein Hämmern von Bässen im ganzen Gebäude widerhallte. Sie konnte kaum atmen, trotzdem hielt sie die Luft an, aus Angst, er könnte sie hören.

Er war da, ganz nah.

Sie nahm das Rascheln des Stoffs seiner Hosenbeine wahr.

Er lief im Abstand von ein paar Metern an ihr vorbei, ohne sie zu sehen.

Weiße Lichtflecken flackerten vor den Augen der New Yorker Polizistin.

Sie wartete, bis er fast ganz von den Nebelfetzen verschluckt war, dann erst öffnete sie den Mund und atmete gierig ein.

Was konnte ein Mann zu dieser Stunde hier wollen? Mit diesem Köfferchen? Einer Schachtel wie ... wie zum Transport von Insekten? Von Schwarzen Witwen?

Sie durfte ihn nicht entkommen lassen.

Brolin hatte diese Lichtung überwachen wollen, weil er glaubte, der Mörder könnte zurückkommen, deshalb spielte sie in seinen Augen eine besondere Rolle. Annabel konnte jetzt nicht so tun, als würde sie an einen zufälligen Passanten glauben.

Schlimmstenfalls hat dieser Typ nichts mit der Geschichte

zu tun, und du machst dich lächerlich … Eine Hypothese, die falsch klang. Sie wusste es. Sie spürte es. Das war der Mörder.

Annabel rannte los, sie hatte schon zu lange gezögert.

Nach zehn Schritten blieb sie stehen. Sie hatte ihre Waffe nicht dabei. Die Beretta war in ihrem Rucksack neben der Feuerstelle.

Schon war die Gestalt nicht mehr zu sehen. Würde sie, Annabel, in die Halle zurückkehren, liefe sie Gefahr, den Mann ganz aus den Augen zu verlieren.

»Verdammt«, zischte sie.

Sie ging weiter. Ganz offensichtlich steuerte der Mann auf die Öffnung in dem Zaun zu, um auf die Lichtung zu gelangen.

Sie musste sich an seine Fersen heften. Bei diesem Nebel könnte sie ihn leicht aus den Augen verlieren, die Lichtung war groß, und sie würde ihn, wenn er einmal das Militärgelände verlassen hätte, mit Sicherheit nicht mehr finden.

Jeder Schritt kostete sie ungewöhnliche Anstrengung, weil sie möglichst leise sein und deshalb Äste meiden musste. Annabel bewegte sich im Kielwasser der schemenhaften Gestalt, doch da sie sie nicht mehr sehen konnte, ließ sie sich von ihrem Gefühl leiten. Bald erkannte sie die Umzäunung, nicht aber das Loch darin. Sie war ein wenig zu weit nach links geraten.

Auf der anderen Zaunseite, etwa zwanzig Meter entfernt, bewegte sich ein dunkler Fleck im Nebel. Das war er, er war durch die Öffnung geschlüpft und lief jetzt durch den Wald.

Annabel schlich am Gitter entlang bis hin zu dem improvisierten Ausgang und schob sich hindurch, um die Verfolgung des Mannes aufzunehmen. Alles war merkwürdig still ringsumher. War es das heftige nächtliche Gewitter, das die Vögel zum Schweigen gebracht hatte? Nur das Rauschen in den noch feuchten Baumkronen war zu hören. *Pass auf, wo-*

hin du den Fuß setzt, diesmal kannst du dir keinen Fehler erlauben ...

Der Nebel zerfiel in dichte Fetzen – in denen der geheimnisvolle Unbekannte immer wieder verschwand.

Der Boden, der mit toten Ästen bedeckt war, war gefährlich für Annabel, und so ließ sie den Unbekannten lieber Abstand gewinnen, um nicht plötzlich entdeckt zu werden. Langsam, Schritt für Schritt, bewegte sie sich durchs Unterholz.

Er war nicht mehr da. Verschluckt von diesem Bodennebel, diesem Teil des zerstörten Paradieses. *Wenn das Paradies so trübe und unheimlich ist, ziehe ich das Fegefeuer vor!* Doch ihr war nicht danach, über dieses Bild zu lachen. Sie blieb stehen und lauschte. Nichts.

Sie setzte vorsichtig ihren Weg fort und versuchte, durch ihr Gehör das auszugleichen, was ihre Augen nicht zu erkennen vermochten. Noch immer nichts. Annabel beschleunigte ihre Schritte. Die Farne streiften ihre Unterarme. Vom Morgentau bekam sie eine Gänsehaut.

Über ihr das Knarren von Holz.

Etwas zu laut, um natürlich zu sein.

Annabel erstarrte. Ihr ganzer Körper war in Alarmbereitschaft.

Als sie das Rascheln von Plastik im Baum vernahm, begriff sie, dass *er* da war, direkt über ihr, und dass sie eine Sekunde zu spät gekommen war.

21

Annabel hob den Kopf, während ihre Beine schon nach vorn schnellten.

Alles ging sehr rasch.

Zuerst die verschwommene Gestalt in der Baumkrone über ihr. Dann die Schatten, die direkt auf ihr Gesicht zuflogen.

In dem Augenblick, als diese Schatten sie berührten, begriff sie.

Schwarze Witwen.

Der Kerl, der oben auf dem Ast saß, hatte sein Köfferchen geöffnet und die Spinnen freigelassen. Annabel spürte sie auf ihren Schultern, ihrer Stirn, ihren Brüsten. Sechs oder sieben kleine glänzende Körper fielen herab, einer traf ihre Lippen und fiel weiter zu Boden, ein anderer krallte sich in ihren Haaren fest.

Sie warf sich schreiend in die Farne, wälzte sich darin und schüttelte wie wild den Kopf in alle Richtungen.

Der da oben hatte ein halbes Dutzend tödlicher Spinnen heruntergeworfen, und es würde schon reichen, wenn eine in ihre Kleidung gekrochen war, unter ihr T-Shirt, dann wäre alles vorbei ...

Annabel sprang mit einem Satz auf und konzentrierte sich auf ihren Körper. Kein Kribbeln oder Kitzeln, ausgelöst von einer Kreatur, die mit ihren acht Beinen auf ihr herumkroch. Dennoch hatte sie plötzlich das Bedürfnis, sich zu kratzen, und je mehr sie sich darauf konzentrierte, umso mehr glaubte sie, etwas auf den Armen, dem Nacken oder dem Rücken krabbeln zu spüren.

Dann das dumpfe Geräusch von sich entfernenden Schritten. Der Mann ergriff die Flucht.

Annabel nahm einen Schatten im Nebel wahr, der zurück in Richtung Militärbasis eilte.

Sogleich spannten sich ihre Beinmuskeln an, und die junge Frau lief los, um die Verfolgung ihres Angreifers aufzunehmen. Sie konnte nur hoffen, dass keine Spinne an ihrem Körper haften geblieben war.

Der Mann hatte einen Vorsprung von über hundert Metern, was er dem Überraschungseffekt zu verdanken hatte. *Er hat dich auf dem Weg zur Lichtung wahrgenommen, wahrscheinlich durch die Geräusche ...* Dabei hatte sich Annabel alle erdenkliche Mühe gegeben, doch im Wald war eine geräuschlose Verfolgung ein Ding der Unmöglichkeit.

Dieser Nebel wurde allmählich zum Albtraum. Annabel sah ihren Angreifer nur in Abständen zwischen zwei Nebelschwaden und wusste, dass sie ihn bald ganz aus den Augen verlieren könnte. Wenn sich der Abstand noch weiter vergrößerte, würde er ihr entwischen.

Sie rannte den Hügel hinauf und versuchte, regelmäßig zu atmen. *Wie beim Training, langsam und gleichmäßig ausatmen, dann bekommst du auch keine Seitenstiche.* Neben den Übungen bei der Polizei praktizierte Annabel das Thaiboxen in einem Club. Sie wusste, Ausdauer war ihre Stärke, sie war eine gute Marathonläuferin. *Du hast ein starkes Herz, los, beweise es, diesmal ist es ernst …*

Nach zwei Minuten hatte sich ihr Rhythmus stabilisiert. Jetzt musste sie nur noch das Tempo ein wenig beschleunigen, etwas mehr Kraft vorlegen.

In diesem Moment sah sie ihn nach rechts abbiegen und verlor ihn völlig aus den Augen.

Annabel lief noch ein kleines Stück weiter, blieb dann aber stehen. Wenn der Kerl bewaffnet war, wäre eine blinde Verfolgungsjagd äußerst gefährlich, denn er könnte sich hinter einem Baumstamm versteckt haben.

Sie hielt den Atem an und lauschte.

Zu ihrer Rechten bewegten sich die Farne, er rannte also immer noch. *Zur Militärbasis, er läuft zurück.*

Annabel jagte hinterher.

Sie spürte etwas zwischen ihren Schulterblättern. *Ein Zweig, es muss ein Zweig sein!*

Aber es *bewegte* sich.

Ihre winzigen schwarzen Beine entfaltend, stieg die Spinne – denn Annabel war sicher, dass es eine der Schwarzen Witwen war – zu ihrem Hals hinauf und bildete eine sich bewegende Erhebung unter ihrem T-Shirt. Die junge Frau riss im Laufen einen grünen, halbfesten Stängel aus, blieb stehen und ließ ihn unter den Stoff ihres T-Shirts gleiten. Sie beugte sich tief vornüber und strich mit dem Stiel über ihre Haut.

Sie sah den schwarzen zusammengekauerten Körper zu Boden fallen. Sie hatte also nicht geträumt.

Plötzlich wurde ihr bewusst, dass die Geräusche verstummt waren. Ihre Aufmerksamkeit richtete sich von einer Gefahr auf die nächste. *Er* rannte demnach nicht mehr.

Vielleicht war er schon an der Militärbasis angelangt und lief über den Asphalt, was geräuschlos war. Annabel setzte sich wieder in Bewegung, bemüht, möglichst leise zu sein, und suchte den Nebel ab. Der verschlang die Landschaft, löschte alle Umrisse aus, verwandelte dieses Stückchen Erde in ein Gebiet der Unschuld, in dem alles weiß und rein war.

Diesmal sah Annabel ihn sofort.

Einen Stock in der Hand, mit dem er weit ausholte, sprang er aus dem Unterholz hervor. Annabel warf sich zu Boden, die Arme vorgestreckt, um sich abstützen zu können. Zischend peitschte der Stock durch die Luft.

Eine Seitwärtsrolle, und Annabel landete auf einem Knie. Sie hatte keine Zeit, nach einer Waffe zu suchen, sondern versetzte ihrem Gegner mit der bloßen rechten Hand einen Schlag in die Seite und gleich darauf, so fest sie konnte, einen linken Haken gegen das Brustbein. Sie hatte gehofft, ihrem Gegenüber damit ein oder zwei Rippen zu brechen, doch ihren Hieben fehlte es an Schnelligkeit und Kraft. Trotzdem war ihr Angreifer überrascht und taumelte zurück.

Annabel neigte sich zur Seite, holte mit dem freien Fuß aus, um ihm einen *low-kick* gegen die Beine zu verpassen.

Doch sie traf stattdessen einen Zweig, der mit Wucht gegen ihre Brust zurückschlug.

Das nutzte ihr Gegenüber aus und hieb mit beiden Fäusten auf ihre Schultern ein. Sie verlor das Gleichgewicht und fiel bäuchlings zu Boden.

Leicht benommen drehte sie sich im Gras. Als sie auf dem Rücken zu liegen kam, sah sie, wie sich der Unbekannte, einen Stock in den Händen, auf sie stürzte. Annabel drückte ihr Becken fest in den Boden, winkelte die Beine kurz an und stieß sie dann, alle Muskeln angespannt, nach oben. Die Füße trafen ihren Angreifer in die Magengegend und katapultierten ihn nach hinten. Er ließ den Stock los, und der traf Annabel an Wange und Schläfe.

Sie sah tausend Sterne. Alles begann sich zu drehen.

Sie biss die Zähne zusammen, um gegen den Schwindel anzukämpfen. Bald konnten ihre Augen einen Punkt fixieren, und sie hatte sich wieder unter Kontrolle.

Ein paar Sekunden lang hatte sie das Gefühl gehabt, sich auf einem stampfenden Schiff zu befinden, doch nun stabilisierte sich alles wieder. KONZENTRIER DICH, WO IST ER?, rief es in ihrem Kopf.

Er floh wie ein Tornado durch den Wald und trampelte alles auf seinem Weg nieder. *Steh auf, du schaffst es, raff dich auf!* Sie kam auf ihre zitternden Beine und lief los – zunächst unsicher, bis sie wieder zu ihrer Form zurückfand und das Adrenalin die Angst verdrängte. Schließlich erreichte sie den Zaun der Militärbasis. Das Echo der Schritte des Fliehenden hallte in den Lagerräumen wider. Er durchquerte sie, um zum Haupteingang zu gelangen.

Annabel erinnerte sich an die Worte von Frederick, den sie am Vortag auf der Basis überrascht hatte.

Gleich neben dem Eingang ist ein Loch in den Zaum geschnitten, dort schlüpft er durch!

Der junge Schnüffler hatte auch erzählt, dass sich die Straße, die zu dem Stützpunkt führte, in einem so schlechten Zustand befände, dass sie nicht mit dem Auto, sondern höchstens mit dem Motorrad befahrbar sei. Das war ein positiver Punkt. So konnte sich ihr Angreifer wenigstens nicht auf diese Weise aus dem Staub machen.

Der Gedanke machte ihr Mut und gab ihr Kraft zum Durchhalten.

Sie überquerte den ganzen Vorplatz und lauschte über ihren keuchenden Atem hinweg auf das Geräusch der Schritte des Fliehenden – mit wechselndem Erfolg. Als sie das metallische Klirren des Zauns vernahm, wusste sie, dass sie ihn einholen könnte. Er war nicht weit entfernt. Jetzt war auch sie am Tor angelangt, verlor allerdings kostbare Sekunden bei der Suche nach der Öffnung in der Nähe des Eingangs. Schließlich schlüpfte sie auf die andere Seite.

Keine fünf Meter von ihr entfernt, ein undefinierbarer Schatten. Auf einer Straße mit holprigem Belag.

Er benutzt ein Fahrrad!

Annabel stürzte ihm nach. Diesmal musste sie ihre Reserven mobilisieren. Nur ihre Fußspitzen berührten noch den Boden, die Arme schwangen zu beiden Seiten ihres Körpers vor und zurück, der Rücken war gestreckt. Sie setzte zum Sprint an.

Das Fahrrad war direkt vor ihr. Mit einem gewaltigen Satz könnte sie es packen.

Sie sah die Schirmmütze nach vorn rutschen und konnte deshalb die Gesichtszüge nicht erkennen.

Außer einem Detail: ein rosafarbener Schimmer zwischen Kragen und Schirmmütze. *Er … Er ist …*

Der Unbekannte trat stärker in die Pedale.

Die Straße war abschüssig. Annabel konnte sich noch etwas mehr nähern.

Doch jetzt legte er weiter an Tempo zu. Und entfernte sich.

Bis er im Nebel verschwunden war.

22

Kurz nach acht Uhr morgens hatte sich der Nebel größtenteils aufgelöst und ließ die wilde Landschaft mit ihren Hügeln, ihren felsigen Bergkuppen und den unendlichen Wäldern wieder hervortreten.

Brolin war erschöpft. Die ganze Nacht über hatte er mit Lloyd Meats eine unergiebige Spur verfolgt. Die des Alarmsystems und der Telefonnummer, mit der sich das Gerät in Verbindung gesetzt hatte, als sie in die Wohnung von Mark Suberton eingedrungen waren. Nach fünf Stunden intensiver Recherchen hatten sie feststellen müssen, dass diese Nummer Verbindung mit einem Piepser aufnahm, der auf den Namen Mark Suberton registriert war. Was sie nicht weiterbrachte, da Suberton überall sein konnte. Zudem dürfte er sich, nachdem er gewarnt war, des Piepsers entledigt haben.

Während der ganzen Fahrt von Portland zum Mount Hood Forest hatte sich Brolin Vorwürfe gemacht, so viel Zeit durch diese Angelegenheit verloren zu haben. Zunächst hatte er sich gedacht, Annabel würde Verständnis für seine Vorgehensweise haben, im Morgengrauen aber wurde ihm dann klar, dass er sie die ganze Nacht über, ja mehr als das, fast vierundzwanzig Stunden, allein gelassen hatte ... Der Ärger über sich selbst verwandelte sich in Zorn, als er die junge Frau in der Lichtung vorfand und sie ihm erzählte, was etwa eine Stunde zuvor passiert war.

Er hatte ihn also knapp verfehlt.

Schlimmer noch, er war dem Mörder vielleicht sogar unterwegs begegnet! Denn wenn er auf einem Rad geflohen war, dann sicher, um zu einem irgendwo abgestellten Wagen zu gelangen, mit dem er das Waldgebiet verlassen hatte.

Brolin rief Lloyd Meats an, sobald sein Handy ein Netz bekam, und erklärte ihm alles. Eine Stunde später nahm ein Polizeibeamter Annabels Aussage auf, während drei andere das Terrain inspizierten. Sie fanden den Plastikkoffer, in dem der Unbekannte die Schwarzen Witwen transportiert hatte. Annabel wusste, dass er mit Sicherheit keine Fingerabdrücke hinterlassen hatte, da er Handschuhe getragen hatte und von Anfang an mit äußerster Vorsicht vorgegangen war.

Sobald sie in seinem Mustang die Rückfahrt antraten, entschuldigte sich Brolin bei der jungen Frau. Er hatte die Ereignisse nicht vorausgesehen.

Und was noch gravierender war, er hatte Annabels Leben gefährdet.

Sie winkte ab.

»Ich bin ja nicht blöd. Denkst du, ich hätte nicht gewusst, auf was ich mich einlasse, als ich dir meine Hilfe angeboten habe?«, sagte sie.

Zwar wurmte es sie, ohne brauchbare Ergebnisse zurückkehren zu müssen. Nicht einmal das Gesicht ihres Angreifers hatte sie gesehen.

Doch da war dieses eine Detail, das ihr bei seiner Flucht auf dem Fahrrad aufgefallen war: der Schweiß auf dem Kopf ... Er war kahl.

»Bist du sicher?«, fragte Brolin.

»Ganz sicher. Unser Wettrennen hat ihn zum Schwitzen gebracht. Vielleicht hatte er einen Haarkranz, mehr aber jedenfalls nicht. Er ist mittelgroß und ziemlich kräftig gebaut.«

Der Privatdetektiv blickte ernst drein, seine Augen waren vor Müdigkeit gerötet.

»Annabel, wirklich, es tut mir furchtbar leid.«

Sie winkte erneut ab.

»Hör auf damit, ich habe dir gesagt, was ich davon halte. Also, diese Wohnung, wie sieht sie aus?«

Brolins Blick war auf die Straße gerichtet. Das Licht wurde immer intensiver, während sich die weißen Wolken vor dem azurblauen Hintergrund auflösten.

»Unbeschreiblich«, sagte er schließlich. »Mark Suberton hat aus seiner Wohnung eine Art Geduldspiel gemacht. Es ist so viel Zeug darin gelagert, dass man sich zwischen den Stapeln durchquetschen oder auf allen vieren kriechen muss. Ich gebe zu, ich bin etwas ratlos; falls dieser Typ wirklich dort wohnte, hat er mit Sicherheit ein echtes Problem. Will er sich verstecken in seiner Wohnung? Wie auch immer, die Spur ist unergiebig. Alles war von einer dicken Staubschicht überzogen, also kann seit längerer Zeit niemand mehr dort gewesen sein. Und niemand wird dorthin zurückkehren. Ganz gleich, wo er sich jetzt aufhält, Suberton weiß genau, dass wir sein Versteck entdeckt haben. Dieses geniale kleine Alarmsystem hat uns einen Strich durch die Rechnung gemacht.«

»Hat die Durchsuchung nichts ergeben?«

»Sie hat gar nicht erst stattgefunden. Ich sage dir: Dieses Chaos ist unvorstellbar. Wir bräuchten fünf bis sechs Männer, um alles zu sortieren, und das für mindestens eine Woche. Vorrang hat jetzt jede halbwegs vielversprechende Spur, die Wohnung ist versiegelt, sie kann warten, wir haben uns gestern kurz umgesehen, um sicherzugehen, dass niemand dort war.«

»Und welches sind dann die halbwegs vielversprechenden Spuren?«, wollte Annabel wissen.

»Lloyd Meats wird eine Sonderkommission mit mehreren Detectives einrichten. Sie werden sich diesen Nachmittag mit den Opfern befassen und herauszufinden versuchen, warum der Mörder gerade sie ausgewählt hat und wie es ihm gelungen ist, ohne Gewaltanwendung in ihre Häuser einzudringen und die Ehemänner im Schlaf zu betäuben, ohne dass sie das Geringste gespürt haben. Außerdem werden sie in Mark Subertons Vergangenheit stöbern, Familienangehörige und Bekannte verhören, um herauszubekommen, wo er sich jetzt aufhalten könnte.«

»Umfangreiches Programm!«

»Das kann man wohl sagen. Heute Morgen, kurz bevor ich hierherkam, erhielt ich einen Anruf von Meats. Der Entomologe hat die Seide des Kokons, in den Carol Peyton gewickelt war, untersucht. Er ist ganz sicher: Es ist Spinnenseide und nichts anderes. Rein biologisch und aus Seidendrüsen stammend. Ich meinerseits werde versuchen, einen Spinnenspezialisten ausfindig zu machen. Ich möchte ihm einige Fragen stellen.«

»Du deinerseits?«

Da die Straße schnurgerade verlief, nutzte Brolin die Gelegenheit, um Annabel einen Seitenblick zuzuwerfen.

»Hör zu, was heute Morgen geschehen ist, hätte nicht passieren dürfen«, erklärte er. »Du bist schon viel zu sehr in diese Geschichte verwickelt, und ich ...«

»Eben deshalb«, gab Annabel zurück, und ihre Augen blitzten vor Entschlossenheit. »Joshua, ich bin hergekommen, um Zeit mit dir zu verbringen. Die Umstände haben anders entschieden, als ich geplant hatte, doch ich hätte sofort wieder abreisen können. Ich bin aber geblieben, und nun sind wir in eine völlig verrückte Sache geraten. Ich habe zwei Stunden mit einer in einen Seidenkokon gewickelten Frauenleiche auf einem Baum verbracht, ich war vierundzwanzig Stunden in einem Wald, in dem ein Mann mich beinahe getötet hätte, und du bittest mich jetzt zu gehen? Dies alles zu vergessen, dir einen Abschiedskuss auf die Wange zu drücken und nach New York zurückzukehren? Zu spät, Josh, ich bin hier mit dir, und das weißt du. Also ein für alle Mal: Schone mich nicht, lass mich mit dir zusammenarbeiten.«

Eine lange Minute blieb Brolin stumm und lauschte dem Brummen des Motors. Dann lächelte er, und sogar, was bei ihm selten war, ohne Ironie, ohne jeden Zynismus.

»Ich hätte früher dran denken müssen«, sagte er schließlich. »Du bist eben ein Cop. Und dazu ein Dickschädel.«

Sie kamen in seinem Haus an. Nach der letzten Nacht fühlte sich Annabel bleiern vor Müdigkeit und fern jeder Realität, sie brauchte Ruhe. Sie hatten verabredet, zum Mittagessen aufzustehen, etwas Schlaf nachzuholen, genug, um bis zum Abend durchzuhalten. Sie duschte, was sie wieder zum Leben erweckte, trocknete sich ab, zog einen Bademantel über und trat auf das Mezzanin. Aus der halb geöffneten Tür des unteren Badezimmers drang das Plätschern des Wassers zu ihr herauf. Plötzlich packte sie ein heftiges Verlangen. Sie stellte sich Brolins nackten Körper vor, an dem das Wasser herabrieselte … Ein Gefühl der Wärme breitete sich in ihrem Unterleib aus, und zugleich liefen ihr kalte Schauer über den Rücken. Die leichte Berührung des Frotteestoffs auf ihren Brustwarzen steigerte ihr Verlangen noch. Sie sah sich und Brolin aneinandergeschmiegt, Haut an Haut, feuchte Küsse tauschend, ohne sich Zeit für ein Vorspiel zu nehmen, nur nackte Lust. Ja, sie spürte seine Bewegungen in sich …

Annabel bemerkte, dass sich ihre Zehen verkrampft hatten, und schüttelte den Kopf.

Was ist los mit dir? Du bist hundemüde … Die Erschöpfung … Ich suche Trost, das ist alles … Was ist schlimm daran? Das ist menschlich, oder? Vor allem für eine Frau, deren Mann vor anderthalb Jahren spurlos verschwunden ist. *Ich bin total fertig, ja, das ist es. Armer Josh, wenn er wüsste, was in meinem Kopf vorgeht … Leg dich schlafen, Anna, du übertreibst, wenn du deinen Trieben die Kontrolle überlässt, wie die Heldin in einem schlechten Erotikfilm!*

Sie zuckte mit den Schultern und ging in ihr Zimmer. Die Lust war noch unvermindert da. Und bei dem Versuch, sich einzureden, dass alles nur sexuelles Verlangen war, schlief sie schließlich ein.

Keinen Augenblick war ihr der Gedanke gekommen, dass dies ein Mittel sein könnte, Abstand zu den Geschehnissen von heute Morgen zu gewinnen, zu diesem gefährlichen Angriff. Der Ausgang hätte ein ganz anderer, ein viel dramatischerer sein können.

Sie hatte diese Möglichkeit von sich ferngehalten und ihren müden Geist zu anderen Themen gleiten lassen, um sich Mut zu machen, um sich ans Leben zu klammern …

☆

Wenn man heute einen Namen finden müsste, dann würde man wohl *Es* wählen. Ein Ding, eine Kreatur, zwar mit menschlichen Zügen, aber kaum mehr. Genau das war sie: eine Sache, *die* SACHE. So sah sie sich. Alles andere … hatte man ihr genommen. Vor langer Zeit.

Die SACHE nahm die Schirmmütze ab und legte sie auf das kleine Tischchen im Eingang. So blieb sie lange stehen: an die Wand gelehnt, ruhig atmend, tief in Gedanken.

Diese … *Frau* auf der Lichtung, wer war sie?

Sie hatte sich nicht wie eine Touristin oder eine Spaziergängerin verhalten. Und was machte sie so früh an diesem Ort, an *ihrem* Ort? Ein Cop? Möglich. Schließlich war sie, die SACHE, an die Öffentlichkeit getreten. Bei diesem Nebel und dem Tempo, mit dem sich alles abgespielt hatte, war ihr Gesicht schwer zu erkennen gewesen, sie hatte nur ihre Gestalt vor Augen. Und die erinnerte sie an jemanden. Auf dem ganzen Rückweg hatte sie nicht aufgehört, daran zu denken. Wo hatte sie diese Frau schon gesehen?

Die SACHE warf ihren Parka auf einen der Ledersessel im Wohnzimmer.

Sie durfte keine Zeit verlieren, ihr *anderes* Leben erwartete sie. Das des Scheins. Wenn sie sich nicht beeilte, würde sie auf sich aufmerksam machen. Also nicht trödeln.

Sie holte ein Geschirrtuch aus der Küche und legte es auf ihren Schädel wie eine Perücke. Sie massierte ihren Kopf und lief dabei im Wohnraum auf und ab. Das Debakel rückte näher, bald würde man im Fernsehen über sie berichten. Die

Polizei würde die Angelegenheit ein paar Tage vertuschen können, aber nicht lange. Es müssten ein paar weitere Haushalte aufgesucht werden, damit *ihre Mädchen* noch mehr Menschen angreifen könnten, und in der ganzen Stadt würde Panik ausbrechen. In diesem Klima der Angst zu arbeiten wäre ein Hochgenuss.

Man würde die SACHE fürchten. Die Leute würden nur im Flüsterton von ihr sprechen, nie im Dunklen. Langsam würde sie zum Schreckgespenst, mit dem man unartigen Kindern drohte. Die SACHE würde zum Mythos werden, zum neuen Buhmann …

Die SACHE blinzelte, als würde sie gerade aufwachen, und blickte sich um. Dieses Haus, das muffig roch, dieser Wandschmuck, den sie hasste. All diese Möbel, die sie in ihrem alten Leben zusammengetragen hatte. Wie oft hatte sie alles zu Boden geworfen, die Rahmen zerbrochen, die Erinnerungen ausgelöscht? Um danach alles wieder so gut wie möglich in Ordnung zu bringen, nur die Fotos nicht. Um den Schein zu wahren. Weil es nötig war. Um weitermachen zu können. Um nicht entlarvt und festgenommen zu werden, denn die anderen waren nicht wie sie, sie konnten sie nicht verstehen. Noch nicht …

Die SACHE steuerte auf die beigefarbene Tür am Ende des Flurs zu und öffnete sie. Sie tastete nach dem Schalter, einem großen grauen Gehäuse. Die nackte Birne erleuchtete eine Holztreppe, die in den Keller führte. In den ersten Teil des Kellers.

Es war feucht hier. Es bedurfte enormer Feuchtigkeit, und die war nur im Keller möglich.

Die SACHE stieg hinunter, vorbei an der Waschmaschine, deren sie sich seit Monaten nicht mehr bediente. Seitdem ein Hund darin gewesen war.

Das Ergebnis war nicht ermutigend genug gewesen, um mit etwas Größerem fortzufahren. Anderenfalls wäre die SA-

CHE bereit gewesen, ein großes Modell zu erstehen, eines, in dem ein Mann oder eine Frau mühelos Platz gehabt hätte. Sie hatte diese Idee verworfen. Der Zustand, in dem der Hund gewesen war, ging weit über das hinaus, was sie sich vorgestellt hatte. Selbst für sie, die SACHE, war es schwer zu ertragen gewesen.

Daneben waren drei Badewannen aufgereiht. Alle gebraucht gekauft, mit Ziegelsteinen abgestützt, den Abfluss zugekittet. Auch hier hatte der Versuch kein überzeugendes Resultat erbracht. Unpraktisch. Mit wenig konkreten Möglichkeiten, da sich der Tod viel zu banal einstellte. Aber diesmal hatte sie nicht mit einem Hund experimentiert.

Sie ging an einer ausgeschalteten Tiefkühltruhe vorbei, die völlig verdreckt war und auf deren Deckel ein langer dunkler Fleck prangte. Darüber hing eine Spule, um die ein Gartenschlauch gewickelt war.

In einer Erweiterung des Raums bewahrte die SACHE *ihre Töchter* auf. An zwei Wänden waren Kästen aneinandergereiht. Selbst gebaute Terrarien, zweiundsechzig insgesamt. Die Reserven draußen nicht mitgezählt.

Überall im Raum künstliche Grünpflanzen – Plastikefeu, der sich die Wände hinab ergoss, und riesige Blätter, die von der Decke hingen.

Die SACHE richtete ihre Aufmerksamkeit auf das Aquarium, das zweihundert Liter fasste und in einer Ecke stand. Im Innern war kein Wasser, nur eine Kolonie von Grillen. Mit einem winzigen Schmetterlingsnetz fing sie eine und nahm sie zwischen zwei Finger.

Sie hielt die Grille über einen der Glaskästen, schob den Deckel zur Seite und tauchte die Hand ins Innere, um das Insekt am Boden abzusetzen.

Darauf hatte die Tarantel nur gewartet.

Sie sprang aus einem Loch in der Ecke.

Auf ihren dicken haarigen Beinen lief sie auf ihre Beute zu.

Ihre Kieferfühler hoben sich und berührten die Grille, die zu zittern begann, bis sie sich nicht mehr rührte. Die Tarantel verharrte reglos, ihre Mahlzeit zwischen den Zangen. Oft verschlingen Spinnen ihren Fang, ohne dass es von außen erkennbar ist, indem sie das verflüssigte Innere langsam aufsaugen.

Die kleinen schwarzen Augäpfel leuchteten auf der Unterseite des Kephalothorax der Tarantel. Dann wich sie, die Grille hinter sich herziehend, zurück und verschwand in ihrem Loch, und bald schaute nur noch ein Bein ihres Opfers heraus, bis auch das nicht mehr zu sehen war.

Es war vorbei.

Es war so schnell, so präzise.

So *rein*, dachte die SACHE.

Sie holte eine weitere Grille und blieb vor einem anderen Glaskasten stehen. Die Spinne, die dort wartete, eine *Atrax Robustus*, stammte aus Australien. Sie war nur schwer zu beschaffen und noch schwerer zu züchten. Sie war ganz schwarz und hatte in etwa den Durchmesser eines Baseballs, ihre Haut war glatt und glänzte wie Vinyl. Wer sie sah, begann zu zittern, so abstoßend war sie. Dazu kam, dass die *Atrax Robustus* eine der giftigsten Spinnen überhaupt ist. Eine der am meisten gefürchteten.

Eine *Atrax* hatte die SACHE bisher noch nicht bei den Leuten ausgesetzt. Sie wollte nicht das ganze Potential vergeuden, doch lange würde sie nicht mehr damit warten. Sie würde ein Maximum an Schaden anrichten. Und dann würde sie die höchste Klasse einsetzen. Sie würde *den* Räuber loslassen.

Die brasilianische Wanderspinne *Phoneutria Fera*.

Der Inhalt ihrer Giftdrüsen reichte aus, um auf einen Schlag mehr als zweihundert Mäuse zu töten.

Plötzlich riss die SACHE die Augen weit auf. Die Erleuchtung.

Warum hatte sie nicht früher daran gedacht? Diese Frau

heute Morgen, diese kleine *Nutte*, sie war auf den Fotos! Ja, auf den Fotos, die sie im Wald aufgenommen hatte, als die Cops den Kokon gefunden hatten!

Sie war ein Cop.

Ohne die Grille loszulassen, die sie noch in der Hand hielt, eilte die SACHE zu ihrem Metallköfferchen, öffnete es und holte eine Reihe Fotos hervor. Man erkannte deutlich den meterhohen Wasserfall und ganz in der Nähe eine Gruppe von Personen am Fuß eines Baums. Die SACHE betrachtete die nächsten Fotos der Reihe nach. Sie war dabei. Diese Frau mit dem langen schwarzen Haar, hier trug sie es zu Zöpfen geflochten, die sie heute Morgen nicht gehabt hatte, aber das war sie mit Sicherheit.

Das wirst du mir büßen, sobald ich weiß, wer du bist ...

Wer weiß? Vielleicht hatte sie ja soeben das Opfer der *Phoneutria Fera* gefunden.

Deinen Namen herauszufinden wird kein Problem sein.

Sie musste die Fotos nur anonym an die Presse schicken. Die würde die ganze Arbeit für sie erledigen und sie auf der Titelseite abdrucken.

Die SACHE entblößte ihre Zähne. Sie hatte, ohne es zu bemerken, die Grille zerquetscht.

Ein Stöhnen drang durch die Tür am Ende des Raumes. Ein menschliches Stöhnen.

Gut, dass die sich bemerkbar machte, dachte die SACHE.

Sie musste sich um sie kümmern, der Rest konnte noch etwas warten.

All diese Tiere zu füttern kostete zu viel Zeit.

Erst war sie an der Reihe.

23

Nelson Henry erhielt einen Anruf, der ihn sehr beunruhigte.

Ein Privatdetektiv wollte ihn sehen, um ihm Fragen über Spinnen zu stellen. Er hatte seinen Namen, so hieß es, von Bekannten in Portland bekommen.

Henry schenkte sich ein Glas Bourbon ein, das er in wenigen Zügen leerte. Was sollte er tun? In der linken Hand hielt er das leere Glas, die Rechte lag schon auf dem Telefon. Seine Freunde anrufen? Sie um Rat fragen?

Wenn der Detektiv Bekannte hatte, dann mit Sicherheit bei der Polizei, und die könnte die Anrufe zurückverfolgen. Nein, er musste den Unschuldsengel mimen, alle Fragen beantworten, und er durfte keinen Verdacht erregen. Doch konnte er sich überhaupt verstellen? Aber ja! Das tat er ständig bei jedem, mit dem er in Berührung kam. Ob derjenige nun Privatdetektiv war oder nicht, spielte keine Rolle. Und da ihn bisher niemand entlarvt hatte, würde das auch diesem Unbekannten nicht gelingen.

»Also keine Panik, Mr. Nelson, er wird nichts bemerken.«

Er schenkte sich noch etwas Whisky nach und wartete.

Sie kamen zu zweit über den von der Sonne versengten Rasen. Ein Mann, er musste Joshua Brolin sein, begleitet von einer Frau. Recht hübsch, dunkelhäutig, lange schwarze Locken, die über ihre Bluse fielen. Und die war so transparent, dass man deutlich das Top sehen konnte, das sie darunter trug. Das gefiel ihm.

Der Mann trat auf ihn zu, scheinbar unempfindlich gegen die Mittagshitze trotz seiner Jeans und seines schwarzen T-Shirts. *Der Typ muss verrückt sein*, dachte Henry. Aber nur bis Brolin nahe genug bei ihm war und er seine Augen sehen konnte. Nelson Henry sah sich genötigt, kurz den Blick zu senken. Auf solche Intensität war er nicht gefasst gewesen.

»Mr. Henry?«

Er hob den Kopf und befeuchtete sich die Lippen.

»Ja. Und Sie sind der Privatdetektiv, nehme ich an ...«

Brolin nickte und zeigte ihm seinen Ausweis. »Und das hier ist meine Kollegin, Annabel O'Donnel.«

»Treten Sie ein, wir wollen doch bei dieser Affenhitze nicht draußen bleiben.«

Sie folgten ihm ins Haus. Nelson Henry wohnte in einem Holzhaus außerhalb des Dorfes Rock Creek, etwa fünfzehn Kilometer westlich von Portland am Fuß der Tualatin Mountains. Ein friedliches, verlassenes Plätzchen ohne Nachbarn, ringsumher nur Wiesen und Wälder. Nelson Henry wurde also durch niemanden gestört. Das Haus war innen so eingerichtet, wie das Äußere vermuten ließ: nüchtern und unpersönlich. Ohne die Rahmen mit den Fotos und mehrere Nummern einer Anglerzeitschrift hätte dies das Haus von irgendjemandem sein können. Keine Reisesouvenirs an den Wänden, nicht das geringste Anzeichen von Übertreibung, selbst das Fernsehgerät war ein mindestens fünfzehn Jahre altes Modell.

»Ich hoffe, wir stören nicht?«, sagte Brolin, nachdem sein Blick die geöffnete Whiskyflasche auf dem Couchtisch gestreift hatte.

»Nein, gewöhnlich mache ich am Samstagnachmittag einen Spaziergang, doch zurzeit ist es so heiß, dass ich lieber untätig zu Hause bleibe. Also, was kann ich für Sie tun? Ich muss gestehen, dass ich nicht alle Tage Besuch von einem Privatdetektiv bekomme.«

Er bat sie mit einer Handbewegung, auf der Couch Platz zu nehmen.

»Ich habe gehört, dass Sie Spinnenexperte sind. Sie arbeiten mit dem Labor des Naturkundemuseums der Stadt zusammen, wenn ich recht informiert bin.«

»So ist es. Nur ist Experte leicht übertrieben. Sagen wir besser ›Spinnenliebhaber‹. Wer hat Ihnen meinen Namen genannt?«

Das war der wunde Punkt für Henry.

»Eine Journalistenfreundin, spezialisiert auf wissenschaftliche Themen, die mit Portland oder Oregon zu tun haben. Sie hat viele Kontakte, hat beim Museum angerufen und erfuhr bei der Gelegenheit von Ihnen.«

Henrys Anspannung ließ ein wenig nach. Daran hätte er denken müssen, das schien logisch.

»Natürlich«, sagte er, bemüht, sich seine Erleichterung nicht anmerken zu lassen.

Trotzdem musste er weiter auf der Hut sein, die Gefahr war noch nicht gebannt.

Annabel musterte ihn. Er war um die fünfzig, mittelgroß und hatte, wie viele Männer seines Alters, einen Bauchansatz. Für einen Samstag war er mustergültig rasiert, und er schien nicht eben umgänglich. Sein spärliches Haar war weiß und stand in winzigen Büscheln hoch, was die junge Frau unter anderen Umständen amüsiert hätte.

»Meine Frage mag Ihnen sonderbar erscheinen«, begann Brolin, »aber ich würde gerne von Ihnen erfahren, wie man Spinnenseide erntet.«

»Erntet?«

»Ja, um Vorräte anzusammeln, um selbst einen Kokon daraus weben zu können.«

Henry legte die Hand auf den Mund. Nach einem kurzen Schweigen schüttelte er den Kopf.

»Das ist unmöglich«, meinte er nur.

»Wieso?«, fragte Annabel erstaunt.

»Man kann die Seide aus einem ganz einfachen Grund nicht ›ernten‹, weil sich Spinnen nicht zur Zucht eignen.«

»Ich dachte, manche Amateure legten sich ihr eigenes Vivarium zu«, warf Brolin ein.

»Das wohl, aber das Problem liegt in der Annahme, Spinnen ließen sich zur Gewinnung von Seide züchten. Ich will mich präziser ausdrücken: Spinnenseide ist zehnmal dünner als menschliches Haar, und um genügend Fäden zur Herstellung eines einzigen T-Shirts zu erhalten, müsste man täglich von mehreren hundert Spinnen Seide gewinnen. Stellen Sie sich den Ertrag vor. Wenn man außerdem bedenkt, dass Spinnen äußerst ungesellig sind und einen ausgeprägten Territorialinstinkt besitzen, kann man sich vorstellen, was passieren wird. Pferchen Sie viele Achtbeiner in ein enges Terrarium ein, und sie fressen sich gegenseitig auf. Das heißt, die Ernte von Spinnenseide ist ein Mythos, eine Utopie.«

Brolins Miene verfinsterte sich. Es musste trotzdem eine Erklärung geben. Er beschloss, mit einem Teil der Wahrheit herauszurücken.

»Sie müssen wissen, wir haben einen Kokon gefunden, einen sehr großen von über einem Meter Länge. Ein Experte hat das Material eindeutig als Spinnenseide identifiziert.«

Nelson Henry rutschte in seinem Sessel hin und her. Er musterte seine beiden Gesprächspartner und suchte zu ergründen, ob es sich nicht um einen Scherz handelte. Sie machten aber einen äußerst ernsten Eindruck.

»Ich … Ich würde mir das gerne ansehen«, brachte er schließlich hervor. »Dass es sich um Spinnenseide handelt, ist schlicht und einfach ausgeschlossen. Dagegen könnte es vielleicht der Faden des Seidenspinners sein. Das wäre sicher sehr schwer zu verwirklichen und ungemein kostspielig, wäre aber zumindest keine pure Utopie.«

Brolin biss die Zähne zusammen. Der Entomologe der Polizei war doch hundert Prozent sicher gewesen – es war die Seide von Arachniden, nicht von Lepidopteren.

»Könnte ich vielleicht einen Blick darauf werfen?«, fragte Henry.

»Ich bedauere. Die Behörden halten das Material unter Verschluss.«

»Die Behörden? Heißt das, die Polizei wurde eingeschaltet?«

»Mehr oder weniger. Ich kann Ihnen im Augenblick nicht mehr sagen, tut mir leid.«

»Aber, äh, wo wurde denn dieser *Kokon* gefunden?«

»Das weiß ich nicht, Mr. Henry, ich bin als Privatdetektiv tätig, und dies ist eine äußerst heikle Angelegenheit, über die wir selbst nicht vollständig informiert sind.«

Brolin zog es vor, zu lügen und den Unwissenden zu spielen. Da er aber seine Neugier nicht zu zügeln vermochte, ging er erneut zum Angriff über.

»Ich habe irgendwo gelesen, dass diese Spinnenseide außergewöhnliche Eigenschaften besitzt. Hat das denn niemals das Interesse der Forscher geweckt? Gibt es keine industrielle Herstellung?«

Henry schluckte schwer und schielte nach seiner Bourbonflasche, hielt sich aber zurück. *Noch nicht, erst wenn sie gegangen sind. Sprich weiter.*

»Also noch einmal«, beharrte er. »Man müsste über Millionen und Abermillionen ständig erneuerbarer Spinnen sowie über Unsummen kostende Spitzentechnologie mit gigantischen Labors verfügen. Nein, niemandem ist es je gelungen, solche Seide in großen Mengen zu produzieren, was nicht heißt, dass es nicht versucht worden wäre. Das Militär hat sich sehr dafür interessiert, hat das Projekt aber schließlich aufgegeben. Sollten es aber die Eigenschaften der Seide sein, die Sie interessieren, so gibt es verschiedene Industriezweige, die sich damit beschäftigen. Eine der Firmen befindet sich hier in Portland. NeoSeta. Dort werden gentechnologische Versuche gemacht, um Seide aus Kuhmilch zu gewinnen.«

Annabel riss die Augen auf.

»Sie können mir das glauben«, fuhr Henry fort. »Und die Regierung nimmt diese Forschung so ernst, dass sie sie subventioniert.«

Brolin schrieb den Namen NeoSeta in sein Notizbuch.

»Die Gemeinde der Spinnenfreunde – der Arachnophilen? – dürfte nicht sehr groß sein. Diskutieren Sie untereinander, treffen Sie sich?«, wollte Annabel wissen.

»Sie irren sich, junge Frau, es gibt sehr viele Menschen, die von Spinnen fasziniert sind. Sie müssen nur mal ins Internet gehen, um sich zu überzeugen. Es gibt zahlreiche Seiten, die unseren kleinen Freunden, den Achtbeinern, gewidmet sind.«

»Und hier in der Region – kennen Sie andere Personen, die sich für Spinnen interessieren?«

Henry kratzte sich nervös am Unterarm.

»Na ja, einige, aber niemanden persönlich. Wissen Sie, man sucht mich von Zeit zu Zeit im Museum auf, um meine Meinung einzuholen. Zum Beispiel brachte mir letzte Woche ein Mann eine tote Vogelspinne, damit ich sie seziere und ihm bestätige, dass das Tier keine Parasiten hatte. Er hatte Angst, seine ganze Zucht könnte kontaminiert sein.«

»Erinnern Sie sich an seinen Namen?«, wollte Annabel wissen.

»Hören Sie, wenn Sie alle Spinnenfreunde befragen wollen, dann müssen Sie sich viel Zeit nehmen, auch wenn Sie sich auf Portland und Umgebung beschränken. Allein schon mit NeoSeta, bei der etwa fünfzehn Spezialisten beschäftigt sind, hätten Sie eine Menge zu tun. Diese außergewöhnlichen Tiere sind seit etwa zehn Jahren in Mode, die Leute empfinden so etwas wie Zuneigung für Schlangen, Skorpione oder eben Spinnen. Es wird bald schick sein, ein Terrarium in seinem Wohnzimmer zu haben.«

Er seufzte, die Stirn in Falten gelegt. Dann erhob er sich und zog Schreibblock und Stift aus einer Schublade seines Sekretärs. Er kritzelte etwas auf ein Blatt, das er abriss und der jungen Frau überreichte.

»Hier, die Adresse eines Ladens in der Stadt, wo sich die meisten Spinnenliebhaber eindecken, zumindest die Experten. Es ist teuer, aber die Inhaberin weiß, was sie tut. Nicht wie diese Tierladenketten, die Ihnen virusinfizierte Taranteln verkaufen.«

Annabel und Brolin wechselten einen raschen Blick, standen auf, bedankten und verabschiedeten sich. Als sie draußen waren, lehnte sich Henry an die Tür und schloss die Augen. Er war schweißgebadet.

Gott, war das knapp gewesen.

Diesmal hatte nicht viel gefehlt, und er hätte einpacken können.

24

Im Mustang war es so heiß, dass die Ledersitze glühten. Annabel und Brolin fuhren mit geöffneten Fenstern, um sich vom Fahrtwind erfrischen zu lassen.

»Was hältst du von der Sache?«, schrie der Privatdetektiv gegen den Lärm an.

»Ich weiß nicht, ich verstehe das Ganze nicht. Hast du gehört, was er gesagt hat? Es könne sich unmöglich um Spinnenseide handeln.«

»Und doch wurde es vom Entomologen, der den Kokon untersucht hat, bestätigt. Er ist ganz sicher, die Herkunft ist arachnologisch, und der Stoff ist hundert Prozent biologisch.«

»Was eine Indiskretion bei NeoSeta ausschließt.«

»Man weiß nie. Ich würde gerne mit jemandem von der Firma sprechen.«

»Josh, ich verstehe das Vorgehen des … des Mörders nicht. Ich meine, er gibt sich alle erdenkliche Mühe, um sein Opfer in einen Kokon einzuschließen, von dem wir nicht wissen, wie er sich zusammensetzt. Er folgt seiner Logik, indem er den Körper in einem Baum aufhängt. Nicht zu vergessen, dass das Opfer entleert wurde und dass es in seinem Innern nach – nach Säure oder? – roch. Als wären die Organe verflüssigt und dann herausgesaugt worden, wie Spinnen bei ihrer Beute vorgehen. So ist es doch?«

Brolin hatte ihr kurz vorher die Autopsie beschrieben. Er nickte.

»Dieser Kerl tut alles, um wie eine Spinne zu agieren«, fuhr Annabel fort. »Er bedient sich Methoden, die uns absolut unerklärlich sind. Und doch hinterlässt er Sperma in der Kehle seines Opfers. Ist das nicht unlogisch? Er hat alles darangesetzt, um sich für eine *Riesenspinne* auszugeben, und dann das Sperma in der Kehle, das alles zunichtemacht. Das ist vollkommen idiotisch.«

»Nicht unbedingt.«

Brolin kurbelte das Fenster hoch, bevor er fortfuhr: »Es könnte einerseits eine Seite an ihm geben, die sich entmenschlicht, die sich verwandelt, zumindest glaubt er es, und auf der anderen Seite gibt es den Motor all seiner Gewalttätigkeit, eine grenzenlose Erregung, beherrscht von der Suche nach dem Glück, dem gesteigerten Wohlbefinden oder aber ganz einfach nach Lustbefriedigung, die er unter normalen Umständen nicht erreicht. Es kann eine Zeit kommen, da sich beide nicht mehr decken, und dann nehmen die Schwierigkeiten für ihn zu. Dieses Paradoxon wird zu einer Quelle der Zerrissenheit.«

»Die Art von Persönlichkeit, die am Ende Selbstmord begeht, oder?«

»Möglich. Aber das ist nur eine Hypothese. Er kann auch in einem Delirium von Symbolen stecken, das Universum der Spinnen sendet dem der Menschen eine Botschaft, wobei das Sperma nur das Resultat des Aktes selbst ist.

Oder vielleicht ist das alles nur eine gewaltige Inszenierung, um uns an der Nase herumzuführen«, fügte er hinzu, ohne selbst daran zu glauben.

»Er gibt sich aber verdammt viel Mühe für eine solche Inszenierung.«

»Was mich sehr viel mehr beunruhigt, sind die kleinen Details, die keinen ersichtlichen Grund haben. Sein Opfer vollständig zu rasieren oder es mit Gewürzen zu parfümieren. Das hat weder mit dieser Spinnenobsession zu tun noch mit sexueller Lust oder mit Machtausübung. Das gehört zu seiner Welt, zu einer Fantasievorstellung, die er nicht erkennen lässt, einem Bedürfnis, das er kontrolliert, das er unterdrückt. Er weiß genau, was er tut. Und genau deshalb macht er mir Angst.«

»Ich erinnere mich, diesen Geruch von Gewürzen an der Leiche wahrgenommen zu haben. Im ersten Moment konnte ich es kaum fassen …«

»Wie auch immer, eines wissen wir: Er kennt sich bestens mit Spinnen aus, und wir müssen nur noch herausfinden, wie er vorgeht, um diese Seide zu gewinnen. Einen Kokon von dieser Größe herzustellen muss ihn viel Zeit gekostet haben. Es steckt ein Motiv dahinter. Wenn er sich diese Mühe gemacht hat, dann um ein bestimmtes Ziel zu erreichen.«

Annabel streckte, wie Kinder es tun, den Arm aus dem Wagenfenster und genoss die Liebkosung des Windes.

»Das ist vielleicht die gute Nachricht«, meinte sie nach einem kurzen Schweigen. »Ganz gleich, nach welcher Methode er vorgeht, es muss ihn enorm viel Zeit kosten, genügend Seide für einen weiteren Kokon zu sammeln. Und so wird er vielleicht erst dann erneut töten.«

»Hoffen wir's …«

Annabel sah auf die Uhr. Viertel nach drei, es war also nicht spät.

»Lass uns bei diesem Laden vorbeifahren, wie heißt er noch« – sie zog den Zettel aus der Tasche – »*Bug'em all.* Wie kam dir übrigens dieser Nelson Henry vor?«

»Nervös.«

»Mir auch. Glaubst du, das ist auf den Umgang mit Insekten zurückzuführen, langfristig, meine ich?«

Annabel beobachtete Brolin, der keine Miene verzog. Sie zog die Brauen hoch und lächelte still in sich hinein.

»Um Zeit zu gewinnen, setze ich dich an besagtem Laden ab und mache dann einen Abstecher zu NeoSeta.«

»An einem Samstagnachmittag? Da wirst du niemanden antreffen.«

»Umso besser. Dann habe ich weniger Hürden zu überwinden. Es gibt sicher einen eifrigen Angestellten, der ein paar Überstunden macht, oder wenigstens einen Aufseher, der mir ein paar Hinweise geben kann.«

Brolin zog sein Handy aus der Jackentasche.

»Das kriege ich schon irgendwie hin. Wichtig ist jetzt, dass wir ein Maximum an Informationen sammeln und, wenn möglich, eine Liste aufstellen mit allen Personen, die sich mit Spinnen beschäftigen. Wir gehen von einer sehr breiten Basis aus und kreisen den Täter mit etwas Zeit immer mehr ein. Und heute Abend ziehen wir Zwischenbilanz, zusammen mit Larry, um ihn auf dem Laufenden zu halten.«

Annabel kicherte. Sie befand sich am anderen Ende des Landes, weit entfernt von ihrem Zuhause und ihrer Arbeit, und jetzt hatte sie den Eindruck, sich selbst bei ihren Ermittlungen zuzuhören.

Brolin legte ihr eine Hand auf den Arm.

»Eines verspreche ich dir: Sobald wir ein bisschen Zeit haben, bringe ich dich weit von alldem hier weg, irgendwohin ans Meer.«

Sie ließ ihr Haar im Wind wirbeln und beobachtete ihn aus den Augenwinkeln. Das brauchte sie gar nicht, sie waren zusammen, und wenn sie's genau bedachte, hatte sie Brolin nie anders erlebt als bei der Arbeit. Sie teilten und genossen die kurzen Augenblicke der Ruhe dazwischen, was ihr von Anfang an gefallen hatte. Die Ereignisse um sie herum spielten eine untergeordnete Rolle, sie waren nur Vorwand …

☆

NeoSeta gehörte zu jenen Firmen, die Portland aufgrund seiner Dynamik zum Hauptsitz gewählt hatten, ähnlich wie Adidas, Epson, Nike und weitere. Während sich diese Gruppen aber in Geschäftsvierteln oder Gewerbegebieten niedergelassen hatten, war NeoSeta weit hinter den Stadtrand gezogen, in die Nähe von Willamette Heights.

Zu Brolins großer Verwunderung wurde hier an sechs von sieben Tagen gearbeitet; das Ende des Halbjahrs rückte näher, und die budgetären Planzahlen waren noch nicht erreicht. Mehr erfuhr Brolin zu diesem Thema nicht. Einen Termin zu bekommen, das erwies sich allerdings als hoffnungsloses Unterfangen. Brolin insistierte, gab vor, eine äußerst wichtige Untersuchung zu leiten, erklärte, er würde sich an das Büro des Bezirksstaatsanwalts wenden, und erwähnte den Namen von Bentley Cotland, den er persönlich kannte, doch es nützte alles nichts. Schließlich rief er Captain Chamberlin im Polizeipräsidium an. Das Gespräch war nur kurz, und beide Männer vermieden jede Anspielung auf die Vergangenheit. Eine Viertelstunde später summte das Handy von Brolin, es war der PR-Chef der Firma. Man erwartete ihn in der folgenden Stunde.

Brolin hatte Annabel im Stadtzentrum abgesetzt, sich für später mit ihr im Starbucks verabredet und war dann weiter in Richtung Willamette Heights gefahren.

Den letzten Kilometer legte er auf einer Teerstraße zurück, die ausschließlich zu dem Unternehmen führte, und erreichte am Ende einen sehr großen Bau mitten auf einer grünen Wiese. Mit seinen schneeweißen Mauern, seinen Galerien und Arkaden, seinen Innenhöfen und seinen orangefarbenen Ziegeldächern hatte NeoSeta etwas von einer riesigen Hazienda. Der Parkplatz mit Dutzenden von Fahrzeugen kontrastierte mit dieser scheinbaren Zwanglosigkeit. Hundert oder vielleicht zweihundert Personen mussten hier arbeiten, schloss Brolin. Er stellte seinen Wagen ab und bemerkte drei lang gestreckte Lagerhäuser hinter dem Hauptgebäude, deren Schmucklosigkeit ebenfalls aus dem Rahmen fiel.

Brolin sollte sehr bald feststellen, dass NeoSeta nur äußerlich einer Hazienda glich. Die Eingangshalle war ultramodern mit einer automatischen Glastür, einer elektronischen Sicherheitsschleuse und Aufzügen, die sich nur mit einer Chipkarte öffnen ließen.

Die Dame am Empfang hieß ihn willkommen und bat ihn um seinen Personal- und Dienstausweis. Man schien die Sicherheit hier nicht auf die leichte Schulter zu nehmen. Ein Mann in anthrazitfarbenem Anzug nahm die Dokumente an sich und verschwand hinter einer Tür, die kaum sichtbar war, da sie sich nicht von der Wand abhob. Brolin musste innerlich lachen, als er sah, dass der Mann einen winzigen Ohrhörer trug. Man hätte sich in Langley, dem Sitz der CIA, wähnen können. Nach mehreren Minuten nahm die Empfangsdame, ohne dass das Telefon geklingelt hatte, den Hörer ab und nickte. Sie schenkte Brolin ihr schönstes Lächeln und hielt ein Badge hoch – rot mit einem großen V darauf. So war deutlich erkennbar, dass er ein »Visitor«, ein Besucher, war und nichts anderes.

»Sie müssen es die ganze Zeit tragen – gut sichtbar«, erklärte sie ihm. »Mr. Haggarth holt sie ab.«

»Wer ist Mr. Haggarth?«, fragte Brolin.

»Der Leiter unserer Labors, er wird begleitet vom PR-Chef, den Sie vorhin am Telefon hatten.«

Brolin nahm das Namensschildchen entgegen, als sich die Tür eines der Aufzüge öffnete und zwei Herren in grauen Nadelstreifen – einer mit einem weißen offenen Kittel darüber – in die Halle traten. Trotz ihrer gewiss hohen Positionen trugen auch sie ein Badge, ihres war allerdings blau.

Man ließ ihn die Sicherheitsschleuse passieren, und sogleich ertönte ein schrilles Piepsen. Der Mann von der Security eilte herbei, um Brolin zu durchsuchen, doch Donovan Jackman, der PR-Chef, griff ein.

»Mr. Brolin ist kein Terrorist. Ich übernehme die Verantwortung, auch wenn er seine Waffe bei sich trägt.«

Er legte Brolin die Hand auf den Rücken und führte ihn, ein übertrieben freundliches Lächeln um die Lippen, zum Aufzug. In der Kabine drückte er auf Knopf »2« – das oberste von sechs Stockwerken, davon drei Tiefgeschosse – und wandte sich dann dem Privatdetektiv zu. Donovan Jackman, ein Mann um die fünfzig, war der typische leitende Angestellte. Sein Anzug war mustergültig, und er war so glatt rasiert, dass man sich fragen konnte, ob er an den Wangen überhaupt behaart war. Er roch nach teurem Aftershafe, und sein braunes – gefärbtes? – Haar wurde von einem schnurgeraden Seitenscheitel durchzogen. Irgendwie, so dachte Brolin, hatte er etwas von Pierce Brosnan.

»Tut mir ernsthaft leid, dass man Sie, als Sie um einen Termin baten, zunächst abgewiesen hat«, entschuldigte er sich. »Aber wir sind ein wenig in Verzug geraten und arbeiten sechs Tage die Woche, um unser Soll zu erfüllen. Unsere Teams lösen sich je nach Wochentag ab, und heute sind wir weniger zahlreich. Captain Chamberlin von der Polizei von Portland hat mir erklärt, dass es sich um eine sehr wichtige Angelegenheit handelt, bei der NeoSeta vielleicht gewisse Fragen klären könnte. Habe ich das richtig verstanden?«

»Genau.«

Angesichts der knappen Antwort von Brolin senkte Jackman nicht den Blick, sondern hielt dem durchdringenden Blick von Brolins dunklen Augen stand.

»Captain Chamberlin hat mir die Sache kurz erläutert«, fuhr Jackman fort. »Sie wünschen ein Maximum an Informationen darüber, was Spinnenseide und ihre Herstellung angeht. Deshalb habe ich Mr. Haggarth hinzugebeten. Er ist der Leiter eines unserer Teams, die an dieser Materie arbeiten.«

Im zweiten Stock angelangt, stellte Brolin fest, dass die Flure weniger denen eines Großunternehmens als vielmehr eines privaten Anwesens glichen. Mexikanische Fliesen am Boden und Bilder – Kopien von Copley und Stuart – an den weißen Wänden. Jackman bat sie in ein geräumiges, wohnliches Büro. Ein Schreibtisch und ein Regal aus Ahornholz, ein großer indianischer Teppich, Jalousien aus feinen Holzlatten und ein Standventilator hinter einem Computer waren, neben mehreren Sesseln, das einzige Mobiliar.

»Bitte nehmen Sie Platz. Ich möchte Ihnen vor allem kurz unsere Firma vorstellen. Hauptziel von NeoSeta ist die industrielle Herstellung von Seide, die ähnliche Eigenschaften wie die Spinnenseide aufweist. Deshalb haben wir vor vier Jahren ein sehr ausgefeiltes Forschungsprogramm entwickelt, das hauptsächlich auf der Gentechnik basiert. Unsere wichtigsten Geldgeber sind Privatleute – NeoSeta ist an die Börse gegangen –, aber auch der Staat, denn die amerikanische und die kanadische Regierung unterstützen uns jährlich mit Subventionen.«

»Was macht Spinnenseide so interessant?«, fragte Brolin, der zwar von ihrer ungeheuren Solidität wusste, Einzelheiten aber nicht kannte.

»Vieles. Zunächst einmal ist sie stabiler als Kevlar und doppelt so dehnbar wie Nylon, dazu nicht toxisch und biologisch abbaubar. Es ist das robusteste Material, das wir kennen. Hier, nehmen wir zum Beispiel diesen Stift.« Er griff nach einem Bleistift und bewegte ihn sanft vor sich hin und her. »Ein Seil von diesem Durchmesser könnte eine Boeing 747 im Flug aufhalten. Ich versichere Ihnen, das ist wahr, Sie müssen nur ins Internet gehen, und Sie finden die genauen Formeln der Stabilität von Spinnenseide. Es ist phänomenal.«

Die Sonne drang durch die halb heruntergelassenen Jalousien in das Büro. Brolin saß Donovan Jackman gegenüber, bequem in seinen Sessel zurückgelehnt. Durch ein Nicken gab er zu verstehen, dass er ihm glaubte und schon davon gehört hatte.

»Auf welche Märkte zielen Sie ab?«, wollte er weiter wissen.

»Auf zwei ganz besonders: den medizinischen und den militärischen Bereich. In naher Zukunft werden wir in der Lage sein, neue Nahtfäden für die Chirurgie sowie künstliche Sehnen herzustellen. Außerdem kugelsichere Westen aus dieser Faserart für Soldaten und Polizisten. Diese Materialien werden den Markt revolutionieren, denn sie sind strapazierfähiger, flexibler und sehr viel leichter als die herkömmlichen. Es lassen sich sogar Sturmhauben aus diesem Material herstellen. Und nicht zu vergessen, Ersatz für die Stahlseile von Hängebrücken sowie Angelschnüre: Allein die Herstellung Letzterer verspricht einen Jahresumsatz von fünfhundert Millionen Dollar!«

»Jetzt verstehe ich diese Sicherheitsmaßnahmen unten …«

»Das ist unerlässlich, einmal zur Verhinderung von Industriespionage, aber auch, weil wir für das Militär arbeiten und Finanzmittel von ihm erhalten. Mr. Brolin, bevor wir weiter ins Detail gehen, möchte ich eine – wie soll ich sagen – kleine Klarstellung vornehmen: NeoSeta braucht keine Publicity. Wir möchten vorerst in Ruhe arbeiten, denn unsere Forschung ist noch nicht abgeschlossen, und die Produktion von ›synthetischer‹ Spinnenseide steckt noch in den Kinderschuhen. Wenn es so weit ist, gehen wir mit einer Informationskampagne an die Öffentlichkeit, um unsere Ergebnisse bekannt zu machen. Einstweilen gärt es auf dem Sektor, die Konkurrenz ist groß, und jeder versucht, seine Technik geheim zu halten. Deshalb möchte NeoSeta unter keinen Umständen in Ihre Ermittlungen, die, wenn ich richtig verstanden habe, eine schwerwiegende Angelegenheit betreffen, verwickelt werden, auch wenn Captain Chamberlin nicht ins Detail gegangen ist. Ich will Ihnen gerne helfen, im Gegenzug aber bitte ich Sie um größte Diskretion.«

Brolin nickte. Jackman legte die Fingerspitzen vor seinem Mund zusammen, so dass sie ein Dreieck bildeten.

»Gut, in diesem Fall können wir zu Ihren Fragen übergehen. Mr. Haggarth wird unsere ›technische Ergänzung‹ sein, wenn Sie mir diese Bezeichnung gestatten, Newton?«

Newton Haggarth gab ein nervöses Kichern von sich und zupfte an seinem Kittel. Er war klein, trug eine Hornbrille und hatte einen schmalen weißen Haarkranz.

Brolin zog sein Notizbuch aus der Jeanstasche, legte es auf seine Knie und begann.

»Ich war, bevor ich hierherkam, bei einem Arachnologen, der mir versichert hat, es sei unmöglich, Spinnen zu züchten, um größere Mengen Seide zu gewinnen. Ist das auch Ihre Meinung?«

Haggarth nickte.

»Zu Produktionszwecken jedenfalls nicht.«

»Ist es noch niemandem gelungen?«

»Nein, ich glaube nicht. Wenn Sie wünschen, stelle ich Ihnen nachher unsere Projektleiterin vor, sie kennt sich besser mit den Arachniden und ihrer Geschichte aus. Und selbst wenn es gelungen wäre, so wäre es nicht rentabel. Man bräuchte mehrere Hektar Fläche, um genügend Seide für industrielle Absatzmärkte zu erhalten. Nein, das ist undenkbar.«

Brolin unterstrich das Wort »unmöglich« in seinem Notizbuch.

»Wenn Spinnen so ungesellig und schwer zu züchten sind, warum greift man dann nicht auf Seidenraupen zurück? Ich kenne mich nicht aus«, gestand Brolin, »aber sie sollen sich leicht züchten lassen, und aus ihrer Seide werden überall auf der Welt Textilien hergestellt. Was ist der Unterschied?«

»Die Spinne produziert die Seide in Drüsen an ihrem Hinterleib und webt sie mit ihren Spinnwarzen«, erklärte Haggarth. »Sie lässt sich vom oberen Teil ihres Netzes fallen und macht sich die konstante Geschwindigkeit ihres Falls zunutze, um einen sehr gleichmäßigen, festen Faden zu produzieren, den so genannten Halte- oder Tragfaden. Die Seidenraupe hingegen bedient sich ihres Kopfes, mit dem sie Millionen von Achten beschreibt und dabei aus Drüsen im Maul Spinnstoff absondert, der an der Luft erstarrt und später zu Seide verarbeitet werden kann. Der Kokon, der zunächst entsteht, setzt sich aus circa dreißig Fadenschichten zusammen, ein Gemisch, das wenig stabil ist. Das heißt, diese Seide ist entweder reißfest *oder* elastisch, aber nicht beides, wie es beim Faden der Spinnen der Fall ist.«

»Lassen sich denn die Eigenschaften der Spinnenseide synthetisch herstellen?«, wollte Brolin wissen.

Als guter Moderator verfolgte Jackman den Dialog und war zunächst mit den Fragen und Antworten zufrieden; er musste Acht geben, dass nicht zu viel von den angewandten Techniken der Firma preisgegeben wurde. Haggarth schürzte die Lippen, bevor er sich äußerte.

»Wer würde nicht davon träumen? Nein, unmöglich. Die natürlichen Eigenschaften dieser Seide, vor allem die des Tragfadens der Spinne, sind so einzigartig, dass es niemandem gelungen ist, sie zu kopieren. Daher die Millionen und Abermillionen, die in die Erforschung dieser kleinen Achtbeiner investiert wurden.«

»Und wie will NeoSeta seine Seide gewinnen?«

»Einfach ausgedrückt, haben wir das Spinnengen, das den Code für die Seide enthält, isoliert und in die Eizellen von Kühen eingeschleust. Es ist ein Organismus, der die genetischen Instruktionen entziffern und die Seidenproteine produzieren kann. Die Drüsen der Spinne ähneln den Milchdrüsen der Kuh, müssen Sie wissen. Bei beiden findet man epitheliale Zellen, die in großen Mengen komplizierte wasserlösliche Proteinkomplexe produzieren und ausscheiden. Am Ende haben wir ›genmanipulierte‹ Kühe, die in der Lage sind,

Milch zu liefern, die die Proteine von Spinnenseide enthält, und die werden dann aus der Milch extrahiert – es sind etwa zwanzig Gramm pro Liter – und gereinigt. Die Proteine werden schließlich mit einer Technik, über die nur wir verfügen, zu Spinnfäden gepresst. Dieser Prozess ist topsecret und selbst hier nur wenigen bekannt.«

Brolin, der aufmerksam zugehört hatte, machte sich ein paar Notizen. Der Prozess war äußerst komplex und sicher kostspielig. Er fand es befremdlich, fast amüsant, dass man sich solche Mühe geben konnte, um einen quasi unsichtbaren Faden zu gewinnen. »Zehnmal dünner als menschliches Haar«, hatte Nelson Henry, der Spinnenfreund, gesagt.

»Unvorstellbar, was?«

Haggarth hatte das mit kaum verhohlenem Triumph hervorgebracht. Diese Domäne war für ihn eine Quelle der Begeisterung und Freude, die er gerne teilte, und sei es nur, um den Zweifel in den Gesichtern seiner Gesprächspartner zu sehen.

»Wissen Sie«, fuhr er fort, »die Grundelemente der Spinnenseide unterscheiden sich nicht von denen anderer spinnender Arthropoden wie Seidenwürmer, Käfer und anderer. Hauptsächlich einfache Aminosäuren, Glyzine und Alanine. Es ist die Art, wie sie ihre Seide spinnen, die die Arachniden von allen anderen unterscheidet. Keiner anderen Spezies gelingt, was sie kann, und das seit über vierhundert Millionen Jahren. Sie vermag eine flüssige Proteinlösung in einen Faden zu verwandeln, der robuster ist als alles, was wir auf diesem Planeten kennen. Eine Umwandlung, die sich ohne besonderes Material vollzieht, nur durch Druck und bei normaler Temperatur, ohne Beifügung toxischer chemischer Stoffe, und all das in einem Organismus, kleiner als ein Fingerglied!«

Es stand außer Zweifel, dass Newton Haggarth mehr als fasziniert war, ja, er trieb geradezu einen Kult mit den Spinnen.

»Und wir«, fuhr er fort, »die wir mit ›überlegener‹ Intelligenz ausgestattet sind, wir sind trotz all unserer Labors und unserer Forschung außerstande, diesen Stoff zu kopieren …«

»Das heißt, ›wir waren außerstande‹«, korrigierte Jackman. »Denn schließlich gibt es NeoSeta.«

»Wäre es möglich, Ihre Laboratorien zu besuchen?«, fragte Brolin.

Jackman verschränkte die Arme vor der Brust.

»Ich fürchte nein. Selbst ich bekomme nur schwer Zugang, und das nicht mal zu allen Labors. Allerdings kann ich Ihnen die Studienräume mit unseren Spinnen zeigen. Brauchen Sie eine besondere Auskunft?«

»Nein, es ist nur … ich möchte die Atmosphäre auf mich wirken lassen. Beim Sehen kommen die Ideen und die Fragen.«

Jackman nickte und erhob sich.

»In diesem Fall können wir hinuntergehen. Wäre die Frage deplatziert, um welche Art von Ermittlungen es sich handelt?«

Jackman begleitete sie auf den Flur und schloss dann sorgfältig sein Büro ab.

»Ich kann Ihnen auch nicht mehr sagen, als Captain Chamberlin Ihnen anvertraut hat«, erklärte Brolin, dem die Idee gefiel, sich nun seinerseits als Geheimniskrämer zu geben. »Sagen wir so: Wir haben eine Menge Spinnenseide gefunden und wüssten gerne mehr, um ihrem Besitzer auf die Spur zu kommen.«

»Welche Menge?«, wollte Haggarth wissen.

»Viel. Ein Entomologe ist dabei, das genaue Ausmaß zu bestimmen. Genug, um einen Umhang daraus zu fertigen, oder einen kleinen Schafsack.«

Haggarth verlangsamte den Schritt. Seine Brauen waren so hochgezogen, dass er geradezu wütend aussah.

»Ein Problem?«

»Nun ... So viel Seide, das ist einfach unmöglich. Wir als Spitzenreiter dieser Technologie sind nicht dazu in der Lage. Selbst das Militär hat sich nach dreißigjähriger Recherche geschlagen gegeben; es hat Privatfirmen die Arbeit überlassen und begnügt sich mit der Finanzierung. Nein, was Sie da sagen, ist nicht möglich.«

»Was ist es dann? Ein Experte hat es bestätigt. Echte Spinnenseide.«

Haggarth's Auge zuckte nervös. Er deutete so etwas wie ein Lächeln an, bevor er geheimnisvoll meinte: »Es ist vielleicht eine noch nicht erfasste Art. Ein Riesenexemplar ...«

Er gluckste albern, bevor er erneut den Schritt beschleunigte.

25

Die Menschen drängten sich an diesem Samstagnachmittag im Yamhill Market District, und die Pioneer Place Mall lockte Horden von Shoppingfreunden ins Zentrum von Portland. Larry Salhindro, dessen Uniform seine Leibesfülle kaum zu kaschieren vermochte, lief neben Annabel her. Es war ihr nicht schwergefallen, ihn zu finden. Ein Anruf im Polizeipräsidium, wo er die meiste Zeit anzutreffen war, hatte genügt, um ihn herzubitten. Vielleicht weil sie sich hier ohne die Autorität, die ihm seine Dienstmarke verlieh, unsicher fühlte, hatte Annabel ihn angerufen, sobald Brolin sie in der Stadt abgesetzt hatte. Dieser Mann war irgendwie rührend, und nur seiner kleinen List war es zu verdanken, dass sie jetzt bei Joshua war. Er war äußerst liebenswürdig und verfügte außerdem über alle für die Ermittlungen relevanten Informationen. Durch ihn fühlte sie sich gleichsam beschützt und in der Lage, ihre Recherchen durchzuführen.

Sie hatte ihn gebeten, sich eine der Spinnen zu besorgen,

die bei den Bissopfern gefunden worden waren. Er hatte alle Hebel in Bewegung gesetzt, und tatsächlich war er mit einem kleinen durchsichtigen Plastikröhrchen erschienen, in dem ein schwarzer Achtbeiner lag.

Salhindro wusste über ihr Abenteuer vom Morgen Bescheid. Sie hatte den mutmaßlichen Mörder zum Greifen nahe vor sich gehabt und war trotzdem erfolglos gewesen. Allein bei der Erinnerung kochte sie vor Wut.

Mit kleinen Scherzen lenkte er Annabel ab, und sobald das heikle Thema umschifft war, versuchte er herauszufinden, warum sie ihn überhaupt sehen wollte, noch dazu mit einer Spinne.

»Sagen Sie mir jetzt endlich, wohin wir gehen?«, fragte er mit gespielter Entrüstung.

»Wenn ich's Ihnen verrate, weigern Sie sich vielleicht, mich zu begleiten.«

»Wenn es illegal ist …«

»Keine Sorge, es ist vollkommen legal. Allerdings weiß ich nicht, ob es ganz ungefährlich ist«, fügte sie schelmisch hinzu.

Die lockere Art der jungen Frau beruhigte ihn. Wenn es wirklich gefährlich wäre, hätte sie es nicht in diesem Tonfall gesagt, dachte er bei sich.

»Ich wollte Ihnen auch danken, Larry. Dafür, dass Sie mich haben herkommen lassen.«

Der Angesprochene zuckte mit den mächtigen Schultern.

»Josh ist nicht wie die anderen.«

Eigentlich hatte Salhindro *»mehr* als die anderen« sagen wollen.

»Man kann es ihm nicht übel nehmen«, fügte er hinzu. »Er ist einfach so, wie er ist – atypisch. Manchmal frage ich mich, ob er tatsächlich bei uns lebt, auf diesem Planeten, oder ob er nur auf der Durchreise ist.«

Annabel lachte bei diesen Worten. Salhindro fuhr fort:

»Nein, wirklich. Wie alt ist er? Fünfunddreißig? Manchmal kommt er einem doppelt so alt vor mit all dieser Erfahrung eines zynischen Lebens. Stellen Sie sich vor: vom FBI zum Profiler ausgebildet, dann Detective mit vielversprechender Zukunft bei der Polizei von Portland und ... Er schmeißt alles hin, um Privatdetektiv zu werden, und zieht sich von der Welt zurück. Bisweilen erinnert er mich an Hemingway – eine gewisse Weisheit, scharfe Beobachtungsgabe und letzten Endes die Weigerung zu leben ... Und da er oft von Ihnen gesprochen hat, habe ich mir gesagt, es wäre doch eine gute Sache, wenn Sie eine Weile zusammen wären. Er ist furchtbar einsam, müssen Sie wissen.«

Annabel nickte.

»Ich verstehe, Larry ...«

»Ich weiß. Das haben mir Ihre Augen verraten, als wir uns vorgestern das erste Mal sahen. In Ihrem Blick liegt derselbe Schleier, hinter dem man bisweilen die Zweifel der Einsamkeit erahnt.«

Sie erschauerte. Salhindro steckte wirklich voller Überraschungen.

Da sie den Wunsch hatte, das Thema zu beenden, bahnte sich Annabel einen Weg unter die Schatten spendenden Markisen. Der dichte Morgennebel war nur noch eine ferne Erinnerung, fast wie ein Traum bei diesem blauen Himmel und der Gluthitze. Sie hatte den Eindruck, die roten Ziegelsteine auf den Gehwegen würden absichtlich die Wärme speichern, um die Schuhsohlen zum Schmelzen zu bringen. Sie warf einen Blick auf den kleinen Stadtplan, den sie aus ihrer Tasche gezogen hatte, und bog, gefolgt von Salhindro, in die Morrison Street ein, wo sie auch schon bald das Schild *Bug'em all* ausmachte.

Es war ein winziger, schlauchartiger Laden, der zu beiden Seiten von aufeinandergestapelten Glaskästen gesäumt war.

»Ich soll doch wohl nicht da reingehen«, rief Salhindro.

»Sehen Sie, es war richtig, es Ihnen nicht vorher gesagt zu haben.«

Als sie eintraten, war Annabel überrascht, dass es nach nichts roch. *Du bist hier nicht in einer Tierhandlung,* korrigierte sie sich. Tatsächlich waren außer ein paar Mäusen in einem großen Käfig alle anderen Pensionäre Schlangen, Skorpione und verschiedene Spinnenarten. Die Luft war feucht und fast so heiß wie draußen.

Salhindro schloss die Tür hinter sich, das Gesicht zu einer angewiderten Grimasse verzogen.

»Guten Tag«, begrüßte sie eine relativ junge, hübsche Frau.

Sie trug Shorts, unter denen lange muskulöse Beine zum Vorschein kamen, ein T-Shirt mit dem Aufdruck »Beaver Football Team« und Turnschuhe. Ihr rotes Haar war zu einem langen Pferdeschwanz gebunden, und Annabel bemerkte eine Tätowierung am Nacken – zwei schwarze Striche, der Rest verbarg sich unter dem Baumwollstoff.

»Was kann ich für Sie tun?«, fragte sie, scheinbar ohne sich über Salhindros Uniform zu wundern.

Der stieß einen tiefen Seufzer aus und zog das Röhrchen mit der Spinne hervor, die wenige Tage zuvor eine Frau gebissen hatte.

»Wir arbeiten an einer Angelegenheit, in der … diese Kreatur eine wesentliche Rolle gespielt haben könnte«, erklärte er.

Annabel nahm erfreut das »wir« zur Kenntnis, denn somit könnte auch sie Fragen stellen, da man sie für einen Cop aus Portland halten würde.

»Lassen Sie sehen.«

Die Verkäuferin betrachtete die Spinne aufmerksam, bevor sie den Verschluss öffnete.

»He, was …«

»Sie ist tot«, fiel sie Salhindro ins Wort, »und wenn ich Ihnen helfen soll, muss ich sie schon genauer untersuchen.«

Sie trat an den Tresen und ließ den kleinen Körper auf ein

Blatt Papier gleiten. Dann verschwand sie im hinteren Teil des Ladens. Ihre Stimme drang durch die halb geöffnete Tür: »Ich wusste gar nicht, dass die Polizei im Fall von Spinnenbissen ermittelt!«

Sie kam mit einer Lupe und einem dicken Buch zurück.

»Was hat die Polizei mit der da zu tun?«, fragte sie und deutete auf die Spinne.

»Jemand wurde gebissen«, gab Salhindro zurück, »und die Umstände sind befremdlich, deshalb hätten wir gerne Ihre Meinung. Zunächst einmal: Lebt dieses Tier hier in der Gegend?«

Die Ladenbesitzerin nickte, um anzudeuten, dass sie verstanden hatte.

»Ich kann Ihnen auf Anhieb sagen, dass es sich um eine Schwarze Witwe handelt. So scheint es zumindest.«

»Und sind Schwarze Witwen auch in Oregon verbreitet?«, wollte Annabel wissen.

»Oh ja, man findet vieles in Oregon!«

»Sogar in Häusern?«

»Ja. Die Schwarze Witwe und die *Loxosceles Reclusa* sind zwei für den Menschen gefährliche Arten. Man trifft sie auf Feldern und Wiesen an, aber auch in Gebäuden, denn sie leben gern in der Nähe des Menschen. Erstere bevorzugt die Unterseite von Möbeln wie Schränken, Tischen und Betten. Zum Glück ist sie äußerst scheu und lässt sich gewöhnlich, wenn sie sich gefährdet glaubt, von ihrem Netz fallen, um sich zu verstecken. Die zweite ist dagegen weit aggressiver. In beiden Fällen sollte man einen Biss natürlich meiden.«

»Ist er tödlich?«

»Selten, aber es kann vorkommen. Vor allem bei alten und gebrechlichen Menschen oder Kleinkindern.«

Salhindro hielt, so gut es ging, Abstand zu den Terrarien, deren Bewohner ihm nicht geheuer waren.

»Junge Frau, Sie sagten soeben ›so scheint es zumindest‹,

was diese Schwarze Witwe angeht. Soll das heißen, Sie sind sich nicht sicher?«

»Sie ist etwas ungewöhnlich. Eine wenig verbreitete Art; ich werde es überprüfen. Und nennen Sie mich bitte nicht ›junge Frau‹. Ich heiße Debbie.«

Sie schlug ihr Bestimmungsbuch auf und hielt das tote Exemplar an verschiedenfarbige Bildtafeln. Das Ergebnis ließ nicht lange auf sich warten.

»Ja, es ist eine Schwarze Witwe. Allerdings kann ich Ihnen sagen, dass diese hier nicht aus der Gegend kommt. Wurde dieser Biss einem Züchter zugefügt?«

»Einem Züchter?«, wiederholte Salhindro, ohne zu verstehen.

»Ja, einem Spinnenzüchter. Weil diese Art nicht bei uns vorkommt. Ich fand sie schon ziemlich groß für eine *Latrodectus Mactans*. Dies hier ist eine *Latrodectus Menavodi*, eine Art, die in Madagaskar lebt.«

Annabel nickte.

»Auch wenn diese Art importiert wurde, kann man sie dennoch in Läden wie Ihrem finden, oder?«

Debbie begann den Kaugummi zu bearbeiten, den sie hinter ihre Backenzähne geschoben hatte.

»In Portland? Das würde mich wundern! Ich bin hier auf diesem Gebiet am besten ausgestattet, und ich würde mich erinnern, wenn man diese Art bei mir bestellt hätte.«

»Warum, ist sie so selten?«

»Selten nicht, aber ausgesprochen gefährlich. Die *Menavodi* ist eine der giftigsten Schwarzen Witwen, besser gesagt, die giftigste schlechthin. Ihr Biss kann tatsächlich tödlich sein. Wollen Sie mir damit sagen, dass jemand daran gestorben ist?«

Annabel beobachtete, wie Salhindro reagierte.

»Ein Unfall«, erwiderte er knapp.

»Nein, Sie wollen mir doch nicht weismachen, dass zwei

Cops wegen eines einfachen Unfalls ausgeschickt werden, um Leute zu verhören. Die Feuerwehr oder das Gesundheitsamt vielleicht, aber doch nicht die Polizei. Verdammt, Sie sind hier, weil Sie glauben, dass es Mord war, oder?«

Salhindro machte ein mürrisches Gesicht.

»Im Augenblick glauben wir gar nichts, wir sammeln Informationen. Also, diese Menavido-Viecher, wo kann man sich die beschaffen?«

Debbie drehte sich zur Seite, um ihren Kaugummi in einen Papierkorb zu befördern, und schob dann behutsam die Beine der Schwarzen Witwe auseinander, um sie genauer zu untersuchen.

»Wenn Sie meine Meinung hören wollen«, sagte sie, »dann suchen Sie im Umfeld der Züchter. Man muss schon über beste Beziehungen verfügen, um *Menavodi* ins Land zu schleusen.«

Sie beugte sich noch tiefer hinab, bis sie an dem kleinen Körper gefunden hatte, was sie suchte.

»Ich kann Ihnen eines sagen: Wenn er wirklich die Absicht hatte, jemanden zu töten, dann ist er mit allen Wassern gewaschen.«

»Warum?«, fragte Annabel.

»Weil es sich bei diesem Exemplar um ein Weibchen handelt. Und ein Züchter, der sich *Menavodi* beschaffen kann, weiß mit Sicherheit, dass im Fall extrem hoher Temperaturen, wie sie derzeit hier herrschen, die weibliche Schwarze Witwe äußerst aggressiv wird und ihr Gift noch gefährlicher ist. Und stellen Sie sich dann mal erst den Schaden vor, den eine *Menavodi*, die schlimmste aller Witwen, anrichtet.«

Annabel und Salhindro wechselten einen kurzen Blick.

»Und das ist noch nicht alles«, fügte Debbie hinzu. »Die *Menavodi* hat einen sehr schlechten Ruf, denn sie hat darüber hinaus die üble Angewohnheit, sich in Betten, Schuhen und sonstigen Kleidungsstücken zu verstecken.«

»Soll das ein Witz sein?«, fragte Salhindro besorgt.

»Nicht im Geringsten. Diese ›Viecher‹, wie Sie sagen, sind meine Leidenschaft, stellen Sie sich vor. Ich bin nicht verheiratet, ich bin wie diese Damen, ich spinne mein Netz und mache nie Witze über sie.«

Annabel beugte sich zu einem Glaskäfig mit einer braunen Vogelspinne darin. Sie war völlig reglos und wartete auf Beute.

»Sie müssen die Spinnenliebhaber in der Region gut kennen«, sagte sie. »Könnten Sie uns eine Liste mit den Namen geben?«

»Die wirklichen Arachnophilen kommen zu mir und gehen nicht in die großen Tierhandlungen. Ich kann Ihnen gern eine Liste zusammenstellen, doch niemand von denen, die ich kenne, würde mit *Menavodi* rumspielen, das kann ich Ihnen garantieren.«

Salhindro sah sie verständnislos an.

»Wo liegt der Unterschied? Zwischen Tarantel und Schwarzer Witwe?«

»Der Unterschied ist gewaltig, Sir. Ein Spinnenfreak verbringt seine Zeit damit zu beobachten, wie seine Tiere leben, sich ernähren, sich fortpflanzen, sich bewegen ... Er kann sie auch manipulieren; ich kenne einen, der einen ganzen Raum nur für seine Vogelspinne eingerichtet hat und sie frei herumlaufen lässt. Ein anderer hat ein Faible für gesellige Spinnen – sie sind sehr selten –, er hat eine ganze Kolonie, die er in einem Ficus in seinem Wohnzimmer angesiedelt hat. Etwa fünfzig kleine Spinnen haben den Baum mit einem feinen Netz umwebt, in dem sie zusammen leben. Oh, keine Sorge, sie sind winzig und spinnen nur feine Netze, in seinem Wohnzimmer kann da nicht viel passieren ... Jede Art hat ihre Besonderheit, die sie faszinierend macht. Aber die Schwarze Witwe *Menavodi*, sie hat kein anderes Ziel, als zu töten.«

Schweigen machte sich in dem kleinen Laden breit.

»Gut, wir danken Ihnen«, sagte Annabel schließlich. »Wenn wir noch weitere Fragen haben, dürften wir dann vielleicht …«

»Selbstverständlich, zögern Sie nicht. Warten Sie, ich gebe Ihnen meine Karte. Und dann diese Namensliste, die Sie haben wollten. Aber machen Sie mir keine Schwierigkeiten. Sagen Sie niemandem, dass Sie die Namen von mir haben, sonst verliere ich am Ende meine Kunden.«

Als Annabel und Salhindro schon an der Tür waren, rief Debbie ihnen eine letzte Warnung nach, eine, die sie für Neuankömmlinge in ihrem Laden bereithielt: »Wissen Sie, der Mensch vergisst eines gern: Wenn auch nur ein kleiner Teil der Spinnenpopulationen die Größe einer Katze erreichen würde, so wäre unsere gesamte Spezies bald vom Erdball verschwunden, verschlungen von diesen perfekten Räubern.«

26

Newton Haggarth hatte keinen Zweifel gelassen: Bis heute konnten größere Mengen an Spinnenseide ausschließlich mit der von NeoSeta entwickelten Technologie hergestellt werden. Deshalb musste das Material des Kokons, den die Polizei gefunden hatte, von einem Seidenspinner, keinesfalls aber von einer Spinne stammen. Der Entomologe der Polizei wiederum war sich völlig sicher gewesen, dass der Kokon aus Spinnenseide gewoben war.

Brolin aber ließ nicht locker, er brauchte eine Erklärung.

»Um auf diese Seide zurückzukommen, die wir gefunden haben, so frage ich mich, ob es nicht eventuell hier im Haus eine undichte Stelle gibt, einen Angestellten, der einen Teil Ihrer Produktion entwendet hat …«

»Ich muss Sie gleich unterbrechen«, fiel ihm Haggarth ins Wort. »Aus zwei Gründen. Zum einen ist die Seide, die wir herstellen, besonderer Natur. Durch eine genaue Analyse lassen sich winzige Unterschiede zu natürlicher Spinnenseide feststellen. Und zum anderen sind wir noch nicht so weit, das heißt, wir verfügen über keine ›Reserven‹ an Seide. Im Augenblick ist die Menge, die wir erzielen, eher kümmerlich, weit weniger als das, was Sie angeblich gefunden haben …«

»Ich glaube, genauer brauchen wir nicht auf den Stand unserer Forschung einzugehen«, unterbrach ihn Donovan Jackman. »Sie haben Ihre Antwort, Mr. Brolin, die Seide kann nicht von NeoSeta stammen.«

Der Privatdetektiv nickte. Haggarth stellte ihm einige Fragen, um mehr über die Herkunft und die Auffindungsumstände des Kokons zu erfahren, doch Brolin lenkte vom Thema ab, und schließlich erreichten sie einen Aufzug und fuhren ins Erdgeschoss. In der Kabine beobachtete Brolin Donovan Jackman, den PR-Chef der Firma. Was ihn beeindruckte, war seine Selbstbeherrschung. Nichts war ihm anzumerken, kein Blick verriet seine Gefühle, er bewegte sich in seiner Umgebung, ohne mit ihr verbunden zu sein, das Leben perlte an ihm ab. Ja, genau das war es. In dieser Hinsicht war er Brolin ähnlich.

Die Türen öffneten sich mit einem leisen Summton.

Newton Haggarth rückte seine Brille zurecht, fuhr sich mit der Hand durch das schüttere Haar und wandte sich an Brolin.

»Ich denke, Sie brauchen mich nicht mehr. Falls Sie noch Fragen technischer Art haben, können Sie sich an meine Kollegen wenden. Viel Glück bei Ihren Ermittlungen.«

Er streckte ihm die Hand entgegen und senkte den Blick, als Brolin sie ergriff.

Jackman führte den Privatdetektiv durch eine Sicherheitsschleuse in einen Flur mit großen Fenstern, hinter denen die Labors lagen. Sie betraten das erste, ein weiß gefliestes Zimmer mit mehreren Arbeitstischen und großen Glaskästen, in denen einige Dutzend Spinnenarten gehalten wurden. Zwei Frauen in weißen Kitteln machten sich an einer Maschine zu schaffen, die an einen großen Mixer erinnerte.

»Gloria, hätten Sie vielleicht einen Moment Zeit für uns?«, fragte Jackman.

Die schlankere der beiden Frauen wandte sich um. Sie war ungefähr vierzig Jahre alt, hatte das blonde Haar zu einem Pagenkopf geschnitten und wirkte etwas streng, was ihr Lächeln jedoch sofort ausglich. Sie hatte tiefe dunkle Schatten unter den Augen.

»Was kann ich für Sie tun?«

»Das ist Mr. Brolin, er ist Privatdetektiv und ermittelt zusammen mit der Polizei in einem Fall, bei dem es um Spinnen geht.«

»Ach, das hört sich ja interessant an.«

»Mit Ihrem Charme kommen Sie vielleicht weiter als ich, ich habe fast nichts herausbekommen«, erklärte er leutselig.

Das Ganze klang irgendwie falsch, und Brolin hatte den Eindruck, dass alles Personal, mit dem er in Kontakt kommen könnte, zuvor instruiert worden war.

»Willkommen in unseren Studienräumen. Ich bin die Projektleiterin Gloria Helskey.«

Sie wandte sich zu der anderen Frau, die sicher zehn Jahre jünger, dafür aber zwanzig Kilo schwerer war. Trotz ihres Gewichts war ihr Gesicht nicht zu rund. Der fliehende Blick, die billigen Ohrringe, das übermäßige Make-up und die altmodische Kleidung unter dem offenen Kittel ließen darauf schließen, dass sie alleinstehend und ein wenig verklemmt war. Wahrscheinlich kommt sie vom Land, dachte Brolin, und hat alles darangesetzt, an der Uni zu studieren, ohne sich jedoch jemals wirklich in der Stadt einzuleben.

»Das ist Connie d'Eils, eine unserer Technikerinnen.«

Brolin begrüßte die beiden Frauen.

Connie hatte eine feine Spritze in der Hand.

»Keine Angst«, scherzte Gloria Helskey, »die ist nicht für Sie bestimmt. Es ist Essenszeit.«

Brolin runzelte die Stirn. Er sah zu, wie Connie d'Eils eine der Glastüren öffnete, in den hohen Kasten trat und mit sicherem Griff eine der Spinnen packte, die in ihrem Netz hockte. Es handelte sich um eine eindrucksvolle Art von der Größe einer Untertasse. Connie d'Eils nahm sie ohne Handschuhe, als wäre sie ein Spielzeug. Sie drehte sie vorsichtig, bis sie ihr den Inhalt der Spritze injizieren konnte.

»Das ist eine Lösung, die reich an Aminosäure ist, ähnlich der, die sie in ihrer natürlichen Umgebung zu sich nehmen«, erklärte die Projektleiterin. »Um Connie brauchen Sie sich keine Sorgen zu machen, *Nephila* beißen nicht.«

Die Technikerin riss die Augen auf und starrte ihre Vorgesetzte an.

»Na gut«, gab diese zu, »sie beißen schon … Aber nur selten, und ihr Gift ist nicht sehr gefährlich.«

»Wozu brauchen Sie die Spinnen?«, erkundigte sich Brolin.

»Sie sind die Pioniere unserer Arbeit. Von dieser Art kann man jeden Tag etwas Seide ernten, nicht genug, um irgendetwas daraus herzustellen, aber das gibt uns die Möglichkeit, die Struktur der Seide zu untersuchen.«

Donovan Jackman griff ein, um dem Gespräch eine andere Richtung zu geben.

»Mr. Brolin wollte Ihnen eigentlich eher ein paar Fragen zu Spinnen im Allgemeinen stellen und nicht zu NeoSeta.«

Brolin verlor langsam die Geduld. Dieser Jackman mit seiner Geheimniskrämerei, was seine geliebte Firma betraf, ging ihm immer mehr auf die Nerven.

»In der Tat. Wissen Sie, ob es Spinnenzuchten gegeben hat, mit dem Ziel, Seide zu gewinnen?«

Gloria Helskey bestätigte, was ihm vorher alle über die Geselligkeit der Spinnen erzählt hatten.

»Forschen Sie auch über andere Eigenheiten der Spinnen?«

»Nein, die industrielle Seidenherstellung ist unser ausschließliches Ziel. Einige große Pharmakonzerne hingegen interessieren sich nur für das Gift. Vor allem das der Arten *Latrodectus*, wissenschaftlicher Name der Schwarzen Witwe, oder *Phoneutria* und *Atrax*, die beiden gefährlichsten Arten der Welt. Ihr Gift ist eine wertvolle Quelle für die Medikamente von morgen, das zumindest liest man in Fachzeitschriften.«

Brolin fragte sie auch, ob sie sich das plötzliche vermehrte Auftreten Schwarzer Witwen in einer Waldlichtung erklären könnte; doch die Wissenschaftlerin fand keine logische Antwort darauf. Er erkundigte sich nach den gefährlichsten Arten, die in Oregon vorkommen, und nach ihrem Verhalten, und als er keine weiteren Fragen mehr hatte, bedankte er sich unter dem wohlwollenden Blick von Donovan Jackman mit seinem liebenswürdigen Lächeln. Inzwischen hatte Connie d'Eils alle *Nephila* »gefüttert«, ohne gebissen worden zu sein, und verließ das gläserne Gefängnis, wobei sie ein Bein leicht nachzog.

Brolin überreichte der Projektleiterin seine Karte und bestand darauf, ihre direkte Durchwahl zu bekommen. Das schien Jackman gar nicht zu passen, doch er sagte nichts.

Der Nachmittag neigte sich seinem Ende zu, als Brolin auf den Parkplatz zurückkehrte. Im Rückspiegel beobachtete er, wie die riesige Hazienda immer kleiner wurde, und bog dann in die Straße ein, die durch den Wald zurück nach Portland führte.

Er hatte eine Nachricht auf der Mailbox seines Handys. Larry Salhindro hatte vor einer Viertelstunde angerufen. Er war mit Annabel zusammen, und sie fuhren jetzt nach Almeda, einem Viertel im Norden der Stadt, um Mr. und Mrs. Rice aufzusuchen, eine der Familien, die von Spinnen angegriffen worden waren.

Es war kurz vor neunzehn Uhr, als der Mustang die Union

Street hinauffuhr. Es war tagsüber so heiß gewesen, dass der Asphalt gummiartig war und fast an den Reifen klebte.

Die Familie Rice wohnte in einem bescheidenen Häuschen, mit einem winzigen, völlig vertrockneten Vorgarten. Brolin klopfte an die Tür, und eine Frau in fortgeschrittenem Alter, begleitet von Salhindro, öffnete ihm.

»Mrs. Rice, das ist unser Kollege, von dem ich gesprochen habe.«

Sie trat zur Seite, um Brolin hereinzulassen.

»Guten Tag.«

Sie ging voran in die Küche, wo Annabel in Gesellschaft eines alten Mannes am Tisch saß.

»Möchten Sie etwas trinken?«, fragte Mrs. Rice, an Brolin gewandt.

Er lehnte dankend ab und betrachtete Annabel. Sie zwinkerte ihm zur Begrüßung zu. Ihr offenes Haar fiel über ihre Schultern.

»Was macht ihr hier?«, raunte er Larry zu.

»Eine Idee deiner Freundin.«

»Sind nicht Meats und seine Detectives für diesen Teil der Untersuchung zuständig?«

»Doch, aber sie hat darauf bestanden, um Zeit zu gewinnen. Du kennst sie schließlich besser als ich und solltest wissen, wie überzeugend sie sein kann!«

Brolin brummte etwas vor sich hin und wandte sich zu Annabel und dem Ehepaar Rice um. Annabel trank den letzten Schluck Orangensaft aus dem Glas, das vor ihr stand, bevor sie zu Brolin sagte: »Joshua, Mr. und Mrs. Rice waren so freundlich, einige Fragen zu beantworten. Ihr Enkel, der die Ferien bei ihnen verbrachte, wurde vor fünf Tagen von einer Spinne gebissen. Hier in der Küche, nicht wahr?«

Mr. Rice nickte.

Salhindro faltete ein Blatt Papier auseinander, das er aus seiner Hemdtasche gezogen hatte.

»Man hat das Tier gefunden, und nach Auskunft des Entomologen handelt es sich um eine *Loxosceles Reclusa*«, las er vor. »Gefährlich, aber selten tödlich. Das Problem ist, dass sie eigentlich nicht in der Stadt vorkommt. Auf Höfen oder in Dörfern, ja, aber nicht mitten in einem Viertel mit mehreren tausend Einwohnern.«

»Wie geht es dem Jungen?«, fragte Brolin.

»Er liegt im Krankenhaus, denn der Biss hat eine … Nekrose ausgelöst«, las Larry Salhindro von seinem Blatt ab. »Die Ärzte waren sehr in Sorge, bei einem Kind kann das Gift fatale Auswirkungen haben. Aber anscheinend geht es ihm recht gut, sie haben rechtzeitig eingreifen können.«

»Mr. und Mrs. Rice haben uns gerade erklärt, wie sich die Sache zugetragen hat«, fiel Annabel ein. »Die beiden saßen am Nachmittag im Wohnzimmer, als Jonathan plötzlich anfing zu schreien. Offenbar saß die Spinne am Boden, der Junge war barfuß, und sie hat ihn in die Ferse gebissen.«

»War diese Tür in dem Moment geöffnet?«, fragte Brolin und deutete auf eine Fenstertür, die zum Garten führte.

Mrs. Rice schüttelte den Kopf.

»Nein, hier ist alles zu, wir haben eine Klimaanlage. Wir öffnen die Fenster nur spätabends, um zu lüften.«

»Hatten Sie an diesem Tag oder am Vortag Besuch?«

»Nein«, antwortete Annabel anstelle der Eheleute. »Mrs. Rice ist morgens einkaufen gegangen, das ist alles.«

»Haben Sie jemanden gesehen, der sich in der Nähe des Hauses herumgetrieben hat?«

»Nein, das hier ist ein ruhiges Viertel«, antwortete der alte Mann, »egal, was die Zeitungen behaupten. Fünf, sechs Blocks weiter nördlich geht es schon etwas ›heißer‹ zu, aber hier passiert nichts.«

Brolin verschränkte die Arme und senkte den Kopf. All diese ungewöhnlichen Spinnenattacken mitten in der Stadt, das war kein Zufall, diese Möglichkeit schloss er aus, nachdem er die Leiche von Carol Peyton gesehen hatte. Wie also stellte der ... *Spinnenkiller* es an, diese Tiere in die Wohnungen der Leute einzuschleusen?

»Sind Sie in der Woche mal beide weggegangen?«, fragte Salhindro.

»Nein, ich habe Probleme mit meiner Hüfte, im Herbst werde ich operiert, und bis dahin laufe ich nicht viel. Seit drei Wochen habe ich das Haus nicht mehr verlassen. Sagen Sie, glauben Sie, es handelt sich um ein Verbrechen?«

»Diese Möglichkeit schließen wir nicht aus.«

Brolin ging im Geist alle Möglichkeiten durch, wie eine Spinne ins Haus gelangen konnte.

»Haben Sie irgendeine Lieferung erhalten?«, erkundigte er sich.

Mr. Rice verneinte. Aber plötzlich hob seine Frau die Hand.

»Doch, jetzt fällt es mir wieder ein. Am Morgen des Unfalls habe ich ein Päckchen bekommen. Ich weiß es noch genau, weil ich nichts erwartet hatte. Also habe ich nachgesehen, woher es kam, und es war auch nichts drin.«

»Kein Absender?«

»Nein, es kam aus Portland, das ist alles. Es war nicht sehr groß, ach, schade, ich habe die Schachtel weggeworfen.«

»Was war drin?«

»Das ist ja das Eigenartige, nichts. Entweder ein schlechter Scherz oder ein Irrtum, ich weiß es nicht. Es waren nur weiße Flocken drin ... Sie wissen schon, dieses weiße Zeug.«

Brolin horchte auf.

»Haben Sie die Schachtel ausgeleert?«

»Sie war sehr leicht, ich habe mit der Hand das Innere abgesucht, aber ich sage Ihnen ja, es war nichts drin.«

»Was haben Sie dann mit dem Päckchen gemacht?«

»Also ... Ich glaube, ich habe es hier in den Flur gestellt.«

Sie beugte sich vor und deutete auf den wenige Meter von der Küche entfernten Gang.

»Von da wollte ich es mit zur Mülltonne nehmen.«

Brolin sah Annabel und Salhindro an, und beide nickten. So war die Spinne ins Haus gekommen, das war mehr als wahrscheinlich. Mrs. Rice hatte großes Glück gehabt, nicht gebissen worden zu sein, während sie die Schachtel untersuchte. Die *Loxosceles* war sicher irgendwo unter den Styroporflocken verborgen gewesen, nachdem jemand sie in böser Absicht in die Schachtel gesperrt hatte. Dann war sie aus dem Karton gekrabbelt und weiter in die Küche, wo sie auf das Kind getroffen war.

»Glauben Sie, dass es da einen Zusammenhang gibt?«, fragte Mrs. Rice.

»Das können wir nicht ausschließen«, erklärte Brolin.

»Gut, ich glaube, wir haben genügend Informationen«, schloss Salhindro. »Vielen Dank, dass Sie sich Zeit für uns genommen haben. Vielleicht kommt noch ein anderer Detective vorbei, der Ihnen ähnliche Fragen stellt, erzählen Sie ihm dasselbe wie uns. Aber ich will versuchen, ihn möglichst vorher von unserem Besuch zu informieren.«

»Wir fahren zu mir und machen eine Bestandsaufnahme«, schlug Brolin vor, als sie das Haus verlassen hatten. »Kannst du Dolly einen Abend allein lassen?«

»Ihre Schwester ist vorhin gekommen. Aber ich muss den Wagen zurück zum Präsidium bringen«, entschuldigte sich Salhindro. »Ich rufe dich später an.«

»Wir fahren dir nach und nehmen dich dann mit. Anschließend bringe ich dich nach Hause.«

»Das ist nicht nötig, Josh. Du wohnst weit weg, es wird spät werden …«

»Du weißt doch, dass ich ein Nachtmensch bin. Komm mit, wir haben eine Menge zu besprechen.«

Es kam nicht in Frage, dass er seinen alten Freund mit der Erinnerung an seinen Bruder allein ließ. Amüsiert beobachtete Annabel, wie gern sich Salhindro überreden ließ.

27

Annabel bat Brolin, an einem kleinen Supermarkt anzuhalten, aus dem sie mit Grillfleisch, Maiskolben und Bierflaschen zurückkam. Salhindro beobachtete sie staunend und beteuerte die ganze Fahrt über, wie wunderbar sie sei.

Später, im Haus, duschten Brolin und Larry, in dem Versuch, sich zu erfrischen. Annabel entdeckte einen alten Grill in einem Abstellraum und trug ihn, Saphir an ihrer Seite, auf die Veranda. Als die Sonne hinter den Bergen versank, nahm das Holz eine rötliche Färbung an. Die riesigen Pinien und Tannen umgaben das Haus wie die Schutzmauern eines Heiligtums. Und obgleich Annabel noch keine drei Tage da war, begann sie zu begreifen, warum sich Brolin hier, weitab von allem, so wohl fühlte.

Eigenartigerweise hatte sie trotz des gestrigen Angriffs absolut keine Angst. Alles war so schnell gegangen, dazu der Nebel und die Müdigkeit, dass ihr die Erinnerung wie ein vager Traum erschien. Trotzdem waren da diese Schmerzen, wenn sie sich bewegte, ausgelöst durch die Blutergüsse, die sie lieber verbarg, um die Situation herunterzuspielen. Wut und Frustration, weil ihr der Angreifer unerkannt entwischt war, überkamen sie, als sie unter der Dusche stand.

Eine Bierflasche in der Hand, briet Larry das Fleisch und die Maiskolben auf dem Grill, als Annabel mit nassem Haar wieder herunterkam. Sie musste lachen, als sie Saphir sah, der Mitleid erregend um einen Bissen bettelte. Er war längst nicht mehr so mager wie im letzten Winter, als sie ihn zum ersten Mal gesehen hatte, und richtig verfressen geworden.

»Sieht ganz so aus, als würde der Hund Sie lieben!«, meinte sie.

»Dieses kleine Schlitzohr liebt jeden, der vor seiner Nase Fleisch brät.«

»Wo ist Joshua?«, fragte sie.

Larry Salhindro seufzte.

»In seinem Arbeitszimmer. Er macht sich am Laptop Notizen über die Erkenntnisse des Tages. Der findet nie ein Ende.«

Sie tauschten einen verständnisinnigen Blick. Beide wussten, dass dagegen nichts zu machen war. Der beleibte Cop reichte ihr eine Flasche BridgePort Brewing.

»Probieren Sie mal. Manche sind zwar der Meinung, das sei das reinste Wasser, aber ich finde, es ist das beste Bier, das wir hier haben.«

Kurz darauf gesellte sich Brolin zu ihnen auf die Veranda, und sie aßen im Dämmerlicht. Schließlich holte der Privatdetektiv eine alte Petroleumlampe, zündete sie an und hängte sie an einem Haken auf.

»Wir wollen nicht alles im Detail wiederholen, nur in groben Zügen zusammenfassen, was wir wissen, okay?«, fragte er.

Salhindro begann: »Wir haben einen Verdächtigen, Mark Suberton und ...«

»Nein, im Augenblick keine Verdächtigen. Über welche Informationen verfügen wir sonst noch?«

»Ein Spinnenliebhaber macht sich einen Spaß daraus, die Tiere bei allen möglichen Leuten in der Stadt auszusetzen«, erklärte Annabel. »Besonders Schwarze Witwen, die *Menavodi*, eine bei großer Hitze äußerst aggressive und gefährliche Art.«

»Derjenige, der sich dahinter verbirgt, ist ein Sammler«, fügte Brolin hinzu. »Wenn ich mich recht erinnere, sind die Schwarzen Witwen, die die EPA auf der Lichtung Eagle Creek 7 gefunden hat, in Oregon heimisch. Er verfügt also über verschiedene ›Arten‹. Solche, die er in großer Menge in der Natur freilassen kann, und andere, die gefährlich sind und bei ihren Opfern erheblichen Schaden anrichten. Er setzt Prioritäten bei dem, was er bewirken will. Gut, und weiter?«

Annabel fuhr fort: »Wir müssen das morgen bei den anderen Opfern überprüfen, aber es scheint, dass er diese Todesboten per Post verschickt. Das Problem ist, dass er den Tod nicht nur aus der Ferne steuert, sondern auch selbst tötet. Er hat mitten in der Nacht zwei Frauen entführt, ohne dass die daneben schlafenden Ehemänner etwas bemerkt hätten. Die Leiche der ersten Frau haben wir in einer Art Kokon aufgefunden …«

»Übrigens müssten die Analysen der Blutproben der beiden Ehemänner Anfang oder Mitte der Woche vorliegen.«

Brolin drehte einen Stift zwischen den Fingern und fuhr fort: »Carol Peyton war nackt und total rasiert. Sie war ihres Blutes und aller Organe, das Gehirn eingeschlossen, beraubt, also leer, ohne dass der Körper – den Hals ausgenommen – die geringste Schnittwunde aufgewiesen hätte. Der Rechtsmediziner hat nicht die leiseste Ahnung, wie der Mörder vorgegangen ist.«

»Sie roch nach Gewürzen«, erklärte Annabel, die sich an den Duft erinnerte, der sie im Baum überrascht hatte.

Brolin deutete mit dem Stift auf die junge Frau.

»Stimmt. Und an ihrem Hals war eine Öffnung, durch die sie vergewaltigt wurde. Doch sie kann nicht auf diesem Weg entleert worden sein. Rundherum wurde eine Schwellung festgestellt, wie eine allergische Reaktion auf einen Insektenstich.«

Er dachte an den Hals von Fleitcher Salhindro, es war dieselbe Art von Beule gewesen. Und an die Worte von Lloyd Meats angesichts des geschwollenen offenen Halses von Carol Peyton: Wie die Spinnen, die ihrem Opfer Gift einspritzen, um die Eingeweide zu verflüssigen, ehe sie sie aussaugen …

»Hat die DNA-Analyse des Spermas etwas ergeben?«, erkundigte sich Annabel.

»Noch nicht, das wird noch dauern. Was wissen wir sonst noch über den Mörder?«

»Er ist ein Spinnenkenner«, führte Annabel an, »er hat sicher eine Zucht bei sich zu Hause und ist mit anderen Arachnophilen in Kontakt. Er hat die Möglichkeit, seltene Arten einzuführen, wahrscheinlich heimlich, also ohne Spuren zu hinterlassen.«

Brolin holte mehrere große Blätter, auf denen er alle Informationen notierte. Dann fuhr er fort: »Der Kokon, in den Carol Peytons Leiche eingehüllt war, besteht aus biologischer Materie, es handelt sich um Spinnenseide, doch mehrere Fachleute auf diesem Gebiet haben versichert, dies sei unmöglich. Und da liegt das Problem.«

Er schrieb einige Wörter auf das Blatt.

»Lloyd Meats und ein Techniker werten die Nachricht aus, die er auf dem Anrufbeantworter des Captains hinterlassen hat«, warf Salhindro ein. »Doch sie sind eher pessimistisch: Schlimmstenfalls hat der Mörder einen Jugendlichen an seiner Stelle sprechen lassen, den wir nie finden werden, bestenfalls hat er selbst gesprochen, und wir wissen, dass er eine Kinderstimme hat, ein Gesundheitsproblem oder eine Missbildung.«

»Okay«, stimmte Brolin zu. »Was können wir sonst noch über unseren Verdächtigen sagen? Larry?«

»Sein Daumenabdruck befand sich auf der Taschenlampe, mit der der Mörder Carol Peyton einen Schlag auf den Kopf versetzt hat. Der Verdächtige heißt Mark Suberton, und wir haben ihn bei der Durchsuchung gestern Abend nicht zu Hause angetroffen. In Anbetracht des Zustands seiner Wohnung kann man mit ziemlicher Sicherheit behaupten, dass er seit einer Weile nicht mehr dort wohnt. Wir wissen nicht, wo er sich aufhält, aber die Suche wird fortgesetzt. Ich denke, morgen oder am Montag wissen wir mehr. Das hoffe ich zumindest. Meats und seine Männer durchforsten seine Vergangenheit, sein Bankkonto und alles, was Hinweise auf seinen Aufenthaltsort liefern könnte.«

Ein bernsteinfarbener Schimmer tanzte auf dem Blatt vor Brolin. Etliche Fragen waren eingekreist und doppelt unterstrichen.

»Wie dringt er ohne Gewaltanwendung in das Haus der Peytons und der Morgans ein? Wie stellt er es an, mit seinen Opfern zu kämpfen, sie zu schlagen und zu entführen, ohne die Ehemänner aufzuwecken, die im selben Zimmer schlafen?«

»Wie ›entleert‹ er seine Opfer, ohne sie aufzuschneiden? Warum?«

»Kokon – Woher hat er die Seide?«

Und die letzte, dreifach unterstrichene Frage, die er jedoch mit Rücksicht auf Larry Salhindro nicht vorlas, war diese: »Wie bringt er diesen Ausdruck des Grauens auf das Gesicht seiner Opfer, ehe er sie tötet?«

»Apropos Spinnen, wir haben dir auf der Fahrt erzählt, was wir herausgefunden haben«, meinte Annabel. »Aber vielleicht sollten wir eine Liste aller Fachleute und Arachnophilen erstellen, mit denen wir zu tun hatten? So könnten wir die Aufzählung der Spinnenliebhaber ergänzen, die uns Debbie vom *Bug'em all* gegeben hat. Das große Adressbuch der Arachnophilen.«

»Gute Schlussfolgerung. Wird gemacht«, rief Brolin.

Er schrieb die Namen untereinander auf.

NeoSeta:
Professor Haggarth – Laborchef
Gloria Helskey – Projektleiterin
Connie d'Eils – Technikerin

Nach kurzem Zögern fügte er hinzu:

Donovan Jackman – PR-Chef

»Wer noch?«

»Der nervöse Wissenschaftler«, rief Annabel und suchte nach seinem Namen. »Henry.«

Nelson Henry – Naturkundemuseum, Spinnenfachmann

»Wir können auch die Frau hinzufügen, der das Geschäft gehört. Und wer hat den Kokon untersucht? Ein Fachmann der Polizei?«, erkundigte sich Annabel.

»Ein Entomologe, der oft für die Polizei arbeitet, ein Freund des Rechtsmediziners, der Carol Peyton obduziert hat. Er war als Hochschuldozent in Guayana, um Spinnen zu erforschen, er kennt sich aus.«

»Willst du ihn nicht mit auf die Liste setzen?«, beharrte Annabel und reichte ihm die Karte der Inhaberin des Spinnengeschäfts, damit er ihren Namen aufschrieb.

Brolin zuckte mit den Schultern und schrieb:

Dr. Conelberg – Entomologe
Debbie Leigh – Geschäft *Bug'em all,* Spinnenliebhaberin

»So, ich glaube, das war alles. Hinzu kommen die – wie viele sind es? – fünfzehn oder zwanzig Namen, die Debbie uns gegeben hat.«

Alle verstummten. Durch ihr Schweigen wurden die Geräusche der Nachttiere draußen um das Haus herum vernehmbar. Das Zirpen von Insekten, der Schrei des Käuzchens und manchmal das Rascheln der Blätter, wenn sich ein Hirsch seinen Weg durch das Unterholz bahnte.

Brolin lauschte dieser Melodie, ehe er mit sanfterer Stimme fortfuhr: »Für morgen schlage ich vor, dass wir Debbies Kunden, die sie auf der Liste angeführt hat, aufsuchen. Was haltet ihr davon?«

Annabel und Salhindro stimmten ihm zu. Larry Salhindro deutete auf das Blatt, das Brolin eng mit Notizen beschrieben hatte.

»Hast du angefangen, ein psychologisches Profil auszuarbeiten?«

Der Privatdetektiv legte den Stift beiseite und betrachtete das Papier.

»Nein.«

Nach langem Schweigen fügte er hinzu: »Ich vermag diesen Typen nicht zu fassen, Larry. Er ändert ständig seinen *Modus Operandi.* Ich brauche Zeit und mehr Fakten, um ihn verstehen zu können. Im Moment ist er noch nicht greifbar.«

»Als wäre er kein Mensch …«, murmelte Salhindro.

Brolin wollte ihn schon korrigieren, zog es dann aber vor, nicht zu reagieren. Der Blick seines Freundes war abwesend, vermutlich, weil er an seinen Bruder dachte.

»Willst du hier schlafen?«, fragte er.

»Wenn es dir keine Umstände macht. Morgen begleite ich euch, um diese Leute, diese Spinnenliebhaber aufzusuchen …« Der Mond stieg über den Baumkronen auf.

Saphir legte die Schnauze auf Annabels Knie.

Jeder öffnete eine letzte Flasche Bier, das sie schweigend tranken. Sie konnten nicht ahnen, dass ihre Pläne durchkreuzt würden. Denn in diesem Augenblick legte keine zwanzig Kilometer entfernt eine gedrungene Gestalt in der Nähe eines Schwindel erregenden Wasserfalls einen Kokon ab.

Eine leichte Brise spielte mit der Spinnenseide, so als würde ein Frösteln über die Geisterhaut gleiten.

Unter der Seide war das Gesicht von Lindsey Morgan zu erkennen, der zweiten entführten Frau. Die Augen waren glasig, der Teint anormal bleich.

Ihr Mund schrie stumm gegen das Tosen des Wassers an.

28

Der Columbia River Highway zieht sich wie ein anthrazitfarbener Teppich durch die wilde Landschaft, rechts und links, so weit das Auge reicht, nichts als unberührte Natur.

Auf der einen Seite der Columbia River, der an manchen

Stellen über zwei Kilometer breit und gesäumt von hohen bewaldeten Bergen und von Steilhängen ist, die schroff in den Strom abfallen. Inseln scheinen an der Oberfläche dieser schwarzen Wasser zu treiben, einige winzig, andere, in den Augen der Kinder, die sie vom Wagen ihrer Eltern aus bewundern, groß wie Kontinente. Auf der anderen Seite weitere Bergformationen, die unvermittelt ansteigen, auch sie von endlosen Wäldern überzogen. Nur ihre Gipfel, hoch über dem Fluss, durchbrechen diese grüne Haut mit ihren zerklüfteten Kämmen.

Der einzige Fleck menschlichen Lebens auf vielen Kilometern ist die Multnomah Falls Lodge, ein fast hundert Jahre altes Herrenhaus, am Rand dieser Straße. Es ist ein graues Gebäude mit Spitzdach, aus dessen Schornsteinen im Winter behaglicher Rauch aufsteigt. Leser von Tolkiens Romanen werden sich an Rivendell erinnert fühlen, geht doch die gleiche Magie von diesem Ort aus. Man muss nur den Blick heben und sieht den gigantischen Wasserfall von Multnomah – ein Strom weißer Reinheit, der sich hoch oben von einer gewaltigen Steinwand fast zweihundert Meter in die Tiefe stürzt.

Als Brolins Mustang die Lodge erreichte, parkten schon ein Transporter der Spurensicherung und sechs Polizeiwagen davor, deren Blaulichter still in dieser Traumkulisse blinkten. Die Sonne war erst vor einer halben Stunde aufgegangen, der Himmel war noch weiß von diesem mühsamen Erwachen und tauchte die Landschaft in ein angenehm sanftes Licht.

Der Polizist, der den Eingang zur Lodge bewachte, ließ Brolin und Annabel passieren, als er Salhindros Uniform sah. Die zedernholzgetäfelte Halle war prächtig mit ihrem Blumenschmuck und den Gemälden an den Wänden, jedoch die Rollbahre und die Anwesenheit der Assistenten der Rechtsmedizin trübten die Atmosphäre. Der Hauptraum mit seinen

Steinwänden, seinen Balken, die die hohe Decke stützten, und seinen langen, mit gestickten Tafeltüchern bedeckten Tischen erinnerte an einen mittelalterlichen Bankettsaal. Seine Bogenfenster gewährten einen freien Blick auf den Wasserfall und die gewaltige Felswand.

Vor einem dieser riesigen Fenster sprach Detective Lloyd Meats mit einem uniformierten Mann, dem Aufseher der Multnomah Falls. Ein Dutzend Polizeibeamte standen zwischen den Tischen und unterhielten sich mit gedämpften Stimmen, während sie auf einen Befehl warteten. Meats bemerkte die Ankömmlinge, legte dem Aufseher die Hand auf die Schulter und verwies ihn dann an einen anderen Detective in zerknittertem Anzug.

»Das war wieder *er*«, waren seine ersten Worte. »Unser Spinnenkiller.«

Meats bedachte Annabel mit einem etwas längeren Blick als die anderen.

Sie machte nicht den Eindruck, von dem Angriff am Vortag traumatisiert zu sein. Wenn man bedachte, wie nah sie dem Mörder gewesen war, den sie überall suchten ... Trotzdem war ihm die Anwesenheit dieser Frau nicht ganz recht. Eigentlich hatte sie hier nichts zu suchen. *Doch sie war mit dem Mörder konfrontiert gewesen.* Und sie hatte sich bei der Auffindung der ersten Leiche als ausgesprochen hilfreich erwiesen. Was konnte er einwenden? Als Detective würde sie nicht stören, dachte er sich. Im Gegenteil, sie war mehr als effizient. Und überhaupt würde Brolin wohl nicht mit sich reden lassen.

»Am Telefon wurde uns gesagt, es gäbe vielleicht eine neue Leiche«, begann Salhindro. »Was ist denn das schon wieder für ein Mist?«

Meats befeuchtete sich die Lippen, bevor er antwortete: »Es war der Aufseher dort, der den Kokon heute Morgen in aller Frühe bei seinem Rundgang gefunden hat. Er war nicht sicher, ob es sich im Innern um einen Menschen handelt, und ist zur Lodge zurückgerannt. Dem Polizeibeamten, der sich kurz darauf einfand, erging es nicht viel anders. Er hat das transparente Gebilde gesehen, das leise im Wind schaukelte, und hat schnell Verstärkung gerufen. Aufgrund der Auffindungssituation der Leiche und ihrer Umhüllung wurde ich sofort benachrichtigt.«

»Wo ist sie?«, fragte Brolin knapp.

»Oben, sie ist noch am Fundort. Die Männer von der Spurensicherung sind dabei, letzte Proben zu nehmen und nach eventuellen Spuren zu suchen. Wir können bald hochgehen.«

Meats deutete in Richtung Fenster und zu einer alten Brücke, die über den Wasserfall führte. Im Grunde handelte es sich um zwei Wasserfälle – der erste, längere, fiel vom oberen Rand einer beeindruckenden Felswand in einen kleinen See, von wo aus sich die zweite, kürzere Kaskade in die Tiefe ergoss. An der Stelle, wo der zweite Wasserfall begann, spannte sich die hölzerne Bogenbrücke, die in den Felswänden zu beiden Seiten verankert war.

Craig Nova, der speziell für diesen Fall abgestellt worden war, da er schon den Fundort des ersten Kokons besichtigt hatte, öffnete die seitliche Schiebetür und streifte seine Latexhandschuhe über. Er trug einen Spezialanzug, der keine Fasern verlieren und somit mögliche Spuren nicht verunreinigen konnte. Er zog den Reißverschluss hoch und machte Lloyd Meats ein Zeichen mit dem Kopf. Der trat zu ihm, und sie wechselten ein paar Worte, woraufhin sich Meats an die zwölf uniformierten Polizisten wandte.

»Meine Herren, dürfte ich um Ihre Aufmerksamkeit bitten?«

Eine Frau unter den Beamten protestierte. Es folgte ein kurzes Schweigen.

»Gut, wir haben grünes Licht von der Spurensicherung«, begann er. »Ich bitte Sie also, genau zuzuhören, was Craig Nova Ihnen zu der Geländedurchsuchung sagt. Wir müssen den Bereich rund um den Wasserfall systematisch durchkämmen. Nova wird Ihnen die Regeln der Rastermethode erklären, an die Sie sich genau zu halten haben. Das geringste verdächtige Element muss lokalisiert werden, doch Sie rühren nichts an, Nova und sein Team nehmen die Proben, verstanden?«

Zustimmendes Murmeln erhob sich im Saal. Während Craig Nova seine Instruktionen gab, forderte Lloyd Meats den Privatdetektiv und seine Begleiter auf, ihm zu folgen.

Sie traten auf die Aussichtsterrasse.

»Unsere Vorgesetzten stellen uns für diesen Fall beachtliche Mittel zur Verfügung«, rief Meats über das Tosen des Wassers hinweg. »Wir steigen jetzt auf einem Pfad durch den Wald nach oben. Der Kokon wurde auf der Benson Bridge zurückgelassen, besser gesagt, unter der Brücke.«

Sobald sie im Wald waren, war das Brausen des Wassers kaum noch zu hören.

Brolin bemerkte, dass Meats sein linkes Bein etwas nachzog.

»Probleme?«, fragte er.

»Nein, nein«, gab Meats zurück, »nichts Schlimmes. Ich habe mir nur beim Eintreten in Mark Subertons Wohnungstür am Knie wehgetan. Morgen geht es sicher besser.«

Sie folgten dem Weg zwischen den Bäumen und Farnen hindurch. Annabel schätzte, dass sie sich achtzig Meter über der Lodge befanden, als vor ihnen die Brücke in Sicht kam.

Wegen des Dunstes war die Vegetation hier besonders üppig, der Wald hatte etwas von einem Dschungel, und die Felsen waren von feuchtem grünen Moos überzogen.

»Der Kokon ist auf der anderen Seite«, sagte Meats. »Wir müssen die Brücke überqueren.«

Die Bogenbrücke überspannte den Wasserfall an der Stelle, an der die zweite Kaskade begann. Sie ähnelte einem umgekehrten U. Annabel wunderte sich, wie niedrig die Balustrade war. Immerhin befanden sie sich in einer ziemlichen Höhe … Zu ihrer Rechten sah sie die Lodge, die aus der Entfernung schon sehr viel weniger eindrucksvoll war. Die Polizeibeamten traten gerade auf die Terrasse und folgten Craig Nova zum Pfad. Annabel blickte zur anderen Seite.

Und fühlte sich winzig klein.

Die Steilwand ragte mehr als hundert Meter in die Höhe, schätzte die junge Frau, in einem einzigen Stück, senkrecht und schroff. Ganz oben hoben sich die Umrisse von Bäumen gegen den blauen Himmel ab. Dort, wo das Wasser in die Tiefe stürzte, glitzerte es wie von unzähligen Kristallen, bevor es sich während seines Schwindel erregenden Falls in einen schäumenden Strudel verwandelte. Es ergoss sich in den kleinen See zu ihren Füßen und wühlte die Oberfläche auf, die von brausender Gischt überzogen war. Dort war eine Plattform errichtet worden, von der aus sich diese Naturgewalten bewundern ließen. Die Besucher kamen zuhauf und zu jeder Jahreszeit, als wollten sie sich in Erinnerung rufen, was Demut ist.

Das Geräusch ihrer Schritte hallte schwach wider, augenblicklich verschluckt vom Lärm der Kaskade. Um sich zu verständigen, musste man die Stimme heben und sich zu seinem Gesprächspartner neigen. Meats blieb einen Moment neben einem Assistenten von Craig Nova stehen, der dabei war, einen tragbaren Projektor zu montieren, der zum Schutz gegen die unzähligen Tröpfchen mit einer Plastikplane bedeckt war.

Etwa zwei Meter vor dem Ende der Brücke, oberhalb mehrerer Felsvorsprünge, beugte sich Meats über das Geländer. Die anderen folgten seinem Beispiel.

Der Bogen, der die Brücke stützte, das umgedrehte U, war eine Holzkonstruktion, die an ein Geflecht aus riesigen Schubladen erinnerte. In ihrem Schatten war die weißliche Ausbuchtung zu erkennen, die sich im Wind wiegte. Hunderte von Wassertropfen überzogen die Seide.

»Wie hat er es geschafft, die Leiche dort zu deponieren?«, fragte Salhindro verwundert.

Meats deutete auf die wenige Schritte entfernte Felswand: »Mit etwas Vorsicht gelangt man über den Vorsprung unter den Bogen. Dann kann man, vorausgesetzt, man ist gelenkig, in der Gitterstruktur hochklettern, das ist durchaus machbar.«

»Auch mit einer solchen Last auf den Schultern?«

Meats und Brolin tauschten einen kurzen Blick. Beide wussten, dass die erste Leiche völlig entleert worden und deshalb nicht sehr schwer gewesen war, und man konnte fast davon ausgehen, dass dasselbe auch für diesen Leichnam hier galt. Doch keiner von beiden hielt es für angebracht, davon im Beisein von Salhindro zu sprechen.

»Kommt her und macht euch selbst ein Bild«, rief Meats.

Er sah Annabel herausfordernd an, bevor er hinzufügte: »Es ist nicht ohne Risiko, und wenn Sie abstürzen, weiß ich nicht, wie ich Ihre Anwesenheit hier rechtfertigen soll und ...«

Brolin unterbrach ihn. »Vergiss es, sie weiß genau, was sie tut.«

Sein Tonfall war gebieterisch, sein Blick schneidend wie eine Rasierklinge. Meats dachte daran, wie Brolin vor drei Tagen ausgesehen hatte – ein Raubtier –, und es war einfach sinnlos, angesichts solcher Entschlossenheit Einwände zu erheben. Er zuckte mit den Schultern, schob sich hinter dem Ende des Brückengeländers durch und bog die unteren Zweige der Bäume zur Seite.

Über eine schmale Felskante stiegen sie, bei jedem Schritt an einer Wurzel, einem Vorsprung Halt suchend, hinab, dicht am Abgrund vorbei, in dem das Wasser toste.

Und dann war die Leiche, eingehüllt in ihren fasrigen Kokon, ganz zu sehen. Sie ruhte auf den leicht abgerundeten Balken, die sich bis zur Mitte des Brückenbogens erstreckten.

»Mann oder Frau?«, fragte Brolin.

»Frau«, antwortete Meats. »Wie die erste vollständig rasiert und – sie scheint anormal leicht.«

Sie wussten, was das zu bedeuten hatte.

Sie war entleert worden.

Kein Blut, keine Organe mehr.

»Ich habe sie mit einem Assistenten des Rechtsmediziners durch die Seide hindurch untersucht. Sie hat eine Öffnung am Halsansatz und eine Art … Schwellung außen herum, wie die erste Tote. Mehr lässt sich zunächst nicht sagen.«

Brolin ging an den anderen vorbei und näherte sich dem Brückenpfeiler. Unter Annabels ängstlichem Blick zog er sich mühelos ins Innere der Holzkonstruktion. Man konnte sich darin leicht anstoßen und verletzen, das heißt abstürzen, und dann …, dachte sie, während er sich vorwärtsbewegte.

Schließlich hatte er den Kokon erreicht.

Er setzte sich daneben, die Beine hingen nach unten.

Die Leiche war halb zusammengekauert.

Brolin beugte sich zu dem Gesicht vor.

Es schrie vor nacktem Grauen.

Der Mörder, der hier am Werk war, hatte eine sehr individuelle Handschrift.

Es war Larry Salhindro, der als Erster laut aussprach, was alle dachten.

»Auf jeden Fall gibt sich dieser Irre eine Wahnsinnsmühe beim Ablegen seiner Opfer.«

Dabei schien die Wahl des Ortes eine maßgebliche Bedeutung zu haben. Was am meisten auffiel, dachte Brolin, war die Bedeutung des Wassers.

Beide Kokons waren in der Nähe eines Wasserfalls gefunden worden.

Sie waren allein in dem großen Saal der Lodge – Meats, Salhindro, Brolin und Annabel. Mehreren Touristen war seit dem Morgen schon der Eintritt verweigert worden.

Eine der Angestellten des Restaurants war trotz der vorübergehenden Schließung geblieben und hatte angeboten, Kaffee für die Polizeibeamten zu kochen. Nachdem sie auch Meats eingeschenkt hatte, zog sie sich zurück.

»Heute Abend oder morgen wird die Autopsie vorgenommen«, sagte er, an Brolin gewandt. »Captain Chamberlin wüsste gerne deine Meinung zum Profil des Mörders.«

Brolin deutete ein Nicken an.

»Das Team, das unter meiner Leitung arbeitet«, fuhr Meats fort, »ist bereits gestern zu einigen Ergebnissen gekommen, was unseren Hauptverdächtigen Mark Suberton betrifft, und wir sind dabei, sein Leben zu rekonstruieren.«

Er zog ein Notizbuch aus der Innentasche seines Jacketts. Eine Hand strich über seinen Bart, während die andere in dem Büchlein blätterte.

»Suberton ist Junggeselle, neunundzwanzig und …«

Er nahm ein Blatt aus einer anderen Tasche und entfaltete es: eine Farbkopie von einem Ausweisfoto.

»Das ist er.«

Der Mann hatte braunes, struppiges Haar, Koteletten, die die Wangen halb verdeckten, und dunkle Schatten unter den Augen, die durch die schlechte Qualität des Fotos noch hervorgehoben wurden. Er sah nicht besonders freundlich aus, aber auch nicht Furcht erregend.

Meats beobachtete Annabel. Schließlich war sie die Einzige, die demjenigen, den sie für den Mörder hielten, begegnet war, auch wenn sie außer einem kahlen Schädel nicht viel von ihm gesehen hatte. Sie zeigte keine Reaktion.

»Vielleicht hat er sich die Haare rasiert«, beharrte der Detective.

Sie blickte zu ihm auf.

»Was mich betrifft, so ist Ihnen hoffentlich klar, dass ich nichts über meinen Angreifer weiß. Deshalb: Ja, es könnte der Typ auf dem Foto sein, aber ebenso auch einer von Ihnen …«

Da er merkte, dass sie etwas gereizt reagierte, kehrte Meats zu seinen Notizen zurück. Er verstand ihren Missmut darüber, dass sie nichts zur Aufklärung hatte beitragen können.

»Mark Suberton hat wegen Einbruchs gesessen«, fuhr er fort. »Wir haben seine damaligen Mitgefangenen überprüft, für den Fall, dass er bei einem von ihnen untergeschlüpft ist. Doch das hat vorerst nichts ergeben. In puncto Familie: niente. Vom Jugendamt betreut. Der Junge hat seinen Vater nicht gekannt, und der Mutter wurde das Sorgerecht entzogen, da sie ständig unter Drogen stand. Sie starb schließlich an einer Überdosis. Positiv: Wir wissen, dass Suberton bei einem Schlüsselservice arbeitet, das heißt gearbeitet hat, denn er wurde dort seit drei Monaten nicht mehr gesehen.«

»Dieser Mistkerl hat seine Wohnung und seinen Job aufgegeben, sobald er anfing, seine Verbrechen zu planen«, knurrte Salhindro.

»Er hat bei einem Schlüsselservice gearbeitet?«, wiederholte Brolin.

»Das erklärt vielleicht, wie er ohne Gewaltanwendung in die Häuser und Wohnungen gelangt ist; wir gehen der Spur nach. Sein Chef, ein gewisser« – er las in seinen Notizen – »Blueton, ist sehr kooperativ, genauso wie Subertons ehemaliger Kollege namens Hamilton oder so ähnlich.«

»Und bei Suberton – hat die Durchsuchung seiner Wohnung schon begonnen?«, wollte Salhindro wissen.

»Noch nicht, bei dem Chaos, das dort herrscht, müssten wir mehrere Personen dafür abstellen. Wir konzentrieren uns zunächst auf die wichtigeren Spuren. Das heißt, wir versuchen herauszufinden, was Carol Peyton, unser erstes Opfer, und Lindsey Morgan, die in der Nacht vom letzten Mittwoch auf Donnerstag auf ähnliche Weise entführt wurde, verbinden könnte.«

»Überprüft ihr die Identität vor der Autopsie?«, fragte Brolin und deutete mit dem Daumen auf die Brücke hinter ihm.

»Ja, natürlich. Aber ebenso wie du befürchte ich, dass wir Lindsey Morgan gefunden haben …«

»Was bedeuten würde, dass unser Mann zwei oder drei Tage mit seinem Opfer verbringt.«

Salhindro verzog das Gesicht zu einer Grimasse und beugte sich zu Brolin vor.

»Was soll das heißen? Er kann sie doch am selben Abend getötet haben!«

»Wie ich es sehe, legt er die erste Tote in der Nacht von Mittwoch auf Donnerstag ab, entführt die zweite noch am selben Abend, höchstwahrscheinlich vorher, und deponiert die wiederum am Samstagabend, und alles in derselben Woche. Wenn unser Mann einen Job hat, dann kann ich nur sagen, Hut ab!, weil er nicht nur arbeitet, sondern darüber hinaus Zeit findet, auch noch seine Verbrechen zu planen, die Tat zu begehen, nach Hause zurückzukehren – nehmen wir mal an, dass er in der Nähe wohnt –, seine Opfer zu entleeren, mit allem, was damit einhergeht, und dann in entlegene Winkel wie diesen hier zu fahren, um die Leichen abzulegen. All das kostet Zeit, enorm viel Zeit. Nein, mir kommt es sehr viel wahrscheinlicher vor, dass der Verursacher all dieser Abscheulichkeiten keine Arbeit hat oder sich diese Woche freigenommen hat. Nichts ist bewiesen, aber bewahren wir das für später im Hinterkopf, man kann ja nie wissen.«

Salhindro lehnte sich auf seinem Stuhl zurück.

»Möglich … Oder aber es sind zwei.«

»Das kann ich mir kaum vorstellen. Der Wahn dieses Mörders ist sehr ausgeprägt, also persönlich. Du kannst so was nicht mit einem anderen teilen. Es ist extrem schwer, jemanden in die eigenen Fantasien einzuweihen und zu integrieren, besonders wenn sie so abnorm wie diese hier sind.«

Lloyd Meats nutzte Brolins kurzen Abstecher in die Verbrecherpsychologie, um ihn zu fragen: »Was denkst du von ihm, Josh?«

»Ich enthalte mich vorerst jedes präzisen Kommentars. Wir können aber mal über sein Verhältnis zu Frauen reden.«

»Sein Verhältnis zu Frauen?«, wiederholte Meats, ohne zu verstehen.

»Ja. Er dringt geräuschlos in die Häuser oder Wohnungen dieser Ehepaare ein, um dann die Männer auf eine Weise, die wir noch nicht kennen, zu betäuben. Er könnte sie töten, ein Messerstich in die Kehle, und sie wären still, aber nein, er zieht es vor, sich die Sache zu erschweren. Das heißt, er weckt die Frau auf, bei den Peytons jedenfalls waren die Blutspuren sehr vielsagend. Sie ist aufgewacht und hat einen Hieb auf den Kopf bekommen. Dann hat er sie mehrere Meter am Boden kriechen lassen, bevor er erneut zugeschlagen hat. Aber nicht etwa, weil er gezögert hätte, nein, das ist nicht seine Art. Dafür hat er viel zu viel Selbstbewusstsein. Er hätte auch eine unbegleitete Frau abends auf einem Parkplatz entführen können oder eine Prostituierte auf einer Autobahnraststätte, von denen es an der Interstate fünf eine Menge gibt. Aber nein, er zieht das Risiko vor, indem er in die *Wohnung* der Leute geht. Und nicht zu allein lebenden Frauen, nein, zu Paaren. Während sie schlafen. Es würde mich nicht wundern, wenn er sie erst minutenlang beobachtet.«

Brolin hielt kurz inne.

»Er hat die Situation perfekt im Griff«, fuhr er fort. »Und wenn er Carol Peyton am Boden ihres Schlafzimmers hat kriechen lassen, während sie am Kopf blutete und vielleicht schrie, dann, weil er es so wollte, weil es ihm so gefiel. Ich fürchte, er hält sich für einen kleinen Gott. Was er tut, das tut er, weil es ihm ein Gefühl der Allmacht vermittelt, weil es ihm erlaubt, über Leben und Tod seiner Opfer zu entscheiden.«

Annabel nahm einen merkwürdigen Schimmer in den Augen des Exprofilers wahr. Zweifel. Ja, das war es, er zweifelte an dem, was er sagte.

»Bist du sicher?«, fragte sie.

Er holte tief Luft.

»Nun, es sieht zumindest so aus.«

»Aber?«

Sie nahm ein Zucken seiner Mundwinkel wahr, fast ein angedeutetes Lächeln.

»Alles, was dann folgt, ist mir ein Rätsel. Ich weiß nicht, was in seinem Innern vorgeht. Er tötet, um sich mächtig zu fühlen, okay, doch das ist nicht alles. Dieses ganze Ritual mit den Spinnen geht weit über den gewöhnlichen Kampf um Macht hinaus. Deshalb brauche ich mehr Informationen, bevor ich irgendetwas zu Papier bringe. Wir müssen herausfinden, wie er seine Opfer auswählt – wie er vorgeht, um sie zu entführen – und warum die Spinnen.«

»Das versuchen wir ja alle zu verstehen«, meinte Meats beschwichtigend. »Das ganze Team arbeitet heute, Sonntag hin oder her, und ich kann dir versichern, dass wir dir alle Neuigkeiten sofort mitteilen.«

Nach einem kurzen Zögern fügte Meats, an Brolin und Annabel gewandt, hinzu: »Ihr beide aber solltet euch mal ausruhen. Ihr seht hundemüde aus.«

Ein kurzer Seitenblick zu Brolin genügte, und Annabel wusste, dass dem Privatdetektiv etwas ganz anderes vorschwebte, dass er bereits Pläne schmiedete.

Draußen tauchte die Sonne über der steilen Felswand auf und malte einen Regenbogen in die Gischt des Wasserfalls. Die Männer der Spurensicherung hatten die Leiche aus ihrem Versteck geholt.

Die Tür zur Aussichtsterrasse wurde aufgerissen.

Ein uniformierter Polizist stand auf der Schwelle, er war schweißüberströmt.

»Detective Meats«, rief er. »Wir haben im Wald etwas gefunden, weiter oben, das müssen Sie sich ansehen!«

Er war so aschfahl, dass Annabel fürchtete, er würde in Ohnmacht fallen.

29

Unter Führung von Meats stieg die kleine Gruppe auf die Höhe der Benson Bridge, als Geräuschkulisse die immer gleiche Melodie des Wassers. Oben erwartete sie ein weiterer Polizeibeamter, der zwar weniger bleich war als sein Kollege, dafür aber ebenso fassungslos. Stumm deutete er mit dem Kinn nach vorn.

Der Pfad wand sich zwischen Felsbrocken hindurch und war von dichten Farnen und Bäumen gesäumt, die so hoch waren, dass sie den Himmel verdeckten. Durch das Laubdach drang nur spärliches Licht. In diesem Halbdunkel wirkte der Blutfleck auf dem Felsen noch unheimlicher. Rote Spritzer auch auf den Blättern dahinter, so dass sich eine Spur von immer dichteren, immer größeren Flecken bildete. Bis hin zu einer großen Pfütze am Boden, über der eine Wolke von Insekten summte.

Meats bog zwei Farne auseinander und stand vor dem Stamm einer Tanne. Die Rinde war nicht graubraun, wie sie es hätte sein müssen.

Sondern schwarzrot.

Zu Meats' Füßen lag ein toter Hirsch, aufgeschlitzt vom Hals bis zum Anus. Zwischen den Wurzeln verteilt seine Eingeweide.

Es wimmelte von so vielen Fliegen auf dem blutbespritzten Stamm, dass man den Eindruck hatte, der Baum würde schwanken. Einige hatten sich auch auf den Augen des Kadavers niedergelassen. Trotz dieses Durcheinanders aber war deutlich zu erkennen, dass sich keines der Insekten an den Gedärmen zu schaffen machte. Unter normalen Umständen undenkbar.

Auch Annabel und allen anderen fiel dieses Detail sofort auf. Sie wusste, dass Fliegen ihre Eier in jedes Aas legten, in

Wunden, in offenes Fleisch, in die Augen, ins Maul – alles war ihnen zur Eiablage recht. Es sei denn, Gift war mit im Spiel, erinnerte sie sich. Sie musste an die Leiche eines Mannes denken, in der es überall von Larven wimmelte, nur nicht im Mund, der nach Bittermandel roch, der typische Geruch von Zyankali.

Fliegen legen ihre Eier nie dort ab, wo Gift ist.

Genau das war's. Die Gedärme dieses Hirsches waren von Gift durchtränkt. Von unglaublichen Mengen Gift. Als müsste das Tier, das es ihm eingespritzt hatte, riesig gewesen sein. Eine Spinne von der Größe eines Ponys.

»Das ist ja widerlich«, knurrte Salhindro. »Warum hat er das getan? Aus Wut?«

Lloyd Meats lief einmal um den Baum herum und kam kopfschüttelnd zurück. Er hatte nichts weiter gefunden.

»Es kann nur eine Botschaft sein«, meinte Brolin. »Ich denke, es ist eine Warnung. All diese Blutstropfen sind wie ein Wegweiser, der uns hierherführen soll, damit wir den Spuren des Mörders folgen. Ja, eine Warnung.«

Salhindro hing an Brolins Lippen, das Gesicht vor Abscheu verzerrt.

»Ich glaube«, fuhr der Privatdetektiv fort, »er will uns zeigen, was uns erwartet, wenn wir beschließen, die Spur bis zu ihm zurückzuverfolgen.«

☆

Wieder im Mustang, atmete Larry Salhindro tief durch, die Stirn an die Fensterscheibe gedrückt. Er sah die Landschaft vorüberziehen, ohne ein Wort hervorzubringen. Brolin, der am Steuer saß, legte seinem Freund tröstend die Hand auf die Schulter. Dieser Morgen hatte ihnen einen Einblick in das teuflische Universum des Mörders gewährt, und das musste Salhindro daran erinnern, dass sein Bruder wahrscheinlich unter grausamen Umständen gestorben war.

Auch Annabel fand keine Worte, oder sie verkniff sie sich. Larry brauchte Zeit, und so hing jeder seinen Gedanken nach, bis sie Latourelle erreicht hatten, wo sich die Straßen kreuzten, die entweder nach Portland oder zu Brolins Haus führten. Der Privatdetektiv hielt auf dem Parkplatz eines Holiday Inn, ohne den Motor abzustellen.

»Wir müssen entscheiden, was wir jetzt machen«, erklärte er. »Larry, wenn du nach Hause willst und dich ausruhen oder …«

»Vergiss es. Ich weiß, du hast schon eine Idee im Hinterkopf, und ich möchte mit von der Partie sein.«

»Nichts Konkretes im Moment, tut mir leid. Allerdings glaube ich, wir sollten weiter alle Familien befragen, die von Spinnen angegriffen wurden. Wir müssen herausfinden, wie es unserem Mann gelungen ist, die Tiere bei seinen Opfern einzuschleusen.«

»Per Post wahrscheinlich«, sagte Annabel. »Jedenfalls nach dem Päckchen zu urteilen, das Mrs. Rice erhalten hat …«

»Gut möglich, deshalb lohnt es sich zu überprüfen, ob auch die anderen solche Sendungen bekommen haben.«

»Wir könnten uns die Arbeit aufteilen, dann geht es schneller«, schlug Salhindro vor. »Wir müssen ja nicht überall zu dritt aufkreuzen.«

»Du gehst mit Annabel. Deine Dienstmarke weckt Vertrauen. Ich will in der Zwischenzeit Nachforschungen in der Bibliothek anstellen.«

»Welche Art von Nachforschungen?«

»Darüber reden wir heute Abend. Ich bringe euch in die Stadt. Ruft mich auf meinem Handy an, wenn ihr am späten Nachmittag fertig seid, okay?«

Weder Annabel noch Salhindro protestierten. Sie würden sowieso nicht erfahren, was Brolin vorhatte.

Kurz vor Mittag setzte der Privatdetektiv den beleibten Cop und die New Yorker Polizistin vor dem Polizeipräsidium ab, wo Salhindro sich einen Wagen für den Rest des Tages holte.

Sie fuhren in der Stadt umher und störten ihre »Zeugen« zunächst systematisch beim Mittagessen. Nach dem Besuch des dritten Paares hatten sie einen Fragenkatalog zusammengestellt. Salhindro erstellte die Liste mit den Opfern und einigen Informationen über sie, der Name der gebissenen Person war rot unterstrichen, und in einigen Fällen verfügte er sogar über den Namen der Spinne, die vor Ort gefunden worden war. Es gab zwei Gattungen: *Latrodectus*, oder Schwarze Witwe, und *Loxosceles*. Beide gefährlich für den Menschen.

Die meisten Bissopfer, bis auf die letzten, waren nicht mehr in der Klinik, sondern wieder zu Hause. Im Allgemeinen hatten sie nur eine Infusion mit Kalziumglukonat benötigt, waren aber als Vorsichtsmaßnahme vierundzwanzig Stunden unter Beobachtung geblieben. Elf Personen waren von einer giftigen Spinne gebissen worden. Drei von ihnen waren gestorben – ein älterer Mann wohl mehr aus Angst als an dem Gift selbst, ein Mädchen aufgrund einer heftigen Reaktion ihres Organismus, und ein Neugeborenes unmittelbar nach dem Angriff.

Auffällig war, dass die Spinnen immer nur bei Paaren aufgetaucht waren, in zwei Fällen war ein Besucher gebissen worden: das verstorbene Mädchen – die kleine Nachbarin der Hausbesitzer – und der Enkelsohn der Rice', der gerade seine Großeltern besuchte.

Sobald sie das Haus des sechsten Paares verlassen hatten, legte Annabel die Hand auf Larrys Arm. Was sie anfangs für eine Laune des Schicksals gehalten hatte, hatte sich im Laufe der Gespräche als bedeutsamer Punkt herausgestellt.

»Larry, kann ich noch einmal die Liste haben?«

Salhindro war zunächst durch die freundschaftliche Geste aus der Fassung gebracht. Er blinzelte verwirrt, als er ihr das Papier reichte. Sie überflog es und nickte.

»Ich frage mich, ob unser Mörder nicht mit seinen Spinnen herumspielt, um die Liebe zu töten.«

»Was?«, fragte Salhindro verdattert.

»Nun, das ist symbolisch gemeint. Ihre Liste bestätigt, was wir seit heute Morgen beobachten. Die von den Spinnen angegriffenen Paare sind entweder ganz jung oder schon fortgeschrittenen Alters. Schauen Sie sich die Geburtsdaten an.«

»Ja, ich habe es bemerkt, Junge und Alte. Ich frage mich, ob das ein Zufall ist. Schließlich lebt ein Großteil der Stadtbevölkerung zu zweit. Statistisch gesehen ist daran nichts Außergewöhnliches.«

»Larry, es handelt sich nicht um Singles, weder um Witwen oder Witwer noch um eine Spinne in einer Schule, es ist jedes Mal dasselbe: Paare, nichts als Paare, so als wäre das einzig Gemeinsame die Liebe, ihre Liebe.«

»Fragen Sie deshalb alle, wie lange sie verheiratet sind?«

»Es steht fest, dass sechs von elf Paaren unter dreißig und seit weniger als einem halben Jahr verheiratet sind. Tut mir leid, aber was mich betrifft, so glaube ich nicht mehr an einen Zufall.«

»Also wie denn nun? Er tötet Menschen, die sich lieben? Das wäre ja hirnverbrannt!«

»Warum nicht? Ich bin sicher, Joshua würde uns, wenn er hier wäre, sagen, dass der Mörder das Kind geschiedener Eltern ist oder dass er von der Frau, die er liebte, abgewiesen wurde, so wie Ted Bundy.«

Annabel war Feuer und Flamme, sie hatten eine brauchbare Hypothese.

»Wir sind da vielleicht etwas voreilig«, konterte Salhindro.

»Nein! Sehen Sie doch! Die elf Paare sind alle entweder jung oder schon ewig verheiratet.«

Noch ein Geistesblitz, und Annabel erkannte einen weiteren Zusammenhang.

»Das entspricht dem, was Joshua vorhin gesagt hat«, fügte

sie hinzu. »Der Mörder vergreift sich nicht an alleinstehenden Frauen, was viel leichter wäre, nein, er legt es auf Paare an! Carol Peyton und Lindsey Morgan wurden beide entführt, während ihre Männer neben ihnen schliefen. Wir haben etwas in der Hand, Larry.«

»Na gut, aber jetzt kommen Sie auf den Teppich zurück. Wir suchen die anderen Familien auf und behalten diesen Gedanken im Hinterkopf, wenn wir ihnen unsere Fragen stellen. Einverstanden? Wir müssen herausfinden, wie dieser Typ die Spinnen in die Häuser der Leute einschleust.«

Während der ganzen Fahrt zu dem nächsten Paar auf ihrer Liste sprühte Annabel vor Einfällen. Sie machten bis zum Abend weiter und wunderten sich, nichts von Brolin zu hören. Annabel versuchte, ihn auf seinem Handy anzurufen, konnte aber nur seine Mailbox erreichen.

Um die Wartezeit zu überbrücken, lud Salhindro sie in die, wie er sagte, beste Pizzeria von ganz Portland ein: *Escape from New York*. Schmunzelnd sagte er, die junge New Yorkerin solle das nicht wörtlich nehmen. Sie aßen mit großem Appetit und besprachen dabei die Ergebnisse des Tages.

Auch wenn sie keine absolute Gewissheit hatten, schien der Vergleich der Aussagen doch auf dasselbe Schema hinzudeuten: Der Mörder verschickte kleine Päckchen, die nur Styroporkugeln enthielten … und eine hochgiftige Spinne.

Es wurde notwendig, die Öffentlichkeit zu alarmieren. Vielleicht hatten noch andere Personen eine Spinne zugeschickt bekommen und sie zertreten, ohne es der Polizei zu melden. Schlimmer noch, weitere Päckchen konnten auf dem Weg zu ihren zukünftigen Opfern sein.

Und Annabel blieb dabei: Alle betroffenen Haushalte gehörten einer der beiden Kategorien an: Entweder frisch oder schon seit langem verheiratet.

Kurz vor halb eins geriet Annabel in Panik. Zum vierten Mal hatte sie versucht, Brolin telefonisch zu erreichen.

Jedes Mal hörte sie seine Stimme: »Hier Joshua Brolin, bitte hinterlassen Sie mir Ihre Nachricht, danke.«

30

Portland ist mehr für seinen Dauerregen und seine atemberaubenden Gewitter über dem Mount Hood bekannt als für drückende Sommerhitze. An diesem Sonntag Mitte Juni aber waren die meisten Straßen wie leergefegt. Die Sonne brannte so unbarmherzig auf den Asphalt, dass die Teerdecke zu schmelzen schien.

Bisweilen hatte Brolin das Gefühl, der letzte Überlebende seiner Spezies zu sein. Das einzige Lebewesen, das sich in einem Umkreis von Kilometern bewegte. Selbst die Tiere waren wie vom Erdboden verschluckt. Nirgendwo ein Hund, eine Katze, ein Vogel. Nur er völlig allein in diesem grellen Licht, das alles niederdrückte.

Sein erster Besuch galt *Powell's City of Books* an der Burnside Avenue. *Burnside?*, dachte er, als er den Straßennamen auf dem grünen Schild las. Sollte das ein Zeichen sein?

Powell's zog sich über einen ganzen Häuserblock hin, und trotzdem fanden all die neuen und antiquarischen Bücher kaum Platz in den Regalen. Über eine Million Bände, hieß es in der Werbung.

Der Buchhändler, an den Brolin sich wandte, war ungeheuer flink und erschien nach kürzester Zeit mit einem ganzen Stapel von Werken über Spinnen. Er kannte Brolin, der bisweilen vorbeikam, um – jedes Mal zu einem ganz anderen Spezialgebiet – auf das Wissen des einen oder anderen Angestellten zurückzugreifen. Hinter seinem Rücken rissen sie Witze über ihn. »Manchmal sieht er einen an, als wolle er die ganze Seele erforschen«, hatte einer zu seinen Kollegen gesagt, und die meisten hatten nur zustimmen können.

Brolin fand verschiedene Abhandlungen zum Thema Seidenraupenzucht im Allgemeinen, nichts aber über Spinnenzucht. Jedes Mal wurde er wieder auf den Seidenwurm verwiesen, nie jedoch auf diese achtbeinigen Kreaturen.

Gegen drei Uhr nachmittags verließ Brolin die Buchhandlung, um sich ein Sandwich zu kaufen, das er, eine Hand auf dem glühend heißen Lenkrad, während der Weiterfahrt verzehrte. Als letzte Möglichkeit hatte ihm der Buchhändler die wissenschaftliche Abteilung der Universitätsbibliothek von Portland empfohlen. Sein Dienstausweis verschaffte ihm Zugang zu allen Abteilungen, und die Öffnungszeiten waren mehr als zuvorkommend: sogar an Sonntagen und in der Ferienzeit bis zweiundzwanzig Uhr. Mehr konnte man nicht verlangen.

Er konsultierte den elektronischen Gesamtkatalog, in dem auch Doktorarbeiten verzeichnet waren. Die thematische Recherche schlug mehrere Titel vor. Brolin ließ sich die Liste ausdrucken und begab sich mit drei Blättern zu einem der Computer mit Internetanschluss. Bevor er sich in intensive und langwierige Recherchen stürzte, wollte er sehen, was das Netz zu diesem speziellen Thema zu bieten hatte. Brolin zweifelte zwar, dass er etwas Brauchbares finden würde, wollte es aber dennoch versuchen.

Er bediente sich der simplen, aber universellen Suchmaschine *Google* und gab zunächst die Suchbegriffe »Spinne« und »Seide« ein und fügte dann »Zucht« hinzu. Die Ergebnisse erschienen, wie angekündigt, nach »0,23 Sekunden« – wenigstens auf diesem Gebiet hatte die Menschheit beachtliche Fortschritte gemacht.

Brolin verbrachte eine halbe Stunde damit, die einzelnen Beiträge zu sichten, die für ihn im Wesentlichen unbrauchbar waren. Er wiederholte den Vorgang auf *Alta Vista*, doch auch hier ohne Erfolg. Die Gewinnung von Spinnenseide war kein gefragtes Thema im Internet. Er surfte auf *Furty.com*, einer Suchmaschine zum Thema Tiere, und schließlich auf der Seite der American Arachnology Society, ebenfalls ohne relevante Resultate. Also wandte er sich wieder den Seiten zu, auf denen der Name NeoSeta erwähnt wurde und die er zuvor markiert hatte. Die Informationen waren knapp, es war von Laborarbeiten zur Erzeugung von Spinnenseide die Rede, von genmanipulierten Kühen und von Milch, die die berühmten Seidenproteine enthalten sollte. Nichts, was er nicht schon gewusst hätte. NeoSeta erklärte kein einziges Detail.

Eine andere Website interessierte den Privatdetektiv jedoch mehr. Sie erwähnte das starke Interesse des Militärs an der Produktion von Spinnenseide in großem Umfang. Der Artikel stammte aus den Archiven der *New York Times* und erklärte, der United States Army Soldier and Biological Chemical Command in Natick, Massachusetts, habe seine Forschung zum Thema Spinnenseide aufgegeben, weil diese unergiebig und viel zu kostspielig sei.

Brolin entsann sich des Kommentars von Donovan Jackman bei NeoSeta, dem zufolge das Militär einen Teil der Forschung subventioniere.

Klar, spottete Brolin im Stillen, die Armee überlässt NeoSeta die Arbeitskosten und beteiligt sich zusammen mit den Kanadiern zu einem Drittel daran, wodurch die Verluste geringer sind, falls es am Ende ein Reinfall ist. Und sollte das Projekt wie durch ein Wunder doch zum Erfolg führen, wird das Militär bei den ersten Aufträgen vorrangig behandelt.

Brolin schaltete den Computer aus und machte sich in den langen Regalgängen auf die Suche nach den Titeln, die er sich hatte ausdrucken lassen.

Fünf Stunden brachte er mit der Lektüre von alten und neueren Fachbüchern zu und erfuhr, wie die Familie der *Araneidae* ihre Netze webt und dass es in tropischen Wäldern Netze mit einem Durchmesser von sieben oder acht Metern gibt, ein Gedanke, bei dem es ihm kalt über den Rücken lief. Und wenn man nun auch in amerikanischen Wäldern solche Netze finden würde? Genauer gesagt in Oregon?

Nirgendwo aber war etwas über Spinnenzucht zu erfahren, die das Ziel hatte, Seide in großen Mengen zu gewinnen. Mehrfach wurde das Thema zwar kurz erwähnt, aber immer mit einem kategorischen »unmöglich« abgetan.

Es war zweiundzwanzig Uhr, und inzwischen war es draußen stockfinster. Eine Frau trat auf Brolin zu und erklärte, sie würden jetzt schließen.

Er lehnte sich auf seinem Stuhl zurück, streckte seine müden Glieder und verschränkte die Hände hinter dem Kopf. Hier konnte er sowieso nichts mehr erreichen, alle Quellen waren ausgeschöpft.

Und wieder trat das Bild der Leiche in dem Kokon, die sie am frühen Morgen entdeckt hatten, vor seine Augen.

Wenn man bedachte, dass sie wahrscheinlich die Identität des Täters kannten …

Mark Suberton.

Er hatte wegen Einbruchs gesessen, typisch für Mörder dieses Schlages. Die liebten es, in die Häuser Fremder einzudringen, darin herumzulaufen, ihre Tagebücher zu lesen, in ihren Kleiderschränken zu schnüffeln, bevor sie zur Tat schritten. Der eigentliche Kick aber war der Tötungsakt selbst. Die Inbesitznahme des anderen.

Brolin grub die Fingernägel in die Handballen.

Es war zermürbend zu wissen, wer der Mann war, den sie suchten, ohne zu ahnen, wo er sich aufhielt. Sie hatten großes Glück mit dem Fingerabdruck gehabt. Suberton hatte an alles gedacht, nur nicht an die Batterie *in* der Taschenlampe. Und er hatte sicher nicht vorgehabt, seine Lampe dort liegen zu lassen …

Brolin runzelte die Stirn.

Wenn Suberton seine Taschenlampe in dem Schlafzimmer

vergessen hatte, wie war er dann nach unten zur Haustür gelangt? Im Dunkeln? Mit Carol Peyton auf dem Rücken?

Er hätte natürlich Licht im Haus machen können.

Aber würde ein Mörder das tun? Mitten in der Nacht? Das wäre überaus unvorsichtig. Es war besser, bei wenig Licht zu handeln, damit weder die Gestalt noch das Gesicht erkennbar waren.

Doch ob er nun im Dunkeln oder bei eingeschaltetem Licht hinuntergegangen war, in jedem Fall musste er bemerkt haben, dass er seine Taschenlampe nicht bei sich hatte. Carol war bewusstlos, ebenso ihr Mann, wenn auch aus einem bis jetzt nicht bekannten Grund. Der Kerl hatte also Zeit, noch einmal hinaufzugehen und seine Lampe zu suchen. Warum hatte er das nicht getan? Oder hatte er sie nicht gefunden, weil sie unter den Schrank gerollt war?

Würde Brolin auch stundenlang solchen Spekulationen nachhängen, er würde keine Antwort finden. Trotzdem machte ihn diese Frage nervös.

Er zog sein Handy aus der Tasche und schaltete es ein. Jetzt konnte er niemanden mehr stören, da alle Besucher die Bibliothek verlassen hatten.

Im Präsidium hieß es, Lloyd Meats sei am späten Nachmittag nach Hause gefahren. Brolin wählte seine Privatnummer. Seine Frau, die abhob, war ernsthaft gerührt, seine Stimme zu hören, und lud ihn ein, demnächst zum Abendessen zu kommen. Dann übergab sie ihrem Mann den Hörer. Der riet Brolin dringend, sich endlich ein paar Stunden Ruhe zu gönnen, doch der Privatdetektiv fiel ihm ins Wort.

»Wie weit seid ihr mit den Ermittlungen? Habt ihr etwas Neues über die Leiche von heute Morgen herausgefunden?«

»Ja, es handelt sich tatsächlich um Lindsey Morgan, die letzten Mittwoch entführt wurde. Morgen findet die Autopsie statt.« Meats senkte die Stimme, damit seine Frau nichts verstehen konnte. »Man kann schon jetzt sagen, dass es derselbe *Modus Operandi* ist, die Leiche ist extrem leicht, wurde also entleert. Es gibt nur einen Schnitt an der Kehle, in die dieser Irre ejakuliert hat.«

»Hat sich der Rechtsmediziner zum Todeszeitpunkt geäußert? Sobald wir den kennen, wissen wir wenigstens, wie lange er sie bei sich behalten hat, tot oder lebendig.«

»Josh.«

»Und der Rechtmediziner soll auch diesmal sehr genau untersuchen, ob es keine Spuren am Körper oder unter den Fingernägeln gibt. Was bedeuten würde, dass der Mörder sie gewaschen und anschließend vergewaltigt hat, was aber wenig wahrscheinlich ist. Eher könnte man sich vorstellen, dass er zwar ihren Körper wäscht, aber die Kehle ausspart. So will er sichergehen, dass wir das Sperma finden, das ist ihm wichtig. Er will kommunizieren, uns zeigen, dass er fähig ist, dass er potent ist.«

»Josh?«

»Ja?«

»Du bist nicht mehr im Polizeidienst, erinnerst du dich? Ich weiß es jedenfalls noch, und jetzt möchte ich, dass du nach Hause gehst und dich ausruhst.«

»Ich bin nicht müde.«

Meats wollte zum Gegenangriff übergehen, doch Brolin kam ihm zuvor.

»Lloyd, ich muss mir einfach noch mal die Wohnung von Suberton ansehen.«

»Verdammt, was willst du denn da, du weißt doch, was für ein Saustall das ist!«

Die Bibliotheksangestellte kam zurück, um Brolin zu bitten, Schluss zu machen. Der tauchte seinen dunklen Blick in ihre Augen, und sie schluckte. Er machte ihr ein Zeichen, dass er verstanden hatte, drehte sich um und fuhr fort: »Ich will mich nur noch einmal umsehen. Ein bisschen rumschnüffeln in den Zimmern, die Atmosphäre auf mich wirken lassen, um mir ein besseres Bild von der Person machen zu können.«

Meats stöhnte in den Hörer.

»Es ist wichtig«, beharrte Brolin. »Du warst es doch, der mich um ein Täterprofil gebeten hat. Wer weiß, vielleicht hilft es uns, ihn zu verstehen.«

»Und das kann natürlich nicht bis morgen warten.«

»Ich möchte es – heute Abend.«

»Okay, okay ... Wir sehen uns in ...«

»Nein, nein. Ich muss allein sein.«

»Josh, ich kann dich nicht allein gehen lassen. Die Tür ist versiegelt, und dieser Kerl weiß, dass wir seinen Schlupfwinkel gefunden haben. Denk an sein raffiniertes Alarmsystem. Der Typ war clever genug, nicht in seiner Absteige wohnen zu bleiben, aber seine Telefonrechnungen immer noch zu zahlen, um sein kleines System aufrechtzuerhalten.«

Brolin erinnerte sich. Noch am Abend nach der Entdeckung der Wohnung hatten sie das Leben von Suberton unter die Lupe genommen und waren dabei auf ein Konto gestoßen, von dem Telefon, Strom und Miete abgebucht wurden. Seit drei Monaten waren keine Gelder mehr auf das Konto eingezahlt, aber außer den Daueraufträgen auch nichts abgebucht worden. Wenn das auf diese Art weiterging, würden die vorhandenen Beträge kaum bis zum Herbst ausreichen. Die Polizei überwachte das Konto jetzt, in der Hoffnung, Suberton würde irgendwo Geld abheben.

»Man weiß ja nie, er könnte ...«

»Erzähl mir keinen Blödsinn«, unterbrach ihn Brolin. »Du glaubst doch selbst nicht eine Sekunde, dass er zurückkommen könnte, denn sonst würdest du die Wohnung überwachen lassen. Lass mich hingehen, du kannst ja morgen früh einen Beamten hinschicken, um neue Siegel anzubringen.«

Lloyd Meats kapitulierte, bat Brolin, nichts anzurühren, und legte auf.

Brolin wurde bewusst, dass es spät war und dass Annabel sicher auf ihn wartete. Als er sie anrufen wollte, merkte er, dass sein Akku fast leer war. Aber sie war ja in Begleitung von Salhindro und somit in guten Händen. Er schaltete sein Handy aus. Gleich nach seinem Besuch in Subertons Wohnung würde er sich melden. Gegen elf Uhr wäre er fertig.

Spätestens halb zwölf.

31

Ein Stadtviertel im Norden von Portland. Reihen brauner Mietskasernen mit flatternder Wäsche vor den Fenstern. Überall Unrat, aufgeheizt von der Sonne, Fahrradskelette, an Laternenpfähle gekettet, Gruppen von Jugendlichen, die sich jetzt, da die Nacht die Stadt umfängt und die Temperaturen sinken lässt, auf die Straßen wagen.

Brolin betrat das Haus, in dem Mark Suberton gewohnt hatte. Er vergewisserte sich, dass ihn niemand beobachtete, und brach den Briefkasten des Verdächtigen auf. Er war vollgestopft mit Werbeprospekten und einigen Umschlägen.

Lloyd, du hast nicht einmal angeordnet, ihn zu öffnen!

Sein Exkollege ließ offenbar nach. Sicher, die Wohnung war nicht das Wichtigste, trotzdem war es eine Kleinigkeit, den Inhalt des Briefkastens zu überprüfen.

Die Absender zeigten ihm, dass es sich vorwiegend um offizielle Schreiben handelte, vor allem von Subertons Bank. Aber da war eine Postkarte. Sie war sehr schlicht und zeigte eine Ansicht von Orlando in Florida. Auf der Rückseite stand in ungelenker Schrift: »Es ist wam in Orlando. Wenn du wüstest was du verpast! Kom aus deinem Loch raus, las von dir hören. Grüse Earl.« Brolin prüfte das Datum des Poststempels, schob alles wieder in den Briefkasten und schloss ihn. Jetzt war er zumindest sicher, dass Suberton wirklich nicht mehr hier wohnte, denn manche Schreiben stammten von Mitte März. Das passte zu dem, was er wusste. Seit drei Monaten war Suberton nicht am Arbeitsplatz erschienen, und auf seinem Bankkonto hatte es, die Daueraufträge ausgenommen, keine Bewegungen gegeben. Auch der Staub in der Wohnung bestätigte, dass er lange nicht mehr hier gewesen war.

Brolin begriff die Logik nicht, die sich hinter all dem verbarg, deshalb war er noch einmal hergekommen. Und um sich ein besseres Bild von Mark Suberton zu machen. Warum hatte er, bevor er verschwand, nicht seine Wohnung gekündigt? Er war nicht reich, und vernünftigerweise hätte er alles Geld von seinem Bankkonto abheben und mitnehmen müssen ... Wäre es, um nicht entdeckt zu werden, nicht logischer gewesen, unter falschem Namen eine andere Wohnung anzumieten? Wenn man bedachte, was Suberton mit seinen Opfern anstellte, konnte man davon ausgehen, dass er fähig war, sich eine neue Identität zuzulegen. Wie jeder Mensch, so folgte auch ein Mörder seiner Logik, ganz gleich, wie abartig sie war – das hatte Brolin gelernt. Jetzt musste er der von Mark Suberton auf die Spur kommen.

Der Flur im Erdgeschoss war menschenleer. Brolin drückte auf den Schalter, und ein orangefarbenes Licht erhellte den Gang mit den endlosen Reihen von Türen. Die Wände waren mit Graffiti und eingeritzten Initialen überzogen. Der Boden klebte vor Dreck, und die Flecke, die sich in das Linoleum gefressen hatten – soweit dieses überhaupt noch vorhanden war –, fügten sich zu einem Mosaik der Vergänglichkeit und des Elends.

Die Tür zu Subertons Wohnung war nach dem Polizeieinsatz notdürftig mit Siegeln und breitem gelben Klebeband verschlossen worden. In einem Viertel wie diesem hätte ein Beamter zur Bewachung abgestellt werden müssen, denn hier würde das offizielle Siegel bald abgerissen und die Wohnung geplündert sein. Brolin stellte erneut fest, dass Lloyd Meats völlig überfordert war. Dabei wusste er nur allzu gut, was dieser durchmachte. Er stand unter enormem Druck und hatte mit einem geringen Budget und zu wenig Personal ein gewaltiges Programm zu bewältigen. Man musste bei den Peytons und den Morgans wegen der verschwundenen Frauen ermitteln und die Nachbarschaft verhören, die Familien, in denen Spinnenbisse vorgekommen waren, vernehmen, Mark Subertons Spur verfolgen, Familienangehörige und Arbeitskollegen, sobald sie bekannt waren, befragen, die wissenschaftlichen Ergebnisse der Untersuchung auswerten, neue Spuren suchen ... und vieles mehr.

Aus der Gesäßtasche seiner Jeans zog Brolin ein kleines Etui, das alles enthielt, was man in solchen Situationen brauchte: Plastikbeutel, Leuchtstift, Pinzette ... Und vor allem ein kleines Multifunktionstaschenmesser, mit dem er jetzt das Siegel aufschnitt.

Er trat schnell ein und drückte die Tür vorsichtig wieder zu. In der absoluten Dunkelheit nahm Brolin den stickigen Geruch von Staub, bröckelndem Putz und Schimmel wahr. Reflexartig tastete er nach dem Lichtschalter, besann sich dann aber anders. Denn wenn das kleine Alarmsystem, das die Tür mit der Telefonleitung verband, auch deaktiviert war, konnte Suberton irgendwo eine andere Falle eingebaut haben – dieser Mann war einfallsreich. Und paranoid, wie aus seiner Wohnung zu schließen war. Alles war hier so angelegt, dass sich ein möglicher Eindringling verunsichert und desorientiert fühlen musste. Nichts war leicht zugänglich: Um in die Küche zu gelangen, musste man zwischen Kartons und dann unter einem Tisch hindurchkriechen oder sich zwischen zwei hohen Möbelstücken hindurchzwängen.

Um möglichst behutsam vorzugehen, beschloss Brolin, nur seinen Leuchtstift zu benutzen. Er zog ihn aus der Tasche und schaltete ihn ein. Der weiße Lichtstrahl grub sich in die

Finsternis und erweckte Kohorten von Staubkörnern, die wie leichter Ascheregen durch die Luft schwebten, zum Leben.

Im Flur konnte sich der Privatdetektiv noch normal bewegen, dann aber musste er sich der irrwitzigen Anordnung der Einrichtung anpassen. Die Wohnung bestand aus drei Zimmern mittlerer Größe, doch wegen des Labyrinths, das Suberton mit all seiner Diebesbeute geschaffen hatte, war der Weg von A nach B vier- oder fünfmal länger als normal. Zweifelsohne war der Einbrecher Suberton nach seiner Entlassung aus dem Gefängnis rückfällig geworden: Was er hier angehäuft hatte, reichte aus, um mindestens fünf Wohnungen einzurichten: Küchenherde, Geschirrschränke, Tische und Stühle, Fernseher. Dazu die unzähligen Kartons, vermutlich voll mit gestohlenen CDs, Silberbestecken oder dem, was er sonst noch hatte mitgehen lassen. Ein Teil war mit Bettlaken abgedeckt. Ein wahres Paradies für Mäuse.

Brolin überlegte, wie er sich vorwärtsbewegen sollte: von einem Möbelstück zum anderen steigen, wie es neulich abends die Polizisten getan hatten, als sie sich vergewissern wollten, dass Suberton nicht zu Hause war, oder den Wegen folgen, die dieser angelegt hatte?

Er entschied sich für die zweite Lösung. Das war die beste Art, um sich mit der Psyche des Flüchtigen vertraut zu machen.

Auf der Schwelle zum ersten Zimmer zwängte er sich zwischen zwei Schränken, die wie Höllenhunde den Zugang bewachten, hindurch. Es gelang ihm nur knapp, dick durfte man hier nicht sein. Das wahre Ausmaß des Wahnsinns offenbarte sich ihm erst danach – der Eingang zum Karton-Labyrinth. Diese reihten sich zu einer langen Prozession aneinander und bildeten Mauern, die nie mehr als hüfthoch waren. Bisher hatte Brolin wegen der Dunkelheit zunächst vermutet, die Laken würden die Möbelstücke abdecken, in Wirklichkeit aber waren sie wie ein Dach über die Kartons gespannt. Bei seinem ersten Besuch am Freitagabend hatte er das nicht bemerkt, enttäuscht, wie er gewesen war, dass Mark Suberton nicht in der Wohnung war.

»Also gut, wenn du es so willst«, murmelte er.

Brolin kniete sich nieder und kroch in das Labyrinth.

Der dünne Lichtstrahl des Leuchtstifts reichte nicht weiter als zwei Meter und erhellte nur jeweils einen kleinen Bereich, während der Rest im Dunkeln blieb. Jedes Geräusch wurde durch die Enge des Durchgangs erstickt. Klaustrophobisch darf man hier nicht sein, dachte Brolin. Nach einigen Metern hielt er inne. Er musste das Gefühl loswerden, sich in einem endlosen Tunnel zu befinden, wie er es aus Kinderalbträumen kannte.

Schließlich kroch er weiter, bis er an eine Abzweigung kam. Er beleuchtete sie in beide Richtungen und entschied sich für die linke. Der Bogen, der dann folgte, war so schmal, dass er Zweifel hatte, hindurchzupassen. Brolin beschloss, einen Kartonstapel zur Seite zu schieben. Als er sich zu diesem Zweck hinhockte, bildete sein Kopf eine Ausbuchtung in dem Laken. Etwas Schweres bewegte sich weiter oben. Er hielt inne.

Keine gute Idee.

Suberton hatte offenbar oben auf die Kartons Gegenstände gelegt, die auf ihn herabfallen könnten. *Bügeleisen, ein Block mit Küchenmessern, wer weiß, was solch ein Typ alles ersinnen kann?* Er erinnerte sich, dass die Polizisten bei der Durchsuchung der Örtlichkeiten etliche Dinge umgeworfen hatten.

Brolin klemmte seine Lampe zwischen die Zähne, legte sich auf die Seite und schob sich langsam nach vorn, um den Engpass hinter sich zu bringen.

In diesem Augenblick hörte er in einem etwas weiter entfernten Gang ein Knarren.

Er lauschte. Das Geräusch wiederholte sich.

Das ist das Holz, völlig normal. Konzentrier dich lieber darauf, dich in Suberton hineinzuversetzen.

Brolin gelangte unter einen Tisch, zwischen dessen Beinen drei weitere Gänge zu erkennen waren. Der Rest war mit Brettern, einem quer liegenden Couchtisch und einem Stapel Fotoalben verstellt.

»Hattest du nichts Besseres zu tun?«, fluchte er.

Glücklicherweise war die Wohnung nicht besonders groß, und mit einem Minimum an Orientierungsvermögen fand man sich selbst unter den Tüchern zurecht. Brolin hatte immer mehr das Gefühl, sich in Schützengräben zu befinden, wie sie in Büchern über den Ersten Weltkrieg beschrieben wurden, nur dass sich diese hier nicht unter freiem Himmel befanden und so niedrig waren, dass man sich kaum hinsetzen konnte. Er rutschte an einem Möbelstück entlang, ehe er in einen Durchlass gelangte, der zwischen zwei glänzenden schwarzen Platten hindurchführte.

Brolin stützte sich auf die Ellenbogen und bewegte die Lampe hin und her. Was war das? Zwei, drei Meter lange dunkle Spiegel?

Plötzlich fiel es ihm wie Schuppen von den Augen. Aquarien! In der bedrückenden Dunkelheit wirkten sie wie zwei Särge. Die dunklen Scheiben warfen den schwachen Schein des Leuchtstifts zurück. Das Dach aus Baumwollstoff schien über den beiden Becken befestigt zu sein.

Brolin kroch weiter. Er musste sich jetzt im zweiten Zimmer befinden.

Bei der nächsten Biegung kamen seine Finger mit etwas in Kontakt, das ihn zusammenfahren ließ.

Eine faserige, klebrige Substanz, die zwischen zwei Kartons gespannt war. Brolin zog die Hand sofort zurück.

Ein Spinnennetz.

Aber keines von den kleinen, die man im Vorbeigehen kaum bemerkt. Dieses war dick und fest.

Mist, Mist, verdammter Mist … Ruhe bewahren, keine abrupten Bewegungen.

Er robbte ein Stück zurück und streckte den Leuchtstift vor, um die besagte Ecke zu erhellen.

Das Licht fiel auf graues Gewebe, das sich über etwa dreißig Zentimeter des Tunnels spannte.

Gut, jetzt weißt du, was es ist. Du wirst dich doch wohl dadurch nicht aufhalten lassen, oder?

Aufmerksam untersuchte er die Falle aus Seide nach einem kleinen Spinnenkörper. Nichts. Das Tier versteckte sich bestimmt in einem der Löcher auf der Seite, dachte Brolin. Es half nichts, er musste weiterkriechen. Und wenn er den Finger nicht gerade in den Unterschlupf der Spinne steckte, würde sie ihn auch nicht angreifen!

Er vergewisserte sich, dass sein Hemd bis oben zugeknöpft war – eine kümmerliche Vorsichtsmaßnahme –, und schob sich widerwillig vorwärts.

Während er weiterkroch, zerstörte er einen Teil des Spinnennetzes und musste erneut anhalten, um seine Knie und Arme von den klebrigen Fasern zu befreien. Als er sich umsah, stellte er fest, dass er sich in Subertons Küche befand. Sein Leuchtstift – zu schwach für den ganzen Raum – schnitt nur schmale Schneisen in die Dunkelheit. Er kroch noch zwei Meter weiter, dann konnte er aufstehen. Die Küche war zwar nicht groß, doch nach dieser Expedition am Boden war es ein Glücksgefühl, wieder aufrecht stehen zu können.

Ein kleiner Kühlschrank, gegenüber ein Herd mit Backofen und ein Kästchen mit Tellern, Gläsern und Besteck, das war die ganze Einrichtung. Brolin öffnete den Kühlschrank. Das Licht im Inneren war stärker als das seines Leuchtstifts. Er blinzelte, um sich an die Helligkeit zu gewöhnen. Es roch nach Schimmel, denn die wenigen Essensreste waren völlig verdorben.

War Suberton überstürzt aufgebrochen, oder war ihm seine Wohnung derart gleichgültig?

Wer bist du, Mark? Was verbirgt sich hinter diesem gesenkten

Blick, diesen zwanghaften Einbrüchen? Zeig mir, was du bei dir versteckst, lass mich näher an dich heran, lass mich dich verstehen.

Brolin betrachtete den Irrgarten aus Kartons, durch den er hierhergelangt war.

Sag mir, woher dieser Drang rührt, deine Leichen an Wasserfällen abzulegen. Was verbirgt sich dahinter? Die Spinnen – das weiß ich bereits. Sag mir lieber, was ich nicht weiß, was ich nicht sehe. Zum Beispiel, warum du die Frauen in der Kehle vergewaltigst.

Brolin besah sich den mit Fett verschmierten Herd. Die Backofentür war mit schwarzen Streifen überzogen und die Scheibe undurchsichtig. Er öffnete sie. Eine Rußwolke schlug ihm entgegen. Er hustete und richtete den Strahl seines Leuchtstifts ins Innere. *Machst du Feuer in deinem Backofen, Mark?*

Wieder ein Knarren in der Wohnung. Brolin schüttelte den Kopf. Er wollte eben die Ofentür schließen, als sein Blick auf eine etwas hellere Stelle fiel. Er tastete in der Asche herum und zog schließlich etwas verkohltes Rechteckiges heraus. Es war ein Notizbuch.

Als Brolin es vorsichtig aufschlug, fielen mit einem leisen Knistern verbrannte Papierreste heraus. Ein großer Teil war völlig versengt, doch einige bräunlich verfärbte Seiten waren unversehrt. Brolin beugte sich darüber und versuchte, die Buchstaben zu entziffern. Unmöglich. Er seufzte.

Nur auf den letzten Seiten war der obere Teil relativ intakt und Satzfetzen lesbar.

im Fernsehen und sagen, das ist
die diesen Idioten ner-
meistens habe ich
in einem Motel gevögelt, auf

Ein Wort erregte Brolins Aufmerksamkeit:

Spricht dauernd von Spinnen

Der Privatdetektiv untersuchte sorgfältig die vorhergehenden und folgenden Seiten. Sie waren weniger beschädigt, und ganz offensichtlich ging es um einen Bekannten von Suberton.

hat mich gebissen, dieser Idiot, das ist das zwei
T. schläft heute Abend hier, ich wünsche mir dass
Ich streichele T. und er beißt mich, dieser Idio
Nicht mit seinen Spinnen hier, das ist

Das Wort Spinnen schien im Dunkel aufzuleuchten. Brolin packte das Heft in einen seiner Plastikbeutel – ein solches Fundstück würde er nicht hier zurücklassen. Sein Blick fiel auf eine Packung Kekse, die ihn daran erinnerte, dass sein Magen absolut leer war. *Du wirst doch nicht das Zeug anrühren, es steht seit Monaten hier herum!* Er griff nach der Schachtel, bemerkte aber, dass Mäuse die Aufräumarbeit bereits erledigt hatten. *Umso besser …*

Brolin verzog das Gesicht bei der Vorstellung, in dieses Gewirr von dunklen, muffigen Gängen zurückkehren zu müssen, mit all den Mäu… Aber genau genommen hatte er keine Spur von einer Maus entdeckt. Er schüttelte den Kopf, das konnte ihm doch egal sein.

Brolin kehrte auf allen vieren in das eigenartige Labyrinth zurück.

Nach wenigen Minuten taten ihm die Knie weh. Anstelle der Laken lagen jetzt Wolldecken über den Gängen, sodass die Luft noch stickiger wurde. Brolin bewegte sich durch einen »Korridor« von etwa siebzig Zentimeter Breite und kaum neunzig Zentimeter Höhe und fühlte sich an den Film *Gesprengte Ketten* von John Sturges erinnert. Schließlich gelangte er in einen Raum, der Mark Suberton als Schlafzimmer gedient haben musste: eine Matratze, eine Tischlampe und ein Stapel Pornohefte. Brolin suchte vergebens unter der Matratze, zwischen den beiden Fernsehern und den DVDs, die Suberton angesammelt hatte. Kein Indiz, das sein Verhalten hätte erklären können. Kein Hinweis auf Spinnen oder seinen Drang, die Opfer in der Kehle zu vergewaltigen, oder auf das an den Leichenfundorten stets vorhandene Wasser. Nur diese merkwürdige Anordnung der Möbel und dieses Labyrinth, all die Kartons und die Möbel, um … *All diese Möbel* …

Brolin stutzte, und plötzlich fielen ihm die Aquarien wieder ein.

Zuerst hatte sich die Gedankenverbindung nicht ergeben, aber es war ja Wasser im Spiel. Und wenn nun in diesen riesigen Aquarien nicht Fische, sondern Spinnen gewesen waren?

Brolin kroch eilig in den Tunnel zurück und machte sich, so schnell er konnte, auf den Weg zu den beiden schwarzen Glasblöcken. An einer Abzweigung verirrte er sich und musste umkehren.

Dann hatte er den schmalen Durchlass zwischen den beiden Aquarien, den dunklen Quadern, erreicht.

Brolins Hand strich über die kalte gläserne Oberfläche.

Trotz aller Mühe, Ruhe zu bewahren, spürte er, dass sein Herz schneller schlug.

Er hielt seinen Leuchtstift dicht an die Scheibe. Doch durch die Färbung des Glases sah er nichts als einen grünlichen Schein.

Brolin tastete nach dem Einschaltknopf für die Beleuchtung. Schließlich gab es hier noch Strom, und vielleicht funktionierten die Lampen in den Aquarien. Bei seiner Suche stieß er mit dem Ellenbogen gegen das andere Behältnis hinter ihm. Das Geräusch war dumpf.

Er runzelte die Stirn. Es klang, als läge etwas hinter der Scheibe. Sofort begann seine Fantasie zu arbeiten. Aber nein, das war unmöglich, da konnte keine Leiche sein. Das hätte er schon längst gerochen. Er durfte nicht immer gleich das Schlimmste vermuten. Das Aquarium war sicher mit Wasser gefüllt, deshalb der dumpfe Laut. Er wandte seine Aufmerksamkeit dem anderen zu. Im schwachen Schein seines Leuchtstifts erkannte er, dass seitlich etwas Platz war. Er richtete den Lichtkegel darauf, konnte aber kaum etwas erkennen. Also suchte er weiter nach einem Schalter.

Sein Daumen streifte etwas Weiches am Boden.

Er tastete genauer danach und ...

Verdammt!

Wohl nur eine tote Maus, dachte er, sonst nichts. Plötzlich fand er den Schalter und betätigte ihn.

Die Neonleuchten im Aquarium zuckten wie Blitze an einem smaragdfarbenen Himmel. Zunächst konnte er nur erkennen, dass im Inneren alles grün war.

Aber allmählich zeichnete sich darin vage eine weißliche Form ab.

Brolins Gesicht war keine zehn Zentimeter von der Scheibe entfernt, und er konnte nicht weiter zurückweichen.

Und plötzlich erblickte er das Grauen.

Dicht vor ihm, getrennt nur durch das Glas, zwei wässrige Augen.

Ein Mann schwamm in der fauligen Brühe des Aquariums. Durch die Liegezeit im Wasser war die Haut schrumpelig wie Knitterleinen, und es schien fast, als wollte sie sich jeden Moment ablösen. Der Kopf war aufgedunsen und deformiert, die Lippen waren aufgequollen, die Wangen dagegen so schlaff, dass die Augen bedrohlich weit aus den Höhlen traten.

Brolin erkannte ihn sofort.

Er ballte die Hand zur Faust und drehte sich um, er musste so schnell wie möglich von hier wegkommen.

Doch er war kaum einen halben Meter gekrochen, als ihm

klar wurde, warum er hier von Anfang an keine Maus gehört hatte.

Der Grund war einfach. Und grässlich.

Sie war da, vor ihm, und versperrte ihm den Weg.

32

In ihrer Verzweiflung hatte Annabel Salhindros Angebot, sie zu Brolins Haus zu fahren, angenommen. Sie fand den Schlüssel an der Stelle, die ihr Brolin gesagt hatte, und bedankte sich bei Salhindro. Der versprach, sie zu informieren, sobald er irgendetwas Neues erführe. Unterwegs hatte er versucht, sie zu beruhigen: Sie wisse doch, wie unberechenbar Brolin sei und wie sehr er sich von seinem Bedürfnis leiten ließ, den verrücktesten Spuren nachzugehen.

Trotzdem hatte Annabel das Gefühl, es müsse ihm etwas zugestoßen sein. Er hätte sie sonst nicht im Ungewissen gelassen, hätte sich gemeldet. Den ganzen Weg über hatte sie sich einzureden versucht, der Akku seines Handys sei leer gewesen, und da er sie nicht hatte erreichen können, wäre er nach Hause gefahren und wartete jetzt, einen Becher mit dampfendem Tee in der Hand, im Wohnzimmer auf sie.

Doch das Haus war ausgestorben, nur Saphir sprang ihr entgegen und drückte seine feuchte Schnauze an ihren Hals.

Es war ein Uhr morgens.

Ohne die Lampen einzuschalten, schenkte sich Annabel einen Whisky ein und setzte sich aufs Sofa – das Mondlicht, das durch die große Glasfront drang, reichte als Beleuchtung aus.

So blieb sie eine Weile sitzen und dachte nach.

Über die Ermittlungen, in die sie sich eingemischt hatte. Darüber, dass sie bei der Auseinandersetzung mit dem Mörder am Vortag nur knapp dem Tod entgangen war, über das endgültige Verschwinden ihres Mannes, über den Tod ihres ehemaligen Kollegen Jack Thayer im letzten Winter. Sie war mit ihren Gedanken weit fort.

Annabel zuckte zusammen. Das Telefon.

Sie stürzte hin und nahm den Hörer ab.

»Annabel?«

Ihr Herz schlug zum Zerspringen.

»Joshua!«

»Ich konnte nicht früher anrufen, mein Handy war leer. Hör zu, es ist etwas passiert.«

Sie wurde wieder besorgt, denn seine Stimme klang ungewohnt ... Er schien ... *erschüttert*! Er ...

»Ich bin bei Suberton. Gerade ist auch Lloyd Meats mit den Männern von der Spurensicherung eingetroffen.«

Annabel wartete, sie befürchtete das Schlimmste.

»Ich habe eine Leiche gefunden«, fuhr Brolin fort. »Sie liegt seit einer guten Weile in einem gefüllten Aquarium, schon mehrere Wochen, vielleicht sogar mehrere Monate. Es ist die von Mark Suberton.«

»Was? Aber ...«

»Ja, es ist ... verteufelt. Bei unserem Besuch am Freitagabend hat niemand sie entdeckt, das Aquarium war zwischen den Möbeln versteckt, mit Wasser gefüllt und mit Laken abgedeckt. Deshalb hat niemand etwas gerochen. Wir haben uns täuschen lassen. Alles war geplant, die Taschenlampe, die wir bei den Peytons unter dem Schrank gefunden haben, all das sollte uns hierherführen.«

»Und warum?«

»Das wissen wir nicht, wohl eine Art Spiel, nehme ich an, das ist der einzig plausible Grund. Derjenige, der hinter der ganzen Sache steckt, will uns an der Nase herumführen und hat uns gerade bewiesen, dass er die Fäden in der Hand hält.«

Annabel lehnte sich auf dem Sofa zurück. Sie waren wieder am Ausgangspunkt.

»Aber ich habe ein Notizheft gefunden – ein verkohltes zwar, doch ich glaube, das war vom Mörder nicht geplant. Craig Nova versucht, im Labor möglichst viel herauszufinden.«

Nach kurzem Schweigen fügte Brolin hinzu: »Da ist noch etwas.«

Wieder dieser Tonfall, den Annabel bei ihm nicht kannte.

»Der Dreckskerl hat in der Wohnung eine Überraschung für uns zurückgelassen, ehe er verschwunden ist. Eine seiner Spinnen. Ein sehr großes Exemplar mit einer Spannweite von fast dreißig Zentimetern. Ich denke, sie hat hier überleben können, weil sie Mäuse gefangen hat.«

»Bist du gebissen worden?«, fragte Annabel erschrocken.

»Nein, nur die Haut ist gereizt von den … ›Brennhaaren‹, wie der herbeizitierte Entomologe gesagt hat. Es ist mir gelungen, rauszukommen, bevor sie mich beißen konnte.«

Als Brolin das Monster, das ihm den Weg versperrte, entdeckt hatte, war er zurückgewichen. Die Spinne hob drohend die Vorderbeine, doch der Privatdetektiv hatte plötzlich die Eingebung gehabt, sein Taschenmesser zu ziehen und das Laken über sich zu zerschneiden. Er hatte sich in ebendem Augenblick frei gestemmt, als unter dem Stoff eine eigenartige Stridulation ertönte, die immer lauter wurde, so als näherte sich die Spinne seinen Waden. Brolin war über die Möbel geklettert, wobei er auf dem Weg zum Eingang Stapel von Kartons umgestoßen hatte. Der Akku seines Handys hatte gerade noch ausgereicht, um Meats anzurufen, der sofort mit einigen Männern angerückt war.

Der Entomologe Dr. Conelberg hatte von der größten Vogelspinne der Welt gesprochen: *Theraphosa Blondi*. Es handelte sich um eine sehr aggressive Art, die nicht zögert, einem Eindringling ihre Brennhaare entgegenzuschleudern, ehe sie ihn beißt. Glücklicherweise ist das Gift nicht gefährlich. Der Fachmann schien beeindruckt von der Tatsache, dass eine solche Art hier mehrere Wochen existieren konnte. Das war nur durch die Wärme und die Feuchtigkeit möglich, den Herbst aber hätte sie, wie er sagte, nicht überlebt.

»Ich komme jetzt nach Hause«, erklärte Brolin, »in einer knappen halben Stunde bin ich da.«

Annabel war erst wirklich beruhigt, als sie den Mustang vorfahren hörte. Sie ließ Brolin keine Zeit, etwas zu sagen, sondern zog ihn fest an sich.

Einen Moment verharrte er reglos, bis er sie schließlich ebenfalls umarmte.

»Es geht mir gut«, sagte er, »es geht mir gut.«

Sie nickte und trat von ihm zurück.

»Entschuldige ... Ich habe mir Sorgen gemacht.«

Es gelang ihr, Brolin ein Lächeln zu entlocken.

Er schenkte sich ein Glas Eistee ein und setzte sich auf das Sofa, genau dorthin, wo Annabel auf ihn gewartet hatte, die neben ihm Platz nahm.

»Wir sind also wieder am Anfang, nicht wahr?«, murmelte sie.

»Ich weiß es nicht. Für mich ist es die Bestätigung einer Vermutung. Wieder diese Verbindung Leiche – Wasser.«

»Das trifft auf die erste aber nicht zu. Wenn ich mich recht erinnere, wurde Salhindros Bruder Fleitcher auf einer Lichtung gefunden, wo es kein Wasser gab.«

»Knapp einen Kilometer entfernt ist ein Wasserfall, aber ich glaube, da gibt es keinen Zusammenhang. Der Mord an Fleitcher hat nichts mit den anderen zu tun. Er hat sich nur zur falschen Zeit am falschen Ort befunden. Seine Leiche war nicht in Spinnenseide gewickelt und auch nicht entleert. Es gab kein Ritual.«

»Ist das Opfer nicht in erster Linie ein Lustobjekt oder zumindest ein Mittel zur Lustbefriedigung?«

»Das auch, aber ich kann nicht glauben, dass die Allgegenwart des Wassers Zufall ist. Das Wasser symbolisiert die Frau, die Fortpflanzung. Und in allen Religionen und Zivilisationen gibt es auch einen Zusammenhang mit Reinigung und Regeneration.«

»Will er uns etwa sagen, dass er wiedergeboren wird oder sich von etwas reinwäscht?«, wunderte sich Annabel.

»Möglicherweise. Aber dieser Typ ist … Er ist anders als die anderen.«

Annabel sah Brolin seine wachsende Nervosität an.

»Er widerspricht dem üblichen Schema«, knurrte er. »Serienkiller sind bekanntlich oft vom Feuer fasziniert und als Kinder Pyromanen gewesen, bei ihm ist es das Wasser. Eine Art Hydrophilie – eine meist sexuell gefärbte Vorliebe für Wasser.«

»Was bedeutet das?«

»Wasser als Fetisch, meist sexueller Natur.«

»Und warum entspricht er nicht dem üblichen Schema?«

Brolin stellte sein Teeglas auf den Tisch.

»Weil er … So was kommt häufiger bei Frauen vor. Ich habe noch von keinem Serienkiller mit dieser Abartigkeit gehört.«

»Dieser hier ist eben anders …«

Brolin schwieg. Er spürte, dass er die Substanz dieses Falls nicht zu fassen und die Persönlichkeit dieses Menschen nicht zu begreifen vermochte.

Annabel unterbrach seine Gedanken.

»Apropos Wasser, da fällt mir etwas ein. Das Gottesurteil. Ich glaube, im Mittelalter betrachtete man eine Prüfung durch Naturgewalten, sei's durch Feuer oder durch Wasser, als das Urteil Gottes. So wollte man die Schuld oder Unschuld eines Verdächtigen feststellen.«

»Nein, das glaube ich nicht, denn wenn diese Absicht dahinterstünde, würde der Mörder seine Opfer ertränken oder zumindest ins Wasser legen. Das Wasser ist sozusagen die Kulisse, vor der wir die Toten finden sollen. Das ist das Wichtige.«

Brolin stützte die Ellenbogen auf die Knie und massierte seine Schläfen.

Annabel beobachtete ihn mit mütterlicher Zärtlichkeit und legte eine Hand auf seinen Arm.

»Die letzten Tage waren hart, nicht wahr?«

Er nickte, lehnte sich zurück und schloss die Augen.

Saphir machte sich auf der anderen Seite des Sofas breit und legte den Kopf auf den Oberschenkel seines Herrchens. Brolin streichelte seinen Kopf.

Die vollkommene Stille entspannte Annabel. Den Blick auf die Baumkronen gerichtet, ließ sie die Gedanken schweifen.

Als sie sich wieder zu Brolin und Saphir wandte, ruhte Brolins Hand reglos auf dem Fell, das im Mondlicht silbern schimmerte. Beide schliefen und atmeten regelmäßig. Annabel lächelte.

Eine Weile betrachtete sie die beiden.

Dann legte sie den Kopf an Brolins Brust.

Sie lauschte seinem Herzschlag, bis sie selbst einschlief.

33

Die Schlagzeile des *Oregonian* hätte nicht knapper sein können: Horror im Wald.

Darunter ein Foto, das die halbe Seite einnahm. Es zeigte mehrere Personen unter einem Baum, in dem ein weißes Gebilde hing.

Die Bildunterschrift lautete: »Polizei entdeckt eingehüllte Leiche«.

Es gab eine undichte Stelle innerhalb der Polizei. Die Redaktion hatte von dem mysteriösen Fund einer Leiche erfahren und wollte gerade auf der zweiten Seite darüber berichten, als sie von einem anonymen Absender die Fotos erhielt. Das Ganze grenzte an ein Wunder, denn solche Dokumente wurden normalerweise teuer gehandelt. Also war anzunehmen, dass derjenige, der diese sechs Fotos geschickt hatte, mit den Ordnungskräften abrechnen wollte. Wie auch immer, sie waren ein Geschenk des Himmels – ein echter Knüller.

Einer der Journalisten, der zugegen gewesen war, als der Umschlag geöffnet wurde, bemerkte, dass auf einem der Fotos zwei Gestalten rot eingekreist und mit einem Fragezeichen versehen waren. Die eine Person war bekannt, man hatte vor knapp drei Jahren in den Medien Oregons, ja des ganzen Landes, viel von ihm geredet: Joshua Brolin. In der Folge war auch die zweite schnell identifiziert: Annabel O'Donnel.

Der Artikel verwies auf ihre Identität und ihre Verbindung zu dieser makabren Entdeckung.

> … Am erstaunlichsten aber: die Anwesenheit von Privatdetektiv Joshua Brolin und Detective Annabel O'Donnel aus New York. Joshua Brolin müssen wir nach dem schrecklichen Drama vom Herbst 1999 und der Festnahme des »Phantoms von Portland« (siehe Kasten gegenüber) nicht mehr vorstellen. Es ist auch bekannt, dass er letzten Winter entscheidend zur Aufdeckung der Caliban-Sekte in New York beigetragen hat – verantwortlich für die Ermittlungen war niemand anders als Annabel O'Donnel. Weshalb aber sind ein Privatdetektiv und ein New Yorker Cop jetzt hier? Das ist kein gutes Omen und legt den Verdacht nahe, dass vielleicht ein neuer Serienmörder durch die Lande streift …

Lloyd Meats warf die Zeitung wütend in den Papierkorb.

»Diese Mistkerle … Sie haben uns nicht mal informiert!«

»Sie rufen seit heute Morgen ununterbrochen an«, entgegnete Captain Chamberlin. »Sie wollen eine Erklärung von uns für die morgige Ausgabe.«

»Sollen sie sich doch zum Teufel scheren!«, schimpfte Meats.

»Man muss aber auch die andere Seite sehen. Die Presse weiß nichts von den Spinnen, sie halten den Kokon für ein Laken, das die Leiche umhüllt. Solange wir verhindern können, dass sie davon Wind bekommen … Ich gebe gleich eine Presseerklärung und teile mit, dass wir bei der Untersuchung zwar vorankommen, dass sie allerdings Geduld haben müssen.«

Als er sah, dass Meats seine Jacke anzog, fragte der Captain: »Wohin gehst du?«

»Ins Labor. Craig Nova erwartet mich für die Untersuchung des Notizbuchs, das Joshua bei unserem Exverdächtigen Nummer eins gefunden hat.«

»Gut, halte mich auf dem Laufenden. Was Brolin betrifft, so gebe ich der Presse bekannt, dass wir ihn als Profiler hinzugezogen haben, nichts weiter. Einverstanden?«

»Warum sollte ich nicht einverstanden sein?«

Chamberlin massierte sein Kinn, so als würde es ihm helfen, sich klarer auszudrücken: »Du und ich, wir wissen, dass er etwas mehr involviert ist. Ohne ihn hätten wir Subertons Leiche erst Gott weiß wann gefunden …«

Meats blickte auf.

»Ich weiß, was du sagen willst. Es war sein Entschluss. Er konnte nicht bei der Polizei bleiben. Verständlich, finde ich. Also, ich gehe jetzt.«

Craig Nova trat ungeduldig von einem Fuß auf den anderen, den Blick auf das von den Flammen zerfressene Stück Leder geheftet, dieses kleine Rechteck mit den verkohlten Papierblättern darin. Er kam sich vor wie Howard Carter kurz vor der Entdeckung des Tutanchamun-Grabes. Es war möglich, er wusste es, trotz der Schäden des Feuers konnte er das Notizbuch zum Sprechen bringen, und er hatte auch schon eine Vorstellung, wie.

Craig lief, die Hände hinter dem Rücken verschränkt, um den gekachelten Tisch herum, ohne den dunklen Fleck unter der Glasglocke aus den Augen zu lassen.

Zunächst würde er auf eine Mischung aus Äther, Glycerin und Petroleum zurückgreifen, um dem Papier mehr Halt zu geben und die brüchigen Seiten geschmeidiger zu machen. Anschließend würde er mit Hilfe von ultravioletten oder infraroten Strahlen die Tinte sichtbar machen. Die würde eine besondere Wellenlänge vor dem Hintergrund des Papiers reflektieren, eine Wellenlänge, die seiner Textur und seiner Zusammensetzung entsprach und anders als die des Papiers war. So würden die Buchstaben auf den behandelten verkohlten Seiten hervortreten. Craig rieb sich die Hände und bereitete sein Material vor.

Als er Lloyd Meats hinter der großen Scheibe des Labors auftauchen sah, hob er die latexbehandschuhte Faust, den Daumen zum Zeichen des Sieges nach oben gestreckt.

Er hatte etwas gefunden.

34

Am Montagmorgen begleitete Brolin Annabel zu dem Geschäft *Bug'em all*, um seinerseits mit Debbie Leigh zu sprechen und ihr ein paar Fragen – immer dieselben – über Spinnen zu stellen. Sie war äußerst freundlich und hilfsbereit, doch er erfuhr nichts, was er nicht längst wusste.

Annabel, die etwas abseits stand, verfolgte das Gespräch und beobachtete dabei eine dicke, behaarte Tarantel in ihrem Terrarium. Sie war völlig überrascht gewesen, am Morgen an Brolin gekuschelt aufzuwachen – immer noch auf dem Sofa, aber in eine Decke gehüllt. Er musste also nachts aufgewacht sein und, als er bemerkte, dass sie an seiner Brust schlief, nach einer Decke gegriffen haben. Diese Vorstellung hatte genügt, um Annabel trotz der Müdigkeit und der Anspannung der letzten Tage in gute Stimmung zu versetzen.

Gegen Mittag lud Brolin sie in ein mexikanisches Restaurant im Stadtzentrum ein. Nach dem Essen entfaltete er zwei Blätter, die er aus einer der Gesäßtaschen seiner Jeans gezogen hatte.

Es handelte sich um die Liste mit etwa zwanzig Namen. Mit den ersten sieben konnte er ein Gesicht verbinden.

NeoSeta:
Professor Haggarth – Laborchef
Gloria Helskey – Projektleiterin
Connie d'Eils – Technikerin
Donovan Jackman – PR-Chef
Privatpersonen:
Nelson Henry – Naturkundemuseum, Spinnenfachmann
Doktor Conelberg – Entomologe
Debbie Leigh – aus dem Laden *Bug'em all*, Spinnenliebhaberin

Die Liste war insgesamt eineinhalb Seiten lang.

»Warum sollen wir uns denn unbedingt mit all diesen Namen beschäftigen?«, fragte Annabel.

»Die Gemeinde der Arachnophilen in Portland und Umgebung ist begrenzt, und derjenige, der sich hinter diesen Morden verbirgt, muss dazugehören. Er ist Spinnenexperte und verfügt über ein Netz von Fachleuten, um sich exotische Exemplare zu beschaffen. Es ist also höchstwahrscheinlich einer von ihnen oder jemand in deren Umfeld.«

»Donovan Jackman von NeoSeta ist kein Spinnenliebhaber, er ist PR-Chef. Warum steht er auf deiner Liste?«

»Eigentlich würde ich gern das ganze Personal von NeoSeta auf meine Liste setzen. Alle haben Zugang zur Datenbank der Firma mit den Informationen über Spinnen. Da darf man niemanden ausschließen. Und bei meinem kurzen Besuch am Samstag habe ich nur einen Teil der Belegschaft gesehen.«

Brolins Handy begann zu summen.

»Joshua, hier Lloyd Meats. Wir kommen voran. Craig Nova hat einige Seiten des Notizbuchs, das du gestern Abend gefunden hast, entziffern können.«

»Steht sein Besitzer denn eindeutig fest?«

»Subertons Bank hat uns eine Kopie seiner Unterschrift geschickt. Unser Dokumentenexperte, der auch Graphologe ist, hat sie mit den geretteten Textstellen aus dem verbrannten Notizbuch verglichen – sichtbar gemacht mit verschiedenen Infrarot-Techniken, na, du weißt schon – und ist sicher, dass es sich um Mark Subertons Schrift handelt. Doch deshalb rufe ich nicht an. Die meisten Seiten waren zu verkohlt, um noch Aufschluss zu geben, aber eben nicht alle. Hör zu, es sieht ganz so aus, als hätte Suberton ein intimes Verhältnis mit einem anderen Mann gehabt, dessen Name immer nur mit T. vermerkt ist. Er berichtet, dass sie sich ab und zu sahen; nach seinen Notizen zu urteilen, fand Suberton diesen T. etwas sonderbar, doch er mochte ihn gern. Nur dass T. manchmal etwas zu sonderbar war. T. hat Suberton mehrmals gebissen, und Suberton war stinksauer. Es gibt sogar eine Passage, in der Suberton eingesteht, dass T. ihm Angst machte. Aber das Interessanteste ist, dass T. dauernd von Spinnen redet. Suberton zufolge ist er verrückt nach diesen Achtbeinern, und er fragt sich sogar, ob T. nicht zu Hause Spinnen züchte.«

»Habt ihr eine Idee, wer dieser T. sein könnte?«, wollte Brolin wissen.

»Da wird es interessant: Suberton ist seit weit mehr als einem Monat tot, was mit seinem Verschwinden vor drei Monaten übereinstimmt. Er kann also nicht derjenige sein, der Carol Peyton und Lindsey Morgan entführt hat – leider, denn sein Job bei dem Schlüsselservice hätte erklärt, wie der Mörder ohne Gewaltanwendung in ihre Häuser eindringen konnte. Doch Suberton arbeitete mit einem Kollegen zusammen, einem Trevor Hamilton, verstehst du, was ich meine?«

»Ja, T. wie Trevor, der, weil er bei einem Schlüsselservice beschäftigt ist, in Häuser einsteigen kann, ohne Fenster einschlagen zu müssen.«

»Bingo. Der Haken ist nur, dass wir keinerlei Beweise haben. Doch ich habe vorhin mit Doktor Folstom gesprochen, und sie hat eine Idee, vielleicht eine Lösung. Könntest du zu uns in die Pathologie kommen?«

»Ich bin hier mit Annabel, wir sind gleich da. Lloyd, sag mal, was hältst du von dem Notizbuch, ich meine in puncto Glaubwürdigkeit? Ich bin da etwas skeptisch.«

»Ich weiß, was du sagen willst: Ein Typ, der im Knast gesessen hat, bei dem kann man sich schwer vorstellen, dass er Tagebuch schreibt, ist es das? Trotzdem hat man beim Lesen den Eindruck, dass es authentisch ist; der Text wimmelt vor Fehlern und ist schlecht geschrieben, doch ich glaube daran. Das meiste, was ich lesen konnte, war für die Ermittlungen irrelevant; es ging hauptsächlich um existentielle Sorgen, gespickt mit pseudopsychologischen Überlegungen, was den Rest betrifft, weißt du alles.«

»Gut, ich wollte nur sichergehen. Bei dem Daumenabdruck auf der Taschenlampe haben wir uns auch schon irreführen lassen … Also, bis gleich.«

»Josh, da ist noch was.«

Meats klang plötzlich besorgt.

»Was ist?«

»Hast du heute Morgen die Zeitung gelesen?«, fragte Meats. »Nein? Dann solltest du mal einen Blick in den *Oregonian* werfen; unsere Ermittlungen sind inzwischen an die Öffentlichkeit gelangt.«

»Damit war zu rechnen, wir müssen die Informationen in Zukunft filtern.«

Meats schien verlegen, als er fortfuhr: »Josh, auf der ersten Seite ist ein Bild von uns allen. Die Redaktion hat von einem anonymen Absender mehrere Fotos zugeschickt bekommen. Dein Name und der von Annabel stehen schwarz auf weiß in dem Artikel. Tut mir leid.«

Brolins Miene erstarrte.

Auch er wusste, was das bedeutete.

Der Mörder kannte seine Identität und, schlimmer noch, die von Annabel.

☆

»Es ist sehr unwahrscheinlich, dass ein Spaziergänger dieses Foto aufgenommen hat«, erklärte Meats. »Nein, ich bin sicher, es war der Mörder. Dieser Mistkerl war da, hat vor Ort auf uns gewartet. Er hat seine Fotos geschossen und sich dann diskret aus dem Staub gemacht, bevor wir ihn entdecken konnten. Ich verspreche dir, dass wir alles tun werden, Josh.«

Brolin gab keine Antwort, während sie über den Korridor des Leichenschauhauses gingen. Captain Chamberlin hatte versprochen, die Teilnahme des Privatdetektivs an den Ermittlungen zu begründen. Er hatte sich sogar bereit erklärt, einen Vorwand für Annabels Mitarbeit zu finden, angefangen bei ihrem Beruf und der Freundschaft, die sie mit Brolin verband. Das war ja immerhin schon etwas.

Sie traten durch eine Tür, stiegen eine Treppe hinunter und kamen schließlich in einen länglichen Raum, der vom Boden bis zur Decke gekachelt war. Der Edelstahltisch, auf dem Mark Subertons aufgeschwemmte Leiche im grellen Licht der Operationslampen wartete, hatte eine Rinne, durch die die Körperflüssigkeiten ablaufen konnten.

Der Tote glich dem Resultat eines misslungenen genetischen Experiments. Die Haut war wächsern und gelb von der langen Liegezeit im Wasser des Aquariums, und sie nässte. Mark Suberton war nur noch eine einzige faltige Masse mit

Augen, die fast losgelöst schienen, so weit standen sie aus ihren Höhlen heraus, und mit Lippen, die sich zu einer violetten Blüte geformt hatten – eine monströse Parodie aus einem Horrorfilm.

Brolin bemerkte, dass der rechte Daumen fehlte: der Mörder hatte ihn abgetrennt, um den Abdruck auf der Taschenlampe zu hinterlassen. Er hatte gehofft, dass die Polizei ihn entdecken und auf Suberton zurückführen würde. So würde sie glauben, den Schuldigen gefunden zu haben. Das am Eingang zurechtgebastelte Alarmsystem dürfte den wahren Mörder über das Eintreffen der Polizei informiert haben. Dieser Augenblick musste ein wahrer Glücksmoment für ihn gewesen sein: Er hielt die Polizei zum Narren und damit die gesamte Gesellschaft. Er spielte. All das war nur eine Strategie gewesen, um die Polizei in die Irre zu führen und ihr zu beweisen, wer hier die Fäden in der Hand hielt.

Dr. Sydney Folstom wartete, über den Körper von Suberton gebeugt, und untersuchte die klaffenden Wunden an seinem Torso.

»Wissen Sie schon, wie er gestorben ist?«, fragte Brolin.

Erstaunt, ihn zu hören, hob sie den Kopf, und der Privatdetektiv glaubte, eine gewisse Freude auf ihrem Gesicht zu erkennen.

»Auch wenn ich bereits in Pension bin, werden Sie mir noch mit Fragen zusetzen, da bin ich mir sicher«, entgegnete sie.

»Ich muss zugeben, ich bin überrascht, Sie hier im Untergeschoss anzutreffen, nachdem ich gehört habe, dass Sie seit einem Jahr keine Autopsien mehr durchführen.«

Sie wirkte verlegen bei dieser Bemerkung, leicht gekränkt, dachte Brolin.

»Ich nehme die Autopsie nicht selbst vor, ich bin nur hier, um Detective Meats bei seinen Ermittlungen zu helfen.«

Sydney Folstom zog eine Braue hoch und schielte über Brolins Schulter hinweg zu Annabel.

»Wer ist das?«

Annabel streckte ihr die Hand entgegen.

»Annabel O'Donnel vom New York Police Department«, erklärte Brolin.

Die Leiterin des Rechtsmedizinischen Instituts schüttelte der jungen Frau die Hand und wandte sich dann zu Lloyd Meats, der ihr bedeutete, dass alles seine Richtigkeit habe.

»Wenden wir uns jetzt dem Wesentlichen zu«, begann Dr. Folstom. »Detective Meats, Sie haben mir Ihre Geschichte von den Bissen erzählt, und wie ich Ihnen bereits nach der Untersuchung sagte, habe ich keine Bissspuren an der Leiche gefunden. Was nicht heißen soll, dass es keine gibt.«

Meats neigte sich zu Brolin und flüsterte ihm zu: »In seinem Notizbuch wiederholt Suberton mehrmals, dass T. ihn gebissen hat ...«

Dr. Folstom holte ihre Kamera und kehrte an den Seziertisch zurück.

»Während Bissspuren relativ schnell von der Hautoberfläche verschwinden, können Ekchymosen im subkutanen Gewebe lange, das heißt bis zu sechs Monaten, erhalten bleiben. Um sie sichtbar zu machen, muss man nur Ultraviolett-Fotos schießen.«

Annabel erinnerte sich an den Vorgang. Sie wusste, dass die UV-Strahlen tiefer durch die Haut dringen als jedes andere Licht und dadurch Schäden sichtbar machen, die mit dem bloßen Auge nicht zu erkennen sind. Bei mehreren Fällen häuslicher Gewalt – in einem ging es sogar um wiederholten Missbrauch an einem fünfjährigen Mädchen – hatte sie diese Methode selbst angewandt. Die UV-Fotos hatten Spuren mehrmonatiger Misshandlungen an dem Mädchen ans Tageslicht gebracht, obwohl nirgendwo ein blauer Fleck zu sehen gewesen war und der Vater schon mehrere Wochen zuvor damit aufgehört hatte, weil er wusste, dass ihn das Sozialamt in Verdacht hatte.

Sydney Folstom fotografierte zunächst mit, dann ohne Filter und bediente sich dabei eines mobilen Blitzgeräts.

»So, das wär's. Ich lasse jetzt die Fotos entwickeln, das dauert nicht lange. Falls Sie recht haben und dieser Mann subkutane Bissspuren aufweist, benötigen wir den Zahnstatus Ihres Verdächtigen. Ich bitte dann einen Odontologen, den Gebissvergleich vorzunehmen. Können Sie ihn schnell beschaffen?«

»Ich frage in meinem Büro nach. Normalerweise müssten wir bereits über die Basisinformationen, was den Verdächtigen betrifft, verfügen, vor allem, wenn er seit einer Weile in der Gegend wohnt.«

Die Informationen, die von den Detectives der Sonderkommission zusammengetragen worden waren, erwiesen sich als interessant. Trevor Hamilton war erst einundzwanzig Jahre alt und wohnte im Nordosten von Portland in einem kleinen Appartement. Er arbeitete seit einem Jahr bei dem Schlüsselservice, zunächst als Lehrling und jetzt als Vollzeitkraft. Davor hatte er sich mehrfach in einer psychiatrischen Klinik aufgehalten, ein Fakt, der Aufmerksamkeit verdiente, auch wenn die genauen Gründe für diese Einweisungen noch nicht bekannt waren. Seine Mutter war 1997 verstorben, seinen Vater hatte er nicht gekannt – ein Punkt, der ihn vielleicht mit Suberton verband, da dieser Waise gewesen war.

Meats ordnete an, alle Zahnärzte von Northeast Portland zu kontaktieren – zunächst die der Krankenhäuser –, nach einem Patienten mit Namen Trevor Hamilton zu suchen und dessen Zahnstatus abzufragen.

Die UV-Fotos bestätigten, was alle erhofft hatten: Auf den Schwarz-Weiß-Bildern erschien Subertons deformierter Körper, und an seinen Schultern, seinen Armen und seinem Gesäß waren deutlich dunklere Halbkreise zu erkennen.

Anhand der Fotos ortete Sydney Folstom die Bissstellen an der Leiche und machte Detailaufnahmen davon.

Gegen siebzehn Uhr wurde Lloyd Meats von einem uniformierten Beamten ein Umschlag überbracht. Man hatte den Zahnstatus von Trevor Hamilton gefunden. Die Suche hatte nur wenig Zeit in Anspruch genommen.

Der Odontologe verglich das Gebiss von Hamilton mit den neuen, stark vergrößerten Fotos, die ganz deutlich den Abdruck von jedem Zahn zeigten.

Nach einstündiger Untersuchung stand das Ergebnis fest.

Der Mann, von dem Suberton in seinem Notizbuch erzählte, jener T., der ihm aufgrund seines Verhaltens Angst gemacht und der ständig von Spinnen gesprochen hatte, der ihn bei ihren Liebesspielen häufiger gebissen hatte, war kein anderer als Trevor Hamilton.

Anhand seines Gebisses konnte er eindeutig identifiziert werden.

35

Trevor Hamilton zog die Tür seines Volkswagens zu und ließ den Motor an. Wieder ein Tag, der zu Ende ging.

Er verließ den Parkplatz der Lloyd Center Mall, des riesigen Einkaufscenters, in dem er beschäftigt war, und bog in die Halsey Street ein. Eine Hand auf dem Steuer, beugte er sich vor, um das Handschuhfach zu öffnen. Er griff nach einem der orangefarbenen Glasröhrchen, auf denen sein Name geschrieben war. Er schüttelte es. Leer. Er beugte sich erneut vor und fand ein anderes, ein volles. Trevor Hamilton zögerte.

Er brauchte diese Pillen, wenn er arbeitete. Sie beruhigten ihn, machten ihn auch viel sanfter, fast apathisch. Zum Glück war sein Chef, Mr. Blueton, ein guter Mensch, sonst hätte er ihn nicht eingestellt. Mr. Blueton beschäftigte *Problemfälle*, junge Männer, die aus dem Gefängnis kamen oder die *anders* waren als die anderen.

Trevor warf das Röhrchen auf den Boden. Er fuhr nach Hause, er brauchte sich nicht ruhig zu stellen, er wollte ein wenig er selbst sein, wenigstens für eine Weile.

Er fühlte einen Druck auf der Brust.

Einen realen.

Etwas in seinem Inneren löste sich auf. Zwischen seinen Lungenflügeln entstand ein Vakuum, das sich zu materialisieren schien, als es sich in Schmerz verwandelte.

Hamilton schüttelte energisch den Kopf und begann zu trällern.

Ganz auf die Straße und auf das Lied konzentriert, spürte er nach einer Weile, wie der Auflösungsprozess nachließ.

Genau das passierte, wenn er seine Pillen zu lange nicht genommen hatte! Er sah auf die Uhr. Kurz nach sechs. Er hatte seit dem Frühstück keine mehr geschluckt, hatte die Dosis vom Mittag übersprungen, weil er sie im Wagen vergessen hatte und zu faul gewesen war, sie zu holen.

Hamilton schob seinen Unterkiefer vor und zurück, hielt den Blick dabei starr auf die Straße gerichtet.

Er hatte Lust auf etwas anderes. Wenn er jetzt nach Hause führe, würde er zur Entspannung den Fernseher einschalten, würde davor essen und einschlafen und mitten in der Nacht aufwachen, um das Gerät auszuschalten.

Hübsche, rötlich schimmernde Flammen tauchten vor seinem geistigen Auge auf. Eine Feuersglut wie die, in die er als kleiner Junge stundenlang hatte starren können.

Sein Blut begann sich zu erhitzen. Irgendetwas wurde in seinem Inneren in Gang gesetzt.

Sein Geschlecht regte sich.

Panik ergriff ihn, er presste die freie Hand auf die entstehende Wölbung. Er schlug darauf und konnte nur schwer die Tränen unterdrücken.

Genau das passiert, wenn du deine Medikamente nicht nimmst!, schrie die Stimme des Arztes.

»Nein«, murmelte er.

Das arbeitete schon seit mehreren Tagen in ihm, beschäftigte ihn unaufhörlich. Er hatte Lust darauf. Wieder einmal. Sein Geschlecht zuckte trotz der Schläge unter dem Stoff seiner Hose. Es war lange her, dass er …

Plötzlich warf er sich in seinem Sitz vor und zurück, ohne das Lenkrad loszulassen, und atmete pfeifend durch die Nase aus.

Und warum nicht? Es war doch schließlich gar nicht so schlecht.

Jetzt hätte er eigentlich in die 22nd Street einbiegen müssen, fuhr stattdessen aber geradeaus.

Nein, er würde nicht sofort nach Hause fahren.

Auch er hatte ein Anrecht auf Ruhe und Vergnügen. Wie all diese Leute, die von der Arbeit heimkamen, sich im Familienkreis entspannten oder mit ihren Freunden Billard oder Bowling spielten.

Er hielt an, um eine Flasche Wasser zu kaufen, ein halbes Kilo Fleisch, einen Kanister Brennspiritus und Streichhölzer, wobei er peinlich darauf Acht gab, dass ihn niemand berührte. Er ertrug es nicht, berührt zu werden. Wenn es doch vorkam, wich er zurück und brüllte, dann musste er mehrere Minuten warten und prüfen, ob mit seinem Körper alles in Ordnung war und sich nichts Anormales in seinem Inneren abspielte. Nur wenige Menschen durften ihn berühren. Mark war einer von ihnen. Mit ihm war es anders. Mark nahm ihm nichts, er gab nur. Er schenkte ihm seine Substanz, und so konnte sich Trevor wiederherstellen. Nach und nach. Nur dass Mark ihn, Trevor, nicht mehr liebte. Er hatte ihm lange erlaubt, ihn zu besuchen und seine Wohnung neu einzurichten, um noch geschützter zu sein. Mark schrie ihn oft an, vor allem wenn Trevor ihn biss. Es war trotzdem angenehm. Und dann war Mark spurlos verschwunden. Trevor hatte ihn vergessen.

So genau erinnerte er sich nicht mehr. Mark hatte ihm geholfen, indem er ihm seine Substanz gab, ja, das war es, und … und Mark war verschwunden.

Hamilton bemerkte den schockierten Blick der Frau nicht, der die Beule in seinem Schritt aufgefallen war. Sobald er ausgerüstet war, machte er sich auf den Weg Richtung Osten, und mit jedem Kilometer nahm seine Erregung zu. Und auch sein Schuldgefühl.

Immer wieder redete er sich ein, dass er sich nur erholen, nur ein Feuer machen und hineinschauen wollte, dann würde er davor essen und nach einem schönen Abend heimfahren. Aber ein Teil seiner selbst wusste, was mit dem Fleisch und den Flammen geschehen würde.

Nachdem er über einsame und holprige Wege in den Wald gefahren war, stellte Hamilton den Wagen ab und stieg aus. Es war immer noch sehr heiß, und der Schweiß rann ihm über die Stirn. Er ertrug es nicht, ohne sein schwarzes Lieblings-T-Shirt auszugehen, er versteckte es immer unter einem anderen, weiteren T-Shirt und einem Hemd. Unter normalen Umständen genügte das. So gekleidet konnte er seine Wohnung verlassen, sein Körper war geschützt. Im Laden trug er darüber noch den Overall, den er über alles liebte. Er war bei der Arbeit fast das Wichtigste für ihn, dieser Overall. Er bedeckte seine Beine, seinen Oberkörper und seine Arme, und er konnte den Reißverschluss bis zum Hals hochziehen.

Die anderen verstanden nicht, warum er so schwitzte, sie dachten, er hätte eine Hautkrankheit, diese Idioten.

Es war noch zu hell, das Feuer wäre erst bei Dunkelheit schön. Er musste warten, was ihn zornig machte.

Um sich zu beruhigen, machte er sich auf die Suche nach einer Lichtung, die er auch schnell entdeckte. Sie war klein, genau das, was er brauchte. Er sammelte trockenes Holz und richtete sich mit Steinen eine Feuerstelle ein. Auch danach war es noch Tag.

Er überlegte einen Augenblick, ob er ein Weilchen schlafen sollte, verwarf die Idee aber sogleich. Er würde benommen aufwachen, und seine Erregung wäre verflogen, er wäre umsonst gekommen. Nein, er würde nicht schlafen.

Hamilton entschloss sich stattdessen zu einem Spaziergang, hob einen Stock auf und ließ ihn pfeifend in der Luft kreisen. Er sah ein Eichhörnchen, das seine schwarzen Augen auf ihn heftete. Trevor blieb stehen, bevor er sich, alle Muskeln angespannt, auf den kleinen Nager stürzte, der mit einem Satz auf einem Baum war.

Trevor richtete sich auf und trommelte zornig mit seinem Stock gegen den Stamm.

Trevor Hamilton war sehr schlank, sogar dürr, dabei aber außergewöhnlich stark. Schon die Kraft seiner Hände war phänomenal. Manchmal löste er Schraubenbolzen, ohne ein Werkzeug zu Hilfe zu nehmen. Und mehrmals hatten seine Kollegen gescherzt, eine Frau, die sich in seinen Händen befinde, solle sich hüten, seinen Zorn zu wecken.

Der Stock zersplitterte, obwohl er sehr dick war.

Wütend machte er kehrt.

Als die Sonne untergegangen war, goss er den Brennspiritus auf den Holzhaufen und entzündete ihn mit einem Streichholz. Und sogleich tauchte die Kreatur auf und stieß ein leichtes Keuchen aus.

Plötzlich musste er an Smokey Bear, die Symbolfigur des US Forest Service, der vor Waldbränden warnt, denken, den Bären, der ihm, als er noch klein war, so große Angst gemacht hatte.

Die züngelnden Flammen stiegen hinauf zum Sternenhimmel.

Trevor hatte die Augen weit aufgerissen wie ein fasziniertes Kind. Er lächelte selig.

Er sah die Flammen am Reisig nagen, an den Zweigen saugen, bis alles nur noch ein prächtiges rotes Meer war.

Er hörte ein Knistern, ein Knacken, ein Zischen, vergebliches Flehen.

Hamilton stand nackt vor dem Feuer.

Seine Kleider hatte er über einen Felsen gelegt, daneben das Fleisch, das er unterwegs gekauft hatte.

Er hielt seinen aufgerichteten Penis umfasst, ohne sich dessen bewusst zu sein. Sein Herz trommelte und pochte bis unter die Schädeldecke.

Er zog langsame Kreise um das Feuer. Dann nahm er Anlauf und sprang durch die Flammen hindurch. Freudenschreie ausstoßend, tauchte er auf der anderen Seite wieder auf. Er hielt die Unterarme an die Nase. Sie rochen nach verbrannten Härchen und waren nur noch mit lächerlichen gekräuselten oder verkohlten Resten bedeckt.

Nach einer Weile holte er sich eines der kühlen, feuchten Fleischstücke und rieb sich den Körper damit ein. Dann schlug er die Zähne hinein und riss ein Stück heraus, das er roh verschlang. Er liebte es, in Fleisch zu beißen. Trevor tanzte um die Feuerstelle, während die Flammen, wie es ihm schien, heulend bis zum Himmel hochschlugen.

Er drückte ein anderes Stück Fleisch auf seinen erigierten Penis und begann in der erstickenden Hitze des Feuers zu masturbieren.

Lange.

Ein Röcheln drang aus seiner Kehle, während sein Herz sich immer mehr zu weiten schien und er den Eindruck hatte, mitten im Feuer zu sein.

Dann, auf dem Höhepunkt der Erregung, spritzte das weiße Blut in die glutheiße Luft, ein langer milchiger Strahl befruchtete die sich wiegenden Kreaturen seiner lodernden Fantasien.

Als er den Wagen vor seinem Haus parkte, war Hamilton erschöpft.

Er bemerkte nichts.

Der Aufzug trug ihn in den vierten Stock. Er lief den Flur hinunter bis zur letzten Tür, gleich neben dem Notausgang.

Er schob den Schlüssel ins Schloss, und die Tür öffnete sich.

Ganz von selbst.

Hamilton blieb keine Zeit zu verstehen, er wurde so heftig an die Wand gepresst, dass seine Nase aufplatzte wie eine überreife Tomate. Seine Arme wurden nach hinten gerissen, und er erhielt einen Tritt gegen die Waden, dass sich seine Beine schmerzhaft spreizten.

Als er umgedreht wurde, begriff er, dass er Handschellen trug. Zwei Gestalten tauchten vor ihm auf, zwei schwarz gekleidete Männer mit Helmen und kugelsicheren Westen. Sie waren mit Sturmgewehren bewaffnet.

Eine weitere Gruppe von Männern, ähnlich ausgerüstet, kam im Laufschritt von der Treppe neben dem Aufzug.

»Polizei! Keine Bewegung, Sie sind verhaftet!«, brüllten sie.

Schließlich tauchte einer auf, der nicht uniformiert war, sondern einen Straßenanzug trug.

»Ich wollte es nicht!«, schrie Hamilton. »Ich wollte es nicht tun, aber ich konnte nicht anders ...«

Er weinte fast.

Lloyd Meats schloss kurz die Augen. Es war vorbei.

Er hatte die Stimme wiedererkannt, die von Trevor Hamilton, die so zart war wie die eines Heranwachsenden. Die Stimme, die auf Chamberlins Anrufbeantworter den Weg zur ersten Leiche erklärt hatte.

Meats wandte sich an den Einsatzleiter.

»Bringen Sie ihn ins Präsidium. Ich möchte, dass wir die Wohnung durchsuchen, bevor wir ihn verhören.«

Zwei Männer schoben Trevor Hamilton in Richtung Aufzug. Meats hielt sie an.

»Nicht dort entlang, Sie könnten Hausbewohnern begegnen. Gehen Sie über die Außentreppe.«

Das Trio entfernte sich, gefolgt von einem weiteren Mann, der Trevor eine Karte unter die Nase hielt.

Er las ihm seine Rechte vor und fragte ihn, ob er verstanden hätte. Sie stießen eine Tür auf und traten ins Freie auf einen metallenen Treppenabsatz. Ihre Schritte hallten auf dem Stahl. Unten auf der Straße glitten die Autos vorbei, kein Fahrer schien etwas zu bemerken.

Neonreklame erleuchtete das ganze Viertel.

Plötzlich riss sich Trevor Hamilton los und rannte mit aller Kraft los.

Er konnte dem Griff des Polizisten entkommen, stieß sich mit einem Fuß ab und sprang. Erst zwei Meter tiefer, auf dem nächsten Treppenabsatz, berührte er wieder den Boden und prallte mit dem Becken gegen die Balustrade, die ihn vom Abgrund trennte.

Mehr als drei Etagen.

So blieb er eine halbe Sekunde in der Schwebe.

Die behandschuhte Hand eines Polizisten schoss vor, um nach Hamiltons Kragen zu greifen.

Der machte die winzige Bewegung und stürzte vornüber.

Sechs Meter weiter unten zersplitterte sein Schlüsselbein beim Aufprall auf einen Müllcontainer. Sein Kopf knallte an die Metallwand, und der Körper prallte auf den noch warmen Asphalt.

36

Joshua Brolin und Annabel warteten am geöffneten Fenster des Krankenhausflures. Der Rauch von Brolins Zigarette hüllte sie in tanzende Wolken ein. Salhindro stand bei ihnen.

Er musste Gewissheit bekommen.

Gewissheit darüber, ob er eines Tages die Wahrheit erfahren würde: warum Trevor Hamilton seinen Bruder getötet hatte.

Brolin holte Kaffee für Annabel und Larry. Er reichte seinem Freund den Becher und sah ihm in die Augen.

»Es ist vorbei, Larry, der Mörder deines Bruders wird nicht ungestraft davonkommen.«

»Außer der Mistkerl stirbt. Du weißt genau, dass es keinen Prozess gibt, wenn er tot ist.«

Der Privatdetektiv legte ihm tröstend die Hand auf die Schulter.

Da er nicht untätig herumstehen wollte, entfernte er sich ein wenig und hörte die Mailbox seines Handys ab.

Die Nachricht stammte vom frühen Abend, es war eine zögernde, ängstliche Stimme: »Guten Abend … äh, ich habe Ihre Nummer im Telefonbuch gefunden, mir ist wieder eingefallen, dass Sie Privatdetektiv sind … Ach ja, hier spricht Connie d'Eils, ich arbeite bei NeoSeta, ich hoffe, Sie erinnern sich, ich bin Technikerin. Also, ich weiß nicht recht, wie ich anfangen soll, aber … Bei Ihrem Besuch haben Sie unsere Projektleiterin Gloria gefragt, ob es schon Spinnenzuchten mit dem Ziel, Seide zu gewinnen, gegeben hat, und sie hat gesagt, das sei unmöglich … Also, das stimmt nicht ganz. Ich weiß, dass es schon versucht wurde, aber das wäre jetzt am Telefon zu lang, ich gebe Ihnen meine Nummer, für den Fall, dass Sie mich anrufen wollen … Vielleicht ist diese Information nicht sehr wichtig und interessiert Sie nicht mehr, ich weiß es nicht, aber ich wollte es Ihnen sagen. Neulich habe ich es nicht gewagt, aber jetzt tue ich es. Also, Sie können mich anrufen. Ach ja, meine Nummer …«

Brolin legte auf. Er erinnerte sich gut an sie – pummelig und eher unauffällig, dabei viel zu stark geschminkt –, das war seine »Momentaufnahme« gewesen. Wie ein Mädchen vom Land. Der Hinweis kam etwas spät, doch es lohnte sich vielleicht trotzdem, Kontakt zu Connie d'Eils aufzunehmen. Sie könnte gewisse Vorgehensweisen von Trevor Hamilton, was seine geliebten Spinnen betraf, erklären.

Lloyd Meats kam auf sie zu. Brolin sah ihn fragend an.

»Er liegt im Koma«, erklärte Meats. »Die Ärzte können im Moment keine sichere Prognose stellen. Sie scheinen nicht sehr optimistisch.«

Brolin legte Salhindro, um ihn zu trösten, die Hand auf den Arm. Der senkte den Kopf und gab durch ein Zeichen zu verstehen, dass er für einen Moment hinausgehen würde.

»Hat die Hausdurchsuchung etwas ergeben?«, erkundigte sich der Privatdetektiv und sah seinem Freund nach.

»Einige Bücher über Spinnen. Eigentlich nichts Anormales. Nur die Wand über seinem Bett. Sie war mit allen möglichen Fotos tapeziert, mit sicher mehr als hundert.«

»Und was war abgebildet?«, fragte Annabel.

Meats warf ihr einen kurzen Blick zu.

»Flammen. Feuer jeglicher Art ...«

»Feuer?«, wunderte sich Brolin.

Alles hätte er erwartet, nur das nicht. Diese Faszination war bei Serienmördern zwar nicht selten. Aber in diesem besonderen Fall hätte er mit einem Bezug zu Wasser gerechnet. Der Täter hatte es von Anfang an zu stark betont, als dass es sich um einen Zufall handeln konnte.

»Kein Hinweis auf die Morde?«

Meats schüttelte den Kopf.

»Ich könnte mir vorstellen, dass er irgendwo ein Versteck hat. Einen Ort, wohin er seine Opfer bringt, um sie zu entleeren, ohne sie öffnen zu müssen – wie auch immer er das anstellen mag. Und wo er seine Spinnen züchtet.«

»Trevor Hamilton hat nur bescheidene Einkünfte«, bemerkte Brolin, »er kann also keine zweite Miete bezahlen. Habt ihr bei etwaigen Verwandten nachgefragt?«

»Es gibt keine Familie, aber wir werden seinen Lebenslauf unter die Lupe nehmen und seine Freunde überprüfen. Vielleicht hat er einen Komplizen.«

Brolin verzog das Gesicht.

»Ich mag mich ja irren, aber ich bin davon überzeugt, dass derjenige, der diesen Frauen das angetan hat, allein handelt. Es ist eine solch ausgeprägte Fantasie, die zu persönlich ist, als dass man sie mit jemandem teilen könnte. Der ganze Wahn um Spinnen und Wasser, all das entspringt einem Geist, der seiner eigenen Logik folgt, so etwas kann man niemand anderem vermitteln.«

»Und warum nicht zwei Spinnenfanatiker, Hamilton – und ein anderer, der diese Wasserobsession hat?«

Brolin schüttelte den Kopf.

»Alles ist zu homogen«, meinte er. »Die Sache hat Kontinuität: die entleerten Körper und das Wasser, die Wasserfälle in der Nähe der Toten, die Leiche im Aquarium. Das Sperma, das in der Kehle der Opfer gefunden wurde, stammt von ein und derselben Person. Es gibt keine anderen Spuren von Misshandlungen, nein, ich bin mir sicher, diese Fantasie ist im Kopf von nur einer Person gereift.«

»Wie auch immer«, schloss Meats, »ich habe Trevor Hamiltons Stimme erkannt. Er ist kräftig genug, um seine Opfer zu überwältigen, er arbeitet bei einem Schlüsselservice, das heißt, er kann mühelos in deren Häuser eindringen, ohne Spuren zu hinterlassen. Und er stand in direkter Beziehung zu Mark Suberton, dessen Fingerabdrücke wir bei einem seiner Opfer gefunden haben. Hamilton hat sich also Mark Subertons bedient, um mit uns zu spielen, uns in die Irre zu führen. Hinzu kommen die Spinnenbücher, die wir bei ihm gefunden haben, ganz zu schweigen davon, dass er ein halbes Geständnis abgelegt hat, als wir ihn verhaftet haben.«

»Was hat er gesagt?«

»Ich weiß nicht mehr genau. ›Ich wollte es nicht tun, aber es war stärker als ich‹ oder so ähnlich.«

Das bedeutete gar nichts, das konnte sich auf alles Mögliche beziehen, dachte Brolin. Dennoch nickte er. Alles in allem kam da doch einiges zusammen.

»Er hat versucht zu fliehen, sogar, sich zu töten ... Josh, es tut mir leid, ich verstehe deine Schlussfolgerungen, aber auch du kannst dich irren. Sieh dir die Profiler vom FBI an, denen passiert das in letzter Zeit dauernd ... Aber wir haben eine Blutprobe genommen, wir werden seine DNA mit dem Sperma vergleichen, das wir in der Kehle der beiden Opfer gefunden haben.«

Brolin fuhr sich mit der Hand durchs Haar und nickte. Meats zwinkerte ihm zu.

»Fahr nach Hause.« Er deutete mit dem Kinn auf Annabel. »Fahrt beide nach Hause und ruht euch aus. Ich kümmere mich um Larry. Morgen kommst du im Präsidium vorbei, und wir setzen eine Erklärung auf, was deine Beteiligung an diesem Fall betrifft. Ich möchte, dass alles seine Ordnung hat. Schließlich hast du ja Subertons Notizbuch gefunden. Ach, denk daran, morgen ist die Beerdigung von Larrys Bruder. Auf Wunsch der Familie findet sie im engsten Kreis statt. Aber ich glaube, Larry braucht Unterstützung.«

Brolin gab zu verstehen, dass er Bescheid wusste. Er trat einen Schritt zur Seite und sah zu der Tür, hinter der sich der bewusstlose Körper von Trevor Hamilton befand.

Dann wandte er sich um, nahm Annabel bei der Hand, und die beiden verschwanden im Aufzug. Ehe sich die Türen schlossen, fiel ein seltsam geformter Schatten auf den Boden des Flurs.

Wie der von zwei verdammten Liebenden, dachte Lloyd Meats.

☆

Annabel erwachte von dem lauten Klopfen an der Fensterscheibe.

Sie brauchte eine Weile, um sich zurechtzufinden. Sie war in Oregon bei Brolin, die Morde ... Ihr schlaftrunkener Geist vermochte nicht gleich zwischen Traum, Albtraum und Realität zu unterscheiden. Alles vermischte sich. Die tröstliche Wärme, die sie in Joshuas Nähe empfand, seine kurzen flüchtigen Blicke, die sie auffing, und auf der anderen Seite das mumifizierte Grauen, verborgen in einem Spinnennetz.

Tock-tock-tock-tock …

Annabel blickte in die Richtung, aus der das Geräusch kam.

Ein Grünspecht saß auf der Fensterbank. Sein Kopf bewegte sich ruckartig, und die kleinen schwarzen Augen blickten durch die Scheibe. Er schlug seinen langen grauen Schnabel in das Holz des Rahmens.

Tock-tock-tock-tock …

Anabell räkelte sich gähnend und stand auf. Sie griff nach einem weiten T-Shirt, das lang genug war, um ihre Blöße zu bedecken, und ging hinunter ins Wohnzimmer. Wie gewöhnlich war Brolin schon auf. Er saß in einem Liegestuhl auf der Terrasse und betrachtete die Landschaft.

»Guten Morgen«, sagte Annabel und nahm neben ihm Platz.

Er bedachte sie mit einem Lächeln.

»Du scheinst nachdenklich«, meinte sie. »Dieser Fall beschäftigt dich noch, nicht wahr?«

»Ich mag keine Mutmaßungen«, stimmte er zu, »ich brauche Gewissheit. Aber wie Lloyd gesagt hat: Man kann nicht immer recht haben … Ach, entschuldige, ich rede schon wieder darüber, dabei bist du noch nicht einmal richtig wach.«

Annabel wusste, wie wichtig es ihm war, dass seine Schlussfolgerungen absolut stichhaltig waren.

»Heute muss ich ins Präsidium und mit Meats einen Bericht ausarbeiten«, fügte er hinzu, »und morgen fahren wir nach Astoria. Ich will dir zeigen, wo ich als Kind meine Ferien verbracht habe, hast du Lust?«

Annabel nickte freudig. Eigentlich war sie das Kind, dachte sie.

Am Vormittag zog sie ihre Laufschuhe an und begleitete Brolin bei seinem Waldlauf. Als sie schwitzend und außer Atem zurückkehrten, brannte die Sonne schon vom Himmel. Auf dem schattigen Teil der Veranda nahmen sie ein leichtes Mittagessen, bestehend aus Salat, Tomaten und Mozzarella, ein. Am frühen Nachmittag machte sich Brolin auf den Weg nach Portland.

Zunächst wollte Annabel es sich in einem Sessel bequem machen und einen Roman lesen, doch sie konnte sich nicht auf die Handlung konzentrieren. Immer wieder wanderten ihre Gedanken zu den Ermittlungen. Sie sah die Leiche in dem Kokon vor sich. Während Brolin auf dem Präsidium war, um den Fall abzuschließen, musste sie an ihre eigenen Erlebnisse denken.

In den letzten beiden Tagen hatte sie versucht, die Dinge herunterzuspielen, obgleich diese verrückte Geschichte sie ebenso beschäftigte wie Brolin. Schließlich war sie ein engagierter Cop.

Was hatte Trevor Hamilton getan, um seinen Opfern im Angesicht des Todes solches Grauen einzuflößen? Und wie hatte er sie entleert, ohne sie zu öffnen?

Es gab noch viele Fragen, auf die man eine Antwort finden musste – etwa, wie beschaffte er sich diese Spinnenseide? Und dann, was die psychologische Dimension der Ermittlungen betraf: Nach welchen Kriterien wählte er seine Opfer aus, und warum tat er das alles?

Die Antworten musste die Polizei finden, Lloyd Meats und seine Männer. Plötzlich dachte sie an ihren verstorbenen Kollegen Jack Thayer. Sie unterdrückte die Tränen, sprang auf und lief im Haus auf und ab.

Sie ging an den Bücherregalen entlang.

Es gab überall welche – im Wohnzimmer und sogar oben auf dem Mezzanin. Joshua lebte wie ein Eremit. Sie wusste, dass er sich in den letzten drei Jahren verändert hatte. Er fühlte sich schuldig am Tod der Frau, die er geliebt hatte. Er hatte seinen Dienst bei der Polizei quittiert und war lange durch Europa und den Mittleren Osten gereist. Bei seiner Rückkehr sah er sich erneut mit der amerikanischen Großstadt konfrontiert, mit ihrer kalten Architektur und ihren glatten, seelenlosen Fassaden. Sein Verlangen, alldem zu entfliehen, hatte ihn dazu bewogen, seine Stadtwohnung zugunsten dieses mitten im Wald gelegenen Hauses aufzugeben. Hier war er weit weg von den Menschen und dem trügerischen Schutz, den die Nähe der großen Städte bot, und das schien ihm zu gefallen.

Annabel fragte sich, ob sie beide sich genauso gut verstanden hätten, wenn sie sich vor seiner Veränderung kennen gelernt hätten.

Sie trat an den lackierten Flügel. Ihre Finger glitten vorsichtig über die Tasten. Wie sehr wünschte sie sich, spielen zu können. War es zu spät? Nicht wirklich. Wohl gab es eine gewisse Magie, die man als Erwachsener nicht mehr mit der gleichen Intensität zu erfassen vermag, dachte sie, aber wenn man sich sehr anstrengte …

Sie drehte sich um und bemerkte Saphir, der sie neugierig beobachtete.

»Du fragst dich, was ich hier mache, hm?«, murmelte sie. Sie blickte hinaus auf den weiten Wald mit seinen verschiedenen Grüntönen. Durch die Verandatür drang laue Luft in den Salon.

»Und wie wäre es mit einem Spaziergang?«

Saphir sprang erfreut zur Eingangstür.

Annabel bog vom Hauptweg auf einen Pfad ein, der sich, von hohen Tannen gesäumt, durch das Grün den Hang hinaufschlängelte. Nicht sie gab die Richtung vor, sondern der Hund, der am Boden schnüffelnd und schwanzwedelnd gute zehn Meter vor ihr herlief. Hinter jeder Weggabelung wartete er, um zu sehen, ob Annabel ihm folgte.

Bald suchte die junge Frau den Schatten am Wegesrand. Sie trug eine weite Hose, die nur in der Taille und an den Knöcheln zusammengehalten wurde, und ein loses Oberteil, aber auch das war bei dieser Hitze noch zu viel. Sie erklommen einen Hügel, dessen Gipfel Annabel nur mit Mühe erreichte. Sie hielt sich zwar für sportlich, da sie zum Thaiboxen ging und am wöchentlichen Training des NYPD teilnahm, doch das erschien ihr weit weniger anstrengend. Sie war töricht, bei dieser Hitze nach draußen zu gehen.

Dann sah sie den Hund und musste lachen.

Saphir thronte auf einem flachen Stein, als wäre es sein Stammplatz.

Annabel setzte sich zu ihm.

Die Aussicht war traumhaft. Ein wogendes Meer von Bäumen, so weit das Auge reichte.

Gewiss kam Joshua oft hierher. Vermutlich am Abend, darauf hätte Annabel gewettet. Für einen Moment fühlte sie sich unbehaglich bei dem Gedanken, »seinen« Platz ohne ihn zu entdecken.

Doch diese Empfindung verflog schnell. Im Gegenteil, es würde ihn gewiss freuen, dass sie »sein Terrain« erforschte. Saphir sah sie neugierig an und leckte die Wange der jungen Frau, die schallend lachte.

37

Dianne Rosamund winkte ihrem Nachbarn zu und schloss den Wagen ab. Jimmy Beahm erwiderte den Gruß mit einer laschen Handbewegung.

»Noch nicht betrunken? Ist ja ein wahres Wunder …«, murmelte Dianne.

Sie ging ins Haus, stellte die Einkaufstasche auf der Arbeitsplatte in der Küche ab, packte ihre Schuhe in den

Schrank und ging nach oben unter die Dusche. Bei diesem Wetter hätte sie den ganzen Tag dort zubringen können.

Schließlich verließ sie, nur ein Handtuch um ihren Kopf gewickelt, die Kabine. Die Siebenundzwanzigjährige fand sich schön, was ihr die bewundernden Blicke der Männer immer wieder bestätigten.

Gott sei Dank! Bei all der Energie, die ich dafür aufwende!

Sie schlug sich auf die festen Schenkel. Nicht so schlaff wie bei den meisten ihrer Freundinnen.

Dianne reckte sich, um einen Blick auf die Uhr zu werfen. Kurz vor sieben. Bald würde Chris nach Hause kommen. Sie überlegte rasch, ob roter Tanga oder schwarze Spitze angebracht wäre. Sie entschied sich für Farbe. Chris liebte Rot.

Dann schlüpfte sie in ihren karierten Rock – auch der gefiel Chris, vielleicht weil sie darin etwas von einem »ungezogenen Schulmädchen« hatte – und in eine weiße Bluse.

Durch das Schlafzimmerfenster beobachtete sie Jimmy Beahm in seinem Garten. Der Nachbar blickte nach rechts und links, um sich zu vergewissern, dass ihn niemand sah, und öffnete eine Falltür im Garten.

Selbst wenn er nüchtern ist, benimmt sich der Typ eigenartig.

Seit einem Jahr war Jimmy Beahm arbeitslos und verbrachte seine Zeit in seinem unterirdischen Versteck oder saß vor seinem Haus, trank und beobachtete die Passanten – in diesem Wohnviertel tagsüber vorwiegend Frauen.

Jimmy Beahm verschwand in seinem Keller, und die Falltür schloss sich hinter ihm.

»Ja, geh nur und unterhalte dich mit den Küchenschaben, du alter Lustmolch.«

Dianne warf einen letzten Blick in den Spiegel, strich die Falten ihres Rocks glatt und ging hinunter, um einen Fruchtsaftcocktail zuzubereiten.

Kurz darauf kam Chris nach Hause. Er schien müde, zog sein Jackett aus und ließ sich in einen Sessel fallen.

»Harter Tag?«, fragte Dianne.

Statt einer Antwort zog er nur die Augenbrauen hoch.

»Hier, probier mal, das erfrischt.«

»Was für eine charmante Aufmerksamkeit.«

Als sie sah, dass er interessiert ihre Beine und ihr Outfit betrachtete, fragte sich Dianne, ob er wirklich die Erfrischung meinte. Sie nahm ihm gegenüber Platz.

»Du solltest duschen, das entspannt. Dann mache ich uns einen großen Salat mit geröstetem Speck, was hältst du davon?«

Als er zustimmend nickte, stellte sich Dianne vor ihn hin und legte seine Hand auf ihr Hinterteil.

»Und nach dem Essen könnten wir vielleicht eine Partie

Karten spielen ...«

»Ich weiß nicht, ob ich so lange warten möchte«, rief er und wollte seine Frau an sich ziehen.

Dianne trat schnell zur Seite und deutete mit dem Zeigefinder nach oben.

»Erst unter die Dusche!«

Das ließ sich Chris nicht zweimal sagen und stürmte unter Diannes amüsiertem und zufriedenem Blick die Treppe hinauf.

Und ihre Freundinnen behaupteten immer, die Ehe sei der Tod des Sexuallebens! Da irrten sie sich aber gewaltig.

Der Abend hielt, was er versprochen hatte, und schließlich lagen beide im Bett und sahen sich einen Film im Fernsehen an.

Während der Werbepause erhob sich Dianne, um auf die Toilette zu gehen. Wie immer ließ sie die Tür offen.

»Vorhin habe ich wieder Jimmy gesehen«, rief sie laut genug, damit ihr Mann sie verstehen konnte. »Der verbringt wirklich seine Zeit in einem Bunker. Ich frage mich, was er da macht.«

»Wahrscheinlich sucht er nur etwas Kühle!«

»Nein, ernsthaft, manchmal macht er mir richtig Angst.«

»Jimmy? Der ist doch lammfromm! Natürlich, er ist Alkoholiker, aber gefährlich ist er nicht!«, widersprach Chris.

Man hörte die Wasserspülung, und Dianne kam zurück.

»Erzähl das mal seiner Frau. Ich bin sicher, er schlägt sie, wenn er betrunken ist.«

Statt zu antworten, stellte Chris den Fernseher wieder lauter, da der Film weiterging. Dianne legte sich aufs Bett. Nach zwei Minuten reckte sie sich zum Fenster und schob den Vorhang ein Stück zur Seite. Das ganze Viertel war in Dunkel gehüllt, nur hier und da zeugte ein Lichtschein von Leben.

Und direkt vor ihren Augen das schwach erleuchtete Haus der Beahms.

Was mochte dort nur vor sich gehen? Und vor allem in dem Keller?

Plötzlich öffnete sich die Hintertür des Hauses, und Jimmy trat in den Garten. Mit einer Flasche in der Hand.

Nein, das war keine Flasche …

Bei genauerem Hinsehen ähnelte es eher einem großen Messer … oder vielleicht einem Gartenwerkzeug …

Jimmy vergewisserte sich erneut, dass ihn niemand beobachtete, und öffnete dann die Falltür. Er schien nüchtern und in Hochform zu sein, und für einen Augenblick hatte Dianne das unangenehme Gefühl, dass er etwas im Schilde führte.

Und wieder einmal verschwand er in seinem dunklen Versteck.

38

Als Annabel Brolin von ihrem Spaziergang mit Saphir erzählte, lächelte der Privatdetektiv. Er suchte diesen Aussichtspunkt tatsächlich gerne auf.

»Du hast ihn aber nicht so gesehen, wie du ihn hättest sehen sollen«, meinte er geheimnisvoll.

Mehr sagte er nicht, und sie begannen mit dem Abendessen. Er öffnete eine Flasche Wein und schenkte Annabel ein großes Glas ein. Das Klingeln des Telefons unterbrach sie, und Brolin hob ab. Er nickte stumm und legte gleich darauf wieder auf.

»Es war Meats«, sagte er, als er wieder am Tisch saß. »Das Labor hat soeben die DNA-Analyse bestätigt. Das Sperma, das in der Kehle von Carol Peyton und Lindsey Morgan gefunden wurde, stammt vom selben Mann. Trevor Hamilton.«

Es gab also keinen Zweifel mehr.

»Wie ist sein Zustand?«, wollte Annabel wissen.

»Er liegt noch immer im Koma. Die Ärzte lehnen vorerst eine neurochirurgische Operation ab, weil sie zu große Risiken birgt.«

Sie schwiegen eine Weile.

Brolin dachte an Larry Salhindro, dessen Bruder am Nachmittag beerdigt worden war. Er hatte ihn angerufen, um sich mit ihm zu treffen, doch der beleibte Cop hatte es vorgezogen, bei seiner Schwägerin und den Kindern zu bleiben, und mehrmals wiederholt, dass er schon durchhalten würde. Er hatte es ein paarmal zu oft gesagt, doch Brolin insistierte nicht, er respektierte die Entscheidung seines Freundes.

Als der Mond schon aufgegangen war und die Sterne am Himmel funkelten, griff Brolin nach der geöffneten Weinflasche und den zwei Gläsern und lud Annabel zu einem kleinen Spaziergang ein. Sie schlüpfte schnell in ihre Mokassins und folgte ihm nach draußen.

Es war angenehm frisch geworden, und der Weg zum Gipfel des Hügels war jetzt wohltuend. Oben angelangt, ließen sie sich auf dem flachen Stein nieder. Brolin schenkte Wein ein, und sie stießen an.

Annabel beobachtete ihn heimlich von der Seite. Er starrte ins Leere. Seine Hände waren so nah und doch so fern, er schien völlig unzugänglich. Sie unterdrückte ein Seufzen. Manchmal glaubte sie, ihn zu verstehen, und dann war er ihr wieder ein Rätsel.

Als sie die Knie an die Brust zog, weil sie ein wenig zu frösteln begann, legte er seine warme Hand auf ihren Rücken und bewegte sie sanft auf und ab.

Annabel stützte das Kinn auf die Arme.

Das war nichts Großartiges, dachte sie, aber immerhin etwas.

Als sie eine Stunde später in ihrem Bett lag, spürte sie noch immer die Liebkosung …

Sie träumte.

Sie befand sich in einem ärmlichen, schmutzigen Raum. Undichte Abflussrohre zogen sich über die Decke. Es war feucht, und man hörte nichts als das Geräusch der Tropfen, die in eine Pfütze fielen.

Das Licht war gelblich und kam von einer trüben Lampe, die halb von einem Gitter verdeckt war.

Auf den Knien mitten im Raum: Trevor Hamilton. Oder das Bild, das sich ihr Unterbewusstsein von ihm machte. Er war jung, und er schwitzte furchtbar.

Mit verschlossenem Gesicht beugte sich Brolin über den Mörder.

Er hielt eine Waffe in der Hand, der Lauf zeigte nach unten.

Annabel wollte sich nähern, doch der Privatdetektiv hob den Arm in ihre Richtung und bedeutete ihr, zurückzutreten und sich umzudrehen.

Annabel senkte den Kopf. Als sie wieder aufblickte, sah sie, wie Brolin unbewegt den Lauf seiner Glock auf Trevor Hamiltons Stirn richtete. Dessen Kinn begann vor Angst zu zittern.

Ohne das geringste Zögern, ohne den Schatten eines Zweifels oder einer Unsicherheit, bewegte Joshua Brolin den Finger.

Und drückte ab.

Sie hatte Mühe, die Augen zu öffnen. Die Zunge klebte ihr am Gaumen. Haare fielen ihr ins Gesicht. Ihre Lider flatterten.

Es war noch dunkel.

Was ... Sie hatte geträumt. Nein, sie hatte einen Albtraum gehabt.

Als die unangenehmen Bilder vor ihrem geistigen Auge wieder auftauchten, ballte sie die Hand zur Faust. Sie wollte sie nicht sehen. Am besten, sie schlief gleich wieder ein und ließ sich in andere Gefilde tragen, zu anderen Träumen.

Sie hörte ein Geräusch im Erdgeschoss. Saphir.

War er es, der sie aufgeweckt hatte? Oder war es der Albtraum gewesen?

Annabel griff nach dem Wecker auf dem Nachttisch.

1:34 Uhr.

Sie knurrte.

Dann nahm sie einen sonderbaren Geruch im Zimmer wahr. Wie Moschus ... oder nein, eher wie ...

Ein Geruch wie von ... Gewürzen.

Gewürze!

Annabel riss die Augen weit auf, und in dem Moment, als sie sich in ihrem Bett aufrichten wollte, begriff sie, dass der Geruch nicht aus dem Zimmer kam. Sondern von den Haaren, die auf ihrem Gesicht gelegen hatten.

Es waren nicht ihre Haare.

39

Annabel sprang mit einem Satz aus dem Bett, nur weg von diesen fremden Haaren.

Ihr Herz klopfte zum Zerspringen.

Lange dunkle Strähnen lagen auf ihrem Kopfkissen ausgebreitet. Und jetzt begriff Annabel auch, worum es sich handelte.

Die Haare eines der kahl geschorenen Opfer.

Nein, unmöglich, Trevor Hamilton war im Krankenhaus, er lag im Koma!

Und doch war kein Zweifel möglich, denn Brolin würde sich einen solchen Scherz niemals erlauben. Sie hörte deutlich das Knacken von Holz; es kam aus dem Erdgeschoss.

Annabel stürzte zu ihrer Reisetasche, zog das Halfter heraus, griff nach ihrer Beretta und entsicherte sie.

Sie war noch benommen nach diesem unsanften Erwachen. Doch sie musste schnell zu sich kommen, sich voll konzentrieren. *Auf der Stelle.*

Sie bemerkte, dass sie nur einen Slip trug, und fluchte innerlich.

Vorsichtig näherte sie sich dem Stuhl, über den sie ihre Kleider geworfen hatte, ohne dabei die angelehnte Tür ihres Schlafzimmers aus den Augen zu lassen.

Erneutes Knacken von Holz. Da war jemand.

Die Stufen, es kommt von der Treppe!

Zum Teufel mit ihrer Schamhaftigkeit. Derjenige, der ihr die Haare aufs Gesicht gelegt hatte, befand sich auf der anderen Seite dieser Wand und ging gerade die Treppe hinauf oder hinunter; sie würde nicht riskieren, von ihm beim Anziehen überrascht zu werden. Mit einem geschmeidigen Satz war sie an der Tür.

Und öffnete sie geräuschlos.

Jetzt musste sie ihren Atem kontrollieren, um sich nicht durch Keuchen zu verraten.

Drehung nach rechts.

Nichts.

Dann nach links.

Der Flur lag im Dunkel.

Die Waffe fest in beiden Händen, die Arme angespannt.

Du kannst es ... Das ist dein Job ... Wie beim Training ...

Nur dass sie beim Training keine weichen Knie und keine zitternden Hände hatte.

Die Treppe befand sich hinter einer Biegung des Flurs auf der linken Seite.

Auf Zehenspitzen schlich sie dicht an der Wand entlang, die der Treppe gegenüberlag, um keine Zielscheibe für den Einbrecher abzugeben.

Jetzt hatte sie die berühmte Ecke erreicht.

Annabel atmete tief durch. Sie musste ganz ruhig werden, das war jetzt das Wichtigste.

Den Rücken an die Wand gepresst, machte sie zwei Schritte zur Seite.

Sie stand jetzt der Treppe gegenüber. Zu ihrer Rechten das Geländer des Mezzanins. Sie überblickte das ganze Wohnzimmer.

Bis auf den Teil, der sich genau unter dir befindet.

Alle Sinne angespannt, setzte sie den Fuß auf die erste Stufe.

Erst auf der Mitte der Treppe wurde ihr der Ernst der Situation völlig bewusst.

Jetzt nämlich bemerkte sie den Lichtstreifen unter der Tür von Brolins Arbeitszimmer. Den von einer Taschenlampe. Der Kerl war immer noch da, huschte umher, er suchte etwas.

Die Tür war nicht vollständig geschlossen. Annabel durfte nicht das geringste Geräusch verursachen.

Vorsichtig begann sie, den Salon zu durchqueren.

Hin zu Joshuas Schlafzimmer. Im Flüsterton würde sie die Polizei anrufen und ihn wecken.

Sie setzte den Fuß auf eine Holzdiele, die leicht nachgab.

Genug, um ein lautes Knarren zu verursachen. Annabel blieb stehen.

Der Lichtstrahl unter der Tür bewegte sich nicht mehr.

Die junge Frau hob vorsichtig die Waffe und richtete sie auf den Unbekannten. Sie zitterte.

Mist! Dies ist nicht der Moment, Schwäche zu zeigen ...

Sie konnte den Lauf nicht exakt auf einen Punkt fixieren.

Es war sehr dunkel, und selbst bei der kurzen Entfernung konnte sie nicht sicher sein, genau ins Schwarze zu treffen. Wenn der Unbekannte plötzlich auftauchen, sich seitlich auf den Boden werfen und zu ihr hinrollen würde, wär's um sie geschehen.

Der Lichtkegel bewegte sich wieder.

Annabel schloss kurz die Augen und atmete ruhig durch.

Mit unendlicher Vorsicht setzte sie erneut einen Fuß vor den anderen.

Im Flur bemerkte sie einen dunklen Fleck, ein regloses Etwas am Boden.

Annabel verzog das Gesicht, biss die Zähne zusammen. Eine Grimasse des Schmerzes, des Kummers.

Dort lag Saphir.

Die Hand der jungen Frau umschloss noch fester den Pistolenkolben. Besser, der Eindringling käme ihr nicht gerade jetzt in die Quere, denn in ihrem Zorn wäre sie in der Lage, ihr ganzes Magazin auf ihn abzufeuern. Auch wenn es sie ihren Job kostete.

Innerhalb weniger Sekunden hatte sie Brolins Schlafzimmer erreicht. Sie stieß die Tür auf und kniete sich neben sein Bett. Sie schüttelte ihn an der Schulter. Er reagierte nicht.

Sie rüttelte an seinem Arm, auch auf die Gefahr hin, ihn brutal zu wecken.

Ihr Herz krampfte sich zusammen.

Er rührte sich nicht. Nicht, weil er zu tief schlief, nein, er zeigte nicht die Spur einer Reaktion.

Annabel legte die Beretta auf das Laken, umfasste Brolins beide Schultern und schüttelte ihn, so fest sie konnte.

Absolut nichts.

Von Panik ergriffen, tastete sie seinen Hals mit ihren feuchtkalten Fingern ab. Sie wartete mehrere Sekunden, dann war sie sicher.

Ihre Augen füllten sich mit Tränen.

Es war kein Puls mehr zu fühlen.

40

Annabel drängte ihre Tränen zurück und zog Brolins Körper fest an sich. Unendliche Wut stieg in ihr hoch, heftiger noch als der Schmerz.

Ein rasender Zorn, der nach Gewalt verlangte. Nur Ströme von Blut könnten ihn besänftigen.

Ein Räuspern ließ Annabel aufhorchen. Es klang wie unterdrücktes Knurren. Es kam von hinten, von der Schwelle zum Schlafzimmer. Teils menschlich, aber nur zum Teil.

Annabel schnellte herum. In der Dunkelheit brauchte sie eine Sekunde, um ihre Waffe auf dem Laken auszumachen. Ihre Hand legte sich darauf.

Etwas pfiff durch die Luft.

Ein Baseballschläger sauste auf ihre Finger.

Sie schrie auf.

Die SACHE war im nächsten Augenblick über ihr, bereit zu einem erneuten Schlag.

Die Wut ...

Wie eine Rakete schoss Annabel hoch, und gleichzeitig schnellte ihre linke Faust vor. Sie traf mit solcher Kraft auf den Arm ihres Angreifers, dass der seinen Schläger fallen ließ. Annabels rechter Ellbogen schoss sogleich zur gegnerischen Schulter hoch. Ihr Knie verfehlte nur knapp den Schritt und prallte stattdessen gegen die Hüfte. Ihr Gegenüber schwankte unter der Wucht des Angriffs.

Annabel beugte sich vor, um nach dem Baseballschläger zu greifen. Sie überlegte nicht mehr, handelte automatisch. Ihre Arme wussten bereits, dass sie mit voller Kraft auf den Kopf zielen würden.

Sie drehte sich um die eigene Achse und peitschte die Luft. Sie wollte dieses Fleisch treffen und es zermalmen. Sie wollte Blut sehen.

Sie traf ins Leere und wäre fast gestrauchelt. Doch sie hatte sich gleich wieder unter Kontrolle.

Ihr Angreifer lehnte mit gesenktem Kopf am Türrahmen und rang nach Atem. Doch dann hob sich die schwarze Sturmhaube. Annabel holte zu einem erneuten Schlag aus. Er floh auf den Flur.

Im Rücken der SACHE zerplatzte buchstäblich eine der Streben eines Regals, und mehrere Gegenstände zerbarsten.

Annabel ließ den Schläger los, um nach ihrer Beretta zu greifen. Sie schrie vor Schmerz, als sie die Finger um den Kolben legen wollte, und wechselte die Hand.

Sie stürzte auf den Flur. Der Eindringling hatte nicht durch die Eingangstür fliehen können. Sie hörte, wie er, zwei Stufen auf einmal nehmend, die Treppe hinaufeilte. Sofort war Annabel unter dem Mezzanin. Ihr Angreifer war schon auf dem Flur im ersten Stock. Annabel jagte ihm nach. Die Tür zu ihrem Schafzimmer war die einzige, die offen stand. Sie rannte, den Finger am Abzug, hinein.

Sie sah das geöffnete Fenster.

Hörte den dumpfen Aufprall am Boden.

Er war hinausgesprungen.

Die junge Frau war im Handumdrehen am Fenster. Der

Mond hielt sich zu dieser Stunde hinter den Bergen verborgen, deshalb konnte sie die Gestalt nicht deutlich erkennen.

Außerdem war Annabel blind vor Wut.

Sie zielte ins Dunkel hinein und drückte ab. Sie ließ den Abzug erst los, als ihr Magazin nach achtzehn Schüssen leer war.

Allmählich verrauchte ihr Zorn.

Das Einzige, was sie noch wahrnahm, waren der beißende Geruch des Pulvers und ein Pfeifen in den Ohren.

41

Die SACHE lief zu ihrem Fahrzeug. Ein Leihwagen, den sie unter falschem Namen gemietet hatte.

Sie stieg ein, ließ den Motor an und trat das Gaspedal ganz durch.

Erst nach mehreren Kilometern wurde sie sich ihres Leichtsinns bewusst und drosselte das Tempo, um keine Aufmerksamkeit zu erregen.

Mehrere Stellen an ihrem Körper schmerzten.

Diese verdammte Schlampe hatte sie übel zugerichtet.

Sie sah in den Rückspiegel, um zu prüfen, ob sie sich auch im Gesicht Verletzungen zugezogen hatte. Sie trug noch immer ihre Sturmhaube.

Bist du verrückt? In Panik? Nimm sofort das Ding ab!

Die SACHE riss die Haube vom Kopf, konnte aber zum Glück nichts feststellen. Trotzdem wandte sie sich angewidert von ihrem Spiegelbild ab und warf sich knurrend in ihren Sitz zurück. Sie war mit einem blauen Auge – das heißt einem schönen Hämatom an der Hüfte – davongekommen.

Jetzt hatte sie ein persönliches Hühnchen mit dieser Schlampe zu rupfen. Sie sollte leiden. Die grausamste Strafe. Sie würde sich schon etwas einfallen lassen.

Bei der Weiterfahrt kam die SACHE zu dem Schluss, dass das Unternehmen gar nicht so katastrophal ausgegangen war. Sie hatte in den Dokumenten des Privatdetektivs herumgeschnüffelt, um zu sehen, ob sie unter Verdacht stand. Er hatte, so bewiesen seine Notizen, herausgefunden, dass die Lichtung ein wesentliches Element darstellte und die verlassene Militärbasis der Ausgangspunkt von allem war oder zumindest in den Augen des Schuldigen eine gewisse Bedeutung besaß. Dass der Detektiv das wusste, war an sich nicht sonderlich alarmierend. Vielleicht könnte sie sogar zu gegebener Zeit Kapital daraus schlagen. Das Einzige, was sie störte, war der mit einem Fragezeichen versehene Vermerk »kahlköpfig« zu der Überlegung, wie man sich den Täter vorstellen könnte. Das war, musste sie gestehen, von Wichtigkeit. Doch auch das ließe sich eventuell zu ihrem Vorteil nutzen, sie musste sich nur etwas einfallen lassen.

Auf einem anderen Blatt hatte sie das Wort »Fahrrad«, dick unterstrichen, gefunden. Anscheinend hatte dieser Joshua Brolin begriffen, wie sie die erste Leiche so weit in den Wald hinein hatte transportieren können. Sie hatte die Strecke mit dem Rad zurückgelegt.

Woher konnte er das wissen? Der Boden war so trocken gewesen, dass die Reifen keine Spuren hinterlassen hatten.

Ja, genau … Wieder diese kleine Schlampe … Bei der Verfolgungsjagd durch *ihre* Lichtung … Die SACHE war mit ihrem Fahrrad entkommen. Die kleine Nutte hatte es dem Privatdetektiv erzählt, der daraus seine Schlüsse gezogen hatte … klug. Und korrekt.

Sie müsste wirklich dafür büßen …

In das Haus einzudringen war leichter gewesen, als sie angenommen hatte. Der Hund, den sie am frühen Abend beim Herumschleichen um das Haus gesehen hatte, war eine freundliche Promenadenmischung, die nie bellte. Etwas Klebeband auf eine der Scheiben, und sie hatte sie geräuschlos einschlagen und das Fenster öffnen können. Dann hatte sie sich nur noch um den Hund kümmern müssen, und das Haus hatte ihr zur Verfügung gestanden.

Sie hatte sich zunächst den Privatdetektiv vorgenommen. Eine Injektion hatte genügt. Nichts als eine lächerliche kleine Spritze. Diese Methode war todsicher. Ein Zahnarzt hatte sie ihr beigebracht.

Die Nadel leicht auf die Haut setzen, damit der Patient nichts bemerkt. Ein winziger Tropfen Lokalanästhetikum, das man sich mit etwas Geschick leicht besorgen kann. Dann die Nadel ganz vorsichtig einstechen, nur so tief, wie die Haut gefühllos ist. Etwas von dem Zeug injizieren, eine Sekunde warten, bis es wirkt, und etwas tiefer einstechen. Man muss den Vorgang mehrmals wiederholen, damit die Nadel gut in der Haut steckt, ohne dass der Patient irgendetwas bemerkt.

So war sie auch bei den Ehemännern ihrer Opfer vorgegangen.

Und zwar derart wirkungsvoll, dass sie nichts gespürt hatten, ja, nicht einmal aufgewacht waren.

Zuerst also die Betäubungsspritze, sie dauerte am längsten. Dann die Injektion des Wundermittels.

Anschließend war die SACHE ins Schlafzimmer der Schlampe geschlichen und hatte sich mit den Haaren befasst. Vorsichtig auf das Gesicht gelegt, als wären es die eigenen. Dann war die SACHE durchs Haus spaziert auf der Suche nach dem Arbeitszimmer oder sonst einem Raum, in dem der Privatdetektiv seine Notizen zu den Ermittlungen aufbewahrte.

Natürlich hatte sie nicht vorausgesehen, dass die Schlampe aufwachen würde, ehe sie sich ihr richtig gewidmet hatte. Das war äußerst unvorsichtig gewesen. Ein grober Fehler von ihr. Sie hätte, sobald sie im Zimmer der Schlampe war, ihr sofort die Spritzen verpassen müssen, wie den anderen. Das würde ihr eine Lehre sein.

Für die Nächsten.

O ja, die Nächsten, bald, sehr bald.

Die SACHE schluckte noch eine weitere Pille. Sie musste die Müdigkeit niederkämpfen, der Schlafmangel durfte ihren Elan nicht bremsen.

Sie hatte der Welt eine Botschaft zu übermitteln.

Bei dem Gedanken an das, was sie gerade vollbracht hatte, verzog sie den Mund zu einem Grinsen.

Wirklich nicht schlecht, musste sie zugeben.

Und bei der Dosis, die sie dem Detektiv verpasst hatte, dürfte er wohl ein Weilchen außer Gefecht bleiben.

Plötzlich kam ihr eine großartige Idee. Wenn er nun für tot gehalten und obduziert würde?

Die SACHE lachte in sich hinein.

Warum hatte sie nicht eher daran gedacht?

Die Obduktion eines Lebenden bewirken.

Ein köstlicher Gedanke, den sie weiterspinnen würde. Die Vorstellung, dass er, die Organe bloßgelegt, die Augen aufschlagen würde.

Wenn es nur so käme ...

42

In eine Decke gehüllt, starrte Annabel den Sanitäter an.

»Kein Puls, kein Reflex der Pupille.«

Er schüttelte den Kopf, um anzudeuten, dass es aus war.

Annabel schluchzte auf, Tränen liefen ihr aus den Augen.

Larry Salhindro, der neben ihr auf der Couch saß, nahm sie in die Arme.

Mit dem Ausdruck der Betroffenheit, fast wie ein Arzt, der den Angehörigen seines Patienten die traurige Nachricht überbringen muss, trat der Sanitäter auf sie zu. Über Annabels Schulter hinweg machte Salhindro ihm ein Zeichen, dass er verstanden hatte.

Annabel, die jemanden hinter sich spürte, drehte sich um und sah dem Todesboten in die Augen.

»Wie … Wie ist das passiert?«, stammelte sie.

Der Sanitäter schluckte.

»Nun, das kann man jetzt noch nicht sagen, wir veranlassen eine Autopsie. Ich habe eine Einstichstelle am Arm festgestellt, vielleicht wurde ihm Gift injiziert. Aber hören Sie, Ihre Verletzung muss behandelt werden …«

Er deutete auf ihre rechte Hand, die unter der Decke hervorschaute. Ringfinger und kleiner Finger waren ausgerenkt und abgespreizt, getrocknetes Blut klebte an ihnen.

Annabel gab keine Antwort. Der Sanitäter zuckte mit den Schultern und entfernte sich.

Sie konnte es einfach nicht glauben. Doch jedes Mal, wenn sie versuchte, die Realität zu leugnen, spürte sie wieder Brolins Gewicht, als sie ihn verzweifelt geschüttelt hatte, sah sie seine für immer ins Nichts gerichteten Augen, als sie nach der Flucht des Mörders seine Lider hochgezogen hatte.

Warum? Bisher hatte der Mörder die Männer verschont, sich immer nur an den Frauen vergriffen. Warum also hatte er Brolin getötet?

Tief in ihrem Innern kannte sie die Antwort. Weil Brolin ihm auf der Spur gewesen war, ihn gejagt hatte, und das konnte der Killer nicht ertragen. Wenn er die Möglichkeit gehabt hätte, so hätte er auch an dir, Anna, seinen Zorn ausgelassen. Das hatte er mit dem aufgeschlitzten Hirsch zum Ausdruck bringen wollen: *Das erwartet euch, wenn ihr versucht, die Spur bis zu mir zurückzuverfolgen*, lautete die Botschaft, das hatte Brolin deutlich gesagt.

Als sie sah, wie man Saphirs Kadaver in einen großen Müllbeutel stecken wollte, sprang sie auf.

»Sie könnten ihn wenigstens in einen Leichensack legen!«

Angesichts des Zorns, der aus ihren Augen sprühte, senkte der Angesprochene den Blick. Dann holte er eine weiße Hülle, die eigentlich für einen menschlichen Leichnam bestimmt war.

Lloyd Meats erschien als Letzter. Er sah bleich und mitgenommen aus und ließ sich wortlos neben Annabel und Salhindro auf die Couch sinken. Nach und nach wurden alle Persönlichkeiten von Portland geweckt und von dem Mord in Kenntnis gesetzt. Man munkelte sogar, die Nachricht sei trotz der späten Stunde bis ans Ohr des Bürgermeisters gedrungen – zum einen wegen der Schwere des Verbrechens und zum anderen wegen des Bekanntheitsgrades des Expolizisten, der drei Jahre zuvor den meistgesuchten Serienkiller von Oregon dingfest gemacht hatte. Am Ende jedoch siegten die Monster, und die Helden mussten dran glauben.

Der Strahl der Blaulichter fiel durch die geöffnete Eingangstür auf die Traumfänger.

Ein Polizeibeamter trat schüchtern auf Meats zu. Er wusste nicht recht, ob dieser ansprechbar war. Nach einer Weile nahm der Detective ihn wahr und blickte auf. Mit einem finsteren Nicken erhob er sich und trat zu den anderen Polizisten.

Salhindro legte seine große Hand auf die von Annabel.

»Ich weiß, es ist für dich nicht der rechte Moment, doch es ist wichtig, zu fragen, solange die Erinnerung an die Ereignisse noch frisch ist. Ist dir etwas aufgefallen, etwa eine Eigenart seines Gesichts, seine Art, sich zu bewegen, sein Gang?«

Annabel schüttelte den Kopf.

»Seine Augen? Hast du seine Augen gesehen?«

Annabel musste drei Anläufe nehmen, bis sie etwas Verständliches herausbrachte.

»Es ging alles so schnell … Es war dunkel. Aber ich erinnere mich, dass er eine Sturmhaube trug. Ich denke, er ist mittelgroß, so wie ich ungefähr. Ziemlich kräftig gebaut. Ich … Ich glaube, er ist derselbe, der mich Samstagmorgen im Wald angegriffen hat. Die gleiche Statur.«

All diese Bilder tauchten wieder auf, vom Zorn verdunkelt,

von grenzenloser Wut. Sie war nicht mehr sie selbst und … *Doch, das warst du, dieser Trieb zu töten, das warst du! Und du hast dich nicht dagegen gewehrt* … Im Gegenteil, sie hatte ihn sogar bereitwillig angenommen, hatte ihn genährt …

»Was habe ich getan?«, flüsterte sie.

Salhindro versuchte, sich sein Befremden nicht anmerken zu lassen.

»Mein Gott, Larry, wenn du mich gesehen hättest … Ich war keine Frau mehr, ich war eine Bestie! Ich … Eine Killermaschine, ich glaube … Nein, ich *weiß*, dass ich nur noch eines wollte: ihn vernichten. Ich … Aber ich … Ich kann nicht einmal sagen, dass ich nicht mehr ich selbst war, weil ich im Grunde wusste, was ich tat, und ich glaube, ich war sogar fast zufrieden … Nein, ich glaube … ich glaube, ich will es immer noch … Ich will dieses Monstrum töten!«

Sie vergrub das Gesicht in den Händen.

Salhindro bedachte sie mit einem verständnisvollen Blick. Dann wanderten seine Augen durch den Raum, durch Brolins Universum.

»Annabel …«, murmelte er. »Du darfst dich deshalb nicht hassen.«

Sie ließ die Hände sinken und starrte den beleibten Cop an.

»Das verstehst du nicht«, schrie sie. »Ich werfe mir ja nicht vor, dass ich ihn töten wollte, denn das würde ich, wenn er jetzt vor mir stünde, ohne zu zögern, tun. Nein, es ist dieser Blutdurst, den ich verspürt habe, diese Gewalttätigkeit, die in mir steckt!«

Salhindro nickte zustimmend.

»Was du soeben verspürt hast, ist ein Gefühl, das Jahrtausende, ja, zig Jahrtausende alt ist. Wir vergessen immer, dass wir eigentlich Raubtiere sind, *das* Raubtier schlechthin, dasjenige, dem es durch seine Gewalttätigkeit und seine zerstörerische List gelungen ist, sich an die Spitze der Nahrungskette zu katapultieren. Und glaube mir, das war kein Kinderspiel.«

Er blickte hinaus in den Wald, bevor er fortfuhr: »Wie blind oder heuchlerisch müssen wir sein, wenn wir nicht sehen wollen, dass wir im Grunde wie Tiere sind. Essen, schlafen, fortpflanzen ... und, wenn es sein muss, töten, um zu überleben, um die Jungen zu schützen. Haben wir das vergessen? Die Gesellschaft hat uns gelehrt, diesen Aspekt unter Lackschichten zu verbergen, doch im Innern, tief im Innern, sind wir noch immer diese Tiere, die diesen verdammten Planeten bevölkern, und vielleicht ist das Einzige, was uns von ihnen unterscheidet, unsere Fähigkeit, diesen Lack herzustellen.«

Er beugte sich vor und blickte Annabel voller Ernst in die Augen.

»Und dieses Bestialische, das wir alle, ganz gleich, wer wir sind, in uns tragen, das hast du heute Nacht in dir verspürt. Anders als die meisten Menschen, die es verdrängen und verschweigen, hast du es erfahren. Jetzt möchte ich dir eine Frage stellen: Warum flößt Brolin den Menschen Angst ein? Was glaubst du? Weil er diesen Teil des Urinstinkts aus den Tiefen ausgegraben hat und heute damit lebt. Nicht nur gelegentlich. Nein, jeden Tag! Und das ist es, was die Menschen in seinem Blick wahrnehmen, was ihnen Unbehagen bereitet. Sie wissen, was es ist, und haben Angst. Seit bald drei Jahren lebt er damit, er hat gelernt, diesen animalischen Zorn zu akzeptieren. Sein Raubtierinstinkt ist erwacht und hat aus ihm einen Menschen gemacht, der anders als die anderen ist.«

Er schwieg eine Weile, bevor er hinzufügte: »Was auch immer in den kommenden Tagen passiert, schick die Bestie in die Tiefen zurück, Annabel, lass sie verschwinden, egal, was du empfindest, vertreib sie, solange es Zeit ist. Sonst wirst du in den Augen der anderen auch zum Phantom.«

Annabel wollte etwas sagen, doch die Worte erstarben auf ihren Lippen, als sie sah, wie der Sack aus PVC in Brolins Zimmer getragen wurde.

Ihre Hände ballten sich zu Fäusten.

Kurze Zeit später wurde eine Trage mit ihrer Last aus dem Haus geschafft. Ironischerweise ähnelte Brolins Hülle diesen Seidenkokons, die sie vor knapp einer Woche entdeckt hatten.

»Ms. O'Donnel?«

Annabel blickte auf.

»Sie müssen ins Krankenhaus … äh, wegen Ihrer Hand.«

Sie blieb sitzen, außerstande, sich zu rühren.

Draußen hielt ein Wagen mit quietschenden Reifen, gleich darauf wurde eine Tür zugeschlagen.

Sydney Folstom, die Leiterin des Rechtsmedizinischen Instituts, kam hereingestürmt.

»Wo ist er?«, fragte sie so schroff, dass einer der Polizeibeamten nur schweigend nach draußen zur Ambulanz deutete.

Dr. Folstom eilte hinaus zu der Tragbahre. Sie öffnete den Reißverschluss des Leichensacks, und Brolins Gesicht kam zum Vorschein. Die Rechtsmedizinerin nahm eine kleine Lampe und zog ein Augenlid hoch.

Einer der Polizeibeamten trat näher.

»Sagen Sie mal, was …«

Sein Kollege, der Folstom erkannt hatte, machte ihm ein Zeichen zu schweigen.

Durch das unerwartete Auftauchen der Rechtsmedizinerin stutzig geworden, waren Annabel und Larry Salhindro vor die Tür des Hauses getreten. Dr. Folstom richtete sich unvermittelt auf, lief zu ihrem Wagen und kam mit einer kleinen Ledertasche zurück. Mit ihrer seit Jahren geschulten Beobachtungsgabe vergaß Annabel für einen kurzen Moment ihren Kummer und beobachtete aufmerksam, was geschah. Sie bemerkte, dass die sonst so adrette Mrs. Folstom unfrisiert war und keinen Büstenhalter unter ihrer Bluse trug. Sie war wohl mitten in der Nacht aus dem Schlaf gerissen worden und hierhergeeilt.

Sydney Folstom zog ein Stethoskop aus ihrer Tasche und drückte den Höraufsatz auf Brolins Brust.

»Frau Doktor«, sagte der zurechtgewiesene Sanitäter in verbindlichem Tonfall, »das ist überflüssig, wir haben schon …«

Ohne ihn eines Blickes zu würdigen, schnippte sie mit den Fingern, um ihn zum Schweigen zu bringen. Nachdem sie den Toten abgehorcht hatte, warf Sydney Folstom das Stethoskop in die Tasche und nagte nervös an der Unterlippe.

Annabel trat näher.

»Was machen Sie da eigentlich?«, fragte sie mit einer Stimme, die sie sich fester gewünscht hätte.

Folstom nickte vor sich hin, wie um eine getroffene Entscheidung zu bestätigen. Dann beugte sie sich über ihre Tasche und holte ein Glastöpfchen hervor. Sie nahm ein Paar Latexhandschuhe und reichte sie Annabel.

»Ziehen Sie die an.«

»Aber was …«

»Keine Diskussionen, helfen Sie mir.«

Annabel schüttelte den Kopf, tat aber wie geheißen. Dr. Folstom schraubte unterdessen das Glastöpfchen auf, das eine grün-gelbliche Creme enthielt.

Brolins Oberkörper in dem weißen Leichensack war nackt. Dr. Folstom rieb seine Brust mit einer winzigen Menge des Balsams ein.

»Behandeln Sie hiermit seine Arme«, befahl sie Annabel. »Nur hauchdünn, aber verreiben Sie es gut. Es muss gleichmäßig sein.«

»Was ist das?«

»Der wichtigste Bestandteil dieses Balsams ist *Datura Stramonium*, eine Pflanze, die unter anderem Atropin und Skopolamin enthält.«

Annabel verstand zwar nicht, was es damit auf sich hatte, gehorchte aber. Sie hatte einfach nur *Lust*, etwas zu tun, denn diese absurden Handlungen an dem Toten waren wie ein winziger Hoffnungsschimmer, und wenn die geringste Chance bestand, Brolin mit diesem Ritual wieder ins Leben zurückzuholen, so würde sie es tun – alles. Selbst auf glühenden Kohlen tanzen.

Durch das Latex ihrer Handschuhe spürte sie Brolins Wärme. Eine laue Wärme. In wenigen Stunden würde die Leichenstarre einsetzen. Sie blickte in seine leeren Augen, aus denen alles Leben gewichen war, seit der Tod die kleinste Parzelle von Bewusstsein daraus vertrieben hatte.

Aber ebenso schnell, wie die Hoffnung erwacht war, verflog sie wieder.

Die Realität war anders, und auch wenn man sich etwas noch so sehr wünschte, ging es deshalb noch lange nicht in Erfüllung.

»Tragen Sie es sorgfältiger auf«, befahl Sydney Folstom.

Das war zu viel.

Annabel warf ihre Handschuhe auf den Boden und rannte ins Haus. Dr. Folstom beachtete sie nicht weiter, und als sie den Körper fertig eingerieben hatte, zog sie den Leichensack ganz auf.

»Weg damit!«

»Aber Frau Doktor, ich weiß nicht …«

»Schweigen Sie. Sie haben keine Ahnung, was los ist.«

Sie rief den Chef des Ärzteteams.

»Bringen Sie diesen Mann sofort ins Krankenhaus und lassen Sie ihn künstlich beatmen. Er soll wie ein Komapatient behandelt werden.«

»Aber Sie sehen doch, dass er …«

»Halten Sie den Mund! Und tun Sie, was ich sage. Sollte ein Arzt etwas anderes anordnen, dann sagen Sie ihm, er solle mich umgehend anrufen.«

Sie überreichte ihm ihre Karte und fügte hinzu: »Es geht bei diesem Mann um Leben und Tod, ganz gleich, was Sie glauben, was Ihnen Ihre Wissenschaft einflüstert. Sie müssen meinen Anordnungen folgen. Andernfalls werde ich dafür sorgen, dass Sie auf der Stelle entlassen werden – wegen schweren beruflichen Versagens, verstanden?«

Es ging eine solche Autorität von ihr aus, dass niemand zu widersprechen wagte. Sie wandte sich ihrem Assistenten zu und deutete auf die Ambulanz.

»Und Sie sorgen dafür, dass alles ordnungsgemäß abläuft.«

Er wollte protestieren, doch sie steuerte schon auf die Haustür zu. Dort traf sie auf Lloyd Meats.

»Könnten Sie mir bitte erklären, was dieser Zirkus zu bedeuten hat?«, knurrte er.

Sie machte ihm ein Zeichen, ihr zu folgen. Im Wohnraum saß Annabel, die Hände vors Gesicht geschlagen, Salhindro hatte den Arm um sie gelegt. Das Blitzlicht eines Technikers der Spurensicherung erleuchtete den Raum. Dr. Folstom bat Meats, sich zu den anderen zu setzen. Ohne Umschweife begann sie: »Es mag sein, dass ich mich auf der ganzen Linie irre, was zur Folge hätte, dass wir heute Nacht einen Toten in einem Krankenhauszimmer überwachen, doch das ist ein Risiko, das ich, ohne zu zögern, eingehe.«

Meats hob die Hände.

»Was soll das heißen? Sie kreuzen hier einfach so auf und verlangen, dass man einen … einen Toten behandelt, als wäre er nur bewusstlos. Sie haben ihn doch gesehen, oder nicht? Kein Puls, kein Reflex der Pupille, keine Atmung, und er beginnt schon kälter zu werden, verdammt. Er ist tot, Frau Doktor, so hart das ist. Joshua Brolin ist heute Nacht gestorben.«

Sydney Folstom verschränkte die Hände vor der Brust. Sie musterte die drei Gesichter vor ihr und seufzte tief. Ein gequältes Seufzen.

Nach einem langen bedrückenden Schweigen fragte sie in einem sehr viel milderen Tonfall: »Glauben Sie an Zombies, Detective?«

43

Dr. Sydney Folstom lief nervös auf und ab.

»Ich will Ihnen alles erklären«, begann sie, ehe Lloyd Meats irgendetwas fragen konnte. »Eine völlig verrückte Geschichte ... Aber Sie werden jetzt Informationen bekommen ... die Sie dazu bewegen könnten, Ermittlungen einzuleiten.«

»Wir sind ja schon mittendrin!«, rief Meats ungeduldig aus.

»Ermittlungen gegen mich und meine Dienststelle«, fügte sie hinzu.

Meats und Salhindro sahen sie ungläubig an. Annabel blickte erstaunt auf zu dieser autoritären, spröden Frau, die plötzlich unendlich dünnhäutig wirkte.

»Und nicht nur gegen meine Dienststelle. Ich fürchte, auch das Büro des Bezirksstaatsanwalts ist in die Sache verwickelt, insbesondere sein Stellvertreter Bentley Cotland.«

»Cotland?« Salhindro wunderte sich. »Dieser Idiot ist doch nicht mal in der Lage, eine Untersuchung korrekt zu führen. Was hat der denn damit zu tun?«

»Es geschah letztes Jahr, ja, genau vor einem Jahr. Erinnern Sie sich an den Fall Jeremiah Fischer?«

»Er wurde von seiner Frau vergiftet«, erwiderte Meats. »Die sich übrigens kurz darauf erhängt hat. Wir haben ihre Leiche in ihrer Berghütte gefunden. Wahrscheinlich hatte sie herausgefunden, dass ihr Mann sie betrog, was nach Aussage seiner Arbeitskollegen auch zutraf.«

Sydney Folstoms Blick verschleierte sich, sie rang nach Worten.

»Ich bin mir heute überhaupt nicht mehr sicher, dass Mrs. Fischer ihren Mann getötet hat, und auch nicht, dass sie Selbstmord begangen hat.«

Meats verstand nicht, worauf sie hinauswollte. Dass sie ihr

ärztliches Urteil in Frage stellte, war eine Sache, aber was hatte das mit dem zu tun, was heute Abend passiert war?

Dr. Folstom fuhr fort: »An diesem Tag ist etwas Grauenvolles passiert. Die Autopsie von Jeremiah Fischer ist absolut nicht so verlaufen, wie es in den Akten steht. Es war vielmehr ein wahrer Albtraum.«

Annabel bemerkte die Gänsehaut auf den Armen der Rechtsmedizinerin.

»Jeremiah Fischer war nicht tot, als ich ihn obduziert habe.«

Der Satz lag schwer in der Luft.

Annabel reagierte als Erste.

»Das ist völlig unmöglich, es werden doch verschiedene Untersuchungen durchgeführt, ehe jemand für tot erklärt wird!«

»Im Prinzip, ja. Aber die Geschichte ist reich an Ausnahmen, auch was den Tod betrifft. Er ist an sich schon ein großes Problem. Die meisten Menschen glauben, er sei ein fest abgegrenztes Stadium, in dem es keine Unklarheiten und Halbheiten gibt, aber das ist völlig falsch. Der Tod selbst ist zwar eindeutig, das Problem besteht jedoch darin, ihn richtig zu erkennen. Die Definition des Todes war zu jeder Zeit und in allen Zivilisationen nicht eindeutig. Wann kann man einen Menschen für tot erklären? Wenn sein Herz nicht mehr schlägt? Wenn sein Gehirn keine elektrische Aktivität mehr zeigt? Wenn der Pupillenreflex erloschen ist? Wie oft hat man all diese Anzeichen – ich sage alle – bei einer Person festgestellt, die letztlich nicht tot war! Leider sehr häufig …«

Salhindro entrüstete sich: »Was reden Sie da? Seit Jahrhunderten wird kein Mensch mehr lebendig begraben!«

»Seit Jahrhunderten?« Dr. Folstom lachte höhnisch. »Bei Petrarca ist es zugegebenermaßen nur ›beinahe‹ passiert – aber ich kann Ihnen sagen, dass andere leider weniger Glück hatten. Regelmäßig berichten meine Kollegen auf der ganzen

Welt von Fällen, in denen es sich letztendlich nur um einen Scheintod gehandelt hat. Ende der 1960er Jahre haben englische Ärzte in Sheffield ein tragbares EKG-Gerät im Leichenschauhaus getestet, und zu ihrer Verwunderung zeigte es bei einer angeblich an einer Überdosis verstorbenen Frau Anzeichen von einer Herztätigkeit. Ohne ihr Eingreifen wäre sie lebend begraben worden.

Im Jahr 1905 hat ein englischer Arzt über dieses Thema Forschungen angestellt und herausgefunden, dass in zweihundertneunzehn Fällen die Beerdigung einer für tot gehaltenen Person gerade noch verhindert werden konnte. Man kann sich also vorstellen, wie oft der Irrtum nicht bemerkt wurde. Sicher, das war vor einem Jahrhundert, und die Medizin hat sich inzwischen weiterentwickelt, in wissenschaftlicher Hinsicht zumindest, doch der Tod und seine Geheimnisse sind unverändert bestehen geblieben. Und dafür, das muss man zugeben, gibt es auch heute noch zahlreiche Beispiele. Man spricht nur nicht gerne darüber, um die Leute nicht zu beunruhigen, das ist alles.«

»Aber waren nicht Sie es, die stets wiederholt hat: ›Der Tod bedeutet das Aufhören jeglicher Körperaktivität?‹«, bemerkte Meats, der für einen Moment den Mord an Brolin vergessen hatte.

»Das stimmt auch. Die Ärzte stützen sich auf drei Grundvoraussetzungen, um den Tod eines Patienten festzustellen. Das heißt, im Grunde sind es eher zwei, denn man weiß heute, dass ein Reflex der Iris auch noch lange nach dem Tod möglich ist. Bleiben die Atmung und der Herzschlag.

Doch die Atmung ist manchmal so schwach, dass sie nicht mehr wahrnehmbar ist, oder sie setzt eine Zeit lang ganz aus. Es kommt auch häufig zu einem Blutdruckabfall, der in extremen Fällen dazu führen kann, dass der Puls nicht mehr fühlbar ist. Manchmal reicht ein kardiovaskuläres Problem aus, um einen Menschen in eine tiefe Bewusstlosigkeit zu versetzen, die alle Symptome des Todes aufweist, und dennoch wird er lebendig begraben. Obwohl es keine genauen Studien zu diesem Phänomen gibt, kann man sich vorstellen, dass die meisten der Betroffenen sehr schnell an mangelnder Behandlung sterben, andere hingegen, deren Organismus kämpft und seine Funktion wieder aufnimmt, Tage später in ihrem Grab aufwachen.«

»Ich verstehe das nicht«, sagte Annabel. »Sie sind Rechtsmedizinerin und erklären uns, dass Sie und Ihre Kollegen regelmäßig Menschen lebendig begraben? Sie wissen es, und Sie …«

»Nun stellen Sie mich nicht als einen Doktor Mengele hin. Was ich gesagt habe, werden Ihnen die meisten Rechtsmediziner der Welt bestätigen. Es kommt selten, sehr selten vor, aber manchmal eben doch. Heute gibt es nur ein Mittel, um mit Sicherheit den Tod eines Menschen festzustellen – die Überprüfung von Gehirn- und Herztätigkeit. Doch abgesehen davon, dass man Apparate und Zeit, sprich Geld, benötigt, ist selbst diese Methode nicht absolut unfehlbar. Es bleibt ein minimales Irrtumsrisiko – minimal, aber doch real.«

»Auch die Verwesung ist ein untrügliches Anzeichen«, bemerkte Salhindro zynisch.

»In der Tat, doch das braucht Zeit, und man wartet nicht, bis dieser Zustand eingetreten ist.«

Lloyd Meats erhob sich.

»Gut, Frau Dr. Folstom, Sie wollen uns erklären, dass Jeremiah Fischer nicht tot war, als Sie ihn obduziert haben. Er befand sich in einem Betäubungszustand und …«

Sydney Folstom rang um Beherrschung und fuhr langsam fort: »Jeremiah Fischer ist innerhalb von sechs Minuten auf meinem Obduktionstisch gestorben.«

Jetzt verstand Lloyd Meats, warum sie seit einem Jahr keine Autopsien mehr vornahm. Er konnte sich die Szene mühelos vorstellen, doch statt Abscheu empfand er eher Mitleid mit ihr wegen der Last, die sie in den letzten zwölf Monaten mit sich herumgetragen hatte. Er ließ sich auf das Sofa fallen.

»Bentley Cotland, der Stellvertreter des Bezirksstaatsanwalts, der ebenfalls zugegen war, hat mich um größtmögliche Diskretion gebeten, er wollte nicht, dass dieser Horror bekannt würde. Einige Stunden später haben Sie uns über die Auffindung von Mrs. Fischers Leiche informiert – sie hatte sich erhängt. Ihre Ermittlungen ergaben, dass Mr. Fischer eine Geliebte hatte und dass sie es wusste. Bei den Laboranalysen wurden verschiedene toxische Substanzen in Jeremiah Fischers Blut festgestellt, die den Verdacht einer Vergiftung erhärteten. Also haben Mr. Cotland und ich beschlossen, zu verschweigen, was an diesem Tag geschehen war. Es wäre sinnlos gewesen, die Öffentlichkeit aufzurütteln und Zweifel an den ärztlichen Todesfeststellungen zu wecken, die ja glücklicherweise zu 99,99 Prozent zuverlässig sind.«

Lloyd Meats stützte das Kinn in die Hände und schüttelte verwirrt den Kopf.

»Ich nehme an, dass ein Bezug zum heutigen Abend und zu Brolin besteht, aber ich sehe noch immer nicht, welcher«, meinte Annabel.

Sydney Folstom nickte.

»Ich wollte damals eine Erklärung finden. Ich habe mich gefragt, ob dieser Albtraum auf das Gift zurückzuführen war – ein teuflisches Kalkül von Mrs. Fischer – oder ob es sich um einen Zufall handelte. Also habe ich das Blut des Opfers noch einmal untersuchen lassen. Durch eine Kopplung von Flüssigchromatograph und Massenspektrometer konnten Spuren mehrerer exogener Substanzen festgestellt werden, eine davon in größerer Menge: Tetrodotoxin.«

»Den Namen habe ich schon einmal gehört«, bemerkte Salhindro.

»Es handelt sich um ein sehr starkes Nervengift. Bei meinen Recherchen habe ich festgestellt, dass es bereits seit fast fünftausend Jahren bekannt ist! Es wird schon in der chinesischen *Pent sao chin*, der ältesten Pharmakopoe der Welt, beschrieben. Zu jeder Zeit und auf der ganzen Welt findet es immer wieder Erwähnung, sowohl auf Grabinschriften im alten Ägypten als auch in der Bibel, im Deuteronomium, worin das Verbot ausgesprochen wird, Fisch ohne Schuppen zu essen. Das ist darauf zurückzuführen, dass im Roten Meer Kugelfische, auch Tetrodon genannt, vorkommen, die das Gift Tetrodotoxin enthalten.«

»Dazu gehört auch der japanische *Fugu*, nicht wahr?«, fragte Salhindro, dem plötzlich wieder eingefallen war, woher er den Namen kannte.

»Genau. Der Verzehr von Fugu ist im Land der aufgehenden Sonne sowohl ein Genuss als auch eine Philosophie. Tetrodotoxin ist hundertsechzigtausendmal stärker als Kokain, und es wird weder durch Kochen noch durch Tiefgefrieren neutralisiert. Also bedarf es einer speziellen Methode, um den Fugu richtig zuzubereiten. Die Kunst besteht darin, die Giftstoffkonzentration so weit zu verringern, dass es nicht mehr tödlich ist, jedoch noch für eine Stimulierung der Sinne ausreicht. Dennoch kommt es in Japan jährlich zu zahlreichen Todesfällen.

Japanische Ärzte berichten, dass nach dem Verzehr von Kugelfischen mit Tetrodotoxin manche Opfer sterben, jedoch andere, die zunächst für tot gehalten wurden, langsam wieder zu sich kommen. Deshalb ist es heute Vorschrift, bei einer solchen Tetrodotoxinvergiftung mit Todesfolge mehrere Tage mit der Einsargung zu warten.« Angesichts der ungläubigen Blicke fügte sie schnell hinzu: »Ich versichere Ihnen, das entspricht der Wahrheit. Erkundigen Sie sich selbst! Wie auch immer, bei der Lektüre dieser Berichte über Vergiftungen habe ich das Schlimmste erfahren.

Das Nervengift Tetrodotoxin lähmt die Opfer, sogar ihre

Atmung, und vermindert den Herzrhythmus so stark, dass er nicht mehr wahrnehmbar ist. Klinisch wird ein Mensch in diesem Stadium für tot erachtet. Doch in Wirklichkeit schwebt das Opfer zwischen Leben und Tod. Einige sterben kurz darauf tatsächlich, aber nicht alle. Es gibt Fälle, bei denen die Opfer nach mehreren Stunden – Zeugenaussagen zufolge sogar nach mehreren Tagen – wieder zu sich gekommen sind. Der Organismus erholt sich von selbst, ohne ärztliche Hilfe, und der Herzschlag nimmt im selben Maße zu wie die Atmung. Dieser mit einem Winterschlaf vergleichbare Zustand macht es sogar möglich, mehrere Stunden in einem Leichenkühlraum zu überstehen.«

»Nun gut, aber ich sehe keine Verbindung …«

Sydney Folstom unterbrach Lloyd Meats: »Alle, die diese Erfahrung überlebt haben, berichten dasselbe: Während der gesamten Dauer ihrer Lähmung sind sie bei Bewusstsein, selbst in dem Augenblick, in dem man sie für tot erklärt. In einem Fall ist es einem Scheintoten gelungen, seinen Körper kurz vor der Einäscherung wieder unter Kontrolle zu bringen …«

Alle begriffen, was das bedeutete.

»Jeremiah Fischer war bei vollem Bewusstsein, als man seinen Tod feststellte, ihn in einen Leichensack packte und einige Stunden später wieder herausholte. Sein Stoffwechsel war so reduziert, dass er nur wenig Sauerstoff brauchte und darum ›überlebt‹ hat, bis man ihn in den Autopsieraum brachte. Dort musste er die Obduktion durchleiden, bis sein Körper sich schließlich manifestierte. Da aber war es zu spät.

Das Tetrodotoxin lähmt das Nervensystem. In Japan, wo am meisten Fugu verzehrt wird, gibt es dazu zwar keine Statistik, aber es steht fest, dass jährlich rund hundert Personen am Verzehr von Kugelfischen sterben. Wie viele von ihnen letztlich wieder zu sich kommen, weiß ich nicht, aber einige werden es schon sein.«

»Und Sie glauben, Brolin könnte mit Tetrodotoxin betäubt worden sein?«, fragte Annabel, beseelt von einer Hoffnung, die sie sich kaum einzugestehen wagte.

Sydney Folstom antwortete nicht darauf, sondern fuhr fort: »Nach diesen Erkenntnissen habe ich weiter über Tetrodotoxin geforscht. Und ich habe erfahren, welches das auf Haiti wirksamste Mittel ist, um aus Menschen Zombies zu machen. Das Zombie-Pulver ist Teil des Voodoo-Kults. Die Houngan, das sind die männlichen Voodoo-Priester, sorgen dafür, dass ihre Opfer ein wenig von dem Pulver einatmen und dann in einen todähnlichen Zustand verfallen. Die Unglücklichen werden bestattet, und der Houngan braucht sie dann nur noch in der Nacht auszugraben, damit sie vom Rest der Bevölkerung als Zombies angesehen werden. Hat dann der Voodoo-Priester seinem Opfer verschiedene starke Psychopharmaka verabreicht, die seinen Willen vollständig brechen, macht er eine Art Sklave aus ihm. Ich habe von einem Balsam oder einer Paste erfahren, die als Gegengift gegen das Zombie-Pulver wirkt. Genauer gesagt reibt der Houngan seine Opfer mit diesem starken Mittel ein, um die Wirkung des Tetrodotoxin aufzuheben. Der wichtigste Bestandteil ist die Datura, eine Pflanze, die Atropin und Skopolamin enthält, Stoffe, die die Wirkung des Tetrodotoxin neutralisieren.«

»Und damit haben Sie Brolins Oberkörper eingerieben«, rief Annabel mit einem Enthusiasmus, den sie diesmal nicht mehr zu zügeln vermochte. »Was hat Sie zu der Vermutung veranlasst, dass man Brolin dieses Gift gespritzt haben könnte?«

Die Zuversicht wuchs in ihrer Brust wie eine aufblühende Pflanze. Eine leise Stimme flüsterte ihr zwar zu, nicht auf diese verrückte Geschichte zu hören, doch sie spürte, wie ihre Widerstandskraft erlahmte. Sie stürzte sich auf den Hoffnungsschimmer und bedachte nicht die Konsequenzen, falls Sydney Folstom sich getäuscht hatte.

»Wie Sie vermuten, ist meine Anwesenheit hier kein Zufall. Gestern hat mich Detective Meats in groben Zügen über den derzeitigen Ermittlungsstand informiert«, erklärte die Rechtsmedizinerin. »Gleichzeitig habe ich vom Leiter des toxikologischen Labors von den betäubten Ehemännern erfahren. Ihm verdanke ich die meisten Informationen über Tetrodotoxin, die er mir im letzten Sommer auf meine Anfrage hin gegeben hat.«

Meats nickte, der Rest war plötzlich logisch, und er erklärte: »Bei der gestrigen Auswertung der Blutproben, die den beiden Ehemännern der Opfer entnommen wurden, hat er festgestellt, dass sie Tetrodotoxin enthalten. Er hat sich daran erinnert, dass Sie besonderes Interesse an diesem Gift gezeigt haben, und Sie informiert.«

»So ist es. In seiner ganzen Laufbahn als Toxikologe hat er dieses Gift nur zweimal in menschlichem Blut gefunden: bei Jeremiah Fischer und bei den beiden Ehemännern. Bei Letzteren handelte es sich um sehr geringe Mengen, und zwar aus gutem Grund, denn anscheinend sind sie direkt in die Blutbahn gespritzt worden, was die Wirkung erhöht. Ich habe den ganzen Abend über die Sache nachgedacht und mich gefragt, ob es nicht eine Verbindung zwischen den betäubten Ehemännern und Jeremiah Fischer geben könnte, bin aber zu keinem Ergebnis gekommen. Als mich vorhin das Telefon geweckt und man mir mitgeteilt hat, dass Brolin in der Nacht angegriffen und vermutlich vergiftet worden ist, hat sich in meinem Kopf alles überschlagen. Wäre es nicht logisch, dass der Mörder, gegen den Sie ermitteln, immer nach dem gleichen Schema handelt? Den Ehemännern spritzt er eine Droge ein und kann sich dann in Ruhe den Frauen widmen. Plötzlich wurde mir klar, dass man Brolin bei einer ausreichenden Menge von Tetrodotoxin durchaus für tot halten könnte, während sein Organismus vielleicht noch gegen das Gift ankämpft.«

»Und dieser Balsam, mit dem Sie ihn eingerieben haben, dieses *Gegengift*, was ist das?«, wollte Salhindro wissen.

»Den habe ich zusammen mit meinem Kollegen von der Toxikologie, einem Ethnobotaniker, nach einem haitianischen Rezept hergestellt, um seine Wirkung auf das Tetrodotoxin zu untersuchen. Aus Zeitgründen konnten wir das Experiment nicht vertiefen, doch es sieht so aus, als hätte er eine entscheidende Heilwirkung. Diese ›Creme‹ ist zwar schon mehrere Monate alt, doch ich hoffe, sie ist trotzdem noch wirksam. Sie muss in die Haut eindringen, damit die Wirkstoffe ins Blut und in den Organismus gelangen können.«

Annabel wollte aufspringen, etwas unternehmen. Egal was – zu Brolins Krankenbett eilen, das Pflegepersonal antreiben, irgendetwas. Sydney Folstom verstand sie und legte ihr die Hand auf die Schulter.

»Die Ambulanz trifft jeden Augenblick im Krankenhaus ein. Ich werde anrufen und anordnen, dass man ihm Blut abnimmt. Vielleicht irre ich mich und mache Ihnen falsche Hoffnungen. In einer Stunde wissen wir mehr. Bis dahin müssen Sie sich gedulden.«

44

Der Tag sandte seine Vorboten zum sternenbedeckten Firmament, und im Osten ahnte man schon den ersten Schein der Dämmerung.

Joshua Brolin lag in seinem Krankenhausbett, ohne die geringste Reaktion zu zeigen.

Larry und Annabel dösten in einer Ecke vor sich hin, während Dr. Folstom nervös auf dem Gang auf und ab lief und auf die Ergebnisse der Blutuntersuchung wartete.

Lloyd Meats beaufsichtigte die Durchsuchung von Brolins Haus, obwohl er sich ganz sicher war, dass die Aktion erfolglos sein würde. Anfänglich hatte er gehofft, Reifenspuren auf dem Weg zu finden. Doch die Polizeiwagen hatten bei ihrer Ankunft alle anderen Spuren zerstört.

Im Untergeschoss des Krankenhauses, auf einer Rollbahre ein Leichensack. Darin ein kleines Gebilde, das nicht einmal die Hälfte ausfüllt. Ein Krankenpfleger schiebt seinen Wagen mit den Frühstückstabletts vorbei. Er zieht die Augenbrauen hoch. *Ein Kind.* Garantiert. Ein armes Kind, das darauf wartet, in ein Kühlfach geschoben zu werden. Frühmorgens herrscht auf diesem Flur immer leichtes Chaos. Die Toten der Nacht müssen registriert und in den Kühlraum gebracht werden, ehe sich die Hitze des Tages bemerkbar macht.

Der Krankenpfleger geht weiter.

Plötzlich bewegt sich der Sack. Ein heftiger Stoß im Inneren. Der Pfleger schreckt zusammen und legt die Hand aufs Herz. *Verdammt!* Aber nein, das bedeutet nichts, ein *Post-mortem*-Reflex, ja genau, ein verfluchter Reflex. Mein Gott, was für ein Schreck …

Und wieder wölbt sich die Hülle. Da drin bewegt sich etwas.

Der Pfleger steht mit offenem Mund da und starrt fassungslos darauf.

Und plötzlich begreift er. Das war ein Witz. Wieder mal ein Streich von Jonesy oder Franck, einer von ihren blöden Gags. So langsam reicht es ihm! Suchend blickt er sich um. Nichts. Kopfschüttelnd fragt er sich, wie sie das angestellt haben. Er lässt seinen Wagen stehen und geht zu dem Leichensack, um den Reißverschluss zu öffnen.

Eine Pfote schiebt sich hinaus.

Es folgt ein Jaulen.

Der Krankenpfleger zieht den Reißverschluss ganz auf und entdeckt – total verblüfft – einen Hund. Eine Mischung aus Schäferhund und Labrador, der versucht, den Kopf zu heben und die Augen offen zu halten.

»Was machst du denn hier? Verdammt, aber …«

Diesmal sind die beiden zu weit gegangen, das wird er seinen Vorgesetzten melden, das arme Tier ist ja halb tot.

Er kann nicht wissen, dass es – im Gegenteil – halb lebendig ist.

Der Pfleger ruft einen Kollegen, um zu überprüfen, ob das Etikett, das den Inhalt identifiziert, mit dem Register des Krankenhauses übereinstimmt.

Saphir gibt ein schwaches Winseln von sich und versucht, sich hochzustemmen.

Er lebt.

Joshua Brolin öffnete die Augen gegen neun Uhr morgens.

Sein Kopf war schwer, und es wollte ihm nicht gelingen, den Nebel über ihm zu durchdringen. Seine Glieder waren bleiern, und seine Kehle brannte. Eine Viertelstunde später kam er zu sich und begann allmählich, wieder etwas zu spüren. Sein Körper schmerzte, er hatte lange in einer Art Winterschlaf verbracht. Es hämmerte in seinem Kopf, und er hatte den Eindruck, sein Gehirn müsste explodieren. Er konnte sich nicht konzentrieren. Alles war verworren, seine Erinnerung, seine Orientierung, selbst seine ersten Bewegungsversuche.

Dann erkannte er Annabels Gesicht über sich, ihre Züge leicht verschleiert. Sie sah aus wie ein Engel.

Er vernahm Worte, als würde jemand am anderen Ende eines langen Schlauches murmeln: »Tut mir leid, auf die Engel wirst du noch etwas warten müssen …«

Brolin sah verschwommen, dass sie weinte.

☆

Am frühen Nachmittag saß Brolin in seinem Krankenhausbett. Verschiedene Ärzte waren in sein Zimmer gekommen, völlig verblüfft, ihn so fit anzutreffen. Nur die starken Kopfschmerzen und ein generelles Gefühl von Benommenheit dauerten an, ansonsten fühlte er sich durchaus wohl. Zwölf Stunden zuvor hatte man ihn für tot erklärt.

Die Wirkung des Tetrodotoxins hatte teils von selbst nachgelassen, war aber teilweise auch durch den Datura-Balsam neutralisiert worden.

Annabel konnte es nicht fassen.

Der Mörder hatte sich genau an seinen *Modus Operandi* gehalten. Tetrodotoxin-Spritze für den Mann, dann der Angriff auf die Frau. Die größte Gefahr wird außer Gefecht gesetzt, dann kann man sich in Ruhe seiner Beute widmen. Bei Brolin hatte er die Dosis erhöht, vielleicht sollte er daran sterben oder lebendig begraben werden ... Und wie die Ehemänner konnte sich auch Brolin an nichts erinnern. Er hatte geschlafen, als man ihm das Gift verpasst hatte.

Sydney Folstom nahm die zusätzliche Blutabnahme persönlich vor, sie überwachte Brolins Zustand, ohne das Geringste zu vernachlässigen. Sie hatte die Wirkung des Tetrodotoxins und der Datura nur ansatzweise untersucht und wollte kein unnötiges Risiko eingehen.

Annabel und Larry erklärten dem Privatdetektiv, was sich zugetragen hatte. Er lauschte schweigend, und doch glaubte Annabel, in seinen Augen einen beunruhigenden Schimmer wahrzunehmen. Kalten Zorn.

»Und wie geht es dir?«, fragte er und strich mit den Fingerspitzen über die Schiene an Annabels rechter Hand.

Sie nickte nur und verbarg den Schrecken hinter einem Lächeln.

Schließlich kam sie auf den Hund zu sprechen.

»Der Kerl, der letzte Nacht in dein Haus eingedrungen ist, hat Saphir nicht getötet, er hat ihm lediglich dieselbe Substanz gespritzt wie dir, offenbar in wesentlich schwächerer Dosis.«

»Wie geht es ihm?«, erkundigte sich Brolin.

Seine Stimme klang nicht einmal mehr rau, und im Laufe

des Tages schienen auch alle anderen Nachwirkungen abzuklingen.

»Gut, er erholt sich. Heute Abend nehme ich ihn mit ins Haus.«

Annabel merkte, dass er protestieren wollte, und kam ihm zuvor: »Keine Sorge, dein Haus steht Tag und Nacht unter Polizeischutz. Lloyd Meats hat darauf bestanden. Du bleibst vorsichtshalber bis morgen früh zur Beobachtung hier.«

Sie sah Meats durch die halb geöffnete Tür. Mit einer diskreten Handbewegung winkte er sie zu sich. Annabel zwinkerte Brolin zu und erhob sich.

Auf dem Flur strich Meats nervös über seinen Bart, fasste sie am Arm und zog sie ein Stück weiter zur Seite.

»Der Arzt hat mir gesagt, dass er sich gut erholt. Trotzdem möchte ich ihn jetzt nicht wieder beanspruchen, er muss sich ausruhen.«

Annabel, die ein Problem ahnte, fragte: »Was ist los? Haben Sie noch etwas gefunden?«

»So gut wie nichts. Einen Fußabdruck. Größe vierzig. Kleine Füße, aber ziemlich schwer.«

»Wie ich Ihnen schon sagte, der Kerl war kräftig.«

Doch das war nicht der eigentliche Grund für Meats' Sorgen, vermutete Annabel.

»Sagen Sie mir, was los ist.«

Der Detective lachte nervös.

»Cop, was? Da ahnt man so was ... Ich möchte wissen, ob Joshua und Sie eine besondere Spur verfolgt haben. Egal was, einfach nur eine Spur, die den Zorn dieses Irren geweckt haben könnte.«

Annabel lehnte sich an die Wand. Ihr fiel nichts ein.

»Nein, nicht dass ich wüsste. Die einzigen Ermittlungen, die wir durchgeführt haben, waren die Befragungen der Familien, die von Spinnen angegriffen wurden, und der Arachnophilen, all dieser Freunde der kleinen Achtbeiner.«

»Ich stelle Ihnen diese Frage, weil wir auch in Brolins Arbeitszimmer den Teil eines Fußabdrucks gefunden haben. Und winzige Glassplitter von der eingeschlagenen Scheibe zwischen den Papieren auf seinem Schreibtisch. Der Eindringling, der Sie angegriffen hat, suchte offenbar nach etwas, zumindest wollte er erfahren, was Sie bereits wissen.«

Annabel dachte angestrengt nach.

Bei all der Aufregung hatte sie sich diese wesentliche Frage noch gar nicht gestellt.

Warum hatte der Mörder gerade sie angegriffen?

Schließlich wurde auch Lloyd Meats' Name in den Zeitungen erwähnt. Wenn der Killer nur seine Warnung hätte verdeutlichen wollen, hätte er sich eher an Meats, den Vertreter des Gesetzes, gehalten, das hätte sehr viel mehr Aussagekraft gehabt. Warum hatte er es stattdessen auf den Privatdetektiv und sie selbst abgesehen?

Ganz einfach, weil sie ihre Nase in Dinge gesteckt hatten, die sie nichts angingen.

Annabel atmete tief durch.

Ohne es zu ahnen, hatten sie sich dem Schlüssel zu dem Geheimnis genähert.

Sie musste sofort zurück ins Haus.

Die Lösung war dort, vor ihren Augen.

Wenn der Mörder sie hatte beseitigen wollen, dann deshalb, weil sie ihm auf der Spur waren.

Vielleicht waren sie ihm ja bereits begegnet …

45

Die Frage war ganz einfach: Mit wem hatten sie bislang zu tun gehabt?

Annabel befand sich in Brolins Büro. Über ihr in der warmen Luft drehte sich langsam der Traumfänger.

Der Mörder war hier gewesen. In *diesem Raum*, er hatte die Akten durchwühlt, um herauszubekommen, ob er verdächtigt wurde. Jetzt begann auch Annabel, die verschiedenen Papiere zu durchsuchen, die vor ihr auf dem Schreibtisch gestapelt waren. Ob vielleicht etwas fehlte? Das konnte sie nicht feststellen. Was wusste sie von den Informationen, über die Brolin verfügte? Die Karte.

Annabel drehte sich zu der Wand, an die Brolin den Stadtplan geheftet hatte. Jeder Ort, an dem eine Spinnenattacke stattgefunden hatte, war mit einer Stecknadel markiert. Brolin hatte den Namen des Opfers darunter auf einem Stück Papier vermerkt. Alles schien unberührt.

Die Liste mit den Namen.

Ja, die Liste! Annabel fand sie auf einem der Stapel. Über zwanzig Namen von Spinnenspezialisten oder -liebhabern, sieben davon mit Rotstift unterstrichen.

NeoSeta:
Professor Haggarth – Laborchef
Gloria Helskey – Projektleiterin
Connie d'Eils – Technikerin
Donovan Jackman – PR-Chef

Privatpersonen:
Nelson Henry – Naturkundemuseum, Spinnenfachmann
Doktor Conelberg – Entomologe
Debbie Leigh – aus dem Laden *Bug'em all*, Spinnenliebhaberin

War der Mörder einer von ihnen? Hatte er sich bedroht gefühlt und beschlossen zuzuschlagen – sozusagen als Warnung für die Polizei und um herauszufinden, ob Brolin und Annabel über Informationen verfügten, die ihn verdächtig machen könnten?

Er hatte sicher, wie jeder andere auch, ihre Namen in der Presse gelesen und die Adresse von Brolin problemlos herausgefunden; schließlich stand er als Privatdetektiv im Telefonbuch.

Annabel konzentrierte sich auf die ihr bekannten Fakten.

Derjenige, der sie im Wald angegriffen hatte, war mittelgroß, was auf einen Großteil der Bevölkerung zutraf, er war kräftig gebaut, und vor allem war er ihr mehr oder weniger kahlköpfig vorgekommen. Ein wenig relevantes Detail, er konnte ja auch eine Perücke tragen.

Mit wem hatte Brolin es sonst noch zu tun gehabt?

Mit den Opfern von Spinnenbissen. Nein, es war keiner von ihnen, schließlich handelte es sich um Paare … *Ja und? Sind Mörder generell derart abscheuliche Wesen, dass sie nur allein leben können?* Natürlich nicht. Annabel wusste, dass manche Serienkiller sogar Familien gründeten, wie dieser Tchikatilo – verheiratet, Vater von zwei Kindern, Universitätsprofessor und Mörder von zweiundfünfzig Menschen, oder Jerry Brusos, der seine Opfer in seinem Keller abschlachtete, während seine Frau und seine Kinder nichts ahnend in der Küche beim Essen saßen.

Das waren abwegige Mutmaßungen. Der Mörder wäre nicht das Risiko eingegangen, die Aufmerksamkeit der Cops auf sich zu lenken, indem er sich als Opfer ausgab …

Blieben die Ehemänner der beiden Opfer. Mr. Peyton und Mr. Morgan. Hier galt das Gleiche. Es war zu perfide, um möglich zu sein. Annabel konnte sie von der Liste der Verdächtigen streichen.

Merkwürdigerweise tat sie es nicht.

Der Instinkt eines Cops, dachte sie. Der Mensch kann grausamer und arglistiger sein, als die Fantasie eines Ermittlers sich auszumalen vermag … Niemals einen Verdächtigen definitiv ausschließen. Annabel fügte die Namen mit Bleistift zu den anderen auf der Liste der Arachnophilen. Dann trat sie vor den Stadtplan an der Wand und notierte auch die Namen der Familien, deren Mitglieder von Spinnen angegriffen worden waren.

Sie wollte die Liste schon auf den Schreibtisch legen, als ihr etwas einfiel.

Es gab noch einen anderen.

Von Beginn an. Brolin hatte die Lichtung Eagle Creek 7 unter die Lupe genommen. Dort hatte es von Schwarzen Witwen gewimmelt, und dort war auch Fleitcher Salhindro ermordet worden. Der Ausgangspunkt der ganzen Geschichte.

Die Lichtung und die angrenzende Militärbasis ... Und ihre Begegnung dort nicht mit dem Mörder, nein, mit diesem jungen Herumtreiber. Wie hieß er noch? Annabel zog ein Bündel Papiere aus der Gesäßtasche ihrer Hose. Sie sah die Zettel durch, um den Namen zu finden.

Frederick McIntyre.

Sollte sie ihn auch auf die Liste setzen?

Er hatte zwar absolut nichts mit dieser Angelegenheit zu tun, hatte nur herumgeschnüffelt, auf der Suche nach irgendwelchen originellen Gegenständen ... Trotzdem war er dort gewesen. *Auf der Militärbasis! Nicht auf der Lichtung ... Das war etwas anderes.* Nein, das war eine falsche Spur, reine Zeitverschwendung.

Annabel betrachtete die beiden Seiten mit den Namen. Irgendwo unter diesen etwa dreißig Personen verbarg sich vielleicht der Urheber dieses Horrors.

Die Spinnen ... Die auf rätselhafte Weise entleerten Opfer, eingehüllt in den Kokon, als wäre ihr Inneres von einer Riesenspinne verschlungen worden ... Welcher kranke Geist konnte solche Szenarien ersinnen? Wer war er, und warum tat er all das? Was steckte dahinter – neben dem vermeintlichen Wahnsinn, den man der Öffentlichkeit vorgaukelte? Eine solche Methodik, ein so ausgefeilter, so präzise organisierter Sadismus konnte nicht allein das Produkt von Geistesstörung sein. Dahinter verbarg sich vielmehr ein strukturiertes Denken … Und das war das Schlimmste.

Annabel erhob sich.

Sie durchquerte den großen Salon, öffnete die Glastür, um sich auf der Veranda niederzulassen und in Ruhe nachzudenken, doch es war draußen noch so heiß, dass sie die Tür schnell wieder schloss. Die New Yorker Polizistin ging langsam auf und ab und ließ den Blick über die Wandtäfelung schweifen. Sie trat in die Küche und trank ein Glas kalte Milch, um sich zu erfrischen.

Draußen vor dem Haus parkte der Polizeiwagen. Der Personenschutz. Ein Mann, der wegen der glühenden Hitze regelmäßig abgelöst wurde.

Er musste sich tödlich langweilen, dachte Annabel. Sie kannte solche Einsätze – total öde. In den meisten Fällen passierte nichts, und man drohte einzuschlafen. Doch wenn man plötzlich eingreifen musste …

Sie nahm ein großes Glas und füllte es mit Wasser. Etwas Gesellschaft und eine kleine Erfrischung wären da draußen sicher willkommen. Dann wollte sie wieder zu Brolin ins Krankenhaus fahren.

Der untere Teil des Fensters war mit einer Sperrholzplatte vernagelt.

Hier war der Mörder eingestiegen. Erst ein großes Stück Klebeband, um beim Einschlagen der Scheibe keinen Lärm zu machen. Dann hatte er die Hand durch das Loch geschoben, um das Fenster zu öffnen, und schon war er drinnen. Saphir hatte ihn sicher neugierig begrüßt. Er war ein so gutmütiger Hund, dass er kein Misstrauen kannte. Der Eindringling hatte seine Spritze genommen, um ihn zu betäuben, bevor er sich vielleicht doch noch bemerkbar machte. Was dann folgte, war bekannt.

Er wusste, wo man am leichtesten einsteigen konnte und dass es kein Alarmsystem gibt.

Er hatte das Haus am Abend beobachtet. Sicher hatte er Joshua und sie ausgespäht. Aber von wo aus?

Annabel stellte die beiden Gläser ab, die sie noch in der Hand hielt, eilte durch den Salon und trat auf die Veranda. Sie ignorierte das heiße Holz unter ihren Füßen, blieb in der Mitte stehen und hielt nach allen Richtungen Ausschau.

Der Hügel.

Von der Kuppe des Hügels aus konnte man das Haus und die Veranda deutlich sehen. Ja, dort oben hatte er seinen Beobachtungsposten eingerichtet.

Genau da, wo wir am Abend gesessen und den Ausblick genossen haben!

Gänsehaut überzog ihre Arme.

Er musste ganz in der Nähe gewesen sein, irgendwo im Gebüsch versteckt. Er hatte beobachtet, wie sie das Haus verlassen hatten und den Hang heraufgekommen waren. Und dann hatte er den Hund entdeckt. Er hatte großes Glück gehabt, schließlich hatte er nicht wissen können, dass Saphir ein so friedliches und gutmütiges Tier war. Als Annabel jetzt den Abend Revue passieren ließ, fiel ihr wieder ein, dass sie, als sie auf dem Stein saßen, nichts mehr von dem Hund gehört hatten. Aus gutem Grund. Er musste umhergestreunt und auf *ihn* getroffen sein. Auf den Mörder.

Und der hatte festgestellt, dass der Hund nicht aggressiv war.

Er ist dort gewesen! Genau hinter uns!

Der Zufall hatte ihm eine unerhoffte Gelegenheit zum Angriff geboten, doch er hatte sie nicht genutzt. Das war nicht sein *Modus Operandi.* Er attackierte immer nur *eine* Person, ging kein Risiko ein. Also ein Mann, der sich seiner selbst nicht allzu sicher ist. Er überfällt sein Opfer im Schlaf, er vermeidet in jedem Fall die Konfrontation. Entweder kann er nicht kämpfen, oder er ist ein Feigling … *Alle Serienmörder sind Feiglinge,* dachte sie.

Annabel trat in den kühlen Salon, schlüpfte in ein Paar Turnschuhe, nahm das Glas für den diensthabenden Polizisten und begab sich wieder nach draußen in die Gluthitze.

Sie bot dem Mann das Wasser an und erklärte ihm, dass sie auf den Hügel steigen wolle und dass im Übrigen alles in Ordnung sei. Sie hob ihr T-Shirt ein wenig an, damit er ihre Beretta sehen konnte.

»Mein Partner wacht über mich, ich gehöre zur Familie ...«

»Ich weiß Bescheid. Und danke für das Wasser.«

Beim Anstieg musste sich Annabel immer wieder den Schweiß von der Stirn wischen.

Oben angelangt, fand sie den Ausblick längst nicht mehr so grandios wie vorher. Sie vermeinte noch die Aura des Mörders zu spüren. Jeder Schatten erinnerte an seine Präsenz, an seine Abartigkeit. Daran konnte auch die Sonne, die vom azurblauen Himmel schien, nichts ändern.

Der Boden war zu trocken, zu körnig, als dass der Mörder Fußspuren hätte zurücklassen können. Aber da er sich, um sie zu belauschen, zwischen Büschen versteckt haben musste, war an den zum Teil dornigen Zweigen vielleicht eine Faser hängen geblieben.

Annabel teilte das Gebiet auf und beschloss, es Quadrat für Quadrat abzusuchen, egal, wie viel Zeit das in Anspruch nehmen würde. Sie begann am Anfang des kleinen Pfades, der sie hierhergeführt hatte.

Sie bereute schon bald, keinen Sonnenhut mitgenommen zu haben.

Nachdem sie sich vergewissert hatte, dass niemand in der Nähe war, zog sie ihr T-Shirt aus und wickelte es sich zu einem Turban um den Kopf. Das war besser als nichts, und wen scherte schon ihr Look? Sie zog ihren Büstenhalter zurecht und machte sich an die Arbeit.

Sie hatte ungefähr ein Drittel des Sektors inspiziert, als sie auf etwas Interessantes stieß.

Die von der Sonne verdorrten Gräser waren zwischen zwei großen Büschen niedergedrückt. Annabel kniete sich hin.

Die Nase dicht am Boden, suchte sie das Areal ab, ehe sie mit dem Zeigefinger darüberstrich, in der verzweifelten Hoffnung, einen Anhaltspunkt für die Ermittlungen zu finden. Nichts am Boden. Nur die Gewissheit, dass sich noch vor kurzem etwas Schweres hier niedergelassen hatte.

Annabel lief einmal um die Stelle herum. Als sie dabei die Zweige genau unter die Lupe nahm, erhielt sie die Bestätigung, dass ihre Vermutung zutraf.

Sie entdeckte kurze glatte Haare – dieselbe Farbe wie Saphirs Fell. Der Hund war umhergestreift, hatte den Mörder gewittert, sich ihm genähert und dabei die dornigen Zweige der Büsche gestreift.

Und so unwahrscheinlich es erscheinen mochte, Saphir, das gutmütige Tier, war geblieben, um sich von ihm streicheln zu lassen.

Annabel war sich ganz sicher. *Dieser Mistkerl hat sich hier versteckt, und als ihm klar wurde, dass der Hund harmlos ist, hat er ihn gestreichelt, um ihn ruhig zu halten. So lange, bis sie, Joshua und Annabel, den Rückweg antraten.*

Sie richtete sich auf, um die Entfernung bis zum Stein, auf dem sie am Vortag gesessen hatten, abzuschätzen.

Es waren keine zwanzig Meter.

46

In ihrem Liegestuhl ausgestreckt ließ Dianne Rosamund ihr Buch sinken und betrachtete den Himmel. Irgendwie hatte sie den Faden verloren und fragte sich, worauf der Autor hinauswollte. Es gab mehrere Spuren, und sie hatte eine vage Vorstellung, wer der Schuldige sein könnte, doch es war nichts Greifbares, nur eine Vermutung.

Ein Räuspern riss sie aus ihren Gedanken.

Es kam aus dem Nachbargarten, direkt hinter Jimmy Beahms Thujen. Ein schleimiges Räuspern.

Wie eklig! Jimmy, du bist wirklich ek…

Und sofort verging ihr die Lust auf ihre Orangeade. Dianne knickte die Seite ihres Buches um, stand auf und zog den Badeanzug, der hochgerutscht war, zurecht. Sie brauchte unbedingt etwas mehr Schatten. Ihr Blick schweifte zu der Hecke, die ihren Garten von dem der Beahms trennte. Sie war dicht, und man konnte nicht hindurchsehen, doch sie war überzeugt, dass dieser arme Teufel mit einer Flasche auf seiner Terrasse saß. Das wäre nicht das erste Mal gewesen.

Sie hörte ein trockenes Knallen. Jimmy hatte soeben die Falltür geöffnet, die in seinen Keller führte. In diesen Bunker, in dem er derart viel Zeit verbrachte. Seit einigen Tagen beobachtete sie ihn immer häufiger, in der Hoffnung, eine Erklärung zu finden, warum er so oft dort unten war. Welches Geheimnis mochte sich da verbergen?

Chris, ihr Mann, hatte sie gebeten, endlich damit aufzuhören; sie sei auf dem besten Weg, sich in eine typische spießige Hausfrau zu verwandeln mit allem, was dazugehörte – zwanghafte Neugier, Klatsch und Tratsch –, doch sie konnte es einfach nicht lassen.

Der schwere Schritt von Jimmy, der die Holztreppe hinter den Thujen hinabstieg.

Diesmal konnte sie sich nicht mehr beherrschen. Sie huschte barfuß über den Rasen, kauerte sich hin und bog die Zweige der Büsche auseinander, um auf die andere Seite zu spähen. Die Falltür war geöffnet, die beiden Flügel waren nach außen geklappt, und ein Rucksack lag daneben im Gras.

Diese Spionageaktion, die ihrem Alltag eine ungewohnte Spannung gab, versetzte sie in größte Aufregung. Das war mal etwas ganz anderes als die kleinen Gedankenspiele gelangweilter Hausfrauen. Sie würde ihrem Leben nicht nur etwas Würze verleihen, nein, sie *spürte* instinktiv, dass mit ihrem Nachbarn etwas nicht stimmte. Jimmy Beahm war immer ein zurückhaltender Mann gewesen, einer von denen, die einem auf der Straße nicht auffielen. Seine Frau und er waren ein Paar, von dem man nicht sprach, das man nie bei den Barbecues im Viertel sah, ja, das nicht einmal zum Hochzeitsfest der Rosamunds eingeladen worden war. Dianne und Chris lebten erst seit eineinhalb Jahren in diesem Haus, und erst seit Sommerbeginn war ihr das sonderbare Verhalten ihres Nachbarn aufgefallen.

Ein grässliches Quietschen drang aus der geöffneten Falltür. Dianne bekam eine Gänsehaut, sie hasste dieses schrille Geräusch.

Plötzlich tauchte sein Kopf in der Öffnung auf, und Jimmy ließ, oben angelangt, rasch ein kleines Päckchen in dem Rucksack verschwinden.

Die Bewegung war so blitzschnell erfolgt, dass Dianne nicht hatte erkennen können, worum es sich handelte, nur dass es klein und weißlich war. Wenn sie's genau bedachte, ähnelte es einer dieser Frühlingsrollen in dem chinesischen Restaurant, in das Chris sie gelegentlich einlud.

Jimmy hob den Kopf und warf einen kurzen Blick hinauf zu den Fenstern im ersten Stock. *Ihres* Hauses!

Er hatte es also bemerkt! Er wusste, dass sie ihn oft von dort oben aus beobachtete.

In was bist du da wohl reingeraten? Das ist nicht normal, diesmal wirklich nicht! Er hat das, was er aus dem Keller geholt hat, so schnell versteckt, weil es etwas Illegales ist! Dieser Typ ist abartig, wirklich abartig!

Und zum ersten Mal, seitdem sie ihn kannte, sah Dianne in Jimmy Beahm nicht den netten kleinen Mann um die vierzig mit Bauchansatz und beginnender Glatze, den sie nur lächerlich fand. Nein, zum ersten Mal seit eineinhalb Jahren machte er ihr Angst.

Jimmy nahm seinen Rucksack, stieß mit dem Fuß die Flügel der Falltür zu und verschwand aus Diannes Sichtfeld. Das Vorhängeschloss hatte er nicht wieder angebracht.

Gleich darauf wurde eine Wagentür zugeschlagen, und ein Motor sprang an.

Das war sein Wagen, Dianne kannte das Geräusch des alten Honda. Es wurde erst lauter, dann entfernte es sich.

Er hatte das Vorhängeschloss nicht wieder angebracht.

Tat er das sonst nicht immer? Dianne hätte es nicht sagen können, schließlich beobachtete sie ihn nicht von früh bis spät. Er schloss abends ab, bevor er ins Haus ging, dessen war sie sicher. Sie hatte es oft gesehen, aber tagsüber …

Ihr Blick wanderte wieder zu der Falltür.

Fünf oder sechs Meter von ihr entfernt.

Es war schrecklich verlockend.

Wenn Chris es erfährt, dreht er durch.

Aber es würde sie beruhigen, und sie würde aufhören, ihrem Nachbarn nachzuspionieren.

Und wenn nun das, was du da unten vorfindest, schlimmer ist als alles, was du dir vorstellen kannst?

Was wusste man schließlich über ihn?

Vielleicht nimmt er ja, wenn er mit dem Auto unterwegs ist, Anhalter mit, um sie … zu zerstückeln und in einem im Keller eingerichteten Heizkessel zu verbrennen!

Es wurde Zeit, dass sie weniger Krimis las …

Dianne wollte schon die Zweige loslassen und in ihr kühles Wohnzimmer zurückkehren, als sie sich dabei ertappte, wie sie durch die Hecke in den nachbarlichen Garten schlüpfte.

Ich bin wahnsinnig, was mache ich da!

Ja, aber es war so furchtbar aufregend!

Mit drei geschmeidigen Sätzen war sie an der Falltür angelangt.

Mist, Dianne, du hast ein Problem! Pass auf, was du machst!

Und noch dazu im Badeanzug! Du schleichst dich illegal bei deinem Nachbarn ein!

Sie bückte sich und griff ganz vorsichtig nach einem der Türflügel, so als hätte sie Angst, ihn kaputtzumachen. Er ließ sich ganz leicht öffnen.

Ein Geruch wie von Minze stieg von unten auf und verlor sich im Garten.

Und von Erde, von Humus ... oder eher von dumpfer Feuchtigkeit, wie aus diesen uralten unterirdischen Kellern.

Dianne schlug den zweiten Flügel auf.

Etwa ein Dutzend Stufen führten bis nach ganz unten. Dianne schob einen Fuß in die Öffnung und setzte ihn auf das Holz.

Also los ... auf geht's.

Bald befand sie sich unten. Der Boden war kalt, aus Beton.

Der Geruch nach Minze und Feuchtigkeit wurde noch viel stärker.

Dianne machte zwei Schritte in das Dunkel hinein. Sie erkannte vage Regale aus Metall, gefüllt mit Gerümpel, und zwei Gasflaschen, die an der Wand standen. Dianne klammerte sich an den Regalen fest und ging vorsichtig weiter.

Zwei Meter vor ihr glaubte sie, eine Tür zu erkennen. Der Geruch wurde immer intensiver, er musste aus dem Raum dahinter kommen.

Dianne wagte nicht, Licht zu machen.

Und plötzlich wurde ihr bewusst, was sie da eigentlich tat.

Sie drang in das Haus von Leuten ein – und zwar in deren Abwesenheit.

Was war mit ihr los? War es die Sonne, die ihren Verstand verwirrt hatte, oder waren die vielen Krimis schuld?

»Blöde Kuh«, murmelte sie, »mach, dass du von hier wegkommst.«

Sie schnellte herum.

Und konnte nicht glauben, was sie sah.

Ein Schatten zeichnete sich auf der Mitte der Treppe ab. Er reichte bis zu ihren Füßen.

Ein Schatten, der zwei Sekunden zuvor nicht da gewesen war.

Ein menschlicher Schatten, der plötzlich schrumpfte, als sich die Gestalt bückte, um ganz nach unten zu schauen.

Eine raue, verschleimte Stimme drang an Diannes Ohr: »So, so …«

Gefolgt von einem höhnischen Lachen.

»Hab ich's doch gewusst.«

47

Annabel verbrachte die folgenden Stunden im Krankenhaus an Brolins Seite und teilte ihm ihre neuesten Erkenntnisse mit.

Statt einer Antwort ermahnte er sie nur knapp, keine weiteren Risiken einzugehen und außerdem nie mehr ihre Waffe abzulegen. Annabel durchschaute ihn – er war einfach nur irritiert, dass er zur Beobachtung über Nacht in der Klinik bleiben musste.

Sie holte Saphir ab, und man riet ihr dringend, ihn viel trinken zu lassen. Mit dem Mustang, den Brolin ihr anvertraut hatte, fuhr sie zum Haus zurück. Die Schiene an ihrer rechten Hand machte das ohnehin schwere Schalten nicht gerade leichter.

Unterwegs klingelte ihr Handy. Sie hielt am Seitenstreifen an.

Es war Woodbine, ihr Vorgesetzter in New York.

»Ich habe erfahren, was letzte Nacht passiert ist. Wie geht es Ihnen, Annabel?«

»Wie jemandem, der angegriffen wurde.«

Ein kurzes verlegenes Schweigen von Woodbine, diesem

schwarzen Riesen, der seine Abteilung mit eiserner Hand leitete.

»Können wir irgendetwas für Sie tun?«

»Ich glaube nicht, trotzdem danke, Captain. Ich müsste Samstag zurückfliegen, nur ...«

»Schon gut, sparen Sie sich die Mühe, mir zu erklären, dass Sie nächste Woche nicht hier sind. Wir kommen schon zurecht. Übrigens sind hier alle sehr in Sorge.«

Annabel spürte, wie er nach Worten rang. Sie an der Seite von Joshua Brolin zu wissen, dem Privatdetektiv, der ihnen geholfen hatte, den Fall der Caliban-Sekte zu lösen, musste ihm merkwürdig erscheinen. Alle Kollegen in Brooklyn hatten sich immer wieder nach Brolin erkundigt, und jedes Mal hatte Annabel geantwortet, sie hätte keinen Kontakt mehr zu ihm.

»Annabel, allem Anschein nach sind Sie in Ermittlungen geraten, die Sie nichts angehen ... Ich nehme an, Brolin hat Sie in die Sache hineingezogen. Halten Sie sich aber bitte bedeckt. Ihr Privatleben geht mich nichts an, aber im juristischen Sinne entsteht Chaos, wenn ein Detective vom New York State Department in einen Fall in Portland involviert ist, ohne dass der direkte Vorgesetzte auf dem Laufenden ist. Verstehen Sie, worauf ich hinauswill?«

»Captain ...«

»Ja?«

»Vielleicht gibt es doch etwas, das Sie für mich tun könnten. Ich brauche Informationen über einen gewissen ... Nelson Henry, wohnhaft in Rock Creek, Oregon ...«

»Haben Sie mir eben nicht zugehört, Anna? Ich decke Sie zu hundert Prozent bei allem, was Sie tun, aber bitte mischen Sie sich nicht in diese Geschichte ein. Dass Sie ein paar Tage mit Joshua Brolin verbringen, ist ja schön und gut, aber halten Sie sich aus den Ermittlungen heraus. Die Cops von Portland sind genauso gut wie wir, sie brauchen keine Hilfe. Um ehrlich zu sein, ich war nicht erfreut, Ihren Namen im Zusammenhang mit einer Untersuchung am anderen Ende des Landes erwähnt zu finden.«

»Captain, ich bitte Sie doch nur um einen kleinen per…«

»… persönlichen Gefallen.« Er seufzte. »Ich versuche, was ich tun kann, erwarten Sie aber nicht zu viel. Das ganze Team lässt Sie grüßen. Also, sorgen Sie dafür, dass Ihr Name nicht mehr in der Presse auftaucht, verstanden? Und geben Sie rechtzeitig Bescheid, wann Sie zurückkommen.«

Annabel bedankte sich und fuhr weiter.

Von den Personen auf der Liste der Arachnophilen hatte sie nur zwei kennen gelernt. Debbie Leigh und Nelson Henry. Erstere hatte einen guten Eindruck gemacht – eine außergewöhnliche Frau, die einen kleinen Insektenladen führte. Nelson Henry dagegen war ihr sehr angespannt vorgekommen und bei jeder Frage nervöser geworden. Das war jedoch nicht viel, sicher keine ergiebige Spur, deshalb sollte Detective Lloyd Meats möglichst nicht seine Zeit damit verschwenden. Doch als guter Cop durfte sie keine Möglichkeit vernachlässigen. Sie würde der Sache »Nelson Henry« auf eigene Faust nachgehen.

Im Rückspiegel sah sie Saphir, der auf der hinteren Bank schlief.

In dem Auto vor Brolins Haus wartete ein anderer Polizist, der das Haus die Nacht über bewachen sollte. Im Schein der Deckenleuchte las er ein Magazin. Annabel begrüßte ihn und bot an, ihm Sandwiches und Lektüre zu bringen. Er bedankte sich und deutete auf den Beifahrersitz, auf dem ein Lunchpaket und mehrere Zeitschriften lagen.

Sie ging ins Haus, machte sich eine Kleinigkeit zu essen und ließ sich damit, Saphir zu ihren Füßen, auf der Veranda nieder.

Es war schon erstaunlich, dass der Hund das Ganze überlebt hatte. Der Mörder hatte ihm dieselbe Substanz injiziert wie Brolin, um ihn einzuschläfern. Saphir musste dem Einbrecher entgegengelaufen sein, der ihm dann sicherheitshalber eine Spritze verpasst und ihn ruhiggestellt hatte.

Sollte er keine andere Waffe bei sich gehabt haben, lag es auf der Hand, dass er zu seinem Wundermittel gegriffen hatte.

Reine Spekulation, dachte die junge Frau. Er hätte sich jederzeit ein großes Messer aus der Küche holen können.

Annabel beugte sich vor, um den Kopf des Hundes zu streicheln.

Sie hatten alle enormes Glück gehabt und letztlich nur geringen Schaden davongetragen.

Die Sache mit den Haaren war ein großer Fehler gewesen.

Der Mörder war offenbar mehr auf Wirkung als auf Vorsicht bedacht gewesen. Er hätte mit Annabel wie mit seinen beiden vorherigen Opfern vorgehen müssen, das heißt warten, dass sie aufwachte, und sie dann niederschlagen.

Er war allzu selbstsicher gewesen, seine vorherigen Verbrechen hatten ihn zur Leichtfertigkeit verführt.

Dieser Mistkerl hat sich Zeit gelassen, um erst den Hund und dann Brolin zu betäuben, nach oben zu gehen und, in der Annahme, dass ich nicht aufwachen würde, seine kleine Inszenierung mit den Haaren zu veranstalten und dann Brolins Büro zu durchsuchen. Er hat also nicht nur an Selbstbewusstsein gewonnen, er ist auch erstaunlich ungeschickt vorgegangen. Er hat nicht zielgerichtet gehandelt, sondern sich von seinen Intuitionen und Wünschen leiten lassen … Was bei seinen anderen Opfern allem Anschein nach nicht der Fall gewesen ist. Warum?

Annabel versuchte, sich unter der Schiene an ihrer Hand zu kratzen.

Weil er seinen Überfall hier nicht geplant hat! Er hat improvisiert! Er hat seinen Coup nicht so gut vorbereitet wie die anderen …

Ja, das war es, er besaß nicht die Erfahrung des Berufseinbrechers, der es gewohnt war, in fremde Häuser einzudringen. Sein Handeln war nicht strukturiert.

Trotzdem war er intelligent und würde aus seinen Fehlern lernen.

Das heißt, er würde in Zukunft noch brutaler vorgehen.

Dieser grobe Fehler musste ihn furchtbar wütend machen, und wenn er das nächste Mal zur Tat schreiten würde, wäre er nicht nur sorgfältiger, sondern auch grausamer.

Annabel ließ den Blick über den Wald gleiten, der sich langsam in ein Schattenmeer verwandelte, und trat in den Wohnraum.

Sie schloss die Verandatür und zog die Vorhänge zu.

Plötzlich fühlte sie sich trotz des Beamten draußen und der Beretta auf dem Tisch nicht mehr so sicher.

Die Nacht fing eben erst an.

48

Bei den Rosamunds war die Stimmung beim Abendessen höchst angespannt. Der Grund dafür war Jimmy Beahm, der sonderbare Nachbar.

Dianne verschränkte die Arme vor der Brust.

»Jetzt stell dir mal vor«, beharrte sie, »er hat mich eine halbe Stunde lang beschimpft. Der war vielleicht wütend, was ihn jedoch nicht davon abgehalten hat, in meinen Ausschnitt zu schielen!«

»Du hattest auch nichts bei ihm zu suchen«, gab Chris zurück und stellte sein Glas ab. »Du kannst ihm noch dankbar sein, dass er nicht die Polizei gerufen hat.«

»Dass ich nicht lache! Der wird doch nicht freiwillig die Cops bei sich rumschnüffeln lassen.«

»Jetzt fang nicht wieder davon an, Dianne. Das sollte dir vielmehr eine Lehre sein. Jimmy ist ein armer Teufel, er ist seit einem Jahr arbeitslos und hockt untätig zu Hause herum. Man kann ihm nichts vorwerfen, also lass ihn in Ruhe.«

Dianne wippte gereizt auf den hinteren Stuhlbeinen. Chris ging ihr auf die Nerven.

Er wollte ihren Standpunkt einfach nicht verstehen. Jimmy Beahm war ein komischer Kauz und noch dazu nicht zu durchschauen. Weil er sich von seiner Nachbarin beobachtet fühlte, hatte er ihr eine Falle gestellt. Und sie, statt auf der Hut zu sein, hatte sich täuschen lassen und war blindlings hineingetappt. Als sie den Wagen hatte wegfahren hören, war sie losgelaufen, um zu sehen, was sich hinter dieser verflixten Falltür verbarg. Aber nicht er, sondern seine Frau hatte das Auto genommen!

Würde ein normaler Mensch so etwas Hinterhältiges aushecken? Niemals! Jimmy hatte sie in seinen Keller gelockt, um ihr Angst zu machen. Um ihr eine Lektion zu erteilen. Wenn er sie noch einmal auf seinem Grundstück erwischte, so hatte er gedroht, würde er sie festnehmen lassen. Sie glaubte ihm kein Wort.

Sie wusste zwar nicht, was, aber Jimmy Beahm versteckte etwas hinter dieser Tür.

Und sie würde herausfinden, was es war.

Sie gingen früh ins Bett, gleich nach dem Film. Dianne war noch immer wütend und kehrte ihrem Mann den Rücken zu.

Nach einer Weile zog sie ihr Nachthemd aus und hängte es über den Bettpfosten. Die Hitze hatte nicht nachgelassen. Dann schlug sie das Laken zur Seite, obwohl sie nicht gerne nackt schlief.

Nachdem sie sich hin und her gewälzt hatte, fiel sie in einen leichten, unruhigen Schlaf, einen Schlummer, der keine Erholung bot und aus dem man völlig gerädert aufwachte.

Gegen Mitternacht öffnete sie zum ersten Mal die Augen. Sie konnte höchstens zwanzig Minuten geschlafen haben. Es war sonderbar, doch innerhalb von nur zehn Sekunden war sie völlig wach, so als hätte sie gar nicht geschlafen. Sie beobachtete Chris, der sanft schnarchte wie ein Säugling.

Draußen ein lautes Klirren, so als ob irgendetwas zerbrach.

Das Geräusch drang durch das Schlafzimmerfenster. Dianne schlief nicht gern bei geöffnetem Fenster, sie fand das unvorsichtig, aber es war einfach zu heiß, und sie waren im ersten Stock, noch dazu in einem ruhigen Viertel …

Ein erneutes Klirren, gefolgt von einem dumpfen Knall.

Das kam von den Beahms.

Ein Streit.

Der musste sie geweckt haben.

Wieder ein Schlag. Wie von einem Möbel, das an eine Wand gestoßen wird.

Es war ganz schön heftig. Was tun? Die Polizei rufen? Aber es war kein Schreien, keine Auseinandersetzung zu hören. Was war da nur los? Sie würde ziemlich blöd dastehen, wenn die Cops umsonst kämen. Und Jimmy würde es ihr heimzahlen.

Sie spitzte die Ohren, doch es war wieder ruhig.

Sie stieß einen tiefen Seufzer aus und lauschte noch eine Weile, hörte aber nichts mehr. Schließlich drehte sie sich um, suchte sich eine kühlere Ecke auf ihrem Kopfkissen und wartete auf den Schlaf.

Sie schlug erneut die Augen auf. Sie musste tatsächlich geschlafen haben.

Es war noch immer dunkel und ganz ruhig, auch draußen.

Was hatte sie diesmal geweckt?

Sie konnte kaum schlucken, so ausgetrocknet war ihre Kehle.

Nein, das war diesmal kein Geräusch gewesen, sondern einfach nur die Hitze. Ein Schweißfilm bedeckte die Innenseiten ihrer Schenkel und ihren Rücken.

Ihr Blick wanderte träge zu ihrem elektronischen Wecker. 1:30 Uhr.

Dianne änderte ihre Position und schloss erneut die Augen.

Jetzt hatte sie Durst.

Sie fluchte innerlich, stützte sich auf den Ellenbogen und stand auf. Sie war wie gerädert.

Als sie das Schlafzimmer verließ, verfing sie sich in dem Nachthemd, das am Boden lag, und wäre fast gestolpert.

Dianne bemerkte die Gestalt nicht, die in den Flur zurückwich und lautlos im Badezimmer verschwand. Sie hatte keinen Verdacht geschöpft bei dem Geräusch, das sie geweckt hatte. Das Klirren eines Glases, das auf dem Fußboden der Küche zerbrochen war.

Nur etwas frisches Wasser. An etwas anderes dachte sie nicht. Und dann schnell wieder ins Bett.

Sie bewegte sich an der Wand entlang, vorbei an der Treppe und blieb vor dem Badezimmer stehen. Ihre Hand legte sich auf die Türklinke.

Was sie brauchte, war etwas Kühles. Frisches.

Ihre Hand ließ die Klinke wieder los.

Sie machte kehrt und ging hinunter ins Erdgeschoss.

In ihrem Rücken öffnete sich die Tür, und die Gestalt folgte ihr mit dem Blick. Als Dianne in die Küche trat, schlich die Gestalt ins Schlafzimmer. Dianne setzte den Fuß nur knapp neben eine kleine Glasscherbe.

Eine größere Scherbe lag auf dem Tisch.

Sie öffnete den Kühlschrank, dessen Beleuchtung einen Lichtkorridor in den Raum warf. Die junge Frau blinzelte und griff nach der Flasche mit der Orangeade. Sie schloss die Tür und lehnte sich dagegen.

In kühlen Kaskaden rann der Saft ihre Kehle hinunter. Sie hatte den Eindruck, seinen Weg in ihrem Körper verfolgen zu können.

Eine Minute lang blieb sie so stehen und holte nach jedem Schluck Luft. Dann stellte sie die Plastikflasche auf den Tisch und steuerte auf die Toilette zu. Hier unten könnte sie die Spülung betätigen, ohne Chris zu wecken.

Sie ließ die Tür geöffnet, um die schwache Helligkeit aus dem Wohnzimmer hereinzulassen. Dianne erleichterte sich, halb schlummernd.

Als sie wieder an der Küche vorbeikam, blieb sie stehen und sah, dass bei den Beahms kein Licht mehr brannte. Alles schlief.

In Diannes Rücken kam die Gestalt die Stufen hinunter. Langsam und lautlos.

Dianne streckte sich und verschränkte die Arme hinter dem Kopf.

Ihr fiel ein, dass sie die Saftflasche nicht in den Kühlschrank geräumt hatte. Sie öffnete ihn und stellte die Flasche zurück.

Sie schloss die Tür.

Die Gestalt war nicht mehr da.

Dianne befeuchtete ihre Lippen, jetzt konnte sie ins Bett zurückkehren. Sie trat auf eine Glasscherbe und stieß einen erstickten Schmerzensschrei aus. Fluchend griff sie nach ihrem Fuß. Es war nicht hell genug, um etwas zu erkennen. Sie sah nur den dunklen Fleck auf den Fliesen, der immer größer wurde. Bei dieser Beleuchtung schien das Blut schwarz zu sein.

Dianne tastete und fand den kleinen Splitter, der in ihrer Fußsohle steckte. Mit schmerzverzerrter Miene zog sie ihn heraus.

»Verdammter Mist«, keuchte sie.

Woher kam das Ding? Sie konnte sich nicht erinnern, in letzter Zeit etwas zerbrochen zu haben.

Die Wunde musste desinfiziert werden.

Jetzt war sie plötzlich hellwach.

Sie umwickelte den Fuß mit Haushaltspapier, um nicht überall Blutspuren zu hinterlassen, und verließ die Küche.

Plötzlich spürte sie etwas Feuchtes, Warmes unter den Füßen. Sie zuckte zusammen. Hier vor der Treppe war es besonders dunkel. Es war ... Sie begriff nicht sofort, was es war. Es gab mehrere schwarze Flecken, auch auf den Stufen.

Blut.

Sie schüttelte den Kopf, war völlig verwirrt.

Dann nahm ihr linkes Ohr ein Pfeifen wahr.

Ihr ganzer Körper krampfte sich zusammen.

Dianne spürte namenlose Angst, die aus der Finsternis auftauchte, um sich auf sie zu werfen und sich ihrer zu bemächtigen. Innerhalb von einer Sekunde war ihr Geist in den Klauen des Horrors gefangen.

Sie hatte das Gefühl, sich förmlich aufzulösen.

Jemand stand neben ihr im Dunkeln.

Eine Hand tauchte vor ihrem Gesicht auf.

Dianne bewegte sich nicht, als die Klinge mit ungeheurer Wucht in ihre Kehle drang.

Ihre Welt war nur noch Grauen und Schmerz.

49

Lloyd Meats ließ Brolin mit einem Wagen vom Krankenhaus abholen. Nach dem Angriff auf den Privatdetektiv und die New Yorker Polizistin musste man den Fall völlig neu aufrollen.

Er hatte gerade den Laborbericht bekommen: Die Haare, die auf Annabels Bett gefunden wurden, waren die von Lindsey Morgan, dem letzten, bei den Multnomah Falls entdeckten Opfer.

Dabei wäre Trevor Hamilton der ideale Täter gewesen.

Doch nun mussten sie wieder von vorn anfangen.

Meats blieb vor der Kaffeemaschine stehen, um sich einen Becher zu füllen. Er sah Larry Salhindro, der im Personalraum saß. Mit der Fußspitze stieß er die Tür auf.

»Larry? Alles in Ordnung?«

Salhindro starrte auf den Boden. Er war unrasiert und hatte tiefe Schatten unter den Augen.

Er blinzelte und hob den Kopf.

»Was? Ja, ja …«

Das alles war hart für ihn. Es war noch keine zwei Tage her, dass er seinen Bruder beerdigt hatte, aber er sprach nicht darüber. Vermutlich hatte er den Abend mit der Witwe und den Kindern verbracht, um sie zu trösten.

Meats reichte ihm den Kaffeebecher.

»Larry, ich möchte heute Morgen eine Besprechung zum Stand der Ermittlungen einberufen, eine Art Brainstorming. Ich habe das Gefühl, wir haben uns gründlich festgefahren, wir brauchen neue Ideen. Wenn du dazukommen willst …«

»Ist Josh auch dabei?«

»Nicht *offiziell.*«

Larry richtete sich auf und sah seinem Kollegen in die Augen. Er lächelte ihm zu – ein müdes Lächeln, das eher schmerzte als guttat.

»Weißt du, ich frage mich langsam, ob wir ihn je fassen werden …«

»Wir erwischen ihn, Larry, es ist nur eine Frage der Zeit.«

Salhindro nickte, wenn auch nur mechanisch. Er war sich nicht mehr so sicher.

Meats begab sich in das Besprechungszimmer, das ihm und der Sonderkommission als Büro diente. Er nutzte die Zeit bis zum Eintreffen der anderen, um ein wenig aufzuräumen. Brolin erschien als Erster in Begleitung von Annabel. Meats hatte auch ihr Bescheid gegeben. Nach allem, was passiert war, hatte sie ein Wörtchen mitzureden.

Mit Salhindro waren sie acht Personen. Jeder holte sich einen Stuhl, und sie nahmen zwischen den mit Aktenstößen bepackten Schreibtischen Platz, alle Gesichter waren Lloyd Meats zugewandt.

»Sie sind über den Fall informiert, ich will mich hier nicht mit Einzelheiten aufhalten. Und Sie wissen auch, was vorgestern bei Brolin geschehen ist. Zusammenfassend könnte man sagen, dass in Portland ein Verrückter herumläuft, der bei den Leuten gefährliche Spinnen aussetzt. Zugleich entführt er Frauen, die er tötet, entleert und in Kokons verpackt, ehe er sie irgendwo ablegt. Unsere Ermittlungen haben zur Festnahme von Trevor Hamilton geführt, dessen DNA bestätigt hat, dass er der Mörder ist. Wir haben sein Sperma in der Kehle beider Opfer gefunden – beide waren vollständig rasiert, das Haupthaar inbegriffen, was durchaus von Bedeutung ist. Aber wie Ihnen klar sein dürfte, haben wir ein kleines Problem, weil es nach der Festnahme einen weiteren Angriff gegeben hat. Und es handelt sich nicht um einen Nachahmer, nein, die Haare, die der Täter in Brolins Haus abgelegt hat, stammen von dem zweiten Opfer, Lindsey Morgan. Außerdem wissen wir jetzt, wie er es angestellt hat, mitten in der Nacht neben den schlafenden Ehemännern zu agieren, ohne diese zu wecken.«

»Er hat sie betäubt, nicht wahr?«, fragte einer der Detectives.

»Ja, er spritzte ihnen ein Mittel auf der Basis von … Tetrodotoxin. Eine geringe Dosis, gerade so viel, dass sie weiterschliefen. Einige Stunden danach erwachten sie dann mit leichten Kopfschmerzen.«

»Sie kamen ganz von selbst wieder zu sich, ohne äußeres Eingreifen?«, wunderte sich Balenger, ein anderer Detective.

»Ja, soweit ich informiert bin, ist das möglich. Nach Aussage der Rechtsmedizinerin und des Toxikologen ist es eine Frage der Dosierung. Offenbar kennt sich unser Mann aus. Wir vermuten, dass er innerhalb des letzten Jahres Tests vorgenommen hat.«

»Tests? Woher will man das wissen?«

Meats schien verlegen.

»Was ich Ihnen jetzt sage, muss unter uns bleiben. Letztes

Jahr hat sich in der Rechtsmedizin ein Drama abgespielt, das auf Tetrodotoxin zurückzuführen ist. Ich denke, unser Mörder wollte ausprobieren, welche Menge er spritzen muss, um zu einem perfekten Ergebnis zu kommen, doch an diesem Tag hat er etwas zu viel verabreicht, und die Wirkung war anhaltend. Die Person war allem Anschein nach klinisch tot – und ist dann während der Obduktion wieder zu sich gekommen, vermutlich durch den physiologischen Schock.«

Ungläubiges Gemurmel erhob sich.

»Dieser letzte Punkt darf nicht an die Öffentlichkeit gelangen. Es ist Ihnen verboten, darüber zu sprechen. Streng verboten. Aber kommen wir zur aktuellen Situation zurück. Trevor Hamilton liegt im Koma und kann nicht vor sechsunddreißig Stunden bei Joshua Brolin eingebrochen sein. Dennoch handelt es sich um denselben, sehr speziellen *Modus Operandi*: der Einsatz des Betäubungsmittels Tetrodotoxin. Und auch die Haare des letzten Opfers sind ein Indiz.«

Nach einer Weile fügte Meats mit einem Blick auf Brolin hinzu: »Ich weiß, dass du nicht daran glaubst, aber jetzt steht es fest: Sie sind zu zweit. Trevor Hamilton und ein anderer. Was meinst du?«

»Die Tatsachen sprechen für sich. Ich habe mich geirrt«, gestand Brolin ein. »Ich kann die Persönlichkeit des Täters einfach nicht einschätzen. Ich verstehe nicht, was diese Spinnenobsession und das Wasser am Leichenfundort zu bedeuten haben. Ich habe mich getäuscht. Ich hatte erwartet, dass er Kontakt mit euch aufnehmen, euch Briefe schreiben würde, doch das Einzige, was er getan hat, war, euch anzurufen, damit ihr sein erstes Opfer findet. Das war ihm sehr wichtig. Er hat uns auf die Spur gebracht, und jetzt rührt er sich nicht mehr.«

»Vielleicht um uns zu testen?«, fiel ein anderer Detective namens Kiewtz ein. »Um zu sehen, ob wir in der Lage sind, ihm zu folgen?«

»Mag sein«, gab Brolin zurück. »Aber ich frage mich, ob ihm das nicht im Grunde egal ist, ob er uns nicht einfach nur zu verstehen geben wollte, dass er angefangen hat und ab jetzt unbeirrbar seinen Weg geht. Einerseits versucht er, möglichst viele Leute zu erreichen, indem er in der ganzen Stadt Spinnen aussetzt, andererseits wählt er seine Opfer präzise aus und tötet sie persönlich und immer nach dem gleichen komplizierten Ritual.«

»Wir suchen also nach einem Mann, der Spinnen sammelt, nach einem Fachmann oder einem Liebhaber, einem ... wie heißen die noch mal?«

»Arachnophile«, fiel Brolin ein. »Ja, genau in dieser Richtung müssen wir forschen. Denn sein Verhalten setzt gute Kenntnisse auf diesem Gebiet voraus.«

»Vielleicht hat alles ja einen symbolischen Hintergrund«, meinte Meats. »Weiß jemand, wofür Spinnen stehen?«

Alle sahen sich mehr oder weniger ratlos an.

»Für Angst?«, schlug Detective Tom Alsting vor.

»Ursprung der Spinnen ist eine Frau, sie heißt Arachne in der griechischen Mythologie«, erklärte Annabel. »Ich erinnere mich nicht mehr genau an die Geschichte, aber ich glaube, es war eine Bäuerin, die sehr gut weben konnte und sich mit Athene, der Göttin der Spinnerinnen, messen wollte und diese auch tatsächlich übertroffen hat. Daraufhin wurde sie in eine Spinne verwandelt, dazu verdammt, in alle Ewigkeit zu weben.«

»Der Mörder will also Arachne an den Sterblichen rächen?«, fragte jemand spöttisch.

»Vielleicht fühlt er sich zu Unrecht verurteilt, ganz so wie Arachne«, warf Brolin ein.

»Du meinst, es könnte ein ehemaliger Häftling sein?«, fragte Lloyd Meats und machte sich Notizen.

»Das wäre eine Möglichkeit. Wir müssen uns die Legende näher ansehen. Lloyd, habt ihr eine Verbindung zwischen den Opfern herstellen können? Eine Erklärung für seine Auswahl?«

»Nichts, *niet.* Im Moment gehen wir davon aus, dass sie zufällig ist.«

»Vielleicht, aber an eurer Stelle würde ich diesen Aspekt nicht vernachlässigen, man weiß nie. Und wenn man das Motiv findet, gelangt man auch zum Täter.«

Meats beobachtete, wie einer der Detectives gelangweilt zur Decke blickte. Er wollte ihn schon zurechtweisen, hielt sich aber im letzten Augenblick zurück.

»Vielleicht sagt der Wohnort der Opfer etwas aus«, warf Tom Alsting ein. »Auf der einen Seite stehen diejenigen, die von Spinnen gebissen wurden. Sie sind über die ganze Stadt verteilt. Auf der anderen Seite die beiden Frauen, die entführt und ermordet wurden. Die Peytons und die Morgans. Beide Familien leben im Nordwesten der Stadt, zwar relativ weit voneinander entfernt, aber doch in derselben Ecke von Portland.«

»Gut beobachtet«, meinte Meats. »Was gibt es in dem Viertel? Wenn irgendetwas in Beziehung zu ... »

Das Telefon auf Meats' Schreibtisch klingelte. Nach kurzem Zögern hob er ab.

Sein Gesicht erstarrte.

Als er dann mit der Hand über die Augen fuhr, hatten alle verstanden.

»Ich komme sofort«, sagte er nur und legte auf.

Ein kurzer Blick in die Runde.

»Offenbar ein neues Opfer, wahrscheinlich sogar zwei.«

Er atmete tief durch.

»Alsting und Cooper, Sie treiben alle möglichen Informationen über Trevor Hamilton auf«, ordnete er an. »Ich will alles über ihn wissen bis hin zu den Namen seiner Sandkastenfreunde. Kiewtz, Sie suchen die ganze Stadt und, wenn es sein muss, auch noch das Umland ab. Ich will wissen, wo man sich dieses Gift beschaffen kann, das der Mörder benutzt hat, dieses ... Tetrodotoxin. Du, Balenger, gehst noch einmal in Hamiltons Wohnung. Nimm zwei Polizisten mit, und durchsucht alles gründlich. Wenn er dort etwas versteckt hat, müsst ihr es finden.«

»Und was ist mit der eventuellen Verbindung zwischen den Opfern?«, fragte Annabel.

»Im Moment haben wir dazu keine Zeit.«

»Könnte ich das übernehmen?«

Meats strich nervös über seinen Bart. Nach kurzem Überlegen deutete er mit dem Kinn in Salhindros Richtung.

»Larry, könntest du Ms. O'Donnel begleiten?«

»Wenn es sie nicht stört.«

Annabel schüttelte den Kopf.

Alle erhoben sich, um sich auf die ihnen zugewiesenen Aufgaben zu stürzen.

Meats ging zu Brolin.

»Ich möchte, dass du mit mir kommst. Anscheinend hat der Mörder seine Vorgehensweise geändert.«

»Woher weiß man, dass er es ist?«, fragte der Privatdetektiv nachdenklich.

»Oh, das Verbrechen trägt seine Handschrift. Daran gibt es keinen Zweifel.«

Lloyd Meats war ungewöhnlich blass.

»Josh, die Männer vor Ort können es nicht fassen. Offenbar hat unser Täter eine schnellere Gangart vorgelegt.«

50

Zwei Transporter von Fernsehsendern parkten hinter den Polizeiwagen. Die Journalisten bemühten sich um die Genehmigung, die gelbe Absperrung zu überschreiten, die den Tatort absicherte. Seit die Polizei öffentlich mitgeteilt hatte, dass irgendjemand nach dem Zufallsprinzip Päckchen mit giftigen Spinnen verschickte, und die Bevölkerung zur Wachsamkeit aufgerufen hatte, kannten die Medien kein anderes Thema mehr. Dass sie hier so zahlreich vertreten waren, deutete auf eine undichte Stelle bei der Polizei hin oder auf einen Cop, der zu viele Details über sein Funkgerät durchgegeben hatte, denn diese wurden häufig mittels Scanner von der Presse abgehört.

Einer der Journalisten erkannte Lloyd Meats und auch dessen Begleiter mit der abweisenden Miene: Joshua Brolin. Er löste sich aus der Menge der Schaulustigen und kam auf sie zu.

»Detective Meats«, rief er, »es heißt, der Mord stehe in Zusammenhang mit den Spinnen. Können Sie das bestätigen?«

Da Meats nicht reagierte, fuhr er fort: »Sie ermitteln im Fall der im Wald gefundenen Leiche, und es heißt, dass Sie auch bei den Multnomah Falls anwesend waren, wo man ebenfalls eine Tote gefunden hat. Gibt es einen Zusammenhang, was die Päckchen mit den Spinnen betrifft? Treibt ein neuer Serienkiller sein Unwesen in Portland?«

Der Journalist verstellte ihnen den Weg.

»Es gibt eine offizielle Presseerklärung«, sagte Meats, der an solche Fragen gewöhnt war, automatisch. »Portland ist eine große Stadt, und leider gibt es, wie in allen Großstädten, auch hier Morde.«

»Ja, aber Sie sind an allen Tatorten anwesend, leiten Sie eine neue Verbrecherjagd?«

»Ich bin Detective, und es ist normal, dass ich mich dort aufhalte, wo Leichen gefunden werden, das ist mein Job. So, und nun lassen Sie mich bitte meine Arbeit tun …«

»Es heißt, dass es eine Spinne in diesem Haus gibt, Detective, und dass es einen Mord …«

Gleichgültig schob Meats den Journalisten zur Seite. Gefolgt von Brolin und begleitet von Blitzlichtgewitter und den

Fragen der Presse, schlüpfte er unter der Sicherheitsabsperrung hindurch. Er winkte einen Polizisten heran.

»Lassen Sie den Boden im Garten absuchen und errichten Sie dann in einer Entfernung von fünf Metern rund um das Haus eine zweite Absperrung. In diese Zone lassen Sie die Journalisten hinein, bevor sie allzu wütend werden. Das wird sie für den Augenblick besänftigen.«

Der Beamte nickte und wollte gerade gehen, als Meats ihn zurückhielt.

»Haben Sie eine Kamera?«

»Die Spurensicherung bringt eine mit.«

»Sehr gut, sobald sie da ist, machen Sie eine Panoramaaufnahme von den Schaulustigen, aber bitte diskret!«

Meats zwinkerte Brolin zu.

»Siehst du, ich habe es nicht vergessen«, sagte er.

Während seiner Zeit als Detective hatte Brolin stets darauf bestanden, dass an einem Verbrechensschauplatz die Menschenmenge gefilmt wurde, denn oft befand sich der Mörder unter ihnen. Aus Neugier, um sich zu überzeugen, dass die Polizei nichts fand, aus Schaulust oder einfach nur, weil er in der Nachbarschaft wohnte oder keine Zeit gehabt hatte zu fliehen.

Als er sich dem Eingang näherte, bemerkte Brolin, dass man vor der Treppe zum Haus eine Plane gespannt hatte. Davor warteten schweigend zwei Polizisten, die mitgenommen wirkten. Sie hatten sicher als Erste das Haus betreten, vermutete Brolin.

Meats und Brolin begrüßten sie und traten hinter den Sichtschutz.

Und sofort verstanden sie, warum man ihn angebracht hatte.

Neben der Klingel war eine Tarantel an den Türrahmen genagelt.

»Der Briefträger hat sie entdeckt. Er hatte ein Paket abzugeben, und dabei hat er die Spinne entdeckt ... so festgenagelt. Die Tür stand offen, und er hat gleich gemerkt, dass etwas nicht stimmte.«

»Ist er hineingegangen?«

Der Polizist wurde blass.

»Er hat die Tür ein Stück geöffnet und ist zurückgeschreckt. Er hat uns sofort gerufen.«

Meats und Brolin tauschten einen besorgten Blick.

»Haben Sie das Haus betreten? Ist der Bereich abgesichert?«

»Äh ... nicht wirklich. Wir haben uns vergewissert, dass das Opfer tot ist und wir nichts mehr tun konnten, dann haben wir das Präsidium verständigt. Wir haben eine Notiz erhalten, die anordnet, Sie hinzuzuziehen, wenn es irgendwelche Hinweise auf Spinnen gibt. Aber die Zone um das Haus herum ist abgesperrt, also ...«

»Sehr gut. Gute Arbeit.«

Meats wandte sich zur Tür und zog seine Waffe.

»Man weiß ja nie«, murmelte er.

Brolin tat es ihm gleich.

Detective Meats und Brolin betraten das Haus von Dianne und Christopher Rosamund.

Meats bemerkte, dass er den Fuß in etwas Nasses gesetzt hatte.

51

Larry Salhindro hatte ein eigenes Büro, das heißt, eigentlich mehr eine Abstellkammer, in der sich Hunderte von Akten stapelten. Von allen Fällen, seien es die der Kripo, des Drogen-, Jugend- oder Sittendezernats, ging eine Kopie an Salhindro – »Vorrecht« des Verbindungs- oder Koordinationsbeamten, je nach Sprachgebrauch.

Annabel hatte sich einen Hocker herangezogen und dem

beleibten Cop gegenüber Platz genommen. Vor ihnen lagen zwei Aktenmappen, die eine enthielt Informationen zu den einzelnen Spinnenbissopfern. In der anderen waren die wichtigsten Daten zu den Ehepaaren Morgan und Peyton zusammengetragen, vor allem über die beiden ermordeten Frauen Lindsey und Carol.

Annabel griff nach einem Fragebogen, der vierzig Punkte umfasste, und las ihn neugierig und verwundert. Dieser betraf die Peytons. Michael, der Ehemann, hatte auf so banale Fragen geantwortet wie: »Welche Sportart(en) betreiben Sie? Ihr(e) Partner(in)? Wo? Wann?« Er war kooperativ und so präzise wie möglich gewesen.

»Den Fragebogen hat Brolin eingeführt«, erklärte Salhindro. »Als er hier Detective war, hat er bei jedem Fall die Familie, soweit diese dazu bereit war, befragt. Daraus konnte er bestimmte Schlussfolgerungen ziehen. Er war zwar nicht lange bei uns, aber er hat deutliche Spuren hinterlassen.«

Seine eigenwillige Persönlichkeit und seine Ausbildung beim FBI hatten Brolin zu einem untypischen Detective gemacht, die Ergebnisse seiner Arbeit aber waren über jede Kritik erhaben.

»Fangen wir mit den beiden Opfern an?«, fragte Annabel. »Carol Peyton und Lindsey Morgan. Erstere wurde in der Nacht vom zehnten auf den elften Juni entführt und am Donnerstag, dem dreizehnten, tot im Mount Hood Forest aufgefunden. Letztere wurde in der Nacht vom zwölften auf den dreizehnten Juni gekidnappt und am Sonntag, dem sechzehnten Juni, bei den Multnomah Falls entdeckt. Man kann sogar vermuten, dass er Carol Peyton schon ›präpariert‹ hatte, als er Lindsey Morgan entführte, da Carols Leiche gleich am nächsten Tag gefunden wurde. Wahrscheinlich hat er alles in derselben Nacht gemacht – die Inszenierung mit dem Kokon in den Bäumen am Abend und auf dem Rückweg die Betäubung von Mr. Morgan und die Entführung seiner Frau.«

»Unser Mann schläft nicht viel. Vielleicht leidet er unter Insomnie?«

»Ja, entweder das, oder er ist arbeitslos«, mutmaßte Annabel. »Dann kann er sich nachts seinen makabren Leidenschaften hingeben und sich tagsüber ausruhen. Vielleicht hat er auch Urlaub …«

Salhindro nickte. »Okay, was sonst noch?«

Annabel überflog die Notizen über die beiden Ehepaare.

»Sie sind jung, unter dreißig. Frisch verheiratet. Und in beiden Fällen kinderlos. Sie sind sich in dieser Hinsicht recht ähnlich.«

»Moment mal, warte …«

Salhindro griff nach der Mappe mit den Aufzeichnungen über die Spinnenopfer und überflog sie auf der Suche nach präzisen Hinweisen.

»So … bei allen Haushalten, die von Spinnen angegriffen wurden, handelt es sich um Paare.«

Larry griff nach dem Telefon, um Meats und Brolin anzurufen.

Zehn Minuten später legte er auf und wählte eine andere Nummer. Während er wartete, dass jemand abhob, klemmte er den Hörer zwischen Kinn und Schulter und wandte sich Annabel zu. »Auch diesmal ist es ein Paar, Dianne und Christopher Rosamund. Ich will versuchen, etwas über sie herauszufinden, um festzustellen, ob der Fall Parallelen zu den anderen aufweist.«

Annabel nutzte die Zeit, um die Akte, die vor ihr lag, zu studieren und sich möglichst viele Einzelheiten über die Opfer dieses Psychopathen zu merken.

Larry jonglierte mit seinem Telefon und seinem Computer, in dem er nach bestimmten Informationen suchte.

»Hier, jetzt habe ich Geburtsort und -datum. Beruf und polizeiliches Kennzeichen des Fahrzeugs, das sind zumindest einige Basisdaten.«

Er reichte Annabel ein Blatt Papier. Seine Schrift war klein und schwer zu entziffern.

»Christopher Rosamund arbeitete in einer Bank … Habe ich das richtig gelesen?«

»Ja, und sie war Hausfrau. Sie war für eine karitative Vereinigung tätig und trieb viel Sport. Beide sind unbescholten …«

»Und beide waren unter dreißig und noch nicht lange verheiratet.«

Sie legte die drei Blätter nebeneinander.

»Sehr gut, zweimal, das mag ja noch Zufall sein, aber dreimal, das ist schon ein Anhaltspunkt«, versicherte sie. »Die drei Paare, die Peytons, die Morgans und jetzt die Rosamunds: alle unter dreißig und vor allem noch nicht lange verheiratet.«

»Der Mörder hält sich also an Jungvermählte?«

»Genau das scheint der Fall zu sein«, bestätigte Annabel. »Er sucht nach Paaren, die gerade geheiratet haben. Ohne Kinder. Vermutlich, um bei der Tat ungestört zu sein.«

»Möglich. Und wie findet er sie? Informiert er sich auf den Standesämtern und in Kirchen?«

»Oder vielleicht nur in den Stadtteilzeitungen? Sicher hat auch in Portland jedes Viertel sein eigenes Anzeigenblatt mit den Rubriken Geburten, Hochzeiten und Todesfälle. Warum nicht? Wo wohnten sie?«

»Äh … die Peytons …«

Salhindro suchte in seinen Papierbergen nach einem Stadtplan, den er schließlich unter den Telefonbüchern fand.

»So, die Peytons lebten hier, im Nordosten der Stadt, in der Seventeenth Street. Die Morgans ebenfalls im Nordosten, aber auf der anderen Seite des Einkaufszentrums. Und die Rosamunds … waren …«

Plötzlich erhellte sich seine Miene.

»Auch im Nordosten der Stadt«, rief Annabel. »Bingo!«

Salhindro nickte langsam.

»Ja, aber es gibt noch etwas Wichtigeres. Ich glaube, ich habe verstanden, wie der Mörder die Paare auswählt.«

Er schlug sich mit der Hand an die Stirn.

»Aber das ... das ist ja verrückt.«

52

Im ersten Moment glaubte Lloyd Meats, er wäre in eine Blutlache getreten, doch als er einen Schritt zur Seite machte, setzte er den Fuß wieder ins Nasse.

»Was ist denn das für ein Mist?«

Im Flur stand das Wasser fünf Zentimeter hoch.

Meats hob den Lauf seiner Waffe.

»Das ist ja eine wahre Überschwemmung hier«, begann er, »wir müssen ...«

Brolin unterbrach ihn: »Hör mal.«

Ein starkes Rauschen in den Rohren, die leicht zu vibrieren schienen. In der Küche war das Geräusch von sprudelndem Wasser zu hören.

»Ich wette, alle Wasserhähne im Haus sind aufgedreht«, sagte Brolin.

Sie wateten durch den Flur. Das Wasser kam aus der überlaufenden Spüle in der Küche aus dem Waschbecken in der Toilette. Und es schoss aus dem ersten Stock herunter, ergoss sich über die Stufen wie eine Kaskade.

»Ich sehe mich oben um«, erklärte Brolin und steuerte auf die Treppe zu.

Meats stimmte mit einem Nicken zu.

Hier und da bildeten sich kleine Wellen auf dem überschwemmten Boden. Meats trat in die große moderne Küche mit der doppelten Edelstahlspüle. Er klemmte die Waffe unter den Arm, zog einen Latexhandschuh aus der Tasche, den er überstreifte, um den Hahn zu schließen.

Das Wasser plätscherte aus dem übervollen Becken auf die Kacheln.

Er war wütend, denn plötzlich war ihm klar geworden, dass die Idee mit dem Wasser genial war. Es reinigte das ganze Haus von Fußspuren, Fasern und Erde, die der Mörder hätte hineintragen können, ebenso wie von Blut.

Wenn er auch noch Handschuhe getragen hatte, könnte die Polizei suchen, so lange sie wollte. Sie würde nichts finden.

Absolut nichts.

Joshua Brolin stieg die Treppe hinauf, ohne das Geländer zu berühren und dadurch eventuelle Fingerabdrücke zu verwischen – obwohl er eigentlich nicht daran glaubte, denn dazu war der Mörder zu klug.

Er erreichte den ersten Stock und ging zunächst ins Badezimmer, um die Hähne der beiden Waschbecken und der Wanne zuzudrehen.

Unbehagen überkam ihn. Es war ihm unangenehm, in diesem Wasser zu waten, das sich zur Treppe hin ergoss. Er konnte sich das Gefühl nicht wirklich erklären, aber es kam ihm so vor, als würde er in der Welt des Mörders umherirren, in jenem Element, das jeden der Verbrechensschauplätze kennzeichnete. Auch diesmal wieder Wasser. Es war omnipräsent.

Immer in sehr intensiver Form, möglichst ein Wasserfall, ein natürlicher oder künstlicher.

Der Mörder suchte dieses Charakteristikum, und wenn nötig, schuf er es – wie in diesem Fall – sogar selbst. Warum? Was bedeutete ihm das Wasser, was symbolisierte es für ihn?

Brolin ging über den Flur, seine Schritte verursachten ein schmatzendes Geräusch. Die Waffe vor sich ausgestreckt, trat er ins Schlafzimmer.

Durch das halb geöffnete Fenster strömte warme Luft herein. Auf den ersten Blick schloss Brolin aus, dass der Mörder von dort eingedrungen sein konnte – es war nicht weit genug geöffnet, und darunter stand eine Kommode mit Glasfiguren darauf, die bei der leisesten Erschütterung umgefallen wären.

Er richtete seine Aufmerksamkeit auf das Bett.

Ein riesiger bordeauxroter Fleck auf dem weißen Laken. Darunter ragte eine Hand hervor mit getrockneten Blutrinnsalen am Gelenk. Die Decke war so weit zurückgeschlagen, dass man den Kopf des Mannes sah. *Die Polizisten, die sich vergewissert hatten, dass dem Opfer nicht mehr zu helfen war.*

Die Kehle wies einen Schnitt von kaum sechs oder sieben Zentimeter Länge auf. Die Wundränder rollten sich wie verbranntes Plastik nach innen, verbargen aber dennoch nicht das schleimige rötliche Innere.

Ringsherum dunkle Blutkrusten. Der Schnitt war tödlich gewesen.

Etwas Weiches streifte den Knöchel des Privatdetektivs.

Er sprang mit einem Satz zurück.

Ein auf dem Wasser treibendes Kleidungsstück. Ein Satinnachthemd.

Brolin bemerkte die Fliegen über dem Bett. Schon seit mehreren Stunden hatten sie sich auf dem Opfer niedergelassen, um ihre Eier abzulegen: Bei der Hitze würde die Leiche bereits am nächsten Tag von Würmern wimmeln. Brolin hörte Lloyd Meats im Erdgeschoss rufen: »Hier unten ist nichts, ich habe mir alles angesehen.«

Brolin steckte seine Waffe weg und näherte sich dem Toten. Mit einem Kugelschreiber hob er das Betttuch an. Die Fliegen stürzten sich auf den blutigen Bauch.

Mehrere klaffende Wunden darauf. Die Haut war sauber durchtrennt, wahrscheinlich waren dem Opfer die Schnitte mit einem Messer beigebracht worden.

Genau unterhalb der Stelle, wo der linke Brustmuskel durchtrennt worden war, hatte sich eine kleine schwarze Pfütze gebildet, von der dunkelrote, inzwischen getrocknete

Rinnsale ausgingen. Sie hoben die Unregelmäßigkeiten der Haut hervor, unterstrichen die winzigen Rillen und ließen die verklebten Härchen dicker erscheinen.

Was Brolin am meisten überraschte, war der blutige Fleischhaufen zwischen den Beinen des Mannes.

Seine Genitalien waren nur noch ein klumpiger Brei, die Schnitte an der Innenseite der Oberschenkel zeugten von einer Gewaltorgie, denn manche Hiebe hatten wohl nicht getroffen. Auch das Spannlaken war blutverschmiert. Brolin brauchte das Opfer nur leicht an der Schulter anzuheben, um festzustellen, dass der Rücken ebenfalls Verletzungen aufwies. Weitere Messerstiche.

Meats' Stimme kam von der Treppe her.

»Hast du hier oben was gefunden?«

»Der Mörder hat sein Vorgehen geändert«, antwortete Brolin, während er oberflächlich die Wunden untersuchte.

Meats betrat das Schlafzimmer, und Brolin hörte, wie sich seine Schritte verlangsamten, je mehr er sich dem Schauplatz des Gemetzels näherte.

»O verdammt …!«, rief Meats.

Er stieß geräuschvoll die Luft aus.

»Verdammt«, wiederholte er, »was ist denn hier passiert?«

»Ich denke, er hat ihn im Schlaf erwischt. Ein Blitzangriff. Das muss der Rechtsmediziner klären, aber ich vermute, er lag auf dem Bauch, sieh dir die Neigung des Schnitts am Hals an. Vermutlich hat man ihm das Messer in die *Vena jugularis*, die Drosselvene, gestoßen und dabei den Kopf ins Kissen gedrückt. Dann hat der Mörder wiederholt in den Rücken gestochen, um ihn endgültig zu erledigen. Anschließend hat er ihn umgedreht, um ihm die Klinge ins Herz und in den Bauch zu rammen, ehe er die Genitalien zerfetzt hat. Das ist natürlich nur eine Hypothese.«

»Warum glaubst du, dass man ihm als Erstes die Kehle durchgeschnitten hat?«

Brolin, der erst wenige Minuten in dem Zimmer war, sich aber kurz hatte umschauen können, deutete auf Blutspritzer an der Wand und auf dem Nachtkästchen, die sich genau gegenüber der Wunde am Hals befanden.

»An dieser Stelle und so nahe am Kopf kann das nur aus der Halsschlagader stammen, und er muss auf dem Bauch gelegen haben. Und der Druck war sehr stark, was bedeutet, dass das Herz zu diesem Zeitpunkt noch normal geschlagen hat. Aber ich bin kein Rechtsmediziner.«

»Nein, nein, du hast recht, das ist überzeugend.«

»Keine Spur von der Frau im Erdgeschoss?«

Meats schüttelte den Kopf.

Der Mörder hatte sie mitgenommen.

Das bedeutete, dass sie die Frau in zwei Tagen entleert und in Spinnenseide gehüllt auffinden würden.

»Hast du ein gutes Spurensicherungsteam für die Hausdurchsuchung?«, fragte Brolin.

»Ich habe Craig Nova bestellt. Es ist zwar sein freier Tag, aber man hat ihn und sein Team trotzdem angepiepst. Er kennt den Fall und ist der Beste.«

Brolin drehte sich um und betrachtete die perfekte Ordnung, die in dem Zimmer herrschte. Im ganzen Haus keine Spur von einem Kampf und ein überschwemmter Boden, so dass jegliche Beweise weggespült waren. Es wäre ein wahres Wunder, wenn sie etwas finden würden. Im Moment konnten sie nur auf das Talent von Craig Nova und den Technikern der Spurensicherung hoffen.

»Ich lasse sie rein«, erklärte Meats.

53

Larry Salhindro war euphorisch. Er war sicher, dass seine Hypothese stimmte.

Er breitete den Stadtplan von Portland auf seinem Schreibtisch aus und glättete ihn mit seinen großen Händen. Annabel beobachtete ihn amüsiert und gleichzeitig ungeduldig, weil sie nicht wusste, worauf er hinauswollte. Sie hatten festgestellt, dass alle drei Paare, die von dem Mörder attackiert worden waren, im Nordosten der Stadt lebten. Zwei könnten noch ein Zufall sein, hatte Annabel unterstrichen, drei aber waren schon ein Anhaltspunkt.

»Schau«, sagte er, als wäre es unübersehbar, »die Peytons wohnen dort, die Morgans hier, und die Rosamunds – angenommen, es bestätigt sich, dass sie Opfer desselben Mörders sind – leben hier.«

Er markierte den Wohnort der drei Familien mit rotem Filzstift auf der Karte.

»Und was haben wir in der Nähe von allen dreien?«

Der Stift zeigte auf ein großes Rechteck mit dem Namen *Shopping Center Lloyd.*

Annabel runzelte die Stirn, der Name sagte ihr irgendwas, doch sie wusste nicht mehr genau, was. Salhindro schob ihr ein Blatt hin und deutete auf eine Zeile im Text.

»Der Verdächtige Trevor Hamilton arbeitet für einen Schlüsselservice im Shopping Center Lloyd, im Nordosten der Stadt.«

Annabel stützte den Kopf in die Hände.

»Moment mal! Ich verstehe nicht. Er liegt im Koma, also ...«

»Ich weiß«, fiel ihr Salhindro ins Wort. »Trotzdem führte der Fingerabdruck des Mörders, den wir bei den Peytons gefunden haben, direkt auf die Spur von Mark Suberton, eine falsche Spur, mit der er uns in die Irre führen wollte. Das heißt, der Täter musste Suberton kennen, um zu wissen, dass sein Fingerabdruck in unserer Datenbank gespeichert ist. Und diese Verbindung ist Trevor Hamilton, ein Kollege von Suberton. Es ist das Sperma von Hamilton, das wir in der Kehle der Opfer gefunden haben. Darüber hinaus arbeitet Hamilton in der Nähe all seiner Opfer, und wir wissen, dass der Mörder jedes Mal ohne Gewaltanwendung in die Häuser gelangt ist. So als hätte er den Schlüssel.«

Annabel lehnte sich in ihren Stuhl zurück.

»Er hat einen Nachschlüssel. Verdammt, dieser Mistkerl hat die Nachschlüssel seiner Opfer, weil sie sie in seinem Laden haben anfertigen lassen und er auch einen für sich gemacht hat. Ja, Trevor Hamilton …«

»Ihr könnt ihn von der Liste der Verdächtigen streichen«, ertönte eine Stimme an der Tür.

Detective Tom Alsting wedelte mit einem Blatt.

»Wir haben die Bestätigung. In der Nacht vom zwölften auf den dreizehnten Juni, als Lindsey Morgan entführt wurde, hielt sich Hamilton in einem Nachtclub am Flussufer auf. Mehrere Personen – Freunde und vage Bekannte – bezeugen, dass er bis zum Morgengrauen mit ihnen zusammen war. Er ist ein bisschen ›sonderbar‹, hat man mir gesagt, und bleibt nicht unbemerkt. Er trägt ständig mehrere Kleiderschichten übereinander, schwitzt dementsprechend und tanzt nie. Er hockt immer in einer Ecke der Bar, damit ihm niemand zu nahe kommt, außer seine ›Freunde‹. Er ist morgens zur Arbeit erschienen, hundemüde und in denselben Klamotten. Sein Chef bestätigt, dass Hamilton am Donnerstag nicht ganz klar war. Er kann nicht Lindsey Morgan entführt und gleichzeitig die Leiche von Carol Peyton im Wald abgelegt haben, damit wir sie tagsüber finden: Er war in einem Nachtclub …«

Annabel verschränkte die Arme vor der Brust. Hamilton hatte einen Komplizen, das war klar, in Anbetracht dessen, was sich in den letzten achtundvierzig Stunden ereignet hatte. Aber plötzlich spielte Hamilton nur noch eine Nebenrolle.

»Und doch sind wir so gut wie sicher, dass er derjenige war, der die Nachricht am Donnerstagmorgen auf dem Anrufbeantworter hinterlassen und erklärt hat, wo wir die Leiche im Wald finden können«, wunderte sich Salhindro.

»Das stimmt«, bestätigte Alsting. »Wir wissen, dass der Anruf von einer Telefonzelle am Busbahnhof kam. Unsere Zeugen bestätigen, dass Hamilton nach Verlassen des Nachtclubs einen Abstecher zum Busbahnhof machen wollte, um sich nach irgendwelchen Abfahrtzeiten zu erkundigen. Er soll von einer bevorstehenden Reise nach Salem erzählt haben. Er wird die Gelegenheit genutzt haben, um diesen Anruf zu tätigen.«

Alsting trat ein und legte seinen frisch ausgedruckten Bericht auf Salhindros Schreibtisch. Der sah Annabel fragend an.

»Kannst du dir vorstellen, dass Trevor Hamilton Freunde hat und die Nacht tanzend in einem Club verbringt?«

»Allem Anschein nach sind es keine wirklichen Freunde«, erklärte Alsting. »Einfach vier Typen, die er in der Tanzschule kennen gelernt hat.«

»Eine Tanzschule?«, rief Annabel erstaunt.

»Ja, Hamilton nahm seit fünf Monaten Tanzstunden. Man hat ihn mir als einen sehr verschlossenen Typen beschrieben, dermaßen introvertiert, dass er fünf Stunden brauchte, bis er gewagt hat, sich den anderen anzuschließen. Seinen ›Tanzfreunden‹ zufolge traf er sich mit niemandem, sie waren seine einzigen Bekannten. Deshalb bedrängten sie ihn regelmäßig, sie abends zu begleiten. In letzter Zeit nahm er diese Einladungen gelegentlich an, angeblich war er weniger verklemmt als anfangs.«

Annabel versuchte, sich Hamilton in einem Nachtclub vorzustellen, wie er, in einer dunklen Ecke hockend, ein paar Drinks zu sich nahm und den Abend damit verbrachte, die anderen zu beobachten.

Sie drehte sich zu Salhindro um.

»Das ändert nichts an deiner Entdeckung«, sagte sie nach einer Weile. »Egal, ob Trevor Hamilton nur eine Nebenrolle spielt oder nicht, auf jeden Fall trifft er die Auswahl der Opfer.«

Als er sah, worauf sie hinauswollte, erhob sich Salhindro.

»Das kann uns vielleicht nützlich sein, um dem Mörder eine Falle zu stellen«, meinte er.

Tom Alsting sah die beiden auf den Flur laufen, ohne zu verstehen, was los war.

Annabel und Salhindro überquerten einen der Hauptgänge des Einkaufszentrums und bahnten sich einen Weg durch die Menge.

Unter all diesen potentiellen Käufern fröstelte es Annabel. Sie musste wieder an den vergangenen Winter und an Caliban denken, an seine Mordgier, seine kannibalischen Gelüste und daran, dass er all diese Horden von Konsumenten als potentielle Leckerbissen sah. Diese Geschichte hatte sie ganz besonders mitgenommen. Auch wenn sie es nicht zugeben mochte – sie hatte immer noch Albträume deswegen und wachte nachts manchmal schweißgebadet auf, mit dem Wunsch, dem *Drang*, zu schreien. Diese Angst im Bauch. Was sie damals durchgemacht hatte, war das Äußerste des Erträglichen gewesen, der Rand eines unendlich tiefen Abgrunds, in dem der Mensch nicht mehr existierte.

Während sie an der Seite eines anderen Cops ging, musste sie an ihre Zusammenarbeit mit Jack Thayer denken. Sie suchte in regelmäßigen Abständen sein Grab auf und erzählte ihm, was in der Woche passiert war, von ihren kleinen Freuden und Ärgernissen. Hier, Tausende von Kilometern von ihrem Zuhause entfernt, sah sie sich plötzlich, wie sie wirklich war: eine einsame Frau, die sich ans Alleinsein gewöhnt hatte und dabei war, senil zu werden. *Jetzt übertreib mal nicht ... du bist jung ...*

Der Big Apple verschlang sie allmählich, genauso wie die Arbeit, sie wurde zum Zombie, um ihrer Angst zu entfliehen.

Was soll der Quatsch – ausgerechnet jetzt. Du bist einfach nur mit den Nerven fertig! Musst du alles immer in den düstersten Farben sehen?

War das wirklich so? War es nicht vielmehr Hellsichtigkeit?

Salhindro deutete auf einen Laden. Es war der, den sie suchten. Annabel blinzelte mehrmals, um diese schlechten Gedanken zu verjagen und sich auf die Gegenwart zu konzentrieren.

Ein Mann um die dreißig stand hinter dem Tresen. Er hatte erstaunlich blassblaue Augen. Eine auffällige Narbe zog sich über seinen Hals.

»Guten Tag, was kann ich für Sie tun?«, fragte er höflich.

Sein Blick verweilte nur kurz auf Salhindros Uniform.

»Wir benötigen Informationen im Rahmen unserer Ermittlungen«, erklärte Salhindro.

»Ach, Sie sind die beiden Cops.«

Der Angestellte musterte Annabel, verblüfft, dass eine so hübsche Frau bei der Polizei beschäftigt war. Seine Lust, mit ihr zu flirten, verflog augenblicklich.

»Sind Sie der Chef?«, wollte Annabel wissen.

»Nein, Sekunde, ich hole ihn. Mr. Blueton!«

Ein kleiner Mann mit weißem Haar, tadellos rasiert und korrekt gekleidet, kam aus dem hinteren Raum.

Salhindro und Annabel stellten sich vor.

»Ich ahnte schon, dass man mir noch mal Fragen stellen würde, nach dem, was mit Trevor passiert ist. Ihre Kollegen haben mich schon telefonisch ausgefragt. Folgen Sie mir, da drinnen können wir uns besser unterhalten.«

Sie traten in den kleinen Raum, in dem es nach Fett und Verbranntem roch. Hunderte von Schlüsselrohlingen hingen an Haken, dazu alles mögliche Werkzeug. Blueton zog drei Hocker unter der Werkbank hervor, und sie setzten sich um einen Tisch, der von Hunderten von Arbeitsstunden abgenutzt war.

»Also, was wollen Sie dieses Mal wissen? Ich habe dem Detective schon alles gesagt ... Wie heißt er noch, Cooper, glaube ich.«

Salhindro nickte. Cooper und Alsting arbeiteten an Hamiltons Biographie.

»Kennen Sie diese Namen?«, fragte Annabel und hielt ihm die Liste mit den drei Opfern des Mörders hin.

»Sagen mir nichts«, erwiderte Blueton, nachdem er die Namen aufmerksam gelesen hatte. »Wer soll das sein?«

»Kunden von Ihnen.«

»Ach, wirklich? Na ja ... Wie Sie sich vorstellen können, ist mein Kundenkreis recht groß. Die meisten kenne ich gar nicht, vor allem, weil ich ja die Jungen angestellt habe, wie zum Beispiel Trevor. Ich bin so ziemlich der einzige Schlüsselservice im weiteren Umkreis, und deshalb ist hier eine Menge los.«

Salhindro schenkte ihm ein freundliches Lächeln.

»Natürlich. Aber sagen Sie mir, Mr. Blueton, wenn sich jemand bei Ihnen Schlüssel anfertigen lässt, muss er dann irgendein Formular ausfüllen?«

Blueton sah ihn verlegen an.

»Nein, nicht wirklich, hier kommen so viele Leute, das könnten wir gar nicht bewältigen. Der Nachschlüssel ist in wenigen Minuten gemacht und wird dem Kunden ausgehändigt, das ist alles. Viele Kunden lassen uns ihren Schlüsselbund hier, machen schnell ein paar Besorgungen und nehmen die Schlüssel auf dem Rückweg mit.«

»Haben Sie diese Transaktionen irgendwo vermerkt?«, fragte Annabel.

»In einem Heft, ja, aber nur mit Betrag und Datum, mehr nicht.«

»Zahlen die Kunden oft mit Scheck oder Karte?«

»Klar, wie überall.«

Annabel warf Salhindro einen kurzen Blick zu.

»Also verfügt Ihr Geschäft über die Kontoauszüge mit den Scheck- und Kartennummern.«

Blueton nickte.

»Ich kann Ihnen eine Fotokopie machen, wenn Sie möchten.«

»Das wäre sehr freundlich von Ihnen, Mr. Blueton«, bedankte sich Salhindro.

Blueton erhob sich und öffnete einen Metallschrank. Er zog eine Sammelmappe heraus und legte sie auf den Tisch.

»Übrigens, da Sie das zu interessieren scheint: Trevor hat immer Fotokopien von den Schecks gemacht, die der Kunde ausgestellt hat – falls die Bank sie verlieren würde, bevor das Geld überwiesen ist.«

Annabel traute ihren Ohren nicht.

»Haben Sie die Fotokopien noch?«

»O ja. Warten Sie einen Moment.«

Er zog seine Brille aus der Hemdtasche und überflog einige Papiere.

»Es ist sonderbar, Trevor nicht mehr hierzuhaben. Er hat gut gearbeitet, wissen Sie. Wenn ich mir vorstelle … Trevor als Mordverdächtiger.«

Er erhob sich, um in anderen Heftern in seinem Schrank zu suchen.

»Ich beschäftige nur Jungen, die Schwierigkeiten hatten«, fuhr er fort. »Die im Gefängnis waren wie Peter, der jetzt hier ist, oder vorher Mark.«

Mark Suberton, ergänzte Annabel bei sich. Der frühere Kollege, dessen sich Hamilton bedient hatte, um die Polizei in die Irre zu führen und ihr verständlich zu machen, dass er tat, was er wollte.

Blueton fuhr in seinem Monolog fort, während er weitersuchte: »Trevor, das war ein Sozialfall, er kam nicht aus dem

Gefängnis, sondern aus der psychiatrischen Klinik. Nicht dass er gefährlich war, er war nur schrecklich hilflos …«

Salhindro notierte sich im Hinterkopf, dass man auch Informationen über diesen Aufenthalt in der Psychiatrie einholen müsste. Wahrscheinlich arbeiteten Cooper und Alsting schon daran.

»So, ich hab's!«, rief Blueton.

Er warf eine Plastikhülle auf den Tisch, die Fotokopien schlechter Qualität enthielten.

Salhindro öffnete sie und verteilte den Inhalt auf der Tischplatte.

»Es sind nur die der Monate Mai und Juni«, warnte der Ladeninhaber. »Nach zwei Monaten werfe ich sie immer weg, sonst würden wir hier in Papier ersticken.«

Annabel und Salhindro verbrachten zehn Minuten damit, die Schecks zu sichten und den Namen auf jedem zu überprüfen. Es waren über hundert. Plötzlich rief Annabel: »Ich habe einen! Mr. und Mrs. Rosamund, datiert vom fünften Juni.«

Salhindro nahm die Kopie und nickte.

»Da haben wir's, so ist er vorgegangen. Die anderen sind nicht da, er hat sie vielleicht schon früher, im April, ausgesucht oder sie absichtlich weggeworfen. Mr. Blueton, dürfen wir Ihr Telefon benutzen?«

In den folgenden zwei Stunden lasen sie Detective Alsting die Namen auf den anderen Schecks vor, woraufhin dieser vom Präsidium aus Nachforschungen einleitete.

Sie mussten herausfinden, ob jung verheiratete Paare unter den Namen waren.

Wenn das der Fall war, so waren sie vielleicht die nächsten Opfer auf der Liste des Mörders.

Annabel trommelte ungeduldig mit den Fingern auf die Tischplatte. Sie kamen voran. Der Mörder war zum Greifen nahe.

Mit etwas Glück wären bald alle Rätsel gelöst. Sie würden alles erfahren. Das Geheimnis dieses Spinnenkillers lüften.

Sein grauenhaftes Geheimnis.

54

Brolin wartete vor dem Haus.

Er sah Meats mit verdrießlicher Miene heraustreten. Der Detective erklärte ihm, dass Craig und sein Team außer der zerbrochenen Fensterscheibe in der Küche – eventueller Hinweis auf ein Kampfgeschehen, eine sehr kurze Auseinandersetzung – nichts gefunden hatten. Wenn der Mörder Spuren hinterlassen hatte, so waren diese vom Wasser weggespült worden.

»Josh, ich fange bald wirklich an zu glauben, dass dieser Typ eine Spinne ist«, rief Meats verzweifelt.

Und tatsächlich stießen sie immer wieder darauf: Spinnen. Brolin spürte, dass er dieses Geheimnis lüften könnte, wenn er etwas mehr über den Mörder wüsste, um ein Täterprofil zu erstellen – die erste Etappe auf dem Weg zu seiner Ergreifung. Zumindest würde es den Kreis der Verdächtigen einengen.

»Die Befragung der Nachbarn läuft. Wir haben vielleicht eine Spur. Über eine Freundin von Dianne Rosamund. Diese Freundin behauptet, Dianne hätte in letzter Zeit viel von einem Mann von nebenan erzählt; sie verdächtigte ihn, etwas zu verstecken. Wir wollen uns diesen Nachbarn, einen gewissen Jimmy Beahm, mal vorknöpfen. Eine dürftige Spur zwar, doch mehr haben wir im Moment nicht.«

Brolin streckte sich und hörte die Wirbel seines Rückens knacken.

»Ich fahre in die Stadt zurück«, sagte er. »Diese Spinnengeschichte lässt mir keine Ruhe. Ich will endlich dahinterkommen.«

»Was hast du vor?«

»Ich muss noch mal mit einer gewissen Debbie Leigh sprechen, der ich Montagmorgen mit Annabel einen kurzen Besuch abgestattet habe. Sie hat einen kleinen Laden, der auf Spinnen und Schlangen spezialisiert ist.«

»Ich halte dich auf dem Laufenden, falls es etwas Neues gibt.«

Meats hielt einen der Männer an, der ins Präsidium fahren wollte, und bat ihn, Brolin im Zentrum abzusetzen.

Als die anderen fort waren, trat Meats, die Hände in die Hüften gestemmt, ein paar Schritte zurück und betrachtete das Haus.

Es war ein hübsches Einfamilienhaus in einem friedlichen Viertel, mit ruhigen, offenbar sympathischen Einwohnern.

Es musste angenehm sein, hier zu wohnen.

Bis letzte Nacht.

Brolin stieß die Tür zu dem Laden *Bug'em all* auf.

Eine junge rothaarige Frau, Debbie Leigh, hockte vor einem Glaskäfig, den sie gerade reinigte. Bevor sie den Kopf hob, konnte Brolin ihre Tätowierung in Form einer Spinne im Nacken sehen.

Brolin fand nicht mal die Zeit, sich vorzustellen, sie hatte ihn bereits erkannt und rief mit einem Augenzwinkern: »Oh, der Privatdetektiv!« Er erklärte ihr, dass er nicht weiterkam, dass er noch immer *das* Detail suchte, das die Ermittlungen voranbringen würde.

Debbie Leigh zeigte sich sehr hilfsbereit und wiederholte, was sie schon gesagt hatte. Ihrer Meinung nach musste der Mann, den sie suchten, ein Züchter, ein Fachmann sein: Er konnte sich die Schwarze Witwe *Menavodi* aus Madagaskar beschaffen, und er wusste, dass große Hitze bei dieser Art die toxische Wirkung noch multiplizierte und die Aggressivität des Weibchens erheblich steigerte.

Sosehr Brolin auch beharrte, Debbie konnte ihm nicht weiterhelfen. Er fand einfach keinen Zugang, keine Spur, die auswertbar war. Hatte er es mit dem perfekten Mord zu tun? Mit dem nicht zu fassenden Täter?

Er bedankte sich bei der jungen Frau, die mit einem charmanten Lächeln antwortete. Sie war recht hübsch und, ihrer Haltung und ihren Beinen nach zu urteilen, auch sportlich. Außerdem empfand sie eine Leidenschaft für ihre Kreaturen, die so weit ging, dass sie ihren Nacken mit diesem Motiv tätowieren ließ. Ihre Liebhaber machten sich gewiss nach kurzer Zeit aus dem Staub, fanden sie verrückt, besessen oder unreif, Attribute, mit denen man die wirklich engagierten Menschen versah. Brolin stellte zum Schluss noch ein paar persönlichere Fragen. Debbie Leigh hatte kein Studium über Insekten absolviert, sie betrachtete sich als Autodidaktin. Sie hatte ihren Laden im Frühsommer 2001 eröffnet, und die Geschäfte liefen ganz gut.

Auf der Straße hielt Brolin an, um eine kleine Flasche Wasser zu kaufen. Die Luft war stickig, und der Schweiß klebte ihm auf der Haut. Der Schatten der Hochhäuser im Zentrum bedeutete keine Kühle.

Allein, das wusste er, würde er es nicht schaffen. Er konnte die Persönlichkeit des Mörders einfach nicht erfassen. Selten hatte er sich so unfähig gefühlt. Wer könnte ihm weiterhelfen? Nelson Henry? Nein, er hatte ihm schon alles gesagt, was er wuss…

Brolin blieb stehen. Seine Hand öffnete sich, wie um ein Phantom zu fangen.

War er bereits so durcheinander, dass er die Nachricht von Connie vergessen hatte? Er *spürte* seit dem Morgen, dass er noch nicht alle Informationsquellen ausgeschöpft hatte, doch es fiel ihm nicht ein, was er vernachlässigt hatte, und er konnte sich nicht erinnern, was da fehlte. Ganz einfach die Nachricht, die ihm die Laborantin von NeoSeta hinterlassen hatte, bevor er angegriffen wurde, und durch die sie ihn wissen ließ, dass sie vielleicht Informationen für ihn hätte. Ihre Stimme hatte deutlich Unsicherheit und Unbehagen verraten. Vielleicht fürchtete sie sich vor den Kollegen von NeoSeta.

Brolin griff zu seinem Handy und stellte erleichtert fest, dass ihre Nachricht und Telefonnummer noch gespeichert waren.

Beim zweiten Klingeln wurde abgehoben.

»Connie d'Eils.«

Ihre Stimme klang gehemmt und sehr schüchtern.

»Guten Tag, hier ist Joshua Brolin.«

»Oh, guten Tag. Ich, äh, ich habe in den Nachrichten gehört, dass Sie überfallen wurden. Wie schrecklich. Ich hoffe, es geht Ihnen …«

»Es geht mir sehr gut. Die Medien übertreiben immer ein wenig. Ich rufe wegen Ihrer Nachricht an. Sie scheinen Informationen für mich zu haben.«

»Ja, äh, wir könnten uns vielleicht treffen …«

Brolin hatte den Eindruck, dass es sie übermenschliche Kräfte kostete, einen solchen Vorschlag zu machen.

Sie trafen sich zum Mittagessen in der Stadt in einem kleinen Restaurant an der 22nd Avenue. Brolin saß schon an einem der Tische, als sie eintraf. Sie trug weite Kleider, um ihre zwanzig Kilo Übergewicht zu verbergen, und bedachte ihn, als sie ihn entdeckte, mit einem verklemmten Lächeln. Sie war ungeschickt, stieß mehrmals jemanden mit dem Ellenbogen oder mit ihrer Tasche an und stammelte Entschuldigungen, versuchte dabei aber, jeden Körperkontakt zu meiden. Linkisch und mit ihrem Äußeren unzufrieden, urteilte der Privatdetektiv etwas übereilig.

»Tut mir leid, ich bin spät dran«, begann sie.

Brolin lud sie ein, ihm gegenüber Platz zu nehmen.

Sie war viel zu stark geschminkt, so als hätte sie Angst, man könnte sie für ungepflegt halten. Aber die Wirkung war eher trist. Mehr noch als bei ihrer ersten Begegnung hatte Brolin den Eindruck, dass sie irgendwo auf einer verlassenen Farm im Mittleren Westen aufgewachsen war und auf keinen Fall wie eine Landpomeranze wirken wollte. Sie erreichte aber genau das Gegenteil, zumal das Make-up ihre groben Züge nur noch betonte.

Brolin versuchte, ihr über ihre Verlegenheit hinwegzuhelfen, indem er zunächst ein paar Banalitäten mit ihr austauschte. Dann schnitt er ihr eigentliches Thema an.

»Sie wollten mir etwas über die Spinnenzucht sagen, wenn ich Ihre Nachricht recht verstanden habe.«

Sie nickte heftig.

»Ja, ja. Neulich bei Ihrem Gespräch mit Gloria Helskey, der Projektleiterin von NeoSeta, habe ich sie sagen hören, eine Zucht zur Gewinnung von Spinnenseide in großem Maße sei unmöglich.«

Sie hatte sehr schnell gesprochen, hatte sich von ihrer Begeisterung mitreißen lassen. Plötzlich merkte sie, dass sie die Kontrolle verlor, und fasste sich wieder, richtete sich auf ihrem Stuhl auf und fuhr beherrscht fort: »Das stimmt nicht ganz. Es wurden bereits Spinnen wegen ihrer Seide gezüchtet. Und zwar Anfang des letzten Jahrhunderts auf Madagaskar. Ich bin während meines Studiums auf einen Artikel darüber gestoßen.«

Genau die Insel, von der die tödliche Schwarze Witwe, die *Menavodi*, stammt, dachte Brolin.

»Die Züchter hatten ganze Kolonien von *Nephila* angelegt, das ist eine sehr robuste und große Spinne von bis zu zwanzig Zentimeter Spannweite, die enorm viel Seide produziert. Es ist eine außergewöhnliche Art, eine der wenigen, die problemlos mit ihren Artgenossen zusammenleben können. Man kann sie zwar nicht in ein und dasselbe Netz setzen, aber sie tolerieren sich, jede in ihrem Netz, in geringer Entfernung ... Die Züchter haben die Bäume also mit *Nephila* ›verseucht‹, wenn man so sagen kann, und kamen täglich, um die Seide zu ernten. Der Faden wurde mit Hilfe einer kleinen Dampfmaschine aufgewickelt, und sie konnten an einem Tag insgesamt bis zu fünfundzwanzigtausend Meter gewinnen.«

»Wenn das so effektiv war, warum macht man es heute nicht genauso, statt lange und kostspielige Genmanipulationen durchzuführen?«, fragte Brolin.

»Weil sich diese Spinnenfarmen über mehrere Hektar erstrecken und der Seidenfaden hauchdünn ist und man mehrere Kilometer gebraucht hätte, um irgendetwas damit anfangen zu können. Im kleinen Rahmen funktionierte dieses System sehr gut, aber es war sehr teuer und für die Industrie nicht geeignet. Man hätte die *Nephila* auf der ganzen Insel ansiedeln müssen ... Und die Unterhalts- und Nutzungskosten hätten den Ertrag weit überstiegen. Das ist das Problem der Spinnenzucht – sie ist möglich, aber nicht rentabel. Dieser Versuch ist deshalb in Vergessenheit geraten.«

»Okay«, sagte Brolin, »aber stellen wir uns einmal vor, mein Ziel sei gar nicht, Geld zu verdienen, und ich wäre bereit, alles zu tun, um Spinnenseide in großen Mengen zu gewinnen, Kosten hin oder her. Ist es möglich, dass ich mir eine eigene Zucht anlege?«

»Ja, natürlich. Sie brauchen Kenntnisse auf dem Gebiet der Arachniden, aber es ist durchaus möglich. Wenn Sie es allerdings hier in Portland tun wollen, wird es Sie besondere Mühen kosten. Zunächst, weil es Ihnen unmöglich sein wird, *Nephila* im Freien zu züchten, allein schon wegen des Klimas. Sie bräuchten eine Art Treibhaus, ein Riesenterrarium.«

»Oder einen Keller?«

»Ja, eine gut abgeschlossene Scheune oder sogar ein Zimmer in ihrer Wohnung. Man muss die Temperatur und den

Feuchtigkeitsgehalt der Luft stabil halten. Dann brauchen Sie einen weiteren Ort für Ihre Insektenzucht – Küchenschaben und *Drosophila*, die Nahrung der *Nephila*. All das erfordert enormes Wissen und totales Engagement, es muss eine wirkliche Passion sein!«

»Aber es ist möglich …«

Zum ersten Mal sah Brolin eine Lösung des Geheimnisses um den Spinnenkiller. Und die Lösung des Rätsels wäre kein sorgsam gehütetes Geheimnis, sondern ganz einfach die Realität, was ihn verblüffte.

»Sagen Sie mir, Ms. d'Eils, diese Geschichte mit der Zucht auf Madagaskar, ist sie allgemein bekannt? Ich meine, in den Kreisen der Arachnophilen?«

Sie zuckte mit den Schultern.

»Ich glaube nicht, nein. Die Ausbeutung hat nur ein oder zwei Jahre gedauert, und das war vor einem Jahrhundert. Ich denke, dass sich niemand daran erinnert …«

»Es wäre also normal, dass Ihre Vorgesetzten, Gloria Helskey und Doktor Haggarth, diese alte Geschichte nicht kennen, obwohl sie Spezialisten sind?«

Connie d'Eils zog die Stirn in Falten und dachte angestrengt nach.

»Nun, das heißt …«, stammelte sie. »Sie kennen vielleicht die Geschichte von der Zucht in Madagaskar nicht, doch ihnen ist durchaus bekannt, dass man die *Nephila* ›melken‹ kann, ja, sie wissen es, weil wir die *Nephila* im Labor untersuchen. Erinnern Sie sich an diese großen Spinnen, die Sie mich haben füttern sehen. Doch über diese Dinge sprechen sie nicht gerne, denn sie haben panische Angst davor, dass man ihnen ihre Ideen stehlen könnte, und je weniger sie davon preisgeben, desto sicherer fühlen sie sich.«

Brolin war skeptisch. Gloria Helskey und Haggarth hatten ganz entschieden behauptet, dass es unmöglich sei, Spinnen zur Seidengewinnung zu züchten. Oder aber sie waren überzeugte Paranoiker, was nicht undenkbar war. Vielleicht verbargen sie ihre Arbeit wie ein Militärgeheimnis … Militär.

Brolin dachte plötzlich an die Basis im Wald. Neben der Lichtung, wo alles angefangen hatte.

Denk nach, das war nicht rein zufällig der Ausgangspunkt der ganzen Geschichte!

Der Gedanke war nicht neu. Die Lichtung an sich war nur ein Fleckchen Wiese mitten in einem riesigen Waldgebiet. Es war die Nähe zu der aufgegebenen Militärbasis, die ihr ein ganz anderes Gewicht verlieh. Eine bestens versteckte Basis. Welchen Zusammenhang mochte es zu dem Mörder und den Spinnen geben?

Eine Idee reifte im Hirn des Privatdetektivs.

»Darf ich Ihnen eine etwas heikle Frage stellen?«

Connie d'Eils war verwirrt. *Hätte sie nicht so viel Make-up aufgelegt, so hätte man feststellen können, dass sie rot geworden ist,* dachte der Detektiv.

»Im Westen der Stadt, tief im Wald, liegt eine Militärbasis. Sie wurde vor mehreren Jahren aufgegeben. Ich habe mich gefragt, ob Sie vielleicht schon einmal davon gehört haben.«

Diesmal war es nicht mehr belustigende Verlegenheit, die Brolin im Blick seiner Gesprächspartnerin lesen konnte. Sie war völlig entsetzt. Er beschloss, sie ein wenig zu brüskieren.

»Nun? Ich glaube, Sie wissen, wovon ich rede, nicht wahr?«

Connie d'Eils schluckte schwer und schob ihren Teller zur Seite.

»Äh … ja, ich habe schon davon gehört.«

»Warum?«

Sie holte tief Luft.

»Weil das Militär dort Versuche gemacht hat.«

»Mit Spinnen?«, bohrte er weiter.

Nelson Henry hatte ihm gesagt, dass sich das Militär für Spinnenseide interessierte.

»Nicht direkt«, korrigierte sie. »Sie haben versucht, einen

Weg zu finden, die Seide in sehr großem Maßstab zu gewinnen. Aber das war viel zu teuer, und sie haben das Projekt aufgegeben.«

»Und deshalb wird NeoSeta zum Teil vom Militär finanziert. Woher wissen Sie das alles?«

Brolin bezweifelte, dass Connie d'Eils auf dieser ehemaligen Basis neben der Lichtung mit den Schwarzen Witwen gearbeitet haben könnte. Die vom Militär angestellten Wissenschaftler hatten vielleicht kein bestimmtes Profil, doch man achtete gewiss darauf, keine labilen Persönlichkeiten zu engagieren.

Sie antwortete in vertraulichem Tonfall: »Ein Teil des Personals von NeoSeta arbeitete vor einigen Jahren auf dieser Basis, darunter Professor Haggarth und Gloria Helskey, aber noch andere, die ich nicht alle kenne. Deshalb hat NeoSeta sie eingestellt.«

Brolin nickte. Wie in jedem Unternehmen verbreiteten sich die Geheimnisse schnell. Und das umso mehr, als Haggarth und Helskey, die sicher wegen ihrer Fachkenntnisse engagiert worden waren und nicht wirklich zum Militär gehört hatten, möglicherweise nicht der Schweigepflicht unterlagen. Bei genauerer Überlegung waren vielleicht viele Techniker von NeoSeta früher Mitarbeiter dieser Basis gewesen. Warum hatte das Unternehmen Portland als Firmensitz gewählt? Weil es hier bereits eine Infrastruktur ausgebildeter Wissenschaftler gab. Seit der Gründung von NeoSeta hatte das Militär, um Zeit zu gewinnen, Informationen über dieses Thema weitergegeben. Ja, das passte zusammen, Brolin hatte sich nicht getäuscht.

»Ich nehme an, viele Mitarbeiter von NeoSeta waren auf dieser Basis angestellt, oder?«

Connie d'Eils nickte.

Das war kein Staatsgeheimnis – jetzt nicht mehr. Man verlangte ein Minimum an Diskretion, was ihre Vergangenheit betraf, mehr nicht.

Connie d'Eils lauerte, den Kopf zwischen die Schultern gezogen, mit einem gewissen Triumph in den Augen auf die Reaktion des Privatdetektivs.

Sie tat Brolin leid. Sie hatte mehrmals nach dem Dessert ihres Nachbarn geschielt und mit sich gerungen, ob sie eines bestellen sollte. So ließ sich ihr Leben zusammenfassen – eine schwierige Integration in der Großstadt und ständige Kämpfe gegen sich selbst, um sich ihrer Umgebung anzupassen. Sie schminkte sich, um hübsch zu sein, sie versuchte abzunehmen, sich korrekt zu kleiden, um dazuzugehören. Doch es gelang ihr nicht. Und das Auftauchen von Brolin in ihrem Leben hatte plötzlich eine Tür zu etwas Interessantem geöffnet, zu etwas Spannung in ihrem tristen Dasein. Das war eine bittere Feststellung, und doch war Brolin in diesem Moment überzeugt, sich nicht zu irren.

Der Privatdetektiv lehnte den Kopf an die Wand hinter ihm. Er sah die Autos und all die Passanten, die an dem Restaurant vorbeikamen.

Der Mörder hatte auf dieser Militärbasis gearbeitet. Dort hatte er seine Kenntnisse über Spinnen erworben oder vertieft. Es war also durchaus denkbar, dass er bei NeoSeta angestellt war.

Nein, jetzt gehst du aber zu weit! Du weißt nichts Genaues, und ohne logische Schlussfolgerung ist jede Hypothese eine weitere Klippe auf dem Weg zur Wahrheit, das weißt du sehr gut.

Er musste die Gedanken des Mörders nachempfinden, seine Persönlichkeit erfassen.

Eine Sekunde lang hatte er das Gefühl gehabt, alle Antworten in der Hand zu haben und sie zu einem Ganzen zusammenfügen zu können. Umso größer war jetzt seine Frustration. Er war fast so weit gewesen. Es hatte nur noch der kleine Funke gefehlt, um alles zu verbinden.

Nur ein Detail.

55

Am frühen Abend lag drückende Schwüle über Portland, und der graue Himmel ließ alle Farben matt erscheinen.

Dumpfes Donnergrollen zog über die Häuser der Stadt. Je näher das Gewitter kam, desto greller zuckten die Blitze am Himmel, so als wollte Zeus hoch oben in seinem Ruhmestempel seinen unbändigen Zorn über der Menschheit entladen.

Annabel lächelte bei diesem lyrischen Versuch, der, wie unbeholfen er auch sein mochte, doch in etwa die Gedankenwelt ihres Poeten-Kollegen Jack Thayer widerspiegelte. Sie widmete dieses poetische Bild dem Andenken an Jack, der Gewitter so geliebt und mit schwärmerischen Worten – am liebsten der Mythologie entlehnt – beschrieben hatte.

Der Regen fiel immer dichter, und bald konnte man kaum noch die andere Straßenseite erkennen.

In diesem Augenblick tauchte Brolin auf, sprang in den Mustang und schlug die Tür zu. Sein nasses Haar, vom Wind zerzaust, stand wirr um seinen Kopf.

Annabel sah ihn zärtlich an. Wie kleine Brillanten perlten die Tropfen von seinem Gesicht.

»Ist Larry nicht da?«, fragte er.

Annabel kehrte in die Realität zurück und befeuchtete ihre Lippen.

»Nein, er wollte den Abend mit seiner Schwägerin verbringen, die Beerdigung seines Bruders war hart für die Familie. Willst du fahren?«

»Nein. Bieg in Richtung Kais ab, wir haben einen langen Abend vor uns. Also, was gibt's Neues? Am Telefon hast du gesagt, dass ihr dem Mörder auf der Spur seid. Darf ich erfahren, was das zu bedeuten hat?«

»Wir haben herausgefunden, wie er seine Opfer auswählt.«

Annabel beugte sich vor, um bei dem Platzregen die Straße besser erkennen zu können. Sie spürte Brolins Blick auf sich und konnte ein Lächeln nicht unterdrücken.

»Da staunst du, was?«, spöttelte sie. »Trevor Hamilton war derjenige, der die Opfer ausgesucht hat. Sobald ein jüngerer Kunde Schlüssel nachmachen ließ und das Pech hatte, mit Scheck zu bezahlen, fotokopierte Hamilton diesen und zog Erkundigungen über die Person ein. Vermutlich ging er mit den Namen aufs Rathaus oder konsultierte die Kirchenregister. Sein Ziel war es herauszufinden, ob jung verheiratete Paare darunter waren. Sobald er eines ausgemacht hatte, musste er sich nur noch ihr Haus ansehen und sich vergewissern, dass es weder Alarmanlage noch Hund gab. War dies der Fall, so hatte er das ideale Opfer gefunden.«

»Gute Arbeit.«

»Das ist nicht alles. Wir haben uns die Fotokopien angesehen, die Hamilton in den letzten sieben Wochen von den Schecks gemacht hat. Wir haben zwei weitere Paare gefunden, die noch nicht lange verheiratet sind. Sie könnten die nächsten Opfer sein, falls Hamilton noch Zeit genug hatte, die Namen an denjenigen weiterzugeben, der hinter der ganzen Sache steckt.«

Brolin pfiff anerkennend. Zwar gab es viele Unwägbarkeiten bei der Sache, doch es war die beste Neuigkeit seit langer Zeit. Annabel fuhr fort: »Die Cops haben den potentiellen Opfern alles erklärt und ihnen versichert, sie hätten nichts zu befürchten und würden rund um die Uhr von Zivilbeamten geschützt. Die beiden Paare haben sich bereit erklärt, mitzuspielen und die Rolle des Köders zu übernehmen. Jetzt überwacht eine ganze Armada die Häuser. Falls der Mörder zur Tat schreiten will, wird er sofort geschnappt. Der Nachteil ist, dass dafür eine erhebliche Anzahl an Polizisten von den Ermittlungen abgezogen werden muss.«

Der Regen trommelte gegen die Windschutzscheibe, das

Geräusch erinnerte an ein aus Pauken bestehendes Orchester.

»Und, gibt es bei dir etwas Neues?«, fragte Annabel. »Wohin fahren wir überhaupt?«

»Zu einem Bekannten. Jemand mit einer Bibliothek von unschätzbarem Wert. Bei ihm habe ich vor drei Jahren das Geheimnis des Phantoms von Portland gelüftet.«

»Oh!«

Annabel insistierte nicht weiter. Sie wusste, es wäre nicht gut, bei diesem Thema zu verweilen. Doch wider Erwarten fuhr Brolin fort: »Ich habe ihn seither nicht mehr gesehen. Wir tragen die gleiche Last: diejenige Person überlebt zu haben, die wir beide geliebt haben.«

Annabel legte kurz die Hand auf die Brolins.

Dann heulte der Motor auf, und sie musste schalten.

Das schmiedeeiserne Gitter öffnete sich automatisch, und der Mustang setzte seinen Weg durch den parkähnlichen Privatwald fort, der bei diesem Regen geheimnisvoll wirkte. Brolin war nicht oft hier gewesen, aber jedes Mal bei schlechtem Wetter. War es der Regen, der diesem Anwesen seinen einzigartigen Zauber verlieh? Brolin hätte es nicht sagen können.

Ein trauriges Lächeln huschte über sein Gesicht.

Er musste wirklich erschöpft sein, um auf solche Gedanken zu kommen.

Die Straße schlängelte sich durch die Bäume und mündete in einen Vorplatz. Vor ihnen erhob sich das imposante Herrenhaus mit seinen Türmen, den dunklen Fenstern, den Rundbögen und den regennassen Giebeln.

»Der Wohnsitz der Desaux«, murmelte Brolin.

»Wer lebt hier? Graf Dracula?«, scherzte Annabel.

»Anthony Desaux, ein leicht exzentrischer französischer Millionär. Er ist unglaublich gebildet, und vor allem verfügt er über eine der größten Privatbibliotheken des Landes, die eine bedeutende Sammlung alter Handschriften enthält. Er besitzt sogar einige Inkunabeln.«

»Inkunabeln? Was ist das?«

»So nennt man gedruckte Schriften, die in der Frühzeit des Buchdrucks, das heißt vor fünfzehnhundert, entstanden sind.«

Annabel betrachtete das neugotische Riesenschiff, das im dichten Regen dahinzutreiben schien, ein architektonisches Labyrinth, das einem Millionär als Rückzugsort diente. Geld hat doch etwas Faszinierendes, allein schon wegen der Freiheiten, die es ermöglicht, dachte sie.

»Wie schaffte es dieser Anthony Desaux, so reich zu werden?«

»Ich habe ihn nie gefragt, ich weiß nur, dass er aus einer wohlhabenden Familie stammt und verschiedene Firmen besitzt, vor allem in der Nahrungsmittelbranche.«

»Wie originell für einen Franzosen … Sicher handelt er vor allem mit Wein.« Annabel lachte. »Was hoffst du, in seiner Bibliothek zu finden?«

Brolin machte ihr ein Zeichen, den Wagen an der Seite zu parken.

»Informationen über Mumien.«

Annabel starrte ihn ungläubig an.

»Da ist auch schon unser Gastgeber«, erklärte Brolin und stieg aus.

Anthony Desaux kam ihnen mit einem großen Regenschirm entgegen und führte sie die Freitreppe hinauf.

Desaux verneigte sich leicht vor Annabel.

»Bienvenue, Mademoiselle.«

Annabel erwiderte sein Lächeln und verbarg ihr Staunen. Er musste über fünfzig, vielleicht sogar sechzig Jahre alt sein und war von außergewöhnlicher Höflichkeit und Eleganz. Annabel fand ihn attraktiv. Anthony Desaux hielt sich sehr gerade, und sein Hemd bedeckte einen muskulösen Brustkorb. Er trieb sicher viel Sport, das bewies seine Statur.

Das weiße Haar war akkurat zurückgekämmt, er duftete nach teurem Aftershave, und sein Lächeln enthüllte makellose Zähne.

Desaux wandte sich zu Brolin.

»Lang ist es her ...«

Die beiden Männer sahen sich eine Weile in die Augen.

»Treten Sie ein«, bat Desaux sie und lehnte den Regenschirm an die Wand. »Ich bekomme nicht oft Besuch, also bitte ich Sie um Nachsicht für meine Unbeholfenheit als Gastgeber.«

Er rieb sich die Hände.

»Möchten Sie etwas trinken?«

Die beiden »Gäste« dankten. Brolin betrachtete das alte Gemäuer, das ihn umgab, und schluckte. Quälende Erinnerungen überkamen ihn.

Anthony Desaux bemerkte die Veränderung im Verhalten seines Gastes.

»Der Prozess ist bald vorüber«, sagte der Millionär leise. »*Er* wird zweifellos zum Tode verurteilt.«

Annabel begriff, dass er vom Phantom von Portland sprach. Von dem Serienkiller, den Brolin verhaftet hatte. Und der ihn zerstört hatte.

Das Grollen des Donners drang gedämpft durch die dicken Mauern des Herrenhauses. Die drei schwiegen einen Moment.

»Es heißt, dass er in den drei Jahren kein Wort gesprochen hat«, fuhr Desaux schließlich fort. »Außer mit Ihnen, als Sie in seiner Zelle waren. Er soll gesagt haben, er wolle mit niemand anderem reden. Stimmt das?«

Brolin wandte den Blick ab, als er antwortete: »Das hat er in der Tat gesagt.«

Desaux gab seiner Neugier nach.

»Die Presse hat ausführlich über diese Zusammenkunft berichtet. Eine Zeitung hat sogar mit einem angeblichen Zitat des Häftlings getitelt: ›Ich habe in diesen Jahren überall im Land Mörder ausgebildet, bald werden sie sich auf die Welt stürzen …‹ Ich habe mich immer gefragt, ob das stimmt. Hat er das wirklich gesagt?«

Desaux hatte den Satz zitiert, als hätte er ihn so oft gelesen, dass er sich in sein Gedächtnis eingebrannt hatte.

Brolin machte einige Schritte durch die große Halle. Er strich mit den Fingerspitzen über einen alten französischen Wandteppich. Und zu Annabels großer Verwunderung begann er zu erzählen, was an jenem Tag geschehen war.

»Ja, das hat er gesagt, und ein skrupelloser Aufseher hat gelauscht und das an die Boulevardpresse verkauft, was er gehört hat … Doch das war nur die Ausgeburt der krankhaften Fantasie eines Monsters. Das Phantom von Portland – Dante, wie ich ihn genannt habe – ist in seinem Leben viel im Land herumgereist. Er hat mir erzählt, dass er sich in den Kleinstädten verlassene Kinder aussuchte, Einzelgänger, die sich von den anderen unterschieden. Schwermütige Kinder. Er näherte sich ihnen, und er vergewaltigte sie. Mehrmals, wenn es nicht zu riskant war. Und er redete mit ihnen. Meist trug er eine Maske, und die Szene spielte sich in seinem Lieferwagen ab. Er lockte die Opfer mit Eiscreme. Und er dröhnte sie mit unsinnigem Geschwätz über die Welt voll, über Sexualität und die Art, mächtiger zu werden als die anderen. Er erklärte ihnen, es sei grauenvoll, vergewaltigt zu werden, es sei eine Schmach, nach der sie nie wieder so sein würden wie vorher und sich für immer von den anderen unterscheiden würden … Dante wählte willige Opfer aus, die sensibel und einsam waren, und hoffte, das Trauma, das er bei ihnen auslöste, würde sie zu gnadenlosen Killern machen. Er hatte irgendwo gelesen, die Gewalttätigkeit von Serienmördern sei oft auf ein Kindheitstrauma zurückzuführen, ausgelöst durch Vergewaltigung und Vereinsamung. An dem Tag, als ich in seiner Zelle mit Dante gesprochen habe, hat er mir gestanden, wenn nur fünf oder sechs seiner Opfer zu Tätern würden, hielte er sich für einen glücklichen ›Vater‹.«

Anthony Desaux zeigte keine Regung. Er stand da wie eine Statue, der die gesellschaftliche Stellung jegliche Schwäche untersagte.

»Ob seine Geschichte nun wahr ist oder nur eine Provokation, ich hoffe, er wird in der Hölle schmoren«, sagte er leise.

Brolin blickte den Hausherrn an. Nach einer kurzen Pause sagte er: »Wie ich Ihnen vorhin am Telefon erklärte, drängt die Zeit. Wenn wir ...«

»Selbstverständlich, folgen Sie mir bitte.«

Über Treppen und Gänge gelangten sie zur Bibliothek, einem riesigen, holzgetäfelten Raum mit unendlich vielen langen Regalreihen. Mit ihrer Lichtkuppel erinnerte sie an die großen alten Universitätsbibliotheken Europas.

Desaux' Schritte hallten wider, als er zu einem kleinen Beistelltisch ging und nach einer Fernbedienung griff. Er betätigte sie, und plötzlich flammten Dutzende kleiner Lampen über den Regalen auf. Für einen Augenblick tanzten Staubkörner wie Phantome in den goldenen Strahlen.

»Dort drüben steht ein Arbeitstisch mit drei Stühlen, der Butler wird gleich ein paar Sandwiches bringen.«

»Ich bin Ihnen schon dankbar, dass Sie uns Zugang zu Ihrer Bibliothek gewähren, Sie müssen nicht auch noch den Abend mit uns verbringen«, meinte Brolin.

»Im Gegenteil«, gab der Hausherr zurück. »Ich kenne diese Bücher besser als jeder andere und kann Ihnen dabei helfen, keine Zeit zu verlieren. Als Sie das letzte Mal hier waren, war ich nicht zu Hause, und die verlorene Zeit hat vielleicht Menschenleben gekostet. Oh, ich will nicht den Schuldigen spielen, keine Sorge, aber ich hatte drei einsame und schlaflose Jahre Zeit, darüber nachzudenken.«

Brolin nickte nur.

»Gut, zunächst suchen wir möglichst genaue Angaben zu dem Thema ›Wie präparierten die Ägypter ihre Mumien?‹ dabei interessiert uns die praktische Seite.«

Desaux rieb sich die Hände und zwinkerte Annabel zu, ehe er in den Tiefen seines Wissenstempels verschwand.

Annabel beugte sich zu Brolin.

»Ein erstaunlicher Mann«, flüsterte sie. »Ich bin sicher, dass er trotz seines Alters noch immer ein Frauenheld ist.«

Da Brolin nicht antwortete, wechselte sie das Thema.

»Warum Mumien?«

Diesmal wandte er sich zu ihr um.

»Sydney Folstom hat mich angerufen. Sie hatte gerade ihren Bericht an Meats geschickt und war so freundlich, mich ebenfalls zu informieren. Sie hat sich weiter mit den beiden Opfern Carol Peyton und Lindsey Morgan beschäftigt. Vor allem ist sie der Frage nachgegangen, wie man sie entleert hat, ohne sie öffnen zu müssen. Die toxikologische Untersuchung des Restblutes hat Spuren von Zimt – daher der Gewürzgeruch – und einer Mischung von Zedernöl, Kalk und Soda ergeben. Die Vagina und der Anus waren stark erweitert. Folstom nimmt an, dass durch diese beiden Öffnungen Produkte eingespritzt wurden, die den Verflüssigungsprozess beschleunigt haben und die Organe dann über den gleichen Weg herausgesaugt wurden. Wiederholt man diese Spülungen öfter, reichen nach ihrer Aussage vierundzwanzig, höchstens achtundvierzig Stunden aus, um den Körper zu entleeren. Das würde auch die leicht gelbliche Verfärbung des Oberkörpers erklären.«

»Ist eine solche Methode bekannt?«

»Die Rechtsmedizinerin weiß nichts darüber, fragt sich aber, ob es keine Parallelen zu den Mumifizierungstechniken gibt. Denn was das Entfernen des Gehirns angeht, so gibt es nur die Erklärung, dass der Mörder sich an den ägyptischen

Einbalsamierungsmethoden orientiert hat, was das Fehlen des Siebbeins bei beiden Opfern erklären würde. Er hat diesen Knochen durch die Nase gebrochen, konnte sodann mit seinem Instrument weiter vordringen und das Gehirn mit einem durch die Nase eingeführten Haken herausziehen. Das ist zwar schwierig, aber durchaus möglich. Man braucht danach nur Wasserspülungen vorzunehmen, um letzte Fragmente zu entfernen.«

Annabel schluckte und rieb sich nervös den Arm. Das war widerwärtig. Sie stellte sich die Hände des Mörders vor, wie sie Carol Peyton rasierten und dann den entleerten Schädel schüttelten, wie das rosa verfärbte Wasser aus der Nase und dann aus dem Mund der Toten lief.

Sie schüttelte den Kopf und versuchte, die grässlichen Bilder zu vertreiben.

»Was könnten wir, da wir das alles nun schon wissen, noch in den Büchern über Mumifizierung finden?«, fragte sie.

»Weitere Hinweise, um die Schlinge enger um den Mörder zusammenzuziehen.«

Er sah die junge Frau entschlossen an.

Zum ersten Mal seit Beginn der Ermittlungen hatte Annabel den Eindruck, dass Brolin dem Mörder voraus war. Er hatte ihr nicht alles gesagt, er wusste mehr. Es hatte lange gedauert, bis sich Brolin in ihn hatte hineinversetzen können.

Aber schließlich hatte der Exprofiler des FBI einen Zugang gefunden. Und jetzt erforschte er die Psyche des Mörders.

Sein Innerstes.

Er *wurde* der Mörder.

56

Anthony Desaux' hochgewachsene Gestalt tauchte aus den Schatten der Bibliothek auf. Im Dämmerlicht wirkten seine Züge schärfer, und die lebhaften Augen glichen zwei schwarzen Perlen.

Er trat zu Annabel und Brolin und legte einen Stapel Werke auf den Arbeitstisch, von denen einige schon äußerlich wie geheimnisvolle Zauberbücher wirkten. Ein Geruch nach Leder und Staub stieg den beiden Ermittlern in die Nase.

»Darin finden wir Informationen zur Mumifizierung«, erklärte er.

Schweigend blätterten sie durch die vergilbten Seiten und machten sich von Zeit zu Zeit Notizen. Annabels verletzte Hand begann zu schmerzen, sie schluckte zwei Tabletten und verfluchte innerlich die verdammte Schiene, da ihre Haut heftig juckte.

Nach etwa einer halben Stunde fragte Brolin den Hausherrn, ob er auch Bücher über die im Voodoo-Kult verwendeten Pflanzen oder die Wasserfauna besitze, ganz besonders solche über die Toxine giftiger Meeresfische.

»Über Toxine? Da kann ich nichts versprechen. Über den Voodoo-Kult hingegen müsste ich etwas finden können.«

Er zwinkerte dem Privatdetektiv zu. Brolin wusste, dass diese Mauern eine unschätzbare Sammlung von Werken über Okkultismus bargen, und zwar in einem Raum, der ganz den magischen Geheimnissen dieser Welt gewidmet war. Einem Raum, den er nie mehr betreten wollte. Zu viele Erinnerungen waren mit diesem Ort verbunden, und Joshua wusste, dass er, sobald er ihn beträte, von der Vergangenheit eingeholt werden würde und seinen Schmerz nicht mehr unterdrücken könnte.

War es nicht Wahnsinn, nach drei Jahren hierher zurückzukehren? Doch Anthony Desaux hatte in dieser Sache eine wichtige Rolle gespielt, zwar nur indirekt, aber trotzdem. Brolins Blick verlor sich in dem Spiel von Schatten und Licht zwischen den hohen Holzregalen.

Eine Silhouette zeichnete sich darin ab. Eine junge Frau mit langem Haar, eine schlanke Gestalt, die ihn rief.

Der Privatdetektiv blinzelte, seine Augen wurden feucht.

Hier hatte er die wahre Liebe kennen gelernt. An diesem Ort.

Wahnsinn …

Die Hand des Millionärs legte sich auf seine Schulter. Warm und fest.

Wortlos sah er Joshua an. Die Sprache ihrer Seelen genügte. Desaux nickte unmerklich und erhob sich. Aufrecht wie immer begab er sich auf die Suche nach den benötigten Werken.

Brolin wandte sich zu Annabel um.

Sie las. Doch ein kurzer Blick von ihr verriet Brolin, dass sie die Szene verfolgt hatte. Sie wusste, dass die Vergangenheit manchmal wie ein Geschmack war, den man nicht teilen konnte.

Vor allem nicht, wenn er bitter war.

Eine Stunde war vergangen.

Sie hatten verschiedene Erläuterungen gefunden, wie vor einer Mumifizierung das Gehirn entfernt wurde. Dr. Folstoms Hypothese, der Mörder orientiere sich an den alten Ägyptern, bestätigte sich. Bei jedem der beschriebenen Fälle wurde die Notwendigkeit hervorgehoben, das Siebbein zu zertrümmern, um dann einen Haken einführen und das Gehirn stückweise herausziehen zu können.

Diese Methode wandte auch der Spinnenkiller an.

Annabel und Brolin begannen mit einer gezielteren Suche. Die junge Frau wurde als Erste fündig. Sie klopfte auf einen Buchdeckel.

»Die Einzigen, die die Kunst der Einbalsamierung ausführlich beschreiben, sind zwei griechische Historiker: Herodot und Diodorus Siculus«, erklärte sie. »Offenbar gibt es keinen ägyptischen Text, der das Thema behandelt, weil es ein wohl gehütetes Geheimnis war. Die Mumifizierung war eine einträgliche Kunst und die Konkurrenz hart, also behielt jeder seine Methode für sich. Was die beiden griechischen Historiker angeht, so enthält die von Herodot dargelegte Vorgehensweise nicht das, was wir suchen, denn er spricht von seitlichen Einschnitten. Diodorus hingegen berichtet: ›Die Einbalsamierer füllen ihre Spritzen mit Zedernöl auf und spritzen es in den Unterleib. Sie schneiden den Rumpf nicht auf und nehmen die Organe nicht heraus, sondern spritzen das Öl durch den Anus, der danach zugestopft wird. Dann mumifizieren sie den Leichnam so lange, wie es vorgeschrieben ist, und lassen dann das Öl wieder herausfließen. Dabei werden die Organe in flüssiger Form herausgespült.‹«

»Aber unser Mörder will nicht zu viel Zeit verlieren und fügt deshalb Kalk und Soda hinzu, um den Prozess zu beschleunigen«, ergänzte Brolin.

»Und nun?«, fragte Annabel. »Jetzt kennen wir zwar seine Vorgehensweise, aber dadurch kommen wir ihm auch nicht näher …«

»Da irrst du dich …«

Brolin wandte sich zu Desaux um. Der hatte zugehört, ohne zu unterbrechen oder um Erklärungen zu bitten. Dafür war Brolin ihm dankbar. Desaux war intelligent, und aus den Zeitungen wusste er sicher, dass Joshua Brolins Name im Zusammenhang mit Ermittlungen in einem Mordfall erwähnt wurde. Die Polizei brauchte seine Kompetenzen. Der Millionär war willens zu helfen, ohne im Gegenzug etwas dafür zu erwarten. Ein Ehrenmann, dachte der Privatdetektiv. Der unter anderen Umständen sein Freund hätte werden können.

»Was Ihre Frage zu giftigen Fischen angeht, so habe ich

nicht viel gefunden, nur dieses Buch über Tiefseefische. Ich habe es auf der Suche nach Abhandlungen über Toxine, vor allem Tetrodotoxin, durchgeblättert. Das hier könnte Sie vielleicht interessieren.«

Er schob den Band zu Brolin hinüber.

Brolin überflog den Text. Er handelte von Kugelfischen, jener Art, die vermutlich Tetrodotoxin enthält. Die meisten Kugelfische, die in den Küstenregionen der USA vorkommen, sind ungefährliche Arten, die extrem selten Vergiftungen auslösen, und wenn, dann durch das lähmende Phycotoxin und nicht durch Tetrodotoxin, das sie nicht enthalten. Die Menge dieses starken Giftes ist abhängig von der Jahreszeit (im Sommer besonders hoch dosiert), vom Geschlecht (mehr bei den Weibchen) sowie von den geographischen Bedingungen. In den asiatischen Meeren und in der Karibik kommen Kugelfische mit Tetrodotoxin häufig vor, aber auch vor den Küsten Südkaliforniens.

Sicher versorgte sich der Mörder dort. War das eine ergiebige Spur? Vermutlich nicht. Eine einzige Reise nach Kalifornien hätte ausgereicht, um sich bei den Fischern mit Kugelfischen einzudecken. Das Ganze war nicht überprüfbar.

Was Brolin jedoch wichtig zu sein schien, war die Erklärung zu den Kugelfischen, die man in Amerika (am häufigsten) fand. Es hieß, dass fast alle japanischen Restaurants in den USA den hier heimischen Kugelfisch auftischten, eben jenen, der das lähmende Phycotoxin enthielt – was allerdings den meisten Menschen (Liebhaber dieses Fisches eingeschlossen) nicht bekannt war.

Wollte der Mörder mit seinem Gift den speziellen »Zombie-Effekt« erwirken, so hatte er sich auch das entsprechende Kugelfischtoxin besorgt, denn dessen Wirkung war ihm sicherlich bekannt.

Brolin hatte laut gedacht.

Annabel beugte sich zu ihm.

»Josh, sosehr ich mir auch den Kopf zerbreche, ich verstehe nicht, wie wir auf diesem Weg dem Mörder näher kommen … Was suchen wir eigentlich? All diese Informationen bestätigen nur unsere Vermutungen.«

Brolin deutete mit einer unmissverständlichen Geste auf das Buch.

»Diese Recherche war notwendig. Denn es geht um präzise Kenntnisse. Ob es sich um die Verwendung eines seltenen Gifts handelt, dessen Wirkung nur wenigen Menschen bekannt ist, oder um aus dem alten Ägypten überlieferte Kenntnisse von Ausweidungsmethoden – all das erfordert ein spezielles Wissen, über das der Mörder *verfügt*. Er kannte sich aus, er wusste, dass die Kugelfische, die in unserem Land vorkommen, eine Variante dieses Stoffs enthalten, nämlich das lähmende Phycotoxin, dessen Wirkung nicht mit der des Tetrodotoxins identisch ist. Und er wusste, wenn er genau letzteres Gift will, würde er es nur in Südkalifornien finden.«

Brolin ballte die Hand zur Faust.

»Er ist sorgfältig«, versicherte er. »Und nicht nur in einer Hinsicht, sondern in jeder. Bei den Spinnen wusste er, dass bei großer Hitze – wie im Moment – das Weibchen der Schwarzen Witwe aus Madagaskar am gefährlichsten ist und noch giftiger wird. Er wusste, dass man für die Spritzen, die er den Ehemännern verpasste, ein Kugelfischweibchen braucht, das im Sommer gefangen werden muss. Er wusste, wie man einen menschlichen Körper mit Zedernöl ausweiden kann! Wer wäre auf die Idee gekommen, dafür, wie die alten Ägypter, Zedernöl zu verwenden? Nein, er hat nicht nur nachgelesen, er *weiß* all das.«

Desaux hatte sich in seinem Sessel zurückgelehnt und lauschte aufmerksam. Ihm entging kein Wort, doch das beunruhigte den Privatdetektiv nicht weiter. Der Millionär würde es für sich behalten.

»Annabel«, fuhr Brolin fort, »als der Mörder seine Strategie entwickelt hat, hat er nicht ein Jahr in Bibliotheken recherchiert, so was kennt man nur aus Filmen. Für uns war es einfach, all diese Fakten, diese Bücher zusammenzutragen, weil er unser Augenmerk darauf gelenkt hat. Aber er hat sich nicht etwa überlegt: ›Welche abartige Tat könnte ich begehen?‹ Man entscheidet sich nicht einfach so mir nichts, dir nichts, Leute umzubringen, es sei denn in einem Anfall von Wahnsinn. Aber ich kann dir in Anbetracht der Aufmerksamkeit, die er jedem Detail widmet, sagen, dass er nicht geistesgestört ist. Es handelt sich um jemanden, der sich gefragt hat, was er weiß und wie er seine Kenntnisse gezielt einsetzen kann.«

Brolin stockte.

»Also? Was gibt's noch? Was wolltest du sagen?«, beharrte Annabel.

Sein Blick war abwesend. Er sah alle Details der Morde in Großaufnahme vor sich, die Schauplätze und alles, was er über den Mörder und seinen *Modus Operandi* herausgefunden hatte.

»Das Wahrscheinlichste ist«, sagte er schließlich, »dass der Plan nach und nach im Kopf des Täters gereift ist und ihn nicht mehr losgelassen hat. Langsam ist das Bedürfnis – oder die Lust – zu töten in ihm gewachsen, sein *Modus Operandi* hat sich dann auf der Grundlage dessen, was er im Leben ist, was er weiß und was er tut, ganz von selbst entwickelt. Unter solchen Umständen erfindet man nichts, man reagiert auf einen Trieb, den man befriedigen muss – man folgt einfach seinem Instinkt. Ein Verbrecher kann im Alltagsleben eine normale Rolle spielen und seine Umwelt perfekt täuschen, doch wenn er tötet, ist er ganz er selbst. Wir haben es nicht mit einer Inszenierung zu tun – zumindest keiner, die er bewusst gestaltet hat, um uns in die Irre zu führen. Nein, das Szenario des Mörders mit dem Wasser und dem Kokon aus Spinnenseide gehört zu seiner Handschrift, zu dem, was er selbst *ist.*«

Brolin sah die Auffindungsorte der Leichen genau vor sich.

»Ich bin mir sicher, dass all das aus seinem Alltag hervorgegangen ist«, fuhr er fort. »Es ist Bestandteil seines mörderischen Wahns, nicht aber Beiwerk oder Maskerade. Er tötet auch wegen dieser ›Inszenierung‹. Man muss unterscheiden zwischen dem, was er uns damit *sagen* will, und der *Methode*, die er anwendet, weil sie seinen Trieb befriedigt und seine Botschaft übermittelt, die zugleich aber auch Teil seiner selbst und seiner Taten ist.«

Brolin steigerte sich in seine Ausführungen hinein, war nur noch Analytiker, reiner Intellekt.

Er griff nach einem weißen Blatt, das er mit einem Bleistiftstrich in zwei Spalten unterteilte. In die eine schrieb er *Was er uns sagen will*, in die andere: *Seine Methode.*

Was er uns sagen will:

- *Nähe von Wasser, Bedürfnis nach Reinheit? Sich reinwaschen?*
- *Spinnenbesessenheit. Vergleicht er sich mit ihnen? Trifft der Symbolgehalt des Arachne-Mythos auf ihn zu? Nutzt er die weit verbreitete Spinnenphobie, um vielen Menschen Angst zu machen und sich überlegen zu fühlen?*
- *Die Opfer sind immer jung verheiratete Frauen. Bedürfnis, eine »heilige« Institution anzugreifen? Oder die Liebe? Diese Reinheit zu zerstören? Zusammenhang mit seiner persönlichen Geschichte? Rache an den Frauen, Demütigung?*

Annabel sah Brolin über die Schulter und fügte hinzu:

»Und es sind nie Kinder dabei.«

Brolin nickte.

- *Opfer ohne Kinder. Warum? Fühlt er sich unfähig, sie zu töten?*
- *Ehemänner spielen untergeordnete Rolle, stehen nicht im*

Vordergrund, werden vom Täter betäubt oder ermordet, ohne großes Szenario, aber mit Wut. Ehemann überflüssig? Als Rivale empfunden?

Brolin wechselte zur zweiten Spalte über.

»Heute Abend interessieren wir uns vor allem für diesen Aspekt, zunächst jedenfalls.«

Seine Methode:

- *Dringt unbemerkt bei den Leuten ein, vermeidet direkte Konfrontation. Feigheit? Oder bringt ihm das keine Befriedigung, gehört es nicht zu seinen Bedürfnissen? Er meidet den Kampf, kann aber jemanden überwältigen.*
- *Verwendung von Tetrodotoxin. Mit korrekter Dosierung. Kenntnisse über Fische – Ichthyologe? Über Gifte – Toxikologe? Über den Voodoo-Kult (wegen der Anwendung dieser Gifte) – ist er haitianischer Abstammung? Oder Historiker, Ethnologe?*
- *Detaillierte Kenntnisse über Spinnen. Auch über ihre Verbreitung: Madagaskar, Zucht der Nephila wegen ihrer Seide (vermutlich seine Methode, um die nötige Menge für die Kokons zu bekommen). Wissenschaftler oder Spinnenfreund? Hat er in Madagaskar gelebt?*
- *Kenntnisse über die Ausweidungstechnik zur Mumifizierung. Ägyptologe?*

Bei diesem letzten Punkt korrigierte Annabel: »Vielleicht ist ihm vor allem die Verwendung von Zedernöl bekannt und weniger die Ägyptologie.«

Anthony Desaux, der bislang geschwiegen hatte, ergriff das Wort: »Auf einen Toxikologen würden all diese Eigenschaften am ehesten zutreffen. Spinnengift, die Toxine des Kugelfisches, und warum nicht auch die Verwendung von Substanzen wie Zedernöl zu Zeiten der Pharaonen?«

Annabel und Brolin sahen ihn an. Ein Lächeln umspielte seine Lippen.

»Ein Toxikologe oder Anthropologe, der über den Voodoo-Kult, vielleicht sogar auf Haiti, geforscht hat. Ich glaube, der Zombie-Mythos – unter Verwendung von Tetrodotoxin – kommt von dort. Ein Toxikologe oder ein Ethnologe, der sich auch mit Mumifizierung und Spinnen beschäftigt hat – warum nicht?«

»Das ist aber ziemlich viel auf einmal«, hielt Annabel dagegen. »Doch wer weiß, vielleicht ist es jemand, der beruflich mit diesen Themen zu tun hat? Ein wissenschaftlicher Journalist?«

»Das würde mich wundern«, fiel Brolin ein. »Ein Journalist hat zwar seine Themenschwerpunkte, muss aber nicht die profundesten Kenntnisse in allen Bereichen haben. Seine Aufgabe ist es, Informationen zu vermitteln, nicht aber über tief schürfendes Wissen auf den unterschiedlichsten Gebieten zu verfügen.«

Brolin trommelte nervös auf seine Zigarettenschachtel.

»Wenn wir uns auf Portland konzentrieren«, erklärte er, »grenzt das unsere Recherchen ein. Zunächst werden wir nach Toxikologen oder Anthropologen suchen, die über eines dieser drei Themen geforscht haben.«

»Und zwar an der Universität«, schlug Anthony Desaux vor. »Dort wimmelt es von Wissenschaftlern, die alle etwas verschroben sind.«

Sein Lächeln wurde breiter.

Letztendlich hatte er seine Zeit nicht vergeudet, es war ein sehr interessanter Abend gewesen.

Er rieb sich die Hände.

57

Die Haustür fiel krachend ins Schloss.

Die SACHE sank in den nächsten Sessel.

Die Ermittlungen kamen voran. Trotzdem war sie zuversichtlich. Niemals würden die Cops sie fassen, nein, niemals.

Dieser Brolin aber wurde allmählich lästig. Dass sie ihn nicht getötet hatte, war ein schwerwiegender Fehler gewesen.

Der ihr kein zweites Mal unterlaufen würde.

Brolin und diese kleine Nutte. Annabel O'Donnel, hieß es in den Zeitungen.

Die SACHE unterdrückte ein Gähnen. Gut, dass sie in der Öffentlichkeit nicht ständig gähnte, das wäre verdächtig. Bisher stand sie tagsüber derart unter Strom, dass sie durchhielt.

Jetzt war sie völlig erschöpft, und es war schon spät. Der Schlafmangel war schwieriger zu verkraften, als sie gedacht hatte. Sie hatte sich einen gewissen Rhythmus angewöhnt, doch die Müdigkeit war immer zu spüren. Ihre Nächte waren so kurz, dass sie sich danach sehnte, ihren normalen Alltag wieder aufnehmen zu können. Manchmal wachte sie nachts auf, und in den folgenden Stunden überkamen sie schreckliche Zweifel. Diese leicht verschwommene Erinnerung, war sie Traum oder Wirklichkeit?

Die SACHE zuckte zusammen. Wie spät mochte es sein? War sie eingeschlafen? Wo war ihre Uhr?

Sie seufzte. Nein, sie war nicht eingenickt, sie hatte gerade erst ihre Zöglinge gefüttert. Die draußen.

Zum letzten Mal.

Morgen, am späten Nachmittag, würde sie zum letzten Schlag ausholen. Dann wäre alles vorbei.

O ja, die Ruhe. Der ewige Frieden.

Sie würde für immer aufbrechen und Chaos und Tod hinterlassen.

Vielleicht würden *sie* dann begreifen. Vielleicht wären sie dann mit der Wahrheit konfrontiert, mit der Nichtigkeit ihrer Existenz. All diese blinden Menschen, die einander manipulierten, diese Leben des falschen Scheins, die durch die Liebe zusammengehalten wurden. Die Liebe. Welch hochtrabendes Wort! Das letzte Synonym für Hoffnung. Die Welt war abschreckend geworden, die Orientierungspunkte waren verschwommen, Illusionen waren an die Stelle von Modellen getreten. Pfui Teufel! Es wurde Zeit, dass sich das änderte, dass sie, die SACHE, eingriff, um das große Feuerwerk mit Terrorakten zu überziehen, damit die *Menschheit* wieder zu sich kam.

Damals, als sie ihr Projekt ausgearbeitet hatte, wusste sie noch nicht genau, wie und wann sie das letzte Räderwerk ihrer Zerstörungsmaschinerie in Gang setzen würde. Sie hatte gedacht, dass sich der rechte Augenblick schon zeigen würde. Und das war tatsächlich auch geschehen.

Sie war … Nein, nicht überdrüssig! Du kannst dessen, was du gerade ausführst, nicht überdrüssig sein. Nein, unmöglich!

Das Gesicht der SACHE entgleiste. Urplötzlich.

Es zog sich zusammen wie ein Schwamm, und die Tränen begannen zu fließen. Die SACHE wurde von echten Schluchzern geschüttelt.

Nein, nicht die SACHE. Sie hatte einen Namen … Einen richtigen, früher … Da war sie noch nicht die SACHE, sie hieß …

Die SACHE sprang mit Wutgeheul auf. Sie stürzte auf die Wand zu. Ein Rahmen löste sich und fiel zu Boden. Der Schrei, der aus ihrer Kehle drang, war wie der eines Tieres. Eines Tieres, das nur noch Wut war und Traurigkeit. Tief im Innern wie ein Kind, das in einer Ecke hockt, zusammengekauert, um sich möglichst klein zu machen.

Die Fäuste der SACHE hämmerten auf den Sessel.

Sie brach erschöpft am Boden zusammen. Tränen hingen an ihren Wimpern.

Aufstehen. In den Keller gehen und sich die *andere* vornehmen.

Und dann schlafen, morgen war ein großer Tag.

Ihr letzter Tag.

Ja, das war gut so. Morgen würde sie ihre Töchter nehmen, sie aussetzen, hauptsächlich in den Obst- und Gemüsekisten der Supermärkte, aber auch in den Briefkästen der Menschen, in Autos mit geöffneten Fenstern, die sich bei dieser Affenhitze auf den Parkplätzen leicht finden ließen. Sie würde sie morgen in der Stadt verteilen, zum Beispiel in den Bussen, überall, wo sie herumkrabbeln und zubeißen könnten, sofort oder in einem Monat. Quasi ihre ganze Züchtung würde sie ausschicken. Das würde Zeit in Anspruch nehmen, doch das war ihr völlig egal. Und selbst wenn sie jede andere Tätigkeit aufgeben müsste – wichtig war nur, dass sie die Stadt mit Stumpf und Stiel vernichtete.

Bald würde Portland seine Toten und Verletzten zählen, und ihr Name wäre in aller Munde. Die Spinne, die SACHE … Sie …

Und morgen Abend würde sie sich empfehlen.

Ja, so würde alles ablaufen und zu Ende gehen.

Allerdings würde sie erst einmal den Schein wahren müssen, allen gegenüber, denen sie am Morgen begegnen würde. Dann hätte sie die ganze Stadt für sich.

Die SACHE raffte sich auf und stieg hinab in den Keller.

Die Stufen waren aus Holz, die feuchten Winkel aus Beton, eine Waschmaschine, drei Badewannen. Die Arbeitsfläche, an der sie so viel Zeit verbracht hatte, um den Drüsen der *Phoneutria Fera* das Gift zu entziehen. Gift, das sie als Waffe gehortet hatte.

Es war wirksam! Dieser Kerl war ein gutes Beispiel gewesen. In der Lichtung, diesem magischen Ort, an den sie so oft zum Nachdenken gekommen war. Und dort hatte sie den Mut gefunden, ihr Projekt zu starten. An diesem Heiligtum hatte alles begonnen. Symbolisch. Denn vorher, im letzten Jahr, hatte es ja schon das Ehepaar gegeben. Aber da hatte sie ihr Wundermittel auf der Basis von *Tetrodotoxin* nur testen wollen.

Eine Spritze für den Ehemann, um die Wirkung auf den menschlichen Organismus zu beobachten. Für die Frau war eigentlich dieselbe Behandlung vorgesehen gewesen, doch da hatte sie nicht widerstehen können. Die Frau sollte sterben, ihres Lebens beraubt werden. Vor ihren Augen. Sie hatte den Mord als Selbstmord getarnt, war zu dem Haus gefahren, zu dem sie dem Paar schon einmal heimlich gefolgt war, und hatte die Leiche dort abgelegt. Und die Cops hatten alles geglaubt.

Im letzten Frühjahr hatte sie die Lichtung gleich neben der Basis mit Spinnen verseucht.

Anfangs hatte sie dort ihre Schwarzen Witwen ausgesetzt, damit die Wanderer den Ort in Zukunft mieden, aber auch, um zu sehen, wie diese Idioten sich beißen ließen und eventuell daran krepierten. Das war zu jener Zeit, als die SACHE voller Hass gewesen war und nichts anderes wollte, als zu töten. Jetzt war sie vernünftiger geworden, reifer, und hatte nur das eine Ziel vor Augen: Terror. Nur so würden die Menschen zur Einfachheit zurückkehren.

Die SACHE entsann sich des Tages, als sie sich zum Nachdenken ins Unterholz zurückgezogen hatte. Da hatte sie diesen Kerl kommen und *ihre* Lichtung absuchen sehen.

Sie war von ihrem Hochsitz heruntergestiegen. Schon seit einigen Wochen hatte sie immer eine Spritze in der Tasche. Und auch jetzt hatte sie die beste Waffe dabei: die *Atrax Robustus*. Ihre höchst gefährliche Spinne. Sie nahm sie stets mit, weil sie davon träumte, sie eines Tages einem Wanderer in den Mund zu stecken, um zu sehen, wie er sich verzweifelt wehrte und dann starb.

Doch hatte ihr jedes Mal der Mut gefehlt, die Tat auszuführen.

Warum hatte sie es an diesem Tag gewagt? Sie wusste es selbst nicht. Der Kerl hatte sich gewehrt, aber die SACHE war stark, sie hatte lange trainiert, nur mit diesem Ziel vor Augen. Sie hatte ihn überwältigt, hatte ihm das Gift injiziert, an zwei verschiedenen Stellen im Abstand von wenigen Zentimetern, als seien es die Bissspuren einer Riesenspinne.

Und kurz bevor er starb, hatte sie die *Atrax* aus ihrer Tasche gezogen. Ein Furcht einflößendes Insekt mit seinen deutlich sichtbaren Gelenken, seinem behaarten Leib und seiner wie schwarzer Latex über die Glieder gespannten Haut. Die *Atrax* löste bei den Menschen Furcht und Entsetzen aus.

Und das umso mehr, als sie extrem gefährlich aussah. Die Nackenhaare des Opfers richteten sich auf, und alle Sinne schlugen Alarm, während es spürte, wie die Spinne über seinen Körper kroch und sich seinem Gesicht näherte. Denn die SACHE war zu allem auch noch einfallsreich, ja, das war sie. Sie hatte einer Heuschrecke die Beine ausgerissen und sie in ein Nasenloch des Sterbenden gesteckt. Und die *Atrax* krabbelte darauf zu. Nervös, weil sie gezwungen war, sich auf menschlicher Haut zu bewegen, hob sie ihre Mandibeln, bereit, jederzeit zuzubeißen.

Und als Krönung des Ganzen hatte die SACHE noch etwas entdeckt: Wenn sie genau in diesem Augenblick eine größere Dosis des Gifts injizierte, starb das Opfer auf der Stelle, und das Grauen, das es empfand, erstarrte auf seinem Gesicht.

Die SACHE betrat das Vivarium, in dem sie ihre *Töchter* aufzog.

Einige von ihnen. Die anderen, die *Nephila*, waren in einem anderen Gebäude.

Ganz am Ende befand sich eine Tür.

Die SACHE öffnete das Vorhängeschloss und trat in den Raum dahinter.

Auf einem Tisch ausgestreckt: Dianne Rosamund.

Splitternackt.

Dort, wo die SACHE mit dem Messer zugestochen hatte, trug sie einen Verband um den Hals.

Die SACHE hatte, sobald die Klinge in das Fleisch gedrungen war, innegehalten. Das tat sie gewöhnlich nicht. Normalerweise schlug sie ihr Opfer bewusstlos und trug es nach Hause. Denn es einfach an Ort und Stelle zu töten, mit einem Messerstich in die Kehle, das war ... abstoßend. Und eine echte Vergeudung.

Die Frau – Dianne – hatte sich nicht zur Wehr gesetzt, nicht geschrien, und so hatte die SACHE sie auf den Boden gelegt und ihr einen Verband gemacht, um die Blutung zu stoppen. Zum Glück hatte sie seitlich zugestochen, weit genug von der Schlagader entfernt. Allerdings war die Messerspitze an die Halswirbel gestoßen. Sie erinnerte sich an den Widerstand und das knirschende Geräusch. Doch das schien keine weiteren Konsequenzen zu haben. Wenigstens nicht auf den ersten Blick.

Jetzt lag Dianne Rosamund nackt und in Handschellen auf diesem Tisch.

Die SACHE beugte sich über die Wunde.

Kein schöner Anblick, vielleicht war die Verletzung tiefer, als sie angenommen hatte. Doch das spielte jetzt keine Rolle mehr.

Die SACHE griff nach einem zwanzig Zentimeter langen Drain und legte ihn neben die drei Glasbehälter, von denen jeder zehn Liter fasste. Auf den Etiketten war in enger Schrift der Inhalt vermerkt: »SODA«, »ZEDERNÖL«, »KALK«.

Anschließend zündete die SACHE die Gasflasche der Feldschmiede an, die auf einem Schemel stand. Es war ein Gerät, wie es die fahrenden Hufschmiede zum Erhitzen der Eisen benutzten. Die SACHE hatte es anlässlich einer Entrümpelung gekauft und sofort geahnt, wozu es ihr dienen könnte.

Die SACHE ging um den Tisch herum zu ihrem Schleifstein.

Sie musste nur die Kurbel an der Seite des Steins betätigen und die Klinge an den sich drehenden Stein halten. Die SACHE befeuchtete ihn und machte sich an die Arbeit. Sie griff nach einem riesigen, vierzig Zentimeter langen Bohrer und formte das Ende zu einer Spitze.

Schließlich schob sie dessen äußerstes Ende in die Flamme.

Während das Metall zu glühen begann, nahm sie ein Spekulum und stieß es, nachdem sie die Schamlippen geöffnet hatte, in Diannes Vagina, die zu sich kam und aufstöhnte.

Sie schlug die Augen auf, wollte sich bewegen, doch ihre Hand- und Fußgelenke waren mit Handschellen an die vier Tischbeine gefesselt. Nichts hatte sich verändert.

Sie schluckte, das Gesicht schmerzverzerrt, die Kehle glühend heiß. Und das kalte Instrument, das in ihr steckte, bereitete ihr furchtbare Schmerzen. Sie hatte das Gefühl, zu bluten und dass ihre Scheidenwände gerissen waren. Sie bäumte sich auf, um sich zu befreien, vergebens. Ihre Augen füllten sich mit Tränen. Sie war schon mehrmals wieder zu sich gekommen und jedes Mal überzeugt gewesen, dass der Albtraum zu Ende, dass sie wieder zu Hause sei.

Als sie spürte, wie die Finger ihr Geschlecht abtasteten, schrie sie auf.

Unter den markerschütternden Schreien ihres Opfers schob die SACHE das Spekulum noch tiefer ein.

Dann streifte sie einen Handschuh über und griff nach dem langen glühenden Bohrer.

Sie würde ihn tief in den Körper stoßen müssen, und die Spitze würde das Fleisch öffnen wie einen zerreißenden Vorhang. Sie würde die Prozedur durch den Anus wiederholen, um möglichst weit in den Unterleib eindringen zu können. Dann würde sie die Flüssigkeiten über den Drain bis zu den weiter oben liegenden Organen einfließen lassen. Dianne wäre zu diesem Zeitpunkt bereits tot, es sei denn, der Bohrer hätte keines der lebenswichtigen Organe perforiert, was außergewöhnlich wäre. Das war allerdings beim zweiten Opfer passiert, bei Lindsey Morgan. Die war erst eine halbe Stunde später nach einem irrsinnigen Todeskampf gestorben.

Der Zufall kam ihr zu Hilfe. Oder war es der Schmerz? Immer starben ihre Opfer schreiend und unter Höllenqualen, und das Martyrium spiegelte sich in ihren Gesichtszügen wider und erstarrte darauf. So auch bei diesem Kerl, den die SACHE in der Lichtung getötet hatte. Sie hatte anfangs nicht daran gedacht, jetzt aber war ihr klar: Die Grimasse des Grauens war ihre Signatur.

Ihre Methode war perfekt. Und da nichts zurückblieb, war sie darüber hinaus für die Cops nicht nachzuvollziehen.

Zwei Tage mit wiederholten Waschungen genügten, um den Torso gänzlich zu entleeren. Anschließend konnte man das Körperinnere mit einem kleinen Haken säubern und mit diesem auch das Gehirn ausräumen.

Die SACHE hob den glühenden Bohrer hoch.

Die Hitze strahlte bis zu ihrer Stirn.

Ihre Zähne schimmerten rötlich.

Sie konnte beginnen.

Ihre freie Hand griff nach Diannes Scham. Sie musste sie mit aller Kraft niederdrücken, denn gleich würde sie sich wie verrückt aufbäumen.

Die SACHE hatte Erfahrungen gesammelt.

Oben im Erdgeschoss zählte eine alte Standuhr mit ihrem Ticktack die Sekunden. Daneben an der Wand hing eines der wenigen Fotos. Genau genommen das einzige. Es war von den Zornausbrüchen der SACHE verschont geblieben.

Es zeigte die SACHE in jugendlichem Alter. Neben einem Pferd. Mit einem Lächeln.

Das Gesicht strahlte Sanftheit und Naivität aus.

Ein Schreien, das niemand für menschlich gehalten hätte, stieg vom Keller nach oben.

58

Der Mustang parkte neben der eindrucksvollen weißen Hazienda, dem Firmensitz von NeoSeta.

Bereits um halb neun hatte die morgendliche Hitze die Wohltaten des nächtlichen Regens zunichtegemacht. Die Sonnenstrahlen drangen durch die große Glastür in die Eingangshalle und funkelten auf den glatten Oberflächen.

Annabel und Brolin standen einem Mann im Anzug gegenüber, der energisch den Kopf schüttelte. Sein vermeintlicher Pierce-Brosnan-Charme war von Zorn überdeckt, den er nur mit Mühe im Zaum halten konnte.

»Nein, Mr. Brolin, ich wiederhole, unsere Personalkartei ist vertraulich, wie übrigens in jedem Unternehmen. Sie brauchen gar nicht weiter zu insistieren.«

Annabel legte diskret die Hand auf die von Brolin, um ihn zum Aufgeben zu bewegen. Der Privatdetektiv hatte Donovan Jackman, dem PR-Chef von NeoSeta, gerade erklärt, dass es für die Ermittler ungeheuer wichtig sei, Zugang zu dieser Kartei zu bekommen. Damit könnten Leben gerettet werden, hatte er hinzugefügt.

»Es tut mir wirklich leid«, erwiderte Jackman in einem Tonfall, der im krassen Gegensatz zu dem Gesagten stand. »Wenn die Polizei mit einem Durchsuchungsbefehl kommt, will ich mich der Entscheidung des Richters beugen, ansonsten ist es undenkbar, dass ein Außenstehender Einblick in unsere Personalakten bekommt.«

Der Mann von der Security tauchte in Brolins Sichtfeld auf.

Der Privatdetektiv schüttelte den Kopf.

Hinter Donovan Jackman eilten mehrere Personen in weißen Kitteln auf die Aufzüge zu. Die Wissenschaftler waren auf dem Weg in die Labors. Unter ihnen ein kleiner Mann mit Brille und weißem Haarkranz: Professor Haggarth, der Brolin über die Spinnenseide aufgeklärt hatte. Er unterhielt sich mit einer mittelgroßen Frau, die streng und müde wirkte. Brolin erkannte auch sie, Gloria Helskey, Projektleiterin. Sie bemerkte ihn und bedachte ihn mit einem flüchtigen Lächeln.

Niemand würde ohne Einwilligung von Jackman mit ihm, Brolin, sprechen. Es war vergebliche Liebesmüh.

»Danke für Ihre Hilfsbereitschaft«, sagte er, an Donovan Jackman gewandt, bevor er auf dem Absatz kehrtmachte und Annabel am Arm nahm.

Als sie draußen waren, betrachtete die junge Frau noch einmal das imposante Firmengebäude. Dann beschleunigte sie den Schritt, um ihren Begleiter einzuholen. Sie fragte:

»Warum diese Verbissenheit, was das Personal von NeoSeta angeht? Ich glaube nicht, dass dies der beste Ort ist, um mit unseren Recherchen zu beginnen ... Monsieur Desaux meinte, die Universität wäre ein guter Ausgangspunkt, um einen Anthropologen oder Toxikologen zu finden. Ich nehme an, du hast gute Gründe ...«

»Der Punkt null.«

Annabel sah ihn erstaunt an, während sie in den Wagen stiegen.

»Was ist das?«

Der Privatdetektiv schob den Zündschlüssel ins Schloss, ließ aber den Motor nicht an.

»Bei Serienmorden muss man immer den Punkt null, den Ausgangspunkt, bestimmen. Das erste Verbrechen.«

Wie die meisten Detectives kannte Annabel das übliche Prozedere der Ermittlung – Befragen der Nachbarschaft, Verhör der Verdächtigen, Analyse der Indizien –, war aber nicht für Ermittlungen bei Serienmorden ausgebildet worden, mit denen ein gewöhnlicher Polizist in seiner Berufslaufbahn zum Glück nur selten konfrontiert war. Seitdem sie Brolin kannte, waren ihr gewisse Begriffe vertraut geworden, von einem »Punkt null« hatte sie jedoch noch nie gehört.

»In unserem Fall«, fuhr der Privatdetektiv fort, »wurde der erste uns bekannte Mord im vergangenen Jahr verübt: das Ehepaar Fischer. Sie hat angeblich Selbstmord begangen, und er wurde mit Tetrodotoxin vergiftet. Heute wissen wir, dass der Mörder ›geübt‹ hat, sie waren seine ›Versuchskaninchen‹, wenn man so sagen kann. Er hat nicht getötet, um seine Gelüste zu befriedigen, es gab nichts Persönliches bei diesem Verbrechen, er wollte nur seinen großen Coup vorbereiten, sein *Coming-out.* Dann muss man die nächste Tat unter die Lupe nehmen. Den überflüssigen Mord an Fleitcher Salhindro. Eine vage Inszenierung, ähnlich wie bei den Frauen, nur nicht so ausgefeilt. Hingegen wissen wir, dass die Lichtung mit Schwarzen Witwen verseucht ist, und das seit mehreren Wochen. Dort hat der Mörder angefangen. Er kam oft dorthin, es war ein extrem symbolischer Ort für ihn. Wir müssen nur herausfinden, warum.«

»Die Militärbasis?«

Brolin nickte.

»Niemand setzt den Fuß dorthin, ausgenommen ein oder zwei Herumtreiber. Die Lichtung aber, am Rand des Militärgeländes, wird gelegentlich von Wanderern aufgesucht. Ideal, um unbemerkt zuzuschlagen. Um sich *langsam* ins Verbrechen zu schleichen, um mit seiner Tötungsarbeit zu beginnen. Ich glaube, der Mörder gehörte zum Militärpersonal, was erklären würde, warum er oft auf diese Lichtung kam.«

»Und was hat das mit unserem Besuch hier zu tun?«

»Ein Angestellter von NeoSeta hat mir bestätigt, dass sich ein Teil des Personals aus ehemaligen Mitarbeitern der Basis zusammensetzt. Das Militär subventioniert gewisse Projekte dieser Firma und hat die Gelegenheit genutzt, einige ihrer kompetentesten Wissenschaftler hier unterzubringen.«

»Und du meinst, der Mörder wäre hier angestellt. Warum nicht? Jetzt müssen wir nur noch den Typen unter den Mitarbeitern finden, der eine Ausbildung in Anthropologie, Ethnologie, Toxikologie oder Ähnlichem hat und der in den neunziger Jahren beim Militär beschäftigt war.«

Annabel kicherte.

»Ich verstehe nicht, wie man so präzise sein kann mit … na, mit fast nichts!«

»Fast nichts? Wir arbeiten seit einer Woche an dem Fall, Annabel. Geh doch einmal das ganze Schema durch, das uns zu unseren nächtlichen Schlussfolgerungen über die berufliche Entwicklung des Mörders gebracht hat. Das kann man doch nicht als ›fast nichts‹ bezeichnen.«

Sie nickte.

»Ja, entschuldige. Es ist nur, dass … Ich führe eine Ermittlung ganz anders als du durch, ich bin eher wie Lloyd Meats und befrage jeden eventuellen Zeugen und arbeite ›draußen‹ statt über den Akten, also eher auf die herkömmliche Art.«

Brolin legte die Hand auf den Zündschlüssel und drehte ihn um.

Unter der Motorhaube war ein ungewöhnliches Klicken zu hören.

Dann begann das ganze Fahrzeug zu vibrieren, und der Motor heulte auf. Der Mustang zeigte deutliche Ermüdungserscheinungen, doch dies war nicht der rechte Augenblick, sie im Stich zu lassen, dachte Brolin.

Da der Versuch, bei NeoSeta fündig zu werden, nicht gefruchtet hatte – sie mussten warten, bis Meats mit einem Durchsuchungsbefehl eingriff –, würden sie die Universitäten abklappern, Spezialisten finden und an die Kenntnisse der Fachkreise appellieren, Listen mit Namen zusammenstellen, in der Hoffnung, dass einer von ihnen der Volltreffer war.

Allerdings bestand auch die Möglichkeit, dass diese ganze Arbeit zu nichts Konkretem führen würde. Das war das Ärgerlichste.

Sie bogen in eine befahrenere Straße in Richtung Stadt ein.

Annabel brach das Schweigen, sie wollte nicht lockerlassen.

»Um noch einmal auf die Militärbasis zurückzukommen, du hast ›angenommen‹, dass sie dort Experimente mit Spinnenseide gemacht haben, oder ist das eine Schlussfolgerung, die mir entgangen ist?«

»Es war Nelson Henry, der erwähnte, dass sich das Militär wegen ihrer Seide für Spinnen interessiert, erinnerst du dich? Du warst an diesem Tag dabei. Henry hat diese Basis nicht erwähnt, er kann es nicht wissen, aber in diesem Kontext schien mir das möglich. Man musste nur etwas Glück haben und auf die richtige Person treffen, in diesem Fall auf Connie d'Eils, die kleine Angestellte, die alle bei NeoSeta für ein ungeschicktes Trampel halten, die aber Augen und Ohren hat. Ich glaube, es hat ihr höllischen Spaß gemacht, mir alles über das Personal zu erzählen.«

Annabel schlug mit der gesunden Hand auf das Armaturenbrett.

»Was ist?«, fragte Brolin beunruhigt.

»Nelson Henry! Ich hatte ihn sonderbar gefunden, etwas zu nervös, du übrigens auch, wir hatten darüber gesprochen. Daraufhin habe ich meine Kollegen in New York gebeten, Erkundigungen über ihn einzuholen. Ich habe ganz vergessen nachzufragen.«

Sie zog ihr Handy aus der Tasche und wählte die direkte Nummer von Captain Woodbine. Der hob ab und freute sich, ihre Stimme zu hören.

»Captain, wissen Sie noch, ich hatte Sie um einen Gefallen gebeten – Infos zu einem gewissen Nelson Henry. Ich weiß, dass Ihnen das …«

»Schon gut … Mir können Sie nichts vormachen. Natürlich habe ich recherchiert!«

Er stieß einen tiefen Seufzer aus, etwas zu übertrieben, um natürlich zu sein. Er wollte zum Ausdruck bringen, dass er mit ihrem starrköpfigen Verhalten nicht einverstanden war.

»Ich habe nicht viel gefunden. Ich faxe meine Notizen an

die Nummer des Hotels, die Sie mir vor Ihrer Abreise gegeben haben.«

»Ich bin nicht dort, ich bin dort gar nicht erst abgestiegen«, gestand Annabel.

»Gut, warten Sie, ich muss den Zettel hier irgendwo haben. Moment. Ah, da ist er.«

Woodbine nuschelte den Personenstand in den Hörer.

»Ja, genau, keine besonderen Vorkommnisse. Geboren 1942 in Los Angeles, geschieden seit 1983, kinderlos. Biologiestudium an der Columbia University. Er lebt seit 1979 in Rock Creek, laut meinen Informationen hat er in diesem Jahr das Haus in Oregon gekauft. Er arbeitet heute halbtags im Labor des Naturkundemuseums von Portland. Und schließlich, er ...«

Annabel hörte aufmerksam zu, Henry schien ein ganz normaler Mann zu sein. Vielleicht war er nur von Natur aus nervös, und sie hatten einen schlechten Tag erwischt.

Bis Woodbine den letzten Punkt ansprach.

Da horchte Annabel auf.

Sie legte die Hand auf Brolins Unterarm.

Er sah sie von der Seite an und bemerkte ihren verblüfften Gesichtsausdruck.

An der nächsten Kreuzung drückte er das Gaspedal durch.

Der Mustang jagte in Richtung Stadtzentrum zum Naturkundemuseum.

59

Trevor Hamilton hatte ein Alibi für die Nacht, in der Lindsey Morgan entführt und Carol Peytons Leiche abgelegt worden war. Hinzu kam der Angriff, um nicht zu sagen »Mordversuch«, auf Joshua Brolin und Annabel. Hamilton hatte zu diesem Zeitpunkt bereits im Koma gelegen. Es gab also keinen Zweifel, hinter all dem steckte der Spinnenkiller.

Wie aber war dann Hamiltons Sperma in die Kehle der Opfer gekommen?

Diese Frage beschäftigte Lloyd Meats, als er aus seinem Wagen stieg.

Und warum hatte er am Donnerstag, dem Dreizehnten, diesen mysteriösen Anruf getätigt, um auf die erste Leiche hinzuweisen, mit der die ganze Geschichte begonnen hatte?

Meats betete, dass seine Männer in Hamiltons Vergangenheit irgendeinen Hinweis finden würden.

Es kann nicht anders sein! Das Telefonat, das Sperma, die Fingerabdrücke von Mark Suberton auf der Taschenlampe – Mark Suberton, ein Kollege von Trevor Hamilton, der ermordet worden war!

Es gab eine Verbindung zum Mörder.

Meats trat vor das Haus, das von der Polizei versiegelt worden war, das der Rosamunds. Höchstens sechsunddreißig Stunden waren seit dem Verschwinden von Dianne Rosamund vergangen, und man hatte nicht die geringste Spur. Über ihr Schicksal machte sich Meats wenig Illusionen.

Sie würden sie bald finden, irgendwo an einem verlassenen Ort im Wald mit Wasser in der Nähe.

Sie würde so leicht sein wie ein Kind.

Und so leer wie ein von einer Spinne ausgesaugtes Insekt.

Meats trat auf eine leere Bierdose, die gegen eine Mülltonne prallte. Seufzend hob er sie auf und warf sie hinein.

Dann ging er über den kleinen Pfad zum Haus der Nachbarn. An der Klingel stand der Name Beahm.

Der Detective drückte auf den Knopf und wartete.

Nach einer Minute öffnete sich die Tür.

Vor ihm stand Jimmy Beahm. Er hatte einen Schmerbauch, schütteres, fettiges Haar und war unrasiert. Man sah ihm deutlich an, dass er sich gestört fühlte.

Meats hielt ihm seine Dienstmarke unter die Nase.

»Detective Meats. Darf ich Ihnen einige Fragen stellen?«

Beahm straffte sich, und plötzlich glaubte Meats, eine gewisse Anspannung bei ihm zu spüren.

»Was wollen Sie?«, fragte der Mann aggressiv.

Meats zwang sich, ruhig zu bleiben.

»Nur ein paar Fragen. Es dauert nicht lange. Darf ich reinkommen?«

Beahm zögerte, trat dann hinaus und schloss die Tür hinter sich.

»Drin ist nicht aufgeräumt. Im Garten ist es angenehmer.«

»Wie Sie wollen. Sind Sie verheiratet, Mr. Beahm?«

»Das wissen Sie doch wohl, oder?«

Meats presste die Lippen zusammen.

»Ist Ihre Frau zu Hause?«, wollte er wissen.

»Nein, sie arbeitet.«

»Kennen Sie Ihre Nachbarn, die Rosamunds?«

Beahm nickte, er schien aufgebracht.

»Es ist wegen des Mordes, oder? Ich hab nichts zu sagen, ich hab nichts gehört und nichts gesehen, ich hab's nur, wie alle Leute, in der Zeitung gelesen«, antwortete er gereizt. »Ja, ich kenne sie, und ich kann sie nicht ausstehen. Er ist in Ordnung, ich hab nichts gegen ihn, aber sie, sie ist ein richtiger Spitzel.«

Er zog eine Zigarette aus seiner Hemdtasche und zündete sie an.

»Wieso?«

»Nun, tun Sie doch nicht so ahnungslos, man hat es Ihnen bestimmt erzählt. Sie kannte Gott und die Welt hier im Viertel und verbrachte ihren Tag damit, allen Leuten hier ihren Mist aufzutischen! Die Rosamund spionierte mich mit Begeisterung aus. Sie stand da oben« – er deutete auf das Fenster im ersten Stock des Nachbarhauses – »und beobachtete, was ich so machte.«

»Warum tat sie das Ihrer Meinung nach?«

»Woher soll ich das wissen?«, fragte Beahm und stieß den

Rauch aus. »Vielleicht ist sie einfach eines von diesen frustrierten Weibern und sucht irgendwas, um sich zu beschäftigen?«

Sie gingen durch den Garten hinter dem Haus der Beahms, und Meats bemerkte neben der Terrasse die Falltür, die, von der man ihm erzählt hatte. Eine Bewohnerin des Viertels und Freundin von Dianne Rosamund hatte angegeben, Letztere habe Jimmy Beahm heimlich beobachtet, weil sie etwas Illegales vermutete. Dianne glaubte, dass er etwas in seinem Keller unter der Falltür versteckte.

»Das ist vielleicht eine Hitze«, meinte der Detective und wischte sich den Schweiß von der Stirn. »Können wir nicht da runtergehen? Da ist es bestimmt kühler.«

Meats deutete auf die Falltür und beobachtete die Reaktion seines Gesprächspartners.

Jimmy Beahm wurde blass.

»Nein, das ist zu gefährlich. Ich baue da gerade um. Kommen Sie, wir setzen uns auf die Terrasse, da ist Schatten.«

Meats fing den ängstlichen Blick auf, den Beahm ihm zuwarf. Er verbarg etwas vor ihm.

»Nein, nicht nötig, ich denke, ich störe Sie nur. Wie Sie wissen, wurde Ihr Nachbar ermordet und seine Frau entführt. Ich spreche mit allen Anwohnern, vielleicht hat jemand etwas gesehen. Sie haben also vorgestern Nacht nichts gehört?«

»Nein, nichts.«

»Waren Sie zu Hause?«

»Ja, mit meiner Frau. Wir … wir hatten einen kleinen Streit, aber das hat sich wieder eingerenkt.«

Selbst wenn das stimmte, bezweifelte Meats, dass es der erste gewesen war. Jimmy Beahm sah aus wie jemand, der seine Frau ständig anschrie.

»Kann Ihre Frau das bezeugen?«

»Natürlich! Ich habe die ganze Nacht mit ihr verbracht, falls Sie das meinen …«

Meats deutete ein beschwichtigendes Lächeln an.

»Regen Sie sich nicht auf, Mr. Beahm, das sind nur Routinefragen. Ich danke Ihnen und wünsche Ihnen einen guten Tag.«

Meats ging um das Haus herum zurück zu seinem Wagen.

Er ließ den Motor an, und als er an Beahms Garten vorbeikam, legte er ein gemächliches Tempo ein, damit dieser sehen konnte, dass er wegfuhr, falls er ihn vom Fenster aus beobachtete.

Am Ende der Straße gab er Gas, fuhr um den Block herum und parkte auf der anderen Seite. Er ging zurück zum Grundstück der Rosamunds, schob sich unter der gelben Polizeiabsperrung hindurch und schlich zu der Thujenhecke, die den Garten vom Nachbargrundstück der Beahms trennte.

Er kniete sich hin und bog die Zweige so weit auseinander, dass er die Rückseite von Beahms Haus sehen konnte.

Vor allem die Falltür.

Nach einer knappen Viertelstunde öffnete sich diese, und Beahm kam aus seinem Kellergewölbe.

Er schwitzte stark und war außer Atem wie jemand, der Angst hat, überrascht zu werden.

Aber das Wichtigste war, dass er einen großen Jutesack über der Schulter trug.

Groß genug, um einen zusammengekrümmten menschlichen Körper zu enthalten.

60

An der Glastür stand der Name »Prof. N. Henry«.

Brolin klopfte an und trat ein, nachdem er »Herein« gehört hatte.

Mit seinen Arbeitstischen und den verschiedensten Instrumenten darauf wirkte das Büro wie ein Labor. An der hinteren Wand stand ein Dutzend Terrarien, die alle Achtbeiner enthielten.

Als er seine Besucher sah, sprang Henry erschrocken auf, ließ sich aber gleich wieder auf seinen Stuhl sinken. Seine Augenlider flatterten.

»Guten Tag, Mr. Henry, erinnern Sie sich an uns? Joshua Brolin, Privatdetektiv, und Annabel O'Donnel. Haben Sie ein paar Minuten Zeit für uns?«

Ihr plötzliches Auftauchen brachte Nelson Henry sichtlich aus dem Konzept, damit hatte er nicht gerechnet.

»Nein, eigentlich nicht, tut mir wirklich leid. Aber Sie können mir Ihre Telefonnummer hinterlassen, ich rufe Sie dann später an …«

»Es dauert nicht lange«, beharrte Brolin in einem Ton, der keinen Widerspruch zuließ.

Er zog einen Hocker heran und nahm auf der anderen Seite des Schreibtischs Platz; Annabel blieb stehen und lehnte sich an ein mit Akten vollgestopftes Regal.

Brolin sah den Professor an.

»Mr. Henry, als wir Sie wegen der Spinnenseide aufgesucht haben, haben Sie vom Militär gesprochen. Nach Ihrer Aussage war es an diesem Material interessiert. Können Sie uns dazu etwas mehr erzählen?«

Henry fuhr sich mehrmals mit der Zunge über die Lippen. Seine Augen schienen etwas in einer Zimmerecke zu suchen. Annabel folgte seinem Blick, der auf eine Weidentruhe gerichtet war. Durch das Geflecht schimmerte ein Flaschenhals. Sie erinnerte sich an die offene Bourbonflasche auf seinem Tisch. War er Alkoholiker?

»Nun ja, das ist eben das Militär«, stammelte er. »Man weiß nicht viel darüber. Sie machen keine Veröffentlichungen in den wissenschaftlichen Fachzeitschriften … Ich habe gehört, dass sie zu einer bestimmten Zeit in Natick, Massachusetts, ein Forschungsprojekt hatten, aber ich glaube, das haben sie aufgegeben, weil keine überzeugenden Erfolge erzielt wurden.«

Brolin stützte sich auf die Schreibunterlage und sah den Professor durchdringend an.

»Und haben Sie nie etwas von einer Militärbasis hier ganz in der Nähe im Wald gehört?«, fragte er ruhig. »Einer Basis, wo über Spinnenseide geforscht wurde …«

Nelson schluckte mühsam und fuhr sich mit der Hand durch das weiße Haar.

Brolin beschloss, seinen Joker, eine Information, die Annabel per Telefon erhalten hatte, auszuspielen.

»Wir wissen, dass Sie 1969 beim Militär eingestellt wurden, und zwar in einem Labor, das in Natick, Massachusetts, über Rüstungsfragen forschte. Eigenartiger Zufall, nicht wahr? Ab diesem Zeitpunkt ist Ihre Akte geheim, aber wir wissen, dass Sie seit 1979 in Ihrem Haus in Rock Creek wohnen und dass Sie diese Arbeit im Museum erst vor drei Jahren angenommen haben. Also drängt sich die Schlussfolgerung auf, dass Sie Ende der sechziger Jahre auf die Basis im Mount Hood Forest versetzt wurden und bei deren Schließung in Rente gegangen sind.«

Henry sprang auf, doch Brolin stand sofort drohend vor ihm. Der Professor setzte sich wieder.

Er schielte nach dem Telefon.

Was sollte er tun? Seine Freunde anrufen?

Sie anrufen …

Es wurde Zeit, den Dingen ins Auge zu sehen. Er war nichts als ein alter, trunksüchtiger Griesgram, von dem das Militär heute nichts mehr wissen wollte. Diese angeblich geheime Basis im Wald war nur noch ein Trümmerhaufen ohne irgendeine Bedeutung, und auch wenn das den großen Verschwörern nicht gefallen mochte, war dort nie etwas Großartiges erreicht worden. Man hatte bestimmte Laserwaffen getestet, ohne zu befriedigenden Ergebnissen zu gelangen, und die geplanten kugelsicheren Westen aus Spinnenseide, die besonders leicht und resistent sein sollten, waren nie entwickelt worden. Bei der Schließung der Basis war den meisten Forschern ein Wechsel in die private Partnerfirma NeoSeta angeboten worden, die bessere Gehälter zahlte. Aber er hatte sich für den vorzeitigen Ruhestand entschieden, da er sich nicht mehr in der Lage gefühlt hatte, seine kleine Welt aufzugeben, um ein neues Leben anzufangen.

Dem Militär war es heute gleichgültig, wenn etwas über die Aktivitäten dieser Basis enthüllt wurde. Das gesamte Projekt war ohnehin gescheitert.

Wen sollte er also anrufen?

Lange hatte er sich eingeredet, er müsste nur zum Telefon greifen, und seine alten Freunde vom Militär würden ihm jeden Gefallen tun. Welch ein Trugschluss!

In einem plötzlichen Anfall von Hellsichtigkeit sah sich Nelson Henry so, wie er wirklich war, und was in den letzten zwanzig Jahren, seit seine Frau ihn verlassen hatte, aus ihm geworden war: ein paranoider Einsiedler, der an der Flasche hing.

Großartig. Er konnte wirklich stolz auf sich sein …

»Mr. Henry …«

Eine sanfte Stimme, es war die der hübschen jungen Frau.

Er hob den Kopf.

Annabel wusste, dass sie behutsam vorgehen musste. Sie kannte Brolin inzwischen gut genug, um zu spüren, dass der Mann, den sie vor sich hatten, für ihn ein potentieller Verdächtiger war. Sie verließ sich auf ihren Instinkt, eine Intuition, die durch Erfahrung im Umgang mit Menschen geschärft war. Für sie war Nelson Henry ein alter, einsamer Mann. Vermutlich fühlte er sich von dieser Macht, die ihn jahrzehntelang umworben hatte, vergessen und verraten.

»Wir wollen Sie nicht kompromittieren oder in Verlegenheit bringen«, sagte sie. »Aber Sie können uns vielleicht helfen, Leben zu retten. Wir suchen eine Person, die wahrscheinlich mit Ihnen zusammen auf dieser Basis gearbeitet hat, jemanden, der sich mit Spinnen auskennt und eine Ausbildung als Toxikologe oder Ethnologe hat. Und der heute vielleicht bei NeoSeta arbeitet.«

Henry warf einen schnellen Blick zu der Weidentruhe und befeuchtete seine Lippen. Er ballte die Hände zu Fäusten. Annabel ahnte, dass er nur mit Mühe den Wunsch unterdrückte, sich ein Glas einzuschenken.

»Ich weiß nicht«, sagte er schließlich. »Tut mir leid.«

»Sie waren doch sicher mit anderen Wissenschaftlern dort befreundet? Haben Sie nie von einem Kollegen gehört, der sich auf diesen Gebieten gut auskennt?«

Henry schüttelte den Kopf. Er schien selbst enttäuscht, ihnen nicht helfen zu können. Er bemerkte die Schiene an der Hand der jungen Frau und betrachtete sie eine Weile.

Brolin drehte sich zu Annabel um und tauschte einen Blick mit ihr. Er wollte ihre Meinung wissen. Sie zuckte mit den Schultern. Was konnten sie sich denn noch erhoffen?

Brolin wandte sich wieder an Henry.

»Sind Sie in den letzten zehn Tagen abends ausgegangen?«

Henry schien diese Frage zu überraschen.

»Nein, ich war zu Hause …«

»Haben Sie jemanden, der das bestätigen kann?«

Annabel spürte einen Stich im Herzen. Sie glaubte nicht, dass das die richtige Art war, um etwas bei Nelson Henry zu erreichen.

»Nein, ich lebe allein. Sagen Sie, Sie verdächtigen mich doch wohl nicht bei Ihrer Kokon-Geschichte? Diese Sache, von der Sie letztes Mal gesprochen haben!«

Brolin hob besänftigend die Hände.

»Verstehen Sie mich bitte nicht falsch, ich muss Ihnen diese Fragen stellen«, erklärte er. »Hier ist meine Karte. Wenn Sie noch einmal über all das nachdenken könnten. Es ist wirklich wichtig für uns.«

Der Privatdetektiv erhob sich.

»Eine letzte Frage: Wissen Sie, ob es hier im Museum jemanden gibt, der sich mit Fischen und Toxinen auskennt? Wir hätten da ein paar Fragen.«

»Ja, im Stock unter uns. Ich glaube, es ist die erste Tür rechts nach der Treppe. Sie sind zu zweit, und einer von ihnen hat kürzlich eine Doktorarbeit über Toxine geschrieben.«

Brolin bedankte sich, und Annabel verabschiedete sich mit einem Handzeichen, ehe sie hinausging.

Als sie die Tür schloss, flüsterte sie Brolin zu: »Er war es nicht …«

»Auf alle Fälle hat er kein Alibi«, erwiderte der Privatdetektiv ebenso leise.

Als sie an der Treppe waren, fragte Annabel: »Willst du etwa auch den Toxin-Experten, zu dem wir jetzt gehen, verdächtigen?«

»Im Augenblick nicht, doch der erste Eindruck ist immer entscheidend. Aber wenn es in Portland andere Forscher gibt, die sich für Toxine, vor allem für Tetrodotoxin, interessieren, dann weiß er es sicher. Und da wir sonst keine Anhaltspunkte haben …«

Hinter ihrem Rücken öffnete sich eine Tür, und Nelson Henry rief über den Flur: »Warten Sie!«

Annabel und Brolin kehrten um. Der Professor kam ihnen entgegen und blieb vor ihnen stehen.

»Ich erinnere mich zwar nicht an einen Ethnologen oder Toxikologen, der dort mit mir über Spinnen gearbeitet hat, aber es gab einen Mann, dem wir hin und wieder Gift geliefert haben. Er forschte über Toxine. Das ist mir wieder eingefallen, als Sie mich nach einem Kollegen hier im Museum gefragt haben. Dieser Mann war ursprünglich Ethnobotaniker und auf der Basis angestellt, um über lähmende Gifte zu forschen. Er hatte mit den beiden Bereichen zu tun, nach denen Sie mich gefragt haben, Ethnologie und Toxikologie.«

»Erinnern Sie sich an seinen Namen?«

»Natürlich, wir hatten ja fast zehn Jahre lang miteinander zu tun. Ich erzähle das, weil Sie so sehr darauf gedrungen haben, man kann ja nie wissen ... Vielleicht sind seine Forschungsergebnisse für Sie von Bedeutung. Allerdings können Sie ihn von der Liste der Verdächtigen streichen, falls Sie daran gedacht haben.«

»Warum?«

»Er ist tot.«

Die Hoffnung hatte nur wenige Sekunden gedauert.

»Aber wenn Sie sich für etwas verrückte Geschichten interessieren«, fuhr Henry mit dem Anflug eines Lächelns fort, »sollten Sie sich mit dem Fall beschäftigen, denn zum Zeitpunkt seines Todes kursierten absurde Gerüchte. Um sich Angst zu machen, flüsterte man sich hinter vorgehaltener Hand zu, er sei nicht *wirklich* tot.«

»Wie das?«, fragte Annabel.

»Man muss die Dinge im Kontext sehen. Wir arbeiteten in geheimer Mission auf einer Militärbasis, die auf keiner Karte verzeichnet war und mitten in einem riesigen Wald lag. Also sagten wir manchmal, um einen Witz und den Kolleginnen etwas Angst zu machen, dass er nicht ganz tot sei, weil er mit Toxinen arbeitete, die einen zwar tot erscheinen ließen, aber man ...«

»Tetrodotoxin?«, unterbrach ihn Brolin.

»Ja, das ist möglich, der Name sagt mir etwas. Das Militär interessierte sich dafür, um die Menschen in eine Art Winterschlaf zu versetzen. Ich glaube, das Projekt sollte dann an die NASA weitergegeben werden, wegen der Raumflüge. Ich nehme an, das Ergebnis entsprach nicht den Erwartungen, und die Studie wurde wohl eingestellt, aber da bin ich mir nicht ganz sicher.«

»Wie hieß der Mann?«

»Sie dürfen sich jetzt nicht zu viel erhoffen, er ist tatsächlich tot, das war damals nur ein Scherz ... Ich denke, er entspricht dem Profil, das Sie suchen. Er ist eingeäschert worden. Er hieß William Abbocan. Ein netter Kerl.«

61

Lloyd Meats zog seine Waffe aus dem Halfter, den Lauf nach unten gerichtet. Auf der anderen Seite öffnete Jimmy Beahm gerade den Kofferraum seines alten rostigen Hondas um den großen Sack darin zu verstauen.

Als er in den Garten der Beahms schlüpfte, sah Meats, wie er das Bündel, das nicht schwerer zu sein schien als ein Schlafsack, hineinwarf.

Er hat sie entleert ... Sie wiegt jetzt fast gar nichts mehr ... Das muss er sein! Das ist er! Dianne Rosamund hatte recht, er hat etwas in seinem Keller versteckt! Und weil sie es wusste, hat er sie getötet und ihren Mann abgeschlachtet.

Meats hob den Lauf seiner Waffe und näherte sich dem Wagen mit kleinen, schnellen Schritten. Dann holte er tief Luft und rief mit klarer, fester Stimme: »POLIZEI! KEINE BEWEGUNG, SIE SIND VERHAFTET!«

Beahm, der die Hand an der Heckklappe hatte und sie gerade schließen wollte, hob den Kopf. Er sah Meats und die auf ihn gerichtete Pistole.

Der Detective kam noch zwei Schritte näher.

»Jeder Widerstand ist zwecklos, es ist aus, Beahm. Heben Sie die Hände, gut sichtbar, und knien Sie sich auf den Boden.«

Fünf Meter trennten sie voneinander.

Als Meats bemerkte, wie die Augen des Verdächtigen nach rechts und links huschten, um die Umgebung zu inspizieren, wusste er, was passieren würde.

Beahm schnellte herum und lief in den Garten. Er wusste, kein Cop würde es wagen, einem Unbewaffneten in den Rücken zu schießen.

Meats zögerte eine halbe Sekunde, den Finger schon am Abzug, als ihm bewusst wurde, dass keine direkte Gefahr für ihn bestand. Da Beahm flüchtete, nahm er, den Lauf nach oben gerichtet, seine Verfolgung auf.

Meats brüllte: »HALT, STEHEN BLEIBEN!«

Und gab zwei Warnschüsse in die Luft ab.

Beahm rannte weiter, durchquerte seinen Garten bis zum Zaun am hinteren Ende. Trotz seines Gewichts gelang es ihm, sich hochzuziehen und auf die andere Seite zu klettern.

Wenige Sekunden später hatte auch Meats den Zaun überwunden und rannte die schmale Gasse hinunter, die sich zwischen den Häusern des Viertels hindurchschlängelte. Beahm lief, so schnell ihn seine Füße trugen, um zu einer breiteren und verkehrsreicheren Straße zu gelangen. Der Detective hinter ihm her, schweißgebadet in der drückenden Hitze. Er sah Beahm das Ende des Wegs erreichen.

Genau in dem Augenblick, als ein kleines Mädchen auf einem Kinderrad um die Ecke bog.

Beahm versuchte, über sie zu springen.

Ein Bein stieß gegen den Lenker und traf die Kleine, die durch die Wucht des Aufpralls auf den Boden geschleudert wurde.

Sie landete auf dem Asphalt, und der Kopf schlug auf die Bordsteinkante.

Beahm wäre um Haaresbreite gestolpert, konnte sich aber gerade noch fangen und setzte erneut zum Sprint an.

Einen kurzen Moment lang spürte Meats, wie sein bewaffneter Arm auf den Fliehenden zielte, dann aber wieder nach unten sank. Er durfte es nicht tun. Er könnte einen Passanten treffen. Man schießt nicht auf einen Verdächtigen, der flieht. Es sei denn, das Leben eines anderen ist direkt bedroht.

Bei dem kleinen Mädchen angekommen, sah Meats eine junge Frau weinend neben ihm knien. Ein dünner Blutfaden rann über den Rinnstein.

Meats legte sein Handy neben sie auf den Asphalt.

»Rufen Sie eine Ambulanz!«, schrie er und lief weiter.

Der Schweiß brannte ihm in den Augen.

Trotz der Hitze und seines Übergewichts rannte Beahm, so schnell er konnte. Doch sein Tempo verriet, dass seine Kräfte allmählich nachließen, was bei dem Detective wiederum einen Energieschub auslöste.

Meats keuchte, er wollte Beahm warnen, ihm befehlen, stehen zu bleiben, doch er brachte keinen Ton heraus.

Er war ihm jetzt so nahe, dass er den Schweiß des Verbrechers riechen konnte.

Er würde ihn erwischen. In wenigen Sekunden.

Als Beahm gleichsam die Faust im Nacken spürte, griff er nach dem Pfosten eines Verkehrsschilds und hielt abrupt an.

Meats, der nicht damit gerechnet hatte, prallte mit voller Wucht auf den Flüchtenden.

Die beiden Männer rollten über den Boden, bis sich Beahm über Meats befand und die Faust hob, um sie auf das Gesicht des Cops niedersausen zu lassen.

Meats wehrte sich, so gut er konnte, mit seinem freien Arm, der die Waffe hielt.

Der Pistolenkolben traf Beahms Wange, dann seine Stirn und schließlich das Ohrläppchen, von dem er ein Stück abriss.

Beahm wälzte sich fluchend auf die Seite.

Kaum hatte Meats es geschafft, ihm die Handschellen anzulegen, musste er sich schon über den Rinnstein beugen und sich übergeben. Auslöser waren nicht nur die enorme Hitze und Anstrengung, sondern vor allem die Angst.

Zwei Polizeiwagen parkten am Straßenrand, Jimmy Beahm saß auf dem Rücksitz des einen Autos. Meats hatte sich strikt dagegen ausgesprochen, einen Arzt zu rufen, um die Verletzung am Ohr des Verdächtigen behandeln zu lassen. Das könnte warten, bis sie im Präsidium wären.

Die Ambulanz, die das kleine Mädchen und ihre große Schwester aufgelesen hatte, war eben erst in Richtung Krankenhaus davongefahren.

Meats machte einem der Polizisten ein Zeichen.

»Bringen Sie ihn aufs Präsidium, ich fahre mit dem anderen Wagen zu seinem Haus.«

Er wusste, dass er keine Erlaubnis brauchte, um den Sack im Kofferraum des alten Honda zu öffnen, und auch nicht, um einen Blick in den Keller zu werfen. Er konnte sich auf die Situation und die Umstände berufen und den Verdacht begründen, dass Jimmy Beahm möglicherweise ein lebendes Opfer bei sich gefangen hielt.

Der zweite Polizeiwagen setzte Meats vor dem Haus des Verdächtigen ab. Die Heckklappe des Honda war noch immer geöffnet.

Der Officer strich sich über den Bart und trat näher. Er hatte weiche Knie.

Der Sack lag noch da. Meats griff danach.

Er befeuchtete sich die Lippen und holte tief Luft, um sich Mut zu machen.

Und er öffnete ihn.

Meats wich einen Schritt zurück.

Und stand eine lange Minute fassungslos da, bevor er sich umdrehte und in den Garten hinter dem Haus rannte, um die Falltür zu öffnen, deren Vorhängeschloss er mit einem Spatenhieb öffnete.

Er stieg die Holzstufen hinab und tauchte ein in die kühle, feuchte Atmosphäre, die dort unten herrschte. Ein Duft von Menthol schlug ihm vom Ende des Ganges her entgegen, der mit einer Tür endete.

Meats betrat den dunklen Raum dahinter.

Als er Licht gemacht hatte, blieb der Detective mit offenem Mund stehen.

Dann setzte er sich auf einen staubigen Schemel und stützte den Kopf in die Hände.

62

Als sie das Naturkundemuseum verließen, rief der Privatdetektiv Larry Salhindro in seinem Büro im Polizeipräsidium an.

»Larry, wir haben vielleicht eine Spur. Du musst alle möglichen Informationen über einen gewissen William Abbocan zusammentragen. Da er für das Militär gearbeitet hat, wird es allerdings schwer sein, an gewisse Daten heranzukommen. Ich bin hier mit Annabel, wir sind gleich bei dir.«

Als er auflegte, starrte Annabel ihn verblüfft an.

»Glaubst du wirklich, es könnte eine Verbindung zwischen ihm und unserem Mörder geben?«, fragte sie.

»Abbocan hat für diese Basis gearbeitet, die dem Mörder wichtig zu sein scheint. Er kannte sich mit Toxinen aus, da er sich von Zeit zu Zeit Spinnengift liefern ließ, wie Nelson uns erklärt hat. Und vor allem befasste er sich mit Tetrodotoxin. Wie viele Personen gibt es deiner Meinung nach in unserem Staat, auf die das alles zutrifft? Wenn du mich fragst, keine zwei.«

»Und dass er tot ist, stört dich nicht?«

»Im Augenblick konzentriere ich mich auf die Tatsache, dass er der Einzige ist, der all diese Kriterien erfüllt. Ich denke mal, es lohnt sich, hier weiter nachzuforschen, oder?«

Annabel hob ratlos die Hände.

»Ich wollte nur, dass du es mir sagst«, rechtfertigte sie sich. »Weißt du, es ist schwer, dir immer zu folgen, zu *raten*, was du gerade denkst. Aber in diesem Fall bin ich deiner Meinung. Genau das hätte ich auch getan. Außerdem ist es die einzige Spur, die wir haben …«

Brolin beobachtete sie neugierig. *Mit einer Mischung aus Traurigkeit und … und Zärtlichkeit?*, fragte sich die junge Frau. Als wollte er ihr ein Geständnis machen oder sie in die Arme nehmen, um sich für all die Augenblicke zu entschuldigen, in denen er so kalt wie ein Eisberg war.

Verwechsle deine Wünsche nicht mit der Realität!

Brolin wandte das Gesicht ab, und schon legte sich wieder dieser undurchdringliche Ausdruck auf seine Züge.

Was hast du dir eingebildet?, fluchte Annabel innerlich. Diese Momente der Vertrautheit mit dem Privatdetektiv waren selten und nie von Dauer. Aber diesmal hatte sie geglaubt, für einen Augenblick seine Seele zu berühren.

Sie hatten zweifellos keine normale Beziehung zueinander.

Larry Salhindro hatte ihnen ein wenig Platz in seiner Höhle freigeräumt, die mit ihren an Stalagmiten erinnernden Aktenstapeln das Gedächtnis der Polizei barg.

Kaum hatten sie sich hingesetzt, als Salhindro sie schon mit Fragen überhäufte.

»Wie seid ihr auf diesen William Abbocan gestoßen?«

Annabel ließ Brolin die Situation erklären, die Schlussfolgerungen, die Übereinstimmungen, die sie wieder zu Nelson Henry geführt hatten.

»Wieso, hast du was über ihn herausgefunden?«, fragte der Privatdetektiv.

Salhindro klopfte mit dem Zeigefinger auf die unleserlichen Notizen vor ihm.

»Nicht viel, Geburtsdatum, Todeszeitpunkt …«

»Wann genau ist er gestorben?«, unterbrach ihn Annabel.

»Moment … Am vierzehnten April 1998, im Alter von einunddreißig Jahren. Er wurde beim Überqueren einer Straße von einem Bus überfahren, ganz dumme Geschichte.«

»Verheiratet, Kinder?«, wollte Brolin wissen.

Salhindro deutete auf seinen Zettel.

»Genau da wird es interessant. Wie du schon vorausgesehen hast, ist, außer dass er Naturwissenschaftler war, nicht viel über ihn bekannt, da er 1992 vom Militär engagiert wurde. Von da an haben wir nichts mehr über ihn. Ich denke mal, das Militär gibt keine Informationen über die Forscher raus, die es beschäftigt.«

»Vor allem wenn es sich um eine Basis handelt, die offiziell gar nicht existiert«, murmelte Annabel.

»Das kann man aber schon als offenes Geheimnis bezeichnen«, kommentierte Salhindro, »zumindest für den, der sich die Zeit nimmt, bei den Einwohnern der umliegenden Ortschaften Erkundigungen einzuziehen. Das Militär hat eine Vorliebe für Standorte, die auf keiner Karte verzeichnet sind, das ist praktisch, weil man so nicht behelligt wird. Wie bei dieser berühmten Zone 51 in Neu-Mexiko oder Nevada, von der man lange geglaubt hat, dass dort außerirdische Raumschiffe versteckt würden. In Wirklichkeit machte die Air Force dort Versuche mit Tarnkappenflugzeugen ... Seit dreißig Jahren schließt das Militär seine ›nicht offiziellen‹ Basen. Ich glaube, es geht ihnen auf die Nerven, dass jedes Mal, wenn ein Journalist auf einen Standort mit dem Vermerk ›Secret Defence‹ stößt, die Medien Zeter und Mordio schreien und ein Komplott wittern.«

»Was ist denn nun so interessant an Abbocan?«, fragte Brolin, um auf das ursprüngliche Thema zurückzukommen.

»Ach, ja, es betrifft seine Frau. Eine gewisse Constance Abbocan. Sie haben 1995 geheiratet, allem Anschein nach haben sie sich auf der Basis kennen gelernt.«

»Wie bitte?«, fragte Annabel verwundert.

»Ja, weil sie auch zum Militär gehörte. Ich habe ein paar Informationen über sie gefunden: diplomierte Zoologin, spezialisiert auf Systematik und Evolution der Arthropoden, das heißt, der Gliederfüßler, zu denen auch die Spinnen gehören.«

Diese letzten Worte waren wie ein »Sesam, öffne dich« für Brolin. Plötzlich fügten sich alle Teile des Puzzles zusammen. Er sah ganz klar. Endlich verstand er die kriminelle Logik hinter all diesen Taten.

Wie hatte er diese Lösung so lange übersehen können?

»*Sie* ist es«, stieß er hervor.

Salhindro wollte ihn mäßigen.

»Josh, das ist eine Frau. Wir wollen nichts überstürzen. Ich habe nur gesagt, dass sie auch auf der Basis gearbeitet hat, das macht aus ihr noch keine …«

»Nein, Larry, das ist sie, kein Zweifel.«

Brolin sah seinen Freund und dann Annabel an.

»Versteht ihr denn nicht? Es ist eine Frau, die all diese Verbrechen begeht … Von Anfang an gibt sie uns zu verstehen: *›Ich bin eine Frau.‹*«

63

Brolin erhob sich.

»Von Anfang an war an allen Fundorten, oder zumindest ganz in der Nähe, Wasser vorhanden. Egal, ob es bewusst und gewollt oder die Befriedigung eines uns unerklärlichen Bedürfnisses ist, der Mörder sorgt immer für die Präsenz von Wasser. Vielleicht als ein Symbol der Läuterung und Erneuerung, vielleicht will er uns sagen: ›Ich wasche mich rein von dem, was ich bin, von meinen Taten‹, vielleicht will er aber vor allem sein Gewissen beruhigen. Wie auch immer, es ist ein seltenes, um nicht zu sagen einzigartiges Symbol bei Kriminellen dieser Art. Viel häufiger trifft man bei Serienmördern auf das Sinnbild Feuer, das oft einen direkten Bezug zu dem Verbrechen hat. Man weiß heute von der berühmten

›Triade‹ in der Kindheit der meisten Serienkiller: Bettnässen, Grausamkeit oder Sadismus anderen gegenüber und Pyromanie. Dieselbe Faszination, die wir auch bei Trevor Hamilton entdeckt haben.«

Brolin legte eine kurze Pause ein, bevor er fortfuhr: »Aber bei dem Spinnenmörder spielt nicht Feuer, sondern Wasser die vorherrschende Rolle. Wasser ist das Symbol der Weiblichkeit des Lebens, des Lebenspendens und der Geburt. Ich kann euch ansehen, dass euch diese Symbolik allein nicht davon überzeugt, dass der Mörder eine Frau sein muss, und ihr hättet recht, wenn es das Einzige wäre.

Es ist eine Gesamtheit aller Elemente. Man muss diese Verbrechen als ein Ganzes sehen, eine zwangsläufige Reaktion auf einen Schmerz. Und ich sage es noch einmal: Wir haben es nicht mit einer Geistesgestörten zu tun, die sich ihrer Taten nicht bewusst ist, ganz im Gegenteil. Es handelt sich um eine absolut hellsichtige Person, was die Verbrechen betrifft, die sie begeht. Zum Beispiel wählt sie Ehepaare ohne Kinder aus, um diese nicht umbringen zu müssen, falls etwas schiefgeht. Anfangs, bevor wir sie gereizt haben, verschonte sie die Ehemänner und griff auf eine einfallsreiche Strategie zurück, damit sie nicht aufwachten – also nie überflüssige Gewalt. Welche Art von Mörder würde sich so viel Mühe geben und sich Tetrodotoxin besorgen, um die Ehemänner seiner zukünftigen Opfer nicht umbringen zu müssen?«

»Jemand, der nicht alle Tassen im Schrank hat!«, wetterte Salhindro, »einer, der sich seine kleine Welt aus egoistischen Werten geschaffen hat, aber nicht zögert zu töten, um seine Lust zu befriedigen, und sich dabei an Regeln hält, die er selbst aufgestellt hat, wie, zum Beispiel, aktiv zu werden, ohne dass die Ehemänner während der Taten aufwachen!«

»Nein, Larry«, entgegnete Brolin. »Die Art von Mörder, die du beschreibst, bedient sich ihrer Opfer als Instrument, um Lust zu erreichen oder um sich einem in ihren Fantasien genau ausgefeilten Ziel zu nähern. Für ihn sind seine Opfer keine menschlichen Wesen, sondern bloße Objekte. Unser Spinnenkiller ist sich seiner Opfer voll bewusst. Saphir ist der Beweis dafür.«

»Dein Hund?«, fragte Salhindro verwundert.

»Ja. An dem Abend, als er bei mir eingebrochen ist, hätte sich der Mörder seiner mit einem Stück vergiftetem Fleisch oder einem Messerstich in die Kehle problemlos entledigen können. Stattdessen ›verschwendet‹ er sein Gift, das schwer zu besorgen und zu dosieren ist, an Saphir, um ihn zu betäuben. Er war sich bewusst, dass es sich um ein Leben handelte, das er nicht zerstören wollte. Wie viele Verbrecher würden so etwas für einen Hund tun?«

»Du vergisst den Hirsch im Wald«, konterte Salhindro. »Das arme Tier, das über mehrere Quadratmeter verteilt war!«

»Weil der Mörder wütend war! Er wollte uns demonstrieren, wozu er fähig ist – das war eine Warnung an uns, durch die er erreichen wollte, dass wir ihn beobachten, aber nicht eingreifen. Er will, dass seine Taten publik werden – er hat den Anruf getätigt, damit wir das erste Opfer finden, ohne ihm dabei zu nahe zu kommen.«

»Wenn ich dich recht verstanden habe, war die Sache mit dem Hirsch eine Ersatzhandlung«, sagte Annabel nicht ganz überzeugt. »Eine Art notwendiges Opfer, das es ihm, zumindest in seiner Vorstellung, erspart, Menschenleben auszulöschen – das der Cops, die ihn fassen wollen.«

»Genau. Ich will damit sagen, dass wir es mit einem ungewöhnlichen Mörder zu tun haben, einem, der nicht tötet, um eine Fantasie zu verwirklichen. Und doch zeugen seine Taten auch von heftigem Zorn.

Er lässt die Ehemänner zunächst beiseite. Es sind die Frauen, jung verheiratete, die er sucht. Er entführt sie, entleert sie und legt sie in der Natur ab, im Reich der Spinnen, eingehüllt in einen Kokon aus Spinnenseide. Warum beraubt er sie ihrer Substanz? Um sie zu desinkarnieren. Um zu demonstrieren, dass sie nichts sind, dass sie nichts in sich haben. Sie sind leer, so sieht der Mörder seine Opfer, und so sollen auch wir sie sehen. Und er hat sich größte Mühe gegeben, um ihre Hülle intakt zu halten, um keinen direkten Schnitt vorzunehmen, denn er will uns zeigen, dass sie *naturgemäß* so sind – leer.«

»Und geschlechtslos«, sagte Annabel. »Er rasiert sie vom Kopf bis zu den Füßen.«

»Da bin ich mir nicht sicher«, meinte Brolin. »Wenn er sie geschlechtslos haben wollte, würde er Vagina und Brüste verstümmeln. Nein, ich glaube, er will sie nackt, alle gleich, ohne Unterschied, zum Beispiel, was Farbe oder Länge der Haare oder Wimpern betrifft. Nicht auf das einzelne Opfer kommt es ihm an, sondern auf das Gesamte; es sind die Frauen im Allgemeinen, die er meint. *Frauen sind leer*, genau das ist die Aussage. Und die Ehemänner nutzlos.«

»Ich dachte, die Ehemänner hätten keine Bedeutung«, gab Annabel zu bedenken.

»Das hätte man zu Anfang meinen können – bei den ersten Opfern, den Peytons und den Morgans. Aber bei Christopher Rosamund hat sich die Situation geändert. Er bekam Stiche in den Hals, dann in den Rücken, und schließlich, als er schon tot war oder kurz davor, hat man ihn umgedreht, um ihm das Messer in Brust und Bauch zu rammen und seinen Penis zu zerstückeln. Das würde ich als Ausbruch von Hass bezeichnen. Das hat der Mörder noch nie getan. In seinen Augen ist der Mann abwesend, unnütz oder bekommt nicht mit, was wirklich passiert. Und wenn dieser Mann tatsächlich präsent ist, dann löst er Hass aus.

Ich sagte euch schon, man muss die Verbrechen in ihrer Gesamtheit analysieren und sich deshalb auch für die Methoden des Mörders interessieren. Insbesondere, was diese Faszination für die Spinnen betrifft. Was sind sie in der Vorstellung der Allgemeinheit? Eine Quelle der Angst. Was assoziiert man gewöhnlich mit Spinnen?«

»Dass sie ihre Männchen verschlingen«, antwortete Annabel und dachte, dass diese Vorstellung Brolins Theorie untermauerte.

»Genau, auch wenn das nicht für alle Spinnen gilt, ist es doch etwas, das man mit diesen Kreaturen verbindet. Sie sind autonom, sie leben ohne Männchen, bedienen sich ihrer nur zur Fortpflanzung und fressen sie nach der Paarung. Und das bringt uns unserem Mörder noch näher, oder etwa nicht? Ganz abgesehen davon, dass der Mythos der Spinne, Arachne, die Geschichte einer verfluchten Frau ist, dazu verdammt, bis in alle Ewigkeit zu spinnen. Dabei hatte sie sich das Leben nehmen wollen, nachdem ihr klar geworden war, dass sie die Götter herausgefordert hatte. Eine Frau, die nicht ihren Willen hat durchsetzen können, die gezwungen war, für immer zu leiden. Wenn man das alles zusammenfasst, was haben wir dann?«

Annabel resümierte: »Einen Mörder mit einer Vorliebe für die Einsamkeit, für die Selbstständigkeit ohne den Mann, der Letzteren hasst, wenn er sich aufdrängt, und der gleichzeitig alle Frauen als leer betrachtet. Ach ja, und einen, der sich von seinen Verbrechen reinwaschen oder uns vielleicht sagen will, dass er das tut, um Leben zu schenken, ach, ich weiß nicht recht, für was das Wasser steht.«

»Noch einmal«, griff Brolin ein, »wenn der Mörder dafür sorgt, dass das Wasser allgegenwärtig ist, dann, weil es die Essenz dessen ist, was er sucht: das Symbol der Reinigung, des Lebens und der Frau.«

Larry Salhindro, der zwischen Bewunderung und Skepsis schwankte, hielt entgegen: »Wenn für ihn ›die Frauen leer sind‹, warum fasziniert ihn das weibliche Symbol ›Wasser‹ dann so sehr? Das ist doch nicht logisch!«

»Weil er ein Mensch ist mit all seinen Widersprüchen. Der

Mörder ist keine Maschine, er ist ein menschliches Wesen, das früher ein richtiges Leben gelebt hat und heute unter den Folgen leidet. Der Mörder ist eine Frau, die wahrscheinlich psychisch labil ist, es auf jeden Fall war, und die jeglichen Halt verloren hat. Sie weiß, dass sie eine Frau ist, akzeptiert sich in der Symbolik des Wassers und fühlt sich gleichzeitig anders. Sie will uns und der ganzen Welt ihre Botschaft von Tod und Zorn auf die Frauen und Männer übermitteln. Diejenigen Frauen, die nichts in ihrem Innern haben, die nichts tun, die zu nichts mehr zu gebrauchen sind, und die Männer, die überflüssig und nutzlos sind, wenn etwas Wichtiges passiert.

Es ist eine Person, die gelitten hat, die ein Trauma erlitten hat und die jetzt nicht mehr unter all diesen Monstern leben kann.«

Angesichts der erstaunten Miene Salhindros fuhr er fort: »Ja, Larry, ich glaube, in ihren Augen sind wir die Monster. Nicht sie. Und dieses Opfer ist Constance Abbocan.«

Salhindro zog seufzend die Brauen hoch. Er wusste nicht mehr, was er denken sollte.

»Dieses Abgleiten in die Kriminalität hat sich sicher nicht abrupt, sondern langsam vollzogen. Über einen Zeitraum von mehreren Monaten hat sie vermutlich nach etwas gesucht, um sich wieder aufzubauen, um einen Weg zu finden, dieses Trauma zu überleben. Und weil sie mit Spinnen gearbeitet hat, hat sie einen Teil dessen, was diese verkörpern, für sich selbst übernommen. Und als das Bedürfnis, *sich der Welt mitzuteilen,* zu stark wurde, hat sie nach einem Weg gesucht, es zum Ausdruck zu bringen. Ihr Mann wird sie sicherlich über die Eigenschaften des Tetrodotoxins informiert haben, und da er selbst Ethnobotaniker war, kannte er auch die Ausweidungsmethoden der Ägypter mit Hilfe von Zedernöl. Vielleicht besaß er sogar Bücher, die diesen Vorgang im Detail erläuterten. Es gibt so viele Dinge, die Constance Abbocan im Laufe ihres gemeinsamen Lebens hat lernen können.«

»Könnte der Tod ihres Ehemanns der Auslöser ihres Wahns sein?«, fragte Annabel.

»Vielleicht. Das müssen wir herausfinden. Wie auch immer, sie war schon vorher äußerst instabil. Es ist nie ein einziges Ereignis, und sei es noch so tragisch, das aus einem Menschen einen gefürchteten Mörder macht. Der Schlüsselbegriff ist also *die Summe der Dinge*, die zu einem solchen Ergebnis führt. Deshalb muss man die Verbrechen als ein gewaltiges Puzzle sehen, das die Persönlichkeit des Täters widerspiegelt. Da seine Handlungen das Resultat einer übersteigerten Emotion sind, drücken sie Teile dieser Emotion, das heißt der Persönlichkeit des Mörders, aus. Jetzt ist es an uns, sie zu deuten und zueinander in Bezug zu setzen, damit wir sein Denken verstehen können. Noch einmal: Ein Mörder, der nicht psychotisch ist, verfügt zwangsläufig über eine Logik, die aus dem resultiert, was er ist; und da diese Logik die Ursache zeigt, warum er tötet, ist das Verbrechen *logischerweise* von ihr geprägt. Jetzt müssen wir den Weg von dieser Logik zum Täter finden. Genau das ist die Basis des Profilings.«

Schweigen breitete sich in dem kleinen Bürozimmer aus. Salhindro tippte ein paar Notizen in seinen Computer.

»Also, ich weiß nicht ...«, sagte er schließlich. »Ich bin nicht ganz überzeugt. Ich kann mir nicht vorstellen, dass eine Frau zu so etwas in der Lage ist. Und dann noch das Sperma in der Kehle der Opfer – so was Grässliches denkt sich doch keine Frau aus!«

»Warum nicht? Es ist eine falsche Fährte. Trevor Hamilton ist nicht derjenige, der Lindsey Morgan entführt und die Leiche von Carol Peyton abgelegt hat, er hat ein hieb- und stichfestes Alibi. Alles, was wir gegen ihn haben, ist sein Sperma bei den Opfern und der Anruf, den er getätigt hat. Vielleicht ist er nur ein kleiner Handlanger oder ein Instrument. Ich persönlich glaube nicht, dass er ein Komplize ist. Die Verbrechen sind zu außergewöhnlich, zu persönlich, um das Konglomerat zweier Persönlichkeiten zu sein. Für mich ist Trevor Hamilton nur ein Werkzeug, dessen sich der Mörder bedient hat, um uns in die Irre zu führen.«

»Wenn das der Fall ist, warum versuchen wir dann nicht die Symbolik zu deuten?«, fragte Annabel. »Das Sperma in der Kehle, zum Beispiel, was soll das aussagen? Etwa Besudelung, verschwendeter Samen, oder soll es vielleicht sagen: Das Sperma des Mannes erstickt die Frau, hindert sie am Reden, am Atmen?«

Brolin deutete mit dem Finger auf Annabel.

»Genau das passt zum Rest. Nicht schlecht, das ist ein *anschaulicherer* Ansatzpunkt als das, was ich soeben ausgeführt habe. Ganz klar, der Mörder macht sich unendliche Mühe, seinen Opfern keinen *Schnitt* zuzufügen, und trotzdem *öffnet* er ihre Kehle, um das Sperma hineinzugeben. Das heißt, dass es sehr wichtig für ihn ist. Mehr als eine falsche Fährte ist es für ihn ein Mittel der Kommunikation. Und ich glaube, deine letzte Hypothese fügt sich perfekt in den Rest ein. Man muss dieses Sperma nicht als das Ergebnis einer sexuellen Attacke auffassen, sondern eher als eine Attacke gegen den Mann. Der Mann dringt in die Frau ein, dort, wo er es nicht dürfte, er besudelt sie, sucht mit allen Mitteln, sie zu penetrieren, er erstickt sie in jeder Hinsicht, er beraubt sie ihrer Stimme; wenn der Mann *in* der Frau ist, ist sie leer … Das passt zu dem, was der Mörder tut, wenn er sich über das männliche Geschlecht seines Opfers hermacht, wie bei Christopher Rosamund. Er hat brutal auf ihn eingestochen, vor allem auf sein Geschlechtsteil. Könnte das die Wurzel des Traumas sein? Sexueller Missbrauch? Hass auf den Mann, auf seine Männlichkeit?« Die Tür des Büros öffnete sich. Lloyd Meats trat ein und trocknete sich das schweißnasse Gesicht mit einem Papiertaschentuch ab.

»Man hat mir gesagt, dass ich euch hier finden würde«, sagte er statt einer Begrüßung.

»Ist etwas passiert?«, fragte Salhindro besorgt.

»Ich habe meine Zeit mit einer falschen Spur vergeudet. Jimmy Beahm, der Nachbar der Rosamunds.«

»Derjenige, den Dianne Rosamund beobachtet hat?«

»Ja, er hat sich wie ein Gangster aufgeführt und etwas in seinem Keller versteckt, wie sie sagte.«

»Und? Die Hirngespinste einer paranoiden Frau, die sich langweilt und Dinge erfindet, um die Zeit totzuschlagen?«, fragte Salhindro mit dem Lächeln des eingefleischten Junggesellen.

Lloyd Meats zielte mit seinem zusammengeknüllten Taschentuch auf den Papierkorb.

»Nein, sie hat nicht fantasiert«, sagte er. »Jimmy Beahm ist seit über einem Jahr arbeitslos und hatte beschlossen, sich mit Gras, das er in seinem Keller anbaut, ein bisschen dazuzuverdienen.«

Salhindro unterdrückte ein Kichern.

Meats blickte verdrießlich drein, ihm war überhaupt nicht zum Lachen zumute.

»Ich sage euch, dieser Typ hat eine ganze Installation von Speziallampen in seinem Keller. Er züchtete eine Menge Pflanzen. Ich habe ihn verhaftet, weil er mit einem großen Sack fliehen wollte und ich glaubte, das letzte Opfer wäre darin. In Wirklichkeit war er prall gefüllt mit Pflanzen. Er hatte sie ausgerissen und wollte sich ihrer entledigen. Der Mord an den Rosamunds und all die Cops rund ums Haus müssen ihm Angst gemacht haben, und er wollte das Zeug verschwinden lassen.«

Brolin klopfte ihm ermunternd auf die Schulter und meinte: »Nicht so schlimm, wir sind alle mal falschen Spuren nachgegangen, oder?«

»Nur dass dieser Dreckskerl weggerannt ist und dabei ein achtjähriges Mädchen umgerannt hat. Sie ist im Krankenhaus, und die Ärzte sind nicht sicher, dass keine Spätschäden zurückbleiben. Und das alles wegen ein paar Cannabispflanzen! Es hat nicht viel gefehlt, und ich hätte diesen Typen abgeknallt.«

Meats bediente sich am Wasserspender. Er konnte es nicht ertragen, dieses Mädchen in einer Klinik zu wissen – Statistiker würden von »Kollateralschaden« sprechen. Er wusste, dass er noch heute Abend mit einer Puppe am Krankenbett der Kleinen sein und hoffen würde, die richtigen Worte für die Eltern zu finden.

»Die Jungs unten haben mir mitgeteilt, dass sie die Biographie von Trevor Hamilton durchforstet haben«, sagte er, um das Thema zu wechseln und sich von seinen Schuldgefühlen abzulenken.

Salhindro nickte.

»Ja, allerdings hat die Durchsuchung seiner Wohnung nichts ergeben, wir haben vorerst nichts Brauchbares. Und die andere schlechte Nachricht betrifft das berüchtigte Gift … Tetrodotoxin. Kiewtz sagt, dass man sich das Zeug leicht bei den kalifornischen Fischern besorgen kann, man braucht ihnen nur Kugelfische abzukaufen; aus gewissen Teilen lässt sich das Gift leicht extrahieren. Jeder, der über geringe biologische Kenntnisse verfügt, kann das machen.«

Meats strich über seinen Bart und verdrehte die Augen.

»Mist …«, murmelte er.

Salhindro achtete nicht auf das gerade eingehende Fax, warf Brolin einen kurzen Blick zu und wandte sich an den Leiter der Sonderkommission.

»Hör zu, Josh hat eine Theorie, was den Mörder betrifft. Zusammen mit Annabel hat er recherchiert. Und … vielleicht solltest du dir das mal anhören.«

Meats wandte sich zu dem Privatdetektiv und der jungen Frau und war neugierig zu hören, was sie zu sagen hatten. Er wusste, dass Brolin oft geniale Einfälle hatte, auch wenn er bei seinen Deutungen manchmal etwas zu weit ging.

Brolin und Annabel erzählten von ihren gesonderten Ermittlungen, dann erklärte der Exprofiler, wie er auf Constance Abbocan gekommen war, die, seiner Meinung nach, alle Charakteristika der gesuchten Person aufwies: Sie hatte auf dieser Militärbasis gearbeitet, die für den Mörder symbolische Bedeutung hatte, sie kannte sich perfekt mit Spinnen aus, ihr Mann war Ethnobotaniker gewesen und konnte ihr sein Wissen über Tetrodotoxin und sogar über das Zedernöl und seinen Gebrauch im alten Ägypten weitergegeben haben.

Knapp und bündig vorgetragen, machte das alles Sinn, musste Salhindro zugeben. Doch was ihn endgültig überzeugte, war ein Detail, das Brolin als nebensächlich erachtet hatte. Die Blutstropfen im Schlafzimmer des ersten Opfers waren nicht weggewischt, sondern aufgesaugt worden. Der Mörder hatte das Papier über die Tropfen gelegt, damit sie absorbiert wurden, nicht aber das Parkett abgewischt. Das war in den Augen des beleibten Cops ein typisch weibliches Verhalten.

Meats seinerseits wartete das Ende der Beweisführung gar nicht ab, sondern griff zum Telefon, um sich die Adresse von Constance Abbocan geben zu lassen.

»Ich habe schon Recherchen angestellt«, sagte Salhindro, als Meats aufgelegt hatte. »Aber ich habe nur die Adresse herausgefunden, wo das Ehepaar früher gewohnt hat. Ich war gerade dabei weiterzusuchen, als die beiden hier auftauchten.« Salhindro deutete mit dem Kinn auf Annabel und Brolin. »Doch nach dem Tod von William Abbocan blieb das Haus leer stehen, wie ich von einem Immobilienmakler erfuhr. Er weiß nichts von einer ›Mrs. Abbocan‹, auf jeden Fall hat er sie nie gesehen.«

»Es lohnt sich bestimmt, mal einen Blick auf dieses Haus zu werfen«, meinte Brolin.

Meats nickte.

»Larry, was ist mit dem Fax, das eben eingegangen ist?«, fragte er.

Salhindro beugte sich über das Gerät und griff nach dem Blatt.

»Das gehört zu den Infos, die ich über Mrs. Abbocan angefordert habe«, erklärte er und begann zu lesen.

Sein Gesicht verfinsterte sich plötzlich.

»Mist ... Wartet einen Moment ...«

Salhindro richtete sich auf, um in den Papieren auf seinem Schreibtisch zu wühlen, bis er gefunden hatte, was er suchte.

Er hob den Blick zu den drei Personen, die ihn erwartungsvoll ansahen.

»Ich glaube, wir haben unseren Mörder«, sagte er schließlich.

64

Für Larry Salhindro gab es keinen Zweifel mehr. Was er vor Augen hatte, konnte kein Zufall sein, das war ein eindeutiger Schuldbeweis.

Er deutete auf die aufgeschlagene Akte.

»Das sind die letzten Berichte von Cooper und Alsting, die Trevor Hamiltons Biographie ausgewertet haben. Bis Anfang 2001 hat sich Hamilton mehrmals in einer psychiatrischen Klinik der Stadt aufgehalten. Er litt unter schweren Störungen, das heißt einer Psychose. Aber kein Arzt hatte ihn je für gefährlich gehalten, da er nicht gewalttätig war. Den Unterlagen zufolge hatte er Angst, ›zerstückelt‹ zu werden. Es wird auch erwähnt, dass Trevor vom Feuer fasziniert war und dass es offensichtlich die einzig mögliche sexuelle Stimulation war. Die Ärzte waren der Meinung, dass er Angst hatte, während des Koitus von der Frau aufgesogen zu werden. ›Er hat nie das Ödipalstadium überwunden und all seine Liebe auf seine Mutter konzentriert ... Sein Spiegelbild in den Augen der Mutter war gestört, und er ...‹«

»Okay, er hatte ein Problem, aber inwiefern bringt uns das auf die Spur des Täters?«, unterbrach ihn Meats ungeduldig.

»Dazu komme ich ja gleich. Zur ersten Einweisung in die Psychiatrie kam es 1997 nach dem Tod der Mutter. Er wohnte nicht mehr bei ihr, da sie ihn gezwungen hatte auszuziehen und auf eigenen Füßen zu stehen. Er schlug sich mit kleinen Jobs durch, die er nie lange behielt. Durch die starke Mutterfixierung war ihm der Kontakt zu anderen Frauen unmöglich. Offenbar hat ihn ihr Tod völlig aus der Bahn geworfen, er hat ihn nicht wahrhaben wollen und war ab diesem Zeitpunkt immer wieder in der Psychiatrie. Das dauerte bis zum Jahr 2000, als man eine ›erhebliche Besserung seines Krankheitsbildes‹ feststellte, ›da Trevor Hamilton sich mit einer Patientin der Klinik angefreundet hatte, mit der er Körperkontakt – ohne Zweideutigkeiten – akzeptiert hat‹. Der Name dieser Insassin wird in den mir vorliegenden Informationen nicht erwähnt.«

Salhindro schwenkte ein Fax, das er eine halbe Stunde zuvor erhalten hatte.

»Aber was haben wir hier? Dass sich Constance Abbocan auf Wunsch ihres Mannes seit 1996 im selben Krankenhaus befand. Das ist die Verbindung zwischen Trevor Hamilton und … derjenigen, die hinter der ganzen Sache stecken könnte.«

»Hat sie inzwischen die Psychiatrie verlassen?«, fragte Annabel.

»Ja, 2001, zwei Monate nach Trevor Hamilton.«

»Weißt du, warum sie eingewiesen wurde?«, erkundigte sich Brolin.

»Nein, aber unter den gegebenen Umständen dürften wir bei den Ärzten einige Einzelheiten herausfinden können.«

Meats sprang auf.

»Das passt alles zusammen«, rief er mit einem kurzen Seitenblick zu Annabel und Brolin. »Wir müssen alle Hebel in

Bewegung setzen. Larry, finde möglichst viel über diese Mrs. Abbocan heraus, was sie jetzt macht, wo sie wohnt, alles.«

Salhindro sah auf seine Uhr.

»Es ist Freitagabend«, bemerkte er, »das wird nicht so einfach sein, denn die meisten Behörden sind übers Wochenende geschlossen.«

»Sieh zu, wie du klarkommst«, rief Meats und griff nach dem hausinternen Telefon. »Kiewtz? Komm sofort in Larrys Büro und bring Alsting und Cooper mit und … Hol alle her, wir haben vielleicht den Mörder identifiziert.«

Brolin und Annabel erhoben sich.

Als Meats sah, dass sie gehen wollten, streckte er den Daumen hoch.

»Gute Arbeit, ihr beiden!«

Brolin antwortete mit einem vagen Kopfnicken und verschwand auf dem Gang. Annabel winkte ihnen zu und folgte ihm.

Draußen trat sie zu dem Privatdetektiv.

»Es ist vorbei. Sie werden sie schnappen, und in einigen Stunden wird dieses ganze Grauen nur noch eine böse Erinnerung sein.«

Die Aufzugtüren öffneten sich, und heraus traten die Detectives der Sonderkommission, Cooper, Alsting und ihre Kollegen. Sie grüßten die beiden und gingen in Salhindros Büro.

Im Aufzug versuchte Annabel, eine Reaktion auf Brolins Gesicht abzulesen. Sie fand ihn sehr gelassen angesichts der Tatsache, dass sich diese grässliche Geschichte nun endlich aufklärte.

»Joshua … Ich … ich habe gedacht, wir könnten vielleicht das Wochenende miteinander verbringen, ehe ich zurückfahre … Wenn du Lust hast.«

Der Privatdetektiv lächelte.

»Wenn all das vorbei ist, gönne ich mir eine Woche Ruhe, und ich hoffe, du begleitest mich … Aber einstweilen möchte ich mich lieber hier nützlich machen, damit sie etwas Zeit gewinnen …«

»Wie meinst du das?«

Als sich die Aufzugtüren zur Parkgarage öffneten, legte Brolin die Hand auf Annabels Hüfte und zog sie mit sich.

»Wir werden uns das Haus der Abbocans ansehen. Wie ich vorhin gesagt habe, bin ich der Überzeugung, dass der Mörder ein Trauma erlitten hat, das der Auslöser für seinen Rückzug aus der Welt war, etwas, was in seiner Vergangenheit stattgefunden hat. Darum wollen wir uns einen Teil dieser Vergangenheit ansehen. Was hältst du davon?«

Das hätte ich mir denken können, sagte sich Annabel. *Er lässt nicht locker, bis er sicher ist, dass seine Beute besiegt am Boden liegt.* Was sollte sie tun? Ihn allein fahren lassen und ins Haus zurückkehren?

»Eines schönen Tages werden dich solche Aktionen Kopf und Kragen kosten, du kannst es einfach nicht lassen … Gut, ich komme mit. Und weißt du, woher du die Adresse bekommst?«

Er bedachte sie mit einem Lächeln.

»Sie stand in der Akte, die während der Besprechung genau vor meiner Nase lag …«

Und wieder sprang der Mustang mit einem Aufheulen an, und sie fuhren gen Osten.

Zu den Phantomen der Vergangenheit.

65

Dreizehn Uhr dreißig.

Die Straßen Portlands sind unter der unbarmherzigen Sonne wie ausgestorben. Niemand hat mehr Hunger oder Lust zu flanieren, alle suchen Schutz in ihren Büros und Häusern, bis endlich die Dämmerung Abkühlung bringt.

Irgendwo in der Stadt läuft die SACHE herum. Sie spürt weder die glühend heiße Luft, die sie einatmet, noch den Schweiß auf ihrem Körper; sie hat keine Sekunde zu verlieren. Sechs großen Supermärkten hat sie schon einen Besuch abgestattet, um dort in den Gemüse- und Obstauslagen ihre *Töchter* auszusetzen. *Latrodectus*, die Schwarze Witwe, oder *Atrax Robustus*. Letztere bringt mit Sicherheit den Tod.

In einem Kaufhaus kommt die SACHE an den Spielzeugregalen vorbei. Eine Idee, eine gefährliche Idee, keimt in ihr auf. Aber das ist riskant. Ein Kind könnte in ihre Falle tappen.

Nein, nicht, wenn sie die Spinne oben auf den Regalen aussetzt, von denen nur die Erwachsenen ein Plüschtier ihrer Wahl herunternehmen können. Aber ein Kind könnte der Szene beiwohnen und ein Trauma erleiden …

Na und?

Was würde aus diesem Kind werden? Ein Mann oder eine Frau wie alle anderen auch.

Sie muss eine Aufsehen erregende Inszenierung finden.

Ja, genau. *Theraphosa Blondi*, eine Vogelspinne mit dem Beinamen Goliath aus Südamerika, deren Körper mit Brennhaaren bedeckt ist, würde sich perfekt in das Synthetikfell der Plüschtiere integrieren. Die SACHE geht zu ihrem Wagen, um sie aus einer der vielen Schachteln auf dem Rücksitz zu holen. Diese Vogelspinne wird vermutlich mehr Angst machen als tatsächlichen Schaden anrichten – auch wenn die SACHE nicht gerne diejenige wäre, die von ihren riesigen Mandibeln gebissen würde –, aber das würde zu ihrer Legende beitragen.

Bald wird sich Panik in der Stadt ausbreiten. Die Leute werden merken, dass sie nirgendwo in Sicherheit sind, nicht einmal zu Hause; sie werden nicht wagen, sich vom Fleck zu bewegen, nicht einmal in den eigenen vier Wänden. Sie werden sich nicht mehr trauen, ihre Post zu öffnen, einkaufen zu gehen oder sich in ihre Autos zu setzen. Bald wird sich das Gerücht verbreiten und sicher noch ausgeschmückt werden, und überall wird Chaos herrschen.

Bei dieser Vorstellung huscht ein Lächeln über ihre Lippen.

Aber auf ihrem müden Gesicht wirkt es wie eine Grimasse.

Sie braucht Ruhe – für Körper und Geist.

Alles wird zu anstrengend. Sie kann nicht mehr.

Sie ballt die Hände zu Fäusten, Tränen treten in ihre Augen.

Nein, sie darf nicht aufhören. *Mach weiter!*, schreit ihr Herz. Aber in ihrem Innern, in ihrem tiefsten Innern ist ein Kind, das sich in eine dunkle Ecke kauert und weint.

Die SACHE handelt automatisch, ohne nachzudenken.

So, noch zwei Einkaufszentren und sie ist fertig.

Auf dem Parkplatz bleibt sie an mehreren Autos stehen; bei der Hitze lassen viele Leute die Fenster einen Spaltbreit geöffnet, um ein wenig Luft hereinzulassen, während sie ihre Einkäufe tätigen.

Die SACHE nutzt die Gelegenheit, um eine kleine schwarze Überraschung hineinzuwerfen, mit einem roten Fleck am Hinterleib, der zu signalisieren scheint: »Achtung, Lebensgefahr!« Und diese Warnung ist nicht übertrieben. *Latrodectus Menavodi.*

In den Einkaufszentren bleibt sie bei den Schuhgeschäften stehen. Es ist nicht schwer, Spinnen in die ausgestellten Modelle zu setzen, dort ist es dunkel und bequem für ihre *Töchter*, die in der Spitze versteckt warten werden, bis sich ihnen ein Fuß nähert. Dann werden sie sich angegriffen fühlen, in ihrer Wut zubeißen und ihr höchst gefährliches Gift in den Zeh ihres Opfers spritzen.

Die SACHE hat keine Zeit, sich zu erfrischen, sie hat noch viel zu tun, es wird ein langer Tag werden.

Alle Gasflaschen sind bei ihr zu Hause, sie braucht sie nur noch zu installieren. Die SACHE hat sich eine Feuerwaffe beschafft, die normalerweise nur einmal benutzt werden würde, eine einzige Kugel wäre nötig, heute, an ihrem letzten Tag …

Ihr letzter Tag …
Sie kann nicht mehr.
Heute Abend wird sie tot sein.
Das hat sie beschlossen.

☆

Annabel und Brolin hielten in dem kleinen Städtchen Cascade Locks, das Luftlinie weniger als zehn Kilometer von der ehemaligen Militärbasis entfernt war. Das Örtchen lag eingezwängt zwischen den Schluchten des Columbia River und den schroffen Bergketten, die sich weit nach Süden erstreckten. Die Straße wurde von baumbestandenen Hügeln gesäumt. Irgendwo in diesem Wald lag das Haus der Abbocans.

Annabel kaufte Sandwiches bei einem Händler, der in der Hitze seiner Küche jeden Augenblick ohnmächtig zu werden drohte, während Brolin auf der Karte den Weg zu dem Haus suchte. Wie viele Wissenschaftler, die auf dieser geheimen Basis gearbeitet hatten, hatten sich auch die Abbocans in der Nähe niedergelassen, möglichst abgelegen, um Klatsch und Gerüchten zu entgehen.

Im Schatten einer Douglasfichte ließen sie sich im Gras nieder und verzehrten ihren Imbiss.

Nachdem Brolin mehr als zwanzig Minuten schweigend vor sich hin gegrübelt hatte, fragte er schließlich: »Wie ist es dir seit dem letzten Winter ergangen? Ich meine, wie ist dein Alltag …?«

»Vermutlich wie deiner. Einsam.«

Eilig und mit einem kleinen ironischen Lachen fügte sie hinzu: »Aber trotzdem nicht unglücklich.«

Brolin betrachtete den ruhigen Strom des Columbia River und die schroffen Felsen, die seine Ufer säumten. Er wusste, dass die Zuneigung, die die junge Frau ihm entgegenbrachte, doppeldeutig war, sie wünschte sich einen guten Freund, vielleicht aber auch mehr … Und wie war es um ihn bestellt?

War er fähig, ein intensives Gefühl für jemanden zu empfinden? Warum fühlte er sich wohl, wenn sie da war? Darüber hatte er gerade nachgedacht. Und er hatte sich entschlossen, das Thema anzusprechen.

»Annabel, in den letzten drei Jahren habe ich mich aus dem Nichts aufgebaut. Und um mich vor erneutem Leid zu schützen, habe ich in meinem Innern viele weiße Flecke gelassen, wenn man so sagen kann. Dennoch empfinde ich bei der Vorstellung, dass du bald abreist … eine Leere, die, glaube ich, schmerzlich sein wird.«

Die junge Frau erstarrte. Nie hätte sie solche Worte von Brolin erwartet, das passte nicht zu dem Bild, das sie sich von ihm gemacht hatte.

Sie öffnete den Mund, brachte aber keinen Ton heraus.

»Wir haben beide unsere weißen Flecke, unsere Abwesenden«, fuhr der Privatdetektiv fort, »und ich glaube, dadurch ergänzen wir uns …«

»Was versuchst du mir da zu sagen?«

Sie erkannte ihre eigene Stimme nicht wieder, die fiebrig und schwach klang.

»Ich konzentriere mich zu oft auf einen bestimmten Punkt, und der Rest entgeht mir, du hingegen hast Sinn für das Praktische und gehst Ermittlungen pragmatisch an, du …«

»Joshua, was willst du mir damit erklären? Dass wir ein gutes Team abgeben würden?«

»Ich glaube ja …«

Diese Worte waren ein Schock für sie. Musste er denn immer so unberechenbar sein? Und außerdem, wollte er wirklich, dass sie sich mit ihm zusammentat? Er suchte mehr als eine Partnerin in ihr, er wünschte sich eine Annäherung, eine gemeinsame Basis im Alltag, die die Unterschiede zwischen ihnen überbrücken sollte. Um nicht mehr nur das Schweigen zu teilen, sondern auch den Rest.

Annabel legte die Hand auf die Schulter des Privatdetektivs. Ihr Blick verlor sich in der Ferne, so als suchte sie dort eine Antwort.

Die tief hängenden Zweige streiften die Windschutzscheibe des Mustang, als er auf eine kleine Lichtung fuhr, auf der das ehemalige Haus der Abbocans stand.

Seine Farbe war abgeblättert, so dass das nackte Holz zum Vorschein kam – ein verschwommener Fleck im Gras.

Ein Rabe, so groß wie ein Huhn, hüpfte von der Treppe herab, die zur Veranda führte. Seine schwarzen Augen musterten die beiden Eindringlinge, die aus dem Wagen stiegen.

»Wenn das Gras gemäht und das Haus frisch gestrichen wäre, könnte es hier ganz nett sein«, meinte Annabel.

Sie reckte sich, wischte sich die Stirn ab und griff nach einer Wasserflasche, mit der sie Gesicht und Haare befeuchtete. Sie hielt sie Brolin hin, der jedoch ablehnte.

»Werfen wir mal einen Blick hinein«, sagte er.

Er untersuchte den Boden auf eventuelle frische Reifenspuren. Aber dafür war die Erde viel zu trocken.

»Sieht aus wie ein Weg, der durchs Gras zur Tür führt«, stellte Annabel fest.

Brolin, der schon vorgegangen war, erklärte: »Ja, hier sind noch Platten.«

Der Rabe entfaltete seine Flügel und flog krächzend davon.

»Wie lange steht das Haus schon leer?«, erkundigte sich die junge Frau.

»William Abbocan ist 1998 gestorben, zu diesem Zeitpunkt war seine Frau bereits seit zwei Jahren in der Psychiatrie. Das macht also vier Jahre. Nach ihrer Entlassung im Jahr 2001 hätte Mrs. Abbocan hierher zurückkehren sollen, was sie aber nicht tat. Sie hat weder den Strom noch sonst irgendwas wieder angemeldet, und ihre Spur verliert sich. Warum?«

»Sieh dir die Fenster an«, entgegnete Annabel. »Sie sind alle in Ordnung, zwar schmutzig, aber nicht kaputt.«

Brolin stieg die vier Stufen zur Haustür hinauf.

»Hier war seit vier Jahren niemand mehr. Obdachlose gibt es in der Gegend kaum, und die wenigen wissen nichts von der Existenz dieses abgelegenen Hauses.«

Annabel trocknete ihr Gesicht. Die einzigen Bewohner waren ein inzwischen verstorbener Mann und eine psychisch gestörte Frau gewesen, die man jetzt als Serienkillerin verdächtigte. *Na super!*, sagte sie sich. *Wirklich ein Ort zum Wohlfühlen.*

Brolin zog ein kleines Etui aus der Gesäßtasche seiner Jeans, dem er einen Latexhandschuh entnahm und überstreifte. Dann drückte er die Klinke herunter.

»Abgeschlossen! Kannst du Schlösser aufbrechen?«

Annabel schüttelte den Kopf.

»Ich habe es mal bei einem Einsatz in New York versucht, dabei aber meinen Dietrich abgebrochen, so dass man das Schloss ausbauen musste.«

»Da ich auch nicht besser bin, wird es eine Weile dauern.«

Und eben hat er noch von gegenseitiger Ergänzung gesprochen!. Sie waren wirklich ein fantastisches Duo!

»Ich sehe mich inzwischen mal auf dem Grundstück um, okay?«

Brolin, der ganz auf seine Arbeit konzentriert war, nickte nur.

Annabel ging um das Haus herum in Richtung Waldrand. Im hohen Gras wimmelte es von zirpenden und summenden Insekten.

Brolin hatte den Augenblick, ihr eine Partnerschaft anzubieten, bewusst gewählt. Sie nahm ihm übel, dass er das Thema nicht mit etwas mehr Feingefühl und zu einem anderen Zeitpunkt angesprochen hatte, abends zum Beispiel … Aber das war typisch für ihn. Es war eine zu persönliche Frage für ihn, der sich einen dicken Panzer zugelegt hatte, um sein Herz vor eventuellen Verletzungen zu schützen.

Was sollte sie tun? New York, ihre Arbeit und ihre Familie aufgeben? Und was würde sie stattdessen finden?

Die Stadt und die Arbeit sind nur ein Vorwand. Was du willst, sind Ermittlungen und der Einsatz vor Ort, und die hast du als Privatdetektiv auch ... Die Familie? Die bestand hauptsächlich aus ihrer Großmutter, die sie sicher gerne regelmäßig besuchen würde. Nein, im Grunde war die Idee gar nicht so abwegig.

Also was?

Wollte sie das wirklich? Was bedeutete ihr Brolin?

Was hatte er außer seinem Charisma und der geheimnisvollen Aura, die ihn umgab? Diese Frage musste sie sich beantworten, um herauszufinden, was sie wirklich wollte.

Ein steinerner Brunnenrand im Blattwerk. Annabel trat näher und stellte fest, dass er mit einer wurmstichigen Holzplatte abgedeckt war. Neugierig zog sie an dem Deckel und bewegte ihn zehn Zentimeter zur Seite.

Ein Heer von Schaben geriet in Aufruhr.

Es war nur eine Attrappe, ein paar Steine, die in Form eines Brunnens aufgetürmt waren.

Annabel seufzte und setzte ihre Besichtigung des Grundstücks fort. Mit den Händen teilte sie das hohe Gras, um sich einen Weg zu bahnen.

Plötzlich hielt sie inne. Dicht neben ihrem Zeigefinger hatte sie ein winziges Tier bemerkt.

Ein Käfer.

Sofort musste sie an die Lichtung Eagle Creek 7 denken. Dort hatte der Mörder seine Schwarzen Witwen ausgesetzt. Wenn es wirklich Constance Abbocan war, bestand durchaus die Möglichkeit, dass sie hierher zurückgekehrt war, um sich den Ort anzueignen – so wie sie es auch mit der Lichtung gemacht hatte – und ihre verfluchten Spinnen hier auszusetzen.

Sie drehte sich um. Das Haus schien ihr plötzlich inmitten dieser von Insekten bevölkerten Vegetation weit entfernt.

Keine Panik. Schließlich handelte es sich nur um Vermutungen.

Ja, aber um logische Vermutungen.

Nein, sie musste sich gegen die Angst wehren. Die Wahrscheinlichkeit, dass es hier von Schwarzen Witwen wimmelte, war sehr gering, und von einer gebissen zu werden, noch geringer.

Dennoch fühlte sie sich plötzlich nicht mehr sicher. Noch dazu trug sie einen Rock – denn eigentlich hätten sie den ganzen Tag über Wissenschaftler befragen sollen, und Annabel hatte ein seriöses Äußeres für einen zusätzlichen Vorteil gehalten.

Dann kürzt du deinen Rundgang eben etwas ab, du kannst dich auch von hier aus umsehen und dann zum Haus zurückkehren.

Von ihrem Standort aus konnte sie einen guten Teil des »Gartens« überblicken. Dabei fiel ihr am Waldrand eine Lücke auf, etwas zu groß, um natürlichen Ursprungs zu sein.

Auf Brolins Karte war in der Nähe kein Weg ausgewiesen, es konnte sich also nur um einen kurzen Trampelpfad handeln.

Wohin führte er?

Annabel raffte ihren Rock bis zu den Oberschenkeln. Sie musste nur vorsichtig einen Fuß vor den anderen setzen. Wohin führte der Pfad?

Im Haus sah es aus wie in einem jener Landeskundemuseen, die man oft in kleinen Ortschaften findet. Ein in allen Einzelheiten nachgestelltes Interieur, für immer erstarrt. Man hatte den Eindruck, William Abbocan hätte am Morgen in Eile das Haus verlassen und nicht die Zeit gehabt aufzuräumen. Und da er wenige Stunden später gestorben war, war alles vier Jahre lang unverändert geblieben. In der Spüle ein Schälchen mit einem Löffel, beides mit einer weißlichen

Schicht überzogen, auf dem Küchentisch ein umgekipptes Paket Cornflakes, dessen Inhalt längst von Mäusen verspeist worden war.

Im spärlich und ohne Geschmack möblierten Wohnraum malten die Sonnenstrahlen, die durch die schmutzigen Fenster drangen, Muster auf den Boden.

Im Eingang lagen abgetragene Cowboystiefel. Der eine war von einem Spinnennetz verschlossen – in diesem Kontext ein eher beunruhigender Anblick.

Brolin lief durch die Zimmer, ohne zu wissen, was er eigentlich suchte, und nahm zunächst nur die Atmosphäre in sich auf.

Brolin legte die Hand auf das Treppengeländer.

Und zog sie sofort zurück.

Nicht so sehr, weil er keine Handschuhe trug und keine Abdrücke hinterlassen wollte – obgleich natürlich auch das zählte –, sondern eher, weil ihn der Kontakt mit dem kalten Holz überrascht hatte. Das erinnerte ihn an den äußeren Aspekt des Hauses: düster und durch das Spiel von Licht und Schatten noch unheimlicher.

Das Holz knarrte bei den hohen Außentemperaturen, während drinnen Kälte herrschte, Todeskälte.

Brolin stieg langsam die Stufen hinauf.

Etwas huschte vorbei, eine Maus, die in ihr Schlupfloch flüchtete. Sie war wohl nicht daran gewöhnt, gestört zu werden.

Jetzt fielen dem Privatdetektiv die weißen Stellen an der Wand auf.

Im ganzen Treppenhaus eine Abfolge von Rechtecken, die heller waren als der Rest der Wand.

Die Rahmen waren verschwunden.

Man hatte die Bilder oder Fotografien abgehängt.

Brolin sah genauer hin. Schwer zu sagen, wann sie entfernt worden waren. Vor sechs Monaten? Vor einem Jahr? Der

Staubschicht nach zu urteilen, musste es innerhalb der letzten achtzehn Monate passiert sein.

Constance Abbocan.

Sie war zurückgekommen, um ihre Fotos zu holen. In diesem neuen Licht betrachtet, fragte sich Brolin, ob die spärliche Möblierung und Dekoration im Erdgeschoss nicht darauf hindeuteten, dass sie sich bedient hatte. Mrs. Abbocan hatte sich nach ihrer Entlassung aus der Psychiatrie geholt, was sie brauchte, um sich anderswo niederzulassen. Unter falschem Namen? Und wenn ihr das Militär dabei geholfen hätte? Als Dank für ihre Arbeit und um sicherzugehen, dass sie schweigen würde?

Vielleicht …

Brolin sah sich den ersten Stock an. Vier Zimmer, unberührt.

Das Bett war nicht gemacht, die Luft war abgestanden, fast stechend.

Vor einem Regal am Boden lag ein Buch mit der Rückseite nach oben. Als Brolin es aufschlug, geriet er automatisch auf eine anscheinend oft gelesene Seite. Dort war mit verblasster Tinte ein Satz unterstrichen: »Der Mensch ist ein Seil, geknüpft zwischen Tier und Übermensch – ein Seil über einem Abgrunde.«

Brolin las ihn noch einmal.

Er hatte lange nach einer Definition für Serienmörder gesucht, und ihm waren Hunderte unvollständiger Beschreibungen eingefallen.

Er schloss kurz die Augen und dankte Constance Abbocan für diese Erleuchtung.

Dann legte er das Buch zurück, ohne sich Titel oder Autor angesehen zu haben. Er interessierte sich mehr für den Leser, und so kehrte Nietzsches »Also sprach Zarathustra« in den Staub zurück.

Hier gab es nichts mehr zu sehen. Constance Abbocan war

hergekommen, um alles mitzunehmen, was sie mit der Vergangenheit verband: persönliche Gegenstände, Fotos und sogar ihre Kleidung.

In diesen Räumen gab es nur noch den beißenden Geruch des Vergessens.

Der Pfad schlängelte sich den Hügel hinauf.

Er war so zugewachsen, dass er nach wenigen Metern kaum mehr erkennbar war. Hier konnte seit geraumer Zeit niemand mehr entlanggegangen sein, dachte Annabel.

Sie bückte sich und hob einen Stock auf, mit dem sie das Gestrüpp vor ihr teilte. Trotz der Schiene schmerzten ihre gebrochenen Finger, und sie musste ihn in die andere Hand nehmen.

Etwa zehn Minuten setzte Annabel so ihren Weg fort, bis zwischen den Bäumen ein spitzer Felsen sichtbar wurde.

Plötzlich erhob sich eine leichte Brise, und die Blätter begannen zu rauschen. Annabel drehte sich um die eigene Achse, um diese Bewegung zu bewundern. Sie hatte den Eindruck, der ganze Wald würde mit einem Mal erbeben.

Bei dieser Vorstellung wurde der jungen Frau unbehaglich. *Was ist am Ende dieses Pfades?*, schien ihr die Natur wiederholt zuzurufen.

Nichts! Deine Fantasie geht nur wieder mal mit dir durch!

Typisch Städterin!

Keine vier Meter von ihr entfernt erhob sich der mit Moos bewachsene Felsen. Annabel folgte dem Pfad um den Felsen herum.

Das Schauspiel, das sie auf der anderen Seite erwartete, wäre eines Films von Tim Burton würdig gewesen.

Die Natur hatte sich hier zu einer subtilen Architektur zusammengefügt. Die Wurzeln einer gewaltigen Eiche, die auf der Hügelkuppe stand, streckten ihre knotigen Finger nach dem gegenüberliegenden Felsen aus und bildeten eine Art

Dach. Annabel trat in einen Gang, der an einer Seite durch Felsgestein, an der anderen durch Erdreich begrenzt war, unter das Wurzelgewölbe.

Der Korridor war mehrere Meter lang, recht dunkel und erinnerte an eine Grotte, in der es nach Humus und Pilzen roch.

Annabels Fuß stieß gegen einen Gegenstand, der über den Boden rollte.

Langsam gewöhnten sich ihre Augen an das Dämmerlicht.

Sie hockte sich hin und tastete mit ihrer gesunden Hand nach dem, was sie für einen Haufen Reisig zum Feuermachen hielt. Die Finger wanderten etwas weiter vor, dann zur Seite. Jetzt fühlte sie Leder – ausgetrocknetes, verschrumpeltes Leder. Dann einen kleinen Zweig und parallel dazu einen zweiten, der …

Annabel sprang auf.

Sie bohrte ihren Stock in die Wurzeldecke, um eine Öffnung zu schaffen und etwas Licht hereinzulassen.

Dann trat sie einen Schritt zurück und betrachtete eingehend das, was am Ende des Ganges am Boden ruhte.

Ein menschliches Skelett.

Die Kleidung war verkohlt, und eigentlich war nur die Lederjacke noch erkenntlich. Darunter sah man die Rippen, die Annabel für Zweige gehalten hatte.

Dann war … der Gegenstand, gegen den ihr Fuß gestoßen war … der Schädel, der zur Seite gerollt war.

Er starrte die junge Frau aus seinen leeren Augenhöhlen an.

Annabel atmete tief durch. Es war nicht das erste Mal, dass sie eine Leiche oder ein Skelett sah. Da es nicht mehr die geringsten organischen Rückstände aufwies, musste es schon sehr lange hier liegen: Alles war von Insekten und Tieren gefressen worden, darum war sie auch, dieses leichte Pilzaroma ausgenommen, ohne Geruch.

Wer mochte das sein?

Sie trat näher und nahm eine oberflächliche Untersuchung vor.

Der gesamte Rumpf des Opfers war verkohlt, die untere Körperhälfte und das Gesicht waren verschont geblieben und dann durch Verwesung und aasfressende Insekten gereinigt worden.

Die Beine und Unterarme waren wie zusammengeklebt, das Opfer schien gefesselt gewesen zu sein, als man es verbrannt hatte.

Aber das Schlimmste war die Haltung des Skeletts.

Es lag zusammengekrümmt, als hätte es der glühenden Zunge des Feuers entkommen wollen.

Das Opfer hatte sicher noch gelebt, als es angezündet worden war.

Hoffentlich ist es nicht mehr bei Bewusstsein gewesen, dachte Annabel, doch sie wusste, dass es durch den Schmerz wieder zu sich gekommen sein musste, noch ehe sein Leidensweg beendet gewesen war.

Sie hatte letzten Winter während der Ermittlungen im Fall der Caliban-Sekte die makabre Entdeckung eines Massengrabs miterlebt und erinnerte sich noch an einige Identifizierungskriterien.

Wenn sie sich recht entsann, zeigte hier das Becken, dass es sich um eine Frau handelte, aber das konnte sie natürlich nicht bestätigen, sie war schließlich kein forensischer Anthropologe.

Doch das Innere der Lederjacke war auf der Vorderseite nicht allzu stark beschädigt. Aus der Innentasche ragte ein Kartenetui.

Als Annabel die Hand danach ausstreckte, streifte sie das kalte Brustbein.

Ein Tausendfüßler kroch aufgeschreckt zwischen den Rippen hervor und fiel auf das Handgelenk der jungen Frau, die fluchend den Arm schüttelte, um das Tier loszuwerden. Der obere Teil des Skeletts sackte in sich zusammen.

Verdammt …

Sie griff erneut nach dem Kartenetui, diesmal vorsichtiger, und zog es heraus. Sie wunderte sich, Ruß an den Fingern zu haben, obgleich das Verbrechen offensichtlich so lange zurücklag.

Das Lederetui war ebenfalls beschädigt. Es war nichts übrig geblieben, was an eine verschmorte Kreditkarte erinnerte. Der Personalausweis hingegen war nicht vollständig versengt.

Man konnte den Rest eines Geburtsdatums entziffern und in der Zeile darüber:

»…NSTANCE-DEBORAH-AB…«

Annabel sank auf einen Stein.

Sie müssten überprüfen, wie Constance Abbocan mit zweitem Vornamen hieß, aber sie hätte wetten können, dass es Deborah war.

Die ganze Geschichte nahm eine Wendung, die ihr nicht gefiel. Sie, die noch vor drei Stunden geglaubt hatte, bis zum Abend sei der Fall geklärt, befürchtete jetzt, dass das Schlimmste noch bevorstand.

Plötzlich wurde es dunkler, eine Gestalt schob sich hinter Annabel in die Grotte.

66

Es war Freitagnachmittag, und Larry Salhindro musste sich mit den Behörden herumschlagen. Dort sah man nicht ein, mehrstündige Recherchen in den Archiven einzuleiten, da bald Dienstschluss war. Salhindro möge am Montagmorgen noch einmal anrufen.

Der beleibte Cop versuchte es zunächst auf die freundliche

Tour, bis ihm der Geduldsfaden riss und er drohend die Stimme hob.

»Wenn Ihnen an Ihrer Karriere gelegen ist, rate ich Ihnen dringend, die Polizeiarbeit nicht zu behindern. Es handelt sich um äußerst wichtige Ermittlungen – es stehen Menschenleben auf dem Spiel!«

Dieses Einschüchterungsmanöver – in dem entsprechenden Tonfall vorgebracht – öffnete ihm die Tore zu den vorgeblich schon geschlossenen Abteilungen.

Und so erfuhr er ein wenig mehr über die Geschichte von Constance Abbocan.

Den Ärzten zufolge, die sie in der psychiatrischen Klinik betreut hatten, hatte sie Schwierigkeiten gehabt, sich als Frau zu akzeptieren, und war sehr unsicher und neurotisch gewesen – wie so viele Menschen in diesem Land. Salhindro wusste, dass sie wegen ihrer Kenntnisse auf dem Gebiet der Arthropoden vom Militär engagiert worden war. Dort hatte sie mit ihren Kollegen quasi in einer Enklave gelebt, wohl um Zivilpersonen nicht erklären zu müssen, was sie beruflich machte, oder um peinliche Fragen wie diese zu meiden: »Sag mal, Liebling, warum willst du eigentlich nie, dass ich dich in der Arbeit aufsuche? Verheimlichst du mir vielleicht etwas?« Für Larry gab es viele logische Gründe, warum Constance sich in William Abbocan, einen anderen Wissenschaftler der Militärbasis, verliebt hatte. Wenig später heirateten sie.

Auslöser des Dramas war ein Ereignis, das in den folgenden Monaten stattfand.

In der Krankenakte bescheinigte William Abbocan, dass seine Frau vorher nie ein »anormales« Verhalten an den Tag gelegt hatte. Sie hatte zwar wenig Selbstvertrauen und fühlte sich, was ihre Weiblichkeit anging, gehemmt, verhielt sich aber sonst »wie jede andere Frau«.

Im November 1995 hatte das Paar einen Autounfall. Er saß am Steuer und verlor auf einer Straße westlich von Portland wegen überhöhter Geschwindigkeit die Kontrolle über sein Fahrzeug.

Seine Frau war schwanger.

Sie verlor das Kind und blutete stark. Man musste ihr die Milz, eine Niere und Eierstöcke und Gebärmutter entfernen, die bei dem Unfall schwer verletzt worden waren.

Der »Verlustwahn«, so die Psychologen, setzte ein.

Im Laufe der Zeit erholte sie sich zwar körperlich, nicht aber seelisch.

Nach ihrem eigenen Empfinden durchlebte Constance einen Albtraum ohne Ende, eine ungeheure Ungerechtigkeit, die dazu führte, dass sie die Realität floh. Die Psychologen beschrieben ihren Zustand als ein Phänomen der »Dekompensation«, das auf den Unfallschock und seine Folgen zurückzuführen war. Eine Dekompensation, die sie in ihren Wahn trieb.

Verfolgungswahn und zugleich Hass auf ihren Mann – der an jenem Tag gefahren war und den Unfall nicht hatte verhindern können. Außerdem war er es, der sie geschwängert hatte. Deshalb war er auf gewisse Weise die Wurzel ihres Leids. Diese Besessenheit dehnte sich schnell auf die Männer im Allgemeinen aus, denn es war ein Mann, der sie ihrer Weiblichkeit beraubt, der sie »entleert« hatte, um es mit ihren Worten auszudrücken. Und kein Mann hatte eingegriffen, um sie zu retten.

Sie wurde immer labiler und sogar oft gewalttätig gegen ihren Mann, der schließlich 1996 keine andere Wahl mehr hatte, als sie einweisen zu lassen, was natürlich den Hass von Mrs. Abbocan gegen ihren Mann noch weiter schürte.

Nachdem sie ihre Attribute der Weiblichkeit eingebüßt hatte, fühlte sie sich nicht mehr als Frau, sie war nur noch ein »Zwischending« zwischen Henker und Gebärmaschine. Die Berichte erwähnten, dass sie sich schließlich völlig rasiert hätte – Schädel, aber auch Augenbrauen und Scham …

Im Laufe ihres Aufenthalts in der Psychiatrie entwickelte sie auch eine Abneigung gegen andere Frauen, diejenigen, die Kinder bekommen konnten, die so leicht den Männern nachgaben – im Namen der Liebe. Ein Begriff, den Constance Abbocan hassen lernte. Bei den Gesprächen mit den Psychiatern war sie immer wortreich, wenn sie auf das Thema »Liebe« kamen. Es sei ein »schmutziges Gefühl«, sagte sie, eine ehemals reine Emotion, deren man sich fortan mit einer hassenswerten Leichtigkeit bemächtigte, um jeden Zustand der Euphorie zu rechtfertigen. Die Menschen würden mehr und mehr das Wissen um die Liebe verlieren, wiederholte sie, deshalb würde die Welt immer schrecklicher, und würde man den Menschen nicht Elektroschocks geben, um sie zu zwingen, ihr wahres Ich zu entdecken, würde alles nur immer schlimmer werden. Dann wären die reinen Gefühle für immer verloren. Es blieben nur noch Hass und Lüge, das hatten sie ihr Mann und alle anderen Männer gelehrt. Sie hatten sie zerstört.

Die Nachricht von William Abbocans Tod nahm sie völlig ungerührt entgegen.

Während ihres Klinikaufenthalts zeigte sie nicht die geringsten Anzeichen von Aggressivität. Sie hielt sich lediglich von den anderen Insassen fern.

Bis zu ihrer Begegnung mit einem bestimmten Patienten. Er war jünger als sie, noch ein halbes Kind. Er war wegen einer Psychose eingeliefert worden, der Angst, zerstückelt zu werden, was ihn alle Frauen fürchten ließ, seine Mutter ausgenommen, die unlängst verstorben war. Trevor Hamilton.

Die Ärzte konnten sich nicht erklären, warum sich diese beiden Persönlichkeiten zueinander hingezogen fühlten, und vermuteten, dass Constance Abbocan vielleicht Ähnlichkeit mit Hamiltons Mutter hatte. Für sie trat Hamilton nicht als Verführer auf, von ihm ging nicht die geringste »Gefahr« aus, er suchte bei ihr nur Trost. Vielleicht war es genau das, was ihr gefallen hatte. Anfangs saßen sie einfach stundenlang Seite an Seite, ohne miteinander zu reden, ohne sich zu berühren. Sie beobachteten sich.

Auf gewisse Weise teilten sie dasselbe Schweigen.

Dann aber sah man sie immer häufiger in lange Gespräche vertieft.

Schließlich ließ sich Constance Abbocan die Haare wieder wachsen. Sie wehrte sich nicht, wenn Trevor sie berührte, sie bei den Schultern nahm.

Die Ärzte fanden diese Entwicklung sehr positiv, behielten die beiden aber im Auge. Ihre größte Angst war, dass es zu einer Übertragung kam, dass Hamilton in ihr seine Mutter und sie in ihm ihren Sohn sah. Aber die Gespräche beruhigten sie.

Die beiden heilten einander.

Hamilton durfte die Klinik im Januar 2001 verlassen, mit der Auflage, sich ein weiteres Jahr psychologisch betreuen zu lassen. Das Gleiche galt für Constance Abbocan, allerdings zwei Monate später. Nach dem Jahr bestätigten die Ärzte eine erstaunliche Stabilität und befürworteten ein Ende der obligatorischen Behandlung. Beide konnten sie freiwillig in Anspruch nehmen, was keiner von ihnen tat.

Larry Salhindro las noch einmal den Satz:

Constance Abbocan und Trevon Hamilton heilten einander.

Dem Anschein nach.

Sie hatten den Arzt, der sie betreute, getäuscht. Oder eher, *sie* hatte ihn getäuscht.

In vier Jahren hatte sich ihr Wahn ganz allmählich entwickelt, und sie hatte gelernt, ihn zu verbergen, damit man sie nicht verfolgte. Damit man sie eines Tages entlassen, damit sie frei sein würde.

Frei sein, zu handeln und sich durch ihre Verbrechen an die ganze Welt zu wenden.

In den vier Jahren hatte sie gelernt, ihre psychischen Störungen zu verbergen, weil die Gesellschaft sie nicht wollte. Alles, was sie sagen oder tun würde, musste geheim bleiben.

Und während der vier Jahre hatte sie ihren Plan ausgearbeitet.

Salhindro realisierte, wie recht Brolin gehabt hatte. Der Mörder hatte sich nach und nach entwickelt aus dem, was er *war* und was er *wusste*.

Constance Abbocans Leidenschaft für Spinnen war vermutlich mit dem Leid gewachsen, und sie hatte viele Parallelen festgestellt. So auch der ungesellige Aspekt dieser Kreatur, die sich des Männchens nur einmal zur Paarung bedient, bevor sie es vertreibt oder, besser noch, verschlingt. Die Spinne lebt allein und verträgt die Gegenwart eines anderen Weibchens in ihrer Nähe nicht. So viele Elemente, die ihr entsprachen.

Während ihrer Zeit in der Anstalt war ihr Hass gegen die Männer einem Zorn auf Frauen, die sich nicht emanzipierten, gewichen. Die Männer waren letztlich nichts als lächerliche Objekte … Die Frauen verfügten über die Macht der Fortpflanzung, sie brauchten den Mann nicht, nur seinen Samen, und genügten sich selbst. Doch die Frauen von heute waren leer, sie ließen sich vom Mann ersticken …

Salhindro glaubte, dass bei dem Wahn dieser tötenden Frau auch zerstörerische Eifersucht eine maßgebliche Rolle spielte.

Er wusste jetzt mehr über ihre psychische Störung. Es gab keinen Zweifel, sie war die Schuldige.

Jetzt galt es, ihre Spur aufzunehmen, was sehr viel schwieriger war, und sie hatten nur wenig Zeit.

Sie hatte nicht das Profil einer Person, die sich im kriminellen Milieu aufhielt, und sich falsche Papiere zu besorgen dürfte für sie nicht leicht sein. Salhindro hätte wetten mögen, dass sie es nicht getan hatte. Sie versteckte sich irgendwo in der Gegend. Irgendeine Schwarzarbeit? Vielleicht auch selbstständig, auf eigene Rechnung, als Sicherheitsmaßnahme.

Und dann war da noch die Tatsache, dass sie sich nicht mehr als Frau betrachtete. Mit Sicherheit hatte sie sich nach ihrer Entlassung wieder rasiert und trug im Alltag eine Perücke, um keine Aufmerksamkeit auf sich zu lenken, und nahm sie abends, wenn sie allein war, wieder ab. Vielleicht verkleidete sie sich als Mann? Diese Hypothese durfte man nicht vernachlässigen. Vielleicht mussten sie nach einer Frau suchen, die sich als Mann ausgab ... Und Larry vermutete, dass sie dieses Spielchen perfekt beherrschte.

Auf alle Fälle würde man sie fassen. Sie verfügte über kein kriminelles Netz, bei dem sie Hilfe finden würde, sie war ganz allein. Sie hatte sich Trevor Hamiltons bedient, um aus der Psychiatrie entlassen zu werden und die Spuren zu verwischen. Vermutlich bat sie ihn um seinen Samen, den sie im Tiefkühlschrank aufbewahrte und anschließend in die Kehle der Leichen gab. Das war sehr gut möglich ... Salhindro war kein Experte auf dem Gebiet, doch er nahm an, dass sich das vorherige Tiefgefrieren des Spermas ohne präzisere Tests als die bei der Autopsie üblichen nicht nachweisen ließ. Hamilton war nur ein Hampelmann, und Salhindro war sicher, dass er nichts von den Morden wusste.

Er druckte die Dokumente aus, die er gemailt bekommen hatte.

Das Kontrolllämpchen an seinem Anrufbeantworter blinkte. Eine Nachricht, während er seine Recherchen durchführte. Er drückte auf die Playtaste. Es war Detective Alsting, der ihn dringend um einen Rückruf bat.

»Ich habe eine gute und eine schlechte Nachricht, Larry. Ich fange mit der schlechten an: Trevor Hamilton ist im Krankenhaus gestorben.«

»Mist ...«

»Aber alles ist nicht verloren. Die gute ist, dass der Mörder eine neue Leiche abgelegt hat«, meinte Alsting trocken.

»Das nennst du eine *gute* Nachricht?«

Larry war gereizt und hätte fast »Idiot« hinzugefügt.

»Es ist die von Dianne Rosamund. Das klingt ein bisschen zynisch, gebe ich ja zu, aber wir wussten, dass wir sie nicht lebend finden würden. Sie liegt an einem Teich, nicht weit von der Stadt entfernt. Meats ist vor Ort.«

Salhindro wollte etwas sagen, doch Alsting fügte hinzu: »Allem Anschein nach hat es der Mörder eilig. Er hat nicht die Dunkelheit abgewartet, um sich der Leiche zu entledigen, und wurde von einem Zeugen gesehen. Das war vor einer knappen halben Stunde. Das ist der ›positive‹ Aspekt. Es handelt sich um eine blonde Frau, die einen roten Wagen fährt.«

Die Schlinge zog sich mehr und mehr zusammen.

67

In der Höhle aus Erdreich, Felsgestein und Wurzeln kniend, hob Annabel den Kopf.

Sie hatte eine Veränderung des Lichteinfalls wahrgenommen, als würde plötzlich jemand hinter ihr stehen.

Ihre Beretta steckte im Halfter unter ihrem T-Shirt; sie trug sie ständig bei sich, seitdem sie wusste, dass der Mörder sie im Visier hatte. Ihre Schiene an der rechten Hand hinderte sie am korrekten Gebrauch der Waffe, und mit der linken war sie weit weniger zielsicher. Doch für solche Überlegungen war jetzt keine Zeit.

Sie sprang auf und schnellte herum, während sie nach der Waffe tastete.

»Ich bin's, Joshua!«

»Mann, hast du mir einen Schrecken eingejagt!«, keuchte sie.

»Tut mir leid. Ich habe dich unten im Garten nicht gefunden, bin dann aber auf den kleinen Weg gestoßen, der hierherführt. Im Haus ist nichts mehr, was für uns von Interesse sein könnte, keine Fotos, kein Tagebuch. Constance Abbocan muss nach ihrer Entlassung aus der Psychiatrie kurz hier gewesen sein.«

»Sie oder jemand anderer …«

Annabel trat zur Seite, um den Blick auf das Skelett am Boden freizugeben.

»Hier, das war in der Jacke.«

Das gefiel Brolin gar nicht. Alles hatte perfekt zusammengepasst, wenn man davon ausging, dass Constance Abbocan der Mörder war. Falls dies hier wirklich ihr Skelett war, waren alle Schlussfolgerungen falsch. Er schüttelte den Kopf.

»Das kann auch eine Inszenierung sein, um uns in die Irre zu führen, uns glauben zu machen, dass sie tot ist«, sagte er.

»Oder sie ist es doch. Und das würde bedeuten, dass wir seit einer Weile einer falschen Spur nachgehen. Josh, und wenn … wenn dein Täterprofil nun nicht zutrifft, ist es vielleicht doch keine Frau. Wir dürfen uns nicht zu sehr auf diese Hypothese beschränken …«

»Für mich ist der Mörder eine Frau. Alles deutet in diese Richtung.«

Brolin wedelte mit dem, was von dem Personalausweis übrig geblieben war.

»Lass uns zurück in die Stadt fahren, wir müssen Meats und Larry Bescheid geben.«

Sie gingen zum Wagen, und nach einer knappen halben Stunde hatte Brolin ein Netz, um Salhindro anzurufen. Der ließ ihn zunächst gar nicht zu Wort kommen.

»Wir haben sie fast!«, rief er in den Hörer. »Josh, sie hat ihren ersten Fehler begangen! Wir haben einen Zeugen, der sie gesehen hat! Nicht deutlich, doch er hat eine blonde Frau beobachtet, die ein weißliches Paket aus ihrem Kofferraum genommen und in einen Straßengraben geworfen hat. Er hat dann, als sie weitergefahren ist, nachgesehen und die Leiche von Dianne Rosamund entdeckt. Meats ist vor Ort.«

Ein kurzes Pfeifen im Hörer, dann fuhr Salhindro fort: »Noch was anderes: Trevor Hamilton ist tot. Er ist seinen Verletzungen erlegen.«

Brolin schwieg kurz, dann fasste er sich wieder. Sie mussten sich jetzt auf das konzentrieren, was sie voranbrachte.

»Larry, kannst du dir die Krankenakte von Constance Abbocan beschaffen, Röntgenbilder, Zahnstatus oder Ähnliches? Du musst einen Detective und einen der Anthropologen oder Odontologen aus Doktor Folstoms Abteilung zum Haus der Abbocans schicken; es ist dringend. Wir haben in der Nähe ein Skelett gefunden, es könnte das von Mrs. Abbocan sein.«

Brolin erklärte ihm den Weg zu der seltsamen Höhle und legte auf.

»Schicken sie jemanden?«, fragte Annabel.

Brolin nickte und wiederholte, was ihm sein Freund erzählt hatte.

»Sieh bitte mal im Handschuhfach nach. Da müsste mein Notizbuch mit der Liste der Verdächtigen drin sein. Mit allen Arachnophilen der Region.«

Annabel fand die besagte Aufstellung, und sie hielten vor einer kleinen Holzhütte an, wo einheimisches Bier serviert wurde.

»Ich kenne jemanden bei der KFZ-Zulassungsstelle. Falls ich ihn erreiche, kann er uns die Farbe der Wagen unserer Spinnenfreunde nennen.«

Annabel, die in New York bisweilen ebenfalls mit dieser Behörde arbeitete, pfiff leise durch die Zähne.

»Das kann Stunden in Anspruch nehmen.«

»Nicht, wenn wir uns nur die Frauen rauspicken.«

»Josh, der Mörder ist dabei, uns zu manipulieren! Hör zu, eines ist sicher: Derjenige – oder diejenige –, der mich das erste Mal im Wald angegriffen hat, hatte kein oder sehr wenig Haar. Das bedeutet, dass der Mörder heute Nachmittag eine

Perücke getragen hat, als der Zeuge ihn aus dem Auto hat steigen sehen. Andererseits ist er ausgesprochen kräftig, das kannst du mir glauben. Etwas zu sehr für eine Frau, wenn du mich fragst.«

Nach einer kurzen Pause lenkte sie ein: »Ich gebe ja zu, dass dein Täterprofil in allen Punkten logisch ist. Alle Fakten passen perfekt zusammen, wenn du sie nach deiner Methode erklärst, und ich kann dir theoretisch nur recht geben, der Mörder ist eine Frau. Aber meine Begegnung mit dem Täter lässt mich das Gegenteil vermuten.«

Brolin war nicht einverstanden.

»Es ist aber nun mal so, dass auch der cleverste aller Verbrecher nicht über seine Beweggründe hinwegtäuschen kann, ohne dass es auf die eine oder andere Weise ans Licht kommt. So gesehen verstehe ich deinen Standpunkt. Im Moment aber haben wir keine Alternative, deshalb lass uns damit anfangen, und wenn nichts dabei herauskommt, erweitern wir unsere Suche ... Sofern die Polizei den Täter nicht inzwischen schon gefasst hat.«

Brolin nahm einen Stift und markierte die Frauennamen auf ihrer Liste.

»Josh, warum überlassen wir diese Arbeit nicht Meats und seinen Männern? Findest du nicht, dass wir schon genug getan haben?«

»Meats befindet sich am neuen Leichenfundort, Detective Balenger ist unterwegs, um ›unser‹ Skelett zu untersuchen, und die anderen sind entweder zum Personenschutz der beiden Paare abgeordnet, die die nächsten Opfer sein könnten, oder stellen die ganze Stadt auf den Kopf, um herauszufinden, welche Identität Constance Abbocan hat annehmen können. Und da dachte ich, dass es sich vielleicht lohnen würde, wenn wir gesondert von ihnen weitermachen, was meinst du?«

Was sollte sie sagen, wenn er die Situation so präsentierte?

Drei Viertel der Kripo waren bereits mit dem Fall beschäftigt, und die Kriminellen von Portland machten nicht plötzlich eine Pause, um der Polizei Zeit zu lassen, ihn zu lösen.

Brolin rief seinen Kontaktmann an, der gerade auf dem Heimweg von der Arbeit war. Er fuhr zurück und rief zwanzig Minuten später an. Es war fast neunzehn Uhr. Draußen schien die Sonne noch immer gnadenlos, auch wenn das Licht nicht mehr so aggressiv war und leicht ins Orangerot überging.

Es dauerte eine weitere Stunde, bis sich der Kontaktmann erneut meldete; er hatte zwei Namen herausgefunden.

Zwei Frauen, die auf Brolins Liste standen und mit Spinnen zu tun hatten, fuhren einen roten Wagen.

Zwei Verdächtige, von denen eine blond war.

Gloria Helskey. Die Projektleiterin von NeoSeta.

»Jetzt, da wir die Adresse haben, fahren wir nach Portland zurück und mieten ein Auto für dich«, erklärte Brolin. »Wir dürfen keine Zeit verlieren. Du siehst dich mal bei Gloria Helskey um.«

Die andere war Debbie Leigh. Die junge rothaarige Frau, die einen Laden mit Spinnen und Schlangen im Stadtzentrum hatte.

Brolin zog es vor, Annabel zu der ersten Verdachtsperson zu schicken. Denn je länger er darüber nachdachte, desto mehr entsprach Debbie Leigh dem Profil des Mörders.

Sie war eine solch ausgeprägte Spinnenfanatikerin, dass sie sogar ein Tattoo in Form eines Achtbeiners auf dem Nacken hatte.

Jetzt erinnerte er sich auch, dass sie das Datum ihrer Ladeneröffnung erwähnt hatte – Frühsommer 2001. Wenige Monate nachdem Constance Abbocan aus der Psychiatrie entlassen worden war.

Denn Brolin hatte keinen Zweifel, dass sie noch immer nach Mrs. Abbocan suchten. Das Skelett im Wald war nur eine falsche Fährte. Die Biographie von Constance Abbocan entsprach genau dem Profil des Mörders. Sie war ihr Täter. Ohne jeden Zweifel. Sie hatte nur ihre Identität gewechselt.

»Warum meinst du, dass die Zeit so drängt?«, fragte Annabel. »Er wird doch nicht gleich heute Nacht ein weiteres Paar angreifen. Nicht so schnell!«

»Ich weiß nicht, das ist so ein Gefühl. Noch nie hat der Mörder den Fehler begangen, eine Leiche am helllichten Tag abzulegen. Normalerweise geht er äußerst vorsichtig vor. Wenn er dieses Risiko eingegangen ist, dann weil er nicht anders konnte, weil er's eilig hat.«

Brolin erhob sich.

»Wir müssen ihn unverzüglich fassen. Wenn er in Eile ist, dann deshalb, weil er etwas im Schilde führt.«

Der Privatdetektiv hatte eine Vorahnung.

Das Schlimmste stand ihnen noch bevor.

68

Wie ein Lauffeuer hatte sich die Nachricht verbreitet und Reporter von Presse und Fernsehen an den Fundort der Leiche gelockt: ein Straßengraben der State Route 224. Zu beiden Seiten Wald und in der Nähe ein Teich. Die Fotografen versuchten, die Stimmung einzufangen, egal wie, Hauptsache, die Fantasie der Leser und Fernsehzuschauer wurde angeregt.

Detective Lloyd Meats wandte der Gruppe von Reportern, die ihm ihre Mikros entgegenhielten, den Rücken zu.

Die Assistenten der Rechtsmedizin transportierten gerade die allzu leichte Leiche von Dianne Rosamund ab. Sie war vollständig in faserige Spinnenseide gehüllt und in der Nähe von Wasser abgelegt worden: Das war ohne jeden Zweifel die Handschrift des Mörders, den sie suchten.

Meats ging zu dem Streifenwagen, in dem ihr wertvoller Zeuge Mack Vargassian saß. Im Grunde hatte der alte Mann nicht viel gesehen. Er kam jeden Tag zum Angeln an den Clackamas River, dessen einer Arm in besagten Teich mündete. Am späten Nachmittag hatte er seine Sachen zusammengepackt und war zurück zur Straße gegangen. Seinen Lieferwagen hatte er, etwa einen Kilometer entfernt, auf dem Parkplatz einer Tankstelle abgestellt, die man in der Ferne erkennen konnte. Unterwegs hatte er ein rotes Fahrzeug anhalten sehen – die Marke wusste er nicht, er verstand nichts von Autos. Eine blonde Frau hatte ein helles Paket, einem zusammengerollten Schlafsack ähnlich, aus dem Kofferraum geholt. Das heißt, er war der Meinung, dass es sich um eine Frau handelte, da die Person lange Haare gehabt hatte. Bis sich Mack Vargassian, der etwa drei- bis vierhundert Meter entfernt gewesen war, genähert hatte, hatte die Frau das Bündel in den Graben geworfen und war sofort weitergefahren.

Meats verabschiedete sich von dem alten Mann. Zu dem Cop, der neben ihm saß, sagte er: »Okay, Sie können ihn zurück zu seinem Wagen bringen.«

Mack Vargassian war ein ruhiger und besonnener Mann. Er war nicht in Panik geraten, als er entdeckt hatte, dass es sich bei dem weißen Paket um die Leiche einer Frau handelte. Er hatte das nächste vorbeikommende Auto angehalten und gebeten, die Polizei zu verständigen. Er selbst war dageblieben, um den Fundort zu bewachen. Er hatte Mut und gesunden Menschenverstand bewiesen.

Ansonsten interessierte Meats vor allem der letzte Teil seiner Aussage. Vargassian hatte zu Protokoll gegeben, das rote Fahrzeug habe an der Einmündung zur Tankstelle das Tempo verlangsamt, so als wolle es dort einbiegen. Dann hatte er die Leiche entdeckt und nicht weiter auf den Wagen geachtet.

Lloyd Meats erklärte dem anderen anwesenden Detective, er würde zur Tankstelle fahren.

Die war eher klein. Meats hielt an und machte sich ein Bild von den Örtlichkeiten. Es gab Toiletten und eine Imbissbude, die geschlossen war, sowie einen Parkplatz für etwa zwölf Fahrzeuge. Keine Spur von einem roten Auto.

An den Zapfsäulen konnte man nicht mit Kreditkarte zahlen und musste also zwangsläufig zur Kasse. Mit etwas Glück könnte der Kassierer die Kundin beschreiben.

Als Meats gerade das graue Häuschen betreten wollte, bemerkte er eine über den Zapfsäulen angebrachte Überwachungskamera. Er schnalzte mit der Zunge und atmete tief durch. Das konnte zu ihrem Vorteil sein. Vorausgesetzt, das Gerät funktionierte ...

Der Kassierer schien nicht weiter verwundert, als Meats ihm seine Dienstmarke zeigte. Bei dem Trubel, der hier herrschte, hatte er mit einem solchen Besuch gerechnet.

»Die Kamera? Natürlich funktioniert sie! Das ist eine Auflage meiner Versicherung, wenn jemand volltankt und dann verschwindet, ohne zu zahlen, kann man ihn ausfindig machen – außer die Karre ist gestohlen, das kommt natürlich auch schon mal vor.«

»Gegen siebzehn Uhr war eine blonde Frau in einem roten Auto hier. Wissen Sie, ob sie nur angehalten oder ob sie auch getankt hat?«

»Nein, nein, sie hat getankt. Daran erinnere ich mich.«

»Können Sie sie beschreiben?«

»Äh ... nicht wirklich. Ich sehe hier so viele Leute, dass ich gar nicht mehr richtig hinschaue und alle verwechsele. Ich habe gut fünfzig Kunden pro Tag.«

Meats nickte. Das war meistens so. Die Zeugen konnten im Allgemeinen nur einen generellen Eindruck wiedergeben, vielleicht noch die Farbe der Haare oder der Kleidung, aber keine Details.

»Und die Kassette, dürfte ich die mal sehen?«

»Ja. Wenn Sie mir das Geld für eine neue geben.«

Seufzend legte Meats einen Zehndollarschein auf den Tresen. Der Kassierer verschwand in einem Nebenraum und kam mit dem Videoband zurück.

»Vielleicht wollen Sie es sich gleich ansehen?«

»Wäre das möglich?«

»Ja, ich habe hinten einen Videorekorder mit einem kleinen externen Monitor, aber die Aufnahme ist schwarzweiß.«

Sie ließen die Kassette im Schnellgang durchlaufen. Beim Nachmittag angekommen, bat Meats, als er eine Frau aussteigen sah, darum, auf normales Tempo umzuschalten. Bei der Schwarz-Weiß-Aufzeichnung war die Farbe der Wagen natürlich nicht zu erkennen.

Der Timecode zeigte 17:19 Uhr an, als ein Datsun hielt. Eine vermutlich blonde Frau, die es offensichtlich eilig hatte, stieg aus. Da sie den Kopf gesenkt hielt, konnte man ihr Gesicht nicht erkennen.

Doch das Nummernschild war deutlich zu sehen.

Meats wusste, dass man durch eine Fachbearbeitung das amtliche Kennzeichen würde erkennen können.

Diesmal waren sie ihr dicht auf den Fersen.

69

Brolin erfuhr die Nachricht aus dem Radio.

Drei Personen waren nach einem Spinnenbiss ins Krankenhaus eingeliefert worden. Eine von ihnen war vor wenigen Minuten verstorben, die beiden anderen befanden sich in einem »kritischen« Zustand.

Drei an einem Tag.

Der Mörder beschleunigte sein Tempo.

Kurz bevor er das Haus erreichte, in dem Debbie Leigh wohnte, wurde in einer Sondermeldung bekannt gegeben, dass ein vierter Mensch gebissen worden war. Die Gesundheitsbehörde der Stadt nahm das Problem sehr ernst, doch die Polizei, die einräumte, es handele sich möglicherweise um eine Straftat, rief nicht zu besonderen Vorsichtsmaßnahmen auf, um keine Panik aufkommen zu lassen.

Brolin schaltete das Radio ab und stieg aus. Er stand vor einem modernen Wohnhaus im Süden des Stadtzentrums. Das ließ ihn an seiner These zweifeln. Man wusste, dass der Mörder seine Opfer entführte und drei, vier Tage bei sich behielt, doch das war in einem Mehrparteienhaus nicht möglich.

Ihr Geschäft.

Ja, das müsste er sich noch einmal ansehen, vielleicht würde er dort etwas finden.

Der Privatdetektiv betrat das Haus und suchte nach einer Treppe zur Tiefgarage. Dort inspizierte er sämtliche Duplex-Einheiten, bis er schließlich Debbie Leighs Wagen gefunden hatte. Sein Freund bei der KFZ-Stelle hatte ihm den Typ und das amtliche Kennzeichen mitgeteilt.

Der Wagen stand auf der oberen Fläche. Brolin legte die Hand auf die Kühlerhaube und bemerkte, dass sie noch warm war. Nicht weiter verwunderlich bei diesen Temperaturen, sagte er sich. Vielleicht parkte Debbie Leigh ihren Wagen tagsüber auf der Straße …

Zumindest konnte er davon ausgehen, sie zu Hause anzutreffen.

Er kehrte in die Eingangshalle zurück, sah sich die Wohnungsnummern auf den Briefkästen an und fuhr in den vierten und letzten Stock.

Brolin wusste, er musste sich natürlich geben, um keinen Verdacht zu erregen, so tun, als hätte er nur noch ein paar dringende Fragen zum Thema Spinnen. Wenn er ihr erst einmal in ihrer Wohnung gegenüberstehen würde, könnte er sich ein besseres Bild von ihr machen.

Er hoffte, ihr bei diesem Spielchen überlegen zu sein.

Seine Hand glitt zu seiner Hüfte und tastete nach der Waffe.

Er durfte nicht gestresst wirken, ganz ruhig. Mit neunzigprozentiger Sicherheit hatte sich Debbie Leigh nichts vorzuwerfen.

Er klopfte.

Brolin hoffte, dass er es rechtzeitig bemerken würde, falls die letzten zehn Prozent zuträfen.

Die Tür öffnete sich.

☆

In dem Wagen, den Brolin für sie gemietet hatte, fuhr Annabel in nordwestliche Richtung.

Die Sonne versank langsam hinter den Hügeln und tauchte sie in ein rötliches Abendlicht.

Brolin hatte ihr eingeschärft: »Du parkst in sicherem Abstand. Sie darf dich nicht sehen, du sollst dich nur vergewissern, dass sie zu Hause ist, und sie beobachten. Sobald dir irgendetwas verdächtig vorkommt, rufst du Larry an. Und vor allem, geh kein Risiko ein, du bist nur zur Überwachung da, nur für alle Fälle ...« Sie hatte ihn unterbrochen. Manchmal ging er ihr auf die Nerven mit seiner Art, alles kontrollieren zu wollen. Sie war schließlich kein Anfänger, sie kannte ihren Job. Sie wusste, dass sie keinen Durchsuchungsbefehl hatte – den man ihr wohl auch in ihrem eigenen Zuständigkeitsbereich wegen Mangel an Beweisen verweigert hätte – und dass Gloria Helskey vermutlich unschuldig war.

Sie wollte sie nur im Auge behalten.

Wenn sich eine Gelegenheit böte, könnte sie sich immer noch etwas mehr annähern. Zum Beispiel, um den Kofferraum des roten Wagens auf eventuelle Seidenspuren zu überprüfen. Annabel hatte keine Ahnung, wie sie das bewerkstelligen würde, aber sie war zuversichtlich. Sie würde improvisieren.

Bei Cedar Mill bog sie von der Route 26 ab, durchquerte den Vorort und folgte einer Straße, die sich im Wald verlor.

Gloria Helskey musste gut verdienen, denn sie besaß eine Wohnung in Coos Bay an der Küste und ein umgebautes Farmhaus in der Nähe ihres Arbeitsplatzes. Annabel bog auf den Weg ein, der zu dem Anwesen führte, das inmitten von zwanzig Hektar Weideland lag, auf dem allerdings kein einziges Tier graste.

Die hölzerne Schranke an der Zufahrt war nicht geschlossen. Ihrem Zustand nach zu urteilen, wurde sie nicht oft betätigt. Ein angenehmer Ort zum Leben. Erholsam.

Und auch ein bisschen traurig, dachte Annabel. Ja, es war traurig, all diese Weiden ohne Tiere zu sehen. Irgendwie fehlte es an Leben.

Gegen Ende des Weges gab Annabel etwas mehr Gas, um den Hügel hinaufzufahren, hinter dem das Farmgebäude lag.

Sie schreckte zusammen.

Kam fast zum Stehen.

Sie hielt das Lenkrad fest umklammert und drückte sich in ihren Sitz.

70

Lloyd Meats hatte nicht gewollt, dass die Einsatztruppe der Polizei ihn und seine Männer begleitete. Sie sollte sich lediglich bereithalten, um im Bedarfsfall eingreifen zu können. Zunächst musste man überprüfen, ob der Mörder zu Hause war. Wenn nicht, würden sie sich verstecken und seine Rückkehr abwarten. Man konnte nicht das Risiko eingehen, sein Haus zu umstellen und dabei bemerkt zu werden.

Dank seiner Erfahrung hatte Brolin ein exaktes Täterprofil erstellt.

Der Mörder war eine Frau. Sie war Spinnenexpertin und bei der Firma NeoSeta angestellt – eine der Spuren, die die Kripo aus Zeitmangel bislang nicht wirklich ausgewertet hatte.

Die Videoüberwachungskamera der Tankstelle hatte sie verraten.

Das amtliche Kennzeichen des Fahrzeugs.

Gloria Helskey.

Sobald er den Namen und die Adresse bekommen hatte, war Meats losgefahren. Er wusste nichts über sie. War es die neue Identität von Constance Abbocan, oder war diese nur ein unschuldiges Verwechslungsopfer? Wer war Gloria Helskey wirklich?

Selbst wenn sie sie an diesem Abend tatsächlich festnehmen sollten, wären noch aufwändige Überprüfungen nötig, ehe der Fall abgeschlossen und dem Staatsanwalt übergeben werden könnte.

Die beiden Polizeifahrzeuge, Privatwagen, bogen in eine Straße ein, die, der Karte nach zu urteilen, am Farmgelände der Verdächtigen vorbeiführte. Bei einem halbverfallenen Silo, das an einen vom Krieg zerstörten Wachturm erinnerte, hielten sie an.

Meats wandte sich an Detective Cooper, der ihn begleitete.

»Wir nähern uns der Farm diskret über die Wiesen; Perkinson bleibt hier bei den Wagen, die anderen kommen mit uns.«

Bald darauf stiegen fünf Detectives den Hügel hinauf. Auf der anderen Seite müssten sie nur über einen Zaun klettern und wären, wenn Meats die Karte richtig gelesen hatte, nach etwa fünfhundert Metern beim Haus.

Sie waren noch nicht ganz oben angelangt, als Cooper rief: »Verdammt, was ist denn das? Ein Waldbrand?«

Schwarzer Rauch stieg zum Himmel auf.

Meats rannte los und beschattete, oben angekommen, die Augen mit der Hand.

Der Rauch schraubte sich in einer gewaltigen Säule in die Höhe. Er kam von der Farm.

Plötzlich schoss eine Feuerkugel in die Luft, die anschwoll, bis schließlich die Flammen erloschen und nun ihrerseits die Rauchsäule speisten. Eine Explosion ließ den Boden unter ihren Füßen erbeben.

»Verdammt!«, schrie Meats. »Los, zurück zu den Autos! Fahrt zur Straße und holt Hilfe!«

Er selbst rannte auf das brennende Haus zu und hätte sich fast beim Überspringen des klapprigen Zauns den Fuß verstaucht. Als er das Farmhaus erreichte, liefen ihm dicke Schweißperlen über die Stirn, sein Hemd war durchgeschwitzt. Er hatte das Gefühl, seine Lunge wäre aufgebläht wie eine Papiertüte und müsste jeden Moment platzen.

Nur ein Flügel des L-förmigen Gebäudes brannte. Ein Heer von Flammen züngelte an den Mauern empor, glühende Pfeile schossen in alle Richtungen, und es krachte überall wie von wild gewordenen Maschinengewehren. Ein Teil des Daches war durch die Detonation weggerissen.

Plötzlich entdeckte Meats sechs Gasflaschen an einer der Wände. Das Feuer kroch auf sie zu, und die Flammen streckten ihre Tentakel nach ihnen aus.

Der rote Wagen parkte vor dem Haus, in gefährlicher Nähe der Feuersbrunst. Ein zweites Auto stand mitten auf dem Zufahrtsweg, die Fahrertür war geöffnet.

Meats suchte das Haus mit den Blicken ab.

Eine weitere Explosion in dem schon beschädigten Flügel.

Meats wurde durch den Druck und die Hitze des glühenden Feuerpilzes ins Gras geschleudert.

Er blinzelte und versuchte, sich zu orientieren.

Ein Pfeifen in seinen Ohren.

Er hatte einen Geschmack von Asche im Mund und hob den Kopf.

Funkengarben stoben durch die Luft; sobald sie den Boden berührten, erloschen sie mit einem Zischen und verströmten einen beißenden, brandigen Geruch.

Und inmitten dieses Chaos konnte Meats sie sehen.

Eine Gestalt in dem noch intakten Teil des Hauses hinter der geöffneten Tür.

Jetzt verschwand sie aus seinem Blickfeld.

Meats hatte sie erkannt.

»Annabel! Kommen Sie sofort da raus, gleich fliegt alles in die Luft!«

Sein Schrei wurde vom Tosen des Feuers verschlungen.

Die Flammen fraßen das Haus, und niemand konnte sie mehr aufhalten. Eine mitleidlose, wütende Maschinerie der Zerstörung. Ihre krallenbewehrten Finger streckten sich nach den Gasflaschen aus.

Meats sprang auf und rannte auf die offene Tür zu.

71

Brolin kehrte zu seinem Wagen zurück.

Debbie Leigh war nicht allein gewesen, als er eintraf. Sie hatte ihre Eltern zu Besuch, die am Vortag aus Tucson gekommen waren. Sie hatten die ganze Zeit zusammen verbracht. Das hatte Brolin herausgefunden, ohne direkt nachzufragen, um nicht aggressiv oder argwöhnisch aufzutreten. Die Wände des Wohnzimmers waren mit Fotos von Debbie mit ihren Verwandten oder Freunden tapeziert, Bildern, die von großer Lebensfreude und einer glücklichen Vergangenheit zeugten. Das deutete auf alles andere als auf vier in der Psychiatrie verbrachte Jahre hin. Debbie Leigh war nicht der neue Name von Constance Abbocan. Sie hatte nichts mit alledem zu tun, das stand eindeutig fest.

Er hatte sich also getäuscht.

Er wählte Annabels Nummer. Die Mailbox. Hatte sie ihr Handy ausgeschaltet, um das Haus von Gloria Helskey zu beobachten?

Gloria Helskey.

Nein, nicht sie. Brolin rief sich in Erinnerung zurück, wie er sie am Morgen seines zweiten kurzen Besuchs bei NeoSeta in Begleitung von Professor Haggarth gesehen hatte. Aber der Mörder hatte die Zeit gehabt, die neue Leiche im südöstlichen Randbezirk von Portland abzulegen, genau am anderen Ende der Stadt. Faktisch hätte Gloria Helskey es gar nicht bewerkstelligen können, nach Dienstschluss am späten Nachmittag …

Es sei denn, sie hatte sich den Nachmittag freigenommen.

Nein, sie …

Brolin durfte diese Möglichkeit nicht ausschließen.

Denk daran, Gloria Helskey hat für das Militär gearbeitet, auf dieser Basis nahe der Lichtung, sie ist Spinnenexpertin …

Der Privatdetektiv ließ noch einmal ihr erstes Gespräch bei NeoSeta Revue passieren. Trug sie einen Ehering? Er konnte sich nicht erinnern, hätte aber wetten können, dass es nicht der Fall war.

Sie lebt vermutlich allein!

Er entsann sich der Adresse.

Ein abgelegenes Haus, ein idealer Ort für einen Mörder!

Und sie war blond, wie die Verdächtige, die am Nachmittag von einem Zeugen beobachtet wurde.

Es ist eine Perücke …

Alles deutete jetzt auf sie hin, je länger er darüber nachdachte.

Warum hatte er sich auf Debbie Leigh versteift? Er hatte, statt objektiv zu sein, auf sein Gefühl gehört. Ein unverzeihlicher Fehler.

Annabel.

Er hatte sie dorthin geschickt, in der Annahme, dass es ungefährlich war.

Nein, das sind schon wieder Spekulationen, du hast keinen einzigen stichhaltigen Beweis!

Gloria Helskey hat die Leiche nicht am anderen Ende der

Stadt ablegen können, wiederholte er sich. Es sei denn, sie hatte sich den Nachmittag freigenommen.

Annabel ist dort, um das Haus zu beobachten, sie wird nicht eingreifen ... Also reg dich nicht auf.

Brolin sah auf seine Uhr. Kurz nach neun. Donovan Jackman, der PR-Chef, würde nicht mehr bei NeoSeta sein. Ihm blieb noch eine Option.

Brolin stieg in den Mustang.

Wenige Minuten später betrat er das Polizeipräsidium, fuhr in den fünften Stock und ging von Büro zu Büro auf der Suche nach jemandem, den er kannte.

»Arnold, ich brauche eine Telefonnummer, ganz dringend.«

Brolin erhielt die Privatnummer von Jackman. Er wählte sie, als er wieder draußen war.

Sein Ton war schneidend.

Er ließ Donovan Jackman keine andere Wahl.

Er wollte wissen, ob sich Gloria Helskey den heutigen Nachmittag freigenommen hatte.

Jackman antwortete. Dann fügte er noch einen weiteren Satz hinzu.

Brolin blieb fassungslos mitten auf der Straße stehen.

72

Der Rauch vergiftete die Luft und füllte alle Räume mit tödlichen Dämpfen.

Annabel hatte sich aus der Küche ein Tuch geholt und vor Mund und Nase gehalten. Sie hatte im Erdgeschoss niemanden gefunden, auch nicht im Wohnzimmer und in der Bibliothek.

Als sie festgestellt hatte, dass das halbe Gebäude in Flammen stand, hatte sie auf ihren Polizisteninstinkt gehört: Sie musste sich vergewissern, dass sich niemand im Innern befand. Egal ob Mörder oder Opfer, sie musste sicherstellen, dass niemand Gefahr lief, in den Flammen umzukommen. Da sie wusste, dass Rauch nach oben steigt, hatte sie die Treppe zum ersten Stock gesucht und war von Zimmer zu Zimmer gelaufen, ohne etwas zu finden. Es blieben nur noch die hintersten Räume, diejenigen, die am weitesten von dem brennenden Flügel entfernt waren, den Annabel nicht mehr durchsuchen konnte. Ihr Handy hatte in dieser entlegenen Gegend kein Netz, und das Telefon im Haus funktionierte nicht mehr, so dass die Feuerwehr erst alarmiert würde, wenn man von Cedar Mill aus die Rauchwolke sähe.

Sie stieß die Tür eines der Schlafzimmer auf. Es war das geräumigste und vor allem das einzige, das richtig möbliert war.

Annabel sah sie sofort.

Direkt ihr gegenüber. Einen Revolver in der Hand. Reglos.

Annabel öffnete den Mund und trat einen Schritt vor, um zu helfen.

Es war zu spät.

Schon seit einer Weile herrschte der Tod über diesen Raum.

Es gab nichts mehr zu tun.

73

Alles war sehr schnell für die SACHE gegangen.

Ihr letzter Tag.

Die Spinnen in der ganzen Stadt verteilen. Die Leiche im Wald am Straßenrand ablegen, zur Farm fahren.

Dort hatte sie mühelos zu ihrer Waffe greifen können.

Der Tod war letzten Endes gar nicht so mystisch. Es bedurfte lediglich eines Revolvers – eine Kugel, die ins Fleisch dringt, die die Hirnschale zertrümmert und die Hirnmasse in Brei verwandelt.

Es war sehr viel einfacher, als sie es sich den ganzen Tag über vorgestellt hatte. Den Finger auf den Abzug legen. Nicht zittern. Sicher zielen.

Ja, es war wirklich leichter gewesen, als sie gedacht hatte, den Tod mit solcher Berechnung, solcher Ruhe auszulösen.

Den Lauf auf die Haut drücken.

Die Augen schließen sich. Das Hirn hat verstanden, dass es vorbei ist.

Und der Zeigefinger übt den nötigen Druck auf das gebogene Metall aus.

Zunächst der spürbare Widerstand am Finger.

Und der Vorgang löst das Nichts aus.

Die SACHE hatte ganz einfach nur den Pistolenlauf auf den unteren Teil des Gesichts gehalten, vor den Mund.

Und abgedrückt.

74

Als Lloyd Meats in den Raum stürzte, sah er sofort die blutbespritzte Wand.

Und die Reste von Hirnmasse, die daran kleben geblieben waren.

Eine Kugel hatte genügt.

In den Mund.

Gloria Helskey lag auf ihrem Bett ausgestreckt. Ihre Augen ins Nichts gerichtet.

Durch die Wucht der Kugel war ihre blonde Perücke verrutscht. Sie hielt die Waffe noch in der Hand.

Das Blutbad hatte vor höchstens einer Stunde stattgefunden. Die Fliegen machten sich an der Wunde im Mund und am Schädel zu schaffen.

Annabel, die neben dem Bett stand, griff mit ihrer unversehrten Hand nach der Beretta, hielt aber inne, als sie den

Eindringling erkannte. Auch sie hatte die Leiche gerade erst entdeckt. Gloria Helskey musste augenblicklich tot gewesen sein, lang bevor sie hier eingetroffen waren.

»Wir müssen sofort hier raus. Vor dem Haus stehen Gasflaschen, das Ganze kann jeden Moment in die Luft fliegen!«, schrie Meats.

Annabel begann, die Leiche in das Laken, auf dem sie ruhte, zu wickeln.

»Was machen Sie da, sind Sie verrückt?«, wetterte Meats. »Wir haben keine Zeit. Sie hat eindeutig Selbstmord begangen. Los, raus hier!«

Die junge Frau ließ sich nicht beirren. Meats fluchte und trat näher, um ihr beim Tragen zu helfen. Die Berührung mit dem noch lauwarmen Körper bestätigte seine Vermutung. Sie musste sich im Laufe der letzten ein bis zwei Stunden die Kugel in den Kopf geschossen haben, länger konnte es nicht her sein.

Annabel packte sie unter den Achseln, Meats an den Füßen, und so trugen sie die Leiche über den Flur. Aus dem Laken begann es zu tropfen, zinnoberrote Flecken fielen auf das Linoleum.

Das Prasseln des Feuers erfüllte das ganze Haus. Meats begann, heftig zu husten. Der Rauch brannte in den Augen, Tränen zogen glänzende Furchen über die Wangen. Sie erreichten die Tür, nur noch wenige Meter bis zum rettenden Sauerstoff.

Eine Flammengarbe ging vor dem Eingang nieder, ein undurchdringlicher Vorhang, der die Temperatur in dem Gang noch mehr aufheizte.

So schnell, wie er erschienen war, zog sich der Feuerschleier wieder zurück, so dass die Eingangstür für wenige Sekunden passierbar war.

Annabel und Meats rannten los, hinaus in die Dämmerung.

Das Monster fliehend, das sich gierig auf die geringste Zelle von Leben stürzte, um sie zu vernichten, hatten Annabel und Meats im Laufschritt etwa zwanzig Meter zurückgelegt, als sie in ihrem Rücken ein mechanisches Klicken vernahmen.

Die Verschlüsse der ersten Gasflaschen waren geschmolzen.

Sie explodierten.

Eine Trombe des Todes zerfetzte alles auf ihrem Weg, pulverisierte jede Materie mit ihrer Schockwelle. Was nicht gänzlich zerfiel, wurde von Hunderten von Stahlspänen der zerfetzten Gasflaschen durchsiebt. Eine Feuerwalze ließ die Reste des Gemetzels verkohlen.

Annabel und Meats wurden von der Explosion zu Boden gerissen.

Der Detective wurde gegen eine Steinmauer geschleudert. Er nahm das Krachen seiner Knochen nicht wahr. Bei dem Aufprall rissen mehrere Nerven- und Muskelfasern in seinem Arm, zwei glühende Metallstücke bohrten sich in seinen Rücken.

Für Annabel ging alles viel zu schnell. Durch die Druckwelle wurde die Leiche von Gloria Helskey auf sie geworfen, dann wurden beide mehrere Meter weiter auf eine Wiese katapultiert.

Etwa eine halbe Minute lang hob sich die Brust der jungen Frau nicht.

Dann sog sie gierig den Sauerstoff ein.

Und schlug die Augen auf.

Sie schob den Leichnam zur Seite und stieß einen Schrei aus. Ihr ganzer Körper war starr vor Schmerz.

Ringsumher sah sie brennende Trümmer zur Erde fallen.

Unter das Tosen des Feuers mischte sich jetzt das Heulen von Sirenen.

Sie war noch am Leben.

☆

Das Farmgelände glich einem aktiven Vulkan. Überall graue Rauchwolken, die von den brennenden Trümmern im Gras aufstiegen. Ein halbes Dutzend Fahrzeuge stand rings um den Ort der Katastrophe: Feuerwehrwagen, Ambulanzen und Polizeiautos, aus deren geöffneten Türen das Knistern der Funkgeräte drang. Sanitäter trugen Lloyd Meats in einen Krankenwagen, er brauchte dringend ärztliche Hilfe. Seine Lider flatterten. Annabel sah ihn den Kopf heben, um sie zu suchen. Sie bemerkte ein Leuchten in seinen Augen, als er sie entdeckte. Da wusste sie, dass er durchkommen würde.

Inzwischen war die Nacht hereingebrochen und die ganze Szenerie in rötliches Licht getaucht.

Larry Salhindro machte Meats ein aufmunterndes Zeichen, ehe er die Türen des Krankenwagens schloss. Dann kam er zu Annabel, die abseits am Boden saß.

»Er ist ganz schön angeschlagen«, meinte er. »Doch er ist ein zäher Bursche und wird bald wieder auf den Beinen sein.«

Annabel neigte den Kopf auf die Seite. Salhindro kniete sich vor sie hin, um auf gleicher Höhe mit ihr zu sein.

»Was darf ich Ihnen servieren, Ms. O'Donnel? Ich habe noch etwas kalten Kaffee in der Thermosflasche, etwa zwei Tage alt, eine unserer Spezialitäten. Und vielleicht sogar ein paar Donuts vom letzten Wochenende.«

Ihre Antwort war ein müdes Lächeln. In ihrem Kopf hallte noch immer das dumpfe Echo einer schrecklichen Explosion wider – wie das Heulen einer dämonischen Kreatur.

Sie sah einen Techniker von der Spurensicherung den Leichnam von Gloria Helskey zudecken, nachdem er ihr mit einem mit Watte umwickelten Holzstab über Hände und Gesicht gestrichen hatte, um sie auf Pulverreste zu untersuchen. Annabel kannte all das, die Methoden an Ost- und Westküste waren die gleichen. Und diese vertrauten Vorgänge taten ihr irgendwie gut, ließen sie wieder zu sich kommen und entfernten sie von diesem Chaos.

Sie erinnerte sich, dass die Stäbchen mit stark verdünnter Zitronensäure getränkt waren, um die Reste von Schmauchspuren aufnehmen zu können. Eine simple Überprüfung, um sicherzugehen, dass es sich nicht um vorgetäuschten Selbstmord handelte. Bei dem Schuss waren zwangsläufig größere Mengen Pulver freigesetzt worden, die sich in der Luft verbreitet hatten, zum Teil auch auf der Hand, die den Pistolenkolben hielt.

Annabel dachte, dass man die Analyse den Umständen anpasste. Es bestand kaum ein Zweifel daran, dass es sich tatsächlich um Selbstmord handelte, und die Polizei wollte die Ergebnisse möglichst schnell erhalten. Man verzichtete also auf das Rasterelektronenmikroskop, das berühmte REM, und die spektrometrische Analyse. Es würde ungefähr fünf Stunden dauern, bis mit dieser komplizierten Technik die Suche nach Barium, Antimon und Blei, den wichtigsten Rückständen bei einem Pistolenschuss, abgeschlossen wäre. Die hier angewandte Methode war nicht ganz so zuverlässig, nahm dafür aber sehr viel weniger Zeit in Anspruch.

Annabel konzentrierte sich auf ihr theoretisches Wissen, um der Angst zu entfliehen, die ihr noch immer in den Knochen steckte.

Die Fehlermarge dieser Methode war trotzdem relativ klein. Sie wusste, dass man Antimon in Zinn und Barium in Ölen findet, wie sie zum Beispiel in Autowerkstätten vorkommen, doch die Wahrscheinlichkeit, dass sich Gloria Helskey vorher in einer Werkstatt aufgehalten hatte, war äußerst gering. Ja, die spektrometrische Analyse war das Beste, was es in diesem Fall gab. Sie war …

»Annabel? Annabel? Alles in Ordnung?«

Sie blinzelte und sah das besorgte Gesicht von Salhindro vor sich.

»Ja«, murmelte sie.

Der beleibte Cop massierte sich nachdenklich den Nasenrücken, dann setzte er sich neben sie ins Gras.

»Das muss hier ja ganz schön heftig zugegangen sein«, sagte er leise. »Doch ihr habt es beide überstanden.«

Die Stimme durchdrang nur vage das Pfeifen, das sie seit einer halben Stunde in den Ohren hatte.

»Weiß Josh Bescheid?«, fragte sie.

»Noch nicht. Unsere Handys bekommen hier kein Netz, und er soll die Nachricht nicht über Funk erhalten. Ich will es ihm persönlich sagen.«

Er tätschelte freundschaftlich ihren Rücken.

»Es sind schließlich zum Teil auch eure Ermittlungen«, fügte er hinzu. »Ihr habt maßgeblich dazu beigetragen, dass diese Geschichte ein Ende hat, ja, ihr habt sogar alle beide einiges abbekommen.«

Salhindros Blick ruhte auf ihrer geschienten rechten Hand.

»Detective Balenger hat sich das Skelett angesehen, das ihr im Wald gefunden habt«, fuhr er fort. »Der Anthropologe, der ihn begleitet hat, bestätigt, dass es sich um eine Frau handelt, doch nach einer flüchtigen Untersuchung der Knochen, vor allem des Beckens, bezweifelt er, dass es Constance Abbocan ist. Die hat ja bekanntlich keine Kinder geboren, die Tote aber allem Anschein nach schon. Wir müssen der Sache nachgehen, um herauszufinden, wie sie es fertig gebracht hat, ihren Namen zu ändern, wie sie Gloria Helskey geworden ist. Was das Skelett betrifft, so war das vielleicht ein Versuch, uns in die Irre zu führen. Sie hat den Personalausweis nur so weit verkohlen lassen, dass noch der Name lesbar ist, und ihn neben einem ihrer anonymen Opfer abgelegt … Nun, das werden weitere Untersuchungen ergeben.«

Annabel hustete und versuchte, tief durchzuatmen.

»Larry, ich glaube, ich kann nicht fahren. Würdest du mich mitnehmen?«

»Ja, natürlich.«

Er erhob sich und nahm ihre Hand, um ihr beim Aufstehen zu helfen. Als sie auf den Füßen stand, hatte sie plötzlich das Gefühl, einen Marathonlauf hinter sich zu haben, so sehr schmerzten ihre Muskeln. Sie schnitt eine Grimasse, als sie sich in Bewegung setzte. Ihre Glieder waren unendlich schwer und taten bei jedem Schritt höllisch weh.

»Du musst ins Krankenhaus, dich untersuchen lassen«, meinte Salhindro. »Du weißt ja nicht, ob du dir vielleicht etwas gebrochen hast, aber du …«

»Ich gehe schon, keine Sorge. Ich möchte nur vorher zu mir kommen, Joshua sehen, mich einfach etwas entspannen.«

Er nickte und machte ihr ein Zeichen, ihm zu seinem Wagen zu folgen.

Sie kamen an der Leiche von Gloria Helskey vorbei, deren Kopf aus dem blutigen Laken hervorschaute.

Man hatte ihr die Perücke abgenommen, um sie untersuchen zu lassen.

Ihr verletzter, kahl rasierter Schädel schimmerte rötlich.

75

Es war ein baufälliges, leicht zurückversetztes Haus in einem ruhigen Wohnviertel, in dem vornehmlich ältere Menschen lebten.

Brolin bemerkte, dass alle Fensterläden im ersten Stock geschlossen waren. Im Erdgeschoss brannte Licht. Ein Toyota mit verbeulter Stoßstange stand vor der Holzgarage am Ende des Gartens.

Der Privatdetektiv überprüfte die Namen auf dem Briefkasten. Es war die richtige Adresse.

Er zögerte.

Sollte er nicht Meats anrufen und ihm alles erzählen? Ihm

seine Schlussfolgerungen erläutern und mitteilen, was er von Donovan Jackman erfahren hatte?

Und wenn es wieder einmal eine falsche Spur war? Meats durfte keine Zeit verlieren, und vielleicht war er ja gerade dabei, dem Mörder Handschellen anzulegen, nachdem er ihn dank des Zeugen identifiziert hatte.

Warum sollte er, der Privatdetektiv, dann alles in Frage stellen?

Er wertete die geringste Spur aus. Genau das tat er. Er überließ nichts dem Zufall.

Er würde sich diskret Zugang verschaffen, sich kurz umsehen, und wenn er etwas Verdächtiges fände, würde er die Cops informieren, damit sie die Sache übernähmen.

Kannst du nicht mal ehrlich sein? Ist es so schmerzlich, dir die Wahrheit einzugestehen? Dass du hoffst, recht zu haben und eine Sonderstellung einzunehmen? Ist es nicht genau das? Was du willst, ist, dieses Unvorhersehbare zu provozieren, Auge in Auge dem Mörder gegenüberzustehen und dann zu sehen, wie du reagierst!

Brolin schob diese Gedanken beiseite und blickte sich um, um sicherzugehen, dass ihn niemand beobachtete.

Mit einem Satz überwand er den Zaun und überquerte den ungepflegten Rasen hin zur rechten Gebäudehälfte.

Durch einen glücklichen Zufall war die nächste Straßenlaterne defekt, so dass der Garten in Halbdunkel getaucht war. Brolin machte sich das zunutze und schlich an der Hauswand entlang bis zu einem Kellerfenster. Er kniete sich hin und näherte sein Gesicht der Scheibe. Das Glas war von einer dicken Staubschicht überzogen, in einer Ecke hatte eine Spinne ein dichtes Netz gewoben. Brolin blieb vorsichtshalber auf Abstand zu dem Achtbeiner.

Es war nicht ganz dunkel in dem Keller, ein schwacher Schimmer drang aus einem der Räume.

Kein Schatten, der sich bewegte, kein Anzeichen dafür,

dass sich dort unten jemand aufhielt. Doch die Scheibe war so schmutzig, dass er nicht sicher sein konnte.

Brolin zog den Kopf zurück.

Er kauerte noch immer am Boden, als etwas hinter ihm vorbeihuschte.

Lautlos.

Der Privatdetektiv schnellte herum und sprang auf.

Keine fünf Meter entfernt war ein dicker schwarzer Kater, der ihn mit seinen gelben, funkelnden Augen fixierte.

Wie ein Späher, der den Garten überwacht, dachte Brolin.

Er zwinkerte dem Tier, das ihn noch immer anstarrte, zu und schlich dann zur Hausecke.

Er wollte sehen, ob es eine Hintertür gab.

Er bemerkte, dass die Garage offen stand. Sie war groß genug, um zwei Wagen und ein paar Möbel darin unterzubringen.

Sein Blick blieb an dem Toyota haften. Das Heck hing tief durch. Er musste schwer beladen sein.

Nein, sehr viel mehr, als wenn sich eine Leiche darin befinden würde … Hör auf, du bist ja schon ganz besessen.

Brolin trat aus dem Schatten der Hauswand und steuerte darauf zu.

Plötzlich das Quietschen einer sich öffnenden Fliegentür.

Er ließ sich zu Boden fallen und rollte hinter einen Busch.

Eine Gestalt tauchte im Lichtschein der geöffneten Küchentür auf. Sie hielt eine Tasche in einer Hand und schien ihn nicht bemerkt zu haben.

Brolin starrte sie an.

Wie hatte er sich so zum Narren halten lassen können?

Wer verbarg sich wirklich hinter diesem entschlossenen Gesichtsausdruck, diesem stolzen und sicheren Gang? Breite, kräftige Schultern, die Haltung einer Person, die Sport trieb, die trainierte. Die Statur bestätigte es, und Brolin ahnte, dass sich die Hände zu eisernen Fäusten ballen konnten.

All dieser Sport hatte nichts mit Körperästhetik zu tun. Es ging nur darum, die Opfer zu überwältigen.

Die Zweifel, die den Privatdetektiv noch geplagt hatten, verflogen angesichts der Verwandlung, die er von seinem Versteck aus beobachten konnte. Das war nicht wirklich dieselbe Person. Er wusste, dass er die Schuldige entlarvt hatte. Dessen war er sich jetzt ganz sicher.

Brolin nahm es sich übel, das Geheimnis nicht früher gelüftet zu haben. Dabei hatte er von Anfang an mit dem Täter zu tun gehabt. Er hatte die Reaktionen all derer, denen er begegnet war, beobachtet, doch er hatte nicht den *Schatten* eines jeden unter die Lupe genommen.

Die Gestalt lief dicht an Brolin vorbei, der vorsichtig nach seiner Waffe tastete. Er konnte jetzt eingreifen und alles innerhalb weniger Sekunden beenden.

Und doch rührte er sich nicht.

Niemand wusste, wo er war, außer Donovan Jackman, der ihm widerwillig die Adresse gegeben hatte. Und Brolin war sich darüber im Klaren, dass eine Situation wie diese, die scheinbar beherrschbar war, innerhalb kürzester Zeit außer Kontrolle geraten konnte. Vor allem, wenn die Person, die man vor sich hatte, so unberechenbar war. Sie würde vor nichts zurückschrecken, um der Verhaftung zu entgehen, das ging aus den schon begangenen Verbrechen deutlich hervor.

Nein, dieses eine Mal würde er vernünftig sein und Meats Bescheid geben, der in weniger als einer halben Stunde mit einem Einsatztrupp hier sein könnte.

Der Wagen ist beladen, der Mörder ergreift die Flucht!

Nun, wenn es sein musste, würde er seine Verfolgung aufnehmen.

Die Gestalt öffnete die Tür des Toyota, warf die Tasche auf den Rücksitz und machte kehrt.

Der Mörder packte seine Sachen, um Portland, wahrscheinlich sogar Oregon, zu verlassen.

Brolin nickte. Der Verbrecher hatte seine Botschaft überbracht. Jetzt machte er sich aus dem Staub, um nicht gefasst zu werden. Doch der Privatdetektiv wusste, dass er wieder anfangen würde. Anderswo. Denn er würde bald unter dem übermächtigen Drang leiden, den Serienkiller verspüren, wenn sie einmal mit dem Morden angefangen haben. Blut ist die gefährlichste aller Drogen. Er würde weitermachen. Er würde seine Botschaft in der Welt verbreiten.

Die Hintertür wurde wieder geschlossen.

Brolin näherte sich in gebeugter Haltung dem Wagen.

Da verfing sich sein Fuß in einem über den Boden gespannten Faden, und er fiel vornüber. Er riss den Faden mit sich und hörte das Knacken von einem Ast und gleichzeitig das Klirren von splitterndem Glas.

Ohne sich die Zeit zu nehmen, seinen Fuß von dem Faden zu befreien, kroch er in den Schutz der Büsche zurück. Im Erdgeschoss bewegte sich der Vorhang vor einem Fenster.

Brolin löste vorsichtig den Faden von seinem Fußgelenk. Es waren mehrere über den Boden gespannt – eine einfache Installation, die im Dunkeln nicht sichtbar war.

Der Privatdetektiv sah immer wieder zu der Hintertür, die aber geschlossen blieb. Nach zwei Minuten glaubte er, sein Versteck verlassen zu können.

Was sollte er tun? Verschwinden und Meats und seine Männer hinzuziehen? Das wäre die vernünftigste Lösung. Etwas in seinem Innern sträubte sich dagegen, wünschte sich, das Problem allein zu lösen.

Er und das *Monster*.

Er allein konnte seine Natur verstehen. Sein Paradoxon.

Einerseits ein Monster, das skrupellos seinen Nächsten abschlachtet, andererseits ein Wesen, dem durch extremes Leid jeder Rest an Menschlichkeit abhandengekommen ist. Es mordete, um zu überleben, um sich eine Art Leben und Gefühl zu bewahren. Ein Wesen, das zerstört, um zu existieren.

Brolin sah den Moment vor sich, da er den Raum betreten würde, da ihre Blicke sich begegnen würden und der Mörder wüsste, dass er entlarvt war. Er würde den Widerschein seines eigenen Grauens, seiner Zweifel in Brolins Augen sehen.

Es gäbe kein Duell.

Brolin hätte schon seine Waffe zur Hand, er würde sie heben, und der Mörder würde verstehen, dass so alles enden müsste. Er würde nun selbst zum Opfer und sähe den eigenen Blick in den Augen seines Mörders – bis zu seinem letzten Atemzug.

Und er würde für Brolins Dämonen zahlen.

Danach … gäbe es nur noch Stille.

Brolin dachte noch eine Weile nach. Annabel tauchte in seinen Gedanken auf. Ihr Bild wirkte beruhigend auf ihn.

Gedanken sind noch keine Taten, sagte er sich. Wie groß Hass und Zynismus, die in ihm steckten, auch sein mochten, er würde sich dieser Gefühle nicht durch das Prinzip »Auge um Auge, Zahn um Zahn« entledigen können.

Er löste die Hand vom Griff seiner Glock, die noch in ihrem Halfter steckte.

Trotzdem konnte er gute Arbeit leisten.

Der Wagen war ganz nah. Er könnte wenigstens einen Blick hineinwerfen.

Ein paar eilige Schritte, ohne die Hintertür aus den Augen zu lassen, hinter der vielleicht der Tod lauerte.

Mehrere Taschen auf der Rückbank und dem Beifahrersitz. Der Beweis dafür, dass sich der Mörder aus dem Staub machen wollte.

Brolin nahm ein leichtes Brummen wahr, das aus der Garage kam. Die Versuchung war groß.

Nur um sicherzugehen, dass dort keine zusätzliche Gefahr lauert, um die Einsatzkräfte zu warnen zu können. Danach verschwinde ich und rufe Hilfe.

Seine Worte klangen hohl, selbst für ihn. Es ging um Neugier, um Schnüffelei in der Höhle des Bösen.

Ein letzter Blick zur Tür. Sie war noch immer geschlossen.

Brolin schlich zur Garage.

Schlüpfte hinein.

Kaum drinnen, zog er seinen Leuchtstift aus dem Etui, das immer in seiner Jeanstasche steckte.

Der schmale Lichtkegel glitt über den Boden aus gestampfter Erde.

Das Brummen war jetzt etwas deutlicher. Brolin ließ sich von seinem Gehör leiten und gelangte zu einem Generator, der nur noch sehr langsam lief. Eine Skala zeigte die Temperatur, eine andere die Luftfeuchtigkeit an. Beides befand sich im freien Fall.

Ein großes Rohr führte ins Innere des Raums. Brolin folgte ihm und hielt gleich darauf inne.

Er stand vor einer Plastikwand, die ihm den Weg versperrte. Er versuchte zu erkennen, was sich dahinter befand, konnte aber nichts Genaues sehen. Er ging an der transparenten Wand entlang, bis er auf den Eingang stieß, eine Schiebetür, die er aufzog.

War das der Schlupfwinkel des Mörders, sein Heiligtum? Der Ort, an dem er die Leichen entleerte, wo er seine Opfer gefangen hielt, bevor er sie tötete?

Auf der anderen Seite war es viel feuchter und wärmer als draußen. Brolin stellte fest, dass die Plastikwand die Frontseite eines großen Kubus war, der fast die gesamte Garage einnahm.

Plötzlich begriff er, wo er war.

Der Lichtstrahl huschte hektisch nach allen Seiten.

An wogenden Zweigen unzählige knotige Finger, die sich nach ihm ausstreckten.

Etwa zwanzig Bäume, zwei Meter hoch.

Alle aus Plastik.

Überzogen mit einem Leichentuch aus Seide.

Dutzende und Aberdutzende von Spinnenweben bedeckten die Zweige, eine Seidenhaut zierte jede Parzelle dieser künstlichen Vegetation.

Und überall in ihren Netzen faustgroße *Nephila*, die ihren aufgeblähten Hinterleib auf gewaltigen, spitz zulaufenden Beinen trugen und ihre Kieferfühler bewegten wie schneidende Waffen. Sie bevölkerten den ganzen Raum, und Brolin wurde klar, als er sich umdrehte, dass er von Glück reden konnte, noch keine auf seinem Körper kriechen zu spüren.

Er befand sich inmitten eines Riesenterrariums. Wer konnte sagen, was dieser Raum noch an Grauen bereithielt?

Auf dem Boden verborgene Taranteln, die nur darauf warteten, dass ein Fuß ganz in der Nähe auftraf? Behaarte Vogelspinnen, die sich trotz ihrer Größe sehr schnell bewegen konnten?

Der Privatdetektiv begriff, dass das, was er hörte, nicht mehr das dumpfe Brummen des Generators war, sondern das Wimmeln Hunderter Arthropoden.

Hier sammelte der Mörder die Seide für seine Kokons.

Vorsichtig trat Brolin den Rückzug an.

Er wusste nicht, wie giftig diese Spinnen waren.

Plötzlich eine Stimme in seinem Rücken. Er konnte den Atemhauch, der sie begleitete, in seinem Nacken spüren.

»Keine Angst, diese hier sind nicht gefährlich.«

Er wollte nach seiner Waffe greifen und herumschnellen.

Die Nadel drang seitlich in seinen Hals, er konnte es deutlich spüren.

»Wenn Sie sich noch einen Zentimeter bewegen, injiziere ich Ihnen den gesamten Inhalt dieser Spritze.«

Die freie Hand seines Angreifers zog die Glock aus dem Halfter und warf sie zur Seite.

»Sehr gut, Mr. Brolin, und wenn wir nun zu Ende führen, was wir begonnen haben?«

Die Nadel drang noch etwas tiefer ein.

Und das Gift verteilte sich im Körper des Privatdetektivs.

76

Salhindro saß am Steuer, als Annabels Handy einen Signalton von sich gab. Es kündigte an, dass sie wieder ein Netz hatte.

Sie versuchte, Brolin anzurufen. Sein Telefon klingelte, bis sich die Mailbox einschaltete.

»Kannst du ihn nicht erreichen?«, fragte Salhindro.

Sie schüttelte den Kopf.

»Wo soll ich dich absetzen? Am Haus?«

Annabel schwieg, sah die Landschaft vorüberziehen, all die Häuser, deren erleuchtete Fenster von Leben zeugten.

»Nein«, sagte sie schließlich, »lieber in der Stadt, wo etwas los ist. Ich möchte Menschen sehen, Unbekümmertheit und Freude um mich herum spüren.«

»Sehr gut. Heute Abend ist ein Feuerwerk im Waterfront Park, ein Sommerfest. Da sind auch Eiswagen, falls du was Kühles willst …«

Da sie nicht reagierte, fügte er hinzu: »Dort ist was los.«

Als sie fast im Zentrum waren, fragte er, ob er sie begleiten sollte, doch sie lehnte sein Angebot freundlich ab. Sie wäre gerne ein wenig allein, um sich von dem Schock zu erholen, und wollte später Brolin anrufen.

»Wie du willst«, erwiderte Salhindro. »Aber sei so vernünftig und lass dich im Krankenhaus durchchecken, okay? Gut, du gehst über die Straße und dann weiter zu dem Platz mit den kleinen Buden. Dann weiter geradeaus, und du siehst den Park. Wenn irgendwas ist, rufst du mich an. Ich bin in der Nähe, im Präsidium.«

Sie drückte dem beleibten Cop einen Kuss auf die Wange, der nicht wagte, ihr zu sagen, dass sie nach Rauch roch.

Der Wagen entfernte sich, und Annabel lief über den Gehweg bis zu den Holzbuden, wo man allen möglichen handgemachten Krimskrams sowie Süßigkeiten kaufen konnte. Die ersten Meter fielen ihr schwer, ihre Beine waren bleiern und schmerzten, als hätte sie überall Prellungen.

Wie Larry angekündigt hatte, war hier eine Menge los. Viele Familien mit schreienden und lachenden Kindern. Das Bild von Brady, Annabels Ehemann, schob sich vor diese Gesichter, aber sie verscheuchte die Gedanken schnell wieder. Es war nicht der rechte Augenblick. Sie würde Brady nie vergessen, das wusste sie, doch die Erinnerung durfte sie nicht mehr so quälen. Das hatte sie sich schon im letzten Winter geschworen. Es ging um ihr Leben, um ihre innere Genesung.

Die meisten Menschen strömten in Richtung Osten, überquerten eine breite Allee, um in den Park am Flussufer zu gelangen.

Annabel nahm ihr Handy und versuchte noch einmal, Brolin zu erreichen.

Beim sechsten Klingelzeichen, kurz bevor sich die Mailbox einschaltete, hob er ab.

»Josh, ich bin's, Annabel. Wo bist du?«

Nichts.

»Josh?«

Ein leichtes Pfeifen, eher ein Näseln.

»Josh, was ist?«

»Wo bist du?«, kam die Antwort.

Die Stimme war neutral und monoton. Annabel hätte nicht sagen können, um wen es sich handelte, nur dass es nicht der Privatdetektiv sein konnte. Sie überprüfte noch einmal die Nummer auf dem Display, es war wirklich seine.

»Wer sind Sie? Wo ist Joshua?«

»Joshua ist hier, ganz nahe. Er ist nicht … besonders gut in Form. Wo bist du?«

»Was …«

»Schnauze! Ich habe dich gefragt, wo du bist. Ich habe dir gesagt, Joshua ist nicht in Form, willst du, dass ich ihn krepieren lasse? Ist es das? Also zum letzten Mal: Wo bist du?«

»Im Waterfront Park«, antwortete Annabel und hielt ihr Handy fest umklammert.

Kalter Schweiß lief ihr den Rücken herunter, ihre Nackenhaare richteten sich auf.

»Wunderbar, das ist nicht sehr weit. Du stattest uns einen Besuch ab. Aber informier ja nicht die Cops. Wenn ich den leisesten Zweifel habe, ist Brolin ein toter Mann. Du kommst allein. Halt, weißt du, was wir machen? Wir bleiben die ganze Zeit in Verbindung. Wir unterhalten uns. Und wenn du das Gespräch abbrichst, ramme ich mein Skalpell in Joshuas Auge, so tief, dass ich in seiner Hirnmasse rühren kann, kapiert?«

»Ja.«

Ihr Gesprächspartner nannte ihr seine Adresse im Norden der Stadt, nicht weit vom Flughafen entfernt.

»Also, rede die ganze Zeit und vergiss nicht: Wenn du schweigst, ist Brolin tot.«

»Warten Sie, ich habe kein Auto, ich muss ein Taxi nehmen und …«

»Schnauze! Ich will dich deutlich sprechen hören, wenn du dich an den Taxifahrer wendest. Und falls ich nichts verstehe und den Eindruck habe, dass du gleichzeitig etwas anderes machst, zum Beispiel etwas für ihn aufschreibst, dann lege ich auf. Du weißt, was das bedeutet.«

Annabel rang nach Luft, und ihr schmerzender Körper krampfte sich von all dem Zorn, all der Angst, die in ihr aufstieg, noch mehr zusammen. Plötzlich fiel ihr ein, dass ihre Batterie nur noch sehr schwach war. Sie entfernte das Handy für einen kurzen Moment von ihrem Ohr und erhielt die Bestätigung.

»Mein Akku hält nicht mehr lange, ich schwöre Ihnen, das ist wahr!«, rief sie verzweifelt.

»Ich habe dich gewarnt, wenn ich dich nicht mehr höre, egal warum, ist Brolin tot, und ich werde schon weg sein, bis du eintriffst.«

»Mir bleibt kaum eine Viertelstunde!«

»Ja, das könnte knapp werden. An deiner Stelle würde ich sofort ein Taxi rufen.«

Und zum ersten Mal wurde die Stimme lebhafter, fast belustigt, als sie hinzufügte: »Ein sehr schnelles Taxi.«

77

Annabel stürzte sich auf den Geldautomaten, der sich hinter ihr befand. Sie beschrieb ihrem unbekannten Gesprächspartner alles, was sie gerade tat, hob dreihundert Dollar ab und rannte, das Gesicht schmerzverzerrt, den Gehweg hinunter.

Als sie in der Ferne ein Taxi erblickte, winkte sie ihm aufgeregt und sprang vor dem Wagen auf die Straße, das Handy noch immer in der geschienten rechten Hand.

Der Fahrer hupte und bedachte sie mit einem Schwall von Flüchen.

Annabel ignorierte seine Proteste, riss die Hintertür auf, zeigte dem Chauffeur das Bündel Dollarnoten und nannte die Adresse.

»Die gehören Ihnen, wenn ich in fünfzehn Minuten dort bin und Sie mich nicht bei meinem Gespräch unterbrechen«, keuchte sie und deutete auf ihr Mobiltelefon, das sie die ganze Zeit dicht an Mund und Ohr hielt.

In Anbetracht der Geldscheine zögerte der Fahrer einen Augenblick, unterdrückte seine Flüche und gab kräftig Gas.

Der Wagen wechselte die Spur und fuhr über die Steelbridge zum Zubringer des Highway 5, wo er noch an Tempo zulegte.

Annabel zwang sich, das Gespräch nicht abreißen zu lassen. Sobald sie zu grübeln begann, wie sie diese albtraumhafte Situation bewältigen könnte, verlor sie den Faden, verhaspelte sich und wurde langsamer. Dann wurde sie unterbrochen: »Du überzeugst mich nicht, also denk weniger und sprich mehr!« Oder mit einem knappen: »Schneller!«

Annabel musste eine Lösung finden. Sie steuerte geradewegs auf die Höhle des Löwen zu und hatte nicht die geringste Vorstellung, wie sie sich wieder daraus befreien könnte. Man ließ ihr weder die Zeit noch die Mittel dazu. Wie konnte sie einen zusammenhängenden Monolog halten und gleichzeitig die Fakten analysieren, um sich und Brolin aus der Falle zu befreien? Zehn Minuten waren sie jetzt schon unterwegs, als ihr Handy meldete: »Akku schwach«.

Annabel beugte sich zu dem Mann am Steuer vor: »Sie müssen schneller fahren!«

»Ich tue ja, was ich kann. Wir sind fast da.«

Annabel hatte knappe fünf Sekunden kein Wort gesagt.

Und schon drang die Stimme aus ihrem Handy: »Ich hatte dich gewarnt. Tut mir leid für deinen Brolin.«

»Nein! Warten Sie! Ich spreche weiter, warten Sie!«

»Also keine Pausen mehr. Los!«

Annabel suchte nach Worten und begann zu erzählen, was sie draußen sah. Die Aufschriften auf den Straßenschildern, egal was, nur um etwas zu sagen.

Und wieder meldete ihr Handy, dass die Verbindung gleich unterbrochen würde.

Sie grub die Fingernägel in den Handballen und schloss die Augen.

Als sie sie wieder öffnete, las sie auf einem grünen Schild mit weißen Lettern den Namen der Straße, in der sie erwartet wurde.

Ein letztes schrilles »Beep«.

Der Wagen hielt vor einem leicht zurückversetzten, baufälligen Haus. Neben einer Garage am Ende des Grundstücks stand ein Toyota.

Annabel warf dem Fahrer die Geldscheine hin, stieg aus dem Wagen und stürzte auf das Gartentor zu.

»Ich bin da, aber wir werden gleich unterbrochen, mein Akku …«

Keine Verbindung mehr.

Das Taxi entfernte sich bereits.

Alle Lichter im Erdgeschoss erloschen gleichzeitig.

Nur aus einem Kellerfenster drang noch ein schwacher Schein.

Dort unten wurde sie erwartet.

78

Annabel ging zur Eingangstür.

Was sollte sie jetzt tun? In den Keller stürzen, dorthin, wo Licht brannte, damit dieser … Irre Brolin nicht umbrachte? Damit würde sie sich selbst in Lebensgefahr bringen. *Doch Brolin wird sonst sterben!*

Brolin war vielleicht schon tot.

Jetzt entscheide dich endlich! Der Irre beobachtete sie wahrscheinlich, verborgen hinter einem dieser Fenster.

Wer war er? Annabel verstand gar nichts mehr. Gloria Helskey war tot, daran gab es keinen Zweifel. War das eine Abrechnung gewesen, die nichts mit der Angelegenheit zu tun hatte?

Nein, es gab einen Zusammenhang mit den Spinnen. Mit diesem Mörder, den sie heute Abend zu verhaften gehofft hatten. Eine Inszenierung.

Bei der Entdeckung ihrer Leiche hatten sie *geglaubt*, Gloria

Helskey hätte die Identität von Constance Abbocan angenommen. Der wahre Mörder, Constance Abbocan, hatte sich dessen bedient, was die Polizei wusste oder zu wissen glaubte.

Plötzlich wurde ihr bewusst, welchen Namen sie soeben auf dem Briefkasten gelesen hatte:

Connie d'Eils.

Die Technikerin bei NeoSeta.

Annabel nagte an der Unterlippe, als sie die Parallele der Vornamen bemerkte.

Connie, die Abkürzung von Constance.

Annabel schob ihre Neugier beiseite. Sie hatte jetzt keine Zeit, die Ermittlerin zu spielen. Sie musste eine Entscheidung treffen.

Was tun?

Auf jeden Fall konnte sie nicht mehr umkehren. Denn wenn Brolin noch am Leben war, musste sie augenblicklich handeln. Weglaufen und die Polizei alarmieren würde sein Todesurteil bedeuten.

Sie griff mit ihrer gesunden Hand nach ihrer Beretta. Sie wusste, dass sie im Bedarfsfall mit der Linken weniger zielsicher wäre als mit der Rechten. Die junge Frau versuchte krampfhaft, die Finger unter der Schiene zu bewegen. Ein heftiger Schmerz durchzuckte den ganzen Arm.

Es war riskant.

Was soll's?, sagte sie sich. Sie wickelte rasch die Bandage ab und befreite sich von der Schiene. Sie machte eine Faust, und die beiden gebrochenen Finger protestierten durch heftige Schmerzen. Sie nahm die Waffe in die rechte Hand. Im Fall der Fälle müsste sie eben die Zähne zusammenbeißen, bevor sie den Abzug betätigte.

Sie stand auf dem Treppenabsatz und öffnete die Eingangstür, die auf einen schmalen Flur führte.

Die Waffe hielt sie vor sich ausgestreckt.

Sie musste den Zugang zum Keller finden, dort hatte Connie d'Eils Licht brennen, wahrscheinlich von Kerzen.

Sie will, dass du hinuntergehst!

Und weil sie wusste, dass sie es tun würde, hatte sie das Terrain wohl längst vorbereitet. Sie würde sich bestimmt irgendwo versteckt halten, würde Annabel vorausgehen lassen und dann im letzten Moment aus ihrem Schlupfwinkel kommen. Und alles wäre zu Ende.

Annabel war versucht, sich schnell noch im Erdgeschoss umzusehen, um sich Überraschungen zu ersparen, besann sich aber anders. Die Zeit drängte.

Vielleicht rang Brolin gerade mit dem Tod.

Sie trat weiter in den Flur. Der Holzboden knarrte bei jedem Schritt.

Jetzt wusste die Mörderin, dass sie im Haus war.

Sie nahm das Ticken einer großen Uhr in einem benachbarten Zimmer wahr.

Es war zu dunkel, um Einzelheiten zu erkennen. Sie musste Licht machen, es nützte alles nichts.

Ihre freie Hand tastete nach einem Schalter, fand einen und betätigte ihn. Nichts.

Der Sicherungskasten. Im Keller natürlich. Sie ist gerissen ...

Das Raubtier, das seine Beute auf eigenem Territorium jagt, ist immer im Vorteil. Umso mehr, wenn diese nichts sehen kann.

Annabel bewegte sich seitlich auf eine Türöffnung zu. Ein recht großer Raum, das Mondlicht erhellte ihn und spiegelte sich auf der Glasplatte eines Couchtisches. Es musste das Wohnzimmer sein. Sie sah sich um, in der Hoffnung, ein Telefon zu finden. Vergebens.

Sie konnte nicht länger warten. Sie musste hinunter in den Keller.

Die junge Frau tastete sich weiter durch den Flur. Rechts eine Treppe, die in den ersten Stock führte. Sie machte nach mehreren Stufen eine Biegung, und es war durchaus denkbar, dass die Mörderin ihr dort auflauerte. Annabel zielte mit ihrer Beretta in die Richtung und schlich vorbei.

Vor ihr eine weitere Türöffnung, daneben ein Fenster.

Einer Eingebung folgend, trat sie in den Raum, drehte sich, die Waffe ausgestreckt, einmal um die eigene Achse.

Nichts.

Bis auf eine halb geöffnete Tür.

Und ein flackernder bernsteinfarbener Schimmer.

Der Keller.

In diesem Augenblick wurde Annabel klar, dass ihr Herzschlag ebenso laut war wie das Ticken der Uhr. Gleichmäßig. Nicht schnell, aber doch heftig.

Einen Fuß behutsam vor den anderen setzend, näherte sie sich der Kellertür. Und stieß sie mit der Schuhspitze auf.

Eine Holztreppe führte in die Tiefen des Hauses. Auf halbem Weg, genau in der Biegung, eine brennende Kerze. Plastikefeu bedeckte die Wände, so dass der Eindruck entstand, man stiege in eine Grotte, die es mit der unterirdischen Höhle der Morlocks aufnehmen konnte.

Annabel zog den Kopf ein und begann den Abstieg. Sie drückte sich an die Wand, um einem eventuellen Angreifer, der sie unten erwartete, möglichst spät ins Schussfeld zu geraten.

Die Stufen knarrten bei jedem Schritt.

Die Treppe führte in einen ersten, lang gestreckten Raum. In einer weiteren Türöffnung in einiger Entfernung stand am Boden eine weitere brennende Kerze. Ein schmaler Lichtkorridor dehnte sich zu Annabel hin aus. Außerhalb dieser Schneise konnte sie nichts erkennen, nicht einmal die Wände.

Sie musste nur dem gelben gepflasterten Pfad folgen wie im *Zauberer von Oz*, dachte sie, um sich Mut zu machen. Ein gelb gepflasterter Pfad inmitten eines undurchdringlichen Dunkels.

Ihr Herz schlug immer schneller.

Annabel hatte den Eindruck, dass ihre Waffe nicht mehr so bedrohlich war, dass der Lauf zitterte. Sie zwang sich, langsam ein- und auszuatmen, auch wenn ihr Körper nach mehr Sauerstoff verlangte. Sie musste so leise wie möglich sein.

Sie ging weiter.

Zwei Meter.

Ein Wassertropfen zu ihrer Linken.

Sofort richtete sie den Lauf ihrer Beretta ins Dunkel.

Kein Geräusch. Sie sah nichts.

Annabel schluckte schwer und setzte ihren Weg fort.

Vier Meter.

Sie näherte sich dem zweiten Raum.

Sie konnte einen Campingtisch erkennen und Aquarien mit Erde am Boden und …

Das waren nicht wirklich Aquarien. *Natürlich, das sind Terrarien!*, schrie eine Stimme in ihrem Innern.

Von dort, wo sie jetzt stand, konnte Annabel keine Spinnen darin erkennen. Dann stellte sie fest, dass die Terrarien geöffnet und leer waren. Hektisch blickte sie sich nach allen Seiten um.

Ihre Waffe war nicht mehr nach vorn gerichtet, sondern auf den Boden. Ihr Körper geriet in Panik, sie hatte ihren Atem nicht mehr unter Kontrolle, schnappte regelrecht nach Luft und verriet so ihren Standort.

Und Annabel betrat Constances Vivarium.

Überall Plastikpflanzen, derselbe künstliche Efeu wie im Treppenschacht. Er hing von der Decke, teilweise fast bis zum Boden, so dass man den Eindruck hatte, sich in einem Dschungel zu befinden statt im Keller eines Stadthauses.

Auch das Kellerfenster verschwand teilweise hinter dem Wald aus Ranken.

All diese grünen Blätter, diese verborgenen Schlupfwinkel für die Spinnen, die nicht mehr hinter ihrer Glaswand waren.

Ängstlich drehte sich Annabel um und versuchte, sich einen Überblick über das ganze Terrarium von Connie d'Eils zu verschaffen.

Und stand ihr unverhofft gegenüber.

Einer leeren Hülle.

Vom Hals bis zu den Unterschenkeln eine schlaffe Haut, die an einem Kleiderhaken hing.

Als Annabel näher trat, fiel es ihr wie Schuppen von den Augen.

Es war ein Latexanzug, den man überstreifen konnte, um dicker zu erscheinen, als man wirklich war, wie in den Filmen von Eddie Murphy oder Robin Williams.

Connie d'Eils hatte auf ihre Umwelt gewirkt wie eine schüchterne, übergewichtige Frau, die sich unwohl in ihrer Haut fühlte. Abends, wenn sie ihre Perücke und ihre zweite Haut abstreifte, wurde sie wieder Constance, sportlich und schlank, fast androgyn.

Und Annabel bemerkte den Eingang, halb verdeckt von der »Haut« und dem Pflanzenvorhang.

Sie trat einen Schritt zurück und öffnete die angelehnte Tür ein Stück zu einem letzten Raum.

Ein säuerlicher Geruch schlug ihr entgegen. Seitlich vom Eingang Regale mit Glasbehältern.

Und in der Mitte, auf einem Tisch ausgestreckt, lag Joshua Brolin.

Er war nicht gefesselt.

Seine Augen waren geöffnet und starr zur Decke gerichtet.

Annabel hielt sich zurück, obwohl sie zu ihm stürzen wollte. Denn das erwartete die Mörderin von ihr.

Stattdessen aber schnellte sie herum, vergewisserte sich, dass sich niemand hinter dem Pflanzenvorhang verbarg.

Nichts.

Es blieb nur noch eine Möglichkeit: Connie d'Eils hatte sich hinter der Tür oder unter dem Tisch versteckt.

Sie kann auch in dem ersten Raum sein, dort, wo es zu dunkel ist, um etwas zu erkennen! Nein, das ergab keinen Sinn, sie hätte sie angreifen und überwältigen können.

Das Gespenst des Todes lauerte hier, beobachtete jede ihrer Bewegungen, da war die Polizistin ganz sicher. Es würde zuschlagen, wenn Annabel sich über Brolin beugen würde. Ja, wenn sie der Mörderin den Rücken kehrte.

Brolin regte sich nicht.

Nein, er ist nicht tot! Das scheint nur so, das ist sicher wieder dieses Gift!, wiederholte die junge Frau, um sich Mut zu machen.

Sie musste handeln.

Annabel entdeckte auf einem der Glasgefäße im Regal das Etikett »SODA«. Im selben Augenblick traf sie die Entscheidung.

Sie nahm Anlauf und versetzte der halb geöffneten Tür einen kräftigen Fußtritt, um sie mit aller Wucht gegen das zu stoßen, was sich dahinter befand. Dann griff sie mit der freien Hand nach dem Sodagefäß und schleuderte es unter den Tisch, wo sich Connie d'Eils versteckt halten könnte.

Das Glas zerbrach, sein Inhalt breitete sich am Boden aus.

Annabel hatte schon die Wand erreicht, gegen die sie sich presste, um nicht von hinten angegriffen zu werden.

Sie richtete ihre Beretta nach rechts und nach links, ging dann in die Knie, um den Lauf unter den Tisch zu richten.

Nichts.

Und wenn die Mörderin geflohen war?

Bei dem Aufprall war die Tür zurückgesprungen und jetzt fast ganz geschlossen.

Die junge Frau trat zu Brolins Kopfende.

Er war erstarrt. Annabel war zu spät gekommen.

Nein, sie weigerte sich, es zu glauben. Das war sicher wieder ein Trick von der Mörderin, dieser Connie d'Eils. Sie hatte ihm Tetrodotoxin gespritzt, sie konnte ihn nicht getötet haben. Sie wäre dieses Risiko nicht eingegangen, solange Annabel nicht eingetroffen war. Schließlich konnte sie nicht sicher sein, dass sie nicht doch die Polizei alarmiert hatte. Brolin hätte ihr im schlimmsten aller Fälle als Geisel dienen können.

Annabel legte dem Privatdetektiv die Hand auf die Stirn. Sie war warm.

Die Ausdünstungen des Sodas begannen ihr in den Augen zu brennen. Sie musste hier raus.

Und plötzlich begriff die junge Frau, warum sie nicht an seinen Tod glaubte. Was ihr Verstand nicht sofort analysiert hatte, hatten ihre Sinnesorgane erledigt.

Brolins Augen wurden immer feuchter. Tränen bildeten sich. Er reagierte auf die Dämpfe des Sodas.

Man hatte ihm nur so viel Gift injiziert, dass er gelähmt war, nicht aber tot.

Annabel hätte vor Freude schreien mögen.

Doch sie tat es nicht.

Ihr Lächeln erstarb augenblicklich.

Ihr Herz begann zu rasen.

Sie hatte einen schwarzen Fleck zwischen Brolins Lippen entdeckt.

Einen winzigen Körper mit vielen Gliedern, der sich bewegte.

Annabel wusste sofort, worum es sich handelte. Der rote Fleck auf dem Hinterleib sagte alles.

Eine Schwarze Witwe steckte zwischen den Lippen des Privatdetektivs. Sie lag auf dem Rücken und konnte sich nicht aufrichten. Sie konnte nicht fliehen.

Und auch nicht beißen.

Nicht, solange der Privatdetektiv seinen Mund ruhig hielt. Solange man nicht versuchte, sie zu entfernen.

Es war eine ganz besonders gefährliche Spezies. Ihr Biss war tödlich.

Annabel zwang sich, ruhig zu atmen. So schlimm war das nun auch wieder nicht. Mit einem geeigneten Gegenstand und etwas Zeit könnte sie das Insekt ergreifen und entfernen. Sie musste nur konzentriert sein.

Eine gezielte, schnelle Bewegung.

Für einen kurzen Augenblick war Annabel voller Hoffnung.

Bis sie den stechenden Geruch wahrnahm, der nach und nach den ganzen Keller erfüllte.

Und jetzt begriff sie.

Connie d'Eils würde am Ende doch das letzte Wort haben.

Annabel und Joshua waren ihr in die Falle gegangen.

Das ganze Haus würde in die Luft fliegen.

Es war der Geruch von Gas.

Annabel beobachtete den Tanz der Kerzenflamme am Boden.

79

Annabel rannte zu der Kerze, um die Flamme zu ersticken. Dabei glitt ihr die Beretta aus der Hand.

Noch eine Kerze! Vor den Pflanzen!

Plötzlich der pfeifende Atem des Feuers.

Ein winziger Zeitraum, in dem die Stille belastender ist als jedes Leben.

Dann die Entfesselung aller Höllen.

Eine gewaltige blaue Feuerwalze, die alles auf ihrem Weg niedermachte. Die Explosion hatte auf der Treppe stattgefunden.

Genährt vom Sauerstoff, den es augenblicklich verschlang, verwüstete das Feuer den ersten Raum und brach in den zweiten ein.

Annabel stützte sich mühsam auf die Ellenbogen und stieß die Tür mit dem Fuß zu.

Als sie gerade aufstehen wollte, bemerkte sie das Gas, das bereits in den Raum eingedrungen war.

Das Gas entflammte, und Annabel stürzte sich auf Brolin, um seinen Körper schützend zu bedecken.

Eine Hitzewelle überrollte sie, vom Feuer indes blieben sie verschont. Das Gas hatte sich nicht bis hierher verbreitet.

Annabel fand sich auf Brolin wieder, ihr Gesicht nur wenige Zentimeter von der Schwarzen Witwe entfernt. Der war es inzwischen fast gelungen, sich umzudrehen. Sie war äußerst lebhaft, und Annabel ahnte, dass sie zubeißen würde, sobald sie konnte, denn Hitze machte sie bekanntlich noch aggressiver. Sie würde ihr tödliches Gift in Brolins Wange spritzen.

Das entflammte Gas wogte wie eine saphirfarbene Papierschlange an der Decke.

Die junge Frau zögerte nicht länger. Sie griff unter ihr T-Shirt und zog einen Bügel aus ihrem Büstenhalter, bog das Metall auseinander zu einem geraden Stift, näherte ihr improvisiertes Instrument vorsichtig Brolins Lippen und schlug das gefährliche Insekt mit einer blitzschnellen, gezielten Bewegung weg. Die Spinne flog im hohen Bogen durch die Luft und landete irgendwo auf dem Boden.

Annabel atmete erleichtert auf. Trotzdem war es noch zu früh, um in Jubel auszubrechen.

Die Hitze nahm bedrohlich zu. Ein Flammenvorhang auf der anderen Seite der Tür versperrte ihnen den Ausgang.

Nur noch wenige Minuten, und sie würde nachgeben, und bald stünde das ganze Untergeschoss in Flammen.

Das Kellerfenster!

Es befand sich im anderen Raum. Ihre einzige Überlebenschance.

Annabel nahm Brolin bei den Schultern und schüttelte ihn, allerdings ohne große Hoffnung. Sie glaubte, eine Reaktion seiner Pupillen wahrzunehmen.

Zum Nachdenken war keine Zeit. Wenn sie jetzt anfangen würde, alle möglichen Probleme aufzuzählen, würden sie hier vor Ort sterben.

Sie zog Brolin hoch, um ihn aufzurichten und auf ihre Schultern zu laden.

Annabel zählte zu den sportlichsten Polizisten von ganz Brooklyn. Sie trainierte viel, vor allem seit dem Verschwinden ihres Mannes. Doch mit knapp siebzig Kilo auf dem Rücken ein Flammenmeer zu durchqueren überstieg ihre Kräfte.

Unter normalen Umständen.

Das Adrenalin verteilte sich in ihrem Blut wie Millionen von glühenden Funken.

Die kochende Wut heizte ihre Nerven auf.

Und sie trug Brolin.

Wie Kohorten heulender Dämonen schlugen die Flammen immer höher und streckten ihre glühenden Zungen nach der jungen Frau aus.

Mehrere Stöße mit dem Ellenbogen, und das Kellerfenster zerbrach. Splitter bohrten sich in ihr Fleisch.

Unter Aufbietung aller Kraft gelang es ihr, Brolins Körper nach draußen zu schieben.

Ein Schwall frischer Luft schlug ihr entgegen, der aber sofort von der Hitze im Keller wieder hinausgedrängt wurde.

Annabel klammerte sich an den Rahmen der schmalen Öffnung.

Sie spannte die Armmuskeln an und zog sich mühsam hoch.

Ihr langes Haar fing Feuer. Der lodernde Rachen hinter ihr öffnete sich nach einer weiteren Explosion. Ein riesiges Maul mit gefletschten Zähnen, das nur ein Ziel hatte: sie zu verschlingen.

Annabel schob den Kopf durch die Öffnung. Sie stieß sich mit letzter Kraft ab, um sich so weit wie möglich hinauszukatapultieren.

Die Nacht loderte und blitzte, während die Flammen nach ihren Beinen züngelten.

Sie schnappten ins Leere.

Mit Wutgebrüll.

80

Auf dem Rasen ausgestreckt, sog Annabel gierig die Luft ein. Sie kam ihr so frisch vor wie lange nicht mehr. Der Sauerstoff war köstlich in ihrer Kehle – seidenweich.

Annabel hustete. Der Rauch steckte noch immer in ihren Bronchien.

Sie rollte sich auf die Seite und stöhnte auf. Ruhe, schlafen. Im Wasser, ja, im Wasser, damit ihr Körper dahintrieb und ihre Haut mit nichts Hartem in Kontakt käme, damit ihre Glieder sich wieder entspannen könnten.

Ihre Hand tastete nach Brolins. Seine Finger zitterten spürbar und schlossen sich ein wenig.

Plötzlich wurde sich Annabel der Umstände und des Ortes bewusst, an dem sie sich befand.

Sie schnitt eine Grimasse, als sie sich hinkniete, um nach ihrer Waffe zu suchen.

Die Beretta war unten in der Feuersbrunst geblieben.

Annabel sah sich nach allen Seiten um.

Das Gartentor war geöffnet.

Vor der Garage stand kein Wagen mehr. Der Toyota war fortgefahren.

Mehrere Schaulustige näherten sich dem brennenden Haus, freilich ohne den Gehweg zu verlassen.

Jetzt löste sich ein Paar aus der Menge und stürzte auf Annabel und Brolin zu.

Annabel hörte die Worte wie aus weiter Ferne, konnte sich aber nicht darauf konzentrieren.

»Mein Gott, ist alles in Ordnung?« »Hat jemand den Rettungsdienst angerufen?« »Miss, Miss, geht es?« »Ist noch jemand im Haus?«

Schwankende Säulen bildeten sich an den Seiten des Hauses, hohe Bergfriede aus schwarzem Rauch. Es knisterte, pfiff, heulte, während das Feuer das Innere des Hauses verschlang.

Annabel ließ sich zurücksinken.

Sie fixierte den Himmel, übersät mit Diamanten.

Die Mörderin war geflohen. Connie d'Eils war ihnen entwischt.

Annabel empfand weder Zorn noch Frustration. Nicht einmal Niedergeschlagenheit. Sie waren am Leben. Nur das zählte.

Sie drückte Brolins Hand und blieb liegen, bis die ersten Sirenen zu hören waren.

81

Constance – alias Connie – d'Eils hatte William Abbocan im Jahr 1995 geheiratet.

Unter den Informationen, die Larry Salhindro und die Detectives, die mit dem Fall befasst waren, zusammengetragen hatten, fand sich auch irgendwo der Mädchenname von Constance Abbocan. Annabel oder Brolin hätten nur zufällig auf diesen Namen stoßen müssen, um die Verbindung zu der jungen Frau, die bei NeoSeta arbeitete, herzustellen.

Früher oder später wäre gewiss auch die Sonderkommission darauf gekommen, wenn sie der Spur »Spinnenexperten« genauer nachgegangen wäre. Aber die Realität hatte anders entschieden.

Alle Angaben, die Salhindro über Constance recherchiert hatte, wurden später von verschiedenen Zeugen – Ärzten,

Psychiatern und den wenigen Personen, mit denen sie sonst Umgang hatte – bestätigt.

Sie war weder geistesgestört noch sadistisch noch destruktiv. Ihre Vergangenheit war nicht typisch für einen Serienmörder.

Sie war eine Frau wie alle anderen.

Vielleicht etwas neurotischer als der Durchschnitt … Und selbst das musste erst bewiesen werden.

Gehemmt, was ihre Weiblichkeit anging, und oft von Selbstzweifeln geplagt, war sie aufgeblüht, als sie ihren zukünftigen Mann kennen gelernt hatte und dann schwanger geworden war. Bis zu jenem Autounfall. Sie hatte mehrere Organe dabei eingebüßt. Dazu ihre Weiblichkeit. Und ihr Selbstvertrauen.

Ihr Mann war verantwortlich für den Unfall. Und trotzdem hatte er nichts unternommen, um zu verhindern, dass man ihr das Kind nahm und alle Hoffnung auf ein weiteres. Die Ärzte, die sie behandelt hatten, alles Männer, hatten dafür gesorgt, dass sie für immer zerstört war. Sie hatten sie entleert. Sie hatten sie ihres Lebens beraubt. Ihrer Hoffnungen.

Was war sie danach noch? Sie, die durch ihre Liebe Vertrauen in die Zukunft gewonnen hatte – wie konnte sie sich jetzt neu erschaffen? Dieser Mann, der ihr Ehemann war, dem sie nicht verzeihen konnte und dessen Augen nicht mehr ihr Bild widerspiegelten.

Sie hatte alles verloren.

»Verlustwahn«, sagten die Psychologen.

Sie würde dekompensieren.

Sie fliehe vor der Realität, hatten sie ihr erklärt.

Constance konnte diese Ansicht nicht teilen. Denn sie wäre so gerne vor dieser Wirklichkeit geflohen. Für sie war das Leid etwas Allgegenwärtiges, allerdings kein körperlicher Schmerz, o nein. Es war vielmehr wie ein Kratzer am Herzen, ein Kratzer, der an derselben Stelle stets dieselben Gefühle auslöste. Sie war dazu verdammt, diese Bitterkeit, die sich in dieser Rille festgesetzt hatte, ohne Unterlass zu verspüren. Und das war real.

Tag für Tag musste sie diese Bitterkeit durchleben, die alles in Groll verwandelte.

Sie arbeitete auf der Militärbasis und hatte kaum Kontakt zu den anderen, nach dem Unfall erst recht nicht. Wenn sie den Arbeitsplatz verließ, um Einkäufe zu tätigen oder um frische Luft zu schnappen, begegnete sie all diesen unbekümmerten Menschen, die nichts von der Zerbrechlichkeit des Seins wussten, die sie so gut wie gar nicht wahrnahmen, sie fast verachteten.

Aus dieser Verachtung war ihr Hass entstanden.

Und dann war da noch ihr Mann.

Sie ertrug es nicht mehr, ihn von morgens bis abends zu sehen. Er wirkte auf sie wie eine ständige Rückblende und warf ihr all das an den Kopf, was er nicht getan hatte. Sie sah ihn jetzt so, wie er wirklich war: als Handlanger seines eigenen Egoismus, seiner eigenen Gelüste. Er hatte von ihr profitiert, solange sie noch eine Frau war, und sie ignoriert, seitdem sie diese … Sache geworden war. Die SACHE.

Ohne Geschlecht. Ohne die Möglichkeit, Leben weiterzugeben wie jede andere Kreatur auf Erden.

Sie, die sich schon vor dem Unfall nicht gänzlich akzeptiert hatte, sie existierte jetzt einfach nicht mehr. Und deshalb durfte sie keinem bestimmten Archetypus mehr ähneln. Sie durfte keine Haare mehr haben, nicht einmal Brauen oder Schamhaar, kein Zeichen von Weiblichkeit. Sie war keine Frau mehr. Auch kein Mann. Sie musste Sport treiben, ihre Muskeln trainieren, um stark zu sein. Das war ihre einzige Waffe gegen die anderen, gegen diese manipulierenden und überflüssigen Männer. Und diese Frauen, die sie um ihre Fähigkeit, Frau zu sein, beneidete, auch weil sie diese Gabe vergeudeten, indem sie sich auf die Männer einließen …

Nach und nach hatte Constance die Wahrheit entdeckt.

Sie hatte sie all diese Jahre vor Augen gehabt.

Sie musste sich die Natur zum Vorbild nehmen.

Nicht diese neueren Gattungen, die Säugetiere. Sondern die Arten, die schon in Urzeiten Katastrophen überlebt hatten.

Die Spinnen gehörten dazu.

Schon vor vierhundert Millionen Jahren bevölkerten sie den Erdball, selbst in der Epoche, da die Dinosaurier ausstarben.

Das war das Vorbild. Ohne Zweifel.

Ungesellig, unabhängig und bewaffnet, um sich zu verteidigen. Das Männchen wurde nur zur Paarung geduldet.

Constance hatte die Wahrheit gefunden. Ihre Leidenschaft wurde ihr Führer.

Ihr Mann hatte sie in eine geschlossene Anstalt eingewiesen, ein letzter Verrat – der Dreckskerl war gestorben, bevor sie entlassen wurde –, und sie war Trevor Hamilton begegnet.

Anfangs hatte sie diese Freundschaft nicht gewollt. Doch der Blick, den er auf sie richtete, war irgendwie sonderbar. Er begehrte sie nicht, er suchte ihren Schutz, ihre Zuneigung.

Constance hatte ihm geholfen. Und er ihr.

Er hatte sich bereitgefunden, sein Sperma zu geben, ohne zu wissen, was damit geschehen würde. Ein Opfer mit größter Symbolkraft.

Durch ihn war ihr die Idee gekommen, eine falsche Fährte für die Cops zu legen und sie in die Irre zu führen, als er von einem Kollegen erzählt hatte, diesem Suberton, der im Gefängnis gewesen war. Sie hatte ihn erst betäuben müssen, bevor sie ihm den Daumen für den Abdruck abgetrennt hatte. Und die berufliche Verbindung von Suberton und Trevor Hamilton hatte Trevor auf gewisse Weise – und zusätzlich zu seinem Sperma – in die Morde verwickelt. Im Notfall konnte er als Sündenbock dienen, was übrigens der Fall gewesen war.

Connie hatte überall falsche Fährten gelegt. Bis in ihr früheres Haus hinein. In die Höhle unter dem Wurzeldach, wo das verkohlte Skelett ruhte ... Mit dem Rest eines Personalausweises, der den Eindruck entstehen ließ, dass es sich um Constance Abbocan handelte. Es hatte ausgereicht, eine Frau zu töten und ihre Leiche zu verbrennen. Wie leicht es letztendlich gewesen war ... Connie hatte die Geliebte von Jeremiah Fischer entführt – der Mann, an dem sie das Tetrodotoxin ausprobiert hatte, bevor sie den Mord an seiner Frau als Selbstmord getarnt hatte. So war das Trio eliminiert, und es blieb für die Cops nichts übrig.

Das war genial.

Trevor ermöglichte es ihr, den letzten Teil ihres Plans zu verwirklichen: die nachgemachten Schlüssel, um bei den Leuten einzudringen. Diese Idioten.

Die Morde waren eine Notwendigkeit.

Die Welt verstand nicht, war wie ein Kind, dem man bisweilen auf die Sprünge helfen musste.

Und das hatte sie getan. Sie hatte ihre Botschaft verbreitet, damit die Bevölkerung nach und nach begriff.

Doch sie würde sich auch nicht für diese hochmütigen Blinden aufopfern. Sie hatte getan, was sie tun musste, dann war die SACHE gestorben.

In den Augen der Cops.

Danke, Gloria.

Den Lauf auf die Haut drücken.

Gloria hatte die Augen geschlossen. Sie hatte sich nicht gewehrt, hatte sofort gewusst, dass es vorbei war.

Die SACHE *hatte ganz einfach nur den Pistolenlauf auf den unteren Teil des Gesichts gehalten, vor den Mund.*

Und abgedrückt.

Die Schädeldecke war explodiert, und unzählige rote Partikel von Haut, Blut und Hirn waren versprengt worden.

Das war perfekt. Zumindest um den Schein zu wahren, um Zeit zu gewinnen.

Und doch hatte dieser Privatdetektiv die Nase in ihre Pläne stecken müssen.

Aber das spielte jetzt keine Rolle. Sie war frei.

Heute Abend ist der 21. Juni.

Die SACHE ist tot. Und Connie d'Eils fährt gen Süden. Osten und Westen sind zu festgelegt – sie weisen zur auf- oder untergehenden Sonne –, zu viele Gewissheiten in diesen Richtungen. Aber der Süden ist ideal. Er nimmt keine Position ein, er geht abwärts, er strömt wie Wasser in seinem Flussbett. Und Connie lässt sich davon tragen. Ja, der Süden ist gut für sie. Und wer weiß? Vielleicht erweitert sich die Straße ganz am Ende und ergießt sich wie ein Fluss ins Meer ...

Connie hält das Lenkrad fest umklammert, während sie diesen Gedanken nachhängt, die Brust sich ausdehnt von all den Bildern.

Bald wird auch sie nicht mehr sein.

Wenn alles gutgeht, kann sie sich eine neue Identität zulegen. Ein neues Leben mit eigenen Verhaltensregeln.

In diesem Moment ist Connie auf dem Highway 5.

Und weil sie ihre Gedanken nicht kontrolliert, beginnt sich die Lebensscheibe zu drehen.

Die Gefühle berauschen sie.

Erleichterung, Trost, ein Hauch von Freude entstehen am Rand ihres Herzens. Dann gelangt das Leben an den Kratzer, wie bei einer Schallplatte.

Die Scheibe springt. Und die Bitterkeit zerstört die Melodie.

Connie fährt schweigend den Highway hinunter.

Und sie weint.

Man wird sie nicht fassen.

Niemals, das weiß sie.

Und sie fährt gen Süden.

82

Larry Salhindro wurde kurz nach Mitternacht benachrichtigt.

Er eilte an den Brandort, wo er erfuhr, dass ein Mann und eine Frau ins Providence Medical Center eingeliefert worden seien.

Eingezwängt in seinen viel zu engen Jogginganzug, eilte er, seine Dienstmarke schwenkend, ins Krankenhaus.

Annabel und Joshua waren im selben Zimmer untergebracht. Die junge Frau hatte so energisch darauf bestanden, dass niemand gewagt hatte, Einwände geltend zu machen.

Sie hatte Verbrennungen zweiten Grades an der unteren Rückenpartie und dritten Grades an den Armen. Trotzdem begrüßte sie den hereinstürmenden Salhindro mit einem breiten Lächeln.

Der konnte es kaum fassen, die beiden Seite an Seite liegen zu sehen. Der Privatdetektiv, der am Tropf hing, blinzelte, als er seinen Freund erblickte.

Annabel hatte recht gehabt – Connie d'Eils musste Brolin kleinere Mengen Tetrodotoxin gespritzt haben, um ihn zu betäuben.

Hatte sie gezögert, ihn zu töten? Wohl eher nicht, da sie ja das ganze Haus mit dem Gas in die Luft gesprengt hatte. Sie hatte mit ihm spielen wollen, davon zeugte die Spinne zwischen seinen Lippen. Und das umso mehr, als Brolin zu keinem Zeitpunkt bewusstlos gewesen war – eine der Wirkungen des Tetrodotoxins war ja, dass das Opfer in ein physisches, aber keinesfalls mentales Koma fiel.

Langsam bekam Brolin seinen Körper wieder unter Kontrolle.

Seine Unterarme steckten in sterilisiertem Verbandzeug, denn auch ihn hatten die Flammen nicht gänzlich verschont.

Salhindro blieb eine Stunde und sprach im Flüsterton mit Annabel. Vor allem über diesen schrecklichen Abend.

Brolin regte sich schließlich und wollte sich aufsetzen, was ihm mit Hilfe von Annabel mehr recht als schlecht gelang.

Als er halbwegs aufrecht saß, waren seine ersten Worte: »Du riechst nach Kaminfeuer.«

Salhindro lachte erleichtert. Annabel begnügte sich mit einem angedeuteten Lächeln.

Brolin erklärte ihnen, wie er auf Connie d'Eils gekommen war, von seinem Zweifel, was den Arbeitsplan von Gloria Helskey betraf, den er bei NeoSeta gesehen hatte, wie er Donovan Jackman angerufen und ihm mit Mühe und Not die Information entlockt hatte.

Gloria Helskey hatte sich nicht den Nachmittag freigenommen, war aber relativ früh nach einem Anruf gegangen. Es gab jedoch eine andere Angestellte, die Brolin recht gut kannte und die sich den ganzen Nachmittag freigenommen hatte – Connie d'Eils.

Und plötzlich hatte sich der Denkmechanismus in Brolins Gehirn in Gang gesetzt.

Connie d'Eils.

Woher wusste er, dass Gloria Helskey vorher für das Militär gearbeitet hatte? Connie hatte es ihm gesagt. Sie hatte den Verdacht auf das Personal von NeoSeta gelenkt, um ihn von sich selbst abzulenken. Besagte Connie d'Eils, die sich zu sehr schminkte – als wollte sie sich hinter dem Make-up verstecken. Connie, die im Labor problemlos mit Spinnen hantierte, vor allem mit den *Nephila – jener Spinnenart, mit deren Seide die Kokons hergestellt werden können.* Connie, die Schüchterne, die kaum zu sprechen wagte, *weil sie jedes Wort, das sie sagt, vorher genau abwägt, aus Angst, sich zu verraten.* Brolin hatte sie zunächst für seine Ermittlungen befragt, später hatte sie ihn kontaktiert, um in Erfahrung zu bringen, was er wusste. Sie hatte beschlossen, ihm eine wichtige Information weiterzugeben – das war die einzige Möglichkeit, sein Interesse zu wecken –, über die berühmten *Nephila*, die Spinnen, die man »melken« kann.

Denn wenn sie die Mörderin war und sein Büro durchsucht hatte, dann hatte sie sicher seine Notizen gelesen und begriffen, dass Brolin früher oder später entdecken könnte, wer sie wirklich war. Sie musste ihn genau im Auge behalten, den Stand der Ermittlungen verfolgen.

Sie war keinesfalls dieses verlorene Mädchen, das versuchte, seinem Leben etwas Würze zu geben, indem es einem Privatdetektiv half.

Zweifel über Zweifel, die Brolin schließlich auf ihre Spur gebracht hatten. Widerwillig hatte Donovan Jackman ihm die Adresse von Connie d'Eils gegeben, und der Privatdetektiv war hingefahren, um sich ein genaueres Bild zu machen. Er war ein enormes Risiko eingegangen und hatte dafür bezahlt.

Dank der diversen angesammelten Informationen war jetzt allen klar, wie es weitergegangen war.

Connie d'Eils hatte die Spuren verwischen wollen und mit einer geschickten Inszenierung den Verdacht auf Gloria Helskey gelenkt. Die hatte den Arbeitsplatz früher als gewöhnlich verlassen, nachdem sie einen Anruf erhalten hatte – vermutlich von Connie d'Eils, die sie in ihre Falle gelockt hatte. Sie hatte Gloria Helskey irgendwo eingesperrt, um mit deren rotem Wagen die neue Leiche abzulegen, und zwar so, dass sie dabei von irgendjemandem beobachtet wurde. Später hatte sie den Mord als Selbstmord getarnt.

Da sie sich bewusst war, wie riskant ihr Plan war, hatte sie beschlossen, das Farmhaus ihrer Kollegin in Brand zu setzen, um möglichst viele Beweise und Spuren verschwinden zu lassen. Man würde in den Trümmern mehrere Terrarien finden, die den Verdacht nahelegen würden, dass Gloria Helskey *Nephila* für die Seidengewinnung züchtete.

Connie d'Eils hatte sich die Mühe gemacht, Helskey zu rasieren. Sie hatte wohl gehofft, man würde die kahle Leiche in den rauchenden Trümmern finden, den Revolver noch in der Hand, der auf Selbstmord schließen ließ.

Ein gewagter Plan, der aber durchaus funktionieren konnte.

Vorausgesetzt, die Ermittler fanden nicht heraus, dass das Feuer *nach* dem Tod der Helskey gelegt wurde, was ebenso vom Geschick der Fahnder wie von etwas Glück abhing.

Connie d'Eils hatte Brolin manipuliert, damit er bestätigen konnte, dass Gloria Helskey die Mörderin war. Denn sie hatte auf der Militärbasis gearbeitet, wo alles angefangen hatte, und war eine Spinnenexpertin. Alles fügte sich zusammen. Sie war die perfekte Schuldige.

Connie d'Eils hatte ihren Coup gut vorbereitet.

Nur auf Brolins Eingreifen war sie nicht gefasst gewesen.

Ihr Plan war nicht unfehlbar, hatte ihr aber Zeit zur Flucht gelassen. Er hatte also funktioniert.

Paradoxerweise war es diese Vielzahl kleiner Mängel, die Connie d'Eils in Brolins Augen etwas menschlicher machte.

Der Privatdetektiv war erschöpft.

Es war ruhig im Krankenhaus, er würde gut schlafen. Annabel schluckte eine weitere Schmerztablette.

Salhindro erzählte ihnen von Meats, dessen Zustand sich stündlich besserte. Er lag in einem Zimmer, nicht weit von dem eines kleinen Mädchens entfernt, das er zu kennen schien, und er war glücklich darüber.

Schließlich verabschiedete sich Salhindro mit einem Augenzwinkern.

Annabel und Brolin hatten zunächst noch gegen ihre Nervosität und Anspannung anzukämpfen.

Als der Morgen graute, lagen zwei schlafende Körper aneinandergeschmiegt.

Zwei geschwächte Körper.

83

Dan Leroy war mit den ersten Sonnenstrahlen aufgestanden. Er hatte gefrühstückt und geduscht und ging jetzt zu seinem Wagen. An diesem Wochenende hatte er Notdienst, ob es ihm passte oder nicht.

Er nahm heute nicht den Aufzug, sondern lief zu Fuß die Treppe hinunter. Es war bereits drückend heiß, als er sich ans Steuer setzte. Wie würde das erst in ein paar Stunden sein? Er ließ den Motor an und schaltete das Radio ein, um auf dem Weg zum Krankenhaus Unterhaltung zu haben.

Er fuhr zunächst relativ langsam, bis er den Highway erreicht hatte, und beschleunigte dann das Tempo.

Also wirklich, so eine Hitze, und der Sommer hatte gerade erst angefangen! Was würde im Juli und August erst auf sie zukommen? Die Klimaerwärmung wurde immer unerträglicher. Aber die Menschen waren selbst schuld ... Das Ozonloch, die Gletscherschmelze und jetzt auch noch ein Wandel im Verhalten der Tiere. Erst gestern Abend hatte er gelesen, dass sich verschiedene Zugvögel auf dem Weg in ihre Winter- und Sommerquartiere verirrten und starben. Nein wirklich, man steuerte direkt ...

Leroy entdeckte etwas am Rand seiner Shorts, wenige Zentimeter von seinem Oberschenkel entfernt.

Er erkannte es sofort. Eine Schwarze Witwe!

Höchst gefährlich.

Das Gesundheitsamt der Stadt hatte an alle Krankenhäuser der Gegend eine Warnung geschickt, die über einen anormal hohen Anstieg an Spinnenbissen informierte. Auf dem Fax war das Foto einer Schwarzen Witwe zu sehen gewesen. Zwar ziemlich undeutlich, aber es reichte aus, damit Leroy jetzt erkannte, was er vor Augen hatte.

Sie musste vom Lenkrad gefallen sein.

Plötzlich entfaltete das Tier seine feinen Beine und setzte sich in Bewegung.

Ein leichtes Kitzeln am Oberschenkel, als sie Leroys Haut berührte.

In Panik begann er das Bein zu schütteln.

Er schrie auf.

Der Ford begann zu schleudern, erst nach rechts, dann nach links.

Ein Chevrolet, der ihn gerade überholen wollte, musste abrupt bremsen, und der Fahrer verlor die Gewalt über seinen Wagen. Er prallte gegen die Leitplanke und wurde zurück auf die Fahrbahn geschleudert. Ein nahender Pick-up raste in den Chevrolet hinein.

Dann zwei weitere Autos.

Und ein drittes.

Es kam zu einer Massenkarambolage.

Bald waren zwölf verbeulte, rauchende Autowracks ineinander verkeilt. Menschliches Fleisch verschmolz mit synthetischen Materialien.

Schreie.

Dan Leroy war es gelungen, seinen Ford einige Meter nach dem Unfallort am Straßenrand zum Stehen zu bringen.

Er war davongekommen …

Er war unverletzt.

Körperlich zumindest.

☆

Etwas später am Morgen beobachtete Betty Chumpsey die Kunden in der Obst-und-Gemüse-Abteilung des Supermarktes.

Das heißt, eigentlich handelte es sich vorwiegend um Kundinnen.

Betty sah zu, wie sie kritisch ihre Ware auswählten. Sie notierte, dass der Korb mit den Wassermelonen aufgefüllt werden musste. Und die Äpfel mussten poliert werden, sie glänzten nicht. Das Grün war im Licht der Strahler nicht intensiv genug. Ein guter Apfel, der die Kundschaft anzog, musste knallgrün sein und einem ins Auge stechen. Das hatte man ihr gleich beim Einstellungsgespräch erklärt. Die Kunden, die hierherkamen, wollten das Obst nicht erst prüfen. Jeder Apfel musste einfach perfekt sein, das war ein Zeichen von Qualität. Keiner sollte kleiner sein als der andere oder gar dunkle Flecke aufweisen, nein, nur schöne glänzende Früchte von kräftiger Farbe. Das gab den Kunden Sicherheit. Denn die Obstabteilung war am Eingang, und ein Supermarkt, der so schöne Äpfel anbot, musste auch sonst gute Produkte haben.

Das sah Betty ein.

Ja, sie musste diese Äpfel polieren, sonst würde sie Ärger bekommen. Wo war nur der Sprüher, der den Früchten diesen feuchten Glanz verlieh, wo hatte sie ihn nur hingestellt?

Etwas weiter entfernt schrie eine Kundin auf.

Ein markerschütternder Schrei. Ein Schrei des Grauens.

Am Abend lag die Kundin auf einer Rollbahre.

An ihrem Zeh und ihrem Handgelenk war ein Namenszettel befestigt.

Ihr Ehemann und die Kinder weinten.

Und alles wegen einer Spinne.

☆

Panik erfasste Portland und Umgebung. Innerhalb von fünf Tagen wurden achtunddreißig Spinnenbisse registriert. Die Hälfte der Fälle hatte nichts mit der SACHE zu tun, es handelte sich einfach um Menschen, die nachts von einer harmlosen Spinne gebissen wurden. Von den fünfunddreißigtausend bekannten Arten sind kaum dreißig gefährlich für den Menschen. Doch mehrere Wochen lang wurde jeder unschuldige Achtbeiner als Gefahr erachtet.

Vier Menschen starben an Spinnengift.

Neun waren bei der Massenkarambolage auf der Autobahn ums Leben gekommen.

Zwei litten an Teillähmungen.

Und Tausende an einer Spinnenphobie.

Eine düstere Bilanz. Die SACHE konnte zufrieden sein.

Wo immer sie war.

Wenn sie durch ihren Tränenschleier überhaupt etwas wahrnehmen konnte.

84

Verschlafen hob Saphir die Schnauze.

Annabels Schritte auf der Treppe hatten ihn geweckt.

Es war etwas kühler als sonst im Haus. Der Hund sah zu dem Traumfänger, der sich langsam unter der Decke drehte.

Annabel stellte ihre Tasche im Flur ab und ging ins Badezimmer, um ihren Verband zu wechseln, ehe sie zum Flughafen fuhr. Sie zog ihre Bluse aus und wickelte die Mullbinde an ihrem rechten Arm ab.

Das Bild von Brolin bei seinem Abschied am LaGuardia Airport letzten Winter hatte sich ihr tief eingeprägt. Jedes Mal, wenn sie daran hatte denken müssen, hatte sie einen Stich im Herzen verspürt. Es war ein grässlicher Abschied gewesen.

Darum wollte sie nicht, dass er sie zum Flughafen brachte. Sie hatte es vorgezogen, ein Taxi zu rufen. Es war besser so. Der Wagen würde kommen, Annabel würde einsteigen und nach Hause zurückkehren.

War sie dort wirklich zu Hause, da sie sich doch ständig ein Leben mit Brolin vorstellte?

Wie sie Abschiede hasste ... Sie wühlten das auf, was man mit Pseudoweisheiten wie *es ist besser* so oder *es geht nicht anders* in sein Innerstes zu verbannen suchte. Die Badezimmertür öffnete sich. Es war Brolin, er hatte sein Telefongespräch beendet.

»Meats ist aus dem Krankenhaus entlassen. Ich besuche ihn heute Abend«, erklärte er.

Annabel beobachtete ihn im Spiegel.

Er war nicht mehr derselbe.

Die Schatten auf seinem Gesicht waren längst nicht mehr so ausgeprägt wie sonst. Sein Blick war weniger intensiv, *weniger bedrohlich.*

»Trevor Hamilton ist beerdigt worden. Außer einer Hand voll Journalisten war niemand da. Es hat nicht lange gedauert, und niemand hat eine Träne vergossen.«

Er strahlte eine innere Gelassenheit aus, die Annabel nicht an ihm kannte. Und auch seine Augen blickten eigenartig sanft.

Er sah ihre nackten Schultern an.

»Larry hat mir erzählt, dass es noch immer keine Spur von Constance d'Eils gibt. In allen Polizeistationen des Landes sind Steckbriefe ausgehängt. Früher oder später wird sie festgenommen.«

Annabel nickte. Durch die Schiene an der rechten Hand behindert, mühte sie sich ab, die letzte Bandage um ihren linken Arm zu wickeln.

»Lass mich das machen«, sagte Brolin.

Als der Verband fertig war, zog Annabel schnell ihre Bluse an, um ihre Verletzungen zu verbergen.

»So, jetzt bist du bereit für die Abreise«, sagte Brolin.

Die junge Frau sah ihn durchdringend an. Nein, sie war nicht *bereit.* Sie war dazu gezwungen. Wegen ihres Lebens am anderen Ende des Landes, wegen ihrer Arbeit als Detective, die sie liebte, wegen der Orientierungspunkte, die sie dort hatte, wegen der Erinnerung an ihren Mann. Aus all diesen Gründen *musste* sie abreisen, auch wenn sie schon jetzt unter der Einsamkeit litt, die sie erwartete. Brolin würde ihr fehlen.

Die Worte des Privatdetektivs kamen ihr in den Sinn: *Die Frauen sind leer, das will uns der Mörder sagen.*

Und sie? Was würde sie fortan sein? Eine leere Frau?

Draußen ein Hupen. Ihr Taxi.

Sie drückte dem Hund einen Kuss auf den Kopf und griff nach ihrer Reisetasche.

Brolin hielt ihr die Tür auf.

Annabel legte den Finger auf seine Lippen, noch ehe er etwas sagen konnte.

Ohne den Finger wegzuziehen, küsste sie ihn.

Dann trat sie hinaus in die Sonne. Der Fahrer machte den Kofferraum für das Gepäck auf und setzte sich wieder ans Steuer.

»Es gibt Platz für dich hier«, sagte Brolin.

Annabel erstarrte. Sie spielte nervös mit den Knöpfen ihrer Bluse.

»Wir könnten Großes zusammen erreichen«, fügte er mit einem Lächeln hinzu. »Ich glaube, wir ergänzen uns perfekt.«

Worauf wollte er hinaus? Sprach er von der Arbeit, von jener Partnerschaft, die er schon angedeutet hatte? Von dem Plan, eine Privatdetektivin aus Annabel zu machen?

Ihre Hand lag auf dem Türgriff.

Sie tauchte den Blick in die Augen des Privatdetektivs.

Und erwiderte sein Lächeln.

Epilog

Der Himmel war makellos blau.

Das Meer wogte friedlich, die Wellen rollten mit beruhigender Gleichmäßigkeit an den Strand. Die Natur hatte die Kontrolle. Es gab noch Dinge, die der Mensch nicht beherrschte.

Brolin bohrte die Zehen in den warmen, weichen Sand.

Ein Glücksgefühl überkam ihn.

So weit er zurückdenken konnte, hatte er keinen solchen inneren Frieden empfunden.

Es war kein dauerhafter Zustand, das wusste er. Früher oder später würde die Glut in seinem Innern neu entfacht.

Doch er genoss den Augenblick.

Eine aufgeschlagene Mappe lag auf seinen Knien.

Sie enthielt amerikanische, kanadische und mexikanische Zeitungen.

Zuoberst ein Artikel, den er vor kurzem ausgeschnitten hatte.

Der Titel lautete:

»Der Prozess gegen das Phantom von Portland nähert sich seinem Ende«.

Es ging um die bevorstehende Urteilsverkündung. Es gebe keinen Zweifel, erklärte der Journalist, dass er schuldig gesprochen würde, die Frage sei nur: Lebenslänglich oder Todesstrafe?

Inzwischen war das Urteil sicher schon gefällt, doch Brolin hatte sich nicht bemüht, das Ergebnis in Erfahrung zu bringen.

Er wusste, die Strafe würde hart sein. Ohne Hoffnung für

den Serienkiller, für den Mörder der Frau, die Brolin geliebt hatte.

Eine angenehme Brise wirbelte die Zeitung auf.

Brolin versuchte erst gar nicht, das Papier festzuhalten.

Das dünne Blatt erhob sich in die Lüfte und schwebte über die Wogen hinweg, die am Strand ausliefen.

Als es in der Ferne in den weißen Schaum eines Wellenkamms eintauchte, verlor er es ganz aus den Augen.

Er atmete tief durch.

Nun machte sich der Wind auch an den Zeitungen in der Mappe zu schaffen. Brolin setzte den Fuß darauf.

Die salzige Luft brannte in seinen Augen.

Er schob die Zeitungen zur Seite. Nicht jetzt, er hatte keine Lust, sich gleich damit zu beschäftigen. Abends hätte er Zeit genug, sie zu durchforsten auf der Suche nach irgendwelchen Meldungen im Zusammenhang mit Spinnen.

Constance d'Eils war noch auf freiem Fuß.

Ein bekannter Psychiater hatte ihren Fall untersucht und lautstark verkündet, sie würde nicht mehr töten. Sie habe geglaubt, sich durch ihre Morde wiederzufinden, und schließlich gemeint, das Tier, das ihr innewohnte, töten zu müssen. Das habe sie symbolisch durch den Mord an Gloria Helskey getan. Der Arzt versicherte, sie werde nun ein neues Leben beginnen und niemandem mehr schaden, man müsse sie nicht mehr fürchten, sie nur festnehmen.

Brolin konnte diese Auffassung nicht teilen.

Er wusste, dass man nicht auf die schlechte Seite der menschlichen Seele wechseln und dann unbeschadet zurückkommen konnte. Sie würde sich eine Zeit lang verstellen; doch schon bald würde sie wieder diesen Drang verspüren zu morden. Sie kannte den Blutrausch, hatte ihn immer wieder gesucht. Die Motivation war zu einzigartig und ihr Wohlergehen hing zu sehr davon ab, als dass sie ihr Gleichgewicht anderswo finden könnte.

Brolin rechnete damit, dass sie irgendwo auftauchen würde.

Aber er hoffte, dass sie vorher gefasst würde, zum Beispiel bei einer banalen Verkehrskontrolle, bei der flüchtige Kriminelle der Polizei oft ins Netz gingen.

Brolin häufte etwas Sand auf die Mappe.

Zu seiner Rechten tauchte eine Gestalt auf.

Eine Frau.

Sie setzte sich neben ihn.

Ihre Haut war dunkler als die seine, und über ihrem Badeanzug trug sie einen Pareo.

Brolin betrachtete den Horizont.

Besser gesagt, er *bewunderte* ihn.

Diese unergründliche Tiefe, wo sich zwei parallel verlaufende Linien an der Grenze des Möglichen berührten und zu einem fließenden Blau vereinten. Am Himmel keine einzige Wolke.

Und plötzlich wurde sich Brolin bewusst, dass er im Horizont keine undurchlässige Mauer mehr sehen musste, sondern das Absolute verschiedener Perspektiven.

Er kniff die Augen zusammen, so dass ein Netz von Falten sein Gesicht durchzog. Sein Mund deutete ein Lächeln an. Das Lächeln eines erschöpften Mannes.

Er sah den Rahmen des Möglichen.

Und als die rote Sonne im Meer versank, lächelte er noch immer.

Er hatte einen Horizont der Hoffnungen vor sich.

Seine Hand legte sich auf Annabels.

Danksagung

Die Arbeit an der Trilogie, die nun abgeschlossen ist, hat mich vier Jahre Arbeit gekostet. Und ohne die Hilfsbereitschaft vieler hätte es doppelt so lange gedauert! Mein Dank gilt den Fachleuten, Bekannten und Freunden, die mir mit Rat und Tat zur Seite gestanden haben:

Herausgeber und Unterstützer: Michel Lafon
Literarische Leitung: Huguette Maure
Redaktion und literarische Beratung: Françoise Clausse
Redaktion und Ermutigung und Motivation: Claire
Redaktion und Kommunikation: Frédéric
Unterstützung bei der Recherche: Sébastien
Moralische Unterstützung und Ermutigung: meine Familie und natürlich meine Freunde.

Weiter beigetragen haben (oft ohne es zu wissen) bei den technischen Recherchen (Rechtsmedizin, forensische Psychiatrie etc.) J. D.; R. R.; L. M.; Dr. M. D.; Dr. D. L.; Dr. P. F.; Dr. G. S.; M. C.; J. L. C.; J. L. V.; Dr. C. R. sowie Stéphane Bourgoin, der mir ganz zu Anfang auf die Sprünge geholfen hat, womit ich anfangen soll, und Chloé Schlesinger, die mir Fragen zur Psychologie beantwortet hat. Sollte sich trotz der intensiven Recherchen der geringste »technische Fehler« in diese Trilogie eingeschlichen haben, so ist das nicht ihr Verschulden, sondern allein das meine.

Zwei Schriftsteller-Freunde haben mir geholfen, mich als Autor zu etablieren: Jean-Luc Bizien dank ausführlicher Gespräche; und Christian Lehmann mit seinen Ratschlägen und unseren wöchentlichen Mittagessen.

Mein Dank gilt auch Margaux und allen Mitarbeitern der Éditions Michel Lafon für ihre Arbeit und Entschlossenheit. Ihr Elan hat mir in kritischen Phasen neuen Mut gemacht.

Und das ganze Projekt hätte auch ohne einen gewissen Funken Glück nicht das Licht der Welt erblickt, und dieses Glück verdanke ich zwei Freunden: Alexis und Vincent. Ich hoffe, ich werde mich eines Tages revanchieren können.

Ersonnen wurde die Handlung dieser Romane in Edgecombe, meinem imaginären Ort der Inspiration.

Postskriptum

So enden *Der Kuss der Schwarzen Witwe* und damit die Abenteuer von Joshua Brolin. Ich hoffe, dieses Opus in drei Variationen über die polizeiliche Ermittlungstätigkeit hat meine Leser zufrieden gestellt, zumindest aber zerstreut.

Ein Großteil der für dieses Buch zusammengetragenen Dokumentation ist absolut wahr und hat nichts mit Sciencefiction zu tun, vor allem, was die Herstellung von Spinnenseide aus der Milch von Säugetieren angeht – die Forschung arbeitet intensiv daran. Wie weit wird man gehen? Auch die Wirkung des Tetrodotoxins entspricht der Realität; bei dem Versuch, die Geheimnisse des Voodoo-Kults und der berühmten Zombies zu lüften, stieß ein Ethnobotaniker auf die erstaunlichen Auswirkungen dieses Giftes. Die Arachnophilen mögen mir verzeihen, dass ich die Spinnen hier als Grauen erregende Kreaturen beschrieben habe – es ist eine verbreitete Angst, die für einen Romanschriftsteller einfach zu verlockend ist … Noch eine Anmerkung zur Dokumentation, die dem Leser vielleicht eine Gänsehaut über den Rücken jagt: Die Geschichte von der Zucht auf Madagaskar ist authentisch!

Auf einen letzten Punkt müssen wir noch gemeinsam eingehen, der dem einen oder anderen Leser der gesamten Trilogie vielleicht nicht entgangen sein wird: die Wahl der Jahreszeiten.

Das Pentagramm spielt im Herbst, es ist ein melancholischer Roman, die Geschichte eines Todes, die Chronik einer angekündigten Nostalgie … *In Blut geschrieben* findet im

Winter statt, wir lernen hier einen neuen Brolin kennen. Ein Phantom unter den Lebenden, dessen Gefühle auf Halbmast sind. Es ist vor allem die Geschichte einer Erstarrung. *Der Kuss der Schwarzen Witwe,* den Sie gerade gelesen haben, spielt im Frühling (und endet am symbolträchtigen 21. Juni, dem Übergang zum Sommer ...). Er zeigt eine neue Hoffnung, den Weg zur Sonne, zum Licht ... Das ist natürlich einfach, aber sehr direkt. Sie könnten jetzt fragen, wann der nächste Roman, die letzte Jahreszeit, folgt. Nie. Der Epilog von *Der Kuss der Schwarzen Witwe* ist eindeutig.

Es sei jedem von Ihnen überlassen, die Folge selbst zu schreiben.

All das war nur ein Abstecher in ein Leben, ein Sprungbrett für unser aller Fantasie. Ich habe die Grenzen gesteckt, die Grundlagen geschaffen, jetzt ist es an Ihnen, sich vorzustellen und zu erfassen, wie sich Joshua Brolins Zukunft gestalten wird ... Ich persönlich kann nur diskret den Vorhang zuziehen und ihn leben lassen, wie er leben wird ... ohne mich.

Ich arbeite an einem neuen Thriller mit neuen Figuren, die Ihnen, wie ich hoffe, bald neue Türen öffnen.

Übrigens weiß ich, dass viele von Ihnen gerne gewusst hätten, was aus Annabels Mann geworden ist. Sie werden es eines Tages erfahren – versprochen –, in einer ganz anderen Geschichte. Die Welt ist klein, und das, was früher im Vordergrund gestanden hat, kann in einer anderen Geschichte zu einer Nebenrolle werden, und umgekehrt; auch das ist das Leben und das Schreiben – eine Änderung der Perspektive.

Aber, pst!

Bis bald

Maxime Chattam

Edgecombe, 14. Oktober 2003

Und für diejenigen, die noch etwas mehr wissen möchten ...

www.maximechattam.com

Erläuterungen zu den Fussnoten

Seite: 19 EPA: Environmental Protection Agency (Amt für Umweltschutz)

Seite: 24 Maxime Chattam, *Das Pentagramm,* München 2006

Seite: 26 Maxime Chattam, *In Blut geschrieben,* München 2006.

Um wiederholte Fußnoten zu vermeiden, ist dies der letzte Bezug auf die vorangehenden Romane. Wenn der Leser mehr Informationen über die vergangenen Ereignisse und Ermittlungen haben möchte, möge er die beiden erwähnten Werke konsultieren.

GOLDMANN

Das Gesamtverzeichnis aller lieferbaren Titel erhalten Sie
im Buchhandel oder direkt beim Verlag.
Nähere Informationen über unser Programm erhalten Sie auch im Internet unter:
www.goldmann-verlag.de

★

Taschenbuch-Bestseller zu Taschenbuchpreisen
– Monat für Monat interessante und fesselnde Titel –

★

Literatur deutschsprachiger und internationaler Autoren

★

Unterhaltung, Kriminalromane, Thriller
und Historische Romane

★

Aktuelle Sachbücher, Ratgeber, Handbücher und
Nachschlagewerke

★

Bücher zu Politik, Gesellschaft, Naturwissenschaft und Umwelt

★

Das Neueste aus den Bereichen
Esoterik, Persönliches Wachstum und Ganzheitliches Heilen

★

Klassiker mit Anmerkungen, Anthologien und Lesebücher

★

Kalender und Popbiographien

★

Die ganze Welt des Taschenbuchs

★

Goldmann Verlag • Neumarkter Str. 28 • 81673 München

Bitte senden Sie mir das neue kostenlose Gesamtverzeichnis

Name: ______________________________

Straße: ______________________________

PLZ / Ort: ______________________________